藝術文獻集成

清畫家詩史

三

〔清〕李濬之

浙江人民美術出版社

清畫家詩史辛上

寧津李濬之響泉編輯

潘曾瑩，字申甫，號星齋，吴縣人。大學士文恭公世恩子。道光辛丑進士，官吏部侍郎。花卉澹冶有致，山水秀逸曠遠。善書。有《小鷗波館詩集》、《墨緣小録》。

畫菊贈楊伯夔大令夔生**兼柬陶梟香觀察**樑

獨於晚節見孤芳，吟對南山又夕陽。君是淵明詩弟子，故應宗派接柴桑。君受業於梟香觀察。

朱野雲屬題祭硯圖

祭詩昔傳賈閬仙，祭墨近聞周櫟園。野雲山人好事者，獨與一硯相周旋。此硯隨身二十載，硯田耕穫多豐年。紫潭倒浸星斗濕，噓噏疑有蛟龍蟠。家家祀竈陳几筵，黄羊臘酒樺燭然。君持此硯珍琅玕，平生供養惟雲煙。寒梅一枝清且妍，薦以芳酌彈神絃。墨花凍結冰花鮮，拜石更比襄陽顛。但願石交盟無寒，直與傲骨同蒼堅。千秋神物藏名山，瓣香俎豆常綿延。

題空堂卧雨圖柬殳積堂大令慶源

枕簟蕭疏穩晝眠，雨聲催送早涼天。扁舟夢到西湖去，不見跳珠又幾年。

桃花寺行宫散直後同宋雪帆學士晋**在行帳中挑燈論畫口占**

木落秋高眼界寬，置身如在白雲端。莫嫌濕翠沾衣冷，繞榻山光當畫看。

寄顧夢薌索畫

翠篠風前瘦不禁，晚花墻角濕秋陰。此中有句何人覓，要向無聲詩裏尋。

郭蘭石大理尚先以畫蘭見贈賦酬

空谷無人處，吹來風露香。軟紅應洗盡，滿壁寫瀟湘。

許滇生師命題黄小松畫册

山行六七里，濃緑衣上潑。愈轉山愈奇，其勢不可遏。雲氣繚繞之，山態爲之活。林深藏古寺，紅墻露一抹。煙際不聞鐘，時見僧洗鉢。山迴近忽遥，依稀露茅屋。撥煙恣幽探，豈厭路紆曲。石隙開野花，墻角挺叢竹。不見老鶴來，檐端片雲宿。長飆何蕭蕭，頓覺古懷觸。欲讀前朝碑，苔花滴凍緑。

姚伯昂師招集小紅鵝館賦呈

杖履追隨日，清談見性真。雲山供畫本，花月稱唫身。此是衆香國，常留太古春。館中花木極盛。興酣隨意坐，何處著纖塵。

陸璣，字次山，仁和人。諸生，官四川漢州知州。善山水，戴文節稱其樹法之妙不讓元人。於鐵冶嶺闢園，種樹蓺蔬。有《鐵園集》、《前後蜀游詩》。

畫金沙港關帝祠壁醉題二絶

一甌逸氣向空噴，化作西湖壁上雲。袖裏煙霞亂飛出，千秋抹殺李將軍。

曾將造化拜吾師，泣鬼驚神筆一枝。寄語山靈勤護惜，不逢奇士莫題詩。

諸友集湖舫餞别即席有作

勸君多飲杭州酒，惜君已折蘇堤柳。不獨青山解戀人，吾亦多情愛吾友。孤山春暖梅盡花，或放緑萼或丹砂。故鄉風景異鄉少，何事游子偏辭家。飢來驅去那可訴，一曲驪駒留不住。燕樹秦雲渡夢魂，六橋夜夜相思路。歸來有約十年期，此心説與盟鷗知。雙峰白雲實聞語，回頭悵望無已時。

何子貞秋林覓句圖團扇

峰頭雨過濕煙消，一客尋詩過板橋。吟得自家秋興好，管他木葉脱蕭蕭。

温泉詠古

暖玉融融漾碧漪，行人駐馬緩題詩。癡情欲問驪山石，曾見楊妃出浴時。

劉郎浦曉發

先主納吴女處，今屬石首縣。

挂席曉發劉郎浦，水光激射日吞吐。霧氣遥連蜀棧雲，木葉亂落楚天雨。篷窗横枕秋夢闌，披襟半擁輕衾寒。江流風聲入欸乃，山黛低抹眉未乾。客行自得苦吟味，一壺已傾句成未。合歡遥想漢將軍，刀光滚雪團紅裙。繡幃兵法艷如火，隆中抵訪諸葛君。草莽崛起固特絶，還憑婚姻分三分。自古節義輸佳人，三峽陰風何堪聞。悔殺窺吴永遺恨，蜈磯怒激沈秋雲。吴、蜀有隙，孫夫人勸之不從，摧哭沈江，世傳先主崩，似謬。

周星蓮，原名日昕，字午亭，仁和人。道光庚子舉人，以教習授知縣。善書，嘗著《臨池管見》，以發明立法、取勢、用筆、行神之意。兼工蘭竹梅花。有《耕堂詩鈔》。

題許幼石秋山讀書圖

讀書如爲山，必自一簣始。一簣復一簣，有進終無止。君今讀書趁少年，攻書如木宜攻堅。半途息肩肯自棄，直須造極登峰巔。春夏多長日，禮經記絃誦。三冬何長夜，文史堪足用。四時讀書秋更好，秋日讀書起宜早。讀書宜善讀，莫使他人笑厨簏。讀書宜爛熟，莫使工夫多斷續。瓻瓶注水是書聲，如此讀書有真樂。讀書非干禄，自有千鍾粟。讀書非求富，自有黄金屋。布衣暖，菜根香，讀書之中滋味長。秋山好，秋風涼，山光秋色相低昂。異書石室富，秘書蘭臺藏。山中聚書千萬軸，恍如置身書中央。樵歌牧唱不足聽，但聞讀書不輟聲琅琅。山鳴谷應互酬答，興會勃勃心翱翔。我思君家門第多閥閲，望君肯構還肯堂。羨君年華富，寸陰惜駒光。願君閒時讀，勿致用時忙，爲山九仞功成莫輕量。霹靂一聲名顯揚，大書勸君君勿忘。

張金鏞，號海門，浙江平湖人。道光辛丑翰林，豪情跌宕，雅善畫梅，兼工分隸。

為潘星齋同年畫梅花便面并題

侍郎論文尚根柢，盤魄元精貫肌髓。今年校士領南宮，夜光珊瑚羅衆美。春物昌昌錦繡叢，索我冷寫冰雪容。我慚畫筆似文筆，真氣不積難爲工。陰飇盪林巖腹空，孤劍塵匣吟雌龍。要君泚筆添柏松，沍寒相守過嚴冬。

沈振名，字蔼船，石門人。山水宗麓臺，書法逼似香光。工篆刻，有《求是印存》。

遥岑挹翠樓同夢花臨畫作

綺窗四面遠峰環，日日樓頭遣興閒。却喜煙霞時供養，一枝枯管擬荆關。

王堃，字厚山，號小鐵，錢塘人。道光甲辰舉人，以中書出官雲南澄江知府。為夢樓侍講曾孫，書法克紹祖風，曾奉敕書文宗神道碑并定陵殿額。間亦作畫。有《自怡軒詩存》。

沅州以上山重水複即景圖之并題

水曲溪迴疊嶂多，沅江漸次入黔河。亂山重抱疑無路，急漲旋流不辨渦。怪石撑牙如伏虎，蒼苔點髻似盤螺。荆南風景倪黄筆，我坐扁舟畫裏過。

貽程洛翹廣文世椲梅花便面即送其之任東陽滕之以詩

本是調羹絶妙才，廿年冷落在江隈。南枝此去春風暖，艷李濃桃好并栽。

范璣，號引泉，常熟人。山水筆墨瀟灑，仿漁山、石谷，稍變其法。家貧，賣畫奉母。尤善鑒别書畫古物。

題畫

碧水雙流繞岸分，板橋風景愛斜曛。空濛遮斷青山影，又被飛鴉破白雲。

賣畫

莫笑柴門没草萊，只因賣畫偶然開。登山未肯呼庚癸，袖裏煙雲换米來。

蔣維基，字子厚，號厚軒，别號蟄安居士，烏程人。善畫，工篆隸，尤好聚書。

題吴卧山鹿車偕隱圖

桓鮑風流説到今，况教白首共聯衿。千秋著作追元白，五嶽遨游繼向禽。雅抱夙耽泉石癖，濳懷久淡利名心。奉觴更祝期頤壽，鴻案相莊樂意深。

汪適孫，字次律，號蓉坨，一號鋤梅，錢塘人。其先世振綺堂藏書甚富，費曉樓游杭恒主其家，濡染既久，因工山水、人物。有《閒餘虚室詩稿》。

秋日同人游湖上

敗荷疏柳冷前灣，著意看山暮未還。撲面西風吹酒醒，詩情遥寄水雲間。

曉樓嗜鴿戲為放鴿歌

一行鵓鴿飛連翩，曉風天半鈴聲圓。弁山之東環溪前，晨昏收放勞自偏。綫眼錦背種派別，赤黑青蒼燦然列。主人畫餘吟詠閒，凭闌瞻顧心神悦。君不見和靖鶴支公鷹，雅人有癖衆口稱。又不見崔鴛鴦鄭鷓鴣，名以詩傳任所呼。君今嗜好與古偶，我有讕言君知否。不能銜水注硯伴芸窗，何如人日調羹佐春酒。我聞波斯之鴿一飛一千里，況以苕溪路猶邇。盼煞雲天憶故鄉，不見傳來書一紙。

姚體崇，字小歐，錢塘人。諸生，以通判需次江蘇。師事虞山吴壽之，吴乃天真閣弟子，詩學具有淵源。書畫并稱能品。有《醉月龕詩稿》。

丙午秋暮約同人游虞山自桃源澗至維摩觀海并登劍門戲作長歌

秦王鞭石山海驚，海雲亂捲青山行。忽然一拳不肯走，化作青牛突壓虞陽城。鯫生好山如愛畫，不入深山心不快。一聲長嘯來山中，千樹萬樹秋林紅。小橋流水穿石骨，蜿蜒一道飛長虹。一峰忽伏一峰起，尋幽直到白雲裏。白雲遮寺不知門，隔林但聞雞犬喧。山僧導我瞰江海，海天一色青無痕。拍手大叫稱奇絶，山僧更爲從頭說。劍門拂水西山西，濺珠噴玉山爲裂。我聞斯言興再鼓，攀蘿捫葛不知苦。老木糾虬卧作獅，怪石崚嶒怒如虎。行行忽到青山腰，石梁下注聲喧濤。東風一拂水飛逆，沾衣欲濕風瀟瀟。山凹下壓勢何崔嵬，五丁一劍砉然中開。仙乎仙乎呼不止，腕底鈎勒誰如是。非董非巨非荆關，但見巨石奇形怪狀羅列蹲山巔。我來痛飲百壺酒，臨風大呼黄子久。安得白骨起蒿萊，與汝共酌黄金罍。青天苦無語，明月莫相催。詩人大笑不歸去，海風浩浩吹衣來。

破山寺

穿松行不已，山闢露禪扉。孤磬悠然落，白雲自在飛。竹摇山色碎，泉帶雨聲肥。潭影空明處，流連未肯歸。

虞山悼檜歌

虞山致道觀前古檜七株，相傳梁時所植。今僅存山北一株，亭亭矗立，勢欲參天。南一株拳禿下覆，復折而上。西南一株中刳爲兩，似斷而連。餘四株爲隆慶時補植。象斗垣羅列，故曰七星檜。丁巳秋爲海風摧折北一株之頂，虞山詩人作歌弔之，欷歔笑傲，各極其致。張桐生贊府書來囑爲留影，并贅此篇。

蒼龍下降千餘年，斗垣羅列蕭臺前。蕭梁文物今已矣，猶見翠鱗盤乙山之巔。一株高矗出雲表，其勢直欲摩蒼天。一株屈曲神蜿蜒，中刳爲兩斷而連。一株拳秃枝下覆，復折而上古致彌蹁躚。螻屈肖隱士，特立如名賢。隱士湮没甘寂寞，名賢勵節益鍊風霜堅。其餘隆慶間補植，亦復奇古堪差肩。有明東南盛文采，文沈均以斯圖傳。白石仙筆不可遇，停雲妙墨吾得時向書齋懸。昨宵文潛致書到，太息勁節一旦遭迍邅。勸崇試作悼檜圖，并欲系以抑塞磊落之長篇。我聞材大宜作棟梁器，應與廊廟相周旋。不然用汝作舟楫，亦足利濟東南偏。何爲一朝忽化去，致與枯木幽竹一例埋蒼煙。得非馮夷颶風妬，勁直故意相摧殘，不然何以曲者獨得全其天。繪圖我無文沈筆，作歌才弱慚拘牽。虞山風雅本有自，作爲詩歌憑弔時流連。我謂凡物顯晦各自有一數，欷歔者泥，笑傲亦復何爲焉。君不見直道自古難兩全，嗚呼直道自古難兩全。

申江賣畫旅館感賦

畫禪中斷悵南宗，誰解襄陽潑墨濃。看到鶯花隨筆幻，懶拈脂粉與時逢。經營細雨斜風外，位置遥山遠水中。忽發狂言君莫笑，俗人猶愛未爲工。

題閨中歲朝圖圖爲汪龍溪表叔畫，虎溪表叔題，而自補折枝蘭於後。

海雲吹雪凍臙支，那有春風到硯池。乞得歲朝新畫本，東坡墨妙子由詩。

陳塼，字仲尊，又字古衡，號葦汀，一號白堤花隱，長洲人。山水得翟雲屏傳，筆墨雅近華亭。

題畫

山深樹密少塵埃，曲崦迴汀取次裁。記得江南春日暖，曾携酒榼跨驢來。

王泰，字安伯，仁和人。貢生，候選員外郎。收藏書畫甚富，濡染既久，畫亦神韻。戴文節極心折之。有《胥山草堂集》。

三月二十三日招方雲泉章次白魏春塍集小輞川莊看牡丹同用吴祭酒城南看牡丹九言體詩韻

寒温變幻莫若三春天，今年飛雪猶及清明前。憶昨皋亭看花兼看雪，扁舟獨泛絶喜無喧闐。更番花信俱較去歲晚，鹿韭結蕊僅見葉底懸。穀雨已過風日始晴暖，蓄久勃發愈覺增穠鮮。再展重三與客共幽賞，招邀同過裏湖之湖邊。或載煙波畫舫結伴至，或轉山徑笋輿來一肩。以酒酹客客先讓花飲，花顔如醉夭矯兀不眠。屏開疊巘紅紫競綺麗，金腰玉腰倒映澄波圓。天光澹沱花亦開正好，和風微扇不放柳絮顛。群賢盡是蘭亭敘中客，都無韁鎖熱中深憂煎。暢敘幽情少長坐列次，一觴一詠無俟陳管絃。就中詩思方三拜最敏，雲泉詩先成。蠻箋一幅袖裏出長篇。從而和之各有絶妙句，自此清平調不讓青蓮。花如解語應亦稱知遇，偶然種植幸藉佳章傳。所惜未能襆被宿花下，重城阻隔似覺道路偏。對花與客再三致丁屬，花開如盛客共來明年。按，《杭郡詩輯》：安伯購邵宫詹小輞川舊址，曲池疊石，高下悉栽牡丹花，時對之如錦屏云。

張朝桂，字問秋，江蘇寶山人。諸生。少有神童之目，爲湯雨生幕客。工詩古文，間寫梅菊，天真灑落，以意趣勝。有《養拙居集》。

畫梅

既無畫法亦無師，閒寫梅花一兩枝。野趣憑君常領略，荒村籬落月明時。

沙念祖，字慎之，江陰人。性情倜儻，博學多藝能。楷法工秀。山水仿耕煙，花卉近南田。

雨餘野眺

雨止塵囂絶，閒行度小橋。雲隨歸雁没，春逐落花消。風静江聲細，煙凝山色遥。感時頻極目，柳絮任飄摇。

沈復吉，字竹友，仁和諸生。為人風流藴藉。工書善畫，尤長仕女。

題畫仕女

六角菱花鏡，奩開繡檻前。周旋我與我，顧影各生憐。臨鏡

翠篆香留裊，紅襟燕待歸。重簾捲未捲，拈帶心依違。捲簾

園柳緑垂綫，海棠紅韻翹。無人解低唱，月下自吹簫。吹簫

春水碧於油，含情下釣鈎。恐他魚避艷，不敢照清流。垂釣

孫玥，號菣香，江蘇奉賢人。諸生。山水得董文敏法。

題畫

佘山北去幹山西，遠浦平橋板屋低。此日秧鍼抽定遍，水車聲裏鵓鴣啼。

唐翰題，字鷦安，號蕉庵，嘉興貢生。官吴縣知縣，為張叔未孫壻。精鑒藏金石書畫，兼擅繪事、鐵筆。著有《説文臆説》、《唯自勉齋存稿》。

虞山張君芙川蓉鏡**出示杭州龍泓洞宋咸平間造象記拓本册首七字為余外舅祖張叔未解元分書後有我師闕織亭孝廉**鳴珂**及忘年至契陶丈鉏雲**琯

題迹眷念先輩振觸予懷感賦四十字

未竟探幽事，蹉跎廿九年。道光乙未曾侍闕師、陶丈弟曻游煙霞、石屋、龍泓諸洞，以試事徵逐，未暇携氊蠟，至今以爲憾事。老成歎凋謝，翰墨幸流傳。好古吾同癖，護持佛有緣。芙川潛心内典。家山歸未得，對此總凄然。

鄭煜，字畫人，仁和人。家居以教授奉母，年十九喪偶，終身不再娶。善畫蘭竹，入板橋之室。

題畫蘭

千金芝朮珍，九畹荃孫亞。君子不在多，得一人與化。

題畫竹

不忍牛羊觸竹萌，喜他頭角露峥嶸。閒窗放筆一揮寫，自笑兒童慣倒綳。
緑陰陰地是江干，不受炎歊五月寒。風露梢頭樓一角，樓中翠袖倚朱闌。

劉泳之，字彦冲，原籍四川梁山人，僑寓吴門。力貧事母，不妄干人。山水抗心師古，深造自得，兼善人物、花卉。有《歸實齋集》。

梅雨

檐角殘紅網户黏，風來薝蔔暗香添。空庭雨過緑蒲長，蝴蝶上階新卷簾。

臨水

臨水人家白板扉，菜畦黄處蝶來飛。濃陰立久忽逢雨，知是松花落滿衣。

喜晴

清明寒食連朝雨，吹落春紅漫如許。曉來檐日却穿窗，已有山禽隔花語。

楊韻，字仲玉，號小鐵，自號青笠散人，嘉興人。居鴛湖之濱。山水如輕雲澹月，自然高妙。有《息笠庵集》。

寒窗遣興

紙閣蘆簾絶點塵，殘年冷況未嫌貧。喜逢驛路春風到，寫幅梅花寄遠人。
寒士生涯只硯田，一鐙長夜聳吟肩。詩成偏惹山妻笑，欲向何人賺酒錢。

周閑，字存伯，秀水人。官江蘇陽和知縣。雅擅三絶，并善刻印。有《范湖草堂集》。

小九華山僧明儉扁舟過訪

詩瓢憶上泛湖船，重拂袈裟已十年。滿地干戈猶健在，扁舟筆研有餘緣。三生空話青山約，四大難安白足禪。舊日講堂曾入叩，隔江塵市細成煙。

費丹旭，字子苕，號曉樓，晚號偶翁，又號環渚生，烏程人。工寫照，如鏡取影，尤精補景仕女，瀟灑自然；兼工山水、花卉，以清靈雅澹之筆出之。有

《依舊草堂遺稿》。

題畫仕女

朝來無賴鷓鴣啼，舍北舍南霧欲迷。新種陌頭桑樹小，比來剛與阿儂齊。

偕劍秋過小緑天庵訪六舟上人不值

一曲縈洄水，危橋宛轉通。人來秋雨後，門扣夕陽中。舊夢追塵榻，新題認雪鴻。天涯健行脚，我亦感飄蓬。

閏上巳偕張仲甫應昌**汪劍秋**鉽**方雲泉**鷺**湖上**

意中雲樹客中身，修禊重逢上巳辰。難得歲華剛在丑，分明一卷永和春。

黄玉錕，字古漁，一字古愚，浙江餘杭人。諸生。善畫愛游，嘗過桐江寫《嚴陵釣臺圖》。

辛酉初夏即事

無計留春可奈何，未能縱飲且高歌。時光冉冉愁中度，世事茫茫亂裏過。麋鹿蘇臺游已久，鯨魚浙水聚猶多。癡心欲向天公問，戹運應教轉太和。

陳璞，字古樵，番禺人。官江西安福知縣。善山水。

為吴魯庵作畫并題

萬疊峰巒積翠浮，白雲深處亂泉流。山腰忽見盤蛇路，知有茅庵在上頭。

郭虁，號友三，吴江人。頻伽族弟。山水入能品。

為蔣霞竹作畫并題

蟹舍魚罾傍緑楊，此中風景似江鄉。年來久作他鄉客，依舊蕭疏畫水塘。

程菊孫，字淡如，嘉善人。御史維岳孫。工詩畫。

乙巳春日錢警石舅氏與諸君子賞花賦詩余亦繼作

有美於中必善藏，閒將物理細推詳。自來尤物能招忌，花好何須更露香。海棠

桃李紛紛開罷時，春光纔到此花枝。天生富貴偏教晚，多謝東皇費主持。牡丹

汪廷儒，字醇卿，一字蒓卿，儀徵人。道光甲辰進士，官翰林編修。山水筆墨蒼潤，似查梅壑。書畫均師法董文敏。

焦山

古佛當門笑，江流滾滾來。倚欄丹壑聳，撥杖白雲開。老桂隔峰發，叢篁隨澗栽。山僧留看月，良夜坐遲迴。

秦淮雜詩

觀象臺高半萎煙，功臣十廟總淒然。兒童那管興亡事，争上臺城放紙鳶。
楝花風起麴塵波，四象橋邊看浴鵝。斜日一竿挑薺菜，爲言王府近來多。

金元，字問漁，杭州人。官廣東海陽典史。善設色花卉，詩工近體。

題畫桃花

雙槳乘潮落日斜，小桃門裏阿誰家。唤來根葉名都艷，一樹銷魂況是花。

陳文錦，字仙裳，號小笙，海寧人。受笙孝廉均子。諸生，官四川府經歷。花卉師白陽。游成都花市，於二仙庵一醉而死，時稱奇士。

自題畫扇

一抹殘陽樵塢，幾行髡柳漁村。棹破碧波歸去，樵兄漁弟開樽。

吴鴻吉，字俊甫，海鹽諸生。工詩詞、篆刻，兼精山水。

題畫扇

遠望峰巒幾疊環，數椽茅屋結林灣。漁人罷釣多清興，静坐扁舟飽看山。

徐用錫，字晉齋，嘉興人。山水宗麓臺，能為巨幅。性嗜酒，每醉輒乘興揮灑。詩有天籟。

秋艇看山圖

千峰疊疊暮雲間，翠黛留人未肯還。今夜泊舟須待月，水晶宫裏看秋山。

連善，字鏡泉，滿洲人。能詩畫，喜游山，交游皆一時名士。

金鼓洞納凉

金鼓聲傳世外因，洞門幽僻隔紅塵。自生瑶草紛如篆，不種桃花别有春。曩石翠煙飄鶴氅，穿林雲氣誤樵人。天開净域成千古，就裏能藏歲月新。

裘望洙，字淑齋，富陽人。道光乙巳進士，官户部主事。善畫蟹，雙螯八跪，頗得神似。

哭諤卿夫子鈔一

素旐送河干，賓朋泪各彈。遺文待梨棗，有子幸芝蘭。我亦宦情淡，人歌行路難。生芻陳一束，默祝報平安。

沈俊，字仰之，號葉舟，吴縣人。居虞山。家多名人粉本，間寫花卉翎毛，風韻不凡。

自題歲朝清供圖

柏子香中霽日妍，一瓶清供曉窗前。玉梅破蕊先含笑，春色今年勝舊年。

張恒，字月如，嘉興人。工詩，旁及繪事。有《紅薇山房詩存》。

南湖即事

湖邊花事又將過，燕子歸來識舊窠。怪底碧桃零落盡，一春風雨者番多。

蔣光烈，字志亭，號韻泉，海寧人。善六法。有《清娱室小草》。

題自畫墨荷

催詩雨壓雲頭黑，捲入陂塘水有聲。應是佛圖飛却鉢，蓮花咒向硯池生。

楊翰，字伯飛，一字海琴，號樗盦，别號息柯居士，直隸新城人。道光乙巳進士，官湖南兵備道。山水筆意恬雅，皴染鬆秀。工書法，喜考據金石。有《粤西得碑記》、《裦遺草堂集》。

題陳老蓮畫吴季札挂劍圖

白日蒼涼墮邱壠，荒雲古石埋新冢。寒林蕭蕭劍氣騰，滿堂觀者皆神動。誰爲圖者陳老蓮，十指拂拂生秋煙。延陵公子心如石，蓮也筆力與之敵。墨光黯淡神采凝，霜毫凜凜生氣憑。當年公子生延陵，勾吴統緒固所應。高懷遠附子臧節，三讓法祖吾猶能。去聘魯齊晋魏鄭，觀人論世真豪英。一劍縱横數千里，虎氣龍身照寒水。徐君愛劍識劍心，劍若有知合心死。莽莽風塵趨上國，千金脱贈藏胸臆。歸來劍在人已亡，按劍無言心默默。人生俯仰成今古，三尺孤墳一抔土。腰間秋水是君心，拂劍弔君君不語。心期耿耿惟吾曹，重則泰山輕秋豪。死生百變志不變，一劍挂上秋天高。鄉里齷齪小丈夫，動指天日明區區。披肝瀝膽出相許，意氣侃侃誇不渝。翻雲覆雨有時變，往往詭譎加夔魖。一生一死見交態，未必尚念黄公壚。何論生前一交臂，然諾安望如其初。有吴君子葬申浦，二千餘載雲模糊。此風自可起頑懦，此圖亦足砭蒙愚。我歌此歌心盤紆，詞雖已盡意有餘。吁嗟乎，挂劍圖。

題黄竹臣入峽圖卷子

豪興翩然迥不收，瞿唐東下混茫流。雲來絶壁千重合，天入層巒一綫浮。怪石盡含風雨氣，蒼巖長束古今秋。休誇十二奇峰峻，八百盤山在上頭。

自題畫扇

一椽草草結山阿，卧聽飛泉灑薜蘿。白石蒼苔無客到，滿林寒葉雨聲多。

華篋秋畫半幅秦誼亭足成之系以小詩

小坐焚香石電過，離愁欲寫翦江波。蘆汀沙觜秋風晚，半幅江南歸思多。

昔在都門乞郎蘇門先生畫爲作墨蟹僅露眼爪餘紙悉以淡墨點水草意殊超妙偶與喬松軒話及即於紈素仿之戲作小詩書於背尖叉二字非見畫不知也

稻粱肥處任爬沙，編斷籌鐙問酒家。盡把墨痕化菰蔣，似從水面鬥尖叉。

得高南阜片紙作枯木寒鴉題荒落二字喜甚作此

嗟予荒落今如此，獨與先生結畫緣。峭石枯枝成草隸，昏鴉幾點入寒煙。

庚戌立秋日題南阜山人手琢研銘拓本鈔一

我愛歸雲尚左生，蟹螯一手氣縱橫。鑿穿混沌老蛟怒，起作墨池風雨聲。

雨中同鷗客游龍樹寺小飲訪張菊如兼懷桐屋

風雨來初地，鐘魚結静緣。客心澹流水，僧夢入寒煙。古意在喬木，空香聞野蓮。閒身隨俛仰，鷗鷺晚涼天。

水鳥風帆意，闌前萬葦横。濕雲團樹色，疏雨冷鐘聲。琴筑醒詩夢，放翁夜雨詩：「繞檐點滴如琴筑。」煙波入畫評。悦公遺蹟在，古趣滿堂生。菊如工畫，舊藏僧古甲畫甚古，僧字悦公，見《讀畫録》。

題金子山遺照子山爲金孝章先生族孫，善畫。

當年春草滿閒房，鄧尉花時憶孝章。一幅生綃傳舊學，孤山鶴夢幾斜陽。

郊行雜詠

雨餘草色滿溪生，煙際微聞蛙鼓鳴。一帶短墻修竹裏，石橋西去有書聲。

頤園秋日

水鳥一聲漱，蓼花紅滿塘。棕櫚寒戰雨，薜荔飽纏霜。老樹迎人緑，幽蘭背日香。閒行過竹徑，空翠落衣裳。

馮培元，字因伯，號小亭，仁和人。道光甲辰探花，官光禄寺卿，督學湖北，殉粵匪之難，謚文介。工楷法，善畫。

自題畫梅

東風吹暖到南枝，殘臘初回日漸遲。晚節自能留歲暮，清名久已畏人知。崦西山遠花成海，湖上春寒鶴守祠。茗碗爐香新位置，手拗殘萼插軍持。

老兵

萬里秦時月，蒼茫出塞塵。餘生髀有肉，獨戍膽包身。倦羽三更雁，寒衣百結鶉。建櫜無底事，中外一家春。

金銀花

一叢淺白一叢黄，扶以筠枝上粉墻。畫譜春傳釵股小，夜階人翦燭華長。露痕圓鑄輕無迹，月暈微鎔静有香。莫舞銀鵝與金鳳，近來名字説鴛鴦。

楊嘉淦，原名朝鈐，號吟溪，一號夢湘，直隸盧龍人。由功臣館議敘府經歷。

跌宕詩酒，間寫蘭竹，師石濤、板橋兩家。

病中

滿庭紅雨落紛紛，迎月樓前日正曛。簾外無人春不掃，松陰低護一窗雲。

汶上有感

年來南北苦奔馳，回首文園泪暗垂。怕聽琵琶添懊惱，月明不敢立多時。

何栻，字廉昉，號悔餘，江陰人。道光乙巳進士，官江西吉安知府。工書，能山水。有《悔餘庵集》。

酆吟梅士駿**以素幀索畫蘭**

平生嗜蘭已成癖，足迹未到湘沅間。靈均九畹落夢想，家田種秫何時閒。杖頭沽酒日不足，安得餘錢還買山。墨花隨意著枝葉，自笑十指猶未彎。

題鋤月種梅圖

風鶴頻驚夜有聲，空山何處不榛荆。願君分與閒田地，共把長鑱過一生。

題湯貞愍畫石原題曰：「頑而能秀，是曰雄秀。」

秀氣出頑中，得雄亦可喜。若非補天餘，定欲拔地起。

屠彝，字白巖，號寶銘，錢塘人。琴隖太守倬子。穎悟絶人，幼即能詩，間亦作畫。有《壽萱堂詩鈔》。

自題山水小景時年十二。

遠山蒼翠欲沾衣，三兩漁舟散碧溪。堤外垂楊無意緑，忽聽格磔水邊啼。

數家村落隱炊煙，獨坐南窗看水田。隔岸有人牽犢至，渡船先泊小橋邊。

陳大齡，號鶴汀，一號鄂町，常熟人。工花卉，雅有新羅、玉壺逸致。

自題杏燕畫扇

粉墻東畔畫樓頭，花氣迎人暖欲浮。怪煞飛來雙燕子，亂紅深處話春愁。

章綬銜，字紫伯，歸安貢生。畫法山樵，詩宗唐人，頗能具體。有《磨兜堅室詩鈔》。

送于文叔孝廉北上

連雲烽火未銷時，贈遠聊憑春一枝。動地鼓鼙征客淚，隔江梅柳送行詩。欲全仙眷知非易，藉慰英魂莫任遲。小坪邀賜恤，眷屬仍留保定，君此去擬遣南歸。他日營田來潁上，結鄰休更賦將離。

李印，字千潭，號月巖，海寧人。畫承家學，擅長康之術，然頗自矜貴，不輕為人寫照。

山房和韻

嘉賓好我集山房，權把愁懷付醉鄉。莫訝袖添新酒點，舊痕猶自染羅裳。

劉錫，字夢齡，號韻湖，天津人。諸生。工行草書，善畫梅。有《寫梅閣詩存》。

訪費春樵不遇

白雲本無事，出岫是何心。自被風吹去，悠悠不可尋。青松寒日色，流水静琴音。佇立衡門外，野禽啼緑林。

顧塏，原名堦，字星符，錢塘人。貢生，官諸暨訓導。善繪事，尤精花鳥。

夏日田園雜興

有夢境皆適，無花草亦香。秧肥千稜緑，梅熟一村黄。菱唱到門静，槐陰繞屋涼。此中有真樂，何事慕羲皇。

山中無熱客，門少吏催租。田水沸如蟹，我心閒似鳧。小棚支豆莢，長柄種葫蘆。蔭午新蟬噪，高寒柳五株。

自題畫梅

野梅折得渾無樣，瑟縮丫叉傍屋檐。雪後南枝先得氣，暗香微透紙窗尖。

金永，字永和，號蓮塘，天津人。為玉岡芥舟季子。工寫溪山小景。有《歸與草堂集》。

題畫

楓葉初丹黄葦秋，扁舟獨倚釣磯頭。沙平水遠無人過，坐對波心數點鷗。

蔣憲儀，原名祖謨，字定生，號嵩甫，湖北黄梅人。道光甲辰舉人。工繪事，尤精花鳥。有《緑橙花館集》。

南浦亭

瘦馬西風外，荒涼又此亭。山隨天塹遠，雨入戰場腥。斷葦蒼蒼白，寒松慘慘青。眼前皆夢境，吾意共誰醒。

戴延祄，字竹友，休寧籍，寄居吴門。官户部郎中。寫蘭竹神韻超逸，書學山谷。深於詞學，有《銀藤花館詞》。

尺五園在京師右安門外，爲金司亭尚書簡别墅。

录曲闌干金粉積，風亭月榭儘徘徊。尚餘幾箇華堂燕，冷煞斜陽盼不來。

周毓芳，字海琅，海寧人。進士嘉猷孫，以軍功授布政司經歷。幼師李石梧，工詩畫。有《梯雲山館稿》。

游觀音巖

亂峰如劍插蒼冥，獨立西風醉眼青。深澗毒龍晴吐氣，虛堂神虎晝聽經。白雲呼吸通衡嶽，仙掌依稀摘酒星。惆悵楚狂人莫識，長歌何處問山靈。

三峿道中

溪雲如雨黯生煙，水調新腔隔浦傳。山果橘香初上市，客衣秋暖未裝緜。遠峰蕭寺蹲銅獸，古戍斜陽冷畫鳶。拍拍沙鷗隨棹集，却疑夢戀米家船。

顧椿年，字映莊，號沅蘭，昭文人。寫梅師煮石山農。有《鷗夢廬吟稿》。

畫梅

不愁玉笛爲吹殘，自喜春風到筆端。寫出横斜一枝影，教人疑是月中看。

錢壎，號蘇門，嵊縣貢生。詩宗陶、杜，間涉繪事，别有天趣。

秃筆作山水

免折松樹枝，休縳清溪箬。藉此晞髮叟，胸中吐邱壑。

晨夕與君居，吟哦得君助。不忍便埋君，爲寫埋君處。

葉元階，字仲蘭，號心水，慈谿諸生。喜寫蘭，得騷人逸致。有《赤堇詩鈔》。

題桃源圖

桑麻繞屋碧雲深，閒與妻兒話素心。偏是落花漏消息，尚容漁父入溪尋。

題靈石旅舍圖

一代江山杯酒中，美人眼底兩英雄。革囊擲地刀光碧，雪夜論交燭焰紅。瓜葛豈知成頃刻，李花從此占春風。丹青亦是有心者，不作迷樓粉黛工。

周壽昌，字應甫，一字荇農，湖南長沙人。道光乙巳進士，官内閣學士。博覽之餘，間作書畫，尤癖嗜兩《漢書》，為校正補注，至老不勌。有《思益堂集》。

秋夜獨坐

横胸五嶽聳嵯峨，自剔殘鐙倚醉歌。階下寒蛩樓上雁，十年消受此聲多。

偶成

行藉雛孫當杖扶，倚嬌時捋白髭鬚。病常作畫强消倦，老尚購書真笑愚。仲實囊空魚莫買，翟公門寂雀誰驅。昨宵夢拜先祠墓，手種喬松數百株。

曬舊衣感賦

卅載綈袍檢尚存，領襟雖破却餘温。重縫不忍輕移拆，上有慈親舊綫痕。

汪昉，字叔明，號菽民，陽湖人。道光甲辰舉人，官山東萊州府同知。初游湯貞愍幕中，與趙蘭舟、費曉樓朝夕論畫，因善山水，筆墨淹潤，邱壑渾成。書臨趙承旨，姿態秀逸，間作分隸。尤精鑒賞。有《夢衲盦集》。

嚴陵遇雨

已厭江流響，何堪雜雨聲。灘平潮直下，風急艇橫行。天似隨山盡，雲疑接地生。波濤奇險處，真覺一身輕。

題湯雨生西崦探梅圖

落日照殘雪，野行山更寒。梅花欹石瘦，小徑入林盤。人影鶴窺澗，琴聲泉下灘。清游渺難接，惆悵暮雲端。

題姜玉谿老友歸雲圖

聞道江鄉靖鼓鐃，不歸真恐被雲嘲。舊時猿鳥應相識，近局鷄豚喜見招。下潠有田堪種秫，空山無主任誅茅。他年得遂躬耕願，記取扁舟訪鶴巢。

作山居圖自題

六十平頭萬事休，合將身世比輕鷗。田盧樂志仲長統，鄉里稱名馬少游。婦解栽花真伉儷，兒能識字即箕裘。山童野老堪同席，何用元龍百尺樓。

為劍秋吾宗詞長題菊花雙隱圖

手結團瓢傍水涯，過墻新柳已藏鴉。山連鷲嶺宜雙隱，人與黄花共一家。倚竹風欺羅袂薄，劚苓雨墊角巾斜。何當容我東鄰住，半畝平分學種瓜。

題滄州王佀樵國均蘭根草舍詩草

不尚浮華不逞奇，却從平淡見清思。要知老嫗都能解，正是詩人洗鍊時。按，佀樵先生爲葉芸士廉訪表弟家夢臣叔之外祖也，與叔明至契，嘗爲畫《蘭根草舍圖》。今圖歸叔氏，屬濬題識，尚未報命。

包虎臣，字子莊，歸安諸生。家多舊藏宋元名蹟，嗜之甚篤，搜羅石刻尤富。精書法，山水宗北苑。

旅思

獨客生秋感，明輝上海東。關鄉千里寐，檐鐸五更風。涼露清於水，微雲遠在空。飛螢自相照，孤緒有誰同。

夏鳳翔，字子儀，錢塘人。之盛子。貢生，以部郎改官河東監掣同知。詩畫濡染家學，嘗鐫「詩接父傳，畫承母教」小印。有《愛日山房詩鈔》。

雜詩

庭前有枯樹，瑟縮棲寒鴉。北風正雨雪，日暮啼啞啞。鴉啼爾何意，曰未有室家。謂鴉爾勿啼，且復棲喬柯。不見離群雁，夜宿江頭沙。不見籠中雞，霍霍刀方磨。

太白樓

任城從古水東流，攬勝重來此上頭。天寶江山如一夢，謫仙南北有高樓。采石磯有太白酒樓。松濤翠挾千層雨，麥浪黃翻五月秋。落魄青衫猶故我，篷窗沽酒解閒愁。

胯下橋行

千年淮水流向東，如聞嗚咽懷英雄。英雄有時忍耻辱，丈夫吐氣終如虹。淮陰隱屠釣，市上來惡少。狎侮出不情，幾成一市笑。市人之笑那可説，龍泉欲鳴未出鞘。躊躇不屑死無名，百鍊之鋼指可繞。韓侯韓侯莫惆悵，名場不少葫蘆様。傴僂空摹胯下身，可憐未具封侯相。

朱震，字乾伯，號竹陂，嘉興人。山水宗法四王。有《誦茗帚庵稿》。

即事

晚風吹送藕花香，點點輕鷗下野塘。落日照門漁唱起，南湖煙水正茫茫。

陸光祺，字壽維，號掬珊，仁和人。人物、花鳥靡不工緻，嘗與毛西堂、錢叔蓋結社南屏。

重過文瀾閣有感

先皇樓閣鬱蒼蒼，下馬重來問夕陽。我愧無才勝元九，一篇宮體賦連昌。

殘山賸水付丹青，呵護由來自有靈。遺籍他年親詔訪，獻書闕下重雙丁。閣中殘書爲丁竹舟、松生兩君所掇拾，祺曾爲繪《書庫抱殘圖》。

厲志，字駭谷，定海諸生。書學明人，尤精行草。畫山水蘭竹有檀園逸趣。中歲患目眵，書畫益進，捉管疾掃，全以神行，一日可了數十幅。有《白華山人詩鈔》。

江城絶句

江店新醪撲瓮香，江城水氣逼衣涼。蔡郎橋畔絲絲柳，猶挂西風媚夕陽。

題自畫雪景

伴著妻兒且閉門，昨宵風雪遍山村。幾番欲出又還止，爲恐芒鞋損玉痕。

朱錫綬，字筱雲，太倉人。道光丙午舉人，官知縣。才思清綺，間作小畫，遠黛平林，蕭疏有致。詩亦幽秀。

題畫

秋山澹如妝，秋水明如鏡。美人期不來，巖花照幽靚。

和潘星齋題畫之作

鄉思都從畫裏生，暮雲不及遠山平。商量何處投竿好，夢落圓沙放鴨聲。

邢元植，字野航，天津人。工山水。自築若野園，顏所居曰「岸舟」，吟嘯其中。有《緑柳山房詩草》。

水村漫興

清齋疑對大江頭，每到斜陽景漸幽。秋冷鷗波人曬網，帆迴鷺渚客停舟。荒蘆半没高堤屋，衰柳多園古寺樓。漁父高歌入煙去，無邊沙雁落芳洲。

顧春福，號夢薌，崑山人，僑居洞庭東山。錦疇子。山水稟承家學，寫人物士女，為改七薌弟子。

潘星齋以詩索寫秋花卷子即次韻題畫

成竹胸無笑不禁，秋花草草點苔陰。寫來愧乏輞川意，還向先生句裏尋。

王震生，字伯威，號鶴孫，天津人。雷州太守玉璋孫。工山水，綽有祖風。

書湯貞愍公懷忠録後

銅柱煙塵昏，蠻山虎狼噬。蔓延楚地愁，路入江波沸。咄哉金陵城，天險一朝棄。過江荒傖來，血染旗與幟。吁嗟百萬家，遷徙幾人避。堂堂湯將軍，大節一身寄。豈無金湯籌，淺見薄讜議。苦少尺寸柄，孤憤激忠義。再拜謝君親，俯仰了身世。泉路三尺水，家室數行泪。瞻顧常人情，決絶孤臣志。畢命五字詩，浩氣滿天地。

陸齊壽，原名振之，字泑山，海寧人。貢生。善書，兼長蘭竹。有《最樂山莊詩鈔》。

讀書宿雲山房作

鄰林借榻亦前因，開士幽居秦水濱。啓户欲招山作客，隔墻便與竹爲鄰。佛燈影淡吟詩苦，花雨苔深潑墨新。應有春雲生卧内，好裁野服住閒身。明馮參政皋謨寧海寺詩有「借榻雲從卧裏生」句。

懷人詩之一張石匏開福

高風金石久傳家，尊甫芑塘徵君以博古聞海内，梁山舟侍講題其門曰「金石人家」。清絶生涯更足誇。并日有糧仍豢鶴，支椽無地尚移花。爲精古篆求秦印，愛訪殘碑泛海槎。妻子鹿門多自得，草堂三宿久咨嗟。

沙神芝，號笠甫，嘉興人。癖嗜金石。工篆隸，書摹懷素狂草，筆力雄健。兼善畫梅。

詠梅

誰把崑山玉翦裁，枝分南北一齊開。問渠那得清如許，曾歷千霜萬雪來。

題趙小閑印須圖

肩頭挑得一囊詩，落日江干待渡時。隔岸奇峰三十六，白雲深處有天池。

憶昔遨游嶺海回，也曾覓渡曲江隈。君行莫問前頭路，妙境都從險處來。

姚世瓚，字鐵峰，海寧人。工畫山水。

秋雨丈屬畫程節母墓門兩壁并題二詩鈔一

山林蔚秀一邱營，畫荻長留萬古名。愧乏詩才頌母德，漫和風雨寫秋聲。

馬士圖，字宗瓚，號鞠村，江寧諸生。工畫山水、仕女，兼寫竹梅。精鑒别。家居莫愁湖上，嘗集畫社於勝棋樓，至者三十三人，極一時之勝。著有《莫愁湖志》、《豆花村詩鈔》。

莫愁湖雜詠之一

年來愁病減清狂，閉户呼兒撿藥方。偶上石城舒老眼，芙蓉紅上鬱金堂。

喜晤熊松溪賣藥板橋

稻花香裏課農閒，獨自狂歌秋水灣。卅里摇來新畫舫，廿年耕破舊青山。壺公有術延人壽，岐伯無方治我頑。風送萍蹤逢世外，留連舊雨話難還。

春杪過吴氏園訪東林李處士不值

芳草煙生欲暮天，杏花村畔叩松關。構成北面數間屋，買得南朝一片山。供客蔬連春水漲，課兒書掩小窗閒。謫仙不遇空惆悵，何處高吟醉不還。

陶瑄，號梅石，一號梅若，又號鉏雲，秀水人。其父樂山翁好蓺花竹，嫻寫生，儲藏古人名繪甚夥。梅石自幼濡染，能承家學。畫皆精心締構，無一率意之筆。題識書法靡不名雋。

自題畫梅

鶴未歸來月未升，呼童煮水自燃燈。畫梅究竟從何派，心出家盦粥飯僧。

東風昨夜入山館，忽忽春情與夢通。踏遍羅浮最高頂，冰魂清到鶴聲中。

道光丁酉七月望後偕碧筠主人自鴛湖至雁水作清夜之游篷窗畫荷携歸并題

暑退江鄉風景清，尋詩曾記棹舟行。黄昏雨過白蓮净，涼煞一灣秋月明。

陶琳，號松石，秀水人。梅石弟。山水筆墨疏爽簡澹，雅近椒畦。書學黄文節，亦跌宕有致。

題畫

渺渺平沙夕照妍，一行新雁影迴旋。漁歌唱歇船歸晚，秋在蘆花淺渚邊。

秦緗業，字淡如，無錫人。小峴侍郎瀛子。道光丙午副貢，官浙江鹽運使。善書畫。有《虹橋老屋遺稿》。

同治戊辰題吴梅村小像

湘江渺渺恨無窮，回首蒼梧夕照中。生恐移根難得地，國香零落付秋風。像爲禹慎齋之鼎寫，顧元昭彔補流水叢蘭。

老去偏工幼婦辭，請看獨坐撚吟髭。鴻臚初唱面如玉，恨未貌君年少時。

褚逢椿，號仙根，長洲諸生。善隸書，能畫。有《行素齋集》。

過楓橋憩寒山寺

近寺人家水繞城，無端蹤迹作江行。黑雲壓屋有雪意，黄葉打窗如雨聲。古佛已荒空去劫，寒鐘未起待殘更。欲尋張繼停舟處，一片蒼山暮色横。

陸修潔，字子廉，號筱坡，平湖人。山水師石谷，亦能花卉，善鐵筆。有《寶文堂遺稿》。

曉渡西泖

殘夢落遥浦，篷窗曙色分。風花團作絮，水氣盪成雲。吴越連荒旱，荆襄尚寇氛。扁舟幸無恙，閒與鷺鷗群。

柏樹琪，字玗林，海寧人。工詩畫，喜摹印。

月夜泛舟

扁舟安穩似漁家，清飲狂歌日易斜。何物更添詞客興，半船明月照蘆花。

彭兆楨，字元起，號小颿，元和人。學畫於蔣霞竹，用筆布墨雅近椒畦。

贈陸鐵簫

本來面目老維摩，書畫禪高隱薜蘿。斗大一龕塵不染，白雲團處落花多。

王章，初名摶霄，字雨嵐，上元人。諸生。工書畫，精度曲，能詩。有《靜虛堂吹生草》。

為止何畫宜興山水箑子即題

坡公愛卜陽羨居，蜀山遺址今尚餘。後來又有雲林迂，曾作義興山水圖。我才去坡一萬里，畫筆如何及倪子。張侯要我步前人，愧汗涔涔不能止。去年四月寄紙扇，隔歲償逋懶無比。吁嚱乎，吴門困旅對瓦燈，草草報君君勿憎。

歲暮海秋自揚州來金陵

君住揚州近十春，白門一返一傷神。江山落日寒征馬，風雪殘年覓故人。曠代知心皆類聚，經時會面轉情親。相看欲泣還成笑，同是文章不療貧。

金濠，字樂魚，金華人。咸豐初舉孝廉方正。工擘窠書，善畫蘆蟹。

雪意

樓外陰多冷逼衣，樓頭山色隔林微。頑雲羃野日沈午，敗葉打窗風亂飛。暖閣正宜供茗具，貧家祇合掩柴扉。獨憐寂歷松窗下，猶有天涯鶴未歸。

陳紹明，字宣三，海寧人。諸生。工書，能畫。

月夜泊鷉湖

鴛湖纔過又鷉湖，塔影山光入畫圖。分付篷窗開四面，好將月色滿船鋪。

景仰止，字峻行，山西河東芮城諸生，隱居中條山麓之帝召谷。善丹青。洪楊之亂，率鄉勇防河，力戰以身殉。

自題王官谷司空表聖隱居圖

石堂茅構結山樊，日識玄鶴與白猨。不得王官谷裏客，豈知唐亂有桃源。

崇恩，覺羅氏，字仰之，號雨舲，一作敔舲，别號香南居士，亦稱語鈴道人。由廩貢生官至山東巡撫。精鑒别，富收藏。書法坡翁，山水出入宋元諸家。

咸豐戊午竹如方伯屬題成親王為謝東墅先生墉所畫宣城見梅圖

袖鞭琢句宣城路，信手圖來著眼明。不寫一花香隱約，但憑雙管判枯榮。寒林閣雪都無迹，老樹添苔倍有情。半幅生綃傳墨妙，至今奇氣尚縱橫。成邸畫不多見，因屬張小蓬司馬祚枝橅寫一幅，藏之以誌欽慕。

王素，字小梅，江都人。工人物、花卉，略師新羅山人。

題畫

健足不用天台藤，用儀徵相國句。葫蘆有酒何妨醉。綏山花果正逢春，多子多孫延壽意。按，畫爲七十七歲作，一藤杖，一花籃，内貯桃實蘭芝，附帶蔓大小二葫蘆。

清畫家詩史辛下

寧津李濬之響泉編輯

張之萬，字子青，號鑾坡，南皮人。道光丁未第一人及第，官至大學士，贈太傅，謚文達。畫承家學，山水骨秀神清，為士大夫畫中逸品。晚年筆簡墨澹，彌見蒼寒。初與鹿牀居士討論六法，交最相契，時稱「南戴北張」。書精小楷，唐法晋韻兼擅其勝。壽八十有四。有《張文達公遺集》。公子嘉蔭，字同蘇，工楷法，精花鳥。

畫為静山贈别時移寓拙政園

雨氣初收欲霽天，油雲猶覆翠峰巔。清泉汩汩出山去，知溉人間萬頃田。

題畫

曾爲湖上游，却憶湖堤柳。春曉啼流鶯，何人此携酒。

夙有山水癖，無計能買山。乃時以意造，求之楮墨間。林邊置茅屋，泉畔開松關。

興動心逾静，筆忙趣自閒。披圖問我友，果否堪躋攀。常懷赤壁游，江上增遐想。更念富春山，高風切景仰。弄筆寫素心，此境或相仿。

數載江南悵别離，空將煙柳寫絲絲。茗甌啜罷凭闌望，記得湖樓曉坐時。
一徑迴環上翠微，江雲漠漠樹成圍。登臨悵望天涯遠，爲問風帆何處歸。
雨霽遥峰添翠色，風來秋樹起濤聲。山齋竟日琴書静，薄潤輕寒一味清。
洲渚清幽暫泊舟，茫茫彌望水東流。西山煙雨空濛處，多少樓臺是舊游。

題畫為小雲同年

十里平湖雨乍收，遥山尚有片雲浮。荻花楓葉秋聲起，無限詩情到客舟。

詠菊八首 鈔六

幾枝先放占秋光，愧我偏無錦繡腸。惆悵東籬還默祝，來年著意作重陽。奪錦標

如許重樓簇玉英，誰言魏紫獨傾城。與君指點秋光看，買盡胭脂畫不成。白牡丹

飛瓢依樣傲霜含，妙手空空仔細參。詩畫有禪憑指引，西風獨立一和南。黄佛手

曾傳美酒鬱金光，玉碗盛來不敢嘗。予不能飲。但使餐英能醉客，酒香未必勝花香。蘭陵酒

佛座何須定是蓮，對花恍似禮金仙。慚余未面達摩壁，且問黄華般若禪。金佛座　經云：粲粲黄華，無非般若。

花最團欒葉最稠，一叢爛漫傲深秋。金英畢竟中央色，不向陳州覓玉毬。黄金毬　范成大《菊譜》：玉毬出陳州。

癸酉立冬日燈下作畫并題

山無竹不秀，水無石不清。愛此清秀氣，暢吾筆墨情。寫竹未瀟灑，畫石難峥

嶸。貞心與勁節，懷古徒怦怦。

為戈曉帆作秋篷夜話圖并題

客心正思北渡，旅雁却又南飛。且向蘆花深處，泊舟聊可忘機。

憶菊垞弟

他鄉不及故園花，浥露凌霜也自嘉。病起强尋三徑看，數聲征雁悵天涯。公介弟菊垞孝廉名之京，爲佑之伯祖壻，天才超逸，不樂仕進。時與珍同伯同有藝菊之癖，相傳方金印尤爲異種。

丙子秋日題畫

駒隙光陰倏卅年，拈毫重爲掃雲煙。何堪世事雲煙幻，回首春明一悵然。

光緒丁丑為笙漁題石谷梅壑合璧册

三年前已見斯本，此日重看眼倍明。恨不同時奉筆硯，畫中真訣問先生。

黄彭年，字子壽，貴州貴筑人。道光丁未進士，官江蘇布政使。工花卉。主講保陽。纂修《畿輔通志》。有《陶樓集》。

諸十一孝廉許作乃園圖要之以詩依韻見答謂溽暑緩期先賦八景為券感其意作此代柬

瓦石歷落蔓草蕪，客來披山爲翦除。巘原陟降心目舒，先生欣然許作圖，區以八景概其餘。賦詩爲券盟不渝，誰歟監者陶陳瞿。左都枚七遲速殊，況乃溽暑揮汗珠。此詩催畫如催租，能事迫促何其愚。公孫劍氣張旭書，有時四顧而躊躇。乘興據几雙縉鋪，解衣磅礴蟲嚌膚。神機巧思相灌輸，筆句墨搶風霆驅。知君得意忘筌魚，不期而獲吾亦娱。

白恩佑，字蘭嵓，號石仙，晚署石翁，介休人。道光丁未翰林。山水、花卉不襲故常。督學湖南時，每與楊海琴同游永州諸名勝。

題自畫便扇蘭生石壁間下作牡丹一枝

魏紫姚黄易賞音，幽蘭遠在最高岑。豈言富貴非吾願，只恐無端負素心。

重陽已過霜降而湘中天暖猶似中秋秦豫烽煙未息家鄉音問難通一官拘綴無可出游悵然有作

盼到重陽秋已闌，喜無風雨助清寒。江南景物何心賞，塞北雲山極目看。遍插茱萸思慘緑，萱姪方應省試。偶觀盆菊羡還丹。愧無佳句酬佳節，把酒持螯且自寛。

劉有銘，字緘三，一字鎸山，號蔗圃，南皮人。道光丁未翰林，官工部侍郎。山水自寫胸臆，不落恒蹊。有《蔗圃集》。

癸酉七月舟次揚州與子青同年晤談出畫扇為贈因題其上

古木饒秀色，修竹含貞心。與君少異同，寫此莟與岑。何時挹清風，把臂期入林。時子青、予告閒居。珍重故人筆，拜賜抵千金。

自題畫册

梵王宫裏五更鐘，半入青雲半入松。秋水一江隔不斷，摇摇飛過最高峰。

高處不勝危，登陟常懍懍。步步畫平臺，爲取著脚穩。畫中高峰作石磴數級。

收來萬壑煙雲氣，噴作空山風雨聲。流過前溪成巨浸，安問誰濁與誰清。

會得淵明解組心，隱居何必定山林。畫籬不向籬間寄，解撫無絃纔是琴。籬落菊花，一人曳杖其間。

流水通舟楫，止水宜網罟。網撒有時收，舟牽無日息。一堤界中央，内外殊勞逸。

典試浙中食蓴鱸作

鱸膾蓴羹稱美味，西湖畢竟不如家。秋風我亦鄉思動，海蟹鮮蟶蕨菜芽。

張衍度，字子貞，海豐人。道光己酉拔貢，官直隸知縣。

畫墨菊秋卉并題

茅檐清寂似山村，地僻何勞客到門。鎮日蕭閒無箇事，自將淡墨寫秋痕。

任道鎔，字筱沅，江蘇宜興人。道光己酉拔貢，官至浙江巡撫。墨梅氣魄雄厚，近似彭剛直。有《寄漚游草》。

詠蘭

借君畫眉筆，爲君畫團扇。團扇生香風，宛轉撲人面。

光緒甲午夏日為盛旭人方伯畫墨梅屏幅

滴露研朱我不如，寫生當作魯公書。飲酣下筆驚風雨，純是天機任卷舒。
故交落落有誰如，松竹爲鄰慰索居。踏雪尚能腰脚健，客譚朱紫不關渠。

吴炳南，字韶徵，一字星儕，又字華溪，廣東順德人。道光己酉舉人。書畫琴弈靡不精妙。有《華溪詩鈔》。

文信國

聲歌花酒中年夢，社稷山河老後情。諸妓滿堂甘一散，二王航海竟無成。匡門事去天難問，柴市魂歸月不明。大節千秋并張陸，從容終是讓先生。

丁紹周，字濂甫，丹徒人。道光庚戌進士，官光禄寺卿。工山水，筆墨淹潤。有《蜀游草》。

綿州晚行書所見

水田千百頃，野市兩三家。雨洗青棕葉，風吹紫樸花。飲泉奔一犢，争樹亂群鴉。今日程猶遠，前村夕照斜。

浣花草堂

百花潭北苦吟身，萬里橋西故宅新。六十年來半游客，三千篇後一詩人。溪山寂寞誰爲主，水竹清奇似有神。今日草堂瞻拜處，自携丹菊薦青蘋。

為焦巖僧鶴山作畫并題

萬里征程數月還，吮毫又得一時閒。胸中奇氣難消盡，却對家山寫蜀山。時典蜀試畢，又拜視學浙江之命。

同治辛未按試湖州適得子立瀛南宮捷音宗湘文觀察賀以詩次韻和之

聞喜名軒事亦奇，師門遺墨尚淋漓。初道光癸未，杜文端公按臨湖州時，於四月八日得文正師泥金之報，題聞喜軒額於試院東楹。余亦於四月八日莅湖，越三日適得瀛兒捷報，因又顔其室曰疊喜。四千里外登龍日，五十年前噪鵲時。艷説宫花分棣萼，姪立幹戊辰進士，本科同應殿試。敢云階樹盡瓊枝。吴興太守多情甚，貽我瑶箋索和詩。

周星譽，初名譽芬，字畇叔，一字叔雲，河南祥符人，籍山陰。道光庚戌進士，由御史官廣東鹽運使。嘗在籍創益社。浙東王星諴、李慈銘等咸隸社籍。工詩，能花卉。有《鷗堂賸稿》。

任渭長乞予畫扇醉中走筆寫水仙靈芝

君自畫君畫，我自畫我詩。我眉自能顰，不能效先施。造詣雖不同，各抱千古思。清氣孕肝膈，即物皆吾師。濯我塵土筆，寫君冰雪姿。娟娟採珠人，蕉萃荒江湄。我欲招之來，貽以雙紫芝。相期宛洛間，耕煙驂紫螭。結佩貞歲寒，此意君儻知。

雨次上渠灘

江風捲地散蠅蝨，濕翠堆篷曙不分。遠峽猿聲青隔雨，陰崖蛟氣白連雲。一官憔悴投荒録，萬里悽涼誓墓文。十口長飢行李乏，愧他豪客夜知聞。時有盜警。

丙子二月夜泊南鄉即景

舵樓晚飯古榕陰，擁鼻篷窗效越吟。月氣曉紅知晝熱，江光夜碧覺春深。蒸溪霧毒蛇懸樹，掠徑風香麝過林。七載瘴鄉青鬢改，浮家長繫故園心。

辛巳十月由隆安入果化即事遣懷

入峽天黏石，緣江路斷泥。星流蛇蠱出，月暗虎倀啼。箐鑿山魈屋，藤懸峒獠梯。炎荒南去僻，風景日悽迷。

題畫李泌遇懶殘

貴日兩顆梨，窮時一枚芋。但食勿復言，領取宰相去。三朝佐命兩京功，盡在深山讀書處。君不見片語相知便不同，感人尤在賤貧中。山僧恩怨分明甚，更有闍黎飯後鐘。

楊慶麟，字振甫，吴江人。道光庚戌進士，官廣東布政使。山水師麓臺，兼石田、仲圭兩家法；亦善花卉。家有瓶麓齋，收藏書畫甚富，後付其壻邵息庵編修松年，為編入《古緣萃録》。

自題豫游寓目圖

徐君好劍尋常事，季子高風世所傾。故國一抔無覓處，却留遺迹在襄城。吴季子挂劍處在河南襄城。

吴鼎元，字新伯，號右卿，錢塘人。咸豐辛亥舉人。工花卉，墨梅尤勝。

南屏山謁張忠烈公墓

南屏山上愁雲黑，黄土一抔埋不得。八尺豐碑三字存，大書特書好山色。忠烈寄命百里時，地維欲絶擎一絲。江干已破崇明陷，海天一角猶支持。招降有書詞激切，一日再至紛如雪。精鐵雖堅尚可磨，此心更欲堅如鐵。英藿山下浮屠高，文山幸作空坑逃。誰説浮屠瘞毅骨，壺漿争見迎師勞。滔滔莫挽狂瀾勢，魯王旋逐秋風逝。大厦安能一木支，待時豈作偷生計。結茅懸嶴删春蒿，散軍解却金獅袍。草木無聲萬籟寂，長鳴惟聽雙青猱。沈沈星月夜將半，附葛攀藤來枕畔。夢醒燈殘鹿已亡，奈何徒事同聲唤。牧羊一曲誰歌公，十有九載墮奇功。滿腔熱血灑何處，鳳凰山外苔花紅。御史捐金購公首，賃地者誰朱錫九。巋然古冢南屏陰，償公素志事非偶。君不見西泠橋邊岳武穆，八盤嶺下于忠肅。一片孤忠兩地同，與公鼎峙成三足。

李鴻藻，字蘭蓀，直隸高陽人。咸豐壬子翰林，官至大學士，謚文正。書法謹飭，氣息深厚。家多名繪，間作山水，筆墨淹潤，士氣盎然。

太常仙蝶圖

石上松陰酒一杯，太常仙蝶日飛來。回頭四十餘年事，大好園亭幾溯洄。

自題仿倪高士畫扇

高風千載憶倪迂，筆底塵氛半點無。天末飛帆勞遠望，詩懷常抱一亭孤。

豫錫之先生示詩寓招隱之意疊韻奉酬

每從盤谷憶風標，謂李季雲。踏月穿雲杖一條。何日買山成大隱，竹松常結歲寒交。

德林，字君直，號研香，姓閻氏，隸漢軍。官河南知府，遷鹽運使。工山水、竹石，趙撝叔初從之學，後得名竟諱稱所出。李子和中丞撫汴時招入節署，與文石公子討論六法，嘗為作《偶園讀畫圖》。

輓湯貞愍公貽汾

將軍才本健，不愧此捐生。一死酬君父，千秋壯甲兵。血留獅子窟，香滿石頭城。何以寫予意，江流恨不平。

許告，字子中，號荔牆，祖籍山西河津人，隨父流寓陝西，籍涇陽。咸豐壬子進士，入翰林，官宫贊，旋告歸，主講河東最久。喜作花卉，任筆揮灑，丰姿超妙。

自題畫册

手携并翦整蘭叢，襲得幽香兩袖中。蜂蝶繞身揮不去，幾回相伴入簾櫳。蘭

誤入塵寰笑爾癡，長林豐草去無時。等閒不受兒童約，跳出樊籠喜可知。秋菘、蟈蟈

昨夜籬邊蟋蟀鳴，西風先到豆花棚。一番秋意渾無著，起向空階聽雨聲。豆花、蟋蟀盆

玉笛聲中暮雨涼，沈香亭畔紫羅囊。太真沈醉三郎醒，留貯清平調幾章。荷包、牡丹

勞沅恩，字澤南，一字佩蓀，會稽人。官直隸知縣。工花卉，設色妍麗。

效選體題長白夢蓮先生夢迹圖鈔二　夢蓮名寶琳，为紹葛民方伯尊人。

勝蹟留衆春，高會紀戊夏。韓園與蘇石，千秋騰聲價。開筵面池沼，散步周臺榭。雨添荷莖肥，風入槐枝亞。大夫勤撫字，於此暫休暇。劇談雜諧隱，拇戰兼覆射。帽似龍山落，酒可鷫裘貰。日下西城闉，還惜歸車駕。右題雅集衆春圖　韓魏公衆春園在定州治東北隅，内置蘇文忠公雪浪石。道光戊申，先生刺中山時每讌集園中。

塔尖不避雷車路，半作劫灰半雲霧。盤山挂月峰最高，上有半塔，僧言修復屢爲雷所傾覆。游人躡入雲霧中，歷歷望見古關樹。樹連山色何蒼茫，關内青青關外黄。回頭一瞬入津海，但覺水氣合天光。枕山帶海近可指，擁衛神京千萬祀。黛附鳳翩上層霄，俯瞰之間諒若此。右題《盤游絶頂圖》。

張曰衔，字秋粟，號思素，仁和人。咸豐癸丑進士，官廣東南澳同知。能山水。有《白城詩鈔》。

題陸小石靈峰探梅圖

境僻清游暢，寒消古樹春。煙霞三竺路，裙屐六朝人。分韻看新詠，談禪悟净因。無緣陪杖履，塵袂負芳辰。

署旁隙地種花甚茂余將去官先别以詩

緑楊不繫轉蓬身，鴉嘴空栽滿院春。愛戀真如將嫁女，護持還仗後來人。離懷恨值風兼雨，客路先愁驛與津。預把芳醪向花别，料他紅紫也含顰。

夏鸞翔，字紫笙，錢塘人。諸生，官光禄寺署正。性穎悟，善詩文，旁及繢事、篆刻。有《春暉堂集》。

富春江夜渡

獨抱天涯感，腸隨路九迴。艣聲摇月去，山色渡江來。燈簇孤城遠，潮吞大地哀。嚴灘明日到，待謁子陵臺。

過山家

不辨雲深淺，青山繞一痕。我來盪輕槳，無意入煙村。溪水碧無際，菜花黄到門。坐看斜日下，小市亂雞豚。

湖樓感舊

無復蘭橈載酒行，故人零落幾晨星。朔風冷後東風暖，又换一年楊柳青。

翁同龢，字笙甫，號叔平，又號韻齋，晚號瓶生，因得松禪舊印自號松禪老人，常熟人。相國文端公心存子。咸豐丙辰第一人及第，官至户部尚書、協辦大學士，謚文恭。詩宗坡、谷，書法跌宕沈快，奄有衆長，兼工篆隸。晚歲以墨戲寫意，得白陽、青藤意趣。

題楊西亭東塔圖示弢夫從孫

自我歸田盧，田盧無可歸。賃屋方塔下，閉户聊息機。但聞烏烏音，不睹金碧輝。或云當鼎新，衆論多從違。阿弢從北來，亦苦無枝依。我遷弢遂留，雁燕相代飛。屋西一畝地，卉木頗芳菲。豈無三宿戀，恐被佛祖譏。憶我數年前，服官居京畿。退朝見此畫，中夜發長欷。罡風相輪墮，劫火城郭非。豈知投老年，於此寄荆扉。萬事會有定，達者審其幾。且吟塔下詩，毋爲歎調飢。癸、甲間得此畫於京師，戊戌放歸，賃張氏屋，適當塔下。明年，余徙南涇塘，而斌孫又賃此屋。蓋日夕與窣堵波相周旋也。辛丑九月題詩并記。

臨蘇書橘頌為補小圖

荆溪安得千頭橘，陽羨曾無一畝田，公自飛行太空表，我猶執著小乘禪。荒村燈火題詩處，橫野青黄讀畫年。爲補一圖見公志，人生何處不隨緣。

端陽畫虎便面戲題

細草平疇緩緩行，英姿落盡氄毛輕。十年食肉真無用，憐爾虛名誤半生。相國生年在寅，每畫虎題以寄慨。

題桂侍郎曉行圖便面

闢吏譙訶問姓名，開門何止待雞鳴。畫師慣寫承平景，野店山橋自在行。早行詩句知無數，唐宋於今幾輩傳。只是曉風殘月曲，教人腸斷柳屯田。

策馬獨游花之寺看海棠

朝回日日西山暮，火急尋春春已殘。裝點不成泥塑樣，短衣飛鞚太無端。乾嘉以後詞流盡，莫問城南掌故花。「詞流百輩花間盡，此是宣南掌故花。」近人龔璱人海棠詩也。賸有老舲詩句在，斷縑殘字補窗紗。

題潘伯寅萬柳堂補柳圖

平橋流水古城隅，廉相園林迹已蕪。不信此堂真萬柳，且看我輩第三圖。朱野雲有《訪柳》、《補柳》二圖。朱陳修禊頻來往，翁阮題詩今有無。最憶蕭山觴客處，短轅輕杖路人扶。己酉春夏屢陪湯文端公游讌於此。

長條斫後换新枝，要插樊籬好護持。萬事盡如栽柳法，一官難得看花時。君方左降，再入翰林。琴樽小集人還健，裘帳來游我已遲。不用張羅且沈醉，問誰能解鄭盦詩。

登盤山

松是奇蹤石大觀，松容石氣兩迷漫。人言雲海黄山勝，我作天平鄧尉看。天平山萬石皆立。蜕甲虬龍隨地活，應聲琴筑一時彈。狂游不覺衣裘薄，來趁長風雪後寒。

戊戌十一月屺懷太史過我塔下山房以古拓數種見示張公方碑蘇齋舊藏也前後三圖精妙無比因補此圖於余鈎刊本後以志墨緣

塔鈴報我有良朋，客未敲門我已譍。看遍米家虹月舫，不知老眼怯寒燈。
石墨樓儲隻字無，每逢題識手重摹。江鄉一段酸寒景，誰補携碑第四圖。

黄世善，字上水，仁和人。咸豐戊午舉人，官中書。學畫於楊渚白，尤工墨梅，戴文節時以所繪易其梅幅。

浚河工竣於東橋河堧棘闈牆外遍栽芙蓉漫成

芙蓉開出好丰姿，映水紅留夕照遲。悟得文章宜冷艷，鷺鷥橋外立多時。

程震佑，字春霆，號覺園，安徽人。官山西河津知縣。工書，能山水。因事戍新疆，後放歸。有《西行東歸唱和集》。

李樸園先生光庭於閏端午招同邵丈張賓漁觀察芮芝村世講集飲宣南漫成長句

倏經四度閏端陽，南北東西世味嘗。似箭光陰催老大，驚人時事變滄桑。誰知虎口餘生客，猶得燕臺共舉觴。水馬鳧車觀競渡，昔年景象費思量。城南春瓮美葡萄，九秩將開飲尚豪。交似晨星嗟落落，詩如流水總滔滔。抵都甫數日即蒙和東歸之作。亦知情重方爲計，争奈身衰不耐勞。公聞震至，枉駕先施，勸諭出山。況是救時無上策，此生只合老蓬蒿。

戈泰徵，字伯魯，號礪侯，直隸景州人。德庵太守其邁長子。咸豐戊午解元，與弟益徵汧侯、履徵青侯均負文譽。詩承家學，工楷法，精篆書，兼善山水。

和程春霆丈東歸原韻

記從題句送征裝，癸丑赴新疆時嘗以詩餞别。愁望雲山各一鄉。未卜入關何歲月，漫言别路偶參商。河橋有迹迷青草，羌笛無情怨緑楊。每向蘭階問消息，同心相對總凄涼。

愧乏郵筒寄大荒，側聞宣力向沙場。離家惟幸身還健，報國恒憂願未償。萬里驚烏啼夜月，三年羸馬卧秋霜。浣花知有傷心句，酬唱何人上草堂。

獻賦年年拙未藏，深負期許自悲傷。聊將書記師陳阮，敢説詩名似晋唐。拙作蒙獎許，謂學陶、杜。青眼如公今有幾，紅塵憐我意偏長。玉門望斷鱗鴻信，忽聽東歸喜欲狂。

當時世味料深嘗，好向園田課稻粱。荆棘從知平地少，菊花應爲老人香。關懷舊雨兼新雨，小住汾陽更晋陽。相見何須傷往事，欣隨杖履問周行。

鄭載恩，字梓雲，嘉興人。官邳州巡檢。工詩，兼善書畫。

題藍次公孟桃溪漁隱圖

扁舟成一往，何處著風塵。漁釣從吾適，溪山自好春。盛朝無棄物，大壑有潛鱗。太古耕桑樂，人間可問津。

李若昌，字小泉，順天人。世襲雲騎尉。家富收藏，耳目濡染，遂擅六法。筆姿超縱，尤喜臨摹。有《盼雲軒畫譜》。

昔在滇南見唐梅老幹著花質如冰玉雪窗憶舊拈筆寫之

小別滇池二十年，唐梅鐵幹記前緣。拈毫恍入羅浮夢，猶覺寒香在目前。

一擲烏號冷世情，山家風味雪同清。窗前一水浮清淺，瀟灑臨池賦濯纓。

吴鳳喈，字霞軒，仁和人。咸豐己未舉人，官工部員外郎。工蘭竹，神似板橋。有《味蘭室詩鈔》。

題畫蘭

霜後風前春訊遲，空山苦自秘芳姿。花農擔向街頭賣，纔得文房位置宜。

王星誠，字孟調，山陰人。咸豐己未副貢。多才藝，能畫。游幕河南。有《西皃殘草》。

贈登封宰王丹麓并柬洛下汪東初丹麓名承楓，字陛臣，磁州人。工山水。

伯樂一顧萬馬喑，鹽車骯髒乃有真。即看俗吏浩如海，我能於畫深知君。吾家山水維與宰，本朝奕奕尤有人。麓臺荆川太崛强，後來幾輩傳芳芬。畫山所貴得山性，必有身造方能神。聞君放衙對二室，牀屋未屑收凡雲。觀香積翠半奴走，天風玉女來比鄰。癯龍顒顒踞其肘，下筆寧顧造化嗔。吾家禹穴頗神秀，十年跂脚凌秋雰。石氣到骨心計拙，山風吹衣皮膚皴。出門短策走汴泗，披髮仰笑誰將倫。中朝人物過江盡，韓陵片石今無存。山河污濁誓一洗，小夫撟舌疑金根。黄沙茫茫眼睛死，猶能爲子開浮塵。丹青雖好亦小技，願君手挽蒼生春。墨池涓滴翕霖雨，壽民當與名山均。乾坤清氣本吾有，毋厠齷齪凡兒群。此意人間會者尠，爲誠問訊窮汪倫。

洛川道中

一川新水拖藍嫩，十里平林淺絳殷。好似故人團扇畫，衹疑歸夢到柯山。越漫子有《柯山紅樹》畫扇，光景絶似此間。

李廷柏，字芸坪，仁和人。監生。工山水，幕游兩粵最久。

題畫

平生蹤迹任消磨，過眼雲山觸境多。欲借此中高處卧，粥魚茶版慰蹉跎。

仙境何須問薜蘿，閒花吹落遍巖阿。何時振策群峰頂，鎮日看雲不厭多。

趙之謙，字撝叔，一字冷君，號益甫，又號梅庵，更號悲盦，會稽人。咸豐己未舉人，官江西鄱陽知縣。精鑒金石，善花卉，兼工篆隸、刻印。著有《悲庵詩賸》、《勇盧閒詰》、《續寰宇訪碑録》、《二金蜨堂印存》。

東甌多楨桐居人呼曰丁冬可謂諧聲會意為平叔兄畫扇戲綴數言假借而已

雲飛赤雀驚，風颾楨虬怒。惜此鐵如意，償却珊瑚樹。

蔡枳籬同年問南宗疑義即事答之用寒山體

窗外東山小，門外東山高。屋外東山大，登山東山逃。東山何從逃，人在山之腰。山下人看山，已笑登者勞。

畫梅

老幹槎枒酒氣魄，疏花圓滿鶴精神。空山安用和羹手，獨立蒼茫攬古春。

吴洽林，字壬甫，號大雲，仁和人。諸生。工書畫，好遠游，有聲公卿間。

反游仙

落落塵寰笑我愚，不修仙佛不成儒。浮漚身勢終何著，儘把乾坤付酒壺。
不是閒人未許閒，得閒方可駐衰顏。定知天欲成吾志，留住清泉不出山。

龔易圖，字藹人，閩縣人。咸豐己未進士，官湖南布政使。初以縣令需次山左，才具敏長，為閻文介公所識拔。吏治之暇，頗能墨戲。有《烏石山房詩存》。

丹初中丞命畫并題

萬竹深藏古寺，一溪斜傍人家。橋上杖藜獨往，村頭有酒可賒。

孫詒經，字子授，錢塘人。咸豐庚申進士，官户部侍郎。善山水。有《捝敍堂稿》。

南苑絶句 鈔一

離宫風景數團河，金碧樓臺點綴多。絶似西湖形勝好，蓬萊仙境在煙波。

聽雨

玉漏頻催客未眠，聯牀翦燭興無邊。推敲細律償詩債，斟酌新圖證畫禪。古木寒聲驚夜雨，平原秋色盼晴煙。何時同泛西溪櫂，淺水蘆花不繫船。

王拭，滿洲籍，駐杭州。庚申之劫，避地唐棲。善舞劍、彈琴，間寫花卉。

鄞水紀游之一

小舟衝破水雲開，兩岸桑麻密密栽。繞過超山青一角，耳中隱隱市喧來。

吴炳，字仲蘭，仁和諸生。工書畫。其室人為魏柳州女孫，嫁時諸名流集資助奩，儷以魏氏先世書畫遺集，胡書農學士有詩紀其事。

雨前茶

生涯料理付茶卮，逢閏今年穀雨遲。一掬泉香淘井後，四山雲嫩禁煙時。流光彈指催花信，有客籠頭感鬢絲。珍重滿甌春色在，東風未翦牡丹枝。

燒鵝

最愛雙紅掌，分來煿炙餘。撥絃飛火鳳，煨笋勝花豬。脯擘瓊膏膩，肪凝絳玉如。羊頭休共爛，留換右軍書。

煙水磯修禊集蘭亭字

已是山春將暮天，臨流懷古集諸賢。水間清趣娱觴詠，竹外和風暢管絃。蘭室人文欣此日，林亭故迹感當年。曾云昔是游觀地，事異情遷一慨然。

汪皓，字知三，號芝山，一號芝衫，江西彭澤人。布衣。年九歲即能作畫，信筆揮灑，天趣可人。有《芝衫詩稿》。

月夜

故國砧寒木葉初，江風吹月上碕蘆。三更鼓角荒城遠，半枕星河客夢疏。鐵槊壯心餘酩酊，白衣供奉老居諸。潮聲并作離鴻怨，盼斷梁園一紙書。

沈成烈，字筱嵋，蕭山人。同治乙丑進士，由庶常改官兵部主事，旋即告歸，高尚不出。精楷書，善蘭石。有《許閒山館詩鈔》。

獨夜

書帷燈盡夜寒時，如此風光許我私。竹影上墻成妙墨，月明滿地助新詩。酒當醉後愁都破，吟到狂來冷不知。好景留人眠未得，天高霜落漏聲遲。

題畫水仙

小立亭亭玉一枝，繁華早已洗胭脂。凌波綽約情如訴，出水輕盈俗可醫。最好冷香和月色，不争時樣自風姿。孤山祠宇今何在，菊井寒泉薦亦宜。

吴鑌，字鐵士，號石屋山人，晚號達安老人，海鹽諸生。花卉得南田筆法。

七十自述鈔二

燒丹鍊汞竟何成，海上神山浪得名。有藥可醫人不死，秦皇漢武竟長生。

瞿鑠精神七十年，旁人唤作地行仙。一端恐被仙人笑，尚要人間賣畫錢。

凌霞，字麈遺，號子與，又號病鶴，吴興人。明忠介公裔孫。詩書畫夙擅三絶，尤嗜畫梅。有《天隱堂稿》。

題定圃廣文庚申紀事後

將軍驢背志如何，匝地驚烽障眼過。忠義幾人成鐵漢，東南半壁尚金戈。河山劫火歸詩史，禾黍荒寒泣嘯歌。漫説廣文官獨冷，熱腸留貯泪痕多。

繼振，字幼雲，一字又雲，遼陽人，漢軍旗楊氏。官浙江乍浦同知。工花鳥，每以詩詞與吴中張公束相酬答。有《五湖煙艇題贈集》。

游焦山觀南中鼎用厓上宋吴雲壑觀鶴銘舊韻示同游二子

蒸櫼狎澥涂，户所視江路。宛挾元虚游，與印景純賦。三山儼可即，未恡縛露屨。熊熊何光氣，肅穆天吴愳。姦回昔饕餮，袛洹今鎮護。浩劫慨未遷，文流憬餘慕。好事僧兩三，打賣佐常住。鈐山復譙山，清寂等朝暮。矜心覆餗譏，奚異黃金注。吾曹物外觀，過眼迅飈霧。

張春雷，字安甫，自號華陽山樵，揚州人。工花草樹石，老逸蒼秀。

題鳳仙畫扇

瓣點燕支媚淺霞，晚香曾過碧窗紗。耐他染上纖纖指，珍重蕭郎癢處爬。

裘元輔，字子佛，錢塘人。貢生。工書畫。

垂柳

垂柳濛濛不減春，婆娑池上瘦吟身。半晴半雨風光老，三起三眠花事新。雛燕樓臺青眼客，暮鴉門巷素心人。望中高蔭濃如幄，我願平分到比鄰。

鍾步崧，字穆園，號伯琴，平湖諸生。工詩詞，善寫梅，嘗搜集時人畫梅百餘幅，海昌應笠湖贈詩有「梅花亦有修來福，著箇詩人作主人」句，為時傳誦。

畫梅送徐伯蕃刺史入都

風雪河橋思黯然，爲拈湘管貌臞仙。一枝珍重臨歧贈，省得他時驛使傳。

周頌，字扶雅，仁和人。諸生。工書畫。咸豐間杭城被圍，嘗自繪《穹廬罯書圖》以見志。

蘭亭紀游

不須今古感斯文，我偶來游寄似雲。萬壑長松作龍嘯，一池春水樂鵝群。流觴不覺成陳迹，戰茗何當共策勛。時近清明好天氣，騎驢風送蕙蘭芬。

吴雲，字少甫，號平齋，晚號退樓，又號愉庭，歸安人。以道員官江蘇，流寓吴閶。書法平原，間作山水。富收藏，精鑒賞，著有《兩罍軒彝器圖釋》、《二百蘭亭齋金石記》。

題黄蕘圃夢境圖即和元韻

夢境荒唐詎有涯，千頭萬緒各尋家。先生夜抱殘書宿，寒蝶秋深苦戀花。

李以謙，字地山，常州人。花卉學南田，山水仿思翁，筆墨秀潤。

仿鄒衣白山水并題

山水須尋物外蹤，墨花能與碧雲通。蕭疏幾筆難酬俗，如遇當年衣白翁。

葉道芬，字君蘭，號香士，吴縣人。官直隸州判。工山水、人物，為程序伯畫弟子。書學魯公。

久不得家書雨窗感賦

游子羈棲泪，高堂惜别懷。平安遲遠道，風雨逼空齋。落日黄半樹，古苔青上階。浮雲沈北雁，飄泊類吾儕。

題畫

溪橋漸低新雨痕，秋殘有客來打門。山空無僧佛自在，獨留幢影撑黄昏。

彭玉麐，字雪岑，號雪琴，湖南衡陽人。以諸生從戎，官至兵部尚書、兩江總督，贈太傅，謚剛直。詩下筆立就，書法奇峭，工畫梅，生平所作不下萬本。

詁經精舍肄業諸子集資為曲園主人造俞樓於孤山之麓己卯花朝落成口占

小築孤山麓最幽，詁精經舍舍西頭。朱程道學承先哲，蘇白風流繼後游。緑膩閒階書帶軟，紅敧曲檻錦囊柔。及門弟子真高絶，造得園林當束脩。

南屏山翠撲樓來，門對西湖一鑑開。池柳色新鵝破殼，石苺斑老鹿辭胎。無邊風月休錢買，滿院鶯花似錦裁。煞費匠心徐孝穆，徐花農孝廉總其事。迴廊曲閣好銜杯。

采石磯太白樓畫梅并題

到此何嘗敢作詩，翠螺山擁謫仙祠。頽然一醉狂無賴，亂寫梅花十萬枝。

畫梅贈月潭上人

華光三昧幻冰魂，化出春風淡墨痕。絶似孤山亭子上，一枝斜月映黄昏。

題如此江山第二圖

如此江山我又來，撫今思昔首重回。將軍畫老詞人筆，謂湯雨生總戎。過客圖留翰苑才。謂吴清卿太史。世事無常增舊感，甲戌、庚辰兩度寓此。梅花作態欲新開。古香精舍紅梅綻蕚。一螺青覆銀濤好，不識滄桑有劫灰。

兩度披圖慨有因，低徊往事已成塵。潮來舟去今猶昔，月澹雲閒秋復春。天地有心傳畫本，江山無恙老詩人。堪傷世事多更變，不及焦巖面目真。

吴大澂，字清卿，號恒軒，因得愙鼎又號愙齋，吴縣人。同治戊辰進士，官湖南巡撫。富收藏，精篆籀，間作山水。嘗手書篆文《論語》、《孝經》，輯有《説文古籀補》、《恒軒金石録》、《愙齋吉金録》。

許鶴巢屬題文休承為王百穀作半偈庵圖卷

棕櫚風動落花飛，一派停雲畫理微。五老峰前留粉本，盛旭人得古石，五峰靈巧天成，刻有文衡山題名，係停雲舊物，余曾圖其狀。萬緣空處悟禪機。虎山醉墨圖猶在，余藏有衡山《虎山橋紀游圖》長卷。鱸膾秋風客未歸。何日結鄰銅井路，滿身香雪浣征衣。時癸巳重陽，方携此圖入湘。

曾紀澤，字劼剛，湖南湘鄉人。文正公國藩子，襲爵毅勇侯，官兵部侍郎，謚惠敏。工詩古文辭，善山水，兼通小學、篆刻。有《歸樸齋集》。

光緒戊子初冬為閻丹初年伯畫山水并題

緑野堂成素壁虛，新圖雲樹小匡廬。試移牀榻鄰飛瀑，定有濤聲午夢餘。相國時告歸，營别業於中條之王官谷。

虎變龍盤願并酬，先生清福世無儔。胸中次第好林壑，不借丹青供卧游。

題白蘭巖年丈畫石

南巖清趣勝南皐，各寫爐峰一段雲。自有神工通肸蠁，人間俗筆徒紛紜。蓬萊三島海天表，嶽麓千秋湘水濆。更盡蟻醅吞麝墨，揮豪爲我灑炎氛。

題畫扇為劉博泉給諫恩溥

曾控蒼鵬運兩冥，鼻端龍氣尚鮮腥。會將上谷盈升墨，歕作神山數點青。落日魚飛水瀲灩，寥天鷁去風清泠。圖成試奉先生賞，似有濤聲起迅霆。

尚兆山，字仰止，江蘇句容人。諸生。善畫。尤嗜金石，乏貲，至典衣購之；并數入山中，剔蘚捫壁，以搜拓古刻。有《括囊詩詞草》。

畫白田小景

莫笑湖城小，民安官吏清。青旗沽酒市，香稻打場聲。即此湖中景，頻添物外情。羡他垂釣者，堪自慰平生。

寫蘭

莫笑雛蘭乍努胎，寄言花史好培栽。東風轉眼春心發，便有清香撲鼻來。

畫漁者

綠楊深處浪漫漫，撈得魚兒帶笑還。我亦有家秋水上，幾時歸去理漁竿。

蘆雁棠湖旅次作

棠湖記得蘆芽短，棠湖再到蘆花滿。霜鴻振羽銜蘆花，湖上游人渾不管。人隱湖濱乏酒錢，秋風蕭瑟意茫然。目送霜鴻入寥闊，手把雲藍寫碧煙。

張徐鼎，字漱珊，號叟山，錢塘人。諸生。善蘭竹。家本素封，杭城兵劫之後皈心浄業，寄迹僧廬。喜游山水。年垂八十，無疾而逝。

丙子秋游龍井信宿顯應廟探幽數日得二律鈔一

老懷澹泊本陶然，一入林巒性更堅。到耳泉聲琴筑奏，迎眸山色畫屏懸。胡侯高家名猶在，宋胡侍郎墓在暉落塢。辯衲遺經偈尚傳。千古滄桑成底事，得閑閑處樂天全。

郁士楨，字梓楣，晚號庸翁，歸安諸生。工書，善山水，尤擅墨梅。有《三餘吟稿》。

題李芋卿欸浦棹歌

偶將風土譜新聲，出自才人便有情。聽説桂堂東畔夢，風流不減玉溪生。

葛繼常，字奕祺，號滓南，海寧人。諸生。工篆刻，善山水。子渠，字問源，工草蟲，設色妍麗。

題畫

欲共閒鷗話夢游，江天淼淼片帆收。依稀兩樹丹楓外，一笛斜陽人倚樓。

李庚，原名世保，字佑之，號芋卿，又作憶青，晚號餘慶，自稱贅疣老人，烏程人。早應童試，後棄儒服賈，游心藝事，工詩畫。

燕至

杏乍開殘柳未眠，喜逢雙燕話檐前。主人爲爾簾初捲，憶別秋風又一年。

潘鶴齡，字介眉，仁和人。貢生，官桐廬教諭。工詩善畫。有《桐君山館詩草》。

衢州春游

平遠山頭落照斜，炊煙起處有人家。無多樓閣深藏竹，絶小村莊滿種花。一葉扁舟三尺浪，萬叢春樹兩堤沙。故鄉風景差相似，大好清游玩物華。

吴光熊，字吉庭，烏程諸生。工畫葡萄、松鼠。

題葡萄畫扇

黠鼠窺藤日幾回，瓊漿解渴好頻來。花鈴縱有從何護，見慣茸城作雉媒。

吴晋元，字錫侯，錢塘人。諸生。工六法。

題鄒蓉閣春湖餞別圖

楊柳綠絲絲，明湖放櫂遲。看君圖畫裏，動我故鄉思。游子青衫倦，吴娘玉笛吹。相逢各無恙，一笑出新詩。

張熊，字壽甫，號子祥，又號鴛湖外史，秀水人。工山水、花卉，用筆渾厚，設色妍雅，戴文節極推重之。寓居滬上，年八十餘猶操筆不倦。有《銀藤花館題畫記》。

題通州李韻湖司馬玉棻書畫過目考

篋裏藏名蹟，編中盡古人。才華盛昭代，筆墨有傳薪。南北蒐羅富，朋儕鑑賞真。羡君多慧業，愧我寫蘩春。時以拙畫《三香圖》贈之。

許鶚，字庚戌，號戌生，又號雪僧，別號屺龕，嘉定人。工畫竹。

畫雪竹漫題

雪壓竹枝低，雖低不著泥。一朝紅日出，依舊與山齊。

劉文燦，字子山，號紫珊，錢塘人。貢生，官海鹽訓導。山水、人物俱入逸品。以先世本籍山東，嘗鎸印曰「之江寄人」。

效昌黎和崔舍人詠月原韻

團欒秋夜月，照耀出滄溟。借日雙分暈，中天一曜靈。晦斜弦半東，望滿鏡全形。合璧呈華彩，沈珠朗杳冥。魄圓藏顧兔，光被失流螢。列宿三垣布，長河萬象泠。蔚藍天入畫，黃赤道頻經。蟾影層霄迥，蛩聲蔀屋聆。下臨增赫濯，相對自娉婷。有蔭遮梧院，飄香溢桂庭。蟬休吟冷露，鵲早度稀星。皓魄環瑶砌，清輝到翠亭。映餘籬畔菊，數得水中萍。山色俱涵碧，煙痕亦娲青。冰壺懸最潔，銅漏滴曾停。得句傳摛藻，摹神效挈瓶。笛音何處起，砧韻此時聽。高閣新涼沁，重門舊鑰扃。寰瀛資玉潤，泰宇顯晶熒。獻賦虞庠士，堯階記瑞蓂。

戴有恒，字大年，號保卿，錢塘人。文節公熙子。廕生，官松江管糧通判。山水疏秀，神似雲林。有《兩壁齋詩存》。

包芹香女壻索消寒詩因次夏壻薪卿韻寄示

苕霅相違百里寬，平安時報竹檀欒。關心歲暮流如矢，到手新詩脱似丸。借遣牢愁消晝短，欲資評論坐宵寒。豪情未敢同元白，韻鬥尖叉待築壇。

鄭廷元，字莘甫，錢塘人，流寓雲間。工詩畫。

書感

年來浪迹感浮萍，潦倒江村醉復醒。知己獨推堤畔柳，對儂長自眼垂青。

徐耀堂，字松坪，别號不惹庵主，錢塘人。善詩畫。

題畫菊花老少年

生就傲霜姿，霜濃神倍足。先生歸去來，日醉東籬曲。

沈振家，字書田，仁和人。文恪公近思裔孫。花卉臨南田，幾能亂真。以賣畫養母。

牡丹譜有名袁家紅者漫為賦之

芳事推袁品獨嘉，姚黄魏紫漫相誇。容顔合門司花女，富貴偏生卧雪家。金谷夜深燒絳蠟，玉樓春滿畫丹沙。伊誰近讀隨園集，學和新詞焕彩霞。

吴枚，字小屏，自號東園生，錢塘人。學畫於楊渚白，頗得南田遺意；兼工鐵筆。詩承母教，有《東園詩鈔》。

馮小亭編修乞渚白師畫九九消寒圖應題圖九幅，雜寫節物，每幅凡九，以寓消寒之意。

高展玉丫叉，春生翰苑家。新詩題晋草，清供伴唐花。朵殿凌雲筆，滄江貫月槎。錢塘遺事補，消息驗飛葭。

褚成烈，字蘧生，餘杭人。孝廉維塏子，貢生。書法秀勁，工篆刻，善丹青。有《玩花軒詩草》。

江上即景

十里長亭送客游，雁行斜度碧天秋。寒山木落清於洗，遠水含煙澹不流。江岸馬嘶衰草路，酒家人語夕陽樓。蓼花風起漁歌晚，一片歸帆一釣舟。

戴兆登，字步瀛，號嘯隱，又號蘇門，錢塘人。有恒子，貢生。書法清逸；尤精繪事，蒼秀沈厚，得乃祖文節公嫡傳。

題畫

風起瀑珠噴，雲來松影亂。野鶴時一鳴，清音落天半。
涼風瑟瑟動江隈，遠近征帆次第開。挂起水窗閒話久，不知蘆荻送秋來。
松影盤盤日漸昏，白雲如水澹無痕。山風爲醒高僧睡，特送泉聲到寺門。

章廷楨，字紀堂，號寄龕，錢塘人。貢生。山水入倪、黄之室。

九日登五雲山絶頂放歌

五雲之山高極天，五雲之雲飛如緜。五峰森列侔五嶽，巖壑蔚秀臨江邊。錢塘江水浩無際，江形三折盤山前。會逢九日天晴霽，登高豪興心超然。逡巡危磴歷千級，七十二彎形蜿蜒。振衣直上登絶頂，上有平岡踞其巔。狂歌放浪復長嘯，驚起松間老鶴眠。天風拂面襟抱爽，雲海盪胸塵慮捐。俯瞰長江窄於澗，浮圖矗立如針懸。吁嗟人世如過客，遨游且學地行仙。江山不改閲萬古，焉識興亡屢變遷。回頭滄海日西墜，山外溟濛起暮煙。詩情畫意寫難盡，長空但見咄咄三十六朵青花蓮。

崔士元，字次龍，號雪廬，又號伴鷗散人，獻縣人。貢生。工詞章，善繪事。早擅文譽，試輒冠軍。初館於紀氏之十穫園，後客游京師十餘年，卒無所遇。南皮張文襄公贈詩，極惋惜之。有《鷗影詩鈔》。

咸豐乙卯為心圃世講題萬石山房印譜

少室刻石天雨粟，腕底常聞鬼夜哭。截取雲根萬種魂，琢之磨之韞一匱。鏤以古籀書，小篆兼八分。窮年弄石與石語，瓦當鐘鼎蝌蚪文。刓玉深到骨，寸石貴拱璧。得其一二端，有如膺九錫。高麗貢使來，殷勤必問之。海外仰聖手，刀法稱絶奇。萬石山房藏石處，可憐石隨人化去。銀鈎鐵畫散人間，往往贋鼎偷聲譽。真迹誠可寶，我昔收一囊。在家羅之硯匣旁，客游纍纍載行裝。誰知黷貨終爲殃，携之京國誨慢藏。臨行匆匆開我箱，裹石類金竟遠颺。衹今撫心痛切骨，夢中丹篆縈我腸。汝今寶藏萬石譜，恐有雷電攝取來書倉。

獻縣陳山人苾，字蘭室，一號少室，亦署少識。工篆隸書。酷嗜篆刻，刻印以萬計。嘗以握刀致傷生癤，墮一指，創愈奏刀不少懈。所鐫六十甲子及摹漢雲臺二十八將官私印，尤神與古會。又篆《心經》、《摩兜堅箴》、《宴桃李園序》，并仿聶松巖爲閱微草堂所刻《詩品》諸印，刀法篆文得秦漢古法正派。濬又按，長山諸生聶際茂松巖有《燕臺篆草》。嘗入方恪敏制軍幕中，紀文達藏硯銘字多松巖代刻。今吾鄉罕有知者，因附識之。

十穫園爲友人畫鷹用花王閣憫旱行韻

墨池枯涸筆已槁，空林嘯風摧勁草。拂君生綃畫白鷹，吮毫恰趁晴窗好。指爪搜剔出神駿，翅拳竦動未馴擾。妖孤狡兔莽縱橫，會擊平原供一飽。

夜行宿山寺

匹馬寒山暮，巉巖不可登。風來疑過虎，林轉喜逢僧。梵響禪關月，鐘聲佛界燈。便當依净域，終老白雲層。

為湯厚田夫子題服轅圖

不住山林不臺閣，忙來且插紅塵脚。不擔風月不荷鋤，且把妻孥載一車。莫因局促悲轅下，逍遥未有如公者。摩抄老眼看乾坤，世人何者非牛馬。乘朱輪，駕金輅，阿父薰天子紈袴。日將憂患擱雙眉，何如自作康莊步。朝握算，暮持籌，阿父多金子浪游。營田置産起高樓，有如疾走挾其輈。惟公達觀勵貞操，現身竭蹶爲前導。前路茫茫後渺渺，呼兒著鞭即長道。風頭塵高脱吾帽，仰天負重天夢夢，車中但聽妻孥笑。長物仍偕犬與雞，杯杓杵臼兼鹽齏。躊躇滿志尚雄顧，那管人齊福不齊。我披此圖進公解，公兮無爲重慘悽。一家團聚骨肉好，今來小住還相攜。兒孫繩繩自有福，束縛解脱分昂低。昨夜鱣堂春草生，緑階藹藹煙萋萋。或持酒瓢或杖藜，山齋花落黄鶯啼。請公看花酌美酒，好把新詩自在題。

秋吟百詠鈔六

慣助看山一短筇，興來携汝步從容。縱懸阿堵春難買，也挂葫蘆酒自供。荷蓧能留肩上月，看雲不倚石邊松。舊游泠眼崎嶇甚，爲共扶持莫負儂。秋筇

編茅結葦自成村，一帶低連小小門。麂眼不離瓜蔓影，蛩聲只在荳花根。畦圍四面菘初老，院界中央菊尚存。底事繰絲猶未歇，玲瓏燈火透黄昏。秋籬

獨嗜江鄉一品膏，寒堤郭索齗週遭。泥中擁劍潮通穴，草際爬沙月滿槽。好伴香橙掀鐵甲，且看黄菊擘霜螯。如何風雨重陽市，價比松鱸十倍高。秋蟹

紅樹江邊一尺鱸，銀鱗網得色凝酥。名兼玉鱖秋逾美，味壓霜螯品自殊。斗酒共携追赤壁，香蓴同煮憶甌吴。朝朝吹火蘆花岸，嘗著松江巨口無。秋鱸

霽雲如笑燦涼空，濃抹脂痕著意烘。日射殘輝燒雨脚，天留餘艷補晴虹。色翻峭壁連峰赤，影落澄江漾水紅。白帝應嫌秋淺澹，特研丹料畫蒼穹。秋霞

誰將妙墨潑無痕，烘出山村與水村。不甚分明籠碧宇，略加煊染畫黄昏。晴開大野嵐光合，夜鎖空潭荻絮温。無數漁莊樵舍影，朦朧炊火閃籬根。秋煙

陶淇，字錐庵，秀水人。山水出入元、明諸家，有空靈澹遠之致；花卉妍雅超逸。

題畫

滿湖蓮葉不通舟，嵐翠横窗枕簟幽。短葛山人清似鵠，沙禽飛上竹簾鈎。

秦樹敏，初名樹銛，字秋伊，號娱園，會稽人。同治癸酉舉人，授教職。善畫。有《娱園詩稿》。

為何吟梧畫梅齋壁題句其上

記過君家點也宅，春風同醉羅浮雪。韶光過眼九十强，把臂吟堂復佳日。堂深春盎酒霧濃，過雨溪山簾幙碧。花簃新拓十笏寬，寸蘚未疥滄洲壁。興酣潑墨染古香，亂插繁枝障寒月。瓊葩雕雪千釘攢，鐵幹拏雲一株屹。水曹東閣曾見此，秃管亂揮森如戟。從君掩關冷索笑，繄余自寄飛鴻迹。枝南枝北春復春，落花不唱江城篴。

陳珍，字亞瓓，號花民，閩人，籍天津。諸生。工人物、山水、花卉，嘗與沽上畫友梅韻生、穆楚帆、劉小亭結藤香社。卒後以孝行建坊入祠。有《蝺葉菴遺稿》。

夏日同梅鶴菴從擇三游一柳園艷雪樓成詩十首鈔二

柴門西對水西莊，舊句。墻内花枝明夕陽。花本無心風解意，向人吹得十分香。

水北園林柳接天，如何一柳獨纏綿。幾經舊主更新主，依舊楊花飛暮煙。

戲贈劉小亭

海島蓬萊任往還，不須寫入畫圖間。勞君五岳縱横筆，畫我邯鄲枕上山。小亭名陳，工山水。

題畫竹

滿壁秋聲文石室，半窗月影李夫人。調絃欲鼓不成曲，一片煙波生緑雲。

趙祖歡，字喜孫，號蘭時，會稽人。以縣丞需次廣東。善繪事，精篆刻。宗人撝叔大令，時以小趙呼之。有《味廬詩稿》。

題畫

春色滿湖湄，春風長白蘋。雨餘新水足，三兩出游鱗。
一燕花外來，一燕花稍立。有意話相思，滿身香霧濕。

劉松屏，字心庵，號朵雲，南皮人。道光己酉拔貢，官江西會昌知縣，以城防功遷寧都知州，以道員用。善書，工花卉。

會昌即事

處處增烽火，春風拂戰衣。此間鼍鼓急，故國雁書稀。空外乏飛鳥，城頭餘落暉。老親隔千里，何日放舟歸。

李文田，字仲約，號芍農，廣東順德人。咸豐己未進士，以第三人及第，官禮部侍郎，謚文誠。工書，善山水，旁及醫相之學。

探花歸第日馬上口占四首附題詩舲先生賜宴圖扇子鈔二

芙蓉鏡下拜恩新，仙樂飄飄聽未真。虚費拔蛇心力盡，肯教容易第三人。
洪崖肩畔是浮邱，我亦同爲汗漫游。若把一龍論首尾，本來龍尾遜龍頭。

灤陽試院題畫

熱河秋景總如春，緑意紅情色色新。衙署上頭行殿近，消閒誰似畫中人。
虎北嚴關斗可摩，難逢皴法小坡陀。灤平縣畔灤河側，一幅横屏似此多。

胡遠，字公壽，以字行，號瘦鶴，别號横雲山民，華亭人。山水、花木宗白陽山人。有《寄鶴軒詩草》。

偶成效八音體

金紫何曾偶挂懷，石田茅舍自天開。絲竿釣月江頭住，竹杖挑雲嶺外來。匏實曉收栽菜圃，土花春長讀書臺。革除一點浮雲慮，木筆題詩酒數杯。

顧澐，字若波，號雲壺，蘇州人。工山水，得雲間正宗，運筆謹飭。

乙未正月為金心蘭畫冷香館圖漫成一律

過訪冷香館，推敲月半門。鶴癯藏道骨，梅老長仙根。畫理通禪旨，丹經著秘言。韓康塵市隱，何必有田園。

金彰，字心蘭，自號瞎牛，蘇州人。山水墨法精湛，嘗乞顧若坡畫册，補綴樹石，加以皴染，愈見渾融。

雲壺外史寫夕陽樵唱彰添畫楓林并題一絶

疏林暮色照斜暉，黄葉村邊葉亂飛。樵子擔從山下過，看他挑得白雲歸。

清畫家詩史壬上

寧津李濬之響泉編輯

王振聲，字劭農，通州人。同治甲戌進士，由給事中官徽州知府，旋即乞歸，因號黄山遯叟。嘗手繪意拓園圖，以寓退隱之意。善書畫，承家學，花鳥得新羅山人逸韻。有《澹静草廬集》。

紹葛民方伯畫墨蕉屬為補寫紅葉戲題一絶

盼到芭蕉六尺長，庭前老樹已秋光。放開葉子多聽雨，寫箇枝兒好看霜。時葛民姬人有玉燕之兆，因謂「寫」字易爲「添」字何如。余曰妙，然知君心事矣。乃相視大笑。

畫松菊寄喬亦香

昨夜西風霜氣濃，東籬冷淡見秋容。最難晚節逢知己，惟有陶家一老松。

畫古鼎梅花贈門下士袁樹五時擢經濟特科第一。

用汝和羹會有時，早傳春信到南枝。遭逢不抱靈均恨，豈附群芳入楚詞。

甲寅端陽後五日元和陸相國招同俞筱沅方坤吾兩觀察延子澄學士檀斗生太史暨余甲戌同年六人雅集暢飲子澄出相國所書箑屬畫因寫菊酒圖并題小詩

艾緑榴紅快舉觴，聯翩介壽過端陽。相國年七十四，五月四日生。余年七十三，端午日生。更欣會飲韓公圃，領略黄花晚節香。

畫雁足鐙梅影

梅花園住讀書聲，寒夜同憐太瘦生。窗内燈光窗外月，一般清影不分明。

李響泉屬題尊甫劍南老人榆園圖勉成長句

孤山處士梅，栗里先生柳。花木若有情，與人同不朽。清自入深山，貧不戀五斗。避世品誠高，濟世心則否。津西有畸人，芳躅獨無耦。樹木數千株，成林逾百畝。槐柳皆附品，枌榆爲稱首。老圃足怡情，嘉蔬可適口。手自種秋花，緩步翦春韭。體物有同春，得天爲獨厚。如斯隱逸翁，豈是田園叟。定有建樹志，小試經綸手。十年育成材，樂利計長久。擴之四海春，舉世爲法守。乙卯秋，先生年七十有四，詩成謂濬之曰：「此作力求真率，按切事實，不欲與人雷同也。」老年詩境平淡天真，至爲難得。因附注徵詩啓，藉作詮證。啓云：「環敝居百里之近，向無所謂林園者，有之自榆園始。余村之南有平原，闊數頃，家大人久欲作一樹十穫之計，以爲世守膏腴，便於耕種，初尚未果。光緒丁未春，始儘偏南百畝有奇，種榆秧八千數百株，中虛地爲圃，鑿井拓畦以灌蔬菜，兼蒔花果，此榆園之名所由昉也。總計其間所植之物，木之族，枌榆之外，次爲柳，次白楊，而槐、柏、桐、柏亦間有之；菜蔬以菘爲巨擘，至於韭、蒜、茄、芥、萊菔之屬，一切日用必需者均備焉；家大人性喜藝菊，故花以菊爲最多，其他若榴、若槿、若葵、若萱、若藤蘿、若淩霄、若月月紅、若夾竹桃，但取易於繁滋者培養之；水果之類，今之所已有者僅桃、杏、棗、柰、葡萄數種而已。是園也，以樹木爲根柢，蔬果爲補助，花草爲點綴，非僅爲目前計，實欲圖久遠，爲鄉里作倡導耳。余族世以耕讀相傳，家大人尤以稼穡爲重，故農業樹藝多所經驗。猶記髫稚侍側，聞諄諄言種樹之益非一次矣。兹何幸目睹此榆園之成立也！此數年來遇春秋佳日，每呼諸孫相隨往游，或息憩緑陰之下，與園丁野老課晴問雨，至日暮手摘園味，安步以歸。所謂田園之樂，孰有逾於此者哉！夫有林木以怡情，園蔬以適口，花草以悦目，今年已古稀，視聽弗衰，眠食步履猶如恒昔，或亦得此游息之益乎？居嘗語濬之曰：『使林木成材之後，隨伐輒補，周而復始，乃世世無窮之利焉。』斯言也，推而廣之，固不僅一家一鄉之幸福也。癸丑秋，梅坡兄解組家居，適來過從，爲作園圖，因擬徵求題詠，藉以助老人晨夕往游之興。謹述概略如此。」

陳霖，字諤士，仁和人。官江西知縣。工書，間作小畫，秀逸有致。

西湖雜憶和張小雲孝廉韻鈔二

跨虹橋畔愛停車，對面青山畫不如。憶得平湖賞秋月，紅闌干外數游魚。

煙霞古嶺暮雲横，蔓草荒煙夕照明。憶得松巔高閣上，四山嵐翠逼濤聲。

蔣錫綸，字景廬，號桐生，别號梅隱，烏程貢生。善墨梅。有《桐花館詩稿》。

梅石庵屬畫梅為題四絶鈔二

不受東風披拂來，一枝瀟灑出塵埃。寒花合與高人伴，况復君家本姓梅。

要與嚴霜争氣節，不隨凡卉鬥風流。瑶臺骨格調羹手，事業無窮在後頭。

孟繼壎，字治卿，一字志青，天津人。由舉人官御史，出守貴州石阡府。善書，工畫蘭。

和齊春宇先生棟同治丁卯重宴鹿鳴詩

君家桂樹昔成叢，六十光陰轉眼中。壯歲才名驚析木，老年棲隱學龐公。恩叨醉酒春長在，志抱凌雲路早通。從此文光焕南極，霓裳一唱衆仙同。

湯鑠，初名鉉，字東笙，陽湖人，寄籍順天。九試京兆不第，以謄録議敘官山東寧海知州。善花卉，疏澹幽逸。工書。有《艷秋閣集》。

偶成

微風吹細雨，涼意逼簾旌。窗竹碧無影，海榴紅有情。驟寒人小病，破曉夢方成。獨客愁難遣，誰家玉笛聲。

珍珠泉十首鈔二　泉在濟南撫署。

萬緑静如夢，那聞剥啄聲。風來疑是雨，日出不知晴。戲水魚兒小，隔窗人語輕。何當明月夕，花底一吹笙。

繞徑疑無路，誰知别有天。長廊都枕水，曲岸不通船。露草秋眠蜨，煙梢夜墜蟬。幽棲殊不惡，留醉欲高眠。

馮崧生，字聽濤，號陶廬，仁和人。光緒丙子進士，官檢討。工詩畫。

吴門懷古 鈔一

我羡神仙尉，飄然善隱淪。姓名變門卒，嘯傲絶風塵。蓴菜動鄉思，江湖多散人。後來高蹈者，長與保天真。

項文彦，字幼平，號蔚如，江蘇山陽人。官汶上南旺河閘官。工人物，尤善仕女，兼寫山水。時因河患，積鬻畫貲二千餘金，悉以助振，蒙特旨嘉奬。

為藻卿寫秋林晚眺圖并録舊作

新秋嫋嫋緒風輕，緩步携童眺晚晴。爲訪故人尋勝趾，十千沽酒話平生。

吴潯源，字棠湖，河間寧津人。饒州同知舉人名鳳子，光緒乙亥舉人。品高學富，初應聘纂修《畿輔志》，於九河禹蹟多所考證。酷嗜金石文字，工篆書，摹《岣嶁碑》稱絶藝。精鐵筆。善吹塤，手自摶土陶製，以闡發古音之秘。又出其緒餘，為雕繡繪畫。著有《塤譜》、《棠湖印篆五種》、《瀟絲龕詩集》。

癸酉春讀

緑苗柔桑欲飼蠶，空梁燕子又尋龕。晝長漸覺鈔書倦，地僻時來野客談。山鵲叫回風五兩，水仙香過月重三。門前自愛無深轍，不讀離騷飲亦酣。

卧佛寺後堂吹塤看雨

禪房花木漸幽深，澗壑般旋盡茂林。山色横窗疑讀畫，泉聲繞檻當鳴琴。此間佛亦惟高卧，空外誰能解陸沈。坐久借塤吹一曲，藻香松翠撲衣襟。

題秋雨歸舟圖戈曉帆先生家瀕連窩鎮，咸豐軍興，奉母入都，後得平安旋里，其親翁張子青相國爲作此圖。

秋風縺獵吹菰蒲，天黔雨濕雲模黏。中流一舫穩於屋，絕勝河陽奉板輿。自去京華理歸楫，高乘潞水趨津沽。萊衣常博壽母憙，幾忘此行爲險途。憶昔寇氛遍鄉里，千家遷播悲焚杇。已拌田宅躪戎馬，何限驚烏啼路隅。羨君見幾不少俟，困倉盡指爲軍需。獨奉萱幃謀北上，依然侍養無倚閭。花竹扶疏聚親懿，杯棬歡笑環妻孥。朅來小醜已殲滅，歸計且復商徐徐。好憑柔艣謝塵鞅，庶慰高堂安起居。河柳欲黃水清碧，推篷不亞游三吳。恰逢連雨助秋漲，舟行放溜如翔鳧。言旋雖值亂離後，內顧還如未去初。嗟哉秋雨何年無，回憶此時應有殊。感君孝思繪作圖，使我泪墮如拋珠，風木之憾乃觸吾。

端午出都寄懷龐濬卿際咸

客中佳節又端陽，游倦京華憶故鄉。鏡裏芙蓉如夢幻，街前符艾讓人忙。杜陵已賦無家別，賈島應辭選佛場。筆墨半囊書幾卷，更加雷洗是歸裝。

睡起

屋角蛛絲放晚晴，隔籬時聽打籬聲。半天霞影紅沈水，一樹槐陰緑上城。燕似甌吴人絮語，魚如濠濮客忘情。偶從樵牧觀棋局，畫地爲盤塊作兵。

襄兒以素綾索畫為題

萬籟蕭蕭鑄古秋，四邊蒼翠繞泉流。虚亭寂静無人到，惟有横空亂石頭。

冬日飲酒

窗罅寒侵割紙糊，頗黎日透暖於爐。風團鴉陣知天黑，雲愛貓披蓋雪烏。萬象盡裝詩夾帶，一身拌作酒壺盧。格言至論常薰聒，始信窮居有坦途。環餅油香早市前，朔風寒唱賣漿天。背陰檐滴冰如笋，心字爐熏火似棉。日課自温婁尾酒，月工奴索祭牙錢。好將血性深涵養，也算人間懶散仙。

畫扇雜題

秧時提閘放春流，烏鯽銀魛一網兜。偶自騎驢來看竹，却思燒笋在湖州。

硲眠新緑漲平田，牛背風高放紙鳶。一路水車聲不斷，桃花紅到竹籬邊。

秋潮夜落江天黑，沙柳横拖晚煙白。暗裏忽驚柔艣聲，一罾扳起灘頭月。

乙酉秋日作卧游圖四十幅自題 鈔四

風團鴉陣繞林巔，最愛西山薄暮天。欲畫愧無摩詰筆，神都景物本如仙。

山如賓主相朝揖，松似高人作比鄰。猶記摩崖藏石刻，頗疑文字是先秦。

逶陀盤磴入山坳，何代招提在此巢。憶昔曾投山店宿，夜深猶聽木魚敲。

朔風曾度慈雲嶺，西日還盤常玉山。多少南天佳麗景，一篼抬過未能閒。

自題寫生之一

天光雲影碧於羅，水似頗黎鏡乍磨。恰是萍香魚漾子，一灣春雨跳蝦婆。

己丑春初自題屏幅鈔一

靜聽松風似有言，如鈎月上已黄昏。而今寰海多狂颶，招鶴歸來好守門。

江逢辰，字孝通，一字密菴，廣東歸善人。工書畫。性放逸，喜游名山水，官京師不與時競，惟以詩酒自娱。

戒壇四松歌

戒壇之松天下奇，我今見松信有之。天地駭色鬼神入，龍蛇起陸雷雨垂。伏者倔强起蹙踞，奮者鱗角馴鬣髻。就中挺特見威猛，十丈高卓天王旂。託身壁立自千仞，頗訝與世無委蛇。出塵業已動海衆，落子况足供朝飢。年深琥珀露光怪，黑夜往往驚樵兒。說法者誰天人師，龍鬼密布增然疑。四松龍樹大菩薩，戒律森肅相扶持。閱人十萬八千劫，人去松默兩不知。奇觀齊歎得未有，造物敢自存其私。道人兩耳不聞事，盡日謖謖松風吹。

陶方琦，字子珍，號蘭當，會稽人。濬宣兄。光緒丙子進士，官編修。博綜群籍，覃精著述。工書，喜畫蘭竹，下筆雋秀。有《湀廬詩稿》。

題畫梅為仲弟芑田作

縟粉疏香浣俗埃，槎枒風骨破寒來。莫因高格無人賞，只向空山老此材。

徐泳，字壽生，號西郭，海寧人。工詞翰，精篆隸，畫宗甌香。有《對薇山館詩存》。

題畫

還疑幺鳳挂疏桐，月浸薇花一樹紅。想到玉樓春睡足，垂垂錦帳護香風。

張甲巽，字簡之，號印山，蒙自人。光緒乙亥舉人，官南安州學正。工畫。有《雙桂花館詩鈔》。

題牡丹白頭翁

一生長養綺羅叢，誰道繁華轉眼空。但看高堂開畫錦，名花恰對白頭翁。

陳允升，字仲升，號紉齋，又號壺舟，一號金峩山樵，鄞縣人。工山水，嘗出其手繪鐫板行世，名《紉齋畫賸》。

題畫

古道崎嶇落照低，雄關天險萬峰西。征人馬上頻回首，似聽鷓鴣盡力啼。
生不願封萬户侯，長竿大笠一扁舟。我疑亦是沽名者，笑煞前灘雙白鷗。
乍自携笻下翠微，行吟喜得一詩歸。歸來不盡登臨興，又寫雲山戀落暉。
楊柳毵毵向水潯，石橋横界碧波心。無人携得雙柑去，空有黄鸝啼緑陰。
樓外垂楊將淺緑，墻頭低杏已疏紅。日高猶自雙扉合，何福修來似此翁。

吴詰，字子洛，號幻琴，錢塘諸生。工書畫，善倚聲，精篆刻。有《蘧廬印譜》、《犀香館詩存》。

新緑

珍重東皇暗著鞭，好將春緒託芊緜。連宵風雨清明後，滿目鶯花上巳前。衫子有痕疑漬酒，鬢絲無恙又經年。待看喬木成陰候，濃蔭千章覆處圓。

宣鼎，號瘦梅，安徽天長人。花鳥筆極超拔，賦色妍麗。

題畫

潑刺金鱗戲碧淵，不須惆悵憶琴仙。有時怒汲禹門浪，萬點桃花送上天。魚

素毛紅爪襯芙蕖，鷗鳥隨行樂有餘。漫道鶂鶂皆肉相，當年曾換右軍書。鵝

一琴一鶴一梅花，供養孤山處士家。逸韻幽香眠最穩，更無客夢到天涯。光緒丙子夏寫趙清獻公雅嗜，并摹古雷琴小影。

紹誠，字葛民，别號雲龍舊衲，滿洲人。官安徽布政使。工花卉，間寫山水。初開藩河南，闢芙蓉溪館於署後，集名流讀畫賦詩。又嘗製陶瓷，款署「十硯齋」。

擬高房山墨戲法

半嶺度飛雨，煙雲撥不開。奇思忽變化，疑有神龍來。

郁庚，字秋白，山陰人。性孤介，好游山水。工書，善蘭竹，嗜金石，尤喜搜訪古磚，琢以為研。有《秋吟草》。

遲陶文冲孝廉濬宣**不至**

海内忘形客，詩中老霸才。昨因江鷺語，誤我草堂開。得句空題石，臨江獨舉杯。憑誰同歲暮，幸折一枝梅。

黄福珍，字寶儒，號保如，仁和人。直隸補用同知。善畫蘭，工篆刻。

曉行

征車緩緩一鐙移，正是星稀月落時。斷岸有橋危若病，疏林無葉立如癡。異鄉歡會皆愁境，同調新交即故知。咫尺京華家更遠，白雲親舍最相思。

王潔，一名沅，字芷香，號養雲，錢塘人。工畫，精篆刻。有《雙紅豆館遺稿》。

游净梵院

秋來頻訪勝，僧味漸相縈。修竹寺無路，空山葉有聲。花香禪榻午，茶熟覓泉清。自是耽幽僻，新詩一束成。

張度，字吉人，號叔憲，又號辟非，浙江長興人。官河南知府。家富收藏，精鑒賞，喜治經，攻小學。善篆隸書。年逾五旬始從事繪畫，山水清超入古，人物有漢畫像意致。

題寫夢圖

舊游曾記五雲端，醉後閒凭白玉欄。眼底扶桑紅欲曉，滿天星斗落江寒。

壬申返里感懷之一

文章誤我不封侯，毦氉名場二十秋。豪氣已隨杯酒盡，浮名總對俗人羞。故鄉田畝經荒後，何處溪山爲我留。無怪孫登發長嘯，試看天地亦浮漚。

楊伯潤，字佩甫，一字南湖，號茶禪，嘉興人。仲玉子。山水禀承家學，嘗鬻畫滬上。

丁丑冬紉齋先生枉顧語石齋出眎所刻畫賸索題爰次元暉答吕法曹韻似正

四明有逸士，邱壑胸中深。刻木傳六法，如球重墨林。老筆欹側書，新詩長短吟。滿壁足雲煙，興來一撫琴。不是耽高卧，聊復慰苦心。朅來湘滬瀆，謬許爲知音。便欲訂交去，氣味如苔岑。

胡鑊，字菊鄰，石門人。山水興到之筆，逼近石谿。

戊寅元宵伯滔來晚翠亭持陳紉齋畫牘索題

湖上曾交萬鐵僊，説君墨妙每拳拳。平生高致從今見，我輩新詩藉此傳。詎爲留石争芥子，却逢好事勝瓜田。春來擬泛蘭江櫂，許否聯吟借榻眠。

王鴻朗，字笈甫，海寧人。游合肥李文忠昆仲幕中。善寫鍾馗，潘椒坡愛其變態百出，為刊所撰《鍾馗畫記》。

晚泊尤溪

斷岸參差勢不交，人家隨意便誅茅。平橋似筧通沙觜，一塔如帆挂樹梢。夢遠江湖鄉訊杳，客兼吴楚語聲淆。斜陽閃閃翻鴉背，羡爾歸飛有定巢。

題鍾進士圖

世人作鍾進士像多蜎鬚鮐背，舉止龍鍾，路鬼將揶揄之。豈知終南山下，三五少年時，英姿勃發，自足屏黜百邪乎？壬申夏五，子用汪兄索作此幀，以充振綺堂清閟之玩。余畫不足觀，然他時譚藝家新增年少鍾馗一格，實自此始。閲十年，重晤子用，則襄陽吟吻新茁鬑鬑，因復作此以致眉祝。

進士龍鍾雪滿顛，自循雙鬢感華年。若從雁塔論先輩，尚在貞元大曆前。

王毓辰，字伴青，號振軒，長興人。同治丁卯舉人，官景山官學教習。歸里後主講若溪。

題手寫山水即送從子承湛試禮部

結習登臨老未删，看花有約十年還。一鞭風雪消魂劇，爾上長安我入山。

錢辰吉，字迪甫，號小槎，仁和人。石年觀察廷熊子，諸生。從叔氏叔美游，善詩詞，山水亦秀雅可愛。

贈高海槎海槎幼時與予同名，作此戲之。

兩賢不并世，曠代有同情。司馬慕藺生，遂襲千秋名。我豈古賢達，君乃人中英。莫誤陳孟公，誰爲馬長卿。請參無我相，一笑還真誠。

陳寶琛，字伯潛，號弢庵，又號橘隱，閩縣人。同治戊辰進士，官太保。工畫松，喜藏古印，輯《澂秋館印存》。有《滄趣樓集》。

畫松寄節庵

節庵老去惟添節，我亦空懷鐵石腸。閲十五年償一諾，可憐人世感滄桑。

訪舊六首鈔二

慈仁寺松

慈仁寺皤行十期，突見丹碧成崇祠。虬松兩三猶舊姿，自我不見常汝危。身歷浩劫兀不知，却對霜鬢憐吾衰，吾衰乃有看汝時。向日同游存者誰，張叟先來聞有詩。可能雪中持一瓻，亭林龕前斟酌之，仰讀乾隆御筆碑。

崇效寺楸

樸公圖卷失不收，再來猶見前朝楸。著花老幹未覺醜，根節磥砢陰繁稠。當時樹下展圖讀，泚筆賡續王朱游。虞山帝傅常獨至，自寫伊鬱酬清幽。天迴地轉詎所料，痛定思痛定誰尤。僧貧换米及故紙，此樹能免終薪楢。巡廊坐階默相向，急雨打葉風颼颼。

戴之恒，字仲江，號菊孫，錢塘人。諸生。承鹿牀侍郎家教，山水精絶，爲戴氏群從之冠。有《延秋室稿》。

插秧詞

萬畝緑塍開，春從腕底來。兒童渾不識，猶作稻孫猜。

新泥耕罷軟於酥，明净天光一幅鋪。秧穎似針波似縠，繡成子固水邨圖。

黄璟，字小宋，自號二樵樵者，南海人。官河南陜州知州。工山水，足迹所歷每以詩畫紀事。有自繪《壯游圖記》。

三門觀河陜州東北五十里，有山横亘黄河中，河流通過處如三門狀，傳爲神禹所鑿。其南巨石名獅子頭。迤東里許，又一石聳立中流，名曰底柱，皆有唐人題字。

崎嶇五十里，上下白雲中。石激河聲怒，山拚水勢攻。追陪謝公屐，壬辰四月同沈絜齋觀察往觀。展拜禹王宮。俯瞰三門險，是何神鬼工。

子在川上處在輝縣百門泉。

混混原來不少休，幾經晝夜幾春秋。斜陽影裏宮墻峻，争説當年川上游。

癸巳梁園消夏邀姜潁生諸同志為畫社濮青士太守屬合作畫册

風流太守愛倪黄，結習難忘翰墨場。能事何妨相促迫，一邱一壑名成章。

文廷式，字道希，號芸閣，晚號純常子，萍鄉人。光緒庚寅榜眼，官侍講學士。受德宗知遇，屢有奏陳。戊戌政變，慮遭不測，出亡日本。吟嘯適情，間作山水。

題張樵野侍郎運甓齋留别圖

虎符龍節壯波濤，榕樹風徽海日高。天子方通四海使，王臣敢憚北山勞。百年新國無成論，九變英談寓武韜。重撫丹青憶疇昔，籌邊心苦見霜毛。

松年，字小夢，蒙古人。以廕生官汶上知縣。善墨竹，兼工山水、人物，用筆豪爽。

戲辭友人索畫

天寒起粟手經木，執筆重似撼大樹。雲山寫出無雲煙，草木梢頭不含露。勸君莫急索，願君藏高閣。春明楊柳山光好，携杖飽看桃林曉。胸羅萬象再揮毫，寫幅菁葱山如笑。諺曰擔遲不擔錯，請君休怪我饒舌。

陳豪，字藍洲，號邁庵，晚號止庵，仁和人。優貢生，官湖北漢川知縣。工六法，落筆得天趣。有《冬烜草堂遺詩》。

題畫梅帳檐

一池墨氣化陽春，洗盡鉛華最有神。静裏相看成獨笑，梅花原是我前身。
案牘清閒吏亦仙，淮陽卧治想當年。醒來明月窗間照，疑有寒香落枕邊。

嘉興道中

湖山大好盍歸乎，短櫂飄然入畫圖。此事季鷹輸我早，未秋人已飽蒓鱸。

早起

曉涼風露入新秋，短短墻縈緑蔓柔。雨過天青顔色好，爲花早起看牽牛。

富春江行鈔二

半空雲氣白於緜，襯出遥嵐分外妍。無數江帆趁風去，儼如端笏欲朝天。

買舟特爲訪煙艭，山色桐君路尚賒。九里洲邊獨惆悵，我來時節過梅花。梅林數里，絶大者成圍。

紀鉅維，字香驄，一字伯駒，號悔軒，晚署泊居，獻縣人。文達公昀五世孫。同治癸酉拔貢，選霸州訓導，授内閣中書。沈毅好學，博覽群籍，精考據，善鑒别書畫。工詩古文辭，旁及繪事。從張文襄游鄂最久，監督學校，多所成就。有《泊居賸稿》。

綠陰十穫園家塾詩課之一。

自與紅塵絶往還，綠陰深處當居山。藥爐茗椀薰香坐，淡殺無心水一灣。

為劉仲張題竹屋思親圖圖係汪鷗客作。

慈竹陰疏草不春，覆檐松柏作蒼鱗。交柯不斷風聲急，淒絶蒼梧抱恨人。
晨昏半廢誤飢驅，負米何曾慰倚閭。同是鮮民居勝我，看花猶得奉潘輿。

題江潭話别圖送楊鈍叔北上

髡柳蕭疏霜意酣，長條攀折憶江潭。分飛客子同秋葉，一夕西風别漢南。節庵將還焦山，余擬歸里。
蒼煙一點楚帆輕，擊楫中流壯此行。見説風波渡不得，有人東指海雲生。時申午戰事方始。

為梁節庵題畫松幛子

拗鐵蟉枝久鬱蟠，世人幾作散材看。十年樹木猶如此，識得貞心歲已寒。

雨後集茗華室觀同人所藏書畫書與節庵

那計癡兒笑老顛，儘尋樂事傲頑仙。雲煙過眼能娱我，晴雨何心更問天。畫裏溪山疑隔世，鏡中勛業惜流年。壯夫自有屠鯨技，如此消磨亦可憐。

飼鶴

朱頂元睛舊縞衣，芝田有夢未能歸。區區莫羨潭皋粟，上相從來不要肥。
雞鶩群争儘日忙，一聲清唳晚風長。怪渠本具淩霄翮，苦傍人家覓稻粱。

西郊即景

雞頭菱蔓滿溪灣，渺渺漁村白水環。堤下行人堤上柳，夕陽驢背看秋山。

陸鋼，字紫英，蕭山人，原籍山陰。為渭南伯放翁後裔。官河南知縣。善山水，尤精臨摹，兼工花卉。性通脱，慕鄭板橋之為人，因鐫「板橋門下牛馬走」小印。

光緒甲午九日寫菊自遣

寫來秋菊正重陽，滿眼西風又隕霜。余亦淵明同調者，擬將歸去覓餘香。

題半身畫松

松本知何許，松梢露幾分。似看龍隱見，鱗爪出層雲。

鄭文焯，字俊臣，號小坡，又號叔問，晚年自署大鶴山人。光緒丙子進士。本山東高密人，為康成後裔，清初入漢軍旗籍。父蘭坡河督瑛啓，有鄭虔三絶之稱。濡染家學，善山水、花鳥、人物，尤工詞曲。辛亥後以醫術鬻畫自給。有《大鶴山房集》。

楊柳枝詞 鈔四

數行煙柳薊門春，離袂經年惹麴塵。莫爲西風摇落早，灞陵猶是未歸人。叔問有《燕山亭》一闋題自畫《薊門秋柳圖》。

亂絲歧路苦愁縈，翦翦輕風别有情。一夜雪緜吹滿帳，教人春夢不分明。

暫理愁眉試半妝，舞衣疊泪損宫黄。晴絲繞遍天涯路，不爲離人續斷腸。

故國年芳换緑塵，樓臺多是别家春。狂花一陣過無影，亂入宫城不避人。

丁立鈞，字叔衡，丹徒人。光緒庚辰進士，官山東沂州知府。工山水，以風痺告歸，主講南菁書院，猶以左手書畫。

游焦山題如此江山第二圖

兩次紅羊劫，滄桑古潤州。江山依舊好，圖畫亦長留。檻外千尋樹，門前一葉舟。海波知永息，况復整貔貅。

高懋曾，原名傳薪，字端生，仁和人。能詩畫。有《留英閣集》。

餞春

寂寞空齋酒一巵，柳煙如霧雨如絲。花飛屋角盈蛛網，也算留春一二時。

李慈銘，初名模，字式侯，一字炁伯，號蒓客，又號越縵，會稽人。光緒庚辰進士，官御史。早負文譽，博覽群籍。工詩詞，晚年偶以山水寫意。有《越縵堂筆記》、《白華絳柎閣詩集》。

為光甫畫團扇并題

五夫市前山水清，百年郵樹最多情。幾時同渡娥江去，緑柳紅橋相送迎。予先世居上虞五夫鎮，宋時曰五夫山市，其地山水秀絶。

初夏醵飲陶然亭看花農去年所種柳

已過尋春興轉賒，相携蠻榼就僧家。閒庭小著徐熙筆，一樹丁香落墨花。

酒後凭闌話夕陽，野亭猶怯晚風涼。蘆碕大有江南思，爲補垂楊學水鄉。

為慈谿洪雲軒舍人九章題釣隱圖

慈湖清映闞峰孤，風物猶傳太傅居。正是春深山笋脆，柳花吹雪上銀魚。

題季弟數年前所寄山水小幅

一角清秋小筆山，荒寒野渡古林間。雁行已斷斜陽暮，猶繫孤舟待我還。

叔雲為予畫湖南山桃花小景

當年同賦尋春句，幾度溪頭放釣舲。山氣花香無著處，今朝來向畫中聽。

徐琪，字玉可，號花農，仁和人。光緒庚辰翰林，官兵部侍郎。善花卉，間作山水小景。工詩詞。著有《粤東葺勝記》、《日邊酬唱集》。

題孤山俞樓石刻畫梅　鈔一

孤山自昔得春遲，迎歲方開一兩枝。底事者番芳信早，催他吟筆染胭脂。孤山梅開最遲。前年余經度俞樓，小春時樓外忽開紅梅一枝，因請雪琴師寫設色小幀，爲曲園師壽。辛巳小春命工刻石，以垂久遠。

題長沙章价人太守壽麟銅官感舊圖

分明恩怨必英雄，豈是純臣寓古風。遺集當時無一語，莫將忘舊議南豐。

爵禄朝廷非可私，肯因良友別陳詞。傳人自昔多奇蹟，不獨縣山有介祠。

唐晏，字元素，號涉江，原名震鈞，字在亭，滿洲人。光緒壬午舉人，官甘泉知縣，遷陝西道員。工篆隸，能畫。有《海上嘉月廔詩》。

題國山碑

幾度興亡天璽年，孫陵岡廢草芊芊。可憐虎踞龍蟠地，不及空山片石堅。

題自畫梅花

忽地群仙入夢來，千珠萬玉費安排。蝸廬無地留君住，且把寒香紙上栽。

林紓，字畏廬，號琴南，閩縣人。光緒壬午舉人。山水自寫胸臆，煙雲淹潤。每畫輒題以詩。興到奮筆迅掃，日得數幅。兼善填詞，尤精治古文辭。有《畏廬集》。

題畫

鎮日都無俗客來，柴門兩扇背山開。山趺土地多饒沃，商略春來遍種梅。

無窮山翠撲空庭，静極偏宜讀道經。可惜無人携酒過，虚明閒殺半山亭。

水榭蕭蕭弄薄寒，哦詩偎熱碧欄干。江南江北多紅葉，畫與詞人一路看。

甲寅秋日為李響泉寫紀游册并題 鈔三

雨暗西泠萬柳低，孤山隱隱草萋萋。遺民低首行宫路，循過蘇堤又白堤。西泠

打槳 西湖惟西泠橋最幽邃，可通蘇堤，小舟往往循行宫而過。年來景物當不堪問矣。

望裏錢塘一鏡明，韜光俯覽盡杭京。當年累過雲林寺，見熟山僧廢送迎。韜光

望遠 余客杭州，每十日必至靈隱、韜光，庵主謂余非生客，禮甚簡略，余轉得自如也。

歲歲西湖入夢中，巢居閣下早梅紅。北來同調如君鮮，解禮吾家處士公。林墓

問梅 余以先處士公隱西湖，甚欲家焉，顧乃未果。而先生津津述孤山不已，余不能不引爲同調也。

林鶴年，字謙章，號氅雲，福建安溪人，僑寓粵東。光緒壬午舉人，官工部郎中，後宦游臺灣。喜吟詠，間畫蘭。有《福雅堂詩鈔》。

四言題罷釣圖

雨後推篷，江山如畫。漁父隔溪，枕蓑閒話。今日之魚，足消酒債。紅樹青山，逍遥世界。我醉欲眠，請君休怪。釣亦不得，得亦不賣。淺水蘆花，半帆低挂。

彭雪琴宮保分貽雪谷山人自製梅花餅山人隱羅浮，初佐羅文恪幕，工指頭畫。

讀易天心見，相期鼎鼐調。清風憐宦味，明月記童謡。緑萼傳春信，紅綾夢早朝。龍團忠惠譜，茶話佐深宵。

畫蘭并繫小詩呈給諫謝吉六丈謙亭

帶雨拖泥正出山，國香從此占人間。烏盆打破知何日，獨對春風轉厚顔。「打破烏盆再入山」，鄭板橋題蘭句。

張蔭桓，字皓巒，號樵野，南海人。初以簿尉起家，官至户部侍郎。中歲力學，頗負文譽。山水超逸。喜收藏，所弆石谷尤富，因以百石名齋。晚戍西陲，不廢風雅。有《鐵畫樓詩鈔》、《荷戈集》。

周式如太守以錢叔美入關圖為贈賦詩奉酬

松壺畫筆時所珍，派別宋元逾三文。入關圖爲蔣侯繪，玉門歸鞚嘶邊塵。款署南陽歲癸未，閱世行將八十春。桃花如笑簇鞭影，晴川野館山嶙峋。矮松紅柳互映帶，大旗獵獵懸城闉。風沙萬里羌無垠，至此似覺天回温。伯生貲郎原通人，丹青賴爾能傳神。一藝升沈會前定，坎壈豈獨曹將軍。海王聲價日驟長，廣搜始自潘文勤。伊余藏弆本非儉，巢覆散作凉秋雲。天涯作伴只王惲，米船未許充勞薪。使君投贈吉語真，髣髴仙梵室中聞。蹇驢一夕壓球璧，怪底寶氣騰氤氳。廿年京邸相過頻，屢困南箕傷溷茵。便宜坊夜炙鴨臛，迢迢情味猶在唇。從兹中外頓契闊，一麾西邁慳片鱗。無端遇合歲云暮，嚴譴何敢行逡巡。此身九死不忍述，合檢寒具供陶甄。天教生人爲左券，願乞山水作廛民。

朱洵，字孟年，號小亭，自號憶眉子，直隸青縣人。寧夏道勿軒觀察煌曾孫，光緒壬午舉人。天才蘊藉，書學坡仙，筆姿瘦峭，工六法，善刻印，喜購藏書畫。每與滄州潘筱峰聯桂、南皮張同蘇嘉蔭、同里錢錫三熙恩研究畫法。惜中道病殂，未竟所業。

村居即事

夏晚當晴事最幽，村中兒女性温柔。南園採得花無數，偷與阿孃插滿頭。

春日有感按，時方悼亡。

曉來庭樹亂啼鶯，百轉喉嚨太有情。似歎籬邊紅豆落，可憐聽去不分明。

繆祐孫，字柚岑，江陰人。光緒丙戌進士，官户部郎中。有《稽弦詩存》。

為人題畫梅

冰雪清姿别樣嬈，枝枝澹墨暈生綃。一般振觸伊誰喻，南浦東風紅板橋。

自作畫

小亭斜著青松陰，飛泉百道知山深。峭石壁立類削玉，枯樹倒出如抽簪。清游有客携詩筒，扁舟無帆不要風。疑是昔年經過處，秭歸西上峰叢叢。

蔡和霽，字滌峰，號月笙，鄞縣人。幼聰慧，工花卉，善詩詞，惜早世。

俞烈女行并序

烈女名采玉，慈谿俞人賢季女也。避亂居白蘆嶺，壬戌秋賊至欲掠之去，不從。怒加以刃，引領無懼色，女遂遇害，時年十有七。其家槁葬之，既而野祭者不戒於火，燎其櫬，里人掩以藁梩。賊平，有司陳請，以烈女旌表。光緒戊子，慈人士爲改葬焉。

千古艱難惟一死，巾幗鬚眉盡如此。可憐隻手扶綱常，乃在纖纖弱女子。昔年兵禍翻鱷波，娥江咫尺馳金戈。城郭蕭條少人迹，桃源何處趨山阿。俞家有女少貞静，隨父來居白蘆嶺。連天烽火益披猖，林深風鶴猶相警。嗚呼烈女性何烈，忍死不甘受污衊。延頸從容飲霜刃，玉容濺滿猩紅血。無何祝融烈燄張，白骨灰燼煙飛揚。霜凄露惻感行路，醵金治槥奠酹漿。吁嗟乎，蓬門笄女凛名節，合荷恩綸光綽楔。千載芳名青簡留，慈水清清共瑩潔。

顧復初，字幼耕，號道穆，長洲人。耕石侍郎元熙子，官四川知縣。工山水，善分隸。有《樂餘静廉齋詩稿》。

為眉君題東洲畫蘭卷歲乙卯作，時眉君下第，東洲題詩有「孤根尚在雲深處，未肯隨風入畫圖」句。

酒氣淋漓墮指端，孤情極意寫荒寒。不知天上何花品，只作人間草字看。

題畫

畫山不求奇，要以神理勝。先生孏賦詩，即此是詩興。

枯筆寫青山，都類平生拙。咄咄老香光，具眼不可得。香光自題畫云：「要使工者議其拙，具眼者賞其真。」笪江上跋其後曰：「予携此册自清江至荆溪，求一具眼者不可得。」

爆竹聲聲送舊年，索逋客屢到門前。商量畫幅青山賣，人道青山不值錢。

山到金陵不斷青，六朝如夢鳥啼醒。舊時王謝今何在，閒倚浮圖看午晴。

竹杖方袍采藥翁，自疏澗水種喬松。十年不到雲深處，一半孫枝化作龍。

黄建筦，字花農，順德人。官津海關道。工花卉。有《寄榆盦畫槁》，并《唱和詩》。

榆關

雄關古刹疊重重，海角猶留縹緲峰。海濱有望夫石。**滿地山茶無客種，姑將老圃作花農。**縣志：臨榆出山茶花。

何維樸，字詩孫，湖南道州人。蝯叟太史孫。副貢生，官内閣中書，以道員需次江蘇。書師平原，克傳家法，兼精分隸。山水工力深醇，筆墨蒼厚，尤心契大癡、叔明兩家。晚寓滬上榘梓山房，徵求書畫者推為藝林之冠。

題姻丈桂舲軍門名貴**疏勒望雲圖**

將軍立馬天山北，浮雲出没天南極。萬三千里一回首，俛仰平生泪沾臆。有母

不遑將，何時歸故鄉。故鄉迢遞不可見，高臺日落秋風長。百戰功成身未老，移師又向八閩道。君親恩重難并酬，拊膺翻恨封侯早。天涯薜苫接芳尊，至性如公復幾人。披圖歸思如雲捲，我亦高堂有老親。光緒初，軍門駐軍喀什噶爾，古疏勒地也，去長沙原籍萬三千里。嘗就營中隙地闢蔬畦、射圃，又於古木流泉間壘石爲臺，名曰望雲，因繪圖以寫思親之意。

為唐崑華太守題其夫人吴杏芬女士百花卷

丹青渲染與傳神，一幅生綃色色新。好把群芳託豪素，前身應是管夫人。

宋伯魯，字芝棟，一字芝田，亦署芝鈍，陝西醴泉人。光緒丙戌翰林，官御史。山水筆墨蒼勁。有《海棠仙館集》。

醉蟹詞

菰蒲風斷新沙雨，細火星星點江滸。濕筠争入曉市煙，十日瓮頭春若許。紅爐夜飲珠箔寒，美人纖手擘金盤。紫茸疈坼白瑇瑁，黄芽細碎青琅玕。紛紛庭霰侵羅幕，醉卧不嫌錦衾薄。紅沈度盡金鴨殘，一夜霜寒夢高閣。

光緒戊申孟陬題趙大年水邨圖

野人結舍中泠畔，繞屋波光净如練。門前芳樹低魚梁，沙口新荷點溪面。春風款款春草肥，汀上鳧鷖相逐飛。輕劃細槳向何處，柳暗煙深人未歸。

江標，字建霞，號萱圃，元和人。光緒己丑翰林，官湖南提學使。精篆書，善鐫印，工繪事，庋藏名蹟甚富。有《靈鶼閣詩稿》。

題卞玉京楹帖

想見衫舒釧重時，玉窗香藹界烏絲。獨愁一事梅村誤，不譽能書衹譽詩。

汪立功，字懋齋，錢塘人。偶寫花卉，有南田逸韻；兼善鐵筆。

秋望

珊瑚萬樹倚晴霞，幾處秋光入望賒。之子不來遠鴻雁，伊人宛在溯蒹葭。碧天如水微波衍，淡墨横煙畫嶝叉。怪底詩情太寥寂，抱琴無語夕陽斜。

劉錫玲，字梓謙，別號自聞居士，一號聾道人，四川華陽人。官中書。工畫，晚年多以指墨游戲。書學山谷。

光緒丁酉初冬出京倚裝作畫題詩自嘲

道人愛書復愛畫，有時默默自誦經。煮茗對花復對石，香入鼻觀心通靈。耳聾不知萬籟響，自彈絃索聲可聽。吮毫磨硯學山谷，雞兔懦弱無健形。羞慚怫鬱不自得，更酌白酒傾瓦瓶。數隻團臍足果腹，橄欖解渴生惺惺。秋蟲靜夜牀下出，枕邊嘈雜如雷霆。莊生自聞果不謬，今見虛白生窈冥。畫卷内雜繪書册、經函、茗壺、水仙、梅石、三絃、酒瓶、螃蟹、橄欖、蟋蟀盆各物。

沈允章，字孟牧，號黼庭，仁和人。光緒乙酉拔貢，分發甘肅知縣。書法蒼勁，畫筆超逸。

雨後登雨花臺

江雲收宿雨，策馬一登臺。地有隋前塹，花知劫後栽。山河此形勢，幹濟幾人材。誰作南州鎮，中興運正開。

李瑞清，字梅庵，江西臨川人。光緒甲午進士，官江寧布政使。工書畫。國變後以黄冠隱居滬瀆，鬻書畫以自給。

游雞鳴寺與范季遠沈鳳樓程野梧夏劍丞諸君集豁蒙樓登望

世危憂轉深，時喧心自涼。良辰集儔侶，遥情乘風翔。珠簾貯輕陰，瑶席納山光。江郊霽晚氣，澄霞藹微明。衆緑合爲煙，曠望但渺茫。鍾阜疊巘崿，臺城互低昂。頹基翳荆榛，靈宫杳森荒。坤維若旋輪，朝昏靡有常。勝敗豈由天，淘汰固所當。相期在千載，勞悴非我傷。

俞廉三，字廙軒，一字廙仙，山陰人。初學申韓，旋以微職需次山右，歷官至湖南巡撫。酷嗜書畫，因習六法以自寫胸臆。時景州戈青侯布衣好古精鑒，工篆隸，尤善刻印，延入幕相與討論，稱莫逆交。

光緒丁亥為邵陽李藕淵太守維翰作慕萊堂圖并題

森森翠柏棲群烏，朝朝反哺翔復呼。日坐堂皇愧相對，嗟予永感親未娱。新恩昨甫遷薇省，詔糈優厚分天厨。子欲養親親不逮，春暉寸草空欷歔。羨煞臨江使君李，高堂直欲追萊子。我爲寫圖寫君心，大孝終身慕無已。臨江城北有老萊亭，傳爲老萊子故里。藕淵權是郡，因親老不能迎養，以慕萊名堂。

吴俊卿，字昌碩，後以字行，更字倉石，號缶廬，别號苦鐵，自署破荷、老缶，安吉諸生。官江蘇安東知縣。善刻印，刀法奇古。工篆書，中年摹石鼓文字，尤為精絶。寫意花卉，用筆蒼辣。有《缶廬集》。

丙戌人日

草堂人日初泮冰，春陰尚閣樓三層。青氊積冷蘊書味，黄花隔年窺夜鐙。髮短著風影零亂，骨瘦把鏡山崚嶒。遠鐘敲落樹頭月，物理静悟南窗凭。

玄墓還元閣題壁

還元閣面太湖尾，三萬頃湖如一家。刺史墓門梅樹古，邾鐘文字子孫誇。諸上人藏有周邾公牼鐘。經聲冷護巢松鶴，藤影青隨赴壑蛇。詩好定教呈佛看，阿師高興漫籠紗。

墨牛

劫後荒田耕遍，家家户户還租。莫道一牛蠢物，曾陪老聃著書。

予偶以篆法畫蘭有傖夫笑之不笑之不足爲予畫也戲題一詩以贈知音者

臨橅石鼓琅玡筆，戲爲幽蘭一寫真。中有離騷千古意，不須携去賽錢神。

松禪老人畫鬥牛圖

相公歸田罷章奏，不問牛喘寫牛鬥。龐然大物起競争，同類相殘爲芻豆。筆端託意舒牢騷，願人買犢去賣刀。太平萬族各安分，高下荒畦皆插苗。

癸丑冬爲少孚題清道士畫松

濤聲浩浩翻秋空，破壁飛動來真龍。雲從龍兮龍化松，時雲時雨青濛濛。畫此者誰，臨川李玉梅華盦清道士。三日無糧餓不死，枯禪直欲參一指。我識其畫書之餘，鶴銘夭矯龍門癯。筆力所到神吸噓，有時幻出青芙蕖。賣字我亦筆頭禿，一日僅飽三餐粥。墨飲一升難鼓腹，相約同走江頭哭。手疲作畫輸蒼然，氣象崛强撑南山。大夫之封烏可扳，參天黛色横斑斕。

己未三月重游泮宮振觸前塵率賦二律時年七十有六。

秀才乙丑補庚申，天日回頭夢已陳。詩逸鹿鳴芹且賦，年增馬齒谷爲神。縣瓢飲擇涓涓水，乞米書成盎盎春。珍重吳剛頻歷劫，可憐孤負月前身。

綸竿何處訪嚴陵，群議皇皇當中興。飲泮介眉今眂昔，凌霜晞髮我非僧。花風黯澹棲窮鳥，海色蒼茫徙大鵬。畦菜㜸黄池滿緑，扶衰倔强一枝藤。濬之時携子游山訪畫，小住滬上。承以詩索和，勉步原韻云：「江帆一葉過春申，再訪前因迹已陳。猛見吴裝新卷軸，猶存國粹舊精神。籀文心醉周宣鼓，禊帖神游晋代春。休怪雞林聲價重，右丞詩畫本前身。」「釣臺昨去拜嚴陵，夜聽灘聲感廢興。舊夢依稀千叟宴，天懷瀟落六朝僧。童顔矍鑠瞻雲鶴，藝苑迴翔擬海鵬。珍重食眠腰脚健，天台不用杖仙藤。」將届公讌，余束裝北歸，途次兩疊前韻續寄，有「葛令丹成聊避世，石濤畫隱本非僧」句。忽忽十年，已如昨夢。因附綴於此，聊存海上雪泥一爪印耳。

為響泉先生篆榆園額并系一絶

山河縱在移何補，田野因秋社更稠。許我榆園高處立，當依南斗寄雙眸。

顧麟士，字鶴逸，自號西津漁父，蘇州元和人。子山觀察文彬孫。工山水。先世於張文達公撫吴時夙締墨緣，過雲樓收藏之富甲於吴下。涵濡功深，故筆多逸氣，尤長臨古。其家怡園别業，水木清華，嘗與契友會畫其中，有雲林清秘遺風。

於戴文節殘册後補畫數頁附書二絶

模山範水替傳神，寫畢欣然點綴新。留示人間具眼者，休云故步失西津。

宫商按譜豈無憑，月上梅花古瑟絙。欲起榆庵夜談藝，一龕能否嗣心鐙。

為式之太史鈺**作四當齋勘書圖并題**

結習仍然手一編，明窗點筆耗丹鉛。題成七字君當笑，等及曹公五十年。時乙卯，余與曹子直、章式之同年五十，故戲拈北海句云。

李清芬，字子苾，號梅坡，一號問廬，寧津人。光緒辛卯舉人，官皖南兵備道，遷廣州交涉使。書法歐、虞。初應乙酉選拔，累擢第一。畫承家學，為南皮文達太傅入室弟子，并間接得戴文節公傳派。曾兩使海外，嗣游皖、粤，益得江山之助，山水氣清墨韻，同時詩孫、穎生、畏盧咸為傾佩。性恬退懶散，所作流傳至尠，談藝者幾如米襄陽欲作無李論。

和滄州張漢槎茂才見贈元韻鈔二　時自粵解組歸里。

滄江舊雨喜重來，説劍談瀛亦壯哉。世變風雲增感慨，漫將春夢話金臺。

世情閲盡薄如綿，寄寫愁思拂短箋。除却琴書無長物，蕭然猶似廿年前。

戲題漢槎避秦居圖鈔一

底事幽棲號避秦，游人艷説武陵春。桃源風景今何似，笑向前途一問津。

自題畫册畫爲老年興到之作。往過京寓，出以見示，并謂：「先世遺墨惜多散失，因作此付樹藩姪藏之，以存手迹。」回憶前言，憮然久之。弟濬之注。

昔爲羅浮游，梅花清入夢。到此幾生修，明月前身證。

扶杖怯曉寒，逶迤傍山麓。霜林半蕭疏，極目雲深處。迷離遠樹接遥岑，松壑泉聲曲澗沈。五嶽歸來城市隱，煙雲且向此中尋。

癸亥四月作夏日山居圖年六十有七。

蒼翠翳濃陰，縈迴映沙嶼。茅屋兩三椽，一水清如許。停舟移渡頭，爲覓煙霞侶。

姜筠，字穎生，别號大雄山民，安徽懷寧人。光緒辛卯舉人，官禮部主事。山水宗法石谷，氣魄沈雄，筆姿蒼健，得意之作幾入耕煙之室；間作花卉。書法坡翁，兼善篆刻。

題梅坡同年為品三世叔所作榆園圖

老人家住古胡蘇，手闢園林似畫圖。陸子天隨誇杞菊，謝公安石樂桑榆。聯歡枌社閒來往，避世桃源任有無。盛德定應追義祖，榆號義祖，見《清異録》。丹青長炳不教渝。

癸丑秋日為劉健之寫蜀石經齋圖并題

不與時流好古同，傳經中壘有家風。保殘守缺真良産，何必籯金是富翁。君産自遭世變頗有所損，故調之。
聖道人心正齟齬，君家猶結石經廬。好尋山水幽深處，藏盡中朝四庫書。方今治體多法西方，文體多沿東土，聖經賢傳幾同弁髦，爲之一歎。

王瓘，字孝玉，一字孝禹，辛亥後以字行，四川銅梁人。由舉人官江蘇道員。工篆隸書。精鑒別，富收藏。山水蒼渾秀潤，多得力於煙客、廉州兩家。兼工篆刻。

宣統元年四月略仿南田意為孫秋帆寫白門送別圖并題

衰柳成行雁字稀，白門送客一帆飛。羨君此去行囊飽，滿載江南書畫歸。

題李梅坡觀察為令叔品三先生所繪榆園圖 鈔一

繞屋樹扶疏，枌榆近萬株。淵明栗里宅，鴻乙草堂圖。親舊常携酒，兒孫好讀書。箇中真樂趣，自與俗人殊。

張檢，字玉叔，南皮人。相國文襄公之洞從子。光緒庚寅進士，由吏部郎中出守饒州，遷江西巡道。工篆書，善花卉，間作山水。辛亥後歸耕負郭，時或蟄居津門，澹泊自適，罕與世接。

題劍南老人榆園圖 鈔六

一鑑塘開野彴斜，仙源何事問桃花。白榆歷歷非天上，此是南村處士家。

曾閲滄桑幾度來，黄花依舊拒霜開。壺中日月無今古，不向人間問劫灰。

領略清齋味不同，登盤春韭接秋菘。閉門種菜英雄事，堪笑思魚陸放翁。

頻年花事鎮相催，拄杖尋幽日幾回。更向酒池呼吏部，葡萄來醉夜光杯。

相因著述陋陳陳，片帙零縑綴輯新。一代畫家編一集，通才誰及過庭人。令子響泉大令編著畫家詩，蒐采極富。

煙雲點染入新秋，尺幅清暉足卧游。贏得世人橅粉本，大家重睹李營邱。圖爲先生從姪梅坡使君作。

丁巳初秋李響泉招集蓮鎮適河決道阻不果往旋以蓮社圖屬題寫此寄懷

半生奔走慵耕作，妄想丹鉛療寒餓。石田百歲無一稔，布被藜牀且高卧。廣文三絶誰敢擬，甫里一詩恒曠課。借君杯酒聊快意，咫尺天涯又相左。長安西向成一笑，歸對寒燈仍悶坐。信知飲啄關定數，聚散雲煙了無奈。衣冠縱未預風雅，韡襪幸免遭泥涴。本來去住兩無妨，萬事悠悠春夢過。揭來蓮社繪圖卷，筆意縱横無束縛。君有畫船誇米芾，我闕錦囊搜李賀。此地忠王經百戰，梟狼坐困凶鋒挫。亂定人方娛樂歲，功成天爲生賢佐。覆雨翻雲六十年，誰問穹蒼吟楚些。山河風景共淒涼，躑躅新亭空泪墮。俯仰古今同一慨，狂歌或遣愁城破。投桃倘荷報章來，珠玉行看霏咳唾。附録《蓮社小啓》云：維時爽薦新秋，人懷舊雨。緬西園雅集，憶南皮昔游。欲聯親戚之情話，思寄感慨於風騷。奈參商錯處，團聚緣慳。近依蓮窩故壘，暫結畫社詩龕。以期借地譚心，登樓寫意；亦可揚帆載月，賦詩臨流。僕也具一瓣心香，作數夕地主。家庖野蔌，同參玉版之禪；翦燭分箋，敢罰金谷之數。届時得少佳趣，彼此暢敘幽情。夙承青睞，謹布素心。

唐烜，字昭卿，一字昭青，晚號芸叟，直隸鹽山人。光緒己丑進士，官刑部主事，調大理院推事。善書工詩，間作山水。性沈默，深自韜晦，人罕知之。有《虞淵集》。

題王劭農自繪意拓園圖

世間萬事一搔首，不如意者常八九。先生獨以意得之，以意造境境相隨。境既可以隨意變，彈指華嚴樓閣現。豈知境幻意乃真，意外遭逢何足羡。不見長安富貴人，朱門畫閣驕青春。歌絃朝暮猶未已，一朝勢去成荆榛。更有名園占幽勝，粉本江山作供奉。主人到老未曾歸，池涸臺荒屬他姓。先生閲世感慨多，白首爲郎心不磨。龍鍾初試二千石，拂衣歸卧山之阿。歸來不遺琴鶴辱，故我相逢去羈束。詩書環堵一畝宫，苟能如是意亦足。三徑不必陶徵君，五嶽何須宗少文。羲皇懷葛在咫尺，荆關顧陸當平分。展楮揮毫且一試，方寸即爲廣莫地。亭臺竹樹妙絢染，窗几琴書妥位置。高詠春秋佳日多，叢譚風雨故人至。中有伊人呼欲出，分明一幅桃源記。五柳先生何許人，庾信長安無小園。達觀往往寄所託，濠梁姑射皆寓言。辛苦巨子積沃産，人忌多取天惡滿。於今京洛多風塵，對此如服清涼散。君家輞川今何如，平泉獨樂無廢墟。千載意中有人在，一圖一詠珍璠瑜。始信高賢能不朽，先生妙更脱窠臼。巾屐寧移東澗家，丹青况出叔明手。此圖此意不可忘，千劫可灰園不亡。任他萬海與千桑，三年詩債吾其償。

為李松軒茂才畫便箋系以二絶

欲寫荒寒景，秋山不易皴。略存鴻爪蹟，寄與故鄉人。
游釣童時侶，相看鬢各絲。伶仃十年事，空憶太平時。

為寧津李響泉追題先德劍南老人榆園圖

未涉榆園趣，先展榆園圖。榆園在何許，乃在太行之北、溟渤之南、九河大陸之故墟。周二千里望雲氣，其中是爲劍南老人之精廬。老人生當昇平餘，有田百廛書百厨。河間猶存獻王蹟，實事求是良非迂。讀書所以益神智，菽麥不辨真俗儒。方今海内困杼柚，山童木遁竭澤漁。攘攘齊民盡逐末，伎巧商販相灌輸。老人蒿目長嗟吁，似此安充朝夕餔。三代王政先樹藝，樹人樹木管子書。不羡金紫貴，不慕水竹居。腴田百畝悉種榆，歷歷手植將萬株。烏桕翠柏互映帶，緑楊紅杏交扶疏。其下隙地墾爲圃，灌蔬日課鳴轆轤。也知色色本常品，不比黄橘千頭奴。奇葩異卉究何補，但供豪富頃刻娱。生材當爲一世用，美利當思千歲儲。十年拱把已成長，清陰匝路夕陽斂。老人顧之神安舒，一心内外無榛蕪。况有賢子乘軺車，吟鞭遥指東扶餘。足迹所歷皆師友，異聞壯采供庭除。神仙忽見桑田變，蓬萊清淺朝市殊。桃源不逐塵世改，社酒偶醉春風扶。棣華共修白華養，竹林獨步雲林摹。老人俯仰果無憾，凌雲一笑升天衢。孝子攬圖痛宰木，名流題句如貫珠。我慚兩載負宿諾，夢寐有似追亡逋。昨日大農頒新令，教民種樹耳目塗。文書火急如軍符，邑豪里正走且趨。悝鞅遺策誠富國，力穡不足輸官租。始信前民有先覺，燕南趙北此權輿，故家喬木瞻彼都。先疇畎畝永不渝，後來當念前人劬。他日千章萬章輪囷質，猶是先朝雨露之所濡。連年戈甲照四隅，閭閻不得安耕鋤。惟有此中可避世，推原家國往事堪欷歔。我本海濱一耕夫，無田可歸思蓴鱸。安得受君一廛結隣學長沮，閒吟佳句酬村沽。濃煎榆莢如醍醐，一杯香美飢腸蘇。見《元遺山集》。竊比西山薇蕨，從之歌黄虞。

陸恢，字廉夫，吴江人，寓姑蘇。山水傳太倉正宗，尤精摹古，兼善花卉。工書。龐氏虚齋以藏畫好客著稱滬上，館其家最久。

題哈少夫寶鐵硯齋藏清道人畫松

雷火燒空萬木焦，松心未死葉全彫。圖形仗有龍蛇筆，八大山人與石濤。

汪洛年，字社耆，號鷗客，錢塘人。工山水，初客武昌，與沈雪廬塘齊名，筆墨蕭散，雅近錢松壺。

為開封金實齋繪閒居著書圖并題

灑落胸懷孰得如，萬人海裏賦閒居。河聲嶽色開生面，花好月圓思太初。潘岳光陰彌自惜，虞卿結習未能除。活人無算真醫國，安用佉盧傪左書。

董良玉，字楚生，會稽人。光緒丁酉舉人。工畫梅，善填詞。有《添丁小酉廬詩草》。

十二月十九日大雪自題畫梅

如拳大雪打窗紗，深巷無人曉不譁。欲與老坡作生日，酒缸浣筆寫梅花。

李寶章，字穀貽，一作穀宜，晚號待盦老人，長洲人。官道員。喜庋藏名蹟，晚歲家居以詩畫寫意。有《待盦題畫詩》。

至戒幢寺歸畫西園圖

春水微波拍岸生，今來拄杖過橋行。緑陰低向山門鎖，流出疏鐘百八聲。

畫桃溪

去年紅葉未凋霜，來共桃花弄晚妝。游興不知春已莫，停橈還欲問劉郎。

題畫

山雲不動壓松枝，鍵户都忘剥啄時。夜讀尚餘書味在，三竿紅日起來遲。
雁唳長空遠送秋，天光雲影思悠悠。霜林昨夜風吹落，故讓青山出一頭。

黄山壽，字旭初，一字勖初，武進人。官直隸同知。工山水，青緑設色尤極妍潤；兼善花卉、人物。書仿南田。以繪事游津滬間，名重一時。

丙申夏日為唐鋃華公祖夫人吴女士題唫花閣百花圖卷

寫韻餘閒設色忙，調鉛研粉譜群芳。綵毫到處留春駐，金谷何須奏緑章。

孫毓騮，字叔逸，直隸鹽山人。蓮塘侍郎葆元孫，爲李竹朋太守外孫。山水師法耕煙，善彈琴，工篆刻。

乙卯九秋祝同里李敬軒農部維熙**尊慈王太恭人八旬節壽**鈔一

卅年前事向人談，井臼勤勞猶自諳。柱下遺風尊有德，琅邪宗祀恨非男。績麻至老仍思儉，遺鮓封還却戒貪。禄養未豐慚子職，那知菽水勝肥甘。

王慶芝，字瑞峰，號采山，常熟人。耕煙山人八世孫，官浙江慶元知縣。世守家學，工山水。輯有《來青閣題詠彙編》。

庚戌秋自慶元假旋自畫載石歸虞圖稿三易詩成而圖未就嗣乞彭君叔才繪之因録舊作鈔一

製錦才疏愧影衾，歸田幸不負初心。客中常戀湖山味，夢裏猶尋松菊吟。卧轍於今懷父老，投簪此去隱江潯。扁舟載得濛洲石，敢謂高風比鬱林。

楊深秀，字漪春，山西聞喜人。光緒己丑進士，官御史。少具異禀，讀書過目不忘，於金石、小學、輿地、算數無不通曉，兼工繢事。有《雪虚聲堂詩鈔》。

自題山水

深林疊巘隱牛宫，略彴彎環處處通。槲葉泠回千嶂溜，稻花香颭一川風。魚龍捲水江翻白，燕雀穿雲日漏紅。聞道故園春不雨，聊將潑墨補天功。

邊拙存見示秋雨夜話之作次韻書懷

淒風涼雨聳吟魂，讀徹離騷眼不昏。鐙滅耻争山鬼照，詩清擬配水仙尊。已捐秋扇仍揮麈，典盡春衣且曝褌。爲問候蟲終夜語，欲將哀怨向誰論。《晚晴簃詩話》：漪春於戊戌四、五月間有《請御門誓衆》、《釐定文體》諸疏，皆故事也，而都下譁然，目爲新黨。八月初政變，於被逮前一日奏請歸政，引史事語至切直，蓋早辦一死矣。

管念慈，字劬庵，一字蘧庵，吴縣人。人物仕女精研入妙，兼善花卉、山水。歷游瀟湘、西湖，北登泰岱。光緒中入直内廷，充畫院院長。子平，字仲康，克傳家學。

摹小青像題絶句八首鈔二

生成薄命是聰明，綺語閒吟對短檠。幸有焚餘遺草在，教人千載説卿卿。

拈毫欲寫印心心，每到傳神著意尋。愧我驚人無好句，幾回閣筆費沈吟。

清畫家詩史壬下

寧津李濬之響泉編輯

普荷，一名通荷，號擔當，俗姓唐名泰，字大來，雲南晉寧州人。五龍山人解元堯官孫。天啓中以明經入對大庭。嘗師事董文敏，并訪陳眉公，侍硯席，稱門下士。明末薙髮隱雞足山。山水法雲林。有《翛園集》、《橛庵草》。

題畫

大半秋冬識我心，清霜幾點是寒林。荆關代降無蹤影，幸有倪存空谷音。
冷雨何妨盡作冰，扶持并不用秋藤。儘教路滑吾有足，踏破街頭鐵一層。
雖在山林也不衫，一川瘴雨潑飛巖。迤東六月無冰賣，且把松風薦熟饞。
一樹雙柯帶粉紅，桃開也學傲籬東。如今舉世争春色，不許黄花占上風。

地偏惟恐有人來，畫箇茅堂户不開。陵谷雖無前日影，老僧指點舊時苔。

自題畫竹

畫竹不似竹，只因曾食肉。今日斷了葷，十指長新緑。

山居漫興

近晚當窗坐，月光生一罏。有山推不出，挂在壁頭青。

尋楊黼洞

仙迹幽難覓，憑高心自閒。古人不可見，得見古人山。

送羅次一

欲送君行未忍行，杜鵑啼處近清明。前途無限王孫草，緑遍關河雨不晴。

别王勑木

旗亭欲雨路全迷，宛轉深林緑更齊。此去不須愁伴侣，到無人處有猿啼。

子規

壠首黄茅翦復齊，子規喚子日初低。天津橋上收聲後，不到江南莫亂啼。

送八德大師歸蜀

小庵結在斷峰西，松桂髯鬆門户低。不是燕來尋舊社，老僧不免太孤棲。

清明出郭

花近清明色不紅，人家出郭雨兼風。路邊何物連荒草，一片殘碑上將功。

天生橋

道人有志在青霄，未曉焚香上早朝。山到海邊不入海，掉頭回去搭天橋。

僧窗牡丹

金谷樓臺酒氣蒸，笙歌一歇冷如冰。牡丹近有山林癖，洗净鉛華對衲僧。

萬耜庵從永昌來訪余賦謝

別久重逢又一朝，蒼山非舊也蕭條。侯門已閉休懷刺，旅食惟艱莫棄瓢。裘敝黑貂寒欲至，路臨金齒瘴難消。相逢不必嗟摇落，擔著秋霜且過橋。

髡殘，字介邱，號石溪，又號白秃，一號茧壤，又號殘道人，武陵人。劉氏子。少時剪髮為僧，游諸名山，至金陵受衣鉢於浪杖人，住牛首山。工山水，奥境奇闢，緬邈幽深，蓋從蒲團上得來。臨殁遺囑火化，投骨灰於燕子磯下。

有《浮查集》。

古意

瘗琴峨眉巔，知音何寥寥。埋骨易水旁，俠士魂難招。物性不可違，豈必漆與膠。嘗恨士不遇，白首空蕭騷。

題畫

年來學得巨公禪，草樹湖山信手拈。最是一峰孤絶處，晴霞齊映蔚藍天。

山中

我與閒雲同一室，雲閒我懶亦相宜。晚風昨夜邀雲去，山有閒雲山不知。

弘仁，字漸江，休寧人。俗姓江名韜，字六奇，明諸生。甲申後為僧。山水師雲林，間寫層厓陡壑，偉峻沈厚。少孤貧，性至孝，以鉛槧養母。殁後友人於其墓種梅數百本，人因稱梅花古衲。

偶游吴中見溪山深秀漫寫數筆并題誌慨

飄泊終年未有廬，溪山瀟灑樹扶疏。此時若遇雲林子，結箇茅亭讀異書。

正嵓，字豁堂，號茶菴，一號蕅漁，又號耦餘，别號南屏隱叟。俗姓郭，金陵人。國變後入靈隱寺為僧，嘗主常熟三峰方丈。山水師元四家，工詩詞。有《屏山集》。

戲酬友人惠日鑄茶

幾日春游遍若耶，入城布衲滿煙霞。正愁仙福難消受，又喫人間御貢茶。

題畫

家住郝西二里餘，霜乾木落見深居。待他五月濃陰後，遮著茆檐好讀書。

熊中行將往西粵間道還楚索筆題此

人家竹樹渺茫間，浦溆林巒不記彎。安得帆隨湘勢轉，爲君九面寫衡山。

湖心亭同諸子晚眺

夜氣始闢如鴻濛，孤亭獨立湖之中。纖雲絶點太清裏，片月忽來滄海東。偶一長嘯衆山響，白雙老眼萬古空。兩峰西去青不盡，總屬藕花垂釣翁。

黄巖小橘甚佳喜題一絶

橘花如雪憶長洲，橘子黄時到古甌。多謝吴天憐夢遠，飛霜釀出洞庭秋。

道濟，一名原濟，字石濤，號大滌子，又號苦瓜和尚、瞎尊者、清湘老人。明楚藩後裔。山水縱横排奡，脱盡畫家窠臼；兼工竹石梅蘭。王太常云：「大江之南，無出石師右者。」

題畫

小亭大於笠，高置幽崖巔。鎮日無人來，水木空清妍。
水郭山村首夏涼，緑陰深處舊茅堂。新茶嫩筍消閒日，更愛荼蘼落雪香。

畫松

人道龍鱗髣髴成，祇今片墨氣如生。披襟試向高軒望，風雨千尋起自鳴。

丙戌秋為聖岐先生作雲山無盡圖

天半危峰通路細，溪邊水落石橋高。霜林葉露珊瑚影，一夜西風草木鏖。

為器之先生畫册并題

千峰躡盡樹爲家，頭鬢鬖鬆薜蘿遮。問道山深何所見，鳥啣果落種梅花。

福澄，字文清，衡陽人。出家於西育王山。工書畫。

山居示諸苾蒭

蟲臂鼠肝歸造化，利名關破任逍遥。鳴琴月下披寒露，移石溪邊接斷橋。百歲光陰彈指過，一身榮辱問誰招。白雲塢上風霜老，獨秀孤松識後凋。

大汕，字厂翁，嶺南人。金陵僧。工寫照，康熙戊午為陳迦陵繪《填詞圖》，豐頤美髯，精神活潑，一時海内名流題詠殆遍。有《六離堂集》。

題龔半千畫册

脱木蕭蕭無比鄰，蒼蘿洞口自垂綸。如何日暮忘歸去，爲愛青山是故人。

智潮，字香水，吴江楊氏子，薙髮永樂寺。平生瓢笠無定蹤，晚年歸永樂初地，遂不出。能詩善畫。

立夏後懷友

午飯纔過就石眠，茅茨深掩一溪煙。花開花謝半春夢，乍雨乍晴初夏天。記得别離曾折柳，唤將歸去是啼鵑。青青爲惜池塘草，漫向東風憶惠連。

德立，字鶴臞，號西池，住吴之怡賢寺。善畫菜，工草書。有《藕花園詩》。

壬辰仲春耕煙先生見貽釣隱圖賦謝

獲交先生亦已久，欲報深情何所有。昨春適逢嶽降辰，鹵莽稱觴語多醜。彈指春光又將半，老眼頻驚風物换。煙雨如絲不斷頭，狼藉梅花香滿院。晚來閒把烏藤倚，先生忽遣長鬚至。手持一幅釣隱圖，煙水蒼茫古人意。一個釣船千頃月，只許清風吹短髮。夢去還尋南浦雲，飢來不採西山蕨。兩株松樹滿山秋，白雲冉冉蒼煙浮。姓名不復煩銀鹿，心事惟應狎野鷗。先生才藝冠今古，名滿乾坤避何所。蘆雪菰煙到處留，車馬江干起塵土。憶晤沈子𨤲城東，儒雅大有古人風。珍藏名畫亦不少，意中所重惟耕翁。謂云此畫罕曾見，寶此有餘何足羨。展看颯颯起秋風，紅葉欲飛嵐撲面。山平水遠王摩詰，張藻生枯兩枝筆。煙嵐高曠妙入神，文敏風流更無匹。耕煙獨擅諸家美，天機自非人力耳。願師爲我題其端，向後留傳知所以。予聞斯言驚且喜，微才曷足以當此。先生聲價重連城，蒼蠅附驥走千里。辭之不得爲之題，愧非工部驚人詩。佛頭之誚自不免，歸來常恐先生知。野市荒村識姓名，先生釣隱空此情。譬如秋空萬古月，皎皎豈獨江南明。予昔曾深山水癖，芒鞋踏遍千峰碧。一片閒雲日月長，九點輕煙天地窄。今雖老矣情未休，夢中巒翠紛相投。先生贈之以長幅，豁我胸次開雙眸。此圖喜獲感更深，欲報四顧唯山林。青桐斫爲緑綺琴，白石爛作雙南金。桐未斫兮石未爛，跼蹐空持一寸心。

宗泰，字古笠，初為平湖德藏寺僧，後主杭州徑山高庵，自稱高庵道人。喜作顛草或小畫。有《閱世堂稿》。

懷高庵

高絶懸崖處，吾廬向此分。鳥啼寒澗竹，樵語石牀雲。樹裏江光遠，窗中岫色紛。夜深群動息，天籟静中聞。

重登雙徑

六年不上五峰巔，聞道松杉幾變遷。猶有凌霄一片月，清秋仍照法堂前。

無垢寺在天目之麓，梁昭明太子翻經處。

一徑當門細，無人竹户開。古藤緣殿角，老柏舞荒臺。日射松鼯走，林昏石虎埋。斷碑横古道，繡遍六朝苔。

宗渭，字筠士，又字紺池，號芥山，華亭人。山水超俊，詩有禪理，得唐人三昧。有《紺池小草》。

横塘夜泊

偶爲看山出，孤舟向晚停。野梅含水白，漁火逗煙青。寒嶼融殘雪，春潭浴亂星。何人吹鐵笛，清響破空冥。

次韻酬九來

風急樹蕭蕭，思君夢易銷。鳥啼黄葉寺，僧語夕陽橋。得句霜鐘度，安禪佛火燒。十年詩律苦，珍重貯山瓢。

早起

宿雨散涼色，竹林煙未醒。流鶯三四語，啼破半窗青。

澄園，號文谷，山陰天章寺僧，為懋方高足。善蘭竹，工詩，為「詩窟十家」之一。有《雪痕録》。

贈宋居士雪君

縱横健筆鼎獨扛，才齊潘陸海與江。青袍白袷時過我，柳瓢寫酒撲春缸。胸中磊磈澆不得，鏗鏘金石交擊撞。鳥啼花落對六窗，騷壇牛耳北面降。拈來信手都妙諦，讀罷高辭折幔幢。

上睿，字目存，號蒲室子，又號童心和尚，吴縣人。山水布置深穩，氣韻冲和，仿唐解元尤精妙。嘗與石谷同游京師，得其指授。兼工花卉，得南田法。有《餘習吟》。

題簪花圖

莫摘穠香壓髩鴉，懶將時勢鬥鉛華。他年得入維摩室，不許簪花許散花。

戊申長夏仿李營邱筆作深雪策蹇圖

身名不問故人知，老大猶能不廢詩。最愛亂山深雪處，蹇驢輕策每歸遲。

明通，字達一，嘉興遷勝庵僧。工寫生。有《墨隱遺稿》。

張雨村黄藕齋過訪見壁間屠雙髻詩欲訪入社因指其隱居路徑用匏庵社集韻

雙髻潛修處，清流水一灣。林高秋色敞，花老鳥聲閒。詩客能携屐，幽人定啓關。爲言同社客，有酒勝廬山。

元暉，字鑒微，杭州蓮花精舍住持僧。山水在麓臺、圓照之間，所畫《納涼圖》長卷有吴石倉、毛西河、宋漫堂諸名流題詠。

題畫贈金介山

瀑從天杪來，雲向樹根長。除却風泉聲，萬山無一響。
鶻突溪山鶻突雲，乾坤雙眼望難分。邇來世事渾如此，莫把聰明持贈君。
青山白社夢歸時，可但前身是畫師。記得西陵煙雨後，最堪圖取大蘇詩。

題納涼圖

柳緑荷香近水濱，納涼忘却暑中身。清風不用一錢買，能消受者便主人。

超凡，號雪堂，蘭溪廣長庵僧。俗海寧查氏子。能詩善畫，為毛西河、施愚山所重。有《芝崖集》。

八月廿七日雨喜濱逸大師馮丹九秀才至

不期今日雨，又點碧苔紋。竹筧添新水，松門老宿雲。鐘聲鄰寺晚，人語隔溪聞。誰意來高駕，空山正憶君。

圓顯，字一性，號樗巢，姓陸氏，無錫忍草庵僧。工詩，善畫。有《樗巢吟稿》。

飛來峰

不知飛到是何年，靈岫分來只一拳。鐘鼓敲殘三竺雨，松楸長護六陵煙。散花時有鈿車女，挈笠重逢水月禪。一自東南佳氣盡，幾多宫闕變荒阡。

旅泊

古驛長亭記舊游，極天風雨阻行舟。偶逢石榻雲同卧，欲脱芒鞋雨暫留。詩卷酸寒聊遣日，衲衣單薄怕經秋。懶殘莫慢輕相笑，煨芋何年遇鄴侯。

獨夜

一瓢長寄空巖裏，獨夜懸燈誰與語。惟有蕭蕭落葉聲，細聽疑是山窗雨。

明瑜，字昀熙，俗姓蔡氏，祝髮於無錫保安寺，康熙中主席靈巖。工詩，善畫。有《隨雲草》。

羊城石灘

脚跟費盡草鞋錢，路轉南溟計八千。一葦自航秋水去，孤僧常伴白雲眠。珠江道遠無相識，瘴海蜒浮别有天。風景不同民俗異，傍村紅濕荔支煙。

題畫

山盡山連不斷頭，翠微深處草庵幽。懸崖忽挂石梁瀑，無數野雲當户浮。

一智，字廩峰，自號黄海雲舫、護迂客，黄山僧，休寧人。山水用筆疏爽。

題自畫便面

自信黄山六月中，山堂富足滿松風。山雲换得山粮返，迥覺炎涼界不同。

際源，字徹圓，湖州北郭報福寺僧。工山水、梅竹。

南湖夜泊

檇李城邊人語静，釣鼇磯外水連天。蕭蕭蘆荻風吹雨，煞煞蓬窗估客船。

超源，字蓮峰，杭州人。雍正間召賜紫衣杖鉢，敕主蘇州怡賢寺。山水點筆秀潤，詩有空山冰雪氣象。有《未篩集》。

題畫二首

春浦風生柳岸斜，好山何處著人家。白雲遮斷橋西路，不許漁郎問落花。

澗草巖花雨後香，米家山下路微茫。軟紅不與滄波接，莫怪無人到草堂。

登清涼山

清涼絶頂立移時，雲水蒼茫兩不知。安得畫圖分隙地，生埋瘦影死埋詩。

香品雜詠

茅檐繞群木，亭午猶含暝。炎曦無路通，風蟬有時聽。林深鳥不啼，水湛魚如定。夜涼詩境生，松月篩苔徑。

明月顧我影，涼風襲我衣。四壁何蕭蕭，草蟲相因依。如泣復如訴，嚶嚶念寒飢。感此不能寐，夜深吟轉悲。

堯峰道中

昨日入山日已暮，今曉出山曉猶霧。山靈笑我何茫茫，去來不識堯峰路。堯峰路，留客住，空林風吼雲隨步。

與雪林上人南屏話舊

雨積南屏客夢寒，喜逢白足共盤桓。能忘物我情方洽，略辨酸鹹事即難。鐘向亂雲深處聽，山從涼月出時看。門前湖水無今古，早晚還期把釣竿。

實源，初名三友，號一泉，青浦人，主來青庵。居停横雲山張氏山莊最久，故書法文敏，寫梅瘦勁，多縱横氣。工詩。

和人村居雜詠

攜鉏抱瓮寄閒身，雨甲煙苗滿院春。一覺東華塵土夢，於陵常作灌園人。釀花

蕉衫葵箑送新涼，六曲紅闌亞字墻。一翦微風香不斷，桂花如霰撲空廊。黄雪廊

疏陰滿徑鹿胎斑，凍雀無聲晝掩關。紙帳峭寒人未醒，舊游依約到孤山。冷香徑

彷彿倪迂翰墨林，珊瑚鐵網遍搜尋。馬肝鴝眼皆皮相，珍重磨礲一片心。友硯齋

小圃

篆玉，字讓山，號嶺雲，仁和萬氏子，西湖萬峰山房僧。工詩畫，善隸書。初游京師，繼主南屏，喜與杭堇浦、丁敬身諸名流相倡和。有《話墮集》。

舒明府同游花隖諸精舍

又添幾點雨霏微，消受松風晚不歸。涼與故人今夜共，喜逢老衲廿年違。泉聲恐放出山去，竹影從教向澗圍。如此清游豈易得，合尋好句紀斜暉。

山居雜興

半間破屋緑蘿牽，一畝琅玕个萬千。如此清幽乾净地，獨留雲與鶴分眠。

赤岸獨步

黄鶴峰陰望不遥，興高無待野人招。最難認是深村路，賴有梅花領過橋。

明中，字大恒，號烎虚，一號嘯崖，桐鄉人。俗姓施，幼投嘉興楞嚴寺，雍正間命住吉祥苑，乾隆初放還，晚主西湖净慈、聖因等寺。山水法元人，氣味清遠，兼善寫真。詩無蔬笋氣，梁山舟學士為刊其遺稿。

小滿日雨中同樹田嶺雲集小有天園得陰字

雲影空濛一壑深，偶留雙屐笑無心。碧潭雨過來寒瀑，緑樹煙昏墜濕陰。高閣寂時幽鳥下，亂山圍處晚鐘沈。眼前好景誰收拾，錯向南宫畫裏尋。

題畫

秋樹無定色，秋泉無定聲。支筇過橋去，衣袖秋雲生。

過吴氏瓶花齋二雨出紙索寫洗研圖即題於首

我來瓶花齋，風日愛清朗。藤架葉初齊，新陰緑書幌。大几横無塵，疏窗高且敞。主人示破硯，珍在鳳味上。洗滌日摩挲，能教我技癢。乃試古墨丸，圖成不盈丈。枯筆慚無師，巨崇嗟已往。聊對巖壑人，煙雲借供養。

壑庵池上納涼

逭暑投深壑，清風導我游。層陰篩薄日，涼翠潑高樓。山向此中寂，人於象外幽。池邊閒弄水，欲去更遲留。

穆門茶園菽林竹田寸田過訪坐竹間亭分韻得竿字

五月空亭晝尚寒，了無塵事得相干。山光照眼青三面，竹色侵衣緑萬竿。風静最宜僧入定，月明好與客同看。不妨覓句頻來往，小啜茶香一倚闌。

秋曉過燕子磯

江聲斷處曉煙平，宿鳥雙飛拍水輕。燕子磯邊黄葉亂，我來恰恰喜秋晴。

大嵓，山陰人。工詩，間畫山水。

偶然作畫戲題二絶

愛絶溪山此結廬，苔花青長屐痕疏。桐陰瑟瑟路幽寂，夜静月明聞讀書。
村流一帶碧鱗鱗，向晚微風動白蘋。隔岸煙生漁浦静，半船明月載詩人。

明奇，字具如，杭州人。書宗懷素，畫仿東坡。

村齋次孫先生可堂韻

争道書巢莎里東，眼前佳趣孰能同。兩三枝柳輕煙冪，四五條橋曲水通。間愛清尊依菊影，幾携吟屐入花叢。隴頭有意傳消息，梅蕊先春破小紅。

洪音，字雲碩，海寧人。住持越中，晚主嘉禾東塔寺。善詩畫。

暮春

青山茅屋石橋西，晚雨含香落燕泥。美睡不知春已去，鷓鴣啼過若耶溪。

振愚，字拙庵，號半溪，海寧僧，住揚州石塔寺。能詩，工書畫，為盧雅雨、程午橋所稱賞。有《半溪詩草》。

過雲棲蘭若

一路盡松竹，到門絕點塵。草花香怯雨，山鳥語欺人。仙梵迭清切，道情無故新。何由釋煩累，來此寄吟身。

乘車，字素清，嘉興姚氏子，祝髮於硤石怡雲庵，晚主海寧惠力方丈。

畫蘭贈某居士并題短句

之子春風裏，迎人善氣來。徵蘭天與兆，曉闕夢初回。時居士未有子。

野蠶，俗姓宋，名崖，合肥諸生，以父母没出家於開封大相國寺。工花卉，善篆刻。有《夢緑詩草》。

西澗

西澗黄鸝叫夕陰，煙嵐濃處好幽尋。閉門不出非今日，階面青苔一尺深。

和吴鑑南十笏禪房見訪之作

頭白觀空厭有形，揭來棒喝夢初醒。人從遠道瞻卿月，我幸殘年識歲星。詩草此時聊寫興，燈花昨夜已通靈。何當結社江鄉去，萬壑松聲一榻聽。

見賢，一名際賢，字省凡，更字省齋，烏程陳氏子，杭州天竺寺僧。工詩，善山水，朱朗齋、嚴古緣喜與為方外交。

暮秋有感

山覺秋容瘦，蕭蕭萬木殘。霜催松耐翠，風妒菊禁寒。性懶逢人拙，才疏閱世難。天將消息寄，付與有心看。

一理，字庭敏，一字静惟，别號日齋，杭州辯利院僧。清修苦行，能詩善畫。有《學圃小稿》。

宿蘆庵

衝寒茅店曉山長，一棹漁歌渡野塘。水静荻深無犬吠，隔籬人語煮茶香。

明印，字久芳，一字久方，常熟人，吴中怡賢寺住持。山水淡遠有別趣。有《聽松窩吟草》。

秋日過王岡齡山齋次韻

良辰赴幽期，名園散清步。黄菊未辭秋，霜鴻正横曙。逍遥玩泉石，參差數蘗樹。主人出卷軸，精力所凝注。六法韻俱流，五字神或助。把玩愧不如，愛極翻成妒。

念深，字竹隱，西湖僧。能山水。

題畫送徐公之任遼州

來坐千巖兼萬壑，去盤上黨與飛狐。繪圖聊代驪歌贈，三晋雲山似此無。

明懷，字葦江，號石巢，臨平金粟菴僧。山水得元人法。

題畫

春風喚山醒，一雨衆緑滋。雜花炫紅紫，松竹虧蔽之。危亭嵌山凹，幅幅冰簾垂。珠跳雪飛灑，下注方丈池。瞿瞿劚苓僧，歸來雲滿衣。

際祥，號主雲，吴興人，初住歸安演教寺，後主西湖南屏净慈寺。書畫俱學董華亭，工詩，阮芸臺相國撫浙時嘗書「南屏秋色歸詩版，北苑春山證畫禪」楹帖贈之。

題畫

路繞西湖西復西，夕陽紅樹板橋低。秋風記得春歸日，花落柴門水滿溪。

性僻耽泉石，買山我未曾。松花香似飯，水氣冷於冰。路轉藏村落，林深見佛燈。最宜携枕簟，消夏此間能。

能越，字荔村，興化人，慈雲寺僧。工畫蘭。

述秋

畫角吹殘夢，疏鐘扣曉星。清砧和露搗，愁耳隔墻聽。衲破留雲補，門空向水扃。宿鷗驚落葉，飛散半池萍。

炳一，號幻雲，主泰州光孝寺。山水在香光、北苑之間。有《幻雲詩鈔》。

送佛燈上人之南海

自携瓶鉢去，萬里涉川程。雪岸依帆轉，春潮破浪行。嶺雲寒殿影，海氣濕鐘聲。遍禮名山後，應知世念輕。

初冬喜晤道高上人即送返棹

襟期歲隔幾星霜，路渺寒江一水長。對影自嗟頭鬢白，言歡猶及菊花黄。空山落葉增游興，細雨清吟泛客觴。正喜遠公邀入社，北風無那促歸裝。

胡照，字見明，號古巖，安徽涇縣長春庵僧。山水學麓臺，蘭竹學石濤。年未三十，足迹遍歷楚越，所至名士争相酬贈，彙刻之名《韞玉集》。有《古巖詩鈔》。

登白馬山

山高接遠天，稠疊萬峰連。積靄常遮寺，聞香可悟禪。孤雲生片石，古樹擁寒泉。飛鳥没何處，蒼茫横暮煙。

非臺，字超然，涇縣幕山庵僧。幼不識字，年十七見古巖畫，仿之逼肖，自是精進於學。惜早卒，未竟所業。有《曉月山房詩鈔》。

過小幕山

四月春殘後，晨行陟遠岡。雨沾臺笠重，花惹破鞋香。煙靄城三里，鐘鳴水一方。老僧將入定，危坐竹根傍。

方珍，字席隱，號小山，初住武林孝慈庵。工詩畫，曼生、頻伽喜與之游，嘗至揚州，為阮雲臺、伊墨卿所愛重。

畫竹送人

一幅瀟湘竹數竿，送人珍重上長安。河橋豈少青青柳，未必他時耐歲寒。

戲拈絶句

水仙天竹競繁華，不稱山家與佛家。養出一盤黄矮菜，不妨冷澹作生涯。

覺銘，字慧照，青浦人，住圓津禪院。為語石四代孫。能詩工畫，梁侍講山舟、錢少詹竹汀咸與訂方外交。

陪王述庵司寇雨宿净慈寺即贈方丈主雲和尚

昨識南屏路，松陰一徑通。人行青嶂裏，門掩白雲中。蓮社招元亮，香臺訪法融。此行成宿願，踏雪笑飛鴻。

宿宿歌今夕，隨緣寄客蹤。助談殘夜雨，破寂暮山鐘。墨海窺三昧，主公工畫。雲門辨五宗。珠林多軼事，採輯藉陶鎔。時方屬朱映湄先生修輯寺志。

律月，字品蓮，號藕船，揚州人，主席靈隱。善琴，工蘭竹。有《品蓮吟草》。

陪蔣時庵張老薑二先生由石笋峰至百衲菴訪蔣村先生不值

邘上故人來，携手山之麓。仰面看青天，長嘯出深谷。直上石笋峰，吟屐破新緑。復詣百衲菴，一訪蔣子屋。虚牖納煙霞，長空列灌木。讀書於此間，清福自然足。不值悵如何，留名在修竹。野寺晚鐘撞，催人歸去速。一片浄琉璃，西湖遥在目。冷艷澹山花，清香猶馥馥。他日再訪來，蒲團借一宿。

相潤，字琇琳，一字竹莽，廣東海幢阿字和尚七世孫。畫宗石濤、石谿，博大渾成，别開蹊徑。有《竹莽吟卷》。

禽言

山行兮嵯峨，江行兮風波，坦夷少兮巇險多。有兔爰爰，雉罹于羅。蜀道之難當奈何，行不得也哥哥。

可韻，號鐵舟，又號木石山人，故江夏名家子。善鼓琴，書近蘇、米，水墨花卉似徐青藤，間作山水，荒率有逸致。性通脱，不拘禪律，每浪游魏塘、苕霅間，嘗寓居滬瀆、虎阜，名噪一時。

為泌艇居士畫墨牡丹

街頭撲面賣花兒，正是春風穀雨時。十指濃香收不住，潑翻墨汁當臙脂。

題墨梅

冷光十里斷行迹，僵到詩人一屋寒。惟有溪頭老梅樹，五更風雪不相干。

壬戌寒食日晤改七薌

桃花片片打江潮，寒食逢君别恨消。記否當年中酒處，透簾斜日不聞簫。

林璧，字竹憨，海寧硤石寺僧。善畫墨竹，奇逸有致。

秋懷

兀坐茆檐清晝長，寒雲幾片弄溪光。遣愁日日憑詩句，抱病年年檢藥方。興到携笻松徑寂，倦來支枕竹窗涼。不堪短髮經秋白，漫挈壺觴醉菊傍。

了義，初名常清，號松光，主西湖净慈寺。工詩畫，善琴弈，山水得奚鐵生指授。有《妙香軒詩鈔》。

題畫

行過南屏又赤山，一條略彴跨潺湲。道人傍晚鐘敲罷，纔得工夫看白鷴。
誰家亭榭水西灘，天宇澄空眼界寬。點點秋鴻飛未了，遥山一桁耐人看。

覺慧，字滌塵，別號湘嵐，湘潭吕氏子。有夙慧，幼為詩僧本照嗣法，又得詩人張謙庵指授，年十四登黄鶴樓賦詩，人以神童目之。精篆刻，楷法秀整，畫翛然有遠致。惜早卒，年方十六歲。有《茸香詩草》。

昭山次彭鑒亭韻

一棹下江渚，層峰起面前。僧歸黄葉寺，樵唱白雲天。塔影浮空小，鐘聲落檻圓。臨風奏長篴，直欲挾飛仙。

登嶽麓山

天風起何處，吹墜一聲鐘。古寺鬱空翠，夕陽横亂峰。泉喧千嶂雨，僧老六朝松。笑問此山頂，白雲深幾重。

白舫愛法時帆先生秋聲在高樹詩夢落深竹句黄穀原為畫册屬題五律

結茅亂峰裏，詩思正漫漫。黄葉落將盡，秋聲聽又殘。蟲音三徑寂，燈影一窗寒。明月照吟夢，長依修竹竿。

題楊詞軒聽松圖

天風怒捲海濤傾，笞鳳鞭龍兩不停。雲氣盪開千頃白，松陰圍住半天青。可容衲子扶藤杖，來伴先生採茯苓。涼雨過時新月上，竹窗更共譜茶經。

過浮木堂

疏鐘關不住，薄暮出青山。黄葉有時落，白雲終日閒。人從石上坐，詩向佛前删。合掌欲相訊，高僧還未還。

因成，號静緣，又號掃葉頭陀，昭文人。善寫梅，得逃禪老人法，兼工山水、蘭石。

山居

荒巖野寺遠官曹，自種青麻織布袍。時有鄰翁晚相過，聽松直到月輪高。

杖策尋詩到處留，芊緜草緑小溪頭。生憐飛絮無禪力，又逐東風上畫樓。

大川，號小默，瑞安人。少讀儒書，年二十為僧，歷游諸名勝，歸後挂錫於瑞安天王寺。工書畫。有《四箴堂詩稿》。

泊舟寶香山

輟棹香山下，欲歸潮信遲。鳴蟬出林表，清磬落江湄。月白推篷坐，衣涼帶露披。然犀牛渚夜，千載起相思。

明澈，號嬾庵，俗姓沈，長洲蘭初先生孫，主獅林寺講席。多藏名人妙墨。山水宗思翁、廉州而脱略繩墨，嘗以畫自娱，曰：「吾於此中作汗漫游，不必蠟屐登山也。」

庵居

静掩柴關向碧蘿，日長車馬少經過。山童不耐閒庭澹，添得秋花屋角多。

軾侶，號再印，又號無無道人，丹陽郭氏子，幼薙染於常州天寧寺，後愛虞山山水之秀留居昭文。山水師仲圭、石田，畫梅尤長巨幛。能琴。有《壑雲集》。

餘堂過問

瓦礫堆旁屋數間，栽花理竹强偷閒。紅塵更比空山冷，除却君來日掩關。

獨坐

風雨沈沈頹老屋，瓮無餘粒向誰商。且將禿管塗梅竹，飽得清風味也長。

符守，字雪谿，平湖三武庵僧。戒律精嚴。善畫墨葡萄，風姿露態，逸趣横生。

野望

柴門一徙倚，秋色晚蒼涼。遠岫環溪屋，輕帆度野塘。風微林葉落，雨霽稻花香。村落炊煙起，歸禽噪夕陽。

達曾，號竺峰，震澤人，南潯東藏寺僧。畫梅師煮石山農，疏峭歷落，得法外意。有《香影庵集》。

和蔣霞竹寒宵煨芋

風聲蕭蕭響虚廊，寒宵對坐未覺長。月到小窗見松影，詩聯短句搜枯腸。南鄰送炭舊有例，稱我冬來煨芋計。地爐熾火暗分香，只有兩人知此味。三更已過興尚賒，解渴更煮松蘿茶。寒威凜冽敗棉薄，只恐來朝吹雪花。

早起

凍雲遮日光，黄葉落如雨。草堂門未開，但聞鳥相語。

露文，字素薩，江都人，秀水茶禪寺僧。善書，工琴，尤好寫墨蘭。

病起

多病成吾懶，全真淡物情。籬花秋月静，溪雨晚雲輕。一衲乾坤側，廿年鷗鷺盟。不堪消瘦裏，清苦聽猿聲。

證渟，號梅田，又號墨緣，震澤人，南潯僧。能楷書，兼善山水。

題費子苕環溪種柳圖

次第煙光染緑痕，流鶯聲到竹間門。漁人打槳重來此，忽訝穠陰又一邨。

菁山偶成

白雲破處鳥飛還，欲上苔梯足力艱。松竹密蒙青不了，誰能畫此夕陽山。

祖江，字東林，號葦波，西安彌陀寺僧，嘗流寓西湖靈隱。工書畫。

中秋對月

萬里秋光月滿天，心懷坦白悟身前。詩人浪詠今何夕，祇曉尋常一樣圓。

韞堅，原名昌印，號石生，焦山超然和尚法孫。山水淹潤，妙於用墨。

作畫寄蔣霞竹

斜陽古寺明，遠澗飛泉語。風吹一杵鐘，松聲忽成雨。

達鑑，字可聞，號鈍隱，秀水人，壽生寺僧。好枯坐，興到則吟詩作畫。有《雲隖詩存》。

同葭湖過宋金庭先生編竹齋

閣外清陰柳外煙，聞谿北墅訪吟氈。携笻偶爾偕宗炳，讀畫還應數鄭虔。謂沈丈芥舟。花隖春深香似海，竹齋人靜澹於禪。年來屢動滄浪興，爲問新詩得幾篇。

傳心，字曉源，號指柏，石門巖氏子，杭州仙林寺僧。工詩畫。

夜渡富春江再晤程于一先生

爲訪軀川得再經，輕舟夜過觀山亭。寒雞亂唱孤城月，漁火分移隔岸星。風送潮聲歸别浦，雲依帆信出芳汀。江皋斜渡漚花影，雙眼浮家夢又醒。

達宣，字青雨，海寧人，俗姓朱，出家於白馬寺，後住西湖净慈寺，繼松光老人法席。工畫。有《茶夢山房吟草》。

小顛山房壁間舊有烎虚中祖所繪山水因墨迹模糊倩松光老人補綴顛公索詩紀事即次原韻

中祖工山水，筆秀老無伍。流傳恨少見，得見在墻堵。墨痕淡不分，損閃秋來雨。殘粉零山腰，病葉脱枯樹。孤亭懸無柱，橋亦類朽腐。老人睹且歎，云我繼法乳。順意補綴之，筆墨安窗户。含毫隨手爲，健若搏雄虎。墨汁潑淋漓，山色生媚嫵。石骨逼奇峭，雲衣現吞吐。老樹穿新枝，小草生遠浦。假如巨然師，妙手無此矩。寄語守護人，碧紗急籠補。

佛手柑

一彈指頃現玲瓏，竺國分來伴膽瓶。好似彌陀猶結印，何如阿閦尚翻經。和南本是聯枝體，袒右兼成抵掌形。未識能爲獅子否，好教醉象亦通靈。可書栴檀爲伴勝薰香，飣向金盤色正黄。小屈未須誇玉笋，微彎渾欲比紅薑。梵字通圓覺，合散天花作道場。記取須曼緣好在，西來煩與指迷方。

至韜光

修竹翳幽徑，聲和澗泉響。僧廬如鳥巢，突兀萬峰仰。閒來聽松篁，天琴在方丈。老樹青不枯，時有活雲養。

游雲林寺

路入松篁別有天，苔磯小坐似神仙。靈山百折圍孤寺，老樹千章抱冷泉。禪板聲隨雲影落，佛燈光與月輪圓。倦游歸去東風急，唤得茅家埠口船。

癸卯冬日蔣君生沐招同沈燭門潘菉薌費曉樓趙次閑雅集湖舫次韻

西泠西畔足句留，嵐影波光靄暮秋。霜葉黄飛臨水榭，夕陽紅襯遠山樓。座逢知己皆名士，酒禦輕寒襲敝裘。所惜汪倫遲未至，清樽不共畫船游。時劍秋不至。

達受，字六舟，又字秋檝，海寧人，俗姓姚，祝髮於白馬寺。寫生得青藤老人縱逸之致，工篆隸，善鐵筆，尤精摹拓古器，阮文達以「金石僧」稱之。行脚半天下，後主净慈寺。與何蝯叟、戴鹿牀交最契。築磨甎作鏡室及墨王樓，以收儲古物，所藏懷素小字《千文》真迹為希世之珍。有《小緑天庵吟草》、《山野紀事詩》。

道光戊子重建雲林寺蕆事因與沈太史聽篁徐茂才問渠續修寺志余任金石等門凡搜巖剔壑得韓蘄王題名及宋元人造像刻字頗富皆前志所失載者凡四易寒暑而竣

鷲嶺雲深掩薜蘿，題名青壁費搜羅。拓來不異經千佛，自笑勞勞爲墨磨。

儀徵相國知余有金石之嗜屬陳雲伯大令命拓彝器全圖寄維揚相國即贈一詩云舊向西湖訪秀能萬峰深處有詩燈那知行脚天台者又號南屏金石僧一時傳為佳話雲伯欲建詩燈閣繪圖徵詩一時和者甚衆

雙樹名庵記昔留，堂開緑野繫扁舟。訂交方外惟金石，吟到詩燈樂唱酬。初訪相國，邀余至雙樹庵素飯，雙樹額爲相國易書。

天都程木庵孔目邀余作黄山之游館於銅鼓齋中并為拓三代彝器不下千紙成四大卷器有為土花所蝕者以針剔之凡往來四載而竣

得聯今雨客新安，逆水迴流三百灘。拓卷何妨稱集古，似將金石訂金蘭。

墨顛，浙江靈峰寺僧。善畫墨蘭。

甘小蒼明府出其尊人所藏其師陳秋坪遺翰屬題

夫子善行藏，棲遲舊草堂。遍栽桃李樹，終老水雲鄉。名羨三山重，情欽兩世長。披圖生景仰，一瓣爇心香。

成果，一名新因，字寶樹，廣東番禺人，俗姓陳氏，主飛來、長壽二寺席。工畫梅，嘗有句云：「畫不詩禪徒畫匠，禪非詩畫不流暢。必也詩兼書畫禪，宗風今日誰提唱。」蓋自贊也。有《小浮山齋詩》。

擬王摩詰尋隱者不遇

不必知幽處，扶筇入碧峰。林間纔見寺，雲外忽聞鐘。野犬有時吠，幽人不可逢。何當生羽翰，天際逐騎龍。

題湯雨生參戎畫梅

東坡評畫誠高論，筆所未到氣已吞。湯君寫梅證此妙，毫端躍出惟花魂。

道士俞桐，字秋亭，長洲人，玄妙觀道士。隱於詩畫，趙秋谷每贊賞之。

漁父

身爲漁父，志不在魚。投竿直鈎，悠然江湖。釣不必得，得不求沽。煙霞爲餐，天地爲廬。弗願獨醒，頽然一壺。忘我忘天，浩歌可夫。

舟行

遥望炊煙處，橋陰斷玉環。淡霞明到水，叢樹遠疑山。寂寞三春過，夷猶百里間。晚來隨意泊，鷗鳥共溪灣。

王彰，字嘉言，號蘭皋，吴江純陽道院道士。貌清癯，不苟言笑。能詩，善書畫，得耕煙筆意。

即景

開扉見遠山，雲繞竹松間。日聽泉聲沸，時驚鳥語蠻。草橋疏樹外，野艇碧溪灣。未許塵埃到，清風拂座間。

榮漣，字三華，號澗泉，無錫人。少孤，性至孝，多疾，因奉母命入明陽觀爲道士。工詩畫，好山水，每遠游得珍饈藥餌，歸以養親。母殁，入山廬墓不復出，邑人為築室錫山之麓，繞室植梅，名香雪亭。與杜雲川、僧天鈞交最契，時稱九峰三逸。

廬墓既歸雲川太史以詩見招出山用韻奉謝

魂夢依然在碧山，泪痕終日染衣斑。荒荒宿草依霜露，故故白雲遲往還。雙槳竭來煙水畔，一莊歸到竹梧閒。浣花有約能偕隱，參得浮生是轉關。

金鼎，字丹書，海鹽三元廟道士。工書畫。嘗游龍虎山受法，力持戒行。

中秋月夜大復堂讌集分韻

碧月凌空夜氣寒，天香座繞酒杯寬。蟾光佳句分精彩，桂酒酣顔類渥丹。北里笙歌誰賞會，南城風景共盤桓。乘槎浪險今休擬，闊節還期此夕歡。

黃鶴，字含山，一字青霞，烏程人，吴山玄妙觀道士。詩宗白玉蟾，嘗賦《蠶詞》百首，述蠶事甚詳。善飲，工畫蘭竹。有《雲墟山房集》。

雲墟山房納凉同胡葑塘作

雲生水面晴疑雨，風落松梢夏亦寒。一片蟬聲無覓處，教君數盡碧琅玕。

劉敏，字崑培，號伴霞，青浦道士，居城西萬壽道院。善琴工畫，年逾八旬而精神矍鑠。

寄琴村再次酬且拙韻

同具蕭然物外心，清虚轉覺道情深。半窗冷韻梧桐雨，四壁秋聲蟋蟀吟。腕健欲模新搨帖，指生難問舊傳琴。蒓鱸又復催秋思，漁步西風一鈎沈。

王喬年，字鳴遠，杭州奉真院道士。工花卉，設色艷逸。

題秋色小景

孤根遲發異尋常，穠艷還如錦繡張。不倚東風嬌映日，王孫秋館自芬芳。

劉爾端，湖南湘鄉道士。工詩畫，好游名山水。

題山莊

一片無塵地，人間小洞天。南窗契高隱，嘗抱白雲眠。

朱福田，字嶽雲，金陵羽士。工山水、墨菊，善書。有《嶽雲詩鈔》。

諸名士集畫社於莫愁湖至者三十三人詩以紀之

椽筆齊揮作畫圖，一時名士集名湖。千秋韻事從頭數，此會六朝人有無。

吴浩，字拙存，蘇州道士。能詩畫，兼工隸法。性好梅，時携琴吟嘯古梅花下，故尤善墨梅。

除夕偶成

聞説尋春興頗隨，雪深阻我出門遲。不知臨水茆檐外，開到梅花第幾枝。

張臨，號月庭，元和人。弱冠讀書，屢試不售。後為謝雲屏羽士嗣法孫，授畫法。又習醫術於陳亦園，因亦園工詩，遂亦能詩。有《冰壺吟草》。

秋夜聽雨

宿霧遥山苦未收，通宵滴滴當更籌。不知何與詩人意，生得西窗一段愁。

張謙，字地山，一字雲槎，號斗南子，又號補梅居士，海鹽邑廟道士。善山水，工詩詞。著有《補梅居士吟稿》、《歷明道家詩紀》、《小瀛洲仙館詩話》。

自題畫册

向晚啓竹扉，明月在高樹。何處夜歸樵，微風煙際語。
泉流老樹根，雲護香茆屋。門外不逢人，茶煙出修竹。

沈鶴懷，字守愚，平湖道士。山水善煙雨之景，畫水墨雲龍尤為絶藝。

贈道友劉小海

竹影青摇薜荔墻，空庭曬藥趁斜陽。松花滿地無人掃，野鶴一聲秋氣凉。

劉虛静，四川綿州人，玉京山道士。工山水，尤善水墨花鳥。

八月十六日遣懷

夜静虚堂寂，林深鶴自閒。風聲喧遠水，月色冷空山。獨坐長松下，悠然修竹間。紅塵心不戀，瑶島尚容攀。

附録閉户先生，居杭州西湖上。以詩畫見志。有來請者，薄取其值以給衣食，外此無營也。

閒居

閉户先生者，家居野水隈。墻頭幾竿竹，窗外數枝梅。倦寄華山枕，狂揮栗里杯。文成增鶴嘆，一笑謝時媒。按，《西湖攬勝詩選》載有《賣畫文》，略云：浪迹吴山，埋名市肆。時遭淪落，暫依硯墨。爲緣心厭奔馳，間用顛迂作癖。唐子畏云：「閒來寫幅丹青賣，不使人間造孽錢。」予亦云：「貧向人前難一語，不如筆底日逢春。」

松窗畫史，杭州人。工書畫，性耽幽僻，喜挈友泛舟載筆硯，遨游湖上以為樂。

游藝園

家住西湖賸水東，非漁非獵又非農。屠沽市上無相識，幸賴丹青换酒醲。

藝園遺老，家住杭州西湖上，潛處一室，署曰蝸牛廬，自稱蝸牛道士。收藏書畫甚富，自以書畫名世。

游藝園閒詠

閒居空外累，獨坐即謀篇。磊落成詞客，疏慵入畫禪。竹深禽適意，山静鹿忘年。撥悶惟耽酒，臨風一灑然。

汪癡，不知何許人，自呼「癡丐」，或云歙人。嘗擔荷二敗篚，徒跣行乞維揚市中，倏歌倏哭，兒童投以瓦礫，笑受置篚，滿則擔至隙地坳若冢然，肅拜慟哭之。或食以酒食，則啓篚出畫具，寫蘆雁以答，有平沙蕭颯之致。

題宿雁

月落平沙迥，江聲帶夢寒。離群誰復惜，哀響落空灘。

補明照，字静峰，號漏雲，上海雲鐸庵僧。詩語能獨造，繪事亦奇。

擬遍游吴越

吴越名山洗雙眼，吴江水深憶故園。青鞵布韈自今始，白石長松聞我言。九十日春雨亦好，三千年史辭何繁。讀書裏足廢游覽，直是不如嶺上猿。

韜光，江蘇寶應真武廟僧。

題自畫小像

自己形容自己描，白頭烏面似山樵。看來爾我皆無用，付與兒孫作畫條。

清畫家詩史癸上

寧津李濬之響泉編輯

閨閣王端淑，字玉映，號映然，山陰人。明僉事思任女，宛平諸生丁肇聖室。楷法二王，畫宗倪、米，兼工花卉。畫、書、詩外尤長史學，其父嘗曰：「身有八男，不易一女。」年逾八旬。初得徐文長青藤書屋居之，後寓武林，與名流倡和，每對客揮毫。有《玉映堂集》。

代外贈别毛大可

西泠月落板橋霜，衰柳長堤衹自傷。幾日窮愁兼别怨，一帆秋色帶斜陽。浮雲影逐離亭路，歸雁聲淒碧草塘。學採芙蓉江上去，黯然回首恨茫茫。按，毛西河嘗選浙江閨秀詩，遺其所作，因寄詩云：「王嫱未必無顏色，争奈毛君筆下何。」西河亟索集選定之，傳爲佳話。

題黄皆令畫

孤亭秋樹色，即是雲深處。寫此數峰青，倒逐扁舟去。

吴爾貞，字静軒，浙江人。明中允太沖女，孝廉陳石齋室。幼有詩名，兼工點染。

硤石道中

殘照下漁汀，歸舟柳外停。雪消留半白，嶂遠落空青。佛火林間寺，春風塔際鈴。濁醪非我好，檢點讀茶經。

孫蘭媛，字介畹，嘉興人。曾楠女，諸生陸渭室。工詩詞，兼善蘭竹。有《研香閣集》。

雨夜聞梅香作

濕盡孤窗燭冷時，梅花香破一枝枝。逋翁未解黄昏雨，清淺閒臨照影池。

周蘭秀，字淑英一作弱英，吴江人。諸生應懿女，平湖孫愚公室。其母沈媛著聲香奩，淑英秉承家學，雅善吟詠。有《餐花遺稿》。

春日寫竹寄姊沈夫人

新籜初舒雨後枝，碧含香破淡相宜。爲君寫出疏欄影，一片寒光照墨池。

曉起

曉風疏柳挂樓西，霧合秋窗半欲迷。衾冷不堪重索夢，黄鸝飛向隔花啼。

沈華鬘，字端君，一字蘭餘，吴江人。明中書自炳女，諸生丁彤室。工詩，兼善繪事。

春夜憶昭齊姊

春寒香静月朦朧，閒捲湘簾罷繡工。蘭燼花含人不寐，獨吟殘句送歸鴻。

沈關關，字宫音，吴江人。上舍自繼女，烏程王珹室。母氏楊卯君，工髮繡山水、人物。幼傳其技，尤得畫家氣韻。嘗為顧茂倫先生刺《雪灘濯足圖》，尤悔庵、朱竹垞、陳其年諸公均有題詠。

水扉

盈盈江上落花稀，何處鶯聲到水扉。望裏春山春最近，看他出谷一雙飛。

李因，字今是，又字今生，號是菴，又號龕山逸史，錢塘人。海寧葛介龕光禄徵奇側室。畫得陳白陽法，多用水墨，蒼老無閨閣氣，介龕每加以題跋。葛殁後以筆墨自給。有《竹笑軒吟草》。

長安秋日

高樹秋聲入夢遲，夜來風雨簟涼時。季鷹自解歸來好，縱乏蓴鱸也動思。

自家禄勳逝後余獨居竹笑軒手植梅花到今又數尋矣昔人有云白楊作樹紅粉成灰樹猶如此人何以堪撫景淒然偶占短句

曾詠梅花待晚春，泉臺應念未亡人。再生恐是非非想，願化花魂作後身。

白髮蓬鬆强自支，挑燈獨坐苦吟詩。此愁漫爲梅花道，腸斷黄昏風雨時。

葛宜，字南有，海寧人。明舉人瞿菴第三女，諸生朱日觀爾邁室。性閒静，書畫弈算無不精妙，兼通西法，能以儀器測星象。有《玉窗遺稿》。

送日觀游蜀

蠶叢天地險，劍閣古今愁。揮手自茲别，難爲芳草秋。猿啼三峽樹，月照九江流。不盡憑高目，西風獨倚樓。

黄媛介，字皆令，秀水人。文學象三妹，嘉興楊元勳室。畫法仲圭，書摹《黄庭》。清初與夫播遷吴越，間為閨塾師。有《湖上草》。

為漁洋山人畫山水

懶登小閣望青山，愧我年來學閉關。澹墨遥傳縹緲意，孤峰只在有無間。

湖上

西子湖頭千頃春，風光不屬去來人。朝嵐夕靄誰收得，半在凭欄半釣綸。

吴朏，字華生，又字凝真，號冰蟾，華亭人。曹焜室。夫死於亂兵，甘貧守志，以詩書畫自遣，時稱三絶。有《忘憂草》、《風蘭獨嘯集》。

艷曲

金屋暖生春，蘭階人似月。但願如月圓，不願如月缺。

徐燦，字明霞，號湘蘋，吴縣人。光禄丞子懋女，海寧陳素菴相國之遴繼室。工花卉、仕女，筆意蒼勁。相國因言事獲譴，從徙瀋陽。又嘗繪大士像五千餘幅，為姑祈壽。善屬文，工填詞。有《拙政園集》。

秋日漫興

帝苑芳春鳳吹諧，看花曾遍洛陽街。行吟緩控青絲轡，擊節頻抽白玉釵。共挽鹿車歸舊隱，幾浮漁艇散秋懷。霜風掃盡煙霞況，愁見龍城葉滿階。

楊慧林，字雲友，號林下風，錢塘人。工山水，能詩，與林天素齊名。

冬月登隨喜菴因寫斷橋小景志喜

經年不復見湖山，重到西泠載月還。風月何如今日好，天應爲我也開顔。

吴山，字巖子，一作岩子，安徽當塗人。太平縣丞江寧卞琳室。工寫意山水，善草書，工詩，鄧漢儀題其詩集曰：「江湖萍梗亂離身，破硯單衫相對貧。今日一燈花雨外，青山自署老遺民。」轉徙蘇浙江淮間，以詩名垂四十年。有《青山集》。

姑蘇棹歌

水轉楓橋徑轉幽，人家緑樹映高樓。木樨秋滿山塘上，一路清香到虎邱。

周炤，字寶鐙，江夏人。父官山東按察使僉事，以闖難殉節，適漢陽李以篤。知書能詩，嘗自寫《坐月浣花圖》小照，陳迦陵極稱之。

聞外君耨香子將歸

茶花梅蕊自紛飛，小圃身如坐翠微。不定陰晴天欲倦，何方燕雀晚知歸。王孫歲歲懷芳草，侍女朝朝倚繡幃。見説畫眉人且近，湘山如黛未應稀。

梁孟昭，字夷素，錢塘人。茅九仍室。善書畫，夫婦嘗偕游秣陵、金焦諸山。有《墨繡軒集》。

湖晚

西子湖頭煙滿村，山窗風雨欲黄昏。塔鐙漁火參差出，爲怯清寒喚掩門。

茅玉瑗，字小素，錢塘人。梁女士孟昭女，廣文許世翼室。善山水，能詩。

自題畫扇

信手閒將水墨塗，雲山一片景模糊。自然有个如他處，不必披圖問有無。

葉文，字素南，吴江人。仁和張繡虎責孫側室。善畫蘭竹。

寄鄒流綺

幾度黄昏後，懷君怯上樓。娟娟松外月，偏照别離愁。

倪仁吉，字心惠，浙江浦江人。義烏貢生吴之葵室。山水學衡山，善書。青年守節，壽至八旬，嘗種方竹於庭以自况，同志者斫一竿與之。有《凝香閣稿》。

題宫意圖

調入蒼梧斑竹枝，瀟湘渺渺水雲思。聽來記得華清夢，疏雨梧桐獨坐時。

題畫

欹磴路盤陀，潺湲風斷續。無人坐小亭，寒雲棲古木。

張學典，字古政，號羽仙，太原人。貢生佚女，吴縣諸生楊无咎室。工畫，得王忘菴指授，姊妹七人均能詩。有《花樵集》。

感亡姊舊居

繡網蛛絲鏡滿塵，閒花狼籍不知春。深愁怕見梁間燕，猶是呢喃覓主人。

王璐卿，字繡君，一字仙嵋，江南通州人。舉人馬振飛室。天姿穎異，讀書過目成誦。善花鳥，得宋人法。有《錦香堂集》。

絶句

青草湖頭花正妍，緑莎汀畔水連天。輕舟載得春多少，無數飛紅到槳邊。

吴綃，字素公，又字冰仙，號片霞，長洲人。通判水蒼女，常熟進士許瑶室。工鉤勒設色花卉，寫蘭竹有生趣。善彈琴。有《嘯雪庵集》。

楊柳枝詞

寒食東風已滿城，小枝纖弱拂啼鶯。東君不惜離人苦，又向前年折處生。

秋海棠

花發珊瑚樹，微紅著粉腮。夜深嬌不睡，須待月光來。

吴琪，字蕊仙，號佛眉，長洲人。孝廉康侯女，與冰仙為姊妹，舉人管勳室。工詩畫，能文章，周飛卿女士贈詩有「嶺上白雲朝入畫，尊前紅燭夜談兵」之句。後寡居，皈依空門，名上鑒，號輝宗。

春晴晚眺

積雨經旬鶴未過，小樓閒眺費吟哦。簾開燕子歸來晚，門掩梨花落處多。新水小橋通蕙畹，亂山古寺入煙蘿。雲開樹杪看浮棹，畫出春帆送緑波。

柳隱，本姓楊，名因，又名是，字如是，號蘼蕪，嘉興人。初隸金陵樂籍，後歸錢牧齋尚書為側室，稱河東君。性豪邁機警，有俠烈風，明亡勸宗伯殉國難，人多賢之。博覽群籍，工白描花卉。有《西山唱和集》。

游西湖

垂楊小院繡簾東，鶯閣殘枝蝶趁風。最是西泠寒食路，桃花得氣美人中。

顧眉，或作媚，本姓徐，字横波，號眉生，一號眉莊，又號梅生，上元人。尚書龔鼎孳側室。山水天然秀絶，蘭竹追馬守貞。通文史，善音律。初隸樂籍，後復姓徐，封夫人。有《柳花閣集》。

醉楊妃菊

一枝籬下晚含芳，不肯隨時作淡妝。自是太真酣宴罷，半偏雲髻學輕狂。

庚辰正月自題小像

識盡飄零苦，而今始得家。燈煤知妾喜，特著兩頭花。

吴娟娟，字麋仙，自號群玉山人，廣東石城人。閩中林茂之側室。初隸樂籍，工詩畫，曾繪水仙小幅，茂之見而賞之，為作《水仙賦》，唱和相得，遂委身焉。

宏濟寺

翠巘何年削，丹崖此日過。江流澄夕照，梵唄雜樵歌。界接人天近，光涵水月多。登臨殊未已，前路有巖阿。

堵霞，字巖如，號綺齋，又號蓉湖女士，無錫人。進士廷芬女，諸生吴元音室，僑居杭州。善花鳥蔬果，不用粉本。有《含煙閣集》。

將之鴛湖留別又令馮夫人

分手湖堤上，行行去路賒。棹歌生別浦，帆影逼蘆花。歸去仍爲客，重來即是家。一枝聊足寄，不羨雁棲沙。

顧荃，字芬若，直隸豐潤人。廣西巡撫馬文毅公雄鎮側室。善書，工寫梅竹。康熙間隨文毅同殉吴三桂之變，時相從遇難者婢妾十八人，蔣苕生太史為演《桂林霜》傳奇。

題自畫梅竹

欲寫孤山處士詩，幾回握管費尋思。水邊籬落真清絶，萬个琅玕玉一枝。

郝湘娥，保定人。竇鴻側室。工花卉、人物，能詩善弈。因主人戚崔某言於某大姓，欲强取之，使盗誣竇致死，乃製絶命詩，投繯以殉。後崔白晝見鬼，披頰暴卒，事載《拾薌録》。

絶命詞

一女如何事二天，甘心畢命赴黄泉。誓爲厲鬼將冤報，肯向人間化杜鵑。

吴宗愛，字絳雪，永康人。嵊縣教諭士騏女，諸生徐明英室。工花卉翎毛，兼善著色山水。書法香光，嫻詩詞。早寡，康熙初遭寇變殉節。有《六宜樓稿》。

題畫

淡日横翠微，泉聲相斷續。空山静無人，深林出黄犢。

嫩柳幽花驛路遥，江村一曲雨瀟瀟。分明指點揚州路，細馬春過皂莢橋。

題天台采藥圖

采藥見桃花，還逐桃花去。春巖瑶草香，漸入雲深處。

繡毬花

細碎叢花聚一團，緑煙深傲曉春寒。也知艷冶輸桃李，故作風流別樣看。

清明展先慈墓

麥飯親提酒自斟，棠陰墓道晝沈沈。春暉煦燠恩難報，泉路蒼茫夢莫尋。滿澗啼鵑寒雨暗，十年樹木緑煙深。淙淙賸有環山水，猶似窗前教詠吟。

紙鳶有作昭君像者戲賦鈔二

琵琶斜抱態珊珊，縹緲雲端響珮環。應是芳魂思故國，年年春度玉門關。
意態難描是麗姝，丹青當日恨模糊。緣何緑草芳郊外，又逐春風入畫圖。

葉粲英，崑山人。山東按察副使方恒女，衍聖公孔恭慤公毓圻室。工詩，善畫。

畫蘭

緑葉翩翩花未殘，幽香一縷露華團。移來欲植黄瓷斗，供向深閨静處看。

熊氏，號石帆，又號子沐，四川忠州人。浙江温處金嚴總兵乾一女，景州張漢屏中書澧繼室。工花鳥，賦色古艷，筆姿秀勁，得宋人法派。

自題葵花墨石

山陰浮石蜀葵花，墨瀋收來共一家。酷羡丹心傾夏日，不教庶子鬥春華。

郭蕙，字素嫺，仁和人。諸生汾女，傅半山上舍廷標室。工詩畫。有《澄香閣吟》。

河樓閒眺

浪軟波平雨後天，亂蛙鳴處草芊芊。一雙燕子歸何早，隔岸人家未起煙。始識閒中晝似年，每於飯後抱書眠。麥秋天氣松花熟，買得新茶手自煎。

吴黄，字文裳，嘉善人。鴛部蘧菴女，舉人錢拭室。工繪事。有《荻雪集》。

畫竹

平生愛此君，拂拭作數筆。直幹凌雲霄，清風奪炎熱。桐孫初依雲，松花如落雪。北窗午夢回，恍聽聲蕭瑟。

江文焕，安徽休寧人。黄耕平室。工書畫，因其翁補庵獲罪，隨夫發遣灤州。耕平素善畫精醫，夫婦開館自給，家得小康。

暮春禁中有感

蜀葵花發困人天，未識春蠶第幾眠。深禁閉門忘節令，離家對月已三圓。
隔墻竹影滿階橫，深緑重重巧囀鶯。野外無由看種穀，空聞小鳥插禾聲。

林以寧，字亞清，錢塘人。進士綸女，御史錢肇修室。工駢體文，善書畫，尤長墨竹。有《墨莊詩鈔》。

寄啟姬雲間

泖上浮家小結廬，水軒竹檻稱幽居。問人新借簪花帖，教婢閒抄相鶴書。螘子避潮緣硯席，蟹奴沿月上階除。清閨事事堪題詠，刻玉鏤冰恐不如。

畫竹

新竹出短籬，亭亭如織翠。明月升東軒，竹影宛在地。銅硯磨松煤，濡毫寫其意。清幽固可嘉，愛此堅貞志。

初春

百合名香手自焚，雪晴天霽尚停雲。寒梅纔被東風坼，釀得春愁已十分。

蔣季錫，字蘋南，常熟人。大學士廷錫女弟，侍郎王興吾母。花鳥得馬荃法，兼學惲派。工書。有《清芬閣集》。

擬古

通明蹲虎豹，凝虚集鳳凰。中有古仙人，出與浮雲翔。修影玉鞭瘦，香靄翠旌光。青童侍左右，遺予藥一箱。云是紫金丹，再拜不敢嘗。茂陵松柏枯，空傳却老方。不如崇令德，千載含芬芳。

薛貞瑛，長洲人。善詩畫，小楷精摹大令《十三行》。

燈夜從吴江至西湖

鐙宵不見一鐙紅，凝煞平江半面風。到得西湖覓西子，那知殘雪尚朦朧。

寓樓見梅花一樹喜而有作

樓西望不見西施，樓角寒梅有一枝。從此吟魂得相傍，黄昏捲起暖簾兒。

柴貞儀，字如光，錢塘人。雲倩孝廉世堯長女，諸生黄介眉室。花鳥草蟲無不超妙。

題煙江疊幛圖

誰將素練染霜毫，幻作空濛萬里濤。一片孤帆何處落，千峰雨色暗江皋。

詠羅巾

拭去盈盈泪，携來冉冉香。殷勤纏素手，縷縷似愁腸。

柴静儀，字季嫻，錢塘人。舉人世堯次女，教諭沈鏐室。工寫梅竹，能鼓琴。與姊貞儀并擅詩名，嘗與閨友林亞清諸人結蕉園吟社。有《凝香室詩鈔》。

勖用濟

君不見侯家夜夜珠筵開，殘杯冷炙誰憐才。長安三上不得意，蓬頭黧面仍歸來。嗚呼世情日千變，駕車食肉人争羨。讀書彈琴聊自娱，古來哲士能貧賤。按，用濟字方舟，嘗客紅蘭主人邸幕。

秋分日憶子用濟

遇節思吾子，吟詩對夕曛。燕將明日去，秋向此時分。逆旅空彈鋏，生涯只賣文。歸帆宜早挂，莫待雪紛紛。

題畫

香閣閒無事，丹青聊自娱。移將眉黛色，寫出遠山圖。

馮嫻，字又令，錢塘人。同安知縣仲虞女，仁和諸生錢廷枚室。讀書過目成誦，下筆文如夙構，尤工繪事。有《湘靈集》。

題美人擁被抱琴圖

爲怯階除風露侵，蘭房獨坐擁寒衾。流蘇帳捲燈微逗，小篆香浮夜漸深。漫卸翠翹依玉軫，閒將素袖伴瑶琴。高山流水情無限，彷彿泠泠指上尋。

嚴曾杼，一名蘩，浙江餘杭人。侍郎沆女，沈長益室。工畫，善弈。有《素窗遺詠》。

春日雜興

和風被廣陌，淑氣蒸庭花。孤根幸未仆，細葉攢輕葩。朝來盥櫛罷，采采簪鬢鴉。一摘花已少，再摘空枝嗟。助君一日妝，減彼三春華。何如謹持護，錦樹張雲霞。方長戒勿折，仁心周蓬葭。况兹桃李姿，顏色徒夭斜。媚人以爲好，誰能稱宜家。吾儕甘布素，鉛粉勿妄加。作詩示諸婢，貞静協柔嘉。

朱柔則，字順成，號道珠，錢塘人。諸生沈用濟室。工山水，詩為蕉園五子之一。有《嗣音軒詩鈔》。用濟客京邸時，嘗以故鄉山水圖寄外，紅蘭主人題詩於上，一時傳為佳話。

寄遠曲三首

恨少垂楊柳，殷勤繫玉鞍。夕陽鴉背暖，春雪馬蹄寒。入世逢迎拙，依人去住難。癡兒啼向我，昨夜夢長安。

獵獵風初勁，沈沈雨未闌。因憐兒被薄，轉憶客衣單。棲燕將雛苦，征鴻失侶寒。居家與行路，同是一艱難。

聞說燕臺路，生涯亦可憐。恥彈門下鋏，誰乞廣文錢。久客非長策，歸耕有薄田。一棺痛慈母，急爲卜新阡。

河渚觀梅約顧女春山女即方舟妾。

相期河渚玩春華，一棹迎風路未賒。樓外有梅三百樹，美人不到不開花。

方舟廬先姑墓感賦

寢苫枕塊空山裏，却望松楸泪泣然。縱使慈烏能返哺，可能飛得到重泉。

沈佩，字飛霜，桐鄉人。石門吴起代室。工畫。有《繡餘殘稿》。

題畫

野水平橋日方暮，山人倚杖來還去。試覓春光在何處，落花茫茫鳥啼樹。

王正，字端叔，江都人。李若谷室。善花卉，布置工穩。詩受業於徐少宗伯倬。後入都，馬相國齊嘗延爲閨塾師。有《硯廬草》。

繡毬花

花開不亞千團雪，香散真愁一夜風。簾外月明斜弄影，冰壺倒濯玉玲瓏。

吴正肅，字静嫻，江都人。諸生黄履岳室。山水蒼勁，得石田筆意。

白菊和外韻

亦是延年種，能將玉勝金。喜從燈下看，宜向月中尋。傲乃成貞骨，香能愜素心。亭亭清白影，相對坐更深。

惲冰，字浩如，號清於，武進人。格族曾孫女，諸生鍾崣女，毛鴻調室。幼與姊究心畫學，尤工花鳥，能傳南田翁家法。尹文端公曾以畫進呈，蒙高宗御題。子鳳朝、鳳梧、鳳儀均習畫，孫女周尤能得其筆意。

自題畫菊

秋花繞砌錦斕斑，爲寫秋花獨閉關。天欲老時君正少，不妨霜雨鑄紅顔。
小樓昨夜又西風，籬外霜花綻幾叢。閒取丹青爲點染，倚闌清興有誰同。

徐昭華，字伊璧，因好蒔蘭，自號蘭癡，上虞人。兵部尚書人龍孫女，徵士咸清女，諸暨諸生駱加采室。其父與毛西河游，會西河過其家，出謁，命賦詩，遂録為女弟子。書工楷隸，畫類管夫人。初母氏商景徽與姨母景蘭俱以詩名，昭華名更藉甚，一時有都講之目。有《花間集》。

送虞英嫂歸諸暨

落盡紅衣蓮子多，相看緑水木蘭過。曉風不解吹愁去，偏送佳人到苧蘿。

塞上曲

朔風吹雪滿刀環，萬里從戎何日還。誰念沙場征戰苦，將軍今夜度陰山。

卞淑媛，漢軍人。侍郎永譽女。因其父精鑒賞，自幼習聞庭訓，遂悟畫法，工寫花卉、人物。

題畫

一曲溪流清且淺，幾家籬落釣人居。溪頭春柳青青色，攀得新條貫鯉魚。

柏盟鷗，字映潭，揚州人。沈中垣甥女。山水有奇氣，似董北苑。有《映潭詩鈔》。

秋夜

畫眉收鏡晚，窗下理吟箋。水漾星摇幕，雲圍月暈天。暗蛩吟夜露，老鶴夢秋煙。尊酒誰家院，嗚嗚奏管絃。

陳書，字南樓，號上元弟子，晚年自號南樓老人，秀水人。一作南匯。太傅錢文端公陳群之母。善花鳥草蟲，筆力老健，風神簡古，類白陽山人，而遒逸過之；間作人物。家貧，賣畫自給。課子嚴而有法，子陳群嘗以《夜紡授經圖》進呈，蒙高宗御題。有《復庵吟稿》。

題自畫秋葵贈鄒太夫人鄒爲侍郎一桂之母。

葉出裁青玉，花舒染淡金。不存脂粉態，自有向陽心。

姜桂，字芳垂，號古研道人，萊陽人。孝廉本渭季女，明行人垓曾孫女。幼許張氏，未婚張卒，翁姑亦相繼歿，矢志以貞女終於室。山水乾筆疏秀，間作花卉。

仿元人惜墨法

暖風晴日值良辰，窗外梅花數點新。更想林泉清淑致，山光樹色寫初春。

王煒，字功史，又字辰若，太倉人。相國圖炳後裔，海鹽諸生陳緯度室。善畫，夫婦偕隱於婁。有《翠微樓集》。

西泠閒詠

澄江迴抱古城斜，一片煙雲接永嘉。爲愛好山聊住足，偶依高樹便成家。湖光瀲灧侵行笈，竹影參差帶落花。聞道故人將卜隱，短衣雙挽鹿門車。

沈彩，字虹屏，號掃花女史，浙江長興人。平湖貢生陸烜側室，為梅谷掌儲藏書畫。性明慧，工詩畫，尤精小楷。有《春雨樓集》。

蠶詞

東家少婦首飛蓬，三起三眠一月中。自笑不蠶還不織，墨花硯雨坐春風。

柔桑挑盡響繅車，四月垂楊作絮初。我已厭歌金縷曲，綠窗鈔得養蠶書。

張貞範，號堅樸道人，滄州人。延緒女，河間舉人樂安知縣左方燾室。幼習書畫，傳其家學，山水仿倪迂，能自鐫小印。

秋日偶成

茉莉花開香滿庭，西風微送許多情。砧聲連日催秋意，籬下黄花亦瘦生。

夏夜

浴餘竹榻渾無暑，露冷荷香竟似秋。獨坐空庭看夜色，一彎新月下西樓。

魏月如，字恒卿，一號西園女史，桐鄉人。舉人陸以謙室。善寫生，兼工山水。有《桂叢吟稿》。

自題山水卷

山色蒼茫雨氣收，煙沙漠漠水悠悠。松窗睡起拈殘墨，寫出江南一段秋。

徐德音，字淑則，錢塘人。漕運總督旭齡女，中書許迎年室，同知佩璜母。少寡，復罹火患，艱苦持家，教子成立。善畫，尤長花鳥草蟲。工詩，林亞清倡蕉園吟社，初未與，及相遇甚契，稱後來居上。有《淥净軒集》。

三月望日樓居火後示大兒佩璜

高樓一炬委荒蕪，補屋何從更賣珠。釀酒已無田種秫，打門猶有吏催租。畫操薪桂慵拈筆，夜對缸花學辟纑。盡付鬱攸無長物，舟居陸處總艱虞。

自題芳草蝶飛圖册十首鈔五。按，《秋坪新語册》爲南皮張兼山太守舊藏，係與佩璜同官開封時所得。

紅絲小硯畫眉螺，寫出青郊一幅莎。日照蝶衣齊晒粉，春寒鶯谷未聞歌。

軟風吹入艷香蘂，宿遍花房意倍濃。莫與細腰蜂作隊，怕他尾後有針鋒。

弓彎士女踏陽春，繞遍蘭香兩鬢雲。縱被扇紈輕撲殺，也應繡上鬱金裙。

裙腰芳草緑初齊，飛到南園意已迷。掠遍濃陰雙翅重，莫教墮地污青泥。

香須花板太風流，新倚青皇拜粉侯。取次百花都不戀，惟憐蘅杜在芳洲。

俞光蕙，字滋蘭，海鹽人。户部侍郎兆晟女，大學士金壇于敏中室。花卉受法於錢太夫人陳書，筆致清穎古秀，布置大雅。

畫水墨荷花戲占

硯池水墨多，拈毫貌君子。有迹不染塵，亭亭誰得似。

愛新覺羅氏，安郡王岳樂女孫，紅蘭主人藴端女，總督那蘇圖子媳，册封縣君。幼承家學，工寫花卉。

題自畫牡丹

風風雨雨惜春殘，爲愛名花倚畫欄。淡著胭脂濃著墨，一枝圖向畫中看。

袁慧綸，字蕙貞，江蘇通州人。諸生保成德室，夫婦皆壽九十餘。工詩畫。有《揖翠樓集》。

嘗藥吟

既無龐氏鯉，可以佐藜藿。又無唐氏乳，可以忘齒落。憐姑筋力衰，愧我孝養薄。奈何一夕間，舊疾忽然作。夫子行未歸，堂上悲蕭索。含愁不忍言，宛轉嘗湯藥。

張季琬，字宛玉，别號月鹿侍史，閩縣人。新安河倅洪女，江寧參軍朱文炳室。工繪事，能詩。

自題畫蝶

蘧蘧飛出宋東家，春去何心夢落花。描得滕王新粉本，小窗只當寫南華。

孔素瑛，字玉田，桐鄉人。諸生毓楷女，烏程貢生金尚東室。精小楷，工山水、花鳥。有《飛霞閣集》、《蘭齋題畫詩跋》。

和閨友松筠來游小園韻

吟情偏愛傍池亭，嫋嫋垂楊恰恰鶯。流水也知描影好，經時扶著曲闌行。

鮑詩，字令暉，平湖人。通判怡山女，孝廉方正張雲錦室。姊妹四人，皆知書善畫，從徽州程之廉學畫，山水、草蟲盡得其法，花卉神似白陽。有《鶴舞堂小稿》。

擬陳思王美女篇

美人住空谷，灼灼顔如花。胸羅錦繡文，質毓芝蘭葩。慧中而秀外，嬌嬈詎足誇。阿母幼相惜，瑣窗護碧紗。秉性慕幽貞，素心謝紈綺。羞作入時妝，不解待年旨。香草紉騷人，明珠贈君子。含笑謝蹇修，託身慎厥始。

金士珊，字雪莊，錢塘人。德麟女，王涵世室。善繪事。有《紅餘詩草》。

南樓納涼

梅雨初晴日正長，新桐深處聽鳴螿。南樓閒却蒲葵扇，自有涼風到竹牀。

周巽，字順吉，山陰人。分宜知縣開緒女，仁和諸生沈心室。工書畫。有《須曼閣小草》。

鑑湖春泛

鑑湖三月好韶光，碧舫青簾逸興長。堤柳絮飄來燕子，山桃花落出魚秧。畫屏岸列千層嶂，寶鏡奩開一曲塘。佳境詩人爲管領，至今人説賀知章。

朱滿娘，字月上，烏程人。錢塘厲徵君鶚側室。歸樊榭後始學作詩，徵君嘗為繪《碧湖雙槳圖》，一時題者甚衆。

自題紅梅

一枝紅綻傍墻陰，疑是絳衣仙子臨。莫説桃花偏命薄，多緣霜雪未能禁。

毛秀蕙，一作秀慧，字山輝，太倉人。諸生王愫室。夫婦倡隨，娱情畫理。有《女紅餘藝》。

錢塘懷古

京洛煙塵棄不收，西湖臺閣作金甌。流連秋色還春色，歌詠杭州作汴州。自顧苟安增幣帛，誰抒孤憤報仇讎。棲霞嶺畔將軍墓，只有南枝記舊邱。

乙卯秋外赴金陵省試不售詩以慰之

新妝競掃學輕盈，俗艷由來易目成。誰識天寒倚修竹，亭亭日暮最孤清。

曹鑑冰，字葦堅，號月娥，江蘇金山人。為女史吴朏女孫，婁縣諸生張曰瑚室。家貧，夫婦偕隱，為女塾師，人稱葦堅先生。工詩畫，得其祖母冰蟾、母李氏家傳。有《清閨吟》。

蓮花

紅藕花開夏日長，薰風吹動一湖香。可憐君子無人識，却把芳容比六郎。

巴延珠，字佛圓，滿洲人。都統莽鵠立女。稟承庭訓，傳寫真法，人物不用墨骨，純以渲染皴擦而成，神情逼肖。因性耽禪悅，守貞不字，長齋繡佛以終。

習静吟

枯坐小蒲團，菩提結静緣。一庭花月好，悟得美人禪。

閔氏，號半霞，南匯人。鱸鄉爲珏女，同里黄秋圃明經知彰室。幼承家學，偶作繪事，無脂粉氣。

為秋圃寫墨菊册并題一截

籬脚斜陽淡欲無，墨雲落紙半模糊。繡餘戲借生花筆，爲寫秋山偕隱圖。

孔繼瑛，字瑶圃，桐鄉人。進士傳忠女，沈廷光室，巡道啓震母。工書畫，家綦貧，夫遠游，課子讀書，并率婢終夜紡織，嘗有句云「窗下看兒讀魯論，鐙前教婢揀吴棉」，又「夜枕先愁明日米，朝寒又典過冬衣」，皆事實也。

悼亡

去年我病君還病，今日君亡我未亡。半世窮愁全不減，一生離别此尤長。貧依八口留京邸，夢逐孤兒返故鄉。最恨同來不同往，潞河煙柳劇凄涼。《桐鄉志》：氏初以家貧，令子借書鈔讀，時復代爲手繕，有句云「手寫兒書供夜讀，身兼婢職佐晨餐」。及子官淮上，貽書戒之，曰：「毋慮不足而多取一錢，毋恃有餘而多用一錢。」大學士嵇璜韙其言，爲手書「慎一齋」額。

許權，字宜娛，江西德化人。諸生震皇女，饒州教授湖口進士崔謨室。工刺繡，尤喜白描法。有《問花樓集》。

玩月 時方七歲。

一種月團圞，照愁復照歡。歡愁兩不著，清影上闌干。

田婦行

椎髻饁田畝，其夫耕且顧。宇宙有至情，聊以娱旦暮。世有利名人，棄之如陌路。所以同倡隨，甘心荆與布。相繼荷耒歸，村鐙照晚餔。

贈外

君子安厥命，真人息其機。舉世笑君貧，君貧不自知。天地兩大境，温飽與寒飢。人不寒飢死，定有温飽時。陰陽相倚伏，此理天不虧。痛飲劉伶酒，狂吟李白詩。終日無塵事，春風任所之。

胡蒨桃，雲南蒙自人。布衣履和女。生有異禀，不食人間煙火。工山水，筆墨超逸。

題畫

四圍山色翠交加，竹樹蒙茸一斜徑。此去仙源知不遠，前溪流出野桃花。

方氏，桐城人。總督恪敏公觀承女弟。工畫。

自題牡丹

菊瘦蘭貧植謝家，愧無春色繪年華。剩來井底胭脂水，學畫人間富貴花。

金順，字德人，烏程人。中書汪曾裕室。善寫生。有《傳書樓稿》。

題管夫人畫竹

墨妙由來溯仲姬，閨房静好寫風枝。王孫若解凌霜節，合署鷗波老畫師。

汪亮，字映輝，號采芝山人，休寧人。指揮文柏女孫，桐鄉費雨坪室。畫傳家學，并私淑清暉老人，又師事張瓜田徵君，畫筆輕雋秀潤，設色淡雅；書亦娟秀。

哭瓜田師

骨似寒枒瘦，神同秋水清。有書能壽世，無藥可長生。甘作青門隱，長留月旦評。謂《畫徵録》。平生叨教益，一憶一傷情。

許琛，字德瑗，號素心，侯官人。知縣良臣女，何燧隆室，以節孝著稱。工書畫，初寫花鳥，孀居後專畫竹梅蘭菊。有《疏影樓稿》。

和閨詞八音體

金烏乍墜到窗西，石徑清幽碧草萋。絲管誰家風細細，竹牀深院月低低。匏樽燈下三更酒，土鼓聲敲半夜雞。革得塵心無一事，木棉花底聽鵑啼。

畫梅

一枕羅浮夢，閒階日已斜。徘徊無箇事，潑墨寫梅花。

方静，字畹香，號友蘭，桐城人。公默明經女，諸生許正齋室。善寫生，工詩。有《友蘭閣饋餘集》。

寫花鳥便面祝節孝三姊宋夫人并系以詩

碧玉桃開二月天，盤根錯節自年年。枝頭好鳥青鸞種，應與瑶池一樣傳。

憶舊東諸姊妹

少小隨肩長各方，兒時勝事尚難忘。碧紗窗擁書千卷，沈水煙籠被一牀。春到樓頭人共繡，詩聯花底句生香。閒來笑語雙親側，誰解桃夭惹恨長。按，友蘭女士同懷姊妹四人，皆負詩名。

朱輕雲，字露香，長洲人。王梅影觀察興堯側室。工山水，喜用焦墨。

題天台雅集圖

急流勇退謝塵寰，載得東山明月還。君釣鱸魚兒作膾，興來携客上皆山。

陳瓊茝，字芳余，仁和人。進士半江太守淞女。工畫。

螢

幽叢月不到，螢火逗新凉。著露沈芳草，因風度短墻。數來光不定，撲處鉄難藏。小立香階畔，時時點芰裳。

陳瓊圃，字閬真，號鋤月，仁和人。瓊茝妹，歸安諸生費錫田室。姊妹同承母氏戴西齋女史家教，均精繪事，閬真兼善山水、花鳥。有《鋤月小稿》。

仲秋同藍若姊酣泉弟游紫陽山

淡雲殘月嫩凉天，姊弟同游興灑然。繞逕不辭苔蘚滑，拖裙恐被薜蘿牽。錢江潮湧千堆雪，鷲嶺松含萬壑煙。安得此間來結屋，徜徉泉石度餘年。

瑩川，字如亭，滿洲人。侍讀學士巴克棠阿女，兩江總督鐵保室。工草書，善蘭竹，精騎射。胸懷灑落，嘗過濟寧州登太白樓，凭欄賦詩。有《如亭詩草》。

舟中偶成

香味小舟中，漁婦作羹好。勞勞是魚鷹，空看漁人飽。

花影

瑶階花影一重重，掃去何勞倩小童。掩映半簾偏得月，離披滿徑不因風。任教踏破春無迹，若欲拈時色即空。爲惜暗香分未可，偏反時在暮煙中。

林佩環，一名頎，字韻徵，順天宛平人。布政使儁女，萊州知府遂寧張問陶室。工詩善畫。

夫子為余寫照戲題

愛君筆底有煙霞，自拔金釵付酒家。修到人間才子婦，不辭清瘦似梅花。

金禮嬴，字雲門，號昭明閣内史，山陰人。孝廉王曇繼室。善人物，界畫樓臺工細生動。書法晋唐，兼工漢隸。

寓武林門外紅柑山莊雲山如畫詩以寫之

梅妻鶴子林君復，泛宅浮家張志和。如此溪山留不得，五湖歸計又如何。

徐莊，字湘生，號古薌，又號南林女史，湖州人。歸安莘芹圃室。為沈芥舟女弟子，授畫法，工山水、仕女。壽九十有三。

為姚讀卿題雨窗懷舊圖

悵別心情未易描，等閒誰與話無聊。階前蟲語鐙前影，記取疏簾第幾宵。

胡佩蘭，字畹芳，太倉人。郎中汪啟淑側室。工畫蘭竹，兼精聲律。有《國香樓詩鈔》。

寄主人

珍簟生涼感別愁，閒聽風竹滿庭秋。惟應團扇情相似，空對山樓月一鈎。

陳蕙芳，長洲人。蔡天石側室。工詩畫。早寡，著《十孤詩》以見志。

十孤詩鈔四

浮生聚散不勝嗟，日暮殘雲隴上斜。應是舊山歸未得，獨留孤影在天涯。孤雲

幾許輕涼透素襟，月明庭院夜初深。人間莫歎姮娥寡，一片清光照古今。孤月

歷盡冰霜節不磨，泪痕多少染湘娥。一竿截作高樓笛，吹徹陶家黄鵠歌。孤竹

繫得紅絲一縷新，半天疏雨社公春。尋巢不逐雙飛侣，爲戀堂前舊主人。孤燕

陳德，字如璋，海寧人。慈谿鄭文園室，僑居武林。工詩畫。

題簡香族孫雲湖觀梅圖

衆芳彫盡此偏榮，玉立亭亭徹眼清。好倩春風催結子，老人拭目看和羹。

鍾若玉，字元圃，長洲人。崑山諸生周官室。工寫墨梅，書學鍾、王，腕力蒼老。

畫梅貽吴門江碧岑

吟情漫道得禪機，聊借幽窗縱筆揮。疏影最宜明月映，澹無言處是耶非。

鄒雪虹，别號二泉女史，無錫人。工花卉，能詩。

自題芍藥

紅翻畫省試仙裳，綽約名姿伴國香。婪尾一杯春欲去，曉煙殘夢憶維揚。

曹貞秀，字墨琴，長洲人。王惕甫廣文芑孫室。能畫梅，書法鍾、王，所臨《十三行》石刻為士林推重。有《寫韻軒集》。

題陸若筠女士錫貞丁香花遺蹟

紅心舊似丁香結，紫玉今隨落絮飛。但把此花當小影，真真喚取返魂歸。

自題畫松菊紈扇

采菊猶堪供晚餐，松陰無恙且盤桓。雪中風骨霜中艷，留與人間看歲寒。

沈淑孫，小字招孫，吴縣人。御史芝光孫女。幼從其祖母楊瑶秀夫人傳寫生法，習詞翰。許字河間紀文達公猶子汝備，未嫁卒。病篤，其祖姑往視，出畫蘭貽之。

病中自題雨蘭

獨坐寫幽蘭，圖成只自看。憐渠空谷裏，風雨不勝寒。

梁蓉函，字韻書，福建長樂人。太常寺卿上國女，教諭許濂室。幼承母教，工琴善畫，尤喜填詞。有《影香窗詩鈔》。

秋夜步月見銀河

晚空蒼茫弄寒碧，疏簾未捲蟾蜍入。捲簾望月見銀河，白練横空幾千尺。一泓澄澈涵天秋，銀雲無聲作水流。月波一片流不盡，泛泛長在東西頭。花陰滿地波紋起，幽人立在秋江裏。不知銀漢幾何深，夜夜傾來一庭水。鳷鵲橋邊風露寒，長河悠夜俱漫漫。誰家窗外霜砧急，催得銀河落曉山。

梁秀芸，長樂人。陳兆驥室，韻書妹。工繪事，隨父宦京師，與諸姊唱和，喜作豪語，其《永安橋大雪》詩有「人疑騎白鳳，寒欲透華貂」句。

出都作

京國陔蘭近十霜，閩雲回首轉蒼茫。今朝忽唱歸來曲，不道還鄉似別鄉。

王玉如，雲南人。四川按察使仁和孫嘉樂側室。善詩畫，與女公子雲鳳、雲鶴等閨中唱和，頗有林下風。

喜弟自滇至

既見翻疑誤，凝眸各審詳。九年雲出岫，一夕雁成行。别後滄桑换，途中歲月長。舊容驚半改，鄉語歎全忘。對月秋垂泪，聽猿夜斷腸。逢人問消息，覓便寄衣裳。翦燭心方慰，回頭意轉傷。自余離故土，賴爾奉高堂。感逝餐應減，思兒鬢恐霜。弟能支菽水，妹可護温凉。聞已調琴瑟，曾無弄瓦璋。當年送我處，今日遇君場。彼此皆如夢，依依兩渺茫。

鍾睿姑，字文貞，蕪湖人。貢生吴絅室。能詩畫、彈琴，兼工時文。

游冶父山

笋輿重去訪名山，楓葉纔紅緑未斑。自把瑶琴傍溪樹，乘風一奏白雲間。

章孝貞，字静儀，一字味琴，江寧人。俊民女，上元周觀模室。工山水，兼善畫蘭。有《鏡倚樓稿》。

題畫

遥天水長碧迢迢，箇裏人家遠市囂。似絮白雲遮不住，青山一抹露紅橋。

廖雲錦，字蕊珠，一字織雲，號錦香居士，青浦人。合肥知縣景文女，華亭馬姬木室。工山水，兼精花鳥。有《仙霞閣詩草》。

雙松圖歌

畫鱗難畫龍，畫樹難畫松。龍乃神物善變化，幾人曾見破壁來虚空。松之視龍勢不異，離奇屈曲難形容。誰摹此圖真妙手，雙松矯矯如雙龍。爪破白日拏雲雨，咫尺庭陰翠萬重。孫枝祖幹相追逐，生怕茅屋摇秋風。我來移挂傍几榻，猛然驚醒午睡濃。繞階而走心膽落，滿庭雲氣生窗櫳。日暮蕭齋兀愁坐，夜夢已到扶桑東。

方婉儀，號白蓮居士，歙人。石村宗伯女孫，江都羅兩峰室。善寫梅蘭竹石。有《學陸集》、《白蓮半格詩》。

生日偶作

冰簟疏簾小閣明，池邊風景最關情。淤泥不染青青水，我與荷花同日生。

自題畫梅

幾回呵手怯春寒，古硯浮香墨未乾。纔有梅花便風雨，曉來畫得幾枝看。

陳玉秀，山西絳州人。通判賈鍾瑛側室。工詩畫，善彈琴。

題自寫小照

輕綃一幅展蛾眉，疑是妝臺鏡裏窺。誰識紅顏真面目，只今惆悵寫新詩。

孔蘭英，桐鄉人。舉人汪聖清聘室，未婚卒。工繪事。有《愛日軒詩草》。

題自畫燕姬出獵圖

霜氣冷征衣，秋原雉兔肥。燕姬年十五，挾彈勢如飛。

王珩，嘉定人。陸定武室。工畫，能琴。著有《蕙窗寫意》。

訓婢

盤丫須趁曉光時，灑掃閨房課有期。繡架琴牀揮鼠迹，菊盆蘭盎去蟲絲。爇香毋縱焦煙出，浴硯休教宿墨遺。莫謂連朝閒暇少，幾家夜績尚朝飢。

錢淑，字冰如，長洲人。侍郎棨女，王利謙聘室，未婚卒，守志以貞節稱。

自題畫梅

愁對横窗玉一枝，墨雲和泪寫清姿。寒心久抱冰霜慣，笛怨風摧總不知。

梅清，字冰若，號月樓，秀水人。海鹽張辰竹室。設色花鳥娟秀絶倫。有《月樓吟稿》。

采蓮曲

紅藕花，碧荷葉。花如新樣妝，葉似羅裙摺。花明葉暗清且研，障日承風水雲合。中流緩櫂笑語回，恐傷并蒂相徘徊。

戴佩荃，字蘋南，號春渟，歸安人。菔塘太僕璐女，仁和趙日照室。能詩畫。

有《蘋南遺草》。

同學從姊蘊芳適閔編修敦大閔卒姊亦繼殂詩以哭之

太史河澄遂相攸，何堪貧病積牢愁。閨中亦擅修文筆，可是雙雙赴玉樓。

吴芳珍，字韻卿，號清馨，錢塘人。大學士璥女，指揮李增厚室。工畫。有《清馨閣吟草》。

和外不寐原韻却寄

展轉難安枕，挑燈四韻成。終宵無一夢，兩地有同情。别岫雲何處，孤山月正明。聞雞應起舞，努力向前程。

梅夢

紙帳低垂漏點沈，柴扉静掩睡魔深。翠禽乍向羅浮引，玉蝶休從巫峽尋。半榻春風迷曲徑，一庭明月浣涼襟。人生都是邯鄲客，難遣游仙覺後心。

吴蕙，字静香，吴縣人。學正蔣錫琳室。工文，能畫。有《静香樓詩草》。

寒山寺

問訊南朝舊寺禪，荒臺雲鎖夕陽邊。殘碑土蝕才人筆，寺有唐六如《化鐘疏》石刻。古鼎香消老佛煙。繞樹烏啼涼月夜，隔溪漁火早霜天。鐘聲斷續隨風遠，多少羈愁唤不眠。

清明

東風嫋嫋峭寒天，滯迹江城又一年。惆悵踏青好時節，野棠梨外雨如煙。

李德純，字畹耘，號樹蘭，崑山人。署正存厚女，訓導蔣如沂室，其姑為吴靜香女士。工篆法，能畫蘭。有《蘭韻樓詩草》。

秋日侍家慈游西湖

雙堤形勝愜清游，茗椀詩筒共一舟。山脊雲微峰勢出，湖心風緊櫓枝柔。漫教歸思隨秋雁，且把閒情寄野鷗。欣奉板輿來小憩，桂花香裏好停留。

吉貝花

圓鈴箇箇綴疏條，白比蘆花雪未消。百畝秋收同穀穗，一年生計怕風潮。經翻梵國方言譯，圖繪揚州職貢饒。休例江南閒草木，回春力不讓豐貂。

蔣徽，字琴香，一字錦秋，號石溪漁婦，江西東鄉人。黔西知州吴嵩梁繼室。山水筆致蒼秀。有《琴香閣詩箋》。

登開元寺楊閣

十柏參雲列翠屏，飛花墜粉滿中庭。天寒試倚危樓望，雪後千峰睡未醒。

憶石谿館

銀沙一徑掩蒼苔，錯認寒梅照水開。今夜石溪溪畔路，有誰踏雪看花來。

魯敬莊，安徽人。南豐湯確亭室。山水、蘭石生氣遠出。夫婦擘箋分韻，頗極閨房之樂。有《墨雲軒稿》。

題畫

水光一碧寫青天，野渡荒邨柳拂煙。著箇漁舟輕似葉，桃花紅到竹橋邊。

胡緣，字香輪，號碧窗，平湖人。副貢昌基女，許景鐘室。工六法，氣韻娟秀。

有《琴韻樓詩》。

暮春即事

怪底花殘香亦消，空教柳絮滿天飄。惜春人似尋芳蜨，猶逐輕風過小橋。

屈秉筠，字宛仙，一作婉仙，常熟人。竹田别駕保均女弟，趙文學子梁室。夫婦能詩，人比之明誠與清照。工白描花鳥，神致超逸，與席道華齊名。有《韻玉樓集》。

自題牡丹

牡丹非俗艷，渲染奈胭脂。澹墨輕鈎出，由他不入時。

畫竹

握管貌君子，超然整素襟。但能傳勁節，難寫到虛心。

石學仙，如皋人。進士為崧女，彰德諸生沙又文室。工書畫，并創製翦彩貼絨花鳥。有《冰蓮閣詩鈔》。

過故居

風迴玉笛夕陽斜，誰傍山陽譜落花。喜得春回梁上燕，不曾飛到別人家。

陳發祥，字瑞岩，湖南祁陽人。摩厓山人率祖女。工水墨花卉，間作山水。

題畫

出筆源於老米，重重疊疊家山。泊舟一帶茆屋，明月隨水彎環。

徐裕馨，字蘭蘊，錢塘人。相國文穆公曾孫女，諸生程焕室。畫法南田。有《蘭蘊詩草》。

畫眉

柳梢枝上曉風柔，夢醒雕欄語未休。莫向碧紗窗畔唤，美人猶是未梳頭。

駱綺蘭，字佩香，一字秋亭，江蘇句容人。江寧諸生龔世治室。工花卉、人物，為袁簡齋、王夢樓詩弟子，博通經籍。早寡，以清節稱，嘗繪《秋鐙課女圖》，曾賓谷題詩有「窗外秋聲不可聽」之句，因以名軒。有《聽秋軒詩稿》。

白秋海棠

寂寞古墻陰，月高人未睡。亦解怨秋風，不肯灑紅泪。

春閨

春寒料峭乍晴時，睡起紗窗日影移。何處風箏吹斷綫，飄來落在杏花枝。

三月四日過雲根山館時左畹鄉夫人歸寧見千葉桃花盛開題壁一絶

寂寂園林日未斜，一庭紅影上窗紗。主人難免花枝笑，如此開時不在家。

侍女文琴嫁某郎一載爲大婦所錮且虐使太甚聞之以金贖回作詩示之

調粉薰香十二春，無端别去最傷神。誰知身似梁間燕，一載重依舊主人。
舊衣還稱小身材，清曉依然侍鏡臺。從此塵緣須自懺，好隨妝閣繡如來。

登天平山憩白雲庵

身在雲中不見雲，登臨忘却日將曛。回頭欲辨來時路，惟有泉聲隔樹聞。

對雪

登樓對雪懶吟詩，閒倚闌干有所思。莫怪世人容易老，青山也有白頭時。

盧元素，字鸝雲，號淑蓮，又號薌香居士，先世本長白人，隨父居江都。歸錢塘玉魚生錢東。工山水、梅蘭，更善繡人物、草蟲。與駱佩香詩畫齊名，有「女盧駱」之稱。

題繆瑞英女士所畫菊譜黃鶴翎一幅

昔人已乘黃鶴去，誰翦修翎作此花。應是神仙好詩酒，却唫秋興到陶家。

題陳竹士秀才虎山尋夢圖

山徑依然是，重尋點屐苔。相看圖畫裏，不見美人來。一夢何時醒，三生只自猜。泠泠劍池水，嗚咽繞山隈。

陳淑蘭，字蕙卿，江寧人。諸生鄧宗洛室。夫婦俱工寫蘭竹。有《化鳳軒詩稿》。

寄外

小院清香撲面來，拋針幾度立蒼苔。幽蘭亦有懷人意，素蕊微含不放開。

方壽，字蓬客，號芝仙，山東歷城人。浙江布政使昂女，兄長清，諸生潘可宗室。花卉超逸有天趣。有《芝仙小草》。

海棠

含煙泣露小樓東，脉脉無言媚晚風。好似沈香亭畔醉，闌干十二倚嬌紅。

張允滋，字滋蘭，號清溪，吴縣人。任心田茂才兆麟室。工詩文，兼寫墨梅。

嘗與同里張紫蘩、陸素窗諸女士結清溪吟社。有《潮生閣集》。

秋夜懷心田夫子

雨霽銀燈夕，纖雲入暮天。芙蓉還寂寞，秋水自嬋娟。寒雁聲疑斷，虚窗夜不眠。思君在高閣，清夜撫冰絃。

孔璐華，字經樓，曲阜人。孔子七十三代女孫，衍聖公慶鎔女，儀徵大學士謚文達阮元室。幼嫻詩禮，兼工繪事。有《唐宋舊經樓稿》。

廣東節署新建學海堂

主人羊城節鉞久，案牘終朝不釋手。餘暇偶登越秀峰，擇得一峰闢數畝。略加修築有堂臺，海闊天空眼乍開。夏木千章梅百樹，登臨遥望興悠哉。紫瀾翠島摇清目，雨過風生涼滿竹。四面窗紗日影微，雲樹相連滿天緑。非爲閒游設此堂，爲傳學業課文章。從今佳士多新作，萬卷收來翰墨香。主人素愛研經史，欲美民風莫如此。更助香膏催讀書，嶺南他日留遺址。吾家尼山雖最高，無此海天好山水。

劉文如，字書之，阮文達公側室。能詩，兼工繪事。

題石室藏書圖

開匣拜遺容，悽然心暗傷。未及見慈親，惟見圖卷長。夫子秉遺教，顯親早名揚。當年課夜讀，教以古文章。治家似鍾郝，半典嫁時裳。聚得千卷書，訓以石室藏。夫子成德器，終天憶北堂。四祭陳五鼎，舉爵每徬徨。哀哉寸草心，難報春暉光。於今選樓上，即是古墨莊。聖恩酬母德，更圖一品妝。

金淑，字文沙，號慎史，嘉善人。婁縣諸生沈錫章室。善山水、人物，旁及花鳥。喜摹名人手蹟，精楷法。有《得樹樓集》。

為郭頻伽畫天風蘿屋圖并題

春來海燕寄珊瑚，囑寫天風蘿屋圖。自是詩中兼畫意，不知畫意入詩無。
禿盡千林見遠峰，只留蒼翠兩三松。有人屋底寒如此，黄葉堆門過一冬。

陳慶遜，字静齋，順德人。工書法，兼精繪事。

自題畫竹

風風雨雨任離披，直節凌雲總不移。一幅瀟湘寫秋影，月明曾過女英祠。

吴媛，字素雲，江西新城人。蘭雪女弟。工詩善畫。

寫杏花雙燕送兄北上并題

嫩蕊新枝瀲瀲紅，倩他雙翦拂斜風。曲江賜宴花千樹，合向尊前憶畫中。

嚴文，字淑暉，烏程人。温一齋純室。幼聰慧，喜吟詠。嫁時年甫十七，一齋謂之曰：「能畫而不能詩，畫即無韻；而能詩不能畫，詩必無神。」遂潛心學畫，不數月而能花果。

病起

蕭蕭秋雨織煙絲，遍繞窗前簾幙垂。如此輕寒禁不得，莫嫌病起曉妝遲。

金兑，字湘芷，長洲人。父諸生名鳳翔，母毛女史名穀。幼承母教，善畫能詩。

秋日雜興

秋來只有睡工夫，水檻風涼近石湖。却笑溪邊老漁父，垂竿終日一魚無。

孫雲鳳，字碧梧，仁和人。按察使嘉樂長女，諸生程懋庭室。善花卉，與妹雲鶴、雲鸞、雲鴻、雲鵠、雲鵬并工詩畫。有《玉簫樓集》、《湘筠館詩》。

再游飛雲洞貴州道中。

倦客欲休息，驅車問靈境。谷口採樵人，指是飛雲嶺。古洞響寒泉，高峰明返景。松濤從空來，感此動清警。昔我登此山，垂髮始覆頸。杯底吸霞光，溪邊捉雲影。當時雖無知，脉脉心已領。撫樹發長歎，歲月直俄頃。俯仰心豁然，天風磬聲冷。

曉行

殘月曉霜鐘，馬蹄黄葉路。日出不見人，溪聲隔煙樹。

自題畫梅

寒梅點點寫秋釭，忽憶孤舟泊大江。夜半斷崖霜月白，一枝疏影落篷窗。

荷花

窗對遥山水繞廬，紅衣摇落感秋初。西風吹醒閒鷗夢，香冷銀塘夜雨疏。

孫雲鶴，字蘭友，仁和人。雲鳳妹，縣丞金瑋室。善畫，工填詞，兼長駢體文。與姊碧梧齊名。女佩芬，字芷香，適湯雨生，子懋名，亦工詩畫。

寶劍篇

寶劍遺編在，挑鐙擊節吟。恩讎千古事，湖海一生心。氣逼秋霜冷，光騰夜月沈。從軍應有願，慷慨答知音。

壬寅九日重慶關送伯兄東歸

登高兼送遠，客泪一沾裳。歸棹隨流水，鄉心帶夕陽。秋高山落木，風急雁分行。叢菊何情緒，籬邊依舊黄。

山行

秋色斜陽影裏，寒煙黄葉聲中。一幅倪迂小景，溪邊多個漁翁。

孫雲鵬，字嫻卿，仁和人。春巖廉訪幼女，范某室。工詩畫，善草書，縱逸秀勁，得魏晋人遺則。嘗作《停琴伫月圖》，徵題遍諸名宿。有《停琴館吟草》。

高夫人江氏哀詞

蕚緑華原謫降仙，乘鸞歸去九疑邊。青天碧海無窮恨，了却塵緣僅四年。

王姮，字樨影，號月函，仁和人。西濂女，顧虹橋室。嘗著《詠物詩存》，其《懶貓詩》為隨園太史所賞。有《繡餘吟稿》。

自嘲

恐拈綵綫縈愁思，怕用機心不著棋。猶怪閒人有忙事，丹青纔了又題詩。

唐英，崑山人。和春女，適同邑顧氏。資性穎異，幼從其父及母顧采如女士學畫花卉，尤工牡丹。

自題桃花白頭翁

怨雨啼晴啄未休，春光一段屬誰收。愁人争得真如鳥，花裏雙雙到白頭。

王玥，字瑶窗，蘇州籍，父遷於楚為善化人。母早卒，家貧，留養其父，終身不嫁，陳觀察詒為作《奇女傳》。工花鳥，書得唐人意，兼通音律、琴弈，曉劍術。

桃花畫箑寄揚州二姊

雖然春色江南有，故國花開最憶君。寫寄吹簫橋畔月，二分寒破武陵雲。

虞美人

霸圖銷歇大江東，此日誰憐百戰雄。祇有美人名尚在，年年和露泣春風。

放蜨美人圖

寂寞蘭閨春晝長，仙衣閒貯粉奩香。放教花底成春夢，不許分飛過短墻。

王文羽，字綺窗，善化人。瑶窗貞女妹。工畫墨竹，因號竹居；善書。與姊同以貞孝著。

落葉疊韻

一别林皋西復東，飄零無復緑陰同。驚敲宿鳥棲難穩，堆塞啼猿路不通。幾度霜凋封蟻垤，數番風剪逐沙蓬。昔人若遣重來此，可記停車坐愛中。

王采薇，字薇玉，一字玉瑛，武進人。知縣光燮女，山東糧道陽湖孫星衍室。工書善畫。有《長離閣集》。

山中偶作

露氣明曲巖，花光照虚夜。一片白雲聲，飛泉隔煙瀉。

寄季逑

嫩寒幃幙雨廉纖，衾上春衫逼曙添。試束晨妝拓幽閣，小紅齊見破梅尖。

張因，字净因，一字淑華，甘泉人。江都黄秋坪孝廉文暘室。善花鳥，工填詞，夫婦館阮芸臺中丞琅嬛仙館，諸夫人咸從問字。有《雙桐館詩鈔》。

四十初度和秋坪

荷君雅意比良朋，鮑汲梁春愧未曾。每笑敲詩成勁敵，有時并坐似枯僧。春湖煮茗花爲供，永夜圍棋月作燈。安得神仙遺上藥，瓊霄携手學飛昇。

題李艾塘揚州畫舫録

明月鶯花翡翠樓，繁華今古説揚州。新編展向明窗讀，却勝腰纏跨鶴游。

草木禽魚盡寫生，人文風土總詳明。寸絲尺素聯成匹，疑是天孫錦織成。

獨開生面網珊瑚，細綴驪龍頷下珠。十里湖光橋廿四，特將彩筆繪全圖。

高鳳閣，字佩文，號友蘭，仁和人。葉文謙室。工寫生。有《一琴一鶴軒詩草》。

聞月槎得子

正快窗前聞鵲噪，棣棠花却長新枝。果傳英氣非凡品，試聽啼聲已可知。罔極重懷生我日，奢心先到讀書時。老親常慕含飴樂，湯餅筵開喜上眉。

女游仙詞

芙蓉爲閣錦爲屏，珠户丹房静不扃。閬苑無風春晝永，萬花深處誦黄庭。

改叔明，字佩芝，别號古茸女史，江蘇人。能詩畫。

詠菊鈔二

林間秋色盡丹黄，爲愛名花異衆芳。冷淡偏能全晚節，吹嘘終不藉東皇。白衣酒至留清玩，青女霜前抱暗香。回首西風歸未得，羅含宅畔舊茅堂。

年年佳興與秋宜，采采東籬正及期。對景好傾彭澤酒，分題追和少陵詩。逍遥燕去鴻來日，點綴橙黄橘緑時。插鬢衹愁花共瘦，供瓶恰趁月侵帷。

清畫家詩史癸下

寧津李濬之響泉編輯

席佩蘭，字韻芬，一字道華，號浣雲，昭文人。常熟孫太史原湘室。夫婦倡隨，名重一時，兼工畫蘭，詩天機清妙。有《長真閣集》。

送外入都

打疊輕裝一月遲，今朝真是送行時。風花有句憑誰賞，寒暖無人要自知。情重料應非久別，名成翻恐悮歸期。養親課子君休念，若寄家書只寄詩。

書錫山唐素霞孝女傳後

白華朱萼畫鮮明，換取鱸魚手作羹。家在慧山山下住，慧泉應改孝泉名。孝女鬻畫養父，終身不嫁。

欲寄生綃乞作圖，備余閨閣細臨摹。圖中不綴閒花鳥，只寫貞松與孝烏。

題葉茗芳女士琬儀**合寫蘭菊小幀**

離騷詞後寫陶詩，最喜聰明筆兩枝。補盡人間難了願，春蘭秋菊竟同時。

酬蘇甘漁畫梅

寄謝甘漁老畫師，爲余手寫歲寒枝。夜深獨剔銀釭看，一幅孤山處士詩。

以詩壽隨園先生蒙束縑之報且以詩冠本朝一語相勖何敢當也再呈此篇

擬繡袁絲未買絲，獻將彤管當金卮。絳紗反報先生幣，黃絹深慚幼婦詞。筆爲掃眉常苦弱，文經擊節便稱奇。關雎偶出宫人手，許作周南冠代詩。

丙辰消夏雜詩

布裙椎髻自當家，那有閒情去種花。恰喜同心嬌女伴，分來幾箭蕙蘭芽。

幾家紈扇索臨池，午倦拋針染翰時。近日風行閨閣裏，仲姬畫筆謝孃詩。謂宛仙、翠霞。

子瀟鄉薦出宜興令阮公房而座主則劉雲房宗伯也戲之以詩

盡説興公最擅場，天台一賦響鏗鏘。疑君身是仙桃樹，恰屬劉郎與阮郎。

論詩絶句

枵腹何曾會吐珠，詅癡〔一〕又恐作書厨。游蜂釀蜜銜花去，到得成時一朵無。

沈思冥索長吟哦，忽聽兒童踏臂歌。字字入人心坎裏，原來好景眼前多。

〔一〕「詅癡」原作「詅癡」，據嘉慶間刻本《長真閣集》改。

風吹鐵馬響輕圓，聽得宫商協自然。有意敲來渾不似，始知人籟不如天。

清思自覺出新裁，又被前人道過來。却便借他翻轉説，居然生面獨能開。

燈花聯句和藴玉樓韻

銅荷青緑宛成苔，苔畔星星一粟開。子瀟。紅豆有情催結夢，青蓮如舌助生才。道華。却防棋子閒敲落，漫卜書函喜送來。子瀟。殘蕊好收奩匣底，明朝留作畫眉材。道華。

隨園先生命題十三女弟子湖樓請業圖

寶石山莊靠鏡湖，人間清絶一方壺。十年枉作西泠夢，早已全身入畫圖。

先生端坐彩豪揮，争捧瑶箋問絳幃。中有彈琴人似我，數來剛好十三徽。畫余坐苔石畔撫琴。

選刻新詩仿玉臺，卷中人各手親裁。白家老嫗康成婢，未許窺探入座來。

老壽公須過百齡，果然位業是真靈。願同伏勝傳經例，一箇門生授一經。

後來居上亦何嫌，廿六人終取格嚴。恰比十三行玉版，宣和副本又新添。作圖後又得十三人，因别爲一圖。

汪心農觀察試硯齋圖

鮫宫割取紫雲寒，鴝鵒清矑鎮不乾。想得雙珠親手捧，桃花潭水試螺丸。碧珠、意珠，汪二姬名。

題汪瀞雲員外梅鼎琴養圖鈔一

抱得泠泠太古琴，松風穩侍北堂深。一雙宛轉調絃手，七十婆娑戲綵心。應傲履霜聲慘切，肯緣流水感升沈。由來知子無如母，不要從人覓賞音。

秀水王仲瞿孝廉良士與其配金雲門夫人僑居吴門隱於詩畫夫人作留待山居圖寄志屬題其意

昭明老佛守柴關，畫地詩天閣一間。占盡洞天仙偶福，更從何處買青山。
秫杭三頃樹千章，只費將軍紙半張。多少眼前心事在，願天輕易莫斜陽。
杜陵廣厦萬間春，未必他年話果真。留得桃花源一記，後人想殺此中人。
如此安排亦大難，百年風雨幾宵安。不如眼底真消受，茶熟香温幾遍看。

重至西湖作

十年夢想西泠路，重對湖光分外奇。樓閣盡如仙化去，雲山猶賴佛撑持。更無金碧將軍畫，但有空靈表聖詩。畢竟淡妝看最好，漫將濃抹勸西施。

陸向芝，字小蘭，仁和人。同邑諸生沈地山室。工畫能詩，與姊向英有合繪《百蝶圖》，名噪一時，余秋室、何春渚諸人均有題跋。

題畫梅扇面寄族兄樹棠

南望韶陽郡，迢迢路五千。寒窗梅正放，芳訊到尊前。淡墨揮毫易，春風得氣先。時姪輩赴春闈。一枝遥寄意，珍重附雲箋。

沈轂，字采石，嘉興人。明經光春女，侯官曾曏吉室。幼受畫法於母氏許梅村女士英，山水臨宋、元，稱名筆。有《畫理齋集》。子婦范湘磬，亦工花卉、人物。

塞下曲鈔一

死者成新鬼，生還盡錦衣。不緣枯白骨，那得奏紅旗。

奚穎文，字蘊玉，錢塘人。蒙泉外史岡姪女，程豫室。工山水。有《簪花閣詩》。

題西村樵子圖

生涯常傍佛頭青，采采秋風桂子馨。落日半山雲没路，一肩紅葉下西泠。

惲珠，字珍浦，號星聯，自號毗陵女史，武進人。完顔廷璐室，見亭河督麟慶母。工花卉，得其家南田老人法。嘗輯清初至嘉、道閒閨閣詩，名《正始集》。有《紅香館詩草》。

邯鄲道中

淡月疏星欲曙天，邯鄲道上促征鞭。黄粱仙迹今何在，賸有千秋一夢傳。

種菊次外韻

主人幽興學陶潛，植向東籬露未乾。花事一年從此盡，等閒莫作衆芳看。

題自畫荔枝

一枝磊落裹瓊漿，寫出泉州十八孃。清饌記曾供大母，在東甌時，每從海舶購得，供奉祖姑。堆盤佳果滿筵香。

乙亥春日牡丹花放時夫子方扃闈校士戲成鈔一

青蚨幾度買名花，開遍雕闌不在家。莫道暫違非遠別，出門咫尺即天涯。

王筠貞，字管芬，吴縣人。洞庭東山嚴愷室。工詞章，間寫山水。

自題山水小幅

萬頃波光玉鏡開，隔湖山隱白雲堆。無端拍拍群鷗起，一片春帆天際來。

朱璵，字葆瑛，海鹽人。閣學方增女，中書孔憲彝室。工書畫。有《小蓮花室詩稿》。

清明感賦

桃花夾岸柳垂絲，掃墓家家是此時。千里空餘鄉國夢，八年久廢蓼莪詩。傷心無限天涯感，灑泪何由地下知。遥望紫雲悲欲絶，重來何日拜嚴慈。先大人新阡在海寧紫雲村。

蔡紫瓊，字繡卿，一字玉婷，江西德化人。貢生瀛女，編修殿齊姊，湖口諸生周文麟室。工隸書，精琴學，尤善畫蘭。有《花鳳樓吟稿》。

梅開集諸姊小飲

春影横斜畫掩門，枝頭翠羽動吟魂。梅花萬樹真成海，笑嚼寒香帶酒吞。

春霽

雨過苔滋碧，煙銷日放紅。開門看廬嶽，推出亂雲中。

張襄，字雲裳，一字蔚卿，安徽蒙城人。蘇州參將殿華女，主事南豐湯雲林室。工書畫。年十七封股療父疾。有《織雲仙館遺稿》。

登靈巖山

勝地甲三吳，風雲想霸圖。綺羅西子徑，煙雨范公湖。故苑悲麋鹿，空林響鷓鴣。登臨無限意，落日下平蕪。

家大人招梅麓師同為鄧尉之游喜賦

閨中自笑苦吟身，未見江南海樣春。分付青山十萬樹，安排香雪待詩人。

調琴

月影初低花影沈，紗窗對譜學彈琴。侍兒爲怯春寒重，幾度催眠報夜深。

吴湘，字若耶，江都人。高范生室。善鼓琴，能畫。

湖居即事

不解嫻刀尺，隨時好畫山。茆檐香篆字，湖面翠生斑。静亦人中福，勞因詠未閒。古人悲莫見，琴意好追攀。

汪雲琴，字逸珠，原名鯨雲，字遺珠，錢塘人。工人物、界畫樓閣。守貞不字，賣畫自給。有《沅蘭閣詩》。

為頤道先生寫碧城仙館圖即用原韻題之

霧閣雲窗四面開，游仙畢竟是仙才。畫摹院體詩宮體，集中句。今日江東有玉臺。

驂來白鳳與青鸞，花滿層城月滿壇。金碧樓臺詩世界，幾時來凭畫闌干。

吴芸華，字小茶，號石溪漁女，江西東鄉人。黔西知州嵩梁女，德化諸生陳世慶室。善墨蘭。有《養花軒詩鈔》。

寄外書

窗外風聲窗裏寒，錦帷香盡漏聲殘。挑燈親把紅箋寫，寫到相思下筆難。

王倩，字雅三，號梅卿，山陰人。永定兵備道謀文女，吴縣諸生陳基繼室。工畫梅，兼善仕女。嘗以賣畫資刻其夫前室金纖纖《瘦吟樓稿》并自著《問花樓集》。

過話秋軒

玉軸牙籤七寶牀，雕文槅子水晶光。知君怕聽空階雨，不種芭蕉種海棠。

題倚香小影

朦朧淡月白雲攢，春在南枝耐細看。詩思一天清到骨，滿身香雪不知寒。

題郭頻伽江行日記

錢江西去溯章江，一月江行滯客艭。最好朝來微雨過，千峰寒翠滴篷窗。

方若徽，字仲蕙，桐城人。恪敏公觀承孫女，化州知州仁和汪元炳室。工琴善畫，精篆刻。有《閒雲閣詩鈔》。

舟次峽口

一舸江天暮，乘風興倍豪。橋危通絶磴，箐密蔽層濠。嵐氣氤氲雨，松聲上下濤。奇峰看不厭，坐對滌煩囂。

朱淑均，字蓮卿，海寧人。應章女，諸生查冬榮室。受畫法於其叔築巖，與妹蘭卿以姊妹為妯娌，皆能詩畫，刻有《分繡聯吟閣稿》。

此夕

蕉窗秋似水，小坐夜眠遲。曲院花雙影，新涼月一眉。畫餘聊滌硯，繡罷偶吟詩。此夕愁多少，階前落葉知。

朱淑儀，字菊卿，海寧人。應章女，同邑查有炳室。工花卉，與姊蓮卿有《愛花吟榭合稿》。

花朝次姊蓮卿韻

團扇家家已製紗，二分佳麗最堪誇。村鳩啼午濃煙活，一片春陰十里花。

謝錦秋，字織霞，山東濟寧人。海寧查辛香茂才冬榮側室。工詩畫，嘗與大婦蓮卿女士合作蘭石畫扇，辛香題詩有「不買胭脂畫牡丹，閨中合璧寫芝蘭」之句。

自題散花圖小影

記謫蓬萊三十年，散花猶得會群仙。木樨香裏閒揮麈，白鶴蒼松入畫禪。

焦希淑，字筠石，山東章邱人。同知家麟女。幼承母氏蓉湖女史慈訓，熟習經書。工繪事，師法南田。

牡丹

畫簾日影動遲遲，羨汝東風第一枝。花滿瑶階春似海，煙籠綺幛雨如絲。太平富貴名臣業，絶世才華學士詞。十二欄干凝望久，洛陽真品幾人知。

文静玉，字湘霞，蘇州人。錢塘陳雲伯大令文述側室。善畫，書學晋人。有《小停雲館詩鈔》。

仿楊妹子畫梅宫扇即用元韻

娥眉纖指勝鷗波，濃染燕支淺暈螺。留得南朝圓月影，倚香小印壓春羅。妹子居宫中倚香閣，畫有倚香閣印。

雨窗玩帖題靈飛經一絶

六甲靈飛重玉臺，簪花妙格見仙才。書家莫誤清容説，好認唐家貴主來。《靈飛經》，玉真公主所書。以爲鍾紹京者，袁清容之謬說也。董香光宗之。

席慧文，字怡珊，河南澠池人。知府椿女，太平同知吴縣石同福室，舉人峻華母。工繪事，初從其翁琢堂太史受筆法，能作徑尺大字，尤善隸書。有《瑶草珠華閣詩鈔》。

題外竹籬茅舍圖

茅屋任意斜，竹籬有序次。莫笑似農家，得此良不易。君非風塵人，亦少温飽志。親老已懸車，難免菽水計。名利久澹忘，升沈無所繫。負郭苦無田，折腰非本意。何時遂初心，繪圖聊自慰。我亦愛圖閒，偕隱身堪寄。惟祝君早歸，領略圖中味。

春朝與外聯句

春光漏洩畫闌東，敦夫。幾點梅花逗曉風。煙隖柳絲舒嫩緑，怡珊。雪畦菜甲翦新紅。携琴載鶴情何限，敦夫。頌酒銘椒語未工。爲問扶桑初日句，怡珊。清吟能否學坡翁。敦夫。

熊好，字孟嫺，廣西永康人。介兹觀察方受女。工書畫。因無昆弟，侍親不字，以貞孝稱。

二十初度

廿年歲月强支持，自悔聰明得福遲。秋水精神明月照，青山意氣白雲知。詩粗詎敢稱才女，琴好誰堪作教師。只苦已無慈母奉，臨風淒絶泪雙垂。

金蘭貞，字紉芳，嘉善人。青田教諭韻玲女，平湖舉人王丙豐室。工繪事，秀骨天成。有《繡佛樓詩草》。

杏花

上林移得一枝來，阿弟當年手自栽。杏花二株，其一即秋浦弟所植。三載相離定相憶，江南春雨夢花開。

楊林貞，貴州鎮遠人。知縣魯川女。工書畫。

六盤山

鐸聲響郎當，無語車中坐。聽説六盤山，險峻真無那。試從簾隙窺，儼然在目左。萬仞勢嶙峋，層層白雲鎖。驅車登山巔，不見雲一朵。想彼山中人，見雲不見我。

許珠，字孟淵，吴江人。布衣吴焕室，女史丁素娟女。綽有母風，工繪事，善鼓琴。有《蕙茞吟稿》。

落葉

一年一度惜摧殘，風勁霜嚴并作寒。秋館一鐙聲在樹，客心千里曉凭欄。馬蹄曲徑黄初隕，人影斜陽緑半乾。不敢捲簾新病起，模糊誤認落花看。

馬師班，字誦昭，無錫人。教諭雲題女，楊永齡室。善山水。早寡，以清節稱。有《翠深小草》。

隨家大人登九龍山望太湖分韻得水字

十年作畫不到此，九龍之山太湖水。水涘山巔一度尋，到此翻看成畫裏。秋光倒水萬丈清，秋氣拔山千尺紫。秋人得得向秋邊，煩爾秋雲扶屐齒。畫中作畫當更奇，惜無十幅剡溪紙。記取湖山一角秋，歸來圖稿挑燈起。

王堯華，雲南大理人。畫松筆力蒼勁，工楷書。

題雙松圖

濃淡生枯落筆難，龍鱗皴起墨雲蟠。草亡木卒知多少，矯矯雙松傲歲寒。

郭文貞，字恕宣，河南新安人。教授衛大壯室。善草書，工繪事。

手爐

幾費黄金鑄，雕鏤製倍新。一爐調令序，兩袖籠陽春。雪案時相伴，年華老更親。椒蘭添仔細，繞指瑞香匀。

朱蘭，字清畹，甘泉人。程綺堂室。工畫，得袁竹室之傳，花卉具有生氣。有《夢香集》。

夢仙謡之一

紫鳳青鸞駕翠車，五銖衣服盡雲霞。瑶池侍宴留春色，醉壓碧桃兩樹花。

吴規臣，字香輪，一字飛卿，號曉仙，金壇人。長洲顧小雲大令鶴室。為潘榕臯畫弟子，花卉得甌香筆意。小雲遠宦，飛卿往來金陵、維揚間，鬻書畫自給，奇情倜儻，以孝行稱。兼精醫理，通劍術。

在華陽山中坐雨為牡丹寫生題詩二絶

一種天生富貴花，開來仙觀帶煙霞。人間遮莫春如海，那及山中宰相家。

三茅雲氣護靈根，生長仙源别有春。閒倚玉蘭花下看，六朝金粉舊精神。飛卿嘗隨侍其父朗齋三游華陽洞天，穿雲躡翠，見者咸以爲異。

登蓮花峰訪玉井非井池也蓮尚未花戲摹一葉

絶磴迴梯踏翠煙，飛行又向此峰巔。採來一葉人間世，太華峰頭玉井蓮。

潘佩芳，錢塘人。御史庭筠女，海鹽朱某室。善畫蘭。有《畫蘭室詩稿》。

首夏即景

廉纖梅雨潤如酥，新緑陰濃勝畫圖。呼婢捲簾侵曉起，放他飛燕哺新雛。

吴康承，字素畹，昭文人。邁堂都轉女。花卉仿馬江香。

題竹枝牡丹

緑陰已看長新篁，引得清風滿草堂。底事鼠姑紅獨晚，早開正恐壓群芳。

周之鉠，字研芬，嘉善人。無錫知縣丁廷鸞室。工詞翰，兼精繪事。有《微雲室詩稿》。

春日偶成

隔院伊誰落子聲，午風傳到響丁丁。儂家久學安心法，怕觸争機又不平。

疏簾花影上階時，病却餘寒起每遲。一縷藥煙青不定，因風吹過海棠枝。

張常熹，字少和，嘉興人。叔未解元廷濟女，候選府經歷海寧查世璜室。能詩畫。有《静宜樓吟稿》。

子玉二嫂索畫歲朝圖

爆竹聲初報，花看次第新。偶烘寒硯水，笑贈畫樓人。會有連番喜，真無一點塵。不堪持贈意，聊以祝長春。

夫子遺墨祇存奇石八頁爰補花卉以詩紀之鈔一

一拳瘦石墨痕香，紙角聊添菊數行。點綴秋容勤護惜，應知晚節不尋常。右補寫菊花。

陳氏，字蕖灿，錢塘人。江蘇按察司經歷李慈壽室。工詩畫。

題墨梅

空林雪霽夜生光，寒月娟娟鬥晚妝。偶向羅浮成小謫，水華爲佩墨爲裳。

何慧生，字蓮因，湖南善化人。江西布政使龍啟瑞繼室。工畫。有《梅神吟館詩草》。

懷二姊

鼓鼙江上暮潮生，葉落時聞旅雁聲。萬里秋風催畫角，千家砧杵動重城。樹含新月明飛閣，風卷殘雲見太清。遥憶長沙卑濕地，定多游子故鄉情。

陸韻梅，字琇卿，吴縣人。光禄寺典簿澧女，翰林潘曾瑩室。工花卉。有《小鷗波館詩鈔》。

題林天素山水册

蘆汀荻渚帶寒煙，渺渺空林雨霽天。秋雪一竿垂釣處，夕陽紅到鷺鷥邊。
檢點行囊第幾程，清游誰與話平生。分明一帶仙霞嶺，聽慣江天落雁聲。

花下香風拂畫櫺，草堂遺事感春星。西湖一照驚鴻影，湖上青山分外青。

金鰲玉蝀看荷花

柳陰侵曉萬蟬聲，隱約涼風拂袂輕。我欲萬荷香裏住，花間惜少釣船横。

鄭蕙，字茗仙，江蘇儀徵人。山陽程振室。工詩畫。

憶子暉弟蜀中

有弟殊方别，今宵汝詎知。此生真應劫，受命豈能辭。骨肉風塵際，朝廷涕泪時。危城千萬命，日日盼王師。

項䙡章，一名紃，字屏山，號䙡卿，錢塘人。賦棣女，許文恪公乃普繼室。善畫，文恪值上書房時，上以貢紙四幅命繪花卉，夫人業畫三紙，其一被污，公懼獲譴，因就污處作竹石進呈，轉蒙褒賞。有《翰墨和鳴館集》。

題梧桐落葉便面

容易秋風感客心，蕭蕭木葉下疏林。從今一任泥塗辱，忘却炎天借緑陰。

題畫

愛寫生綃没骨花，要摹神韻謝鉛華。笑儂題款還停筆，腕底先防作字斜。

許英，字梅村，錢塘人。峻山女，嘉興沈江春室。教育有方，子濤觀察江右，板輿迎養，所經山川各繫以詩，極吟眺之樂。有《清芬閣吟稿》。

自題畫松

風聲謖謖雨瀟瀟，自寫松枝慰寂寥。驚起老龍潭底卧，盤空虬影上雲霄。

翁瑛，字繡君，號朝霞，吴縣人。主簿金堤室。畫法疏秀，得惲南田筆意，嘗繪百花卷及白雲圖，閨閣傳觀，題詠甚夥。有《朝霞閣集》。

題自寫桐陰教子圖

崑山産良玉，雕琢成圭璋。我子負聰明，髫年戒嬉荒。炎炎長夏日，課讀桐陰旁。展卷清風來，開軒胸膈涼。繪蓮近君子，虛心學修篁。雲歸山自在，樹遠夕陽黄。寸陰良可惜，慨然祇自傷。熊丸非奇事，畫荻亦尋常。所難在兩子，仲郢與歐陽。夫子重道德，志每慕柴桑。兒曹勤學業，瑾瑜發奇光。官出讀書貴，名由世澤長。寫我劬勞意，手澤兒好藏。荷風與竹露，披圖自有香。

程蟾仙，新安人。中書海寧朱爕側室。中翰精繪事，女士仿其體維妙維肖。有《三宜樓遺詩》。

秋意

一笛高樓起，幽庭夜氣清。籬根出螢火，秋意入蟬聲。滴露荷頻瀉，因風竹自鳴。劇憐涼信早，團扇不勝情。

錢璞，字壽之，號蓮因，昭文人。能詩，善花草，得玉壺山人傳。適張伯冶騏，偕寓維揚，垂簾賣畫，製古吟箋，顔其室曰「小題襟館」。

閨中元夜詞

負他明月到貧家，讀易挑燈夜煮茶。自笑寒酸風味別，飽餐齏飯詠梅花。

鄒采霞，號蘭芬，蘇州人。孝廉熙女弟，上舍胡善裕室。耽吟詠，工繪事。有《蘭芬小草》。

秋夜望月

窗前涼露滴梧桐，惻惻輕寒翦翦風。今夜月明人未寐，秋蛩聲裏一鐙紅。

汪曾瑟，字子湘，號儷琴。錢塘舉人諴女孫，仁和孫彦室。工畫。有《儷琴詩草》。

秋柳詞

依然流水舊陂塘，露冷煙疏賸幾行。明月不知憔悴甚，尚扶瘦影上迴廊。

周綺，字緑君，小字琴孃，昭文王氏遺腹女，隨母依舅氏，遂姓周。吴縣王雪薌希濂室。工韻語，解音律，能篆刻，兼習山水、花鳥，尤精小蘆雁。又精醫術。事母甚孝。有《擘絨餘事詩》。

題蘆雁

不逐繁華夢自清，怪他無故櫓聲驚。宵深莫訝東方白，萬點蘆花月正明。

孫玉田，字藍仙，崑山人。知縣銓女，錢塘舉人汪笠樵廣文炳恩室。幼從其父受六法，又從其姑潘虛白女史學韻語，故兼善詩畫。

題子香兄梅雪仙女圖

滿林白雪映蒼苔，莫認羅浮夢裏開。一笑披圖春色早，模糊疑道是蓬萊。

王蘭貞，字楚玉，一字飛鸞，吴縣人。筠貞從妹，鄭言枚室。善楷法，喜作白描花卉。

題緑君納涼小影

日午荷花斂粉紅，招涼且坐水亭中。清琴一曲茶三椀，消受垂楊面面風。

李繡鸞，錢塘人。知縣蒔女，經歷高錫祺之母。工畫，善弈。

寄懷淑珠大姑

綺疏朝夕共，小別又經年。輞水紅樓月，夷山碧樹煙。寄書情不達，倚枕夢常牽。何日重聯袂，相思悵各天。

顧蕙，字畹芳，一字紉秋，吴縣人。湘筠上舍女，翟雲屏女外孫，同邑毛叔美茂才室。幼承家學，善寫生；及歸叔美，益得臨摹古蹟，兼長山水，出入於衡山、南田兩家。家有紅豆書樓，為伉儷聯吟讀畫處，繪圖徵詩，名重一時。有《釀花庵小草》。

仝外作

不須臯廡賃，息影有江樓。挽鹿何辭瘁，雕蟲偶遣愁。詩情雙管競，畫稿一奩收。鴻案逢高士，清閒共唱酬。

許鍾秀，字香農，海寧人。廷墀女，錢邦炳繼室。母氏陳綺以畫名，女士傳其家法，山水、人物為戴文節所稱許。

幼時曾居敬業堂重過感賦

曲徑低檐護短墻，重來聊復計年光。戀巢我似清秋燕，傍砌誰憐獨夜螿。陳迹惟餘松菊瘦，新痕空覺薜蘿長。一番凭眺添惆悵，苦憶兒時事渺茫。

馮彩珍，仁和人。善繪事，精女紅。父幕游粵東，殁後貧不能歸，一家數口賴其鬻畫、針黹得以存活。

自傷

疏雨逼窗涼，秋鐙夜漏長。狂歌聊當哭，多病厭熏香。短髮悲臨鏡，羞顔懶下堂。非關郎薄倖，妾自儉梳妝。

沈小芳，江蘇吴江人。雪樵女。工畫，能琴。

游溪莊

去歲看梅梅已謝，今春花又不多開。東風埋怨梅花笑，不是遲來便早來。

闕鍈，字秋芙，錢塘人。蔣藹卿茂才坦室。嘗學書於魏滋伯，學畫於楊渚白，學琴於李玉峰。有《三十六芙蓉詩存》。

登葛嶺望隔湖山色

自知情緒近來慵，獨倚瓊樓第一重。滿地苔痕無過客，半簾花影不聞鐘。晚霞池閣參差樹，暮雨松杉淺淡峰。一自稚川仙去後，茫茫何處問行蹤。

坐南屏萬工池上同藹卿作

如鏡湖波照比肩，蓼花紅瘦晚晴天。凭欄笑向白鷗問，昨夜夜深何處眠。樓臺倒影入參差，風定欄干直釣絲。明月未來燈未上，白蓮香裏立多時。

計埰，字小娥，秀水人。壽喬廣文楠女孫，孫古杉女弟子，適同里王氏。擅閨中三絶之譽。

題涉江采芙蓉圖

花光艷艷水溶溶，柔櫓咿啞隔幾重。江上人來渺何處，夕陽影裏采芙蓉。

題牽牛花

柔條牽蔓竹枝斜，淺翠濃藍葉葉遮。一帶紅樓清夢裏，曉風涼露正開花。

吴秀淑，號玉枝，又號嬾卿，吴江人。陶梅石司馬室。善寫墨蘭，詩亦清麗。

夜來香

花顔葉色兩難分，一架初疑是緑雲。試唤小鬟簾外摘，今宵不用水沈薰。

錢蘅生，字佩芬，號杜香，平湖人。翰林人杰女，侍講張金鏞室。工繪事。有《梅花閣遺詩》。

寄吉卿姊

盈盈一水悵離群，幾日東風别緒紛。斜揭繡簾鸚鵡語，暫抛針黹爲思君。

景玉，字清如，滿洲人。舉人景瑞女弟。工繪事。

題惲珍溥太夫人選刻閨秀正始集

刻楮三年得趣深，揚風扢雅領元音。一枝斑管千秋業，直是删詩夫子心。

翁素鸞，字霞仙，一字亞珊，吴縣人。嚴左生良杕副室。善寫生，風神高邁。

自題秋海棠

二分輕白一分紅，名借春花致不同。一片秋心誰識得，斷腸無語背西風。

錢聚瀛，字斐仲，號餐霞，秀水人。布政使寶甫女，諸生戚士元室。工畫。

懷陸費季齋表姊

憶昔聯牀夜，相携意最慇。更闌頻翦燭，興到總論文。落拓誰憐我，知心獨有君。莫嫌書札杳，操紙思繽紛。

周曰蕙，號佩兮，吴縣人。朱子鶴和羲室。工小楷，善鈎染花卉，活色生香，時出新意。有《樹香閣集》。

題三春競艷圖

闌裝七寶護芳姿，淺碧深紅競一時。同向九霄分雨露，春心偏屬最高枝。

沈善寶，字湘珮，錢塘人。江西義寧州判學琳女，山西朔平知府安徽武淩雲室。早歲父殁於西江，宦囊如洗，以詩畫潤筆所入奉母課弟，且營葬先世及族屬數櫬，遠近稱其賢孝。著《名媛詩話》，有《鴻雪樓集》。

別家

百拜辭高堂，遠棹袁江水。不櫛愧非男，跋涉求甘旨。豈矜書畫能，勢處不得已。聊分白髮憂，瓶罄維罍耻。回頭語小弟，攻苦博親喜。力學端初基，爲山一簣始。

送琴舫弟之餘姚

惆悵落梅天，臨歧送阿連。相逢纔匝月，此别又經年。春草池塘滿，東風南浦船。雁行分翼去，寒暖自周旋。

西湖柳枝詞

嫋嫋柔條踠地輕，段家橋過又西泠。自從蘇小臨妝鏡，都學眉痕一樣青。
萬縷千條繫畫船，依依情緒想當年。東風被爾句留住，十里湖光分外妍。

舟中失竊止笛舟大兄追捕

行李纔一肩，圖書乏半乘。偷兒中夜來，風雨無從聽。窗隙效猱升，捷足闢蹊徑。盈虛理有常，得失數難罄。蘇子散黃金，上卿印翻稱。敝裘雖無存，綈袍或有贈。況彼挺走險，反噬事未定。何如放頭眠，吾將以義勝。

春分前一日梁楚生太夫人暨許雲林鮑玉士女史偕看盆梅兼聽吴蘋香黄穎卿兩夫人鼓琴即席口占

白石青瓷次第排，此花端合植瑶臺。霏微香雪横斜影，引得仙姝聯袂來。
高山流水美人心，纖手揮來意更深。絃外梅花如雨落，慚無新句和清音。

張藻，字蘭芳，錢塘人。巡道志鑑女，縣丞沈本室。工書畫。早寡，流寓江南。

月夜過高郵

千户田廬七里城，長堤如綫託蒼生。共看帆楫來天際，直覺人家住水晶。兩岸漁舟頻笑語，一泓煙月自虚清。此邦都是忘機客，見慣風波了不驚。

汪瑶芳，字若蘭，安徽懷寧人。布衣張偉室。山水筆致蒼秀。有《繡餘小草》。

病起述懷呈外

病後身心懶，金針久不拈。有才天最忌，無累夢翻甜。伴我書千卷，窺人月一簾。閒吟雖信口，多半爲君占。

除夕感懷

誰家爆竹頻催臘，顧我山厨轉禁煙。且喜飢懷無俗累，興來吟到老梅前。

胡相端，字智珠，大興人。知府文銓女，諸生許蔭基室。工没骨法，得甌香館筆意。蔭基亦工寫蘭竹，夫婦以畫相唱和。有《抱月樓集》。

寄外

三秋旅況果何如，豪氣如君尚未除。十丈霜紈供灑翰，寸箋偏懶作家書。

靈巖山館題壁

清池峭石古亭臺，深鎖園扉晝不開。此日恰逢摇落後，花時悔我未曾來。

惲湘，字岫雲，江蘇陽湖人。孝廉方正秉怡女，同知何林室。能畫。

思親曲

翹首慈雲意渺茫，傳箋未得雁南翔。無能奉養惟求佛，剩有朝來一炷香。

方筠，字雪廬，江蘇崑山人。諸生家鼎女，顧某聘室，未婚卒，矢志守貞，蒙賜旌表。有《雪廬小草》。

菊窗雜詠

庭廣能延月，樓高欲礙雲。此間能避俗，無日不論文。人淡花同逸，詩成韻各分。東籬閒徙倚，落葉正紛紛。最愛黄花好，其如病體何。愁懷憑酒遣，佳句到秋多。手倦頻抛卷，心閒且放歌。由他塵世事，滚滚眼前過。

周岫嵐，上元人。同邑諸生張濼室。善蘭竹花卉，工篆隸。

自題畫蘭

昨宵詩夢到瀟湘，露濕幽叢擷素芳。月冷瑶琴彈一曲，春風吹入墨雲香。

王謝，字絮卿，昭文人。諸生邵淵亮室。工畫，兼善吹簫鼓琴。有《瘦紅閣稿》。

春日微雨

霏霏漠漠意纏綿，積潤園林景物妍。二月東風紅杏雨，一池春水緑楊煙。重幃燈燼縈殘夢，暖閣香銷怯曉天。好待來朝深巷裏，玉簫吹徹畫樓前。

韓鋐，字佩芳，山西汾陽人。州同肇均女。工琴善畫。

題袁黛華女史天寒有鶴守梅花圖

香團雪影小窗横，只許霜禽結素盟。幾曲流泉林外響，一鈎涼月嶺頭明。琴心脉脉愁偏遠，漏點沈沈夢亦清。都是逋仙新眷屬，好從花裏認三生。

楊貞淑，字慧清，號葯生。嘉興秦次游孝廉室。性至孝，好讀書，能寫蘭。

題水仙

東風吹長玉精神，合向蕭齋供好春。莫信凌波談夢兆，世間無此女兒身。

陶馥，號蘭娟，秀水人。琯女，仁和周兆勳室。能花卉。

題畫

微雲淡淡已涼天，垂柳絲絲鎖晚煙。人盡夜深誰復到，半丸殘月冷秋蟬。

陶馤，號翠娟，秀水人。琳長女。花卉摹元人小品，清潔有致。有《翠娟吟草》。

題芍藥

愛殺花枝醉露濃，調朱弄粉寫春容。問伊一種悄顔色，來自仙宫第幾重。

陶畚，號月娟，秀水人。琳次女，適吴江殷氏。自幼與其姊翠娟濡染家學，俱工花卉，間作韻語。

題畫白牡丹

東風吹出好花枝，閒坐山窗試寫之。富貴要留真本色，何須多去買胭脂。

計珠儀，字蕊仙，秀水人。光忻女，陶震元室。工寫生。

新秋即事

小院無愁殘暑侵，有時閒步到槐陰。綠窗刺罷花間蝶，繡閣眠餘月下琴。薄薄晚涼微雨過，聲聲蟬噪夕陽沈。徘徊立盡西風裏，一葉梧桐仔細尋。

計珠容，字芸仙。光忻次女，郎中沈兆珩室。工繪事。

寄懷蕊仙姊

碧草和煙水一涯，繡餘無事啓窗紗。春風不管懷人切，開遍沿階姊妹花。

佛芸保，字華香，完顔氏，滿洲人。河督麟慶女，尚書延煦室。善畫，夫婦嘗合作《避暑山莊圖》。有《清韻軒詩稿》。

自題山水

一川楊柳迎風舞，千樹桃花冒雨開。偶向小窗閒點染，滿天春色筆端來。

張衍蕙，字畹芳，海豐人。利津李竹朋太守佐賢室。工畫蘭。

秋夜

金粟香飄露氣清，珍珠簾外月華明。閒尋蟋蟀邀同伴，悄向花陰取路行。

錢植，字雲門，仁和人。福建布政使琦姪女，諸生朱沺室。工書畫。有《耕石山房詩》。

題夏伊蘭吟紅閣集

古來造物才名忌，况是工吟屬女郎。一字一珠還一泪，教人忍復啓詩囊。

羅金淑，字麗生，善化人。湘陰鄒子香拔貢藻室。性端慧，善畫，工篆刻。有《碧芙蓉館遺草》。

春日即事

雲腴香茗瀹清瓷，院小無人日影遲。欲畫牡丹翻舊譜，閒教鸚鵡誦新詩。重簾花氣濃如許，古砌苔痕緑漸滋。晝永恐妨春睡慣，麝煤研墨界烏絲。

和外元韻却寄

孤鐙我亦可憐宵，客館何須怨寂寥。寒士生涯安分好，功名庸福讀書消。價增知己應懷璞，事有因緣漫揠苗。家書有「長安寥闊，投刺無門」之語。一語規君君記取，狂來貧賤亦防驕。來詩中有「向人猶作狂奴態，祇爲豪情怕盡除」句。

寺鐘

山空煙鎖樹蒼蒼，遠度鐘聲趁晚涼。梵宇不知何處是，亂敲客夢落禪房。

題畫

山色净如洗，溪流清絶塵。夕陽橋畔路，誰是過來人。

昭君

和戎誰策美人勛，匹馬飛馳塞上雲。千古月明青冢在，畫師端未誤昭君。

楊妃

異志胡兒久釀成，江山豈必美人傾。六軍盡乞紅顔死，敢向君王怨薄情。

鄭蘭孫，字娱清，號蘅洲，錢塘人。仁和徐鴻謨室。善詩畫，教子琪入翰林，頗負文譽。有《蓮因室詩稿》。

孫竺樵三兄重之山左道出維揚余為寫叢蘭小扇兼繫以詩

無物助行裝，芝蘭九畹芳。墨凝香澹遠，花媚葉低昂。君子懷深德，騷人賦感傷。清芬圖畫裏，幽意託瀟湘。

張玉，字子美，吴門人。硯樵培敦從孫女，華亭汪笠甫鏞繼室。善作擘窠書，筆力遒勁，間作折枝花卉。

詠梅

不待春風芳信至，暗香一縷入窗紗。却教歷盡冰霜苦，始作人間第一花。

徐應嫚，字珊若，吴江人。虹亭太史釚六世女孫，同里朱靄亭明經增瑞室。夫婦俱工詩，善畫蘭。家在分湖之濱，有月當樓，乃其伉儷聯吟處，靄亭嘗繪圖徵詩。有《須曼華館小稿》。

從外學蘭

略施淡墨便離披，研露吹花風颭枝。著箇素心人不語，緑窗正是夢回時。

李瓛瑛，字陶吟，任邱人。知平定州孝廉羲銘長女，霍州知州進士白昶繼室。七歲學詩，閲十年遍讀全史，旁及算數、醫學，兼工倚聲。有《劍芝閣詩鈔》。

勵志

弱齡授詩書，鑽研忘早晏。既長讀文史，篇帙苦浩瀚。傍搜及百家，茫乎若河漢。邇來二十年，奥義時一見。欣然起欲舞，得失已過半。聖人垂著述，游夏終莫贊。豈余庸陋姿，所得望津岸。偃鼠走飲河，未動腹已滿。蚍蜉不自量，乃欲抱樹撼。掩卷發深思，浩然起長歎。

花朝學書畢以餘瀋作墨花一枝

風風雨雨到花朝，沈水香清閉綺寮。仿得蘭亭墨華潤，更將芳意寫生綃。

張印，字月潭，潼關人。山東巡撫澧中女，陝西布政使閩縣林壽圖繼室。性穎悟過人，善花鳥，臨摹名蹟輒神似，尤勤於縫紝烹炙。事姑至孝，相夫教子克盡婦職。詩以陶寫性靈為主。有《蘏窩遺詩》。

別秦中親故

人生聚散等浮萍，九載茫茫一夢醒。握手恐勞堅後約，掉頭莫笑少鄉情。終南馬首愁難見，灞水關前惜此行。今日將雛何處去，也同春燕暫南征。

左白玉，字小蓮，陽湖人。杏莊中丞輔孫女，知縣常熟言良鈐室。先後為母病及翁姑嬰疾割臂，蒙旌表，建坊入祠。工畫。有《餐霞樓遺稿》。

題畫

草草理殘妝，偷閒引興長。才難兼衆妙，租怕促重陽。試茗頻斟酌，調羹費較量。一揮三閣筆，頓覺不勝忙。

雷雨

雨勢風聲撼九天，須臾樹杪百重泉。行藏無愧心無怍，坐看金蛇掣電鞭。

朱璘，字緑筠，錢塘人。賣畫養親，父殁喪葬之資悉取給於畫。晚年長齋繡佛，授女畫弟子二人。咸豐時杭城再陷，師弟均自縊。

題畫菊

東籬纔見爾，風雨又重陽。醒却繁華夢，甘爲冷淡妝。有心難向日，無骨不凌霜。底事翩躚蝶，猶思挹晚香。

許淑慧，字定生，江蘇青浦人。女史胡智珠女，知縣鄭海門室。精繪事，工琴，兼善寫照。早寡，因父母年老無子，乃為女塾師以盡孝養。有《琴外詩鈔》、《瘦吟詞》。

桃花漁隱曲

君不見武陵桃花源，避世人從此中去。又不見天台桃花源，采藥人來此間住。春來何處花間廬，人生衹合花中居。緑波春水遠復遠，頭銜自署桃花漁。吏隱案牘煩，市隱錢刀俗。農隱苦勤勞，禪隱憎寂寞。争似煙波作釣徒，花外千山萬山緑。烏犍下飲桃花泉，白鷗飛過桃花田。漁婦兩鬢桃葉嫣，漁娃雙髻桃根妍。釣竿閒弄桃花煙，緑簑醉擁桃花眠。我携筆硯桃花前，寫作人間桃花仙。

左錫嘉，字韻卿，一字小雲，號冰如，陽湖人。湖南巡撫輔孫女，舉人昂女，吉安太守四川進士曾詠繼室，進士光岷母。以節孝著稱，能詩文，善花卉，師甌香没骨法。有《冷吟仙館詩稿》。

久雨

白日久藏匿，山川瘴氣羅。殷雷崩夜壑，積雨葬秋禾。飢燕遠飛怯，涎蝸行篆多。藤蘿轉相媚，裊裊附喬柯。

畫梅口占

冰心鐵骨老煙霞，蜀水吴山何處家。鄉思如雲流不斷，雪窗隨意寫梅花。

靈石至洪洞道中書所見

風翻麥浪卷平畦，雲樹蒼茫汾水西。笠影初圓人意倦，半山村落午鷄啼。
野水山村入畫宜，郊原春盡柳垂絲。板橋私語問流水，驢背人多可解詩。

稚子

青門瓜下緑茸茸，稚子尋聲捕草蟲。忽轉砌坳無覓處，驚飛蝴蜨過墻東。

沈秉静，字仲雅，歸安人。仲復中丞秉成女弟，馮聯棠侍講文蔚室。工六法。有《長懽閣詩賸》。

雨後晚眺

天霽濕雲散，畫橋楊柳風。半篙新漲緑，萬樹夕陽紅。倚杖逢鄰叟，沿溪問釣翁。舉杯三影對，明月古今同。

孫祖芳，字心蘭，會稽人。知府道乾女，山陰舉人秦德埏聘室。工倚聲，善繪事。年十九未嫁卒。有《小螺盦詩草》。

偶成

春深風絮撲簾衣，纔爇銀爐篆影低。爲寫金經剛試手，緑陰一院畫眉啼。

曾彦，字季碩，四川華陽人。吉安知府詠女，陝西大荔知縣張祥齡室，王闓運弟子。工篆隸，兼擅丹青。有《桐鳳集》。

歸燕

山海渺如許，携雛久倦飛。主人恩既厚，簾幕忍相違。豈爲稻粱去，寧因春色稀。秋風鷹隼厲，暫避會來歸。

胡孝曾，字佩卿，仁和人。舉人琨女，錢塘諸生汪曾學室。工仕女，兼善花卉。

題畫

獨守幽房祇自持，歲寒心事豈人知。清來不肯儔桃杏，雪虐風饕任爾欺。山茶、水仙

此是孤山和靖婦，荆釵裙布愛清貧。傳言世上休相誤，妄説羅浮夢裏人。梅

阮恩灤，字媚川，儀徵人。芸臺相國女孫，永平知府常生女，杭州諸生沈霖元室。善書畫，尤癖嗜琴，文達呼為「琴女孫」。有《慈暉館詩》。

秋夜夢歸邗江得花奴載菊自江鄉句憶先文達公撫浙時每秋晚命花奴自維揚載菊一舟至杭州嘗繪秋江載菊圖因夢中句足成之

家園回首費思量，城郭依依認緑楊。琴客絃詩宜水調，花奴載菊自江鄉。柴桑粉本秋容澹，瓜步鐘聲驛路長。夢醒不知窗外皎，白雲何處倍神傷。

莊沅，字畹雲，海寧人。訓導錦女，同邑諸生潘祖翼室。工畫，尤長仕女。

題畫

結伴閒庭執卷吟，芭蕉影動夜初沈。秋光疑是重簾隔，忘却羅衣珠露侵。

查芝生，字九英，號鬘雲，海寧人。諸生冬榮女。工山水，其弟雲帆從之學畫，惜未字卒。

春夜憶朱畹芬女史

關心春又老，柳絮撲簾旌。之子不相見，誰同花月盟。孤燈一夜雨，殘夢五更鶯。明日尋芳去，閒愁似草生。

嚴永華，字少藍，桐鄉人。雲南順寧知府廷玉女，安徽巡撫歸安沈秉成室。

能詩，善繪事，性耽翰墨，至老不倦。

吸江樓詩隨宦潤州，喜得江山之助，嘗作《三山勝概圖》，欲綴以詩而未果也。今吸江樓成，凭欄四顧，吟興勃然，率成二律。

到此游蹤倦，山椒舊有亭。一椽聊可憩，四達不容扃。古佛低眉坐，雄濤側耳聽。

枝柯紛眼底，未得瞰滄溟。

絶頂建層樓，蒼茫一望收。山含太古意，月照大江秋。雲水通呼吸，帆檣自去留。

何須掃濃翠，面面豁吟眸。

唐彤，字丹卿，秀水人。錢某室。工花鳥。

春日遣懷

日長簾半捲，春暖草初肥。過雨花添韻，迎風蝶退

忽聽呢喃語，梁間紫燕歸。

飛。綠蕉涼影透，窗外澹斜暉。

黄珏，字佩珩，海鹽人。韻珊大令燮清女，湖北孝感知縣錢塘宗景藩室。善繪事，尤工仕女。

題王芑亭檇李譜後

認取西施招，興亡何足論。清修成佛果，净相託仙根。玉液含肌綻，金絲綴核繁。譜來應入志，魯史許同存。

錢卿藻，字佩芬，秀水人。舉人聚潮女，詹事府詹事餘姚朱逌然室。工畫。

武林旅舍

一夕風聲雜雨聲，客中入耳倍分明。窗前何事栽蕉竹，亂攪離人夢不成。

畫蠟梅一枝即題其後

庭前一樹蠟成團，開向西風獨耐寒。翦得斜枝饒畫意，爲描清影上齊紈。

沈畹香，錢塘人。侍郎孫詒經室。工畫。喜禪悦，詩多超悟語，卒時整儀端坐，玉箸雙垂，蓋生有自來也。有《寄生館詩稿》。

偶成

勘破機關世局中，春花秋月太匆匆。塵緣一夢何由覺，夢覺塵緣色相空。

左錫璇，字芙江，陽湖人。宛平進士延建邵道謚文節袁績懋繼室。工書，兼善詩畫。與妹錫嘉齊名。有《碧梧紅蕉館詩集》。

十叔書問近况以此答之

落葉擁蕭關，幽禽自往還。窗分遥岫緑，人共白雲閒。秋老詩懷減，囊空酒興慳。祇餘雙管在，長寫米家山。

王采蘋，字澗香，太倉人。麓臺司農七世女孫，無錫舉人程培元室。山水宗奉常家法，兼善花卉，工隸書，合肥李文忠公曾延為女教師。有《憶選樓詩稿》。

夜行

溪晴聞流泉，月黑不知路。時聞山澗中，幽禽學人語。

白荷花

亭亭翠蓋覆華池，獨立誰憐絶世姿。一鏡清波低照影，月明風静露涼時。

吴蘭婉，字宛之，常熟人。浙江巡撫任道鎔室。工分隸，畫橅南田，詩傳其祖母張孟緹女史家學。有《灌香草堂初稿》。

宿東鄉關

廿載萍蓬迹，勞勞續舊征。乾坤猶浩劫，花木冷春城。風勁波濤怒，村荒禾黍平。殘山餘落日，歸鳥覓林鳴。

屠姑，字夢香，會稽人。山陰王庚室。工筆札，兼善六法。有《安拙軒詩草》。

即事

雨過園林草木滋，秋芳禁得曉風吹。膽瓶自汲清泉供，坐對明窗寫折枝。

嚴頌萱，字玫君，桐鄉人。適上元李氏。能書畫，善彈琴。有《澹香吟館詩草》。

讀先君清嘯樓遺集

詩是吾家事，用少陵句。斯編更不同。清芬流百世，正氣鬱孤忠。傳誦蠻荒外，搜尋劫火中。窮邊遺愛在，墮泪爲羊公。先君於同治乙丑殉難貴州石阡府任内，恤典既優，士民追悼尤切。

憶昔靈椿謝，儂方襁褓年。永懷恩罔極，最小女偏憐。豈解傳經訓，猶能認斷絃。合成忠孝集，花萼十分妍。與稚薌先姑母詩合刊爲《忠孝同懷集》。

疊步周積甫舅父自粤東官舍寄示元韻

我學鳧雛傍母眠，不將身世問蒼天。無聊漸解書燈味，有恨都消佛鼎煙。晝短繡因摹帖廢，秋深籬爲護花編。若云似舅慚非分，但爇心香拜謫仙。

畫粱，姓瓜勒佳氏，字織雲，乍浦駐防，滿洲人。四川南川知縣觀成女孫，諸生仁興室。畫筆蒼老，無脂粉氣。工女紅，有神針之目。

題畫梅

年來消瘦似詩人，寫入丹青更有神。別後向誰問芳訊，孤山依舊一枝春。

慕昌溎，字壽荃，山東蓬萊人。侍講榮榦女，南皮張鼎甫孝廉元來聘室。工書畫，嘗侍父視學秦中，經過名勝每形諸吟詠。未婚夫歿殉節，以貞女賜旌表。有《古餘薌閣遺詩》。濬按，鼎甫表兄之外舅子和侍講工山水，惜詩無存稿，未編入。

秋夜

青燈閃處夜蛾飛，爲愛新涼不下幃。紅葉半庭蟲語寂，一籬涼雨豆花肥。

白菊

幾曲疏籬滿徑苔，一枝素影冒霜開。高人不重黄金色，爲報西風且莫催。

題畫

空翠侵帷作意涼，閒將小樣寫紅妝。黄葵花外疏疏雨，開遍墻陰秋海棠。

吴淑娟，字杏芬，安徽歙縣人。子嘉廣文鴻勛女，同邑江寧知府唐昆華光照室。工花鳥，兼善山水，尤精臨摹。有《吟華閣畫稿》。

辛巳二月自題百花圖畫卷

墻陰隙地净無埃，覓得名花次第栽。自笑化工歸腕底，千紅萬紫一齊開。

濡豪吮墨學南田，私淑於今二十年。愧我寫生功未到，聊從家學溯淵源。杏芬女士自幼禀承尊甫畫學，所作《百花圖》一時名流題詠殆遍。

德隱，字子惠，吴縣人。姓趙氏，初名昭，祖宧光，父靈均，隱寒山。祖母陸卿子，母文俶，俱善詩畫。幼承家學，寫生工秀，兼長蘭竹。適平湖馬氏，丁難破家，遂入空門，名德隱，結庵洞庭西山中，香林匿影廿餘年。有《侶雲居遺稿》。

新秋晚眺

山中多晚涼，清風厲秋節。遥瞻四五峰，壁立皆奇絶。修竹傍林開，喬松倚巖列。黄菊散芳叢，清泉凝白雪。對此懷素心，千里共明月。願保幽貞姿，歲寒雙皎潔。

石巖，仁和蔣氏女，俗名蕣英。幼警悟，善鼓琴，書法董文敏，尤精篆隸，間作蘭竹，工儷體文，詩學温、李。初為巨室侍姬，後祝髮於杭州辟支庵為尼。

曉起遣興

風掃殘雲霽色開，松根馴鶴舞蒼苔。蟻拖榆莢緣墻去，蜂抱花須撲檻來。一雨綠盈分竹院，四山青壓鼓琴臺。悠然獨立斜陽下，結陣烏鳶噪古槐。

題達摩像

折葦江流疾似帆，九年枯坐向寒巖。靜中悟得言詮〔一〕妄，笑把如來大藏緘。

卞玉京，上元人，原名賽，一名賽賽，號雲裝。善鼓琴，工楷書，精畫蘭，間作山水，喜著女子像款，署畫中人。初隸樂籍，居虎邱，後歸秦淮。順治乙酉金陵城破，下髮為女道士，號玉京道人，持戒律甚嚴，嘗刺舌血書《法華經》。卒葬惠山錦樹林。

〔一〕「詮」原作墨釘，據《晚晴簃詩匯》補。

題自畫小幅

沙鷗同住水雲鄉，不記荷花幾度香。頗怪麻姑太多事，猶知人世有滄桑。

題扇送吴志衍入蜀

翦燭巴山别思遥，送君蘭楫渡江皋。願將一幅瀟湘種，寄與春風問薛濤。

王嶽蓮，字韻香，無錫女道士，號玉井道人，又號清微道人，所居名福慧雙修庵。能詩，善小楷，工畫竹蘭。有《空山聽雨圖》小影，名流題詠者百餘家。

自題畫蘭册

十分珍重護芳叢，意在忘言澹蕩中。塵外天然見標格，肯隨桃李嫁東風。

侍蓮，號修梅，又號漪香，自署瀞華道人，梁溪女冠。工畫蘭。

對雪有感寄弇山

憶著黄絁已十年，鈍根尚阻四禪天。但求摶雪終無散，傲煞當時謝自然。

附蘇高三，名殷，號鳳卿，小字雙鳳，揚州名妓。善詩畫，嘗與人校射净香園，三發中的，林仲深道源紀之以詩，和者百餘人，時稱妓中豪俠。

病中題自畫蘭竹帳額

裊裊湘筠馥馥蘭，畫眉筆是返魂丹。旁人慢擬圖花譜，自寫飄蓬與自看。

清畫家詩史補衲後序

拙輯《畫家詩史》初編時，起自李唐，歷宋、金、元、明、清，總括六代。草稿略具，恐多挂漏，且剞劂無力，乃專輯勝清一朝，博采約取，閱廿餘寒暑始獲脱稿。付刊適值東海徐公刻《晚晴簃詩匯》，致手民不給，逾約年餘，遲至庚午蕆事。嗣有所得，附刊各集之後。近歲惡趣環生，遺老凋謝，古物遷徙，讀畫緣慳，復拚游山水，於太華、百泉、黄山、白嶽、匡廬、台宕、靈岩、嶧山、二勞、三峽登涉歷覽，藉天地清淑之氣，以開拓胸次，疏散憂鬱。比來精神、腰脚賴此運動，差覺頑健。每逢遠道歸來，輒還讀我書，搜遺訪秘，又積畫家詩百五十餘家，彙刊一册，以餉同好。類衲衣之百結，存列鼎之一臠。詎同乞醯與鄰，願比獻芹野老。回溯少壯多病，素願未償，今景迫桑榆，尚擬就性之所近，擇與世無競、於人有益、經目睹可徵信者，賡續纂述，以貢獻於世，傳之將來。雖力薄心鈍，倘假我數年，得寸得尺，或亦少有成就也。戊寅秋日，七十一叟迂泉自識於北平文津街西街之君子館專館。

清畫家詩史甲上補

張衡，字友石，又字羲文，號晴峰，河間景州人。順治辛丑進士，官陝西榆林道。初為部郎，得唐雷氏斫琴，賦詩徵題，彙百餘家，刻《聽雲閣雷琴詩》。視學浙江，士紳為刊《校臺實録》。偶作山水，筆致疏峭，用墨湛潤。書近蘇、米，子澧集刻《寶墨齋法帖》。有《稧亭詩選》。弟鐕，字佩珩，舉人。工畫，《詩選》有題其墨竹與扇頭米畫詩。

李婆溝

巉巖雕繢眩征眸，劈斧粼粼夾岸收。不道山靈太多事，却來荒徼寫營邱。

石花魚

黄河套裏黑冰開，塞外游鱗蹴浪回。雲罩闐闐且莫喜，征逋傲吏幾番來。縣令以魚美，攫媚上官，民苦之。余革，網户近稍安矣。

喇嘛瓜瓜黑質金章作柳葉篆文瓢亦脆美種皆三百六十

炎景初消露井寒，浸來紅玉赭瑛盤。柳文自篆波斯種，莫向東陵陌上看。

甲子武林學署題澧兒婦熊氏子沐畫册録一

廬山猶説遠公時，蓮社年年負宿期。開士至今留墮履，不禁禪悦在東籬。僧鞋菊册爲張氏家藏。囊曾借觀，命樹蘐女對臨二葉。

熊敏慧，字遲度，又字穎生，江都人，居瓜州。順治乙酉舉人。究心理學，工詩古文詞，旁及書畫。有《汲冷堂集》。

步竹園作

江月不受塵，江水不受俗。持我方寸心，濯此清泠玉。晚風過林箊，翠寒聲簌簌。煙光低映人，髮毛沁空緑。吟斷一園秋，暗籟自相續。夜冷露已溥，夢遶瀟湘曲。

文二訓，字命時，儀徵諸生。自稱與可後人。畫蘭竹自成一派，子九皋與外孫焦潤傳其法，後之效其派者號稱「文蘭」。

村中即事

一灣碧水護邨居，况是清明二月初。老樹青時人撥瓮，小梅落後客翻書。時巡花圃培新土，爲愛苔裀摘嫩蔬。此是冲虚經妙處，何勞更夢入華胥。

劉傳馨，本名啟，字最魯，號旅齋，寶應人。進士師恕子，以貢生授詹事府主簿。工書畫。著有《隸辯》、《歷代畫法宗派説》、《愛蓮居士詩》。

稼同樓晚眺同筠樹

落日下平楚，高樓納遠風。人來飛鳥外，秋老稻花中。萍梗家何在，田園計又空。悲歡無限事，兹意與君同。

崔冕，字貢收，又字九玉，號素庵，巢縣人。明遺民。性好游，南北名勝足迹殆遍。工山水。畫樹根不著土，蓋取鄭所南畫蘭例也。有《素吟集》。

過含山漁巇口昔避亂居此

天净秋無際，峰尖日出圓。人争投市米，鳥下破林煙。紅葉高低路，黄花大小田。依稀村入畫，坐卧十年前。

金史，字古良，號射堂，南陵人。善詩畫，具史才，手繪自漢迄宋忠孝節義四十人，各撰樂府，以寓美刺褒貶，名《無雙譜》，姑蘇朱圭為精刊行世。

無雙譜樂府鈔二

老博士，九十餘。遭秦火，壁藏書。帝王典謨天地久，石飛海立終不朽，濟南道上存一叟。伏生

龍門史，陶唐以來至麐趾。文章千古人宗師，比之春秋則謬矣。揚雄奇字萬八千，劉向說苑五十篇。彪固父子精述作，洽聞博物尊前賢。龍門史，誰比肩。司馬子長

清畫家詩史乙上補

褚爽，字澄嵐，號瞿庵，鹽山人。父士奇有高節。爽生蚤慧，時邑屬河間郡，以名諸生入瀛洲文社。善山水，主天津張氏遂閒堂，與徐芝仙、張西岩相頡頏。交山西吴雯，嘗為題詠所畫并其先世行實，載《蓮洋集》中。著有《南村草》。

南村雜詩鈔二

東風吹未已，青青柳向榮。時携雙黄柑，聽此林間鶯。村酒雖淡薄，多飲醉亦成。偃卧恣所觀，海雲時縱横。僕僕風塵士，薄暮尚遄征。

凌晨驅牝牛，就食向南谷。牛飽我已飢，還歸餟糜粥。餟罷就枕眠，心閒睡亦熟。覺來茗一杯，重取離騷讀。按，《鹽山詩鈔》「瀛洲十二子」爲滄洲劉果實，任邱龐塏，吴橋王作肅，獻縣宋符九，鹽山褚爽、趙炯、趙丙、趙兩、趙爾孫，河間提録，交河及絳，任邱葉宣城也。

劉源，字伴阮，祥符人，漢軍籍。官工部郎中，供奉内廷。工山水、人物、花鳥，尤精龍水，吴梅村、高澹人題詩交贊。嘗畫《凌煙閣功臣圖》，朱上如鴻臚為精刊之。榷使九江，進御窑器式數百種，製瓷多出手繪。

奉敕書泥金忠經詩録似張晴峰年翁

天王弘錫類，率土竭愚忠。奉敕色如戰，臨池學未工。昭垂宣聖册，翼贊漢賢功。未諳爭雞鶩，遭逢睿鑒中。

盧定，字覲揚，常熟諸生。書學董文敏，畫筆妍秀。

弔逸民吴浩然墓

逸民新安人，諱道配，博學敦行，鼎革後隱居教授，卒葬虞山，私謚清節先生。

獨留清節照人寰，皎皎孤蹤不可攀。區宇共瞻新日月，夢魂常繞舊河山。千秋定論應稱逸，百世風流可化頑。虞仲山頭埋骨處，松風謖謖水潺潺。

尤書，字二酉，號雪浦，宣城人。從梅瞿山孝廉游，兼工山水、花鳥、人物，筆致秀雋蕭散。

自題山水

疏樹蒼山系客心，意中多半是雲林。平橋流水饒幽致，更許何人策杖吟。

胡捷，字象三，大興諸生，先世會稽人，遷居天津。與查蓮坡時相倡和，工山水。有《讀書舫詩鈔》。

留別諸同人壬寅將之吴門心穀大弟索余畫以誌别爲寫子久數筆别後歷維揚過秣陵登虎阜心穀如憶故人指顧圖畫應在山巔水涘之間聊藉慰雞鳴風雨而已

扁舟南去遠，離别意難勝。漸看好山水，翻思舊友朋。洞庭秋雨暗，茂苑晚煙凝。回首高樓望，還登最上層。

清畫家詩史乙下補

齊周華，字漆若，號巨山，天台諸生。因病跛不諧於俗，自號獨孤跛僊。幼與次風少宗伯有「二齊」之目。文有奇氣，書法鍾、王，餘事作花鳥，靈動有致。遍游五嶽名山。嘗棄儒游方外，號懵懵道士、含元子、尚古先生，嘗因呂晚村案繫獄，又署甚辱居士。著有《名山藏副本》。

游雁蕩過聽詩叟峰下口占

初來此叟揶揄過，似怪含元不善詩。游罷長吟重舉首，儼然傾耳作相知。

金啟，字奕山，會稽人，徙家陝西三原。工詩，嘗幕游商州。有《芝卿集》。

畫荷壽九畹先生三原劉紹攽，字繼貢，號九畹，雍正乙卯爲學使，交河王蘭生拔貢成均，應宏詞科，後薦經學，歷官蜀、閩、鄂、晋知縣，政績卓然，著述甚富。

畫荷懶句筋，畫花厭設色。不寫蓮之姿，只寫蓮之質。姿也似美人，質也比君子。聊以壽先生，一幅濂溪水。

自題畫荷

蘋風蘆雨滿秋塘，落盡紅衣露翠房。此景年來無我分，閒鷗野鴨自爲鄉。

清畫家詩史丙上補

吴焯，字尺鳧，號繡谷，錢塘人。喜聚書，有瓶花齋，多藏宋元善本。尤好延接名流，其家古藤著稱，花開四垂如瓔珞，因築亭名繡谷，為觴詠地。工詩古文詞。有《藥園詩稿》。

畫竹寄吴興友人

碧草殘碑文與可，青苔斷壁管夫人。都是吴興舊名物，越看越久越精神。

李志熊，字耳山，一字竹逸，江都人。丹徒廩生。山水師方洵遠，與羅兩峰友善。

自題畫册

險徑匪可測，鑿雲通别島。結屋在山腰，捲簾春正曉。

許廷録，又名逸，字升聞，號適齋，常熟布衣，居海上。工山水、花卉。有《東野軒集》。

雪後看虞山

峰頭積雪白如銀，樹杪還疑糝玉塵。好景飽看逾十日，陰山飛落尚湖濱。

許淳，字古初，常熟布衣。工畫小竹。有《吟亭詩稿》。

送梅菴上人移錫西林

三峰分法乳，飛錫度西林。水曲開初地，樓高落梵音。風塵知我老，心事爲君深。試問中宵月，淒清照獨吟。

程兆熊，字夢飛，號香南，儀徵人。書法虞永興，亦精篆隸。寫生稱逸品，與新羅齊名。

秋懷

秋意偶然覺，揞頤歎索居。難憑歸去夢，頻看寄來書。月冷搗衣石，風驚拍浪魚。生涯一杯酒，身世兩何如。

歐陽復旦，字爽谷，號晴峰，江都諸生。工山水，精書法，尤長於醫。卒年八十一。

旅舍送客

幾度傷離别，曾無惜别詩。恥將倔强性，竟作慘悽詞。雨冷燈昏夜，風號歲暮時。君今束裝去，動我故鄉思。

喬鐸，字元溪，號斯齋，寶應人。進士萊孫，官夔州知府。工繪事。

瀼西草堂坐月

七月十三夜，蟾蜍屋角東。四山皆蟋蟀，一院衹梧桐。不問來何地，偏宜著此翁。披衣清露下，獨坐愛秋空。

洪聲，字寶田，號月航，儀徵人。康熙乙酉以詩召試，侍直内廷，出任涇陽縣丞。有《緑雲草堂詩》。

題自畫梅花

瘦盡東風總是癡，雪香深谷獨開時。紙窗茅屋疏疏影，寫出林家照水枝。

沈鳳，字凡民，號補蘿，江陰人。歷官江寧通判、徽州同知，凡七攝縣事。詩、書、畫稱三絶，尤精篆刻，有《謙齋印譜》。

甲子長夏署篆涇溪登文明樓見四圍山色皆入畫圖拈得景趣頗近黄子久筆意題二絶句

四望雲山萬疊高，山中那復有塵囂。雲山如此不歸去，辜負滄江水一篙。

山中何處是神仙，消受風光不計年。活火烹茶栗子飯，興來把卷倦時眠。

宋作梅，字宜園，徐州銅山人。乾隆丁巳武進士，官寧波游擊。

自題彭城圖詠之一

子房帝者師，折節圯橋履。誰歟授書翁，黄石寓言耳。空山不見人，疑有赤松子。子房山

清畫家詩史丙下補

陳曾公，字笠亭，直隸易州人。以明通榜授南皮外翰，升任汾陽介休令，多惠政。致仕後乾隆辛卯進呈祝嘏詩，乙巳、丙辰兩預千叟宴。善書畫。著有《有竹亭詩鈔》。

詠酒葫蘆

寬腹纖腰體骨輕，用他貯酒實能盛。花間柳下携將去，不羨辛家截竹罌。迂辛截竹爲罌，用以貯酒。

題自製乾皴墨荷

倪迂焦墨乾皴法，不畫青山畫芰荷。花葉雖無紅與碧，靈根長自浴清波。

畫芍藥贈金遠峰

相逢無幾又臨歧，未別先愁別後思。搜索空囊無長物，畫枝芍藥贈將離。

清畫家詩史丁上補

周得壽，字百齡，號菊畦，雲南通海人。乾隆丙子舉人。工詩文，善畫。

肅宗

齋禁深嚴值內祠，侍臣簪筆進青詞。八方水旱休傳奏，御廪新收萬本芝。

程以位，字品山，號豆田，江都人。少孤，後以哭母喪明。工書畫，善白描人物。有《豆田詩鈔》。

人日

歲序依然換，人情自覺新。六旬催白髮，五日駐青春。庭雨澌殘雪，村醅款舊賓。老來更頑鈍，慚愧值靈辰。

石頤，字正也，號養齋，如皋人。以貢生考授州同知。山水法麓臺。

琵琶亭

蹤迹頻年漢水濱，思鄉懷古鬢如銀。青衫莫漫悲司馬，我亦天涯淪落人。

張廷楫，字汝舟，號厚菴，一號竹屋，甘泉諸生。工書畫。

雨霽

農務齊三月，郊原雨歇天。平蕪下積水，古木響春鶥。墅遠雞豚逸，村深草樹連。壺觴就野老，應共汝陶然。

吴叔元，字思堂，號金山農，儀徵人。工篆書，善山水。

初秋過竹香堂

西風白露下庭除，酒興詩情大不如。偶值米顛書畫舫，懶尋徐孺水雲居。魚灣煙靄日將夕，射圃秋梧葉又疏。幾許清言見滋味，白頭心性本樵漁。

王濤，字又山，江都人。性樸雅，有古誼。善鐵筆，工畫。

佛座蓮菊

籬畔秋深菊正開，何須金粟見如來。緑雲高擁蓮花座，自有空香散滿臺。

江嗣堦，字晋昌，號青渠，江都人。進士廷泰弟。善畫，能詩。

高郵

滿江明月過秦郵，憑借清光草木秋。一段淮南好風景，畫圖誰復繼文游。李公麟有《文游圖》。

汪榮懷，字慶人，儀徵人。山水樸雅。有《白門紀游草》。

橫山磯

巉喦城上山，渟瀠城下磯。空亭對秋水，沙鳥一雙飛。

江藻，字掞庭，常熟人。飛濤子，諸生。兼工詩畫。

題桐陰小照

境静息塵機，高梧墮空翠。幽人愛秋影，倚石此遐寄。獨坐澹忘言，小奚抱書至。

清畫家詩史丁下補

曹麟開，字𪧐我，貴池人。工山水。有《雲瀾集》。

深院棋聲圖

一枰耽坐隱，瀟灑謝塵氛。花嶼澮流水，草堂來片雲。如游白鶴觀，閒對青桐君。玉子落清晝，琤琤誰與聞。

嚴鈺，字式如，號香府，嘉定人。高宗乙酉南巡，製《江南好》詞十二闋，分繪山水為圖以進，蒙嘉獎，供奉内廷，授揚州閘官。畫筆淡遠，摹石谷稱能品。

自題畫册

多畫争如少畫難，蕭蕭幾筆足荒寒。爲知俗眼偏求益，添寫雙舟落遠灘。

吴錫麟，字上麒，號竹泉，嘉興人。乾隆乙酉舉人，官嚴州遂安學博。有《自怡集》。

自題墨菜

枝枝葉葉饒生氣，老圃終年勤灌溉。偶然對景一臨摹，要使兒孫知此味。
硯池揮灑自生香，漫説青藤與白陽。疏食菜羹留别趣，未容評品到膏粱。

扇上畫梅題贈樊棣堂

君家失扇伻來索，相待幾如胠篋人。同舍有金收不得，風流寫贈一枝春。

王小蓬，永州太守宸子，初隨任湖南，嗣寄居武昌，官貳尹。畫傳家學，工詩。

送甘司馬之任宜昌

江漢新秋放棹初，巴東猿接武昌魚。忘形交淡荷衣外，話別情深竹葉餘。一領朝衫常帶酒，十年宦槖只饒書。知君早切蒓鱸思，城北何曾有故廬。

王映山，亦作影山，蓬心太守猶子。山水摹瀟湘翁，頗能亂真。

賞菊

濁酒同傾老瓦盆，黄花黄葉雨中村。不教獨飲虚佳節，且喜三秋似故園。采采亂簪棕帽影，深深醉倒竹籬根。先生於此懶迎送，早晚客來休閉門。

王琛，字匪石，號古香。常熟監生，與修《一統志》，授四川内江令，遷廣西永康牧，多政績，年八十乞休。喜寫梅。有《愛景堂集》。

人日詩

流光逐客不逡巡，瑞筴驚添七葉新。澗底雪融泉眼活，屋頭禽喚柳腰伸。三年汗漫傷春物，一卷叢殘伴病身。憶寄草堂詩句在，梅花欲笑未歸人。

譚見龍，字文升，號潛初。乾隆甲子舉人，官直隸龍門樂亭知縣。慈惠廉潔。善山水。

題顧鈍伯畫蘭

谷裏春從研北尋，素心花復遇知音。光風泛處香盈室，惹得幽人欲撫琴。

鮑岡，字雲策，號輞山，常熟諸生。兼工書畫詩詞。

憶棹煙

雙屐久不來，花徑莓苔長。薄霧暝前村，春泉落清響。好懷誰共言，枯坐静塵想。不知修竹間，朗然明月上。

錢美，字中美，常熟布衣，家五渠，號渠上人。善花卉。

題畫蟹

説是潭塘金爪蟹，鄰翁分送到吾家。今朝好過黄花節，只少一壺酒未賒。

王岱，字雲上，一字次岳，昭文人。工詩，善寫梅，畫筆秀逸。

燕子磯

危磯似飛燕，不作呢喃語。翩然大江濱，四顧無儔侣。

席仲甫，號補齋，常熟上舍。畫宗石谷。

秋蘆

白露爲霜候，花飛兩岸蘆。無心迎客棹，何意老江湖。浩渺寒波静，蒼茫碧月孤。風回聲淅淅，驚起釣魚徒。

清畫家詩史戊上補

林冠玉，字寶樹，山東掖縣人。性高岸，讀書不應試，善寫蘭。

仿康節先生瓦盆歌步青方韻

細米乾柴不漏房，用邵夫子原句。青山老臥等仙鄉。何功天地能邀福，有債風塵故薦忙。松火更明珠照室，瓦盆同醉玉爲觴。安閒歲月關門好，庭樹花繁徑草芳。

傅葛天，鹽山人。工繪事。有《擊壤詩集》。

過王忠肅公墓公名翱，字九皋，宣德中官吏部尚書。墓在鹽山城南。

風掃白楊葉復青，頹垣沙礫列寒星。宿鴟入夜凭翁仲，田鼠窺人坐短欞。奕代勛名嚴汗簡，百年事業勒新銘。煙籠墓道穹碑在，景止前賢車再停。

白汝霖，字既霑，號益齋，南皮明經。性愛菊，自號晚香居士。少隨其尊人灤州學博任所，才名藉甚。工草書，善畫。嘗自撰墓志載邑乘，潛心理學，為鄉里矜式。

感懷

架封蛛網案封塵，酣破愁城酒入唇。園舍荒餘三徑草，詩篇老去一囊春。晨星骨肉還留我，風絮交游更幾人。賸有吾家司馬泪，青衫濕透暗傷神。

清畫家詩史己上補

趙履中，字藹堂，合肥人。工畫。

余索友人枇杷移種既諾而復忘之後乞畫扇為作枇杷戲題

昔年許賜枇杷樹，未見枇杷賜一丸。今日圖中金顆顆，枇杷只作如是觀。

徐涵，字有容，號仲米，常熟武庠生。少受詩法於王柳南，彈琴、丹青皆所究心，老益耽吟。有《湘雲小草》。

贈悟無和尚

病足棲塵外，趺跏濟俗緣。山因能静壽，樹藉不材全。泣鬼詩鎸竹，談經舌吐蓮。客來常不送，多事笑溪邊。

毛晋昭，字蔗坪，常熟人。監生。工畫，好游。

題畫菊

空齋何患有催租，閒把吟情託畫圖。一别晚香嗟隔歲，捲簾看我更清臞。

蘇孫瞻，字甘漁，號耕虞，晚號耐寒，太倉人。以畫名海虞，兼善人物、山水、花鳥。初與許吟亭、倪閒谷結詩侣，稱語溪三布衣。

卜居後書懷

五年浪迹似萍蘋，游倦仍歸語水濱。千里雲山温舊夢，一庭風月穩閒身。笋蔬分味供佳客，菽水謀歡侍老親。守此硯田甘澹泊，何愁破甑欲生塵。

吴克俊，字菊坡，晚號蔗翁，合肥監生。工畫。有《羅雀山房詩存》。

曹芷沅為予寫聽秋圖賦謝

年少飛揚膽氣麤，淋漓雙管擅生枯。亂山古木荒寒景，能寫秋聲滿畫圖。

陳琪，自號澹道人，湖州布衣，寓海虞鬻畫，兼寫山水、花鳥，豪逸可喜。

題畫蘭

人喜幽蘭香，旁有荊棘在。荊棘護幽蘭，免得兒童采。

楊欲仁，字體之，安徽巢縣人。嘉慶乙丑進士，官江蘇豐縣知縣。工書，善畫梅。

和方蓮舫先生花朝對雨七賢雅集詩并畫梅留别

讀君詩，酌君酒，知君胸中羅萬有。游遍蓬萊海上山，歸來暫作煙霞叟。春葩麗藻燦齒牙，縱横聯句頻叉手。顔筋柳骨書興豪，刷字筆類襄陽帚。座間吏隱謫仙才，許抑齋。詩酒無人出其右。興來潑墨寫長松，濤聲疑聽蒼龍吼。冶溪比户聞弦歌，鋤奸猶懼苗生莠。叔度汪洋萬頃波，黄琴士。江淮草木知名久。下筆頃刻千萬言，歌呼嗚嗚陋秦缶。飲我醇醪鄙吝消，黄公之壚首屈拇。竹林雅集追七賢，古香、調臣、芝山。元季宏博如淵藪。宴客新開北海樽，盤餐味助春初韭。如雲勝友偶追陪，忝附盧前與王後。邯鄲學步聳吟肩，效顰忘却東施醜。陽春白雪和原難，畫虎或嫌終類狗。感君盛餞何殷勤，一曲驪歌當折柳。寫梅聊贈一枝春，墨瀋淋漓潑一斗。滄洲滿壁顧虎頭，霜毫敢詡龍蛇走。祇緣知己屬梅花，歲寒許共竹松友。蘭亭觴詠古來稀，此會也應垂不朽。

黄培芳，字子實，號香石，香山人。嘉慶甲子副貢，官中書。負文譽，為粤中三子之一，兼工書畫。有《粤嶽山人詩文集》。

讀武侯傳

蜀漢山河赤手扶，千秋正朔在成都。天心已定三分局，王業何關八陣圖。伊吕勛名歸淡泊，君臣魚水瘁馳驅。南陽若許龍長卧，梁甫高吟自不孤。

蔡家瑜，字石瓢，别號鐵鞋道人，合肥諸生。善畫，工篆刻，尤喜游山水。

題燕子箋

楊花作陣入簾幃，隴上征人去不歸。匣裏紅箋無恙在，空梁又見燕雙飛。

張振夔，字慶安，一字磬庵，浙江永嘉人。嘉慶戊寅舉人，官鎮海教諭。有《介軒詩鈔》。

題畫箑

室逼驕陽午正炊，强將竹管換蒲葵。畫成一笑清涼盡，恰是雷收雨過時。

沈道寬，字栗仲，先世鄞縣人，籍大興。嘉慶庚辰進士，官湖南酃縣桃源知縣。工書畫。有《話山草堂詩鈔》。

自題所畫山水册子於茶州官舍鈔一

客路蒼茫半九州，煙巒雲嶂蓄雙眸。年來筋力疲登頓，自寫溪山備卧游。

唐鑑，字鏡海，湖南善化人，徙籍山東肥城。方伯仲冕子，嘉慶己巳進士，授檢討，累官布政使、太常寺卿，廉直有聲，卒年八十二，謚確慎。有《唐確慎公遺集》。

荆州

蜀江門户屬荆州，巫峽巴夔據上游。漢室英賢關運會，楚王宫殿早墟邱。湖湘襟帶諸流匯，襄鄂屏藩一覽收。可怪山川至清淑，如何僞竊起奸謀。

畫梅詩

懸崖兩樹花先放，高潔情懷絶點塵。放筆寫之殊不似，開簾已見滿山春。

錢寶甫，原名昌齡，字子壽，號恬齋，秀水人。籜石侍郎孫，嘉慶己未進士，授編修，官雲南布政使。蘭竹傳其家學。

題寒香小築圖

昭代詩人盛梅里，清門文秀百年來。六峰樓閣舊相望，三李祠堂今又開。老樹屈蟠忘歲月，新枝低亞插莓苔。何時畫裏尋幽勝，挹得寒泉薦一杯。

陳詩庭，字令華，號妙士，一號畫生，嘉定人。嘉慶己未進士。工山水。銓縣尹不就，主講西泠。有《深柳居集》。

為易疇程先生畫禮堂寫經圖呈四絶句鈔二

紛綸六籍沸笙簧，一綫相承自禮堂。寫向門前通德意，便如身到鄭公鄉。

傳經始見得其人，有德從來必有鄰。説劍補戈非難鄭，正堪傳注作功臣。按，程先生著《通藝録》，於古劍戈考據精詳。

清畫家詩史庚上補

鄭珍，字子尹，晚號柴翁，别號五尺道人，貴州遵義人。道光乙酉拔貢，丁酉舉人，官荔波訓導，以守城功授知縣，分江蘇。其學貫穿經史，為西南鉅儒。間作山水，蒼樸蕭散。有《巢經巢詩文集》。

題北海亭圖并序

北海亭在定興縣東南三十里西江村，明鹿侍御久徵構以爲其孫忠節公伯順讀書地也。伯順事蹟具《理學宗傳》、《明儒學案》洎《明史》。其父正，字成宇，海内稱鹿太公，爲范陽三烈士之一。亭當江邨草堂之後、知止居之東。團茆塗堊，撬插爲垣。前一柳樹，旁皆種蔬，兩行灌木，《無欲齋詩》所稱「東園」即在是。萬曆己未，伯順以争金花銀移疾歸里。明年，魏忠節公來訪之，適孫徵君鍾元亦至，同館亭中，唱和歡極，相與如容城拜楊忠愍祠，賦詩而去。天啓乙丑，魏璫羅織魏忠節及左忠毅公，坐熊烈愍贓下詔獄。左之弟光明、魏之子學洢等潛行偵視，莫敢舍者。時伯順在榆關，參孫文忠公軍事，太公與孫徵君謀館諸子弟於亭，遣徵君兄奇遇，偕伯順門人張于度果中，變姓名，入京職饘橐；遣徵君弟奇彦與其孫石卿化麟，馳書出關求文忠援。而設匭置表於門，招鄉人輸金應比。太公日騎驢冒暑走醵，數百里内助者響應，而左、魏已拷死。明年，周忠介公復以贓逮，其友朱完天祖文護行，先馳至江邨，館於亭者三月。時伯順辭武選，方里居，與徵君輸三百金，四醵爲完贓計。范文貞公時謝政，令完天持書往，文貞即輸二百金。齎至，忠介亦斃杖。孫文忠之解兵柄，媚璫者借茅止生元儀傾之，矯旨削籍，幾不免刀鋸。止生客亭中，前後三載。以數年來，此爲嵩融之壁，天下皆仰北海風，因顔曰北海亭，且爲之記。崇禎丙子，伯順殉城，石卿伏闕頌父忠，不勝，喪死。徵君爲集石卿詩文於亭内，遂名《北海亭集》。同邑范一泉孫箕生士楫，石卿子盡心妻父也，故師友伯順。順治戊戌屬天津戴司農道默明説爲圖，謂當稱乾坤北海亭，係七古一篇，極悲壯。司農擘窠分書五字於首，圖横紙卷，全用米法，中無一人。向藏鹿氏，後失去，伯順七世孫丕宗復獲之容城孫家。道光戊申守都匀，余過其署，出觀之，以亭之掌故，傳記錯見，乃括爲序，復志以詩。六月廿七日。

黄芝萎地茄花明，十狗五彪恣縱横。地轟天鳴覆乾清，北海亭子乃孤撐。亭中老翁一諸生，舉手欲障斗内星。惜哉當日事不成，正氣耿耿留元精，吾觀史家已吞聲。此圖復出二百載，澒洞千秋思古情。蟒山壓筵蒼鬱葱，展圖慘憺來悲風。江光黯黯雲冥濛，若有人兮煙樹叢。倏忽置身畫圖裏，眼底盡是人中龍。舉幡慷慨孫夏峰，赤幘從之張果中。策蹇掀髯去匆匆，醵金無乃鹿太公。團瓢深墨小鐙籠，破柱複壁難爲容。完天朱老俠膽雄，吴橋歸卧齁隆隆。秘獄此時走屍蟲，傷心投匭仍未終。後來者誰茅止翁，此老十萬兵羅胸。婆娑柳下杖瘢紅，戟指尚自談遼東。太常堂堂儒者宗，晚學農圃悲天夢。矯首似望孫文忠，歷歷斯人肝肺同。一重一掩吾安從，大叫乃止一畝宫。吾知畫師非俗工，直以浩氣還太空。吁嗟陽球不作司隸死，清流故讓此曹子。朱家魯褒徒爲耳，獨此炯炯差足恃。長歎英賢皆已矣，捲去斯亭擲杯起，白虹正貫旁溝水。

楊濼，字遄飛，常熟人。性敏給，能畫，重節義。刊有《虞邑幽光集》。

大書孝弟忠信禮義廉耻八字於屏各系以箴

盡己之心，是之謂忠。事上接下，篤實可風。苟且從事，豈曰由衷。每念及此，羞死姦雄。忠箴

黄富民，字小田，當塗人，家蕪湖。左田尚書子。道光乙酉拔貢，官禮部郎中。詩畫克承家學。有《過庭小草》。

三月廿九日潞河舟中大雪

人與春風一路歸，篷窗忽見雪霏霏。飄零只認桃花落，諺云：「三月桃花雪。」歷亂偏攙柳絮飛。急指酒旂沽野釀，更搜蓋篋覓寒衣。獨憐扶寸方田麥，凍損黄雲萬頃肥。

陳烱，字月坨，一字寅甫，元和人。道光壬辰舉人。工詩文，兼善繪事。有《煮凌霄榭詩集》。

潁州苦無魚有餉鮮鯽者

未須彈鋏起悲歌，有客烹鮮載酒過。涸轍生涯憐我似，《莊子》：涸轍之鮒；《本草》：鮒，鯽魚也。渡江名士比君多。羹材蓬鱠無逾此，風味蒓鱸定若何。飽我老饕翻嚄唶，更無雙鯉託微波。

方濬益，字子聽，安徽定遠人。天才不羈，官江蘇金山知縣。有《吉金録》。

為子嚴兄繪水仙紈扇并和山谷水仙花詩韻

洛川神人不渡襪，朝來髣髴雲蔽月。相逢乃在畫圖間，翠羽明璫殊幻絕。我從滄海朝帝城，折取琪花持奉兄。對此冰雪滿懷抱，了無熱念胸中横。

施森柏，號小癡，合肥人。喜畫驢，性狷介，不輕落筆，人尤珍之。有《小癡詩草》。

感賦

當時籌遠氣何雄，可惜丹青尚未工。岸上骷髏江上血，不曾寫入畫圖中。

李文通，字經畬，號聽雨，長洲人。諸生。有《擁書樓詩鈔》、《武林惠山鄧尉紀游草》。

畫雁贈朱卣生丈并系以句

世上風波到處生，孤寒天外掉頭行。身離故土能無概，概，感也，出《莊子》。氣感殘秋易不平。覓食最憐矰繳滿，依人終覺羽毛輕。緣知嘗盡窮途味，徵苦宫甘出《淮南子》唳一聲。

金樹淵，字雋伯，號侍香，上海諸生。山水工摹仿，王椒畦深契重之。

題畫贈王叔彝

山光樹色鬱葱葱，石徑如蛇曲曲通。一路莎堤穿碧嶂，幾家茅屋倚丹楓。談禪正欲尋開士，看瀑還思約醉翁。摩詰詩中原有畫，枯毫我愧虎頭工。

吴允徠，字仲遠，錢塘人。竹言學士福年子，官兩淮分轉。母氏為大興劉寬夫侍御女，名蘭，字仲陔，善書，工詩畫。允徠山水得之母教，氣韻近鹿牀。

題畫

瀟瀟暮雨憶江鄉，翠竹娟娟一枕涼。欲覓小樓煙水外，待君歸去話滄桑。

廷奭，字紫然，號棠門。語鈴中丞崇恩子。能繪畫，喜吟詠。有《留春消夏集》。

題曹夫子屬畫山水

秋雲出没亂山巔，萬竹陰森翠潑煙。縱目黄茅亭子外，歸鴉指點夕陽邊。

王建和，字瑟雲，儀徵諸生。工詩畫。有《愓生庵詩稿》。

秋水

洞庭天外影，湘水夕陽中。八月煙波闊，西風江海空。晴光涵白雁，冷意到丹楓。好藉扁舟釣，蕭蕭蘆荻中。

清畫家詩史庚下補

樊彬，字質夫，號文卿，天津諸生。道光乙酉以謄録授訓導，歷官湖北遠安、建始知縣。癖嗜金石。壽近九旬。喜吟詠，遺稿甚富，有《問青閣詩集》。

自題畫册鈔二

空山常寂寂，鳥道白雲横。樵子去何處，惟聞伐木聲。

長松兩三株，下覆茅亭小。時有看山人，倚遍蒼鱗老。

漢河間獻王君子館塼拓本

詩教炳千秋，河間古蹟留。漢塼埋舊館，毛壘弔荒邱。毛公授詩處，村名毛經壘。

碑想鴻都立，書應馬帳收。日華宫未遠，遺甓訪炎劉。又劉子重通守藏有日華宫塼，亦獻王作。

李佐賢，字仲敏，號竹朋，山東利津人。道光乙未進士，官汀州知府。嗜古精鑒，著有《古泉匯》、《書畫鑑影》、《武定詩鈔》、《石泉書屋類稿》、《詩鈔》。

自題畫竹

寫竹未必似竹，幸免似蘆之誚。縱然破个破分，詎能維肖維妙。但恐爲與可所嗤，仲圭所笑。

魯一同，字蘭岑，號通甫，山陽人。道光乙未舉人。著有《清河縣志》。工詩畫。

蟋蟀

豈有聲難定，緣知聽未真。苦將階下意，説與夢中人。風露初侵夜，星河欲向晨。玉墀他日好，亦未稱閒身。

徐壽彝，本名思元，字漢卿，天津人。道光優貢，官河南登封知縣。工書畫。有《姑存草》，孫世章影印行世。

題畫梅

嶺上先開一兩枝，曾將春信報君知。笑予筆底傳消息，任意糊塗不計時。

華翼綸，字贊卿，號篴秋，無錫人，後隸金匱。道光甲辰舉人，官江西永新知縣。畫師司農。有《荔雨軒詩集》。

墨莊二字為岳武穆率兵過江西永新縣境所書今石刻尚存北鄉劉氏詩以誌之

武穆留題號墨莊，劉家此物豈尋常。鐵心自是貫金石，椽筆猶應邁漢唐。片紙流傳無價寶，千張碪搨有寒芒。偶因一飯酬良厚，相傳劉氏留兵一飯，書此。浩氣於今塞草堂。

題畫寄秦叔固

面溪背青山，築屋聯舊侶。相見話桑麻，溪聲亂人語。

潘遵祁，字覺夫，別字順之，自號西圃，吴縣人。進士奕雋孫。道光丁未翰林，旋乞歸。隱鄧尉，築香雪草堂，得揚補之《四梅花卷》，因以名閣，戴鹿牀為繪《四梅閣圖》。享山居之樂逾四十年，壽八十五。工畫。有《西圃集》。

題畫蘭

危崖不可攀，幽蘭補其罅。樵斧莫空尋，春風自開謝。
美人在空谷，君子升明堂。出處兩無負，相期領衆芳。
自喜巖阿不世情，任他茨棘兩邊生。素心那許春風染，長照寒泉澈底清。

廖文錦，字雲初，嘉定舉人，官南汝光道。有《佳想軒詩鈔》。

偶畫山水小障口占

遥嵐杳杳樹叢叢，點綴溪山愧未工。記得客行風景好，平添一棹入圖中。

葉英華，番禺人，蘭臺太史衍蘭父。工詩詞，有《花影吹笙詞鈔》、《斜月杏花屋詩鈔》。

題自畫梅花橫看

虛廊風走葉聲乾，翠羽啁啾夜向闌。有箇幽人閒似鶴，花邊寒倚石欄干。

尹耕雲，字瞻甫，號杏農，桃源人。道光庚戌進士，官河南陝汝道。初在諫垣，以敢言稱。有《心白日齋集》。

為謝夢漁作畫即繫以詩

茅屋深深白板扉，好峰潑黛樹陰肥。世間何事須吾輩，如此溪山不肯歸。

胡林翼，字貺生，號潤芝，湖南益陽人。道光丙申進士，官湖北巡撫。翊贊中興，心力交瘁，卒謚文忠。著有《讀史兵略》、《胡文忠公集》。

咸豐六年五月麟士世弟自蜀南旋過鄂同人祖餞繪圖誌别余為作鶴樓鄂渚於箋上李鶴人方伯畫歸帆嚴渭春觀察樹森補成之率題一截

論交兩世最關情，先大夫與令伯同年同譜。廿載天涯老弟兄。我欲留君留不住，頻揮别泪送行旌。

吴湘，字西巖，號静芳，常熟人。工花卉，師楊曉村。

友人山齋

幽居深鎖白雲灣，徑滿蒼苔静掩關。爲有携琴故人到，卷簾青入一房山。

吴熙，原名履中，字弋雲，常熟人。性温静，工山水。

偶成

秋聲硯北過，秋思託毫穎。庭前水月光，照見幽人影。梧葉韻涼颸，籬花色妍靚。懷古憶廬陵，悠然悟詩境。

楊森，字雲谷，常熟人。工繪事，兼精醫術。

題畫

漠漠空山雨乍晴，濕煙壓樹暗還明。溪頭有箇垂竿老，坐聽西風落葉聲。

花沙納，字松岑，蒙古人。道光壬辰翰林，歷官吏部尚書，卒謚文定。嘗奉使至滬，英人購得其詩集刊本，屬寶山蔣敦復以西語譯之，寫寄海外。兼善山水。

曹儷生相國賜第在西涯博露庵嘗借居之賦贈

半畝閒房孰主賓，移家新與鷺鷗鄰。窗前兩岸芰荷雨，門外一溪楊柳春。酒盞常招江海客，笙歌能遏往來人。雙雙紫燕如相賀，又向雕梁盼壘頻。

戈渡，字蘭舟，河間諸生。為東長侍御猶子。嘗客游揚州，并主安吉講席。有《天華亂落山房詩鈔》。

為益之友人作春山煙雨圖

山難了了樹難清，潑墨誰教下筆輕。如此模糊看便好，前途底事要分明。

水仙

銀蒜青莖吐瘦芳，祇宜清茗不宜觴。儻教綉幕深深護，須要金爐少著香。

吴克讓，字筱莊，號漚放，本歙籍，生揚州。與張桂巖係中表，習見揮灑，遂工山水，尤善花卉。有《漚放集》。

題畫竹

萬箇篔簹緑漸齊，龍孫解籜迸春泥。小樓一夜驚風雨，都展雲梢待鳳棲。

清畫家詩史辛上補

祁之鑅，字季聞，山西高平人。竹軒督軍恭恪公墳子。道光癸卯舉人，官灤州知州。嗜篆隸書，山水疏簡饒意趣。有《荃提室詩文集》、《過亭詞》。

寬夫世丈守辰州時購蔣氏書甚富既乞病貧不能載歸寄藏溆浦舒氏之竹坳春雨樓因繪圖寄意嗣君子重比部屬題時同治戊辰

清俸購書分四部，君家藏書以四部分皮。未入歸裝藏溆浦。斯樓端合署羽玲，尊齋「羽玲山館」額爲龔定庵故物。竹翠山嵐釀春雨。披圖萬卷繫人思，遠道何由致一鴟。故山也有書連屋，余家在山樓爲先祖藏書之室。手校丹黃是幾時。

製斗帳畫梅於額率題

古有梅花國，居然此睡鄉。止宜畫蝴蝶，未許宿鴛鴦。東閣詩慵賦，西溪夢正長。瓶笙歆枕聽，翠羽誤啼香。

王柏心，字子壽，湖北監利人。道光甲辰進士，官刑部主事。晚主荆南書院，以能文稱。著有《樞言導江三議》、《子壽詩鈔》、《螺洲近稿》。

畫蘭扇上題贈洪右臣良品時游蜀歸過荆門見訪

縹緲蓬山頂，人言仙者居。芝泥中秘籍，蘭檢上清書。密葉低承佩，微馨暗襲裾。高文煩起草，只合用相如。

王拯，原名錫振，字定甫，號少鶴，廣西馬平人。道光辛丑進士，官至通政使。與吕月滄、朱伯韓、龍鼎臣號嶺西古文大家，而獨無桐城末流之弊。服膺包希仁，以敢言稱，故更名拯。工書，閒畫墨梅。有《龍壁山房集》。

畫蘭便面

一篙春水汨羅渾，暮雨瀟瀟欲斷魂。千里湘流人不見，却從何處託靈根。

王霈，字潤田，合肥布衣。工山水。有《榆蔭樓詩稿》。

題鐵鞋道人畫松

道人作畫一身膽，筆所到處天無功。畫遍枯松三百紙，紙上如聞萬壑風。

葉衍蘭，字南雪，號蘭臺，番禺人。咸豐丙辰進士，官户部郎中。喜收集唐宋以來名人畫像，多手自鈎摹，輯有《清代學者像傳》行世。著《海嶽樓詩》、《秋夢龕詞》。

題嘉州太守婺源俞麟士先生文詔凌雲課詩圖

畫意詩情迴絶儔，凌雲山色望中收。風流雅會原難再，合與前賢續舊游。

嵐影秋光畫本開，一時觴詠競追陪。羨他桃李新陰盛，都爲山靈覓句來。庚戌上巳就東坡祠，以詩課士，會者百七十人，令各栽桃李。

彭瑞毓，字子嘉，號芝泉，湖北江夏人。咸豐壬子傳臚，官編修，出任雲南糧道。工詩古文辭，并善繪事。

畫鶴林圖扇上寄門人郭懌琴長清

飛入深山不記年，瘦於秋葉冷於泉。羽毛自帶煙霞氣，飲啄惟安淡定天。有子和鳴真是福，向人不舞即稱仙。倦游也有棲遲願，恨不相逢古塞邊。

傅壽彤，字青餘，晚號澹叟，貴筑人，家長沙。咸豐癸丑進士，以知兵薦，召對稱旨，發河南佐丁文誠軍務，免。散館授檢討，留豫治兵，歷官河南按察使。有《澹勤室詩》。

仿馬湘蘭法畫蘭自題絶句

湘波湘水白無煙，留得前朝墨尚鮮。日暮相思何處是，秣陵秋雨十三年。

王德馨，字玉才，號仲蘭，浙江永嘉諸生。性至孝。有《雪蕉齋詩鈔》。

自題紅梅

畫梅以色肖，諒爲識者誚。中有鐵石心，妙筆不能到。

黄雲鵠，字緗芸，一字翔雲，湖北蘄州人。咸豐癸丑進士，官四川建昌道。工寫蘭竹，善彈琴。有《實其文齋詩鈔》。

寫竹石答朝鮮李石坡贈蘭

美人擷瑶草，因使寄湘纍。報以琅玕竹，爲君歌楚詞。孤生守姱節，寒渌無媚枝。石爛海波竭，寸心終不移。

郭長清，字懌琴，號廉夫，臨榆人。咸豐甲寅進士，官刑部郎中。能寫竹梅。有《種樹軒詩草》。

為李硯耕同年畫梅

本是孤山處士妻，爲圖小照更標題。莫嫌不著臙脂色，一著臙脂品更低。

陳喬森，字頤山，又字木公，廣東遂溪人。咸豐辛酉拔貢舉人，南皮張孝達、奉新許中丞、順德李若農均器重之，官户部主事，旋南歸佐軍幕，辦團練。晚喜作畫。有《海客詩鈔》。

畫江上青山圖別許仙屏

羈韁初脱馬離閑，心中萬事皆等閒。浮嵐湧翠日在眼，不忘惟有江上山。即今酌酒與君别，江上青山見我還。黄埃滿面逐襬襶，富貴安意青雲攀。三載忸怩强唯諾，青山乍見應汗顔。惟君知我亦萍散，離愁早落滄江間。升沈出處忽異趣，多情未免清泪潺。毫端瀟颯抒胸臆，雲木靈秀人自頑。遥遥波流倚篷立，何能共看煙螺鬟。人生留戀每如此，家鄉南去多閒關。

鮑瑞駿，字四山，一字桐舟，歙縣舉人。覺生侍郎桂星猶子，官山東長山知縣。嘗作畫題詩寄其兄子年觀察，互相酬和。

歸田詩録奉天津趙晴嵐司馬同年新

焚盡心香夜告天，無端白簡放歸田。詩人命達唯高適，才士途窮幾鄭虔。禍水生庭誰逆睹，爍金多口奈頻年。蕭然行李書三篋，猶有人疑造孽錢。

趙國華，字菁衫，直隸豐潤人。同治癸亥進士，官山東樂安知縣、沂州知府。工詩古文詞，嫻六法，嘗為寶坻李鑑堂作《望益草堂圖》，三河郝植恭夢堯為之序。有《青草堂集》。

車中望腰帶諸山

斜陽大道白沙明，鈍馬單車過縣城。鴻雁北來晴有數，亂山東去老無名。謀生安得田夫子，誓死曾聞戚總兵。絶塞由來關鎖地，何因坐放虎狼行。

胡翰，字蒓甫，江都人。畫師陳筠溪、李梅生。

題畫贈蓮舟

蓮舟和尚一詩僧，得句人誇齊己能。翦取瀟湘秋後景，伴他禪榻與吟燈。

清畫家詩史辛下補

汪鳴鑾，字柳門，號郋亭，錢塘人。同治乙丑編修，歷官吏部侍郎。初典試山東，嘗繪三香櫞於扇，貽獎鉅野魏生，傳為佳話。

為婺源俞伯惠題其先德麟士廉防出守嘉州時所繪江亭話別圖

宣武城南一亭古，本朝老輩輒題詩。風前萬葦綠成海，便有江湖浩渺思。
太守才名滿蜀中，郎潛蹤蹟記泥鴻。文孫媚學親風雅，范硯摩挲有祖風。

李蘋，字白香，號墨仙，嘉興人。花鳥宗南田。有《十三聲館詩鈔》。

對月

清光那顧客衣單，潑上窗紗一味寒。爲問今宵娟魄下，世間可有幾人歡。

張允逵，字夔齋，號雲士，秀水人。工書，宗法《王聖教》，間學海嶽、思翁。畫師新羅，不輕落筆。兼工篆刻。

寒柳鈔一

西風揺落短長條，人去旗亭馬不驕。金谷樓臺歌管咽，玉關征戍夢魂遥。月明灞岸疏無影，煙冷江城淡欲銷。想對荒堤寒不耐，眉痕深鎖未曾描。

黄炳堃，字笛樓，廣東新會人。為張南山太守門下士，初佐戎幕，嗣以丞倅宦游湘滇。工山水。有《希古堂詩存》。

題畫

薄宦滇南十七年，買田無計負歸船。何如畫出林泉趣，滿眼青山不費錢。

法良，字可盦，滿洲人。斌良弟，官江西糧道。間畫墨梅。有《漚羅盦詩稿》。

左安門外宏善寺明韋太監園址壁有禹鴻臚之鼎畫鶴陳太守奕禧書徐文長畫鶴賦甚工秋日偕友訪其遺迹并搨顯親王所刻陳書鶴賦

韋公池館荒蕪久，雪奈花殘舊日陰。好古不因懷二妙，尋幽何事過雙林。龍蛇滿壁皆生氣，松竹盈庭悟道心。賴有河間摹石本，氊椎妙墨勝璆琳。

鄧輔綸，字彌之，湖南武岡明經。官中書。因南昌被圍，縋城省父，奉檄領軍敗賊，擢道員。中讒謝歸，主講金陵文正書院。有《白香亭詩》。

畫竹為高大

微月吐素壁，孤雲卧瀟湘。泠泠數直幹，苦心積風霜。豈無嶰谷音，窮節寄殊方。鬱屈青冥姿，伶倫激哀商。

朱寶善，字櫻船，晚號悔齋，泰州人。官福建海澄知縣。工山水。有《紅粟山莊詩》。

題畫

傍水結茅屋，波光照户牖。扁舟載酒游，鷗鷺門前守。流水曲成溪，落花香滿地。入寺不逢僧，清磬出深翠。

唐際虞，字贊襄，嘉善人。有《春生草堂詩集》。

戲畫鬼趣圖

老馗乘醉戴烏紗，蓬沓筵前走似麻。每向豪華場内見，底須新樣仿羅家。

馬鍾彦，字蘭士，長洲人。程序伯畫弟子，早世。

自題秋窗夜話圖鈔一

飛花飛絮滿春城，怪底閑愁觸景生。猶記滄浪亭畔路，紅闌雙倚聽春鶯。

諸可權，字肖鞠，錢唐人。官湖北通城知縣。工畫梅蘭。

江夏官廨和璞齋弟留别

如酥細雨拂衫塵，久客先驚物候新。故國芹香占夏午，荒江萍迹話春申。浮家尚似依人燕，薄宦難蘇涸轍鱗。十載滄桑無限感，清談竟夕燭燒銀。

諸可寶，字璞齋，號遲鞠。可權弟，同治丁卯舉人，直隸候補知縣。工畫山水。有《璞齋集》。

臨戴年丈文節公畫張温和公詞意呈十兄編修

夢影東華認賃廬，隔墻鄰樹夜啼烏。詩舲詞意鹿牀畫，正我聯牀風雨圖。

徐焕謨，字緑滄，號叔雅，桐鄉人。諸生。花卉仿甌香館。有《風月廬詩草》。

題畫

秋風歸棹轉孤篷，十里楓林夕照烘。正是吴江好風景，卧吹玉笛過垂虹。

王朝清，字肖蘭，永嘉人。工畫。有《留硯山房遺稿》。

一蟹畫卷

一世獨横行，入畫亦寡偶。想見漢長卿，文章無敵手。

鄭由熙，字伯庸，號曉涵，歙縣人。官江西瑞金新昌知縣。工寫蘭梅。有《晚學齋詩集》。

自題墨梅

畫梅纔十日，略得形之似。何術取其神，退而求篆隸。

史念祖，字繩之，江都人。早菘戎行，勦平捻回，由晉臬歷官廣西巡撫。有《俞俞齋詩稿》、《弢園隨筆》。

畫側枝芍藥一幀題贈英西林

金帶香絲莫漫猜，廣陵嘉種有誰栽。群芳鬥盡春光老，獨立東風背面開。

清畫家詩史壬上補

張曾敭，字筱颿，一字抑仲，南皮人。同治辛未惠潮嘉道雨帆進士春育子。翰林，歷任山西、浙江巡撫。樸素静穆，政尚清簡。喜藏弆書畫，晚歲退居析津，名寓廬曰淵靖居。閒寫花卉自娱，李小石《八旗畫録》稱并嫻六法。

題湖南城步戴惠亭學博先德墨香園圖

城步山深處，高賢置墨香。一官輕苜蓿，六籍富笙簧。緑柳開陶徑，黄巾避鄭鄉。披圖誦貽厥，積善信餘慶。

李兮簪，字珊朋，自號心禪子，寧津人。明經。性敏慧，早負文譽。喜藏弆古器、碑拓、書畫，工篆刻，善山水，詩與駢文亦不落恒蹊。著有《袖海軒説詩八賛》、《龔半千畫訣評註》，為初學指示法門，頗得要領。

過今未是齋即席作小幀題句

遠樹小於薺，平煙密如織。蜿蜒落飛泉，白雲來相接。誰向此中住，琴書染山色。

聞響泉弟自津旋里喜占一絶

津門水漲一帆開，日昨聞君冒雨回。料得行囊無別物，好書應載滿船來。

勖樹智姪

石谷當年稱畫聖，下筆繞指煙雲動。二百年來此調絶，小泉繼起稱後勁。但使朝夕勤臨摹，四王之駕豈難并。他日跨元瞰宋唐，庭前掀髯聽鳴鳳。

家珊朋兄負氣好奇，少所許可，然屢躓秋闈，不得志於有司。清季時事日非，家亦中落，益鬱鬱不洽於俗。初受山水法於珍同伯，用墨沈厚，造境幽僻；篆書、刻印，神與古會，然皆不多作，興到偶一爲之，旋即棄去。又不受人促迫，故流傳甚尠。與余生同戊辰，又同嗜好，偶以書畫見貽，片楮零紈已多散佚。兹檢行篋，僅得詩箋、聯、扇、印章數事，影附《詩史》之後，以存伯塤遺韻而已。

查梧，原名相，字仲士，號藹吉，又號鳳來，宛平人。工蘭竹。有《藹吉詩稿》。

客舍聞鐘

勞勞枕席未曾寧，數到殘更側耳聽。一似晨鐘催早起，不知孤客夜常醒。

鄧毓怡，字和甫，號拙園，大城諸生，肄業蓮池，為桐城高足。志高數奇，垂老弗遇。工畫。有《拙園集》。

題禹之鼎爲龐雪崖作種竹圖畫像

早歲書堂號緑雲，老來養竹更殷勤。披圖欣會先生意，高節冲懷與此君。

弔陸鳳石師憶造謁相見時語，綴爲長句。

君臣已矣况師生，空谷人來轉泪横。我老唯應問田舍，子才何不拾公卿。生桑滄海尋常事，枯柳江潭故舊情。爲問京華冠蓋侣，可容忍死待澄清。

王仁堪，字可莊，又字忍菴，號公定，閩縣人。光緒丁丑進士，授殿撰，官蘇州知府。善設色花卉。

寄盛伯希祭酒戊子典試江南，祭酒亦典試山東，先後登泰山焉。

我從東來登岱宗，眼前真見秦時松。徂徠萬壑一俯視，排簪嶷嶷猶青童。天風吹子落寒硤，孤根如鐵斷崖插。穴石能舒屈蠖身，出地已老潛虬甲。山人斸根向巖縫，石盎清泉善移種。尺幹都含古性情，天材豈愛人盤弄。意園公子意園，伯希自號歷下來，磊砢相逢意特中。命隨一鶴付歸裝，伴與片石作清供。吁嗟乎，京塵春送達官家，重簾煖窖豐臺花。蕭齋得此耐寒歲，蒼髯古貌真堪誇。獨不見對松亭前萬松怪，千億化身無一態。袖得松巔膚寸雲，歸與意園角眼界。

沈曾植，字子培，嘉興人。光緒庚辰進士，官安徽布政使。善書，工詩，山水不多作，偶寫胸臆。有《海日樓詩》。

陳弢盦侍郎聽泉圖鈔一

詩來水樂宮聲在，琴罷天風海色蒼。白日再中雲復旦，扁舟安穩返家鄉。

題畫

滄海塵飛玉井煙，蜉蝣衣楚漫堪憐。道人且作神山看，金闕銀臺在眼前。

張瑩，字子琳，一字鶴君，雲南會澤人。光緒乙酉舉人，國子監學正。書、畫、詩氣勢雄偉。有《香雪館遺詩》。

蝯公屬爲包鴻卿大令家吉**作三峽歸舟圖并題**

趙侯示我包君書，倩我爲作三峽圖。家鄰三峽苦未到，執筆欲下還踟躕。我聞三峽險莫測，絶壁對聳千尋直。中束江天一綫寬，江流如駛舟如擲。包君適楚游黔滇，歸來復放瞿唐船。人鮓瓮頭不驚駭，寶兹忠信危能安。噫嘻吁，寶兹忠信危能安。人海何地無波瀾，我心苦平筆力孱，此中變態惡能傳。中流捩舵戛乎難，謹與不謹毫釐間。斯圖之作寧足觀，爲君記取舟人言。

勒深之，字元俠，號冢公，新建人。光緒乙酉拔貢。性豪放，詩有奇氣。有《蕉鹿吟》。

病中為王幼霞侍御寫蘭

刻翠刓青抵萬言，西風高嘯是沈冤。靈均奇服無人識，山鬼夜深容叩門。

金蓉鏡，字潛父，秀水人。光緒己丑進士，官湖南永順知府。工山水。有《潛庵詩草》。

自題山水

我今已入畫圖住，白苧連村山繞廬。明歲須添黄犢子，興來便駕獨輪車。

陳國順，字硯農，號醒夢道人，河南西平明經。性孝友，父殁廬墓，學使旌之。家金水河上，有《金水吟草》。

自畫山居圖

爲愛幽居好，揮毫自落成。懸看斜照處，恍有讀書聲。老樹遮茅屋，殘霞媚晚晴。是誰橋上步，意若訪先生。

曾習經，字剛父，號蟄庵，廣東揭陽人。光緒庚寅進士，官度支部左丞。有《蟄庵詩存》。

題自畫南塘一角圖

一樹垂垂午蔭涼，樓扉開處俯南塘。不誇萬里崑崙水，清絶滄浪是故鄉。

李孺，字子申，遵化人，漢軍籍。光緒乙酉舉人，以道員需次湖北。花卉松梅筆姿豪爽。

為程穆庵題其師武昌令華陽顧所持印愚**遺墨**

酒懷豪放如仙李，書法工奇祖二王。雙玉龕前香一瓣，印伯詩宗玉溪、玉局，故以「雙玉」名所居。寢門君有泪千行。

狄葆賢，字楚青，號平子，溧陽人。初以愛國文字之獄游海外，後寄寓申江，搜印書畫。工山水。著有《平等閣筆記》。

避地泰州

草草生涯白鷺飛，柳絲菱葉露初晞。却將身世忘情久，又聽花間鶯亂啼。

陳曾壽，字仁先，號蒼虬，湖北蘄水人。太初殿撰沆曾孫。光緒癸卯進士，官御史。工畫松兼山水，詩傳家學。有《蒼虬閣集》。

戒壇卧松歌

戒壇之松天下奇，尋常所見皆十圍。一松據臺獨下垂，横出十丈猶蠖蜓。健鵰探爪風在下，渴蛟飲澗鱗之而。縋幽欲引陰蟄出，承欹力負蒼崖危。萬鈞壓空不及殆，反走潛根應過倍。雨洗蒼骨未濡足，眼底渾河犯高塏。雲開穿枝落日黄，萬里暮色浮孤觴。欲憑咫尺精靈意，貫入冥搜百怪腸。

梁葵，字公約，江都人。有《端虚堂稿》。

為梁節盦先生畫菊題句

獵獵西風兩鬢霜，相逢江上又重陽。論文坐覺鍾山逸，補國應知涑水狂。温公有「簪其狂直，庶有補於國家」語。病免即今能浪迹，秋高凭遠幾迴腸。年來未計支離甚，共把黄花照酒觴。

沈汝瑾，字公周，號石友，又號鈍居士，常熟諸生。與吴昌碩友善。有《鳴堅白齋詩集》。

畫瓶菊戲題

瘦菊九秋花，古陶三代器。一賦登高詩，商聲滿天地。

江雲龍，字潛之，合肥人。光緒庚寅進士，官編修，改江蘇知府。有《師二明齋詩》。

為陳澹然作山水大軸

澹然愛我畫兼詩，客中造請勞不辭。紙長垂几窘筆墨，懸壁爲君渲染之。遠山忽來七百里，低樹恰著八九枝。一船嘔啞盪春水，隨君歸去知何時。

陳延韡，字移孫，儀徵人。光緒壬寅舉人。工書畫。

江上望虞山弔翁松禪相國

江色荒城外，蒼涼起客愁。可憐烏目隱，不似赤松游。濡忍緣丹悃，艱虞幸白頭。空餘墓田帖，字字粲銀鈎。

侯汝承，字意園，河南杞縣人。諸生，爲壯悔堂方域後裔，官行唐知縣。花卉草蟲用筆秀逸，喜藏印，輯有《意園古今官印勼》。

爲班曉山畫絲瓜蜥蜴扇面并題時丙子，年七十七。

不避瓜田捕蟲行，紓紓㕓蔓雨初晴。謂蛇有足龍無角，幸賴東方爲辨名。

李祖年，字搢臣，武進人。光緒甲午進士，官汾州知府。

題自繪王瓜蘆菔以誌昔日春明游讌之樂鈔一

冬畦預養佐春盤，應共唐花一例看。自幸此身非熱客，轉嫌斯味太清寒。

陳嘉楷，字治民，號漁邨，直隸蠡縣明經。幼有夙慧，戲畫同學面貌輒肖，長從蔣編修式芬游。肄業蓮池，師張主講裕釗。以會典館保授鹽大使，官山東昌邑冠縣知縣。性通脱，擅絲竹，喜豪飲，才足應變而介節不苟。工山水、梅竹。有《漁邨題畫詩録》。

小幅山水

帆挂秋風鱸鱠肥，雲煙載得一囊歸。江山争敚何時了，畫裏收來無是非。曩在山左節幕，裁摺片尾紙，用渴筆宿墨恣意皴擦，以自游戲。壬戌冬，從敝簏檢得，壽芬甥見索，遂付之。

夏日畫梅

夏日含毫畫雪難，幾番梅雨洗酸寒。冰心不解趨炎熱，付與時人冷眼看。

寫歷亭竹影贈友

何人補種歷亭竹，竹下同游憶昔年。北海少陵聯句處，幾根瘦玉戛秋煙。

清畫家詩史壬下補

傳悟，字愲堂，號鐵鞋道人，淮陰人，一作楚州。康熙中披髮入黄山，初際嚴冬，伐松支棚雪中，自號雪莊，覆以松皮，遮蔽風雨，名曰皮篷。時人重其高行，助建寺宇，乃易名雲舫。薦入京，未久還山。繪有《黄山圖》，鋟木；尤喜畫所見奇卉，吴菘為輯《山花譜》。

自題黄山花卉册

白媚紅嬌千種態，須知西府不爲奇。海棠當盛忙茶市，開落峰間人不知。山

海棠

慈光一樹木蓮花，紅點紅心衆所誇。七出常時兼九瓣，每因香重暗咨嗟。木

蓮花

德新，字懶牧，無錫宋村朱氏子。工詩畫。

乃奇禪師約同臞庵先過楚禪即事

幾竿修竹一泓池，隴畔柴扉片石支。有客未來茶已熟，閒將蕉葉寫新詩。

復顯，字夢因，號雪廬，海寧張氏子。主揚州建隆寺。善山水。有《雪廬詩草》，蔣心餘太史為之序。

登金山

一葉乘風破浪開，登山更上妙高臺。亂雲時復生虛壁，疑有蒼龍聽法來。

成衡，字湘南，天津海光寺僧，高雲和尚法嗣。擅鄭虔三絕。有《一笠吟集》。

將住天童寺查蓮坡以詩送行次韻奉答

入秋纔幾日，塞雁已成行。挂席催歸去，編茅竊退藏。君閒仍閉户，我老倦開堂。他日如相問，山前見石羊。

律然，字素風，海虞秦氏子。鬀染長壽菴。工詩畫。有《息影齋詩鈔》。

中秋夜懷王柳南先生并堅其約

病逢佳節成虛度，自分中秋有幾番。方外寒交慚我在，社中舊友只君存。呼童預掃花間榻，候客頻開竹下門。若使不忘老衰衲，何時理棹到荒村。

聖通，字貫一，號拙存，常熟王氏子。為長壽菴素風高弟，詩書畫得其指授。後主三峰清涼禪院。

桃源觀泉

飛泉百尺下桃源，最稱携笻雨後看。滚滚雲濤隨地湧，層層雪浪逼人寒。半巖常洗塵埃净，一脉遥通江海寬。坐石細聽流水響，不偕煙寺暮鐘殘。

化葦，字蓮溪，號雪航。工畫，為聖通高弟。

山居

緑陰如水夏堂凉，一榻高眠午夢長。忽被隔林鳩唤醒，落花風裏焙茶香。

顯更，字改菴，號過也，海虞僧。善蘭竹。

小山

添得祇園秀，平堆一角山。青嵐浮樹底，碧岫列窗間。徑曲旋螺聳，溪斜匹練環。雲栖寺名凭作案，低翠擁禪關。

真靖，字雪林，一字孤嶼，號幻存，又號硯圃。薙髮太倉隆福寺，後住虞山東塔寺。善畫菜，用渲染法。

東塔書懷

野鶴行蹤何處尋，廿年瓶鉢寄梅林。半樓雲接青山迴，三徑露團絳葉深。夢破曉鐘清客思，興隨飛錫淡禪心。憑將籬菊酬佳節，靖節詩堪細細吟。

行遠，字蒼巖，海虞僧。能詩，喜寫竹。

獨坐

獨坐無聊且聽風，小橋流水鼓琴同。分明字句天然調，不在絃中與指中。

際昌，號可庵，無錫人。主虞山維摩寺。工書，善蘭竹。

郟蘭坡畫移居圖爲補遠山并和原唱

長醉人間何用醒，幽居仄巷小門扃。春蔬翦圃抽新甲，臘釀開缸鬥老丁。無曲和君吟白雪，居士新刻《白雪山房詩草》。有圖倩我補山青。明朝欲折河橋柳，最憶辛峰似翠屏。將歸梁溪。

祖觀，字阿覺，一署覺阿。本元和諸生張京度，字蓮民，棄儒入支硎山通濟寺爲僧。湯雨生嘗贈以詩，王定甫亦有詩乞其畫梅。所居名五百梅花草堂。

癸巳中秋題張桂巖畫折枝於金山之楞伽臺

湘煙一抹上毫端，啼眼星星露未乾。不是微波小翹楚，旁人休唤雪窗蘭。蘭

殘墨和霜潑硯池，翦鐙細寫歲寒姿。一枝折倒西風裏，恰是陶公爛醉時。菊

曲檻疏籬落葉侵，寒花幾簇旁墻陰。莫言秋士聲華澹，尚有傾陽一片心。秋葵

張侯墨妙噪京華，没骨徐熙此一家。尚有秋懷無著處，調鉛渲染折枝花。此畫於光緒中游姑蘇購得。

清畫家詩史癸下補

傅夢瓊，字清漪，貴筑人。河南按察使壽彤女，開州朱慶墉梓皋室。夫早世，教子啟鈐讀，遂絶吟詠。生有夙慧，兼通文史書畫。

寄外

家山烽火路艱辛，紅豆相思夢最真。臨别贈言君記否，春來莫作未歸人。

孫鎮，字慧貞，玉田進士侍讀晋墀孫女，攸縣知縣光燮女，范履福室。山水學石谷，花卉法甌香。有《清風樓詩存》。

秋夜曲

秋鐙耿耿涼宵永，玉露無聲下金井。空山野鶴忽飛來，踏碎庭前松月影。

葛遠，字香根，自號惜芳癡人，湘潭人。諸生楊昺炎繼室。兼工琴弈書畫。翁姑治家綦嚴，雖烹飪浣績操作無暇，而詩詞日進。有《評梅閣集》。

家大人命詠史見志勉呈

幾人代父走征鞍，遠戍邊城勝克汗。一騎明駝辭火伴，木蘭猶是女兒還。

人名筆畫索引

説　明

一、本索引所收人名以《清畫家詩史》所立小傳標舉爲準，别名或不同寫法者，如“鄒之麟”一作“鄒之麐”、“馮金伯”一作“馮金柏”之類，均未另立條目。

一、所立條目按筆畫排列。首字筆畫相同者，依筆順(横、竪、撇、折、點)爲序。首字筆畫、筆順完全相同者，依次字之筆畫、筆順爲序，餘如例。

一、若同人在書中多次出現，則將頁碼依次著録，其間以斜綫(“/”)相隔，未另立條目。

一、姓名相同且實非一人者，則於其後注明字號以區别。如甲上卷之王岱，録爲“王岱(山長)”；丁下補卷之王岱，録爲“王岱(雲上)”。若其中有一人字號不詳，則皆注明籍貫以區别。如丙上卷之唐英，録爲“唐英(漢軍人)”；癸上卷之唐英，録爲“唐英(崑山人)”。

一、原書分立小傳而考證實爲一人者，如己上及戊下之徐涵、乙下及丙下之孫寅，則依同人在書中多次出現例處理，未另立條目。

一、閨閣之部有名未詳而録爲某氏者，則即以某氏立目，於後注明其字號或親族關係。如陳氏(第一五三二頁)録爲“陳氏(蕖屾)”；方氏(第一四六七頁)無字號可考，則録爲“方氏(觀承女弟)”。

八畫

九畫

十畫

十一畫

十二畫

十三畫

十四畫

十五畫

十六畫

十七畫

十八畫

十九畫

二十畫

二十一畫

二十三畫以上

藝術文獻集成

清畫家詩史

一

〔清〕李濬之

浙江人民美術出版社

圖書在版編目(CIP)數據

清畫家詩史 / (清) 李濬之編；毛小慶點校. —杭州：浙江人民美術出版社，2019.12
（藝術文獻集成）
ISBN 978-7-5340-7500-1

Ⅰ. ①清… Ⅱ. ①李… ②毛… Ⅲ. ①古典詩歌－詩集－中國－清代 Ⅳ. ①I222.749

中國版本圖書館CIP數據核字(2019)第152767號

清畫家詩史

〔清〕李濬之 編
毛小慶 點校

責任編輯 霍西勝 張金輝 羅仕通
責任校對 余雅汝 於國娟
裝幀設計 劉昌鳳
責任印製 陳柏榮

出版發行 浙江人民美術出版社
（浙江省杭州市體育場路347號）
網　　址 http://mss.zjcb.com
經　　銷 全國各地新華書店
製　　版 浙江新華圖文製作有限公司
印　　刷 三河市元興印務有限公司
版　　次 2019年12月第1版・第1次印刷
開　　本 880mm × 1230mm 1/32
印　　張 57.375
字　　數 861千字
書　　號 ISBN 978-7-5340-7500-1
定　　價 298.00圓（全三册）

點校説明

《清畫家詩史》，近代李濬之編撰。濬之（一八六八—一九五三），號響泉，近代著名書畫家、收藏家、美術史家，河北寧津縣（今屬山東）人。早年有用世之志，曾任山西靈丘知縣，積極推行「新政」。一九〇五年，因舅氏張之洞及實業家張謇的支持，得以東渡日本，考察其工業、商務、教育以及社會風俗等狀況，回國後撰成《東隅瑣記》一書，用以備「新政」之取資。辛亥革命以後，李濬之無意於仕途，潛心著述，致力於書畫、篆刻等藝術的研究，編撰有《清畫家詩史》、《榆園圖題詠》、《雲臺像印匯輯》、《墨耕園課畫雜憶》等書。新中國成立後，曾任文史館館員、故宫博物院顧問，於故宫書畫的鑒定和研究貢獻良多。

《清畫家詩史》爲「畫家詩史」系列之一。該系列乃李濬之積數十年之力編選而成，「始於唐右丞，歷宋金元明，以迄於清季，六代中得若干家，并各綴事實爲小傳」。考慮到時間跨度太長易致疏漏，且成書後刊刻也極爲困難，因而李濬之更著力於清代部分的編纂。其後唐、宋、金、元、明部分的書稿，毀於一九四七年火災。《清畫家詩史》因其時已鋟板，故而得以傳世，成爲名副其實的「碩果僅存」。

《清畫家詩史》共輯録清代二千餘位畫家，詩作四千餘首。全書收羅該備，選取精當，所謂「幽潛不遺，有網羅放失之勤；去取必當，無蘭艾雜遝之病」，較爲全面地反映了清代畫家及其詩歌創作的面貌。李濬之在題《行脚採詩圖》中寫道：「寓京十載，除訪友、讀畫及課子作畫外，每橐筆步行至北雍、西苑、瓊島各圖書館中檢詩閲鈔，或赴廠肆及廟攤物色咨詢，至忍飢渴，冒風寒，不以爲苦。」從這段題跋中，可以略窺《詩史》成書之艱辛。當然，也正是憑藉着如此艱辛勤苦以及「博觀約取，四易其稿」的嚴謹精神，《清畫家詩史》成爲研究清代詩歌史、繪畫史不可或缺的文獻資料。史樹青先生在《濬之先生對書畫研究的貢獻》中稱贊此書：「論清代繪畫不讀此書，不爲知人。以一人之功，賴友朋之助，功力可謂深矣。」

《清畫家詩史》一書有以下價值，值得我們特别留意：

首先，《詩史》輯録清代畫家大量詩作，對研究畫家的生平、交遊等有重要的參考價值。其中不少畫家并未有文集傳世，李濬之將這些散見於不同典籍内詩作抄撮一處，從而爲後人了解研究畫家提供了便利。誠如啟功先生所説：「以人存詩，以詩存畫，權衡精密，寄托乃彌。於張浦山、秦誼芬著述之外，别開蹊徑，自樹風標。論六德於三百年間者，不讀此書，不足爲知人，又何有於論世、論藝乎？」

其次，《清畫家詩史》爲繪畫史、詩歌史開闢一新學術研究視角。古人有「詩畫同源」之説，例如蘇軾評論王維即云「味摩詰之詩，詩中有畫；觀摩詰之畫，畫中有詩」（《書摩詰藍田煙雨圖》）。然而，此前文獻編纂存在不足：一方面，所輯録者多是題畫詩，畫家創作的非題畫類詩歌被忽視；另一方面，入選者并非全爲畫家，畫家詩人作爲一個群體未得到充分重視。李氏「畫家詩史」系列，由畫家而及於其詩，且所録兼顧非題畫詩作，恰好填補了以往文獻的不足。

再次，《清畫家詩史》小傳的編撰嚴謹而完備，史料與史論兼具，是後世了解清代繪畫的津梁。全書所收畫家皆附有小傳，記載其生平，紹介其師承傳授、家學淵源以及詩作、繪畫的風格等。「體雖輯詩，意在庀史，與藝術家斤斤於裝背褫軸之式、玩閲之方相去遠矣」（楊鍾羲《清畫家詩史序》）。小傳通過編選過程中的有則取捨，尤其是撰寫過程中的兼寓褒貶，突顯了李濬之的史家精神追求。

另外，近代以來社會動蕩，兵火頻仍，典籍文獻遭到極大破壞。李濬之在編撰《清畫家詩史》過程中「於近代作者，尤加意採輯」，他廣徵師友，遍訪名家，得到了諸多名流的幫助，如楊鍾羲（子勤）、龐元濟（虛齋）、王樹枏（晋卿）、丁傳靖（闇公）、吳俊卿（昌碩）、李放（小石）等人，或以手抄口述，或以名迹見示，因此《清畫家詩史》保存了大量珍貴史料，使不少瀕於湮滅的書畫家因是書著録而爲後世所知，故而此書至今仍爲繪畫史研究者和書畫收藏者所取資。

《清畫家詩史》分正續兩集，正集於一九三〇年由來薰閣印行，續集一卷則在一九三八年刊布。上個世紀八十年代，中國書店曾修補書版殘損重新出版，但修補部分錯訛頗多，不足爲校勘依據。故而本次點校，以一九三〇年所刻正集以及一九三八年所刻續集爲底本整理出版。《清畫家詩史》收録詩人繁多，諸家文集存佚難詳，且庋藏分散各地，難以一一寓目。同時，各種文獻間的版本關係十分複雜，不同文獻所收同一作品差異很大（如乙上卷曹鈖《再游黃山》「林深夏亦清秋序，瀑響晴喧巨壑雷」一句，即有《黃山志》「林深夏亦清秋序，瀑響晴猶巨壑雷」、《國朝畿輔詩傳》「林深夏帶深秋氣，瀑瀉晴喧巨壑雷」以及《晚晴簃詩匯》「林深夏帶高秋氣，瀑瀉晴喧巨壑雷」等異文）；而同人同集多次刊刻，文字也多有不同。如此一來，想要對《詩史》作詳細完備校勘，恐難在短時間内蕆事，故而本次整理未作全面校勘，具體點校體例如左：

一，對原書明顯版刻錯訛（如「己」、「已」混用，「刺」、「剌」不分等）徑改，避諱字（如「玄」作「元」、「寧」作「甯」等）改回原字，均不出校記。

二，書中原作空格、墨釘者，字迹缺損者，或異文致使語義難通者，則間覈諸家別集、清詩選集以及其他相關文獻，予以補全或糾正，并注明所據文獻及其版本。雖有異文而語義可通者（如戊上卷丁維時《柳洲種柳歌》「春風留取護吟鞭」，《兩浙輶軒續録》、《晚晴簃詩匯》則作「春風留取護吟鞍」，然而兩者皆可通），則不予改動，亦不出校記。

三，文中異體字統一處理，如異體字之間在文中意義無區別，則使用常見規範漢字。而人名、地名、書名中的異體字等以習見字爲主，未作統一處理。

四，各卷補録詩人、詩作，原刻本皆以小字注文形式標於此類首位詩人名字之上，其後詩人則不再逐一標明，今仍其舊。

五，壬、癸部分之釋、道、閨閣等類目，原書於各卷卷首目録中標明，正文中未作標識。今襲用各卷補録之格式，以小字注文形式標於此類首位詩人名字之上，其後詩人則不再逐一標明。

六，續集補録詩作，原書未標明各卷起止，僅於書口以「甲上補」、「乙上補」等字樣注明，爲方便翻閱，今以「清畫家詩史甲上補」、「清畫家詩史乙上補」等形式標明。

此外，考慮到《清畫家詩史》卷帙浩繁，頗不便於翻檢，故今將全書所收録畫家姓名按筆畫順序編製成索引附於書後，以便研習和查閲。

楊序

史家傳記，有限以地者，如黄璞之《閩川名士記》，句延慶之《錦里耆舊傳》；有限以人者，如胡納之《民表録》、《孝行録》，謝諤之《孝史》，王紹圭之《古今孝悌録》；有斷以時代者，如張唐英之《嘉祐名臣傳》，李元綱之《近世厚德録》，諸葛興之《先賢施仁濟世録》；有主於制度者，如樂史之記科第，蔡元翰之録制舉，吕榮義之記太學。歷朝著録，皆在乙部。吴兢西齋於總集之外，别爲「文史」一門，馬貴與因之。如《唐詩主客圖》主於詩派，宏辭總類，以時代爲次，而關於掌故；《江湖集》則士之不能自暴白於世者，賴此以有傳，皆不過評騭詩文，而其書苟可以爲史料，則亦傳記之支流餘裔也。饗泉録畫家之詩而名以「詩史」，有以哉。詩畫爲士夫游藝之一，不讀書者必不能詩，能畫而不能詩，畫雖工而必無士氣。自來畫品、畫跋多論優劣真僞，而不詳於人。《古今畫人名》之屬，詳於人而不及其詩。《聲畫集》

之屬專録題畫之詩，而不必皆善畫。是書必有聲之畫、無聲之詩兼擅其長者而後著於録。響泉爲梅坡同年從弟，寧津世家，收藏鑒識有聲燕趙間。行年六十，勤學亡倦，積二十五年而後成書。自順康以迄光宣，人文化成無間南朔，行實撰著爛然賅備。幽潛不遺，有網羅放失之勤；去取必當，無蘭艾雜遝之病。體雖輯詩，意在庀史，與藝術家徒斤斤於裝背褫軸之式、鑒别玩閲之方，相去遠矣。晁、陳二家書録，以「六法」、「四品」與射訣、弈經同次。而畫師一技，自封亦僅自比於博戲投壺之列。不知詩畫之道甚尊，古之成一藝、名一家者，皆由讀書學古，返求諸己而自謀其不朽。彼徇於物而不安其守，役心力於熙來攘往之中，未必貨利之果得，身名或與之俱敗。其用意蓋與皇甫士安、習彦威當典午之世，作《高士傳》、《襄陽耆舊記》相等。殺青既竟，吾知其將不脛而走也。庚午日長至，雪橋居士楊鍾羲序。

王序

形上之謂道，形下之謂器。道之高美無論矣，即一器之成，亦必竭畢生之聰明才力，朝研而夕究，目治而心追，直視爲身心性命之圖，而後能程其功而造其極。痀僂丈人之承蜩也，不以萬物易蜩之翼。梓慶之削木爲鐻也，忘吾有四肢形體，專其巧而外汩消。吕梁丈夫之游水也，與齊俱入，與汩皆出，從水之道而不爲私，故能長於水，而安於水性。之數子者，器也；而所以成其器者，則進於道焉。孔子曰：「用志不分，乃凝於神。」孟子曰：「弈秋誨二人弈，其一人專心致志，惟弈秋之爲聽。」蓋其器之成也，得於心而應之手，非伊朝夕之故所能倖而致也。寧津李響泉先生，畿南博雅士也。生平酷嗜詩畫，搜攬古今名畫，并採有清一代畫家遺詩，凡二千餘人，人爲之傳，以爲詩史，作讀畫之助。烏乎，可謂富矣！甲寅之冬，先生偕其哲嗣晴湖來謁余於京師，時年未逾冠，而工於繪事，能盡脱時賢窠臼，上追古作者之林，蓋得於庭訓者深，而不爲時習所梏如此。先生嘗言：「太史公行天下，周覽四海名山大川，與其間豪傑交游，故其文宏肆博麗，有奇氣，惟畫亦然。」先生嘗偕晴湖往來於太行、雁門、中條間，探西山之險，又北游燕薊，東踔齊魯，南涉江漢，出入吴越之郊，盡攬大癡隱居之富春、海虞，與松雪、山樵所繪鵲華、岱宗。所至必訪其碩師益友、繪畫名流及搢紳大族之富於藏弆者，輒求得一覽以盡其所長而後止。如是者數年。及返京師，又縱觀故宫所陳天家數千百年歷朝寶繪秘玩之物，以開擴其心胸而增長其識力。晴湖侍先生之側，辨其真贋，較知短長淺深之故，沃聆諸論，所爲乃日益工。其所臨摹古大家名作，不惟亂真，且有駸駸突過驊騮之勢，可謂「鹿牀不死，鑾坡復生」，誠兩家後起之秀也。先生今以近作并所輯《畫家詩史》屬余一言，以道其家學。將來晴湖藝與年進，集畫學之大成，繼往哲，開來學，吾將於斯券之。庚午嘉平，陶廬老人王樹枏識。

自序

自伏羲畫卦，圖繪以興；虞廷賡颺，詩歌以起。此詩畫之權輿，初未嘗相提并論。逮蘇文忠稱王右丞「詩中有畫，畫中有詩」，郭河陽謂「詩是無形畫，畫是有形詩」，文人游藝遂合二者一爐而冶之。厥後孫紹遠編《聲畫集》，康熙時敕纂《題畫詩》，以韻語鼓吹繪事，歎觀止矣。至畫家所作之詩彙爲一集者，則未之見也。余幼濡染家世嗜畫餘習，間至外家南皮張氏，喜翻弄厨簏爲戲，每私評甲乙，疑問真贋。見有外曾祖館陶公題句爲《防躁軒集》所未刊者，隨手録成小册。童稚嬉游，忽忽垂五十年，恍如目前事。時吾族與環境南、吴、滄、德諸戚舊家，遭咸、同兵燹，藏弆散失，惜多數不獲寓目。光緒戊戌，藉微宦作避地計，數往來於太行、雁門、晉祠、中條間，繼又泛東瀛，涉江漢，漫游燕薊、齊魯、吴越中。所至游山訪畫，夙願少償，但雲山經眼，以未獲收貯一囊，貢獻同好爲憾。竊思凡事與物不得以形傳者，往往藉聲以傳，矧畫士胸多丘壑，發爲心聲，摹寫景物，尤得玄解？於是乃選鈔畫家詩，以代讀畫，始於唐右丞，歷宋、金、元、明以迄清季，六代中得若干家，并各綴事實爲小傳，署曰《畫家詩史》。抱膝快誦斗室中，尚友千年，神游萬里，猶披覽數千家畫稿也。其論畫之什，直不啻耳提面命，現作者身爲後學說法，益人神智，豈淺尠哉！辛亥後僦居京、津，課兒子樹智學畫，取師往哲，爲行遠自邇計，於近代作者尤加意採輯。博觀約取，凡四易稿。稿初在晉垣幾遭火厄；嗣携之北上，墜車遺失，迹之復得。積廿餘年，駑力所聚，多前賢精神寄託，例以秀野堂編詩故事，其間殆有呵護之不欲摧喪者耶？乃憂患餘生，剞劂無力，兹取有清一代，都二千餘家，先付刊，以質海內。不過凛飽食終日之戒，閒居識小而已。回憶夙所企圖，一無成就，僅掇拾文士緒餘，爲藝術參考涓埃之助。俛仰今昔，慚恧已深，吾因之重有感焉：慨自輶軒廢，詩教亡，九鼎胥沈，海山物象多湮没不傳。迭經六朝變亂，江北文物幾盡葬於胡塵灰燼中，劫餘者僅萬一耳。世有修學好古如河間，置君子館，延毛貫以三百篇薪傳維繫無邪之思，使人觀感懲勸，尚矣。或仿蕭梁選樓、兩宋畫院，以游藝提倡風雅，與博物院圖書館鼎足并峙，吾華國粹其幸存乎。雖然畛域未化，恐建議甫興，利權争起，斯文厄運終未易免也。悲夫，余老而失學，思繼烍燭，渴望文治久矣！欲竊附工執藝事與風人比興之義，不禁言之贅也。己巳五月既望，寧津李濬之自識於宣南墨畊園。

附繪畫家詩史編詩圖目

北堂陳詩圖

先祖自奉儉約，惟好購書，暇輒閱鈔。因初建廳事敞豁，恐後人習近奢靡，嘗題詩壁間以爲訓戒，今墨瀋猶宛在也。及移新居，積書倍多。光緒丙午，余東游歸，侍家君消夏，偶閱《聲畫集》，觸發編詩之意，日陳詩几案，次第繙檢，是爲鈔輯之始。

太行載詩圖

初山路未闢，自井陘以西數百里險峻崎嶇，天門四向，旅行艱苦，而峰巒雄奇，天然荆關粉本。余載詩往返其間，想卷中數千家畫伯詩魂，當亦欣賞此太行、中條間之雄關山色也。

晋垣繕詩圖

河間戈少和少尉汝綗爲芥舟先生裔孫，與其家礪侯解元同以宦游世寄并門，見余輯詩，欣然爲繕清稿。以詩家後裔，同結古歡，洵翰墨緣也。其爲人静穆敦厚，美鬚髯，工書，喜游山水，故與余尤爲契洽。

山村嚙詩圖

辛亥秋，避地太原之牛陀，一時病妻稚子跧伏穴居中，藜藿粗糲僅得果腹。幸朝夕手持詩稿諷誦咀嚼，取助齏鹽之味，不啻歲寒交饋貧糧。今與家人追話往事，願同毋忘此山居清況也。

津西訂詩圖

余表兄南皮張珍夫茂才沐煻與鄗人生同甲子，且性格、癖好略同，尤喜助余編詩之役。稿脱再易，承過從津西堂，討論參訂，拜嘉良多。曩時王佀樵、葉芸士兩先生以表昆仲同輯《滄州詩鈔》，緬懷老輩風流、故鄉韻事，不勝今昔之感。

同好餉詩圖

畫隱名作深恐疏漏，歷蒙閻成叔、楊子勤兩太史，翁弢夫廉訪，渠楚南、龐虛齋京卿，王晋卿方伯，吴晴波、方檠雨太守，洪繼祥直刺，丁闇公明經，吴昌碩、狄楚青、王瑞峰、劉養泉明府，紀慰農廣文，張湘泉、陳慰農孝廉，袁霽雲、景太昭、張幼坡諸先生，吴杏芬女士，手鈔口述，或以著作名迹見示，惠餉謭陋，紉佩弗諼。

津門借詩圖

津沽圖書館嚴範老捐儲極富，余往寓望海樓後，章式之太史促往閱覽，承主任臺蓀先生惠假各集，恣意探討。昔雅雨都轉輯《山左詩鈔》，多取材於揚州馬氏兄弟，繪有《借書圖》。樹智隨侍訪畫，其裔孫平甫先生曾與《北顧》諸圖出示縱觀，振觸前塵，恍如昨夢。

舊雨證詩圖

拙輯初就正於紀香驄中翰鉅維、李小石部郎放，時小石方考訂直隸并旗籍畫家，得藉資互證。嗣蒙王劭農、嚴範蓀、章仲迂諸先生檢閱簽註，林琴南先生見之且願作序弁首。追憶名流雅意，畫禪夙諾，猶欽佩難忘也。

行脚采詩圖

寓京十載，除訪友讀畫與課子作畫外，每槖筆步行至北雍、西苑、瓊島各圖書館中檢詩閱鈔，或赴廠肆及廟攤物色諮詢，至忍飢渴，冒寒暑，不以爲苦。古輶軒之採未悉情狀若何，嘗見古刹叢林行脚老僧，挾梵夾，托鉢募歡喜緣，與余採詩彷彿似之。

宣南校詩圖

余初病詩少，繼又苦多，就商刪汰，對讀爬梳，每賴東光郭毓泉茂才垚之力。其兄觀泉茂才景瀾前以畫供奉如意館，因之心契繪事，親戚情話甚洽，故樂觀厥成。樹智隨侍，亦時分繕校刊。德州盧公鈔詩與公子謙搜剔商榷，恒至夜深，今精刊原版尚存其家。此役卒業，未知能長留天地間否耶？ 響泉識。

目録

清畫家詩史乙下……二七九

清畫家詩史戊下……七八一

清畫家詩史己上

清畫家詩史壬上……一二九二

清畫家詩史壬下……一三六一

目次

プロローグ……………………八七

清畫家詩史甲上

寧津李濬之響泉編輯

王時敏，字遜之，號煙客，晚號西廬老人，太倉人。明相國文肅公錫爵孫，翰林衡子。以廕官太常。少於畫有特慧，得董文敏指授，尤擅長大癡法。晚年益臻神化，邱壑渾成，雲煙動蕩，為清朝畫苑領袖，石谷、南田、漁山皆出其門。善分隸，富收藏，精鑒賞。著有《偶諧》、《西廬》諸詩草。

闕使君袁環中索畫荏苒一年兹於其軺車戒裝仿一峰老人筆意書此志愧

闕門紫氣幻雲煙，大石寒山列兩邊。割取一峰深秀色，可堪移入米家船。

題畫贈徑山雪嶠師

雙徑茫茫若未明，那堪雲霧杖頭生。何時識得山中路，萬壑千峰信步行。

思翁眉公過繡雪堂話雨留宿

滿徑緑陰静，清和景最佳。微風歸宿燕，細雨落輕花。老友不期至，清言何以加。酒酣餘逸興，粉壁走龍蛇。

潤甫卞翁為余畫壁高妙直追董巨歌以紀之

西田九月鯉魚風，門外平疇穲稏紅。叢桂飄香月初下，芙蓉含笑曉煙中。傍溪新縛茅茨角，疏籬小徑穿寒竹。兩水漣漪夾明鏡，八窗窈窕羅群木。几榻清幽迴絶塵，筆牀茶竈日隨身。釣竿閑插卧房下，滿眼丹黄足暢神。中有二丈雪色壁，細滑好并鵝溪織。勝致欲將妙繪傳，静對晨昏時拂拭。吴門卞叟適來游，老筆蒼秀甲九州。見之欣然發玄賞，許我潑墨圖丹邱。閉户解衣恣盤礴，全圖在胸無苦索。掃殘一束紫毫芒，有如兔起與鶻落。畫成脉正神氣完，北苑釋巨還舊觀。紛紛時輩咸愧伏，流汗低頭不敢看。文沈仙去畫道失，二百年來無此筆。何幸荒村蓬藋間，忽睹煙雲生斗室。自慚垂老筋骨衰，飛屩千峰非昔日。卧游且學宗少文，不待向平婚嫁畢。

西田感興鈔十

余以頽齡適丁迍運，西村卜築。六載於兹，惟田圃之是謀，與樵牧而爲侶。眷焉晨夕，永矢寤歌。豈其離群索居，妄希高蹈？庶幾處陰息影，用畢餘生。何圖世路巑岏，時態獰惡。既困誅求於刻木，復驚毒螫於含沙，且也洪潦爲災，田廬胥溺，卒歲無計，萇楚徒嗟。每當抑鬱無憀，不勝低徊永歎，觸物興感，因事屬辭，韻各一章，共得近體三十首。數年來歲功、時景、人事、物情、豐歉、悲愉約略可見。俚淺鄙傖，詎可云詩。正如蛙響蟲吟，聊取排愁破悶云爾。

棲遲何必歎途窮，寂寞荒江作隱翁。篷底斜侵花外雨，笛聲遠度隴頭風。殘生已分經霜柳，陳迹都如踏雪鴻。静愛小窗叢竹裏，夜深禪誦佛燈紅。

溪煙深處滿菰蒲，買得漁舟足自娱。但願筆牀隨釣具，何須鼓吹置行爐。用陶峴事。夢迴沙渚眠鷗伴，望入平蕪去鳥孤。不獨晴江饒畫本，斜風細雨亦堪圖。

門外平疇穲稏齊，竹閒石路净無泥。夕陽在樹雲初散，遠水浮空天欲低。翦韭村厨烹縮項，搓橙野飲擘團臍。而今始信爲農樂，怪得茅檐戀郭西。

遠黛橫空日夕佳，高齋憑眺思無涯。灌花老圃身猶健，采藥名山志未諧。但有煙雲生素壁，何勞攀陟費青鞵。眼前粉本皆盤礴，黄葉連村愜素懷。殘霞陰陰梧竹暗魚隈，小徑柴扉向水開。書喜旁行從衲授，畫乘閒興畏人催。殘霞映浦低紅樹，細雨滋花襯緑苔。最愛寒煙疏柳畔，雁行斜送釣船來。

闢徑穿池半畝園，虚明軒户接雲根。雨深苔色侵衣袵，風亞花枝壓酒樽。犢返新疇春草路，鴉翻古樹夕陽村。隱人生計粗云可，橘有千奴竹有孫。

投老菰蘆身始閒，惟餘幽事得相關。憐池似鏡萍常斂，愛月窺窗竹屢删。露冷芙蓉眠鴨浦，煙藏楊柳釣魚灣。憑高極目平疇外，瞥見天邊一抹山。

吴塘北去隔塵囂，老我閑門鎖寂寥。地僻禽魚神自王，境幽雞犬色常驕。猶嫌樹小難遮屋，却喜船通不礙橋。安得南村素心侶，芋羹豆飯日相招。

豈有仙源在近郊，擇林聊借一枝巢。迂非解事常逢怒，老不宜人可息交。風動夜籬鳴絡緯，雨侵晨户網蠨蛸。蓬門自此丸泥塞，寄語來過莫亂敲。

繁華昨夢等閒過，憔悴於今隱薜蘿。老去懽情隨歲減，愁來白髮較前多。暮雲村杵催紅葉，夜雨寒蛩響緑莎。地僻喜無人迹到，華門衰柳挂漁蓑。

題溪山勝趣畫卷

山根小築趁閒身，瓮牖繩牀不算貧。一夜風吹春茗緑，滿腔溪壑鬥嶙峋。

贈虞山王石谷

江南風景屬琴川，畫手推君詣獨玄。奇思每參摩詰句，清標真得一峰傳。胸中邱壑看吾輩，筆底煙雲羨少年。何日秋霖共乘興，吮毫閒泛尚湖船。

摹黄子久夏山圖

營邱北苑無真虎，十岳煙雲萃一峰。不是夏山偏入畫，愛他霖雨霎時濃。

壬辰自題歸村圖

籬落參差屋數楹，青衫箬笠課農耕。西園雨過秧針緑，原隰風來麥浪平。香稻宿儲春作飯，吴菘新長摘成羹。呼僮爲置門前榻，向午貪陰坐豆棚。

自題農慶堂讀書圖

忽忽吾心意不如，悠悠此世計全疏。曉來到晚一無事，翻盡牀頭百卷書。文肅公賜莊在太倉州西之歸涇，中有農慶堂，爲太常讀書處。

王鑑，字元照，一字圓照，一作元炤，自號湘碧，又號染香庵主，太倉人。弇州山人世貞曾孫〔一〕。崇禎癸酉舉人，以廕官廉州知府。家富收藏，故山水擅長臨摹，於董、巨尤為精詣，沈雄古逸，士氣盎然。與煙客太常互相砥礪，

〔一〕按，《無聲詩史》、《國朝畫徵録》諸書，皆以鑑爲世貞孫。

同於六法有開繼之功。有《染香庵集》。

廣陵道中

盤行一徑入煙蘿，結廬真成安樂窩。歸去莫嫌林壑晚，好峰青處夕陽多。

追和笪江上侍御題石谷毗陵秋興圖

城中翠管沸歌鐘，城外霜林葉正紅。拋却繁華對幽寂，先生高迹許誰同。

輞川畫筆少陵詩，泛泛輕舟信所之。閒與沙鷗訂盟處，莫教笑我不追隨。

乙卯春初染香庵試筆

山水未深魚鳥少，此生還擬再移居。只應三竺溪流上，獨木爲橋小結廬。

吴偉業，字駿公，號梅村，太倉人。明崇禎辛未第三人及第，仕宫詹學士；清朝官祭酒。山水宗董、黄，清疏韶秀，風神自足，可稱逸品。與董玄宰、王煙客、王圓照等為畫友。詩名最重，世稱「梅村體」。有《梅村集》。

題蘇門高士圖贈容城孫鍾元徵君 奇逢

蘇門山水天下殊，中有一人清且癯。龐眉扶杖白髭鬚，褐冠野服談詩書。定州城北滱水瀦，白沙村畔爲吾廬。少年蹀躞千金駒，獻策天子來皇都。腰鞬三矢玉鹿盧，幽州臺上爲歡娛。日暮酒酣登徐無，顧視同輩誰能如。十人五人居要樞，拖金横玉當朝趨。今我不第胡爲乎，有田一廛書百厨。雞泉馬水按，雞距泉在保定城西，馬溺水出上曲陽城東吾歸歟，七徵不起乘柴車。當時猶是昇平餘，一朝鐵騎城南呼，長刀斫背將人驅。里中大姓高門閭，鞭笞不得留須臾。叩頭莫敢争膏腴，乞爲佃隸租請輸。牽爺擔子立兩衢，問言不答但欷歔。先生閉門出無驢，僵卧一榻絶朝餔，弟子二人舁籃輿。百門書院今空虚，《孫徵君傳》云，公慕百門泉之勝，爲邵康節及姚、許諸儒高尚講學之地，遂家夏峰，率子孫躬耕自給。此中闖是孫登居。太行秀色何盤紆，檻楠榛栗松杉儲，風從中來十萬株。嘯臺遺址煙霞俱，流泉百道穿階除。幅巾短髮不用梳，彈琴橫卷心安舒。微言妙旨如貫珠，考鐘擊磬吹笙竽。古文屋壁闡禹謨，異人手授先天圖。談仁講義追堯夫，後來姚許元姚樞字公茂，許衡字平仲，皆居蘇門講學開榛蕪，斯文不墜須吾徒。誰傳此圖來江湖，使吾一見心踟躕。即今絕學誰能扶，屈指耆舊堪嗟吁。蘇門山下有碩儒，中原學者多沾濡。百年文獻其存諸，我往從之歌黃虞。

送王元照還山鈔三

青山補屋愛流泉，畫裏移家就輞川。添得一舟乘興上，煙波隨處小游仙。
始興公子舊諸侯，丹荔紅蕉嶺外游。席帽京塵渾忘却，被人强喚作廉州。
朔風歸思滿蕭關，筆墨荒寒點染間。何似大癡三丈卷，萬松殘雪富春山。

題石谷子畫册

緑樹參差倚碧天，波光瀲灎尚湖船。煙巒自遶王維墅，不必重參畫裏禪。

初冬景物未蕭條，紅葉青山色尚嬌。一幅天然圖畫裏，維摩僧寺破山橋。維摩寺、破山寺，爲虞山勝蹟。

梅村

枳籬茅舍掩蒼苔，乞竹分花手自栽。不好詣人貪客過，慣遲作答愛書來。閒窗聽雨攤詩卷，獨樹看雲上嘯臺。桑落酒香盧橘美，釣船斜繫草堂開。

和王太常西田雜興韻鈔四

一卧溪雲相見稀，繫船枯柳叩斜扉。橋通小市魚蝦賤，水遶孤村煙火微。到處琴書携自近，驟來賓客看人圍。畫將松雪花溪卷，補入西田老衲衣。

積雨空庭鳥雀稀，泉聲入竹冷巖扉。芒鞋藤杖將迎少，蟹舍漁莊生事微。病酒客携茶荈到，罷棋人簇畫圖圍。日斜清簟追涼好，移榻桐陰見解衣。

苦竹黄蘆宿火稀，渡頭人歇望歸扉。偶添小閣林巒秀，漸見歸帆煙靄微。蔬圃草深鳧雁亂，水亭橋没芰荷圍。夜涼捲幔深更話，已御秋來白袷衣。

竹塢花潭過客稀，灌畦纔罷掩松扉。道人石上支頤久，漁父磯邊欸乃微。潮没秋田孤鷺遠，閣含山雨斷虹圍。亭皋木落黄州夢，江海蹁躚一羽衣。

游西灣

斷壁猿投栗，荒祠鼠竄藤。鐘寒難出樹，雲静恰依僧。選勝從吾意，捫危羡客能。生來幾量屐，到此亦何曾。

畫中九友歌

華亭尚書天人流，墨花五色風雲浮。至尊含笑黄金投，殘膏剩馥雞林求。玄宰。太常妙蹟兼銀鉤，樂郊擁卷寫高秋。真宰欲訴窮雕搜，解衣盤礴堪忘憂。煙客。誰其匹者王廉州，神姿玉樹三山頭。擺落萬象煙霞收，尊彝斑剥探商周，得意换却千金裘。元照。檀園著述誇前修，丹青餘事追營邱。平生書畫置兩舟，湖山勝處供淹留。長蘅。阿龍北固持雙矛，披圖赤壁思曹劉。酒醉灑墨横江樓，蒜山月落空悠悠。爾龍友。姑蘇太守今僧繇，問事不省張兩眸。振筆忽起風颼颼，連紙十丈神明遒。爾唯。松圓詩老通清謳，墨莊自畫歸田游。一犁黄海鳴春鳩，長笛倒騎烏犉牛。孟陽。花龕巨幅千峰稠，小景點出林塘幽。晚年筆力凌滄洲，幅巾鶴髮輕王侯。潤甫。風流已矣吾瓜疇，一生迂癖爲人尤。僮僕竊駡妻孥愁，瘦如黄鵠閒如鷗，煙驅墨染何曾休。僧彌。

丁亥之秋王煙客招予西田賞菊踰月蒼雪師亦至今年余既卧病同游者多以事阻追敘舊約為之慨然因賦此詩

露白霜高九月天，匡牀卧病憶西田。黄雞紫蟹堪携酒，紅樹青山好放船。秔稻將登農父喜，茱萸遍插故人憐。舊游多病難重省，記别蒼公又二年。

周櫟園有墨癖嘗蓄墨萬種歲除以酒澆之作祭墨詩友人王紫崖話其事漫賦二律鈔一

含香詞賦擲金聲，家住玄都對管城。萬笏雅應推正直，一囊聊復貯縱横。藏雖黯澹終能守，用任欹斜自不平。磨耗年光心力短，只因耽誤楮先生。

觀王石谷山水圖歌

世間勝事誰能識，兵戈老盡丹青客。真宰英靈厭寂寥，江山幻出王郎筆。王郎展卷閒窗净，良久呼之曾不應。翦水雙瞳鎮日看，側身似向千峰進。一時儒雅高江東，氣韻吾推里兩翁。師授雖真肯沿襲，後生更自開蠶叢。取象經營巧且密，丰神點拂天然中。頓挫淋漓寫胸臆，研精毫髮摹宗工。廣陵花月扁舟送，貴戚豪華盛供奉。不惜黄金購畫圖，好奇往往輕南宋。妙手裝潢技絶倫，殘縑斷墨俄飛動。闔閭城下收藏家，誅求到骨愁生涯。僅存數軸用娱老，載去西風響鹿車。君也侯門跋珠履，晴日湘簾憑畫几。弈罷雙童捧篋來，狎客何知亦咨美。笑持茗椀聽王郎，鑒别妍媸臻妙理。作者風流異代逢，賞心拊掌王孫喜。枉買青娥十萬錢，移人尤物惟山水。王郎馳譽滿通都，軟裘快馬還東吳。道邊相識半窮餓，致身猶是憂妻孥。羨君人材爲世出，盛年絶藝須難得。好求真訣走名山，粉本終南兼少室。攬取荆關入掌中，歸帆重補煙江色。諸侯書幣迷深處，搦管松根醉箕踞。絹素流傳天壤間，白雲萬里飛來去。

戲題士女十二首鈔三

霸越亡吳計已行，論功何物賞傾城。西施亦有弓藏懼，不獨鴟夷變姓名。一舸

玉關秋盡雁連天，磧裏明駝路幾千。夜半李陵臺上月，可能還似漢宫圓。出塞

董逃歌罷故園空，腸斷悲笳付朔風。贖得蛾眉知舊事，好修佳傳報曹公。歸國

王鐸，字覺斯，一字覺之，號十樵，一號癡庵，又號癡僊道人，孟津人。天啓壬戌進士，清朝官至大學士，謚文安。山水師法荆、關，魄力沈雄，邱壑峻偉，兼工蘭竹梅石。書宗魏晉，沈著險勁，刻有《擬山園法帖》。其與戴巖举論

畫書，於六法振衰立懦，尤為名論。詩多抑鬱不平之氣。

東昌南路

雨後秋林路不齊，青天猶爾帶虹霓。荷風吹醒邯鄲夢，楊柳萋萋白日西。

借泪

獨向江洲采杜蘅，六朝遺事古人情。欲將一掬英雄泪，借與江龍作雨聲。

傲

葺蘿屋上翠微濃，獨占秋陽第一峰。傲殺市朝忙日月，只消幾杵暮天鐘。

觀音山下江邊獨立

倒映波濤入翠微，離家對此感秋衣。江聲任意東南去，不與客心一處歸。

欲游秦約薛行埡先生呈郭胤伯

畫中記省畫中山，遠夢牽人何未閒。散寄好詩收拾得，芙蓉時節入秦關。

壬申秋入雒經邙山

初霽西風響石田，山山落木下秋煙。太行人老軍城戍，牧野河沈估客船。藉土蝦蟇吞漢月，壞墻瓴甓載秦年。誰知萬古銷沈後，閒殺浮雲夕照邊。

近望牛頭寺

漢西郊野望牛頭，衮衮寒雲萬頃流。鐘磬不關興敗事，藤蘿猶挂古今愁。人從山氣低秦岫，水帶軍聲到閬州。割據雄圖憂後日，夕陽無語下寒丘。

戴明説，字道默，號巖犖，晚號定圃，滄州人。崇禎甲戌進士，清朝官户部尚書。墨竹得梅道人法，尤精山水，世廟時賜以銀質巨章曰：「米芾畫禪，煙巒如覯。明説克傳，圖章用錫。」王覺斯評為「博大奇奥，不讓古人」。龔芝麓累題所畫，尤極欽佩。工書。有《定圃集》。

題畫寄孝升

危峰高插半天寒，帶得風雲氣未乾。正是雪深人不到，冰心遥囑冷中看。

豫州道中

盈昃原如此，風濤未可驚。秋清争畫氣，山險讓人情。七聖靈砂野，千碪落葉城。餘生憂患力，疢疾眷長行。

同王覺斯夜坐

天闊風高薄暮情，春歸猶有斷腸聲。為留老友看山色，且徹殘燈領月明。禾黍崎嶇宫水落，麒麟蹭蹬陣雲平。海棠開盡黄鸝少，不敢中原問耦耕。

題贈方密之畫

爲尋山静琴初到，但見雲深鶴亦遲。自信野人多懶况，近來畫外亦無詩。

題徽宗畫鷹

雪後天高雙羽輕，金睛斜瞬暮雲平。誰知艮嶽山頭燕，風雨年年罵蔡京。

為吴駿公悼亡

雨到庭蕉夢亦疑，寒江影動見青絲。興亡有泪憑誰語，一闋琵琶半夜時。

題顧夫人蘭卷

孤根耿耿護陽春，許伴三閭問夙因。髣髴鷗波亭子上，湘煙清照管夫人。

龔鼎孳，字孝升，號芝麓，安徽合肥人。明崇禎戊辰進士，清朝官刑部尚書，謚端毅。詩與吴梅村齊名。間作山水，蒼鬱沈厚。有《定山堂集》。

題吴綘雪女史畫册

繡閣名香粉本新，珊瑚筆格净無塵。徐熙花鳥滕王蝶，翠羽明璣散雒神。
賣珠補屋意高閒，萬疊煙霞擁玉顔。想像亂峰晴雪裏，自臨眉黛寫青山。

題非轅畫册

孤城背嶺寒吹角，好句人間畫亦稀。曾倚梅關高處立，萬松泉落海雲飛。

盆蘭作花口占

花開花落年年事，雨打風吹劇可憐。囑付幽蘭須耐久，新涼開到曉霜天。

題梁玉立司馬蕉林書屋圖

俯仰如蓬户，檐陰密覆蕉。論兵餘整暇，開卷破空寥。醉墨晴仍濕，秋聲晚欲潮。兒童問司馬，幽興一何遥。

題滄州戴巖犖山水

歷落嶔崎第一流，營邱北苑在滄洲。煙雲不入中山篋，留助幽人萬里游。爲葆光

平生我愛戴安道，天下人稱張長公。黄紙署銜金作埒，何如身在此山中。爲滄州張虎別

亂峰蒼翠散空濛，老樹微茫萬壑中。振袖大呼奇絶處，重瞳親識米南宫。爲吴園次

萬仞巉巖不可攀，蒼寒如見故人顏。他時大澤生雲雨，猶記滄洲雪裏山。爲魯齋

為膠侯題巖犖畫竹

含風浥露盡秋聲，百尺琅玕墨沼橫。一夜籜龍滄海長，侍郎派已壓彭城。

春園桃李日紛紛，立懦廉頑有此君。寄傲何心嘲肉食，絶交書代北山文。

為胡元潤題畫

誰結茆齋對青壁，更令白日隱修篁。先生一企南榮脚，任説黄粱味許長。

題許有介群鴉話寒圖

櫟老新詩傳樂府，許家禿筆點青霜。高枝何限吞聲鳥，偏汝啾啾話夕陽。

項聖謨，字孔彰，號易庵，又號胥山樵，别號松濤散仙、存存居士，嘉興人。墨林居士元汴孫。畫樹石、屋宇、花卉、人物皆與宋人血戰，山水尤能領取元人韻致，論者謂士氣、作家二者兼備。有《朗雲堂集》〔二〕。

題畫册

萬畝松陰曉月寒，一溪煙露浸層巒。雲深何處尋高士，且倚孤篷理釣竿。

自題松濤散仙圖卷

偃息松濤一散仙，葛巾挂壁日閒眠。窗前有竹聊醫俗，不到長安已十年。

王崇簡，字敬哉，宛平人。崇禎癸未進士，清朝官禮部尚書，謚文貞。山水追蹤南宫，構局命筆不落窠臼，間作寫意花卉。有《青箱堂集》。

〔二〕「朗雲堂集」原作「朗山堂集」，據《歷代畫史彙傳》、《明詩紀事》改。

題米紫來為大名成青壇相國所作浮邱山房圖畫卷鈔一

窈窕歸雲閣，蕭疏清照亭。芙蕖魚潑潑，花竹雨冥冥。煙岫當朝牖，風帆落晚汀。讀公半幅記，想像似曾經。按，成氏別墅在濬縣大伾山麓，負城郭，傍黃河，有歸雲閣、清照亭，相國自書《浮邱山房記》系於圖後。

暮秋過摩訶庵園林

尋幽最好是僧廬，却喜偷閒半日餘。喬木疏籬皆舊識，滿園煙雨冷秋蔬。

香山深秋

青碧蒼茫裏，高巖落磬音。門開黃葉亂，逕轉白雲深。古殿留殘照，幽花媚僻岑。泠泠泉咽石，秋色滿疏林。

初冬夜夢中作

疏林殘葉怯寒風，僻院迴廊曲徑通。人静閒階鶴夢穩，小窗深處一燈紅。

重游潭柘寺

煙冷雲荒野徑迷，游蹤又到碧峰西。蛇蟠虎伏憑人説，山中蛇虎時見，不爲害。柘萎潭迷任鳥啼。雙吻勢增危殿矗，山志云，佛殿鴟吻相傳自龍潭湧出。千山影斷佛燈低。攀幽爲憶當年侣，惆悵空山落葉凄。

題孫北海退翁亭

卧佛廊西去，深巖小徑平。地因古刹舊，亭得退翁名。曠野凭欄出，幽泉繞谷生。柿林修竹裏，隨處作秋聲。

陳洪綬，字章侯，號老蓮，浙江諸暨人。方伯性學孫。明諸生，官待詔。書法遒逸，善山水，尤工人物。崇禎間召使臨摹歷代帝王像，因得縱觀内府儲藏，畫益精進。甲申後自號老遲，又稱悔遲、弗遲、雲門僧。人物衣紋圓勁，設色奇古，與北平崔青蚓稱「南陳北崔」。有《寶綸堂集》。

過西湖

外六橋頭楊柳盡，裏六橋頭樹亦稀。真實湖山今始見，老遲行過更依依。

夢筠圖 黄子久臨《古夢筠圖》於笠澤酒船，聞張士誠鼓角浩歎而罷。今何日乎，憂從中來，不可斷絶？姑爲寛大之言，然神則傷矣。

翛篁清溪邊，茅宇幽巖下。一枕讀道書，餘年不需假。

寫蘇長公

寒烏下屋凍雲垂，欲飲鄰翁賦好詩。酒盞不寛詩趣減，細摹蘇老曳笻時。

題畫扇

修竹如寒士，枯枝似老僧。人能解此意，醉後嚼春冰。

畫梅

性情孤冷與梅儔，黄葛村西思築樓。數載經營成不得，聊遺疏影到牀頭。

寄藍田叔

小園近日可邀君，手種梧桐已拂雲。半畝清陰吾所欲，一窗秋雨待君分。

題畫

不能復入此深山，畫幅深山屋數間。夢想開看還自悔，閒人在世頗緣慳。

老夫愛聽雨芭蕉，更愛初冬雪乍飄。一面琵琶雙絳蠟，數行草聖酒千瓢。芭蕉傅山，字青主，初字青竹，一號真山，又稱朱衣道人，别號公之它，又號嗇廬，山西太原人。貢生，隱居著書。山水以骨勝，竹木蒼古，書法得晋人神髓，兼長分隸、篆刻，精醫。康熙乙未年逾七十，徵鴻博，至都堅卧不與試，授中書，辭歸。有《霜紅龕集》。

效唐人詠樵詩之一

雲破茅檐出，雞聲在籬梢。賣柴帶醉歸，一覺紅日高。煏焞竈下歇，松柏香不消。顧瞻煙燎上，亦有春燕巢。樵家

游燕

殘雪照高樹，夾道寒枒槎。星月帶夜色，凍落開朝花。母念游子寒，應計衣未加。兒身寒有時，母心寒無涯。

即事書雪峰春扇

城南可過者，雙塔舊伽藍。古佛寒雙膝，雪峰同一庵。最憐濕氣少，藏得藏經函。清净法身佛，書連茶酒三。

畫雲蘭與戴楓仲謾題

老來無賴筆，蘭澤太顛狂。帶水連雲出，漫山駕嶺薌。精神全不肖，色取似非長。三盞醮新榨，回頭看莽蒼。

月畫

月畫槐枝作老梅，離奇一筆拂窗開。解衣畫史三更醒，夢自羅浮香裏來。

題自畫竹與楓仲

一心有所甘，是節都不苦。寥寥種竹人，龍孫伏何所。

借得居實驢善卧戲成

長耳耽高卧，秋山强被鞍。一鞭常没恤一作「恤勿」，三步亦艱難。淺草盤旋視，平沙睥睨看。五星猶未聚，只見墮陳摶。

盤礴

盤礴横肱醉筆仙，一邱一壑畫家禪。蒲團參入王摩詰，石緑丹砂總不妍。

送友之秦中

爾去褒斜路，秦關兵尚多。難堪兒女意，其奈鼓鼙何。戰地驚鴻雁，秋閨怨駱駝。願聞邊火息，歸計莫蹉跎。

巖宿夜大雷雨同范白二子枕上成

電刷夜崖墨，雷驅山閣奔。寒薄佛燈灺，夢來客枕逡。鬼神迷日月，狷狖矜風雲。誰憐石壁裏，吟詠泣詩臣。

索居無筆偶折柳枝作書輒成奇字率意二首鈔一

腕掘臨池不會柔，鋒枝秃硬獨相求。公權骨力生來足，張緒風流老漸收。隸餓嚴家却蕭散，樹枯冬月突顛甹。插花舞女當嫌醜，乞米顔公青許留。

萬壽祺，字年少，江南徐州人。崇禎庚午舉人。甲申後更名壽，字内景，儒衣僧帽，往來吴楚間，世稱萬道人，自署沙門慧壽，又號明志道人。山水風神雋逸，白描人物態度淵雅，書橅晋人，兼工篆刻。有《隰西草堂集》。

甓湖道中

淮水無聲去，東風吹甓湖。市橋春店馬，官驛晚檣烏。細雨連春草，輕寒度白榆。蕪城前路遠，得達石頭無。

程正揆，字端伯，號鞠陵，又號青溪道人，湖北孝感人。崇禎辛未進士，榜名正葵，清初改名正揆，官工部侍郎。山水得華亭指授，多用禿筆，枯勁簡老，設色穠湛。嘗言：「北宋人千邱萬壑，無一筆不減；元人枯枝瘦石，無一筆不繁。」得論畫玄解。書法奇險，宗李北海。有《青溪遺稿》。

題畫

山古萬籟空，流泉自浩浩。一聽一回新，可與知者道。
湖北歸來日落，扁舟滿載西風。目送一行白鷺，秋懷欲與天空。
高士聞風三百年，今從清閟得神傳。偶拈枯管學迂法，只恐青山笑未然。
落筆群峰擁翠鬟，探囊不用買山錢。客窗午夢桃笙冷，無數秋聲到耳邊。
畫舫尋幽樹影低，曉煙到處萬峰齊。眼饞忽憶山陰道，曳杖從容過別溪。

鄒之麟「麟」一作「麐」，字臣虎，號衣白，武進人。萬曆庚戌進士，官工部主事。

甲申後名逸麟，號昧庵，又自稱逸老。家多晉唐墨蹟、商周彝鼎。山水用筆圓勁古秀，得力於大癡《富春山圖》。

題霜哺圖

柏樹〔一〕啼烏已白頭，冰心獨自照千秋。存孤一事非容易，讀罷斯篇我亦愁。

歸莊，一名祚明，字玄恭，號恒軒，崑山人。太僕有光曾孫，昌世子。明諸生。甲申後或稱歸藏、歸乎來，亦號懸弓園公，嘗僧裝稱普明頭陀。與同邑顧炎武友善，以博雅獨行不諧於俗，有「歸奇顧怪」之目。墨竹入神品。著有《看花日記》、《懸弓集》。

〔一〕「柏樹」原作「栢樹」，據《穰梨館過眼録》改。

入鄧尉觀梅舟過虎邱花市買水仙蘭花口占

山塘挂席指胥門，風利舟輕似馬奔。西去煙嵐迷遠浦，疏梅新柳度千村。

梅花猶待入山看，先賞春蘭與水仙。風至清芬争襲袂，灑塵霡霂濕船舷。

將游天平頗愁雨至過靈巖石壁有泉冉冉滴下戲以口承之頗清涼於巖下取酒小酌題一絶句

絶壁巉巖倚碧天，松根仰面漱懸泉。山雲作雨停游屐，留得南巖一段緣。

游支硎山

覽勝支硎問酒壚，香車隊隊過名姝。惜無畫史仇英手，爲寫春山士女圖。

崑山看梅

香雪繽紛帶雨飛，同游莫惜濕春衣。須教搜盡梅花窟，雙屐疲時一棹歸。

楊補，字無補，又字白補，號古農，由江西徙吴為長洲人。布衣。善畫梅，山水小品無一毫喧熱氣。甲申後，隱居鄧尉山中。

贈烏目山人

畫學今垂絶，斯人復挺生。山川分秀氣，筆墨有神明。妙豈師資得，功參造化精。江湖多浪迹，翻恨老無成。

黄宗炎，字晦木，一字立谿，時稱鷓鴣先生，浙江餘姚人。忠端公尊素次子，梨洲先生宗羲弟。貢生。山水宗小李將軍、趙千里，甲申後賣畫於石門、海昌間。工繆篆，善製研。有《山棲集》。

屯溪至漁亭

竹筏清溪逆水牵，魚游常在鏡中天。夜深孤雁驚船尾，日落雙猨抱樹巔。九里十灘尤懊惱，一程五舍尚遷延。胡麻赤米村村種，翻羨山家墾石田。

王含光，字表樸，號似鶴，自署鶴道人，山西猗氏人。崇禎辛未進士，祖珍吾、父春楨俱進士。順治中薦授員外，官河南按察使。山水筆墨簡渾，煙雲流潤，近吴仲圭。書仿晋人。

餞别陰太峰於城外長春寺

君辭黄閣拂衣日，是我承恩拜手時。西掖松杉應寂歷，東原梅柳正參差。百年意氣雙蓬鬢，萬事悲涼一酒卮。此去買山深莫厭，煙蘿携手有前期。

似園幽興

暮年多遯思，買田王官谷。卜宅當谷口，聊構數椽屋。門對天柱峰，窗挂千尺瀑。仙靈委空蜕，逋客遂初服。高嶺披松杉，深巖藏橘槲。峽逼疊溜鳴，崖斷危石樸。細路連棧橋，層巔走牧犢。場鹿隨客行，野鳥銜人逐。烏椑晚葉紅，霜栗秋漿熟。求友逢漁樵，見月坐林麓。樂事復同人，誰云媢幽獨。

祁豸佳，字止祥，號雪瓢，山陰人。明侍御彪佳弟。天啓丁卯舉人。書法逼似董文敏，山水入荆、關之室，兼善花卉、填詞、篆刻以至歌弈、蹴踘之戲，無不各盡其妙。鼎革後隱於梅市，賣畫代耕。

題董思翁山水

石洞生雲根，觸膚雲自至。壁壘雄怒飛，只作等閒事。

邂逅夏觀察公郎祁年**為予捉琴三弄賦此以謝**

相逢未語即調絃，一曲宮商遏晚煙。怪底潺湲溪不了，多君指上出鳴泉。

蕭雲從，字尺木，號默思，又號無悶道人，蕪湖人。崇禎己卯副貢。山水清疏韶秀，饒有逸致，不宋不元，自成其格，兼長人物。年七十餘於采石太白樓四壁畫匡廬、泰岱、衡岳，凡七日而就。有《梅花堂遺稿》。

題畫

梅花拂巖白，江水澈天清。寂寂萬籟裏，飄來一笛聲。

過荆山朱西雍舊亭有感鈔一

絶壁天開未易親，秋紅重見昔年春。石邊虎迹隨常説，樹裏蟬聲到處聞。草閣欲登無復板，粉垣空畫有殘雲。百年松竹供樵採，誰向靈巖問主人。

胡貞開，字循蜚，號瑟菴，又號臯鶴，别號耳空居士，仁和人。崇禎己卯舉人，清初官湖廣推官，罷歸後築米山堂，隱居西湖。善山水，尤長畫石，得南宫法。有《霜林寤歌集》。

自題山水

緑蕉新雨無人到，閑倚書窗紀舊游。記得潯陽江上宿，匡廬天半晚來秋。

文從簡，字彦可，晚號枕煙老人，長洲人。徵明曾孫，元善長子。崇禎庚辰拔貢。山水兼師雲林、叔明，書學北海，端方有節，鄉里式之。

竹梧草堂圖

草堂好是傍山開，竹樹濃陰覆緑苔。手把一編閒坐久，詩人携鶴隔溪來。

朱一是，字近修，海寧人。崇禎壬午舉人。甲申後避地梅里，嘗問道於釋牧雲，名恒晦，字以養，自署曰林居士，曰薔溪下農，曰梅溪旅人，曰欠庵，謂惟欠一死耳。山水宗元人，流傳絶少，嘗作《江上數峰圖》，極淡遠空闊之致。有《為可齋集》。

題邵僧彌畫

危峰密樹隱花宫，驢背秋風獨聽鐘。一自乾坤兵革後，丹青留得六朝松。

懷蔣薰

千里君游宦，三年我掩扉。吟詩工漸減，行事老知非。黄雀山厨美，紅菱水蕩肥。黄雀、紅菱出蔣村。寂寥蔣詡徑，猿鶴待人歸。

同顧子宸嚴子正矩孫子魯再游虞山

輕舟十里泛平沙，雲外虞山一半遮。堤勢遠迴言偃墓，草痕青入仲雍家。野泥初坼未抽笋，溪雨欲流將盡花。乘興不辭今日醉，此身誰記在天涯。

冒襄，字辟彊，嘗結巢古樸上，因自號巢民，又號樸庵，一作樸巢，如皋人。明副憲起宗子，為四公子之一。崇禎壬午副榜，用台州推官，不就。書法晋人，師事董文敏，能山水。家有水繪園，四方名士多歸之。私謚潛孝先生。有《水繪園集》。

小秦淮曲

複道迴廊畫檻多，菱花窗子貼香羅。朱樓傍晚開三面，五色琉璃射緑波。

喜陳其年别去四年再至述懷

幾年别去音書絶，聞到蓬門訝未真。倒屣下堂愁短視，牽衣入室泪沾巾。貧歸梁宋人如雪，老逼桑榆景不晨。多少鬱蟠難説起，請聽狂犬尚狺狺。

吕潛，字孔昭，號半隱，一號石山農，遂寧人。明大司馬大器子。崇禎癸未進士，官行人。甲申後隱居吴興。善山水，兼寫花鳥，放縱而不越矩矱。工書。有《懷歸草堂》、《課耕樓》諸集。

題畫

誰將折柬遠招呼，長短相思無日無。挈取酒瓢詩卷去，一帆春雨過姑蘇。
急雨初收暑氣消，北窗高詠晚蕭蕭。歌殘酒盡千山暮，汲水煎茶月滿瓢。

林之蕃，字孔碩，號涵齋，閩縣人。崇禎癸未進士，官嘉興知縣，以廉直被劾，歸隱山中。其父得山先生宏衍，深解畫理，濡染家教，山水落筆蒼潤，韻致蕭疏。

山中題畫寄荆毅菴

與君隔别幾經秋，雲水無緣接舊游。若問故人生計在，石田茅屋隱山邱。

徐柏齡，字節之，一字節庵，號殷長，嘉興人。弘澤子。崇禎庚午舉人，官永嘉教諭。亂後逃禪自晦。山水法大癡，兼善花草，能世其家學。有《蟫精雋集》。

江心寺文信國祠

孤嶼浮江面，寒潮撼石根。遥遥箕尾外，何處可招魂。

大雲庵舫閣

買得浮家不在江，竹梢分緑映漁艭。秋風颯颯三更後，月擁寒潮到紙窗。

徐枋，字昭法，號俟齋，吴縣人。崇禎壬午舉人。父文靖公汧殉節後，於天平山麓築澗上草堂，隱居賣畫，終身不入城市。自號秦餘山人，與沈壽民、巢鳴盛稱海内三遺民。山水墨氣淹漬，有巨然法。工草書。有《居易堂集》。

題畫

懸崖細路通幽處，木末孤亭獨眺時。更復捫蘿上高頂，會心游目許誰知。
緑樹敷陰白晝長，清波蘸影曉山蒼。還應走馬長安客，輸我溪亭五月涼。

徐柯，字貫時，别號東海一老，俟齋弟。明諸生。工書畫，亂後杜門不出，居二株園，四方賓從每造訪之，為文酒游讌之會。有《一老庵集》。

白紵詞 鈔一

玉壺礫椀赤璃卮，紅妝翠袖素手持。千觴萬酌君莫辭，聽吾前歌白紵詞。盛年一去如流電，佳期遲暮歲將晏。及時秉燭夜申旦，莫令不樂心煩亂。

方以智，字密之，號鹿起，又號昌公，桐城人。巡撫孔炤子，為四公子之一。崇禎庚辰進士，授檢討。山水法元人，博學工詩，所著《通雅》搜羅甚富。

亂後為僧，名弘智，字無可，號墨歷，別號藥地和尚。有《浮山集》。

病後有以范蠡載西施歸湖圖索詩者為題之

扁舟還顧闔閭城，夢裏招魂病後驚。莫笑東方飢欲死，且憐西子面如生。有官到處還能富，破國隨人亦薄情。昔日若從貧賤老，五湖游遍不成名。

定甫約游東山歸仿黃子久并題

石橋駐馬問田翁，一塢深深隔樹東。帝子閣前沙似粟，埜神祠下路如弓。疏松古澗風微動，細草陰崖雪半融。回望紅塵纔數里，不知身在亂山中。

查繼佐，初名佑，更名省，字伊璜，號興齋，又號東山，晚號釣叟，海寧人。崇禎癸酉舉人，甲申後書「查」作「樝」，或隱姓名稱左尹。畫摹大癡，晚年喜寫梅，書法奇逸，家居極文酒聲伎之樂，因吳六奇事蔣心餘為製《雪中人》

傳奇。有《敬修堂集》。

送朱子錫甃北歸

自負人誰識，其如世道何。耽書誠有癖，快語慎無多。月影東南小，江聲日夜磨。與君期歲月，袖草一來過。

夜泊七里灘

小棹凝寒落照邊，碧空削出水雲偏。煙將帆影疑前浦，雨共灘聲度短眠。客去無星臨此夕，我來何處認當年。只應鄭重高深意，未是桐江莫與傳。

劉夢，原名佚，一作逸，字無逸，號遜之，晚號患骨，別號蓑落道人，滄州人。明諸生。畫山水以草勢成之，書法瘦勁，兼善篆刻。

題畫

樹中潛曲徑，石上繞煙嵐。高嶺隱孤刹，迴溪帶小菴。泉鳴空谷應，日落遠山含。羨彼垂綸者，横舟古岸南。

同王梅老宿康莊驛

爲阻閘河淺，離舟且據鞍。林風孤驛迥，野月古村寒。寄飲殊情味，旅言聊笑歡。霜鈴驚客夢，指日下江干。

黄宗崇，字嶽宗，即墨人。明尚書嘉善姪，拔貢生。工畫。有《石語亭詩草》。

雨中杏花盛開與季櫟張先生飲玉蕊樓

山樓松杪青無數，春色鳴鳩不肯住。風雨傾壺對此君，况復杏花開滿樹。人生富貴安可期，誰能鬱鬱待來兹。君不見紅花爛漫樽前色，明日不如今日時。

周亮工，字元亮，一字減齋，河南祥符人。其先世居金谿櫟下，因號櫟園。崇禎庚辰進士，官御史；清初歷任福建按察使，户部侍郎。精鑒賞，家有賴古堂，藏弆印篆書畫極富，間作山水，嫣潤秀逸。著有《讀畫録》、《印人傳》、《賴古堂印譜》、《詩集》。

過半畝園贈龔半千

萬累已全息，荒園足自怡。棋邊今態好，酒外古心危。妙畫殊無意，殘書若有思。屑榆亦可飽，努力莫言衰。

次清風店詠黄芽菜

鬱金芽子晚猶芳，問比侯鯖味孰長。肉好俱融黄珏冷，中邊競釀紫蜂香。莫教鹽豉分楊樣，略帶冰霜薦蜀薑。初韭晚菘誠下駟，齊驅只合玉爲粻。

病馬

獨剩權奇骨，支離怯短轅。向人知仰秣，倚樹憶騰騫。枯草殘蹄卧，牙旗落日翻。風霜鳴不出，誰爲護軍言。

贈陳章侯

浣紗溪上過，頗憶爾能文。熱客紛相逐，閒鷗冷自群。伊人依白露，妙畫擭紅裙。清酒三升後，聞予所未聞。甲子歲，予侍家大人在暨陽，即索交章侯。

陳章侯繪磨兜堅見寄感其意賦此答之

論交君自邁風塵，小幅兢兢寄所親。愧不垂簾同木鶴，何妨張口學金人。顧銘頗覺蠅難茹，屢悔空教駟在唇。他日青藤山下去，囂囂對爾莫相嗔。

韓田，字耕良，直隸宛平人。布衣，與弟畕同隱江南。善畫。

卓龍文招飲誌別

客趁東風今日行，花間疏雨暮春情。酒因分手難成醉，琴對離人別有聲。時舍弟石耕鼓琴。何處消魂鶯復囀，一時和泪句還成。遥遥水驛山村路，煙樹帆檣送去程。

沈顥，字朗倩，號石天，長洲諸生。性豪放。山水筆意秀挺，點色清妍，工篆書。有《枕瓢》、《焚硯》諸集。

西樓雅集圖題似海翁鄭先生

短扉支石草蕭蕭，書卷連牀老鄭樵。覓句懶呼童掃葉，留題應許客書蕉。淹留月旦傾花露，取次盤飧間藥苗。洗耳不聞秦漢事，松風蘿月若爲招。

汪漢，字文石，淳安布衣。以繪事名兩浙，喜游山水。有《歷覽吟》、《率性草》。

述懷

光空不礙影，心空不礙性。息慮抱孤清，止水涵天鏡。神與元化游，根塵可以净。

馮行貞，字服之，一字服恭，號白庵，常熟人。精擊刺，嘗從軍南征吴藩，事平歸隱。工書，善鐵筆，山水近雲林。有《白庵集》。

窮鄉

世事不復問，屏息居窮鄉。静覺是非遠，閒知歲月長。瘠犬卧荒徑，病兒依夕陽。長吟破岑寂，得句喜成狂。

吴山濤，字岱觀，號塞翁，錢塘人。崇禎舉人，清初官甘肅成縣知縣，有政聲，以建少陵七歌堂被誣，罷官後浮家泛宅，浪游苕霅。書法飄逸，山水不落蹊徑，在青溪、梅壑之間。有《塞翁集》。

西塞詩 鈔一

金城峭壯壓長河，浩莽邊風掠怒波。樓櫓晴雲明粉堞，林巒陰雨濕青螺。諸番貢馬循墻入，老佛乘軺絶域過。滿把蒲萄須盡醉，伊涼新譜柘枝歌。

買菜圃 鈔一

荒江權可卜蝸廬，榆柳蕭疏蔭巷閭。未辦堅完安寢處，先防卑濕到圖書。籬根遲客蔬堪翦，竹下論文酒可儲。顧此栖栖愁不穩，終當賣去買籃輿。

蔣易，字子久，一字前民，江都縣瓜洲人。與杜濬、王猷定友善。工詩，兼善畫。有《石閭集》。

十五夜默庵招飲

應爲冰蟾好，羈棲共野亭。醉開雙泪眼，寒動一天星。戰鼓春風寂，漁燈夜氣腥。爐存先世物，香爇蔗漿清。

褚廷琯，字硯耘，一字硯民，嘉興人。崇禎癸酉舉人，甲申後杜門不出。以草書擅名，間寫墨蘭竹石，孤冷有幽韻。

題畫贈禪友

四月鶯啼綠掃天，蘭香笋嫩柳含煙。竹風瑟瑟催微步，花氣濛濛撲晝眠。山出夏雲昏欲雨，亭臨秋水坐如船。知君好事多幽勝，與爾相期共入禪。

傅眉，字壽髦，一字竹嶺，太原人。青主徵君子。工書，山水古樸有真趣。初侍父挽車賣藥，宿逆旅中必篝燈課讀，或負竹鐵逾太行，市以養親。

睢陽城北十里道口

凍月不舒霜柳縮，行人如夢過沙堤。天從雁背通吴越，日傍鴉翎上魯齊。客雪白從梁苑過，鄉雲青在太行西。古人著我愁腸處，知是睢陽不肯題。

傅仁，字壽元，青主徵君猶子。偶代叔父作行楷書，人莫能辨，畫法宋元。從徵君出游百泉、華岳，裹糧左右，不減壯僕。

明妃篇

春姿逢秋末，霜容難其情。豈無傾國色，賤妾應遠行。衆人雖悼别，亦幸寵無争。傷哉生麗顔，脉脉死王庭。

謝彬，字文侯，號仙臞，上虞人，家錢塘。傳神為曾鯨高弟，出新意製面具，施數筆輒喜怒畢肖。間作山水，仿梅道人，筆墨蒼渾。

德聚堂壽言為嚴夫人作

綺席開筵宴，笙歌進壽籌。錦機成補衮，彩服近宸旒。天上三千界，人間十二樓。蓬萊應不遠，花發聽清謳。

龔賢，字豈賢，號半千，又號野遺，晚號柴丈人，崑山布衣，籍江寧。山水從北苑築基，一變古法，用墨濃厚，自開生面。與樊圻、高岑、鄒喆、吴弘、葉欣、胡造、謝蓀稱「金陵八家」。所著《畫訣》言近旨遠，足為後學津梁。有《香草堂集》。

自題山水

千山萬壑一人家，白石爲糧釀紫霞。尚爾逃堯猶未出，避秦若箇向雲涯。

漢陽吴相國以夏日苦熱緘詩寄贈石谷一時和者甚衆因次韻索畫鈔一

硯池小海墨浪浪，箋裂蠶繇兔穎長。我欲煩君圖半畝，把衣先要上清涼。余家草堂之南餘地半畝，稍有花竹，因以名之，不足稱園也。清涼山上有臺，亦名清涼臺。登臺而觀，大江横於前，鍾阜枕於後，左有莫愁勺水如鏡，右有獅嶺撮土若眉，余家即在此臺之下。轉身東北，引客指視，則柴門吠犬，髣髴見之。野賢紀。

冬日棲霞寺中作

山中常晏起，偶被老僧催。下去送溪叟，獨歸尋釣臺。鳥飛林雪散，鹿飲澗冰開。深省聞鐘罷，高天盡劫灰。

久不得韓畕消息

平生好游歷，此别日偏多。嶽寺聽猿住，江鄉傍虎過。衰羸吾自念，疾病爾如何。短榻依然在，空房鎖薜蘿。

宿盧氏山莊

楊柳迷沙徑，莓苔上板橋。雨催群鳥散，煙剩一亭遥。買酒指邨姓，尋鮮問海潮。主人真愛客，門外宿輕橈。

何日山中住

何日山中住，山中廣置田。高原兒課種，精舍我閒眠。二月到八月，鶯天與笋天。總無愁苦法，那得不長年。

夏夜寒

南方炎熱甚，清絶愛吾廬。煙白岸無樹，月晴溪上魚。幾年從傲慢，衆口罷吹嘘。破衲匡牀在，支持酒力餘。

梅朗中，字朗三，安徽宣城人。鼎祚孫，諸生。詩、書、畫時稱三絶。有《書帶園集》。

麻孟璿三衡**製筆見贈并系以詩予報以藏墨作此答之**

鼠鬚須寄右將軍，爲爾閒書九錫文。聞説遠山眉黛淺，葛囊聊取綠煙分。孟璿惠筆，余報之以墨數螺。時孟璿納姬，因又體詩意，作《送墨圖》贈之。

朱耷，字個山，一作个山，號雪個，一作雪个，更號人屋，又號驢漢，江西故石城府王孫。原名由桵，鼎革後為僧，因持《八大人覺經》，自號八大山人。山水、花鳥筆情縱恣，時有逸氣，多以簡略勝，其精密者尤妙絶。行楷書學大令、魯公，狂草頗偉怪。

題畫

郭家皴法雲頭小，董老麻皮樹上多。想見時人解圖畫，一峰還寫宋山河。

瓮頌六首鈔四

深房有高瓮，把酒無閑時。焉得無閑時，翻令吏部疑。畢瓮

汲家字淹留，伸唇那到喉。阿兄在地底，小弟上樓頭。汲瓮

苦日瓮頭春，瓮頭春不見。有客豫章門，佯狂語飛燕。春瓮

小陶語大陶，各自一宗祖。爛醉及中原，中原在何許。陶瓮

馬嘉楨，字允和，號和衷，平湖人。嘉植弟，崇禎己卯舉人。畫臻妙品。甲申後披緇處蘭若間，與同郡巢端明、李潛夫同負高行。

訪隱者

樵子相逢不問名，指予山上白雲生。此中新結茅庵在，清磬一聲山鳥鳴。

查士標，字二瞻，號梅壑，休寧籍，海寧人。明諸生，流寓揚州。因與董香光

同千支，自號後乙卯生。山水風神懶散，氣韻荒寒，與同里汪之瑞、孫逸、釋弘仁稱四大家。書法華亭。精鑒賞，家多宋元名蹟。有《種書堂遺稿》。

題清涼寺掃葉上人壁

拈花久礙人天眼，掃葉猶留解脱心。何似無花并無葉，千山明月一空林。

題畫

雲山有餘興，煙波無盡頭。釣船湖上小，容得許多秋。

不是看山即畫山，的應送老不知還。商量水闊雲深處，隨意茆茨著幾間。

癸丑秋初石谷先生自吴門過維揚聚首累月聆益匪淺於其歸也詩以送之鈔二

故人來得故人書，握手相看出袖徐。一别三年如昨日，過江山色滿蓬廬。先生來得笪侍御音問。

不到吴門二十年，因君歸去意欣然。探梅若踐春時約，準擬流連在輞川。

奚濤，原名冠，字沅山，一字大蒙，崑山人。明諸生，晚年隱居渭塘。山水近雲林。有《肆閒堂集》。

雨霽自光福至玄墓

幽尋無定期，興發及新霽。移舟入林煙，登歷從所契。杖策逾山橋，淙淙澗流細。蒼松夾道深，修竹分籬翠。草甲抽故心，梅香有餘蒂。登高一憑眺，湖水白無際。微茫水鳥翻，斷續雲峰繼。有懷云誰思，榛苓徒款睇。

張穆，字穆之，號鐵橋道人，東莞布衣。知劍術，壯歲以任俠游吴中。初善畫馬，後歸隱羅浮，習見山嵐隱現，兼工山水，氣韻生動。有《鐵橋山人稿》。

元夜過魏和公旅邸明發有瓊海之别

眷言同意氣，離合便相關。良夜不重得，游人難久閒。明燈寒共影，濁酒煖開顔。此地能長聚，菰蒲别世間。

何適，號白石，常熟人。畫蘭得沈雨若指授。

武林歸舟偶成

十日青山十日湖，風光領略幾分無。何時了却人間債，長作樵夫與釣徒。

周燦，字光甫，號闇昭，吴江人。尚書恭肅公用裔孫。崇禎辛未進士，官御史，國變後以詩畫自娱，筆墨近似石田。有《澤畔吟》。

過徐介白顧樵水上沙村園居

入世難諧俗，居山有耦耕。開扉連竹徑，隔沼聽書聲。鳥啄櫻桃熟，朋來新釀成。良時喜相聚，春暖百花明。
近水垂楊裏，人知處士家。有山皆到牖，無日不看花。鄰叟遺鮮菌，山僧供早茶。彥方居未久，風俗自清嘉。

丁廷枚，字二陶，晚號嗜閒老人，長興人。貢生，考授州同。精繪事。有《杏花軒詩鈔》。

雜詠

僻居終歲少良朋，兀坐蕭齋萬慮澄。肉味久疏非佞佛，鬢毛漸禿未成僧。偶隨曲岸觀垂釣，閒向清溪學採菱。消夏日長惟此計，其餘世事一無能。

金俊明，字孝章，初名衮，字九章，號耿庵，又號不寐道人，吴縣人。明諸生，入復社，兵後隱居，傭書自給。工畫梅，疏花細蕊，别成雅構，間寫山水。書法二王。嘗引淵明《自祭文》為説，遍乞友人賦生挽詩，門人私謚貞孝先生。有《春草閒房集》。

山游

山脚稚翠濃作寒，山腰老紅香未殘。村家徑窄樹當户，兒子過來妨客冠。

題邵瓜疇貽鶴寄書圖

已欣山響少文游，更艤溪邊問字舟。閒把道書讎未了，一聲鶴唳碧天秋。

寄石谷索畫

秣陵山水冠皇都，妙手丹青不可無。願寫一圖先寄我，最難忘是莫愁湖。

王岱，字山長，號了庵，别號九青石史，湘潭人。明舉人，清朝官廣東澄海知縣，康熙己未薦鴻博。山水奇逸，兼善人物、花鳥。有《且園集》。

寄程穆倩

十載秦淮夢，頻來識未曾。新詞歌妙伎，畫筆入枯僧。宅畔如揚子，鄰家即杜陵。杜于皇同寓邗江。欲尋桃葉舫，定爲破春冰。

永州道中示易無晝

松影碧摇摇，無風亦自濤。寒花隨澗落，細路入峰高。雲動低依客，煙深遠唱樵。嶽青九面外，此地足誅茅。

題周櫟園讀畫樓

拄笏朝來爽氣浮，虎頭遺筆滿滄洲。全圖松菊栽三徑，盡掃峰巒載一舟。見説庾公猶逸興，可憐王粲怯登樓。石頭高踞秦淮水，便擬乘槎泛海流。

黄向堅，字端木，蘇州人。父孔昭，明季以孝廉宰姚江，兵阻不獲歸，徒步往尋，閲兩載行萬餘里，卒得迎養，有手繪所歷滇中山水册，曰《尋親圖》，渴筆乾皴，構境奇險。

自題居庸疊翠圖仿黄鶴山樵筆爲出關紀游之一

斷崖萬仞如削鐵，鳥飛不度苔石裂。森然古木勢槎枒，六月太陰飄積雪。寒沙茫茫出關道，名利人稀征雁少。不知何處是家山，風吹草低月光小。

張恂，字穉恭，一字壺山，陝西涇陽人，先世以業鹺家維揚。崇禎癸未進士，官中書舍人、江南推官。天才雋逸，山水初師法北苑，并善用渴筆，似程穆倩，而墨法蒼渾，具古淡天真之致。

祝巢民四十壽鈔一

桃李始基，松柏繼長。引而伸之，鬱鬱蒼蒼。用以象壽，冒子辟疆。四十强仕，胡爲徜徉。庚寅三月之望，既奏拙繪，再賦四詩爲壽。四十君方壯，襟期益若何。坐看鴻鵠遠，閒歷海雲多。擊鉢分深夜，銜杯動浩歌。避秦聞有地，流水上松蘿。

自題澄湖秋霽圖

甲午八月，六弟復恭歸里，瀕行索畫，信腕游墨，無意爲工，亦以別緒擾人懷抱耳。

日歸携畫入山莊，父老相過旅話長。若問江南好風景，澄湖秋霽稻花香。

鄭旼，字慕倩，歙縣人。明遺逸。善山水，工書，嗜理學，有《拜經齋》、《致道堂》諸集。

風鳶

輕鳶放去祝青蘋，百五煙寒已近旬。水漲沙痕芳草路，柳藏鶯囀落花辰。扶搖以上將何極，原隰之夷任所巡。歲月柯山非我有，春風浩蕩誤閒人。

孔興燮，字起呂，號輔垣，曲阜人。孔聖六十六代孫，順治初襲封衍聖公。性至孝，工書畫。

自題畫梅

曲中桃葉詎能方，春滿羅浮第一香。誰更品爲花御史，本來調鼎屬斯芳。

王孫錫，字申之，號容齋，吴橋人。貢生。稟母氏范夫人景姒家教，工書，善山水，兼精蘭竹。有《無念齋詩草》。

園居

園荒無剥啄，一壑足清幽。山静雨初沐，竹深雲欲留。名心原自淡，逸興竟誰儔。日永忘機處，溪邊狎鷺鷗。

鄧祥麟，字玉書，一字子輿，號鹿崖，湖南武岡人。明季官岷藩長史。工書畫。鼎革後隱居鵜峰山下。

冬日游温泉洞和石壁原韻

鬼斧鑿雲根，空靈妙吐吞。冰花鎸石榻，霜葉繡崖門。秦漢煙霞氣，嘉隆筆墨痕。洞天堪日月，酬唱到黄昏。

吴康侯，字得全，江蘇人。崇禎己卯舉人，官浙江武康知縣，以廉能抗直稱。有膂力，邑多虎患，嘗督捕，手持鐵槊擊斃之。善畫龍虎。有《鐵庵詩稿》。

次和或齋湄浦郄居

負郭茆堂路不賒，青溪芳樹繞平沙。三秋露拆紅蓮米，八月風開吉貝花。晨摘黃柑招酒伴，夜烹紫蟹到漁家。鹿門舊隱猶如昨，只隔峰頭一片霞。

己未仲冬同徐誠公宿白鶴寺天然長老精舍聯牀話舊追憶戊寅季冬婁江道上風雪中兩人策蹇已四十二年矣慨然成詠

誠公名開先，一字將必，中丞瑄後裔，允禄從孫。

四十餘年老卧龍，聯牀猶話舊游蹤。當時朔雪寒驢背，此夜空山白鶴鐘。驥仰青霄嘶電影，劍埋紫氣吼霜鋒。胸中磈礧難消却，徒倚荒苔對古松。

陳治，字山農，號泖莊，華亭監生，隱居泖湖。善畫好游，尚風節，嘗却耿精忠之聘。有《貞白堂集》。

憶舊

清漏沈沈楊柳風，當時送客小園空。春樓燭暗聞花氣，人在重簾暮雨中。

惲向，原名本初，字道生，號香山，武進人。明季舉賢良方正，授中書，不就。山水早歲筆力沈厚，墨氣淋漓，師法董、巨。晚年惜墨如金，得倪、黄神解。其家從子壽平少時師事之。著有《汝陰詩》并《畫旨》。

雜詩和陶

迢迢松柏姿，接引雙兔絲。枝高未能附，匪關心不慈。辛苦霜雪中，貞脆各護持。

方大猷，字歐餘，號崦藍，烏程人。崇禎丁丑進士，清初官山東巡撫，鐫級為河東道。山水法董、黄，多用濕筆，善書工詩。

題畫

松根一嘯坐孤臺，無數秋峰夕照開。却笑白雲忙底事，爲誰飛去爲誰來。

游滇南過竹里鋪得句辛亥春日偶圖

西嶺朝曦黄半松，千溪新雨響淙淙。家家跨路穿行李，小坐虚廊看水舂。

錢士馨，字穉拙，復名熙，字穉農，平湖人。明貢生。嘗受知於吴梅村。甲申後以任俠往來河朔。工書畫。有《賡笳集》。

暮春畫溪柳垂堤送溥子南歸

楊柳芊緜水照堤，三千故國一青絲。送君愁疊陽關唱，但寫垂條記別離。

何範，字放翁，原籍河北人，父官總戎，明季隨大司馬張國維之浙江，遂家東陽。善書畫。

河埠小庵題壁

邨是尚書姓是劉，轆轤轉水冷湫湫。農人不識前朝事，敲碎銅駝塞稻溝。

唐蟠，字穆如，號冰菴，江蘇人。嘗游太倉吴祭酒、王奉常之門。工書畫。有《柳東閣詩草》。

初歸

匣硯囊琴江上還，一庭緑樹罥晴煙。山妻劈玉燒春笋，稚子翻霞煮惠泉。拋擲浮名歸露電，商量好句記山川。雙扉静掩無人到，細檢新書落照前。

金肇泰，字來瞻，江蘇人。諸生。家貧，隱於詩畫。

次韻贈王研存

劫火殘餘鬢欲星，清狂依舊未頹齡。忍寒月賞花前白，倚醉山看雨後青。塵夢任教牀蟻鬥，梵音長共鉢龍聽。里居鄰介山寺。巖居漫説無經濟，纔補茶經又酒經。

嚴恒，字久持，號榕齋，江蘇人。工書，精醫，能畫天下形勢於尺幅中，山川城郭瞭若指掌。有《言志集》。

閒步

孤邨細雨棗花香，飛怯雛鶯逗緑楊。野岸風光誰領略，閒窗詩句自商量。

張佳緒，字貞武，一字南松，自號西槎居士，嘉定諸生。精繪事，工詩。有《晚香堂稿》。

過魯生故園看桂有感

故園風物費追尋，每到深秋訪桂林。喬木已更三姓主，繁花猶見百年心。西風老屋堆殘葉，落日閒庭歸暮禽。却憶舊游題壁處，有程孟陽、李長蘅諸先生題詠。蒼涼蔓草一沈吟。

路澤農，字吾徵，一字安卿，直隸曲周人。明都御史振飛子。少負奇才，外家申鳧盟兄弟每以詩古文相切劘，又與顧亭林相友善。工琴，善畫。著有《琴譜》、《宜軒詩》。

游西山

削壁懸空外，孤筇入斷雲。峰缺紅樹補，石亂碧流分。衰足行多歇，天風定亦聞。幾時攜素侶，終日坐秋雯。

張嘉昺，字石渠，鄞縣人。工畫，喜吟詠，與查繼佐、王庭、竹憨等十九人結萍社相唱和。隱於醫藥，以所入給朝夕。有《陶庵集》。

游廣陵梅花嶺

不到名園久，江湖續舊游。有詩酬水部，無月夢羅浮。草色迎人媚，鶯聲選樹幽。登臨情未已，客思滿揚州。

陸峻，字金文，鄞人。介祉子，明諸生。畫傳父法。

和陸石臣移居韻

支離兩脚任行藏，心厭浮名事不常。到處雲泉應作主，此間魚鳥盡同鄉。瓜分五色開農圃，柳拂重陰映遠岡。小阮風流安可望，衹隨杖履共徜徉。

曹重，初名爾垓，字十經，號南陔，華亭人。以父烺乙酉遇害，絶意進取。風雅自耽，博學工詩，善花卉，遠視可作凹凸狀，尤善填詞。

雲間竹枝詞

不堪分緑與窗紗，葉嫩如槍待試花。昨夜一番新雨過，鄰家已焙本山茶。
笋籜分開玳瑁斑，放稍新葉碧如鬟。儂來呼渡吴淞口，小艇無人立白鷳。
九朵晴巒到眼前，黄雲紫燕晚秋天。詰朝准擬登高去，暫借鄰家放鴨船。
急水斜塘出秀州，稻堆高過屋山頭。家家種得烏鬚糯，釀就村醪好醉游。

黄子錫，字復仲，秀水人。居苕溪，與兄寅錫種瓜偕隱。善山水。有《麗農山人遺稿》。

艷曲

學織九張機，香羅疊舞衣。輕鸞千二百，風起盡翻飛。

劉城，字存宗，安徽貴池人。明諸生。負文名，入復社，尤留心當世要務，史閣部知之獨深，以時不可為，當道累徵授官均不拜。鼎革閉户著書，有《嶧桐集》。

學畫

未必前身是畫師，只今生性獨能癡。自知邱壑宜相置，慘淡何須著筆遲。

贈畫者

我有煙雲在意中，吐來紙上不能工。憑君斧劈披麻手，幻出莊生竅號風。

張忻，字静之，號北海，掖縣人。天啓乙丑進士，清初官兵部侍郎。書法邢太僕，畫仿董宗伯。有《游夏草》。

折柳曲

送君大道旁，莫折楊柳枝。君去不復還，柳折無續時。
楊柳生道左，日代行人别。不如澗底松，無攀亦無折。

張篤行，字禔紳，號石如，章邱人。順治丙戌進士，由四川郟縣令官建寧道。工琴，善書畫，有《九石居遺稿》。

郟邑有三蘇墓甲申為盜發古柏百八十株戕伐不存丙戌秋予來為令捕盜置之法封土種樹明年上巳往祀之口占一絶

峨眉遥望倍傷情，樹盡碑殘野草生。莫道荒村煙火絶，山家今日是清明。

蘇毓眉，字遵山，號信浦，霑化人。順治甲午舉人，官曹州學正。善山水，性喜竹，移種成林，與弟本眉讀書吟嘯其間。有《嘯竹居詩草》。

種苔

偶泛西園秋水，携來驢背蒼苔。種向齋前小瓮，雨餘青入簾來。

史家塢

兵戈乍退膽猶驚，白骨誰憐四野横。水自無情流已去，田多易主黍還生。人經廢地惟揮泪，鳥到空林不住鳴。千古傷心今在目，荒村煙冷月孤明。

朮翼宗，字石髮，號雪崖，章邱諸生。山水小幅得倪、黄筆意，嘗客游王孟津之門，詩有逸致。壽八十二。有《雪崖山人詩草》。

閨怨

一樹梨花小院香，紛紛舞雪撲空牀。月明自照躚躚影，却背旁人數雁行。

王翰，字為憲，號羽翁，諸城人。少從劉子羽先生游。工詩畫。有《東山草》。

田家

落日遠山暝，林昏望幽渺。翻翻棲鳥歸，遥遥行人小。雞豚暮入遲，牛羊寒歸早。聚葉縈柴門，孤煙出樹杪。醉時伏地眠，不知窗陰曉。庭際忽春回，東風吹野草。

李友太，字仲白，號大拙，天津人。自署逸民，隱於黄冠。迂直好義，性嗜金石書畫，精鑒别，工山水、人物。著有《瓮虚齋觀帖録》、《曠真精舍觀畫録》。

賞花作

化工生一花，結構殊苦辛。自趺至須瓣，累積窮微塵。譬之人百骸，闕一非完人。一朝顏色萎，墮落吹繽紛。生之必一年，敗之無半旬。我故特愛惜，以答造化勤。換花試改插，又是花一身。

葉映榴，字丙霞，號蒼巖，上海人。明進士都御史有聲子。順治辛丑進士，官湖北督糧道參議，武昌兵變殉節，贈工部侍郎，謚忠節。山水秀潤。有《忠節公遺集》。

題畫壽魯使君十首鈔二

新培秋菊掩柴關，漁浦寒煙隔逕還。遥識仁侯心所樂，一窗晴日寫嵩山。

如此岡陵上綺筵，遠慚米芾早成顛。躋堂應笑無春酒，一幅生綃值幾錢。

清畫家詩史甲下

寧津李濬之響泉編輯

法若真，字漢儒，號黄石，又號黄山，膠州人。順治丙戌進士，官安徽布政使，康熙己未舉鴻博，時家居未就試。優游林下三十餘年，以詩畫自娱。山水多奇趣，清超俊爽，不落窠臼。有《黄山詩留》。

和蘇劍浦留别

莫怪孤帆江上行，江流百折故人情。却憐江水深千尺，坐聽春潮一夜聲。

送胡非熊南歸

送客廬溝北，思家墨水南。春殘菹菜美，雪盡鰒魚甘。畫隱山河遠，愁深風雨含。相期八九月，村酒待君酣。

立秋

纔聽蕭蕭夜半風，驚看秋色上梧桐。可憐慘淡幽人夢，只在空山摇落中。

雪中送别郭文海還里

一載論文興不孤，長宵酒盡典衣沽。空天月影沈沈黑，爲送人歸畫雪圖。

寒食雪和李吉津太史

何處容車馬，關門避雪寒。驚聲離市遠，草色入門看。到眼青山老，依人白髮難。思歸歸不得，誰共理漁竿。

得婁江顧苻文論畫

老手蒼茫最少年，縱横潑墨試春天。那能穩棹清江上，細掃煙雲近自然。

八十二歲自壽即憶檼兒

又回春色伴梅舒，旭日融融上草廬。繞膝祖孫同父子，登牀畫史間圖書。新調鸚鵡村前菜，恰煮龍且河上魚。遥憶長安沽市酒，白雲正近帝王居。

丁元公，字原躬，嘉興布衣。性孤潔，善書，精繆篆。山水筆墨空靈，煙雲變没，人物佛像老而秀，工而不纖。晚年為僧，名净伊，字願菴，嘗遍訪歷代佛祖高僧，自大迦葉尊者以迄明季蓮池大師，繪為巨册，各識事蹟。

丙寅五月題枕煙老人林亭竹趣圖

密林深樹澗紆濕，落紅繽紛流水急。翠微溪上得秋多，巖壑含煙抱緑蘿。緑蘿揺煙挂絶壁，屈曲橋邊高士立。瑶草離離滿澗阿，疏柳依依凌空碧。奚童抱琴過前隖，舊時桃源迥異别。枕煙老人知僊路，點染丹青寄輕素。筆精墨妙寫此圖，静聽秋聲山中住。

藍瑛，字田叔，號蜨叟，晚號石頭陀，又自署東郭老農，錢塘人。山水初從子久入門，上窺晉唐兩宋，仿元代諸家悉可亂真。中年自立門庭，涉獵既多，眼界宏遠，故落筆縱横奇古，氣象崚嶒。竹石、梅蘭、人物、花鳥俱得古人精蘊。

題畫

莎岸緑波淺，樹深黄葉多。篷底餘杭酒，清酌復高歌。

張文炳，字虎别，又字闇如，滄州人。明尚書縉六世孫。順治丙戌進士，官廣東布政司參議，以剛直著稱。間畫墨竹，清勁拔俗。

十八灘

秋江一道瀉清泠，瞥過漁家曬網腥。十八灘頭行已熟，坐看山色任揚舲。

沈治，字約庵，秀水人。諸生。山水有同里項氏風度，筆墨蒼健，氣息深醇。

再題明計汝和禮墨香秋興卷畫爲其同年友許廷冕作，卷中野菊數枝，雜以飛白竹，生峻嶺驚濤閒。原有姚公綬題詩，呂九柏奉常甍、沈石田先生周數十人用韻和之。

徵士東籬能幾家，爛然奪目過春花。名賢此日情何限，勝賞當年興獨賒。賡就奚囊俱白雪，歲逢甲子再光華。明賢倡和在弘治戊子。至順治戊子，圖爲九柏之孫天遺所得，曾社集徵題，予亦與焉。今天遺歿，卷又歸予。那知代謝悲人事，散聚渾同樹杪鴉。

趙澄，字雪江，一字湛之，安徽潁州布衣。山水宗范寬、董源諸家，兼善寫照、臨摹古蹟。晚年得趙澂漢印，又改名澂，得意之作鈐以銅印。

題畫

布袍携杖訪山家，宛轉層崖不厭賒。相見主人渾一笑，豆花棚下飯胡麻。

漠漠江天雪霽時，曙光雲影半參差。柴門初啓寒鴉噪，已有漁人理釣絲。

趙嗣美，字瞻淇，山西澤州人。順治丙戌進士，官福建僉事。善山水，筆墨淋漓。

孟冬提封時恤刑命下喜賦

烽燔猶未息，縲絏自難空。所恃君王意，常存泣罪中。小民舒笑語，大地静兵戎。誰謂匹夫賤，悲歡帝座通。

王戩，字孟穀，漢陽諸生。崇禎間即為楚中名士。善畫，工詩。有《突星閣集》。

讀放翁集

南渡四傑俱驚才，醉心尤在渭南伯。江翻海立富篇章，躍馬彎弓老梁益。一寸丹心常炯然，歸來垂釣鏡湖邊。却憐老死空家祭，不見王師北定年。

得論長秋日書詩以答之

一身飄泊到三湘，雙鯉殷勤附八行。字比南金看不盡，情隨秋水去還長。洞庭波拆蛟龍怒，岳麓雲深虎豹藏。風景嚴冬更無侶，思君不禁九迴腸。

莊冋生，字玉驄，號澹庵，武進人。順治丁亥進士，官侍讀。工墨蘭，山水率多小景，兼善畫馬，嘗以畫進呈世祖，撤御前金盌及衣二襲賜之。有《澹庵集》。

景州張晴峰衡**以所得雷琴徵詩賦此以應**

雷琴近出長安市，知音復遇琴張子。千載流傳豈偶然，一朝拂拭從此始。始信今人重古音，軫安白玉徽黃金。秋嶺月明鸞鳳嘯，春江雷起蛟龍吟。我來索米長安道，與君意氣憐同調。太液滄波深且清，蓬萊旭日高相照。翠館紅亭六月天，聽君一曲寫林泉。還期携向薰風殿，好佐虞廷揮五絃。

題王石谷二米雲山仿拖泥帶水皴法

疑雲疑雨似巫山，化却煙嵐筆墨間。誰解拖泥同帶水，惟聞紙上水潺湲。

滕王閣

才慚作賦亦登高，秋滿江天引興豪。畫棟龍文留月窟，珠簾燕語雜雲璈。陳榻向西山嶺，王勃詩飛南浦濤。目送落霞趺坐久，漫呼秉燭一揮毫。

方亨咸，字吉偶，號邵邨，桐城人。太僕拱乾子。順治丁亥進士，官御史。精小楷，山水仿子久，博大沈雄，力追古法，與程正揆、顧大申時稱鼎足。

雲客先生七袠初度里言申祝兼眎令似石谷道兄

南極星明映少微，鞾冠筇杖古來稀。銜杯時買青山醉，結伴嘗從白社歸。千里家駒真汗血，九天海鶴自翻飛。只今耆舊推龐老，墨苑風流屬彩衣。

丁景鴻，字弋雲，號鷲峰，仁和人。飛濤部郎澎弟，順治戊子舉人。工草書，善山水，宗法董、黄，嘗與契友結詩畫社於兩峰三竺間，有「鷲山十六子」之目。

北高峰

北山縹緲俯層陰，躡磴攀蘿試一臨。雨過蒼松江霧白，雲封紺殿暮鐘深。千年鶴去巢空樹，午夜僧歸月在林。及到上方星半落，煙嵐微露濕衣襟。

沈永令，字聞人，號一枝，又號一指，吴江人。順治戊子舉人，官高陵知縣，初宰韓城，稱循吏，湯文正公極重之。善畫葡萄、松鼠。

咸陽寓中

老應甘棄世，壯已不如人。楚越燕秦路，東西南北身。鏡中俱白雪，塞外不知春。何日滄江返，磯頭穩釣綸。

分水龍王廟

南爲吴水北燕雲，結伴登臨喜得群。七十二泉從此合，三千餘里恰平分。引汶水合七十二泉注於南旺，平分南北，以利轉漕。安瀾已下褒封詔，沈璧無煩草檄文。惟有仲宣行役苦，登樓久已悔從軍。

鶯脰湖竹枝詞

雲濤萬頃湧平波，仙蜕無蹤覓志和。樵婢漁奴何處去，沿溪惟有緑煙蓑。

陳舒，字原舒，號道山，嘉善人，一作華亭，僑居江寧雨花臺下。順治己丑進士，官布政使參議。工花鳥草蟲，似不經意而多姿趣，尤長畫荷，間作山水，疏秀閒冷。每畫信手自題，極有韻致。

題黄月季

澹月弄煙影，池塘静暮春。曲棚風定處，疑有拜香人。

湯愚公贈盆竹賦謝

一谷篔簹半鉢收，頻添風雨客牀頭。清燈蘚壁蕭蕭影，淡墨魚箋翦翦秋。筆勢鶻飛先入畫，硯山雲起欲通幽。寒煙消盡梁園恨，聊復閒吟寄遠游。

高塞，號敬一道人，清太宗子，封鎮國公。性淡泊，善彈琴。山水仿雲林，筆墨澹遠，擺脱畦徑。有《恭壽堂集》。

宿香巖寺絶頂

雨霽空山夕，尋幽入杳冥。雲封千澗白，露濯萬峰青。飛鳥依檐宿，流泉俯枕聽。朦朧空翠裏，孤月自亭亭。

李和，字甦凡，號聃孫，餘姚人。與同邑黄晦木、翁祖石同以善畫名，山水得北苑法。

辭胥邑侯

自分迂疏一野氓，不干榮禄不求名。渾忘髮白松俱老，常得心閒水共清。聯句總空花月相，犁雲安繫雨暘情。草龕瓢衲餘生物，還與孤峰了夙盟。

王庭，字言遠，一字邁人，嘉興人。順治己丑進士，官山西布政使。工書，精寫蘭，尤善彈琴。

棧道中作

人行山上高，天在山中小。圓暉易沈夜，初陽遲報曉。馬走山樹巔，飛鳥出其下。雲連深洞迷，石缺危橋架。七盤非險途，三秋足清景。日夕留泉聲，誰能辨喧静。

楊妃墓上青草狀類苔蘚色半殷紅他處所無

血染羅衣恨未終，猶留芳冢泣寒風。試看青草千年後，猶帶啼痕一半紅。

臨洺道中

征衣薄盡曉寒增，十日東風暖未能。茅屋人家千畝雪，板橋行蹟一溪冰。春迷旅舍來仙枕，晝静禪扉出佛燈。曠望不須頻策馬，闕門高處客堪凭。

張風，一名飆，字大風，上元人。明諸生。山水、人物皆臻化境，張瓜田稱為筆墨中之散仙。鼎革後款署真香佛空，或稱昇州道士。有《雙鏡菴詩》。

秋晚華嚴樓

靜海寺前行客舟，草鞋夾裏見僧樓。月明江浦青山晚，霜冷石城紅葉秋。

江鄉即事

沙褪潮平蟹稻香，西風晴日雁飛忙。多情惟有江天柳，欲落從新二月黄。

程滂，字箕山，號岸舫，順天宛平人。順治己丑進士，官江西廣信知府。山水灑落渾厚，筆有別致。

癸丑冬日題畫似黄翁年台

野雲片片抱幽亭，古柏蒼松共杳冥。遣興書齋頻潑墨，畫山争對遠山青。

王應玘，字剡公，鄞人。初從張忠烈軍，張殉難，入天童山為僧，名等月，字印千，晚食葷肉，人呼不了和尚。工書畫。有《粟顆集》。

偶成

慨然王霸業，辛苦何勞勞。春風繞簾燕，飛飛營梁巢。秋至咸棄去，寂寂還江皋。遠意絶消息，來雁紛翔翱。歲月逐寒暑，形影隨昏朝。靈智儻獨往，誰能得堅操。

宋犖，字牧仲，號漫堂，别號西陂放鴨翁，河南商邱人。相國文康公權子，廕生，官吏部尚書。博學工詩，嗜古精鑒，嘗自言暗中摸索，可辨真贋。家富收藏，每羅致名畫家，出所藏使橅副本，耳濡目染，遂得畫法，花卉蘭竹秀逸絶倫。著有《西陂類稿》、《綿津山人集》。

和子湘春雪後夜坐效韋左司

梅花半將開，媚此雪後月。空亭耐春寒，坐到昏鐘歇。池光明檐楹，鶴唳激林檝。幽人默相對，詩思清到骨。

題雪景畫

層巖策杖立從容，積素凝寒千萬峰。老樹欹斜飛鳥絶，寺門深掩一聲鐘。

從石公覓寫洛神圖詩以代簡

開士丹青妙入神，應知顧陸是前身。澄心片紙收藏久，乞寫陳思賦裏人。

題畫為王阮亭

稻穫荻花殘，空江横舴艋。蟹舍寂無人，柴門夕陽冷。

題阮亭祭酒讀書圖

秋林我有讀書圖，寂歷空亭碧澗隅。今日題詩還一笑，兩人風調不曾殊。

題李長蘅蒼巖古木

紙上煙嵐若可餐，董源老筆共巑岏。怪他丘壑如相識，在昔忘歸贛州巖名得飽看。

題王勤中柳塘聚禽圖

疏柳殘荷弄細颸，野塘斜日聚禽時。等閒寫出無人態，都是王維畫裏詩。

宋祖謙，字爾鳴，號去損，莆田人。諸生。工八分書，亞於宋比玉。善畫，陳章侯、胡元潤極稱之。與周櫟園為患難交，坐事連逮入都，嘗作《寒鴉賦》以自况。

題畫

去國經年客望孤，雨餘新水夢平湖。未成歸計腸迴轉，好似溪亭遶轆轤。

史鑑宗，字遠公，金壇人。順治辛卯舉人，官教授。性靈敏，多藝能，精金碧山水。能書，善弈，工詩詞。有《青堂詩餘》。

贈石谷先生

瀟灑揮毫惲壽平，自言四海讓王生。搜將古迹和伊看，始訝前人浪得名。

一枝筠管勝鉗鎚，鑿得山靈混沌開。別後再尋南澗路，却疑君筆更飛來。

笪重光，字在辛，號江上外史，亦稱鬱岡掃葉道人，丹徒人。順治壬辰進士，官御史。書出入蘇、米。工山水，得南徐江山之氣，兼寫蘭竹，精鑒賞，南田、石谷嘗主其家。著有《畫筌》，闡發六法，深得要旨。

下榻楊氏近園賦贈石谷先生

夜坐深談罷酒卮，竹聲蛩響滿書帷。主人已去客高卧，正是王維潑墨時。

題王石谷江鄉秋霽圖

水國秋來少見晴，夕陽忽映小窗明。西風颯颯林間葉，乍聽猶疑是雨聲。

祝石谷五十初度

世事紛紜久，相思展轉新。懷君隱烏目，閉户種龍鱗。歲月存知己，乾坤有逸民。未應嗟半百，喬遠是前身。

顧大申，本名鏞，字震雉，號見山，華亭人。順治壬辰進士，官工部侍郎。山水遠師董、巨，近法華亭，尤善設色，高出時流，蕭然遠俗。詩亦精深華妙，神完氣足。有《堪齋詩存》。

雪後登歌風臺示沛令

一劍收秦鹿，秋風萬里心。悲歌誰掩泣，壯士已成禽。井邑新豐舊，龍蛇大澤深。殘碑埋野戍，雪後此登臨。

董尚書畫卷歌贈朱子雪田

嗚呼，張曹顧陸不可攀，東吳繪事推雲間。雲間三百年中論風雅，隆萬之際多作者。我家亭林中翰名正誼與秋水莫雲卿是龍，濁世翩翩兩公子。臨摹欲駕黃大癡，中郎虎賁何神似。同時宋旭志高潔，雖非晉産亦擅絶。避地時通谷水船，移家擬載鴛湖月。漢陽太守孫雪居克弘好雲山，縱横不數大米顛。蘭亭金谷盛賓佐，珠履雜遝原嘗閒。寸縑尺楮争傳出，絶藝驚人衆工失。貪買丹鉛不計錢，一山一水寧論日。尚書董文敏其昌雅得鍾王真，畫通書理空前人。下筆森瘦秀徹骨，吴振趙左振字竹嶼，左字文度，皆同時工畫者皆逡巡。左之澹逸得天趣，振也瀟灑工枯樹。董公墨妙天下傳，潤飾特資兩君助。一時氣韻皆尊元，荆關董巨無兒孫。却憐世上多耳食，此事難與常人論。文敏亡幾四十載，時移物换風流改。碌碌甘爲屠狗軀，棲棲莫救黔婁餒。畫師接踵人不同，宿瘤嫫姆矜姿容。循聲逐影概聾聵，末俗那得知真龍。僕也蕭條好泉石，興酣潑墨不自惜。邇來頗許朱雪田，苦心書畫皆工力。爾家先人慕長年，尚書亦授錢鏗傳。傳心盡合參同契，促膝半寫黄庭篇。以兹密證忘昏曙，好手初呈憑割據。彩筆還同江令留，丹雞不逐劉安去。誰道生兒翰墨精，臨池走筆多峥嶸。清波門外老屋裏，四壁絢爛藏丹青。韓生曠，字平原陸老灝，字平遠恒携杖，展玩紛然各惆悵。吝惜時虞勢家奪，知我無心屢相餉。況此短卷與衆殊，庚庚瘦削同璠璵。南宫北苑應避席，始知名下真無虚。吁嗟乎，雪田爾之能事已如彼，我有新詩泣神鬼。古人代積如山邱，前賢往往畏後起。何不將取董公之畫换酒來，與爾沈醉臨高臺。我力粗健君未老，廣武之歎奚有哉。

顧豹文，字季蔚，號且庵，錢塘人。順治乙未進士，官監察御史。工書，間畫山水，筆墨清潤。告歸後薦鴻博，以病辭。闢地藝花，名曰願圃，毛先舒為作記。有《世美堂集》。

坦公年兄屬畫久未報壬寅元旦索處河上偶得北苑之意并題

竹屋茅檐傍水開，漁船曉出未歸來。山中雲起風滿樹，何處酒家貪緑醅。

林逋墓

孤山孤絶孰爲朋，掃徑烹茶仗老僧。雪瘦只留梅幾樹，秋高不見鶴雙騰。夢過栗里依彭澤，水隔桐江伴子陵。千古清風兩湖月，我來坐對暮煙凝。

錢黯，字長孺，一字書巢，一作書樵，號墨樵，嘉善人。塞庵相國孫。順治乙未進士，官池州府推官。山水法大癡，兼善潑墨，書法二王。壯歲歸里，杜門著述，壽九十有五。有《潔園存稿》。

過涇縣水西寺

馬蹄得得趁平沙，高下林巒入望賒。淺瀨過帆迴雉堞，淡煙籠竹隱人家。亭涵疏雨松濤細，寺俯驚雷夕照斜。客路風光在何許，紙窗月影到霜花。

馮源濟，字胎仙，號穀園，涿州人。銓子。順治乙未進士，官國子監祭酒。家有快雪堂，世篤收藏，濡染最深。書法南宫，山水學董、黄，布置宏闊，筆墨深厚，間以青緑仿北苑雲山。有《恰宜樓詩》、《穀園集》。

亦園雅集和李湘北學士

柳陰疑處士，草色憶王孫。不謂元臣墅，還同仲蔚門。繞階分藥圃，新水漲堤痕。此日傳觴處，占星聚一村。

朱軒，字韶九，號雪田，華亭人。明太常國盛子。貢生。幼曾學書於思翁，學畫於趙左。家富收藏，所作山水私淑古人，稟承家法，近華亭、房山畫派。

答徐松之

郭外少人事，虛堂俯碧流。岸花隨步屧，水鳥掠行舟。看竹須移席，留賓更洗甌。君歸向何處，佛火近西樓。

魯得之，字孔孫，號千巖，錢塘人。僑寓嘉興，為李日華入室弟子。書法顏平原，墨竹由仲圭追蹤文、蘇。晚病風痺，左臂書畫，尤奇崛。性樸素，不求榮利，雖干戈搶攘中猶杜門染翰。著有《墨君題語》、《細香居集》。

庚子中秋沈一雲齋次題畫贈石谷

琴川王子畫中師，筆落吴門大叫奇。拂水虞山頻入夢，松泉雲壑了相思。石谷仿香光《松壑雲泉》見贈。

題畫竹卷後

剡藤十丈玉參差，風雨陰晴各得之。貌盡此君清迥意，牡丹何苦費臙脂。

劉體仁，字公㦷，號蒲庵，安徽潁州人，籍河南棣州衛。順治乙未進士，官吏部考工郎中。山水蕭疏曠遠，尤善彈琴，嗜古精鑒賞。著有《識小録》、《七頌堂集》

柬思位借琴

登城望曉嵐，雖近不能往。借君壁上琴，欲令衆山響。

送戴務旃游華山

夜談太華奇，朝來理輕策。似子獨往意，自然生羽翮。我無濟勝具，心懸神仙宅。椓壁閩蟻緣，索度或猱擲。即至玉女盆，蓮花豈堪摘。頗窮造化由，能識巨靈擘。一身出天地，笑看培塿積。歸來毛髓異，定跨茅龍脊。

泊舟

霜梨枯柳水邊村，漁舍懸崖不閉門。纔泊行舟人語絶，一川煙月又黄昏。

王澣，字若水，直隸磁州人。諸生。能詩，工畫。

飲城西駢氏園

園林駢氏好，種竹緑遮天。鳥語虚亭外，花香曲檻前。新妝飛燕妒，艷曲小紅傳。醉寫迴鸞紙，相將入素絃。

沈華，一名華範，字祇臣，山陰人。工花鳥，尤長没骨法，兼善人物。

初秋

徑僻知秋蚤，松亭晚更涼。竹枝疏送月，荷芰静聞香。短笛荒城遠，離歌子夜長。壯心悲伏櫪，不敢問青箱。

董廷桂，字序芬，號西堂，上海諸生。精繪事，尤擅長墨菊。工書，并嫻醫理。

和吴羣山先生西泠即事元韻

豐碑山半未全蕪，俎豆於今問有無。先伯祖諱象恒，崇禎間爲浙江巡撫。此日兒童重拂拭，斜陽影裏字模糊。

程鋒，字穎叔，號古鐵，又號鐵庵，江都人。工詩畫，每與汪蛟門、孔尚任等相唱和。有《古鋒閣遺集》。

夜宿酉墅

海隅雲氣合，山并晚煙青。遠火知漁浦，殘陽過驛亭。燕來春市散，龍出夜潮腥。地僻增愁思，清笳隔岸聽。

周韓起，字聘伊，號莘野，莆田人。諸生。善竹石，不輕與人，性嗜荔支，人每令鬻者過之，見輒飽啖，無貲償值，隨出縑素求畫，欣然揮灑。有《秋容亭集》。

秋日郊居雜興用楊孟載韻

偶爾尋僧去，孤笻度板橋。雲深鐘響滯，風冷篆煙消。静室饒花竹，迴闌長藥苗。坐談應不厭，涼月照詩瓢。

常澍，字司牧，號雨十，莆田人。諸生。精繪事。

湖上訪念止上人

見説幽棲静，相將過水亭。波侵禪榻冷，山映衲衣青。定裏編詩卷，談餘注茗瓶。何年謝塵事，同禮佛前經。

諸昇，字日如，號曦庵，仁和人。畫竹氣魄沈雄，布葉發竿動中規矩，雪竹尤妙，兼工蘭石。

偶作山水自題

一翁抱琴自至，一翁提壺自來。相遇獨木橋畔，偶然江路梅開。

丁桂芬，字雲士，號筠渶，嘉善貢生。為清惠公曾孫。丹青、篆刻，靡不精妙。有《方谷詩鈔》。

魏塘柳枝詞

不須荷鍤枕糟邱，棄缶成山儘臥游。賸有醉吟池上樹，一絲絲拂讀書樓。敝居名帶池，其西爲瓶山，宋榷酒務也。

嚶聲入聽苦相思，洲畔陰陰異昔時。綰取兩湖春意緒，好風摇曳隔城枝。過北郊有柳洲亭，魏庶常學濂、曹學士爾堪八子文會處。

閒誦豳詩愛古風，課晴柳岸有興公。一椽世守惟耕讀，門對横塘恰在東。魏塘東有東作莊，明賢良孫公詢居此。

南浙分流界一湖，我來此處弔廉夫。泗洲橋畔朦朧月，可有穿雲鐵笛無。邑之汾湖，南、浙分界處，楊先生維楨有《游汾湖記》。

邵彌，字僧彌，後以字行，號瓜疇，長洲人。山水學荆、關，清瘦枯逸，書法鍾繇，圓秀多姿。好搜羅金石鼎彝。為人迂僻不諧於俗，為梅村「畫中九友」之一。

虎邱花市曲

虎邱山家田不辨，虎邱草木紛如霞。濕緑妖紅開未勻，塘上分花船裏見。不争罷亞争芳菲，一株艷絶千錢微。田頭老農常苦饑，山家日日烹鮮肥。

北海以崔青蚓品茶圖見示率題其上

山光如洗正初晴，黄鳥枝頭弄巧聲。有客到門茶具美，幽居勝事稱心情。

丁錫，字佑之，號西鳴，先世自西域遷居杭州仁和。為元畫士野夫後裔。善花鳥，尤精山水，始學戴進，摹古神肖。

題畫

老去垂垂劇可憐，晴窗點染思悠然。秋風與我情偏厚，不在樹間在筆巔。

孫一麟，字叶祥，歸安諸生。工指畫山水。有《㫋煙集》。

題岳魯叟蕭山訪許集

江山陳勝概，今昔幾傳人。當代能文士，六朝遺逸民。風雲天地曠，歌嘯性情真。兩兩相關意，鑿荒通鬼神。

戴王綸，字彣極，又字經碧，號一齋，滄州人。巖犖尚書明説子。順治乙未榜眼，官江西糧儲道，康熙己未舉鴻博。書宗晉唐，瀟灑遒媚，工詩，善畫蘭。

悼劉患骨

當時散髮醉黃壚，嵇阮風流尚有無。賸得遺文堪隕涕，夜臺何處酒重沽。

題紀孟起山水

巉巖遠岫樹杈枒，落落村居三兩家。中有幽人傳道籙，焚香獨坐詠南華。

孫人俊，字瑶原，一作珵原，江寧人。山水學巨然，尤善畫驢。

自題畫册

酒醉詩狂不耐閒，興來弄筆寫溪山。腕中意致渾難盡，散入朝煙暮靄間。

江上風微浪漸稀，疏籬薄暮掩柴扉。金鱗到手沽新釀，一醉何妨帶月歸。

嚴沆，字子餐，號顥亭，餘杭人。明太常大紀孫。順治乙未進士，官户部侍郎，總督倉場。山水近米氏，又在倪、黄之間，布墨雅潔，邱壑閒静。有《古秋堂集》。

田凝只索畫久不得報歌以代柬

我昔平湖弄秋水，酒酣最愛群峰青。興來落筆寫山色，泉石出没雲冥冥。一日十紙不厭速，貴取繪意非傳形。三春索米長安陌，馬足涔泥滯行迹。西山玉河在眼前，神昏腕僵真意隔。案頭緗素委零亂，貴游尺寸相催迫。必逢好友情性諧，吮墨含毫始光澤。首秋暑退風簾開，疏雲密雨滋緑苔。玉盌烹茗泛香雪，十指拂拂神初來。故舒直幹筆一放，試疊層嶺煙齊迴。須臾脱手天窅淼，此事原堪一朝了。不嗔濡滯嗜我真，相遲霜前看雲嶠。

周度，字思玉，仁和人。善花卉翎毛，老幹純熟。

秋林紅葉

鴉歸夕陽外，車停楓葉叢。回看黄皮塔，頽然醉顔紅。

周復，字文生，一作吉生。度弟。山水、竹石筆墨森秀，人物設色秀麗，在能、妙之間。

采菱圖

水淺菱葉稀，水大菱角壞。生計在小舟，來往一繩界。

張一鵠，字友鴻，號忍齋，又號釣灘逸人，江蘇金山人。順治戊戌進士，官雲南推官。山水得元人筆意，理趣兼到。有《梺廬三集》。

歸自雲南在京江題畫寄王阮亭

一別山川氣候更，迢迢萬里不勝情。歸來蕭瑟餘詩卷，畫得煙霞記遠行。

陳字，字無名，號小蓮，諸暨人。洪綬子。人物、花鳥純守家法，工書。

辛未夏日題花山叟畫像於湘湖南樓

聞説華山叟，年已七十餘。今見花山叟，顔色童子如。似服九轉丹，恒與僊人居。一朝上圖畫，逍遥若步虚。字也具凡骨，願爲加大書。聊以託素懷，臨風空躊躇。

毛際可，字會侯，號鶴舫，浙江遂安人。順治戊戌進士，官祥符知縣，康熙己未舉鴻博。與大可、稚黄時稱「三毛」。善山水，愛寫青山白雲，筆墨近似房山。有《松皋詩選》。

渡黄河

晨興理輕策，咫尺阻長河。是時當伏秋，激浪湧嵯峨。中流風怒號，嘘吸愁鯨鼉。同侣皆動色，將伯欲如何。舟子談笑餘，顧視顔愈和。揚帆復理楫，枕席恬然過。始知鎮定力，可以靖風波。謀事苟若是，經營豈在多。

冬日游林慮觀珍珠簾

丹嶂何年剖，懸流萬仞溪。峰晴留古雪，石怒抱寒霓。小徑攀藤滑，危亭俯樹低。天台差共擬，翹首石城西。

祝彭齡，初名翼上，字道載，晚號贖叟，海寧人。諸生。善白陽山人潑墨法，花鳥草草數筆，生趣勃然，書宗海岳。壽逾八旬。有《猶愛集》。

送子夏兄之燕

三月桃花滿路飛，送君南浦語依依。一尊竹葉無辭滿，明月相思路便違。

毛來賓，字岐陽，鄞人。能攝魂畫像。全祖望曰：「岐陽從異僧受返魂法，於密室潔壇布几，置畫具，閱四十九晝夜，能攝亡魂，追圖其貌。」黃岡王尚書昊廬作《異人傳》。晚歲取其所受書盡焚之，曰此鬼神所忌，且聖人所不語。君子是之。

奉酬謝太僕見過小齋贈詩元韻

不厭郊原僻，來尋風露清。園蔬隨意刈，庭竹有時鳴。老鶴行偏澀，明蟾輝未生。開樽還并醉，每到斗杓横。

李念慈，一名念兹，字屺瞻，號劬庵，陝西涇陽人。順治戊戌進士，官景陵知縣，薦試鴻博。與天生、二曲稱「關中三李」。善山水，自寫胸臆，不為境界所縛。有《過嶺吟》、《谷口山房集》。

雲

片片浮雲去，愁人正望鄉。東風吹送汝，幾日到咸陽。

春日莊浪看雪

蕭蕭風雪下千巒，客裏相看泪不乾。欲典羊裘沽好酒，却愁明日又春寒。

青柯坪

十八盤行未覺勞，平臺少憩俯晴皋。喜無雲氣妨高眺，已有嵐光拖短袍，玉霤垂崖飛素練，黄冠迎客擊雲璈。品匡題壁真吾事，鑿碧樵青奈爾曹。

封船行

兵船南來横河住，河中十日斷行旅。捉船載兵軍檄急，賈船散逃無處所。被捉倉皇催起載，狼藉裹裝堆岸渚。船人載兵不得餐，持米偷向艄艙煮。煮成被奪兒女啼，還恐兵聞肆箠楚。忍飢夫婦雙泪流，夜棄舟航行乞去。

榕樹

榕樹横江側，長根亦太饒。蜿蜒盤岸石，繁盛過枝條。暑日何妨息，炎天幸後凋。不才容老大，無意謝風飈。

顧鳴鳳，字翔生，號靖庵，錢塘人。順治戊戌武進士，嘗守鎮吴淞。能書善畫，有儒將風。有《靖庵詩稿》。

題羊山神祠順治丙申海盜入寇，過羊山，颶風大作，舟盡覆。趙總戎光祖建羊山祠於吴淞演武場。

波浪掀天寇勢窮，將軍乘勝奏膚功。十年戎馬關山月，不及羊山一夜風。

程邃，字穆倩，號垢區，又號垢區道人、野全道者，自署江東布衣，歙縣人，居江都。明諸生。山水初仿巨然，後純用渴筆焦墨，沈鬱蒼古，迥不猶人。家富收藏，喜考證金石，善篆籀，精刻印。壽逾九旬。有《蕭然吟詩集》。

題獅子林畫册用高青邱原韻

昨夜山中雪，寒梅開幾許。日暮倚竹林，脉脉無人語。問梅閣

萬壑千巖裏，白雲午未開。此中高卧穩，時有鳥聲來。卧雲室
古井水不波，清冽心齒冷。松葉火初紅，朝來汲修綆。冰壺井
一片空明水，微風澹欲波。我來愁鑑影，只恐鬢絲多。玉鑑池
萬壑起風聲，群獅吼山夜。中有忘世人，結屋松根下。獅子峰
清風颯然來，吹醒忘機客。枯坐澹無言，堅貞如此柏。指柏軒
空亭寂不喧，待此山中月。忽然月上來，恰補高峰缺。吐月峰
天外落奇峰，恰當修竹後。來參玉板禪，翠滴滿山口。修竹谷
誰復混沌鑿，四壁看奇紋。一閉今千載，重重封白雲。大石屋
天寒山色静，風雪夜深時。獨對千峰立，高人應未知。立雪堂
渾疑昨夜雨，螮蝀見清朝。時有聽泉客，支笻渡小橋。小飛虹
山影静含暉，疏林澹夕霏。娱人蒼翠色，對坐澹忘歸。含暉峰　蘇州獅子林乃元至正間僧維則門人運太湖石，延朱德潤、趙元善、倪元鎮、徐幼文共商疊成。

黄與堅，字庭表，號忍庵，太倉人。順治己亥進士，康熙己未舉鴻博，官詹事府贊善。能山水，為同邑顧鉞舅氏，畫筆相類。有《忍庵集》。

和韻題侯秬園畫卷

家在江南楊柳村，羈愁無奈惹吟魂。好期來往雞豚社，翠竹寒沙數叩門。

后稷祠

稼穡當虞代，千秋見古祠。山農猶浴日，歲事幾豳詩。賽社春澆酒，排場畫擁旗。配天功窈渺，一笑付邨兒。

崔華，字不雕，太倉人。順治庚子舉人。性孤潔，工花鳥，詩清迥自異。有《櫻桃軒集》。

滸墅舟中别相送諸子

溶溶月色漾河湄，曉起頻將玉笛吹。同上郵亭忘别緒，獨行驛岸解相思。白蘋江冷人初去，黄葉聲多酒不辭。時人目爲警句，因以「崔黄葉」稱之。此路三千今日始，薊門回首雪霜時。

訪朱雲子

秋水正生岸，蘆花斜對門。兩人多古色，九月坐楓根。

詠曉風殘月圖

清光動樓隙，滴滴落寒泉。缺嶺正生白，斷橋將出煙。褰帷百舌曙，内手五更天。撿點鴉黄色，花明上酒船。

俞時篤，字企延，號近蘇，錢塘人。明諸生。山水清絶，近北苑、南宫，家貧資，鬻畫以具饘粥。

題畫

雨過溪山好，還尋曲徑行。沙平芒屩軟，風細葛衣輕。水面藕花片，山腰松葉棚。偶因閒憩處，續得舊詩成。

章戡功，字服伯，錢塘諸生。山水師董、巨。

甘露寺

甘露何年寺，寺新泉尚甘。名因真伯立，源共法王參。苔古雲疑濕，珠濺雨欲含。臣心今似水，肯信小吴貪。

米漢雯，字紫來，號秀巖，宛平人。明太僕萬鍾孫。順治辛丑進士，康熙己未舉鴻博，改編修，官侍講學士。山水氣勢灝瀚，筆意蒼勁，書畫俱仿南宫，頗得家法，時呼「小米」，尤工篆刻。有《漫園》、《存始》諸集。

伯璣新成小舫邀游東湖次韻

扁舟如小閣，列坐豁塵襟。待月移蘆港，追凉繫柳陰。客貽新製茗，鄰借舊藏琴。蘇圃遺蹤在，千秋共素心。

題石谷為磁州張子大閣學榕端所作樸園圖按，《紅豆樹館書畫記》：圖藏其裔孫處。

勝絶滏陽地，馳驅我再經。嫩荷排地馥，高柳插天青。曠覽登危閣，清吟步小亭。樵歌與漁唱，時入静中聽。真率宜名樸，笙歌不損幽。一篙青雀舫，十里白鷗洲。静或留僧坐，閒常任客游。圖中偃仰者，何啻列仙儔。

送張松樵鍊師還廬山

竟謝浮榮覓紫芝，好山深處結茅茨。伯英家法原能草，栗里遺民更有詩。時踏青蒼舒朗嘯，未忘黑白一彈棋。匡廬到處懸飛瀑，可許支筇共問奇。

寄題景州張晴峰七竹山房盆山次韻

碎石位置成異觀，虬枝倔曲凌歲寒。壺中雖小具天地，峆岈岝㟧羅峰巒。奇如河陽鬼面皴，密似仲圭梅花攢。形不盈尺勢百尺，複嶺連岡正復側。恍覿淙流落九天，時有煙雲生四壁。此非盤谷或愚溪，無路相從踏澗泥。何日扶筇酬我願，試先染翰爲君題。

徐白，字介白，嘉興人，徙吴江。諸生，隱居靈巖上沙，手種蔬果自食，暇則以詩畫自娱，筆墨蕭疏無俗韻。有《竹嘯庵詩鈔》。

南山

南山溢庭户，日對不知名。遺我無心雲，瀒兹萬古情。新雨曉方寂，秋峰午更明。知君不相負，予欲託巖耕。

答兒訥迎歸南軒韻

汝來迎我看黄花，道出吴淞江路斜。隱隱鐘聲聞隔浦，疏疏林影見歸鴉。早知多病原無藥，何用消愁定有家。晚歲回思身計錯，自增心累雪霜加。

曾益，字謙受，號鶴岡，山陰人。工畫，秃筆迅掃，大率自寫胸臆，時有精細之作，如出二手。好説詩，著有温李兩家詩集注。

禹廟後壁畫梅歌并序

吾越禹廟經亂頽毁，順治九年壬辰重修，焕然一新。仲冬同朱騰之、張宗子、林叔含、魏子煌謁祠，適誦杜甫「古屋畫龍蛇」句及梅梁畫龍事，諸君顧余曰：「盍畫於壁以代之？」因援筆作二梅，并書「梅龍」二字於上，字徑四尺，壁横二丈有四，高二丈有八，遂作歌以紀。

高天一聲飛霹靂，回看禹廟雙龍失。屋頭古畫黯無存，梁間水藻久猶濕。我來懷古試一探，寂寞空山愾今昔。戲拈秃筆畫雙梅，濃處無塵淡無迹。眠者如龍屈曲蟠，昂者干霄作龍立。著花向背争離奇，有石參差學疏密。由來神物解通靈，此梅詎肯終潛蟄。翻疑注海蒼龍逃，今被曾生偶捉得。宛委依然在眼前，寒雲疊疊浮春色。

文柟，字曲轅，號溉庵，長洲人。從簡子，明諸生。山水一禀祖法，甲申後奉親隱居寒山，以介節著稱，門人私謚端文先生。有《溉庵詩選》。

題金耿庵畫梅

冰玉孤清世外姿，娟娟新月上疏枝。無情短笛休輕弄，未是春風點額時。

題邵瓜疇山水

罨畫溪頭秋水明，高人逸筆思縱橫。雲山多少元暉句，不道毫端畫得成。

陳梁，字則梁，號浣公，一號侖者，亦稱梁父，初名昌應，字夢張，海鹽人。幼嘗皈依蓮池大師，法名廣籍。喜讀異書，凡著作、書畫皆自創，有「前無古人，後無來者」之概，晚年自稱散木子。甲申後造庵居之，稱个亭和尚，僧服茹葷，自治生壙，常與友飲壙前，自題其墓曰「生無愧怍，去無牽纏」。有《莧園》、《个亭》諸集。

壽王叟

竹隱居士不入市，手易一編三截韋。顛毛下垂不復理，于塒有雞闌有豕。牀頭有酒清且旨，對竹銜杯聊自喜。田舍翁願已足矣，人生大都百年耳。叟今四百四十幾甲子，壯夫之顔小兒齒，南宫注名從此始。

杜門言懷 鈔一

劉伶雖不貴，頹然常自尊。阮禪雖不富，而能忘其貧。何必富與貴，乃可以驚人。人生在適意，適意在率真。

病

人病心尤静，天晴竹更妍。想唯棋客至，妙得酒方傳。塞竇憂風仄，推窗喜月圓。了知年命促，姑妄話神仙。

海上看雪

潮留天外聽還停，日照沙明布地星。但是青山無不白，只留白塔一山青。

劉度，字叔憲，一字叔獻，錢塘人。山水為藍田叔弟子，深得畫理，後師大小李將軍，工界畫樓臺，約縮人物細入毛髮，十洲之後首屈一指。

題畫

何處青山無白雲，林間縈拂便氤氲。畫師不識無心意，誤認巢松老鶴群。

李穎，字箕山，泰州人。性情高澹。善山水，墨焦筆健，氣勢沈雄；精篆刻，《印人傳》稱其人巧極而天工出。

題畫送顧見山僉憲之洮岷

古人詩畫誰兼妙，右丞南宫擅絶調。曩時莫過董華亭，今見虎頭更狂叫。先生用筆如有神，丹青往往得天真。不然徒與粉本似，極意刻畫何足珍。自慚少小無師學，游戲毫端寫五岳。縱横霸習媿未除，差勝軟熟與肥濁。何期得受先生知，謂能一一窺藩籬。小兒託祖遽見許，教以潑瀋須淋漓。新持玉節洮岷路，鳴笳行叱涼州馭。索我鵝溪一幅圖，欲携西去懸清署。憶昔曾登太華巔，高歌搔首同青蓮。秦關百二雖在望，未經隴塞終茫然。想像金城染秋色，旌旗掩映丹楓側。積石摩雲天險開，雕弓盤嶺龍湫黑。玉關從此息邊烽，投壺揮翰共雍容。安得從公戍樓吹笛暇，一寫崑崙之上閬苑層城十二重。

藍深，字謝青，錢塘人。瑛孫，諸生。山水得其祖傳，妙於錯綜變化，悉合古法；書亦灑落。晚年客游鳳翔，有《過秦草》。

望家書

家書無一字，歷盡可憐宵。客過問鄉里，時移看斗杓。階前蛩語急，雲外雁聲遥。獨立黄昏後，燈花不敢挑。

署齋喜多叢菊

小砌黄花遍，無煩載酒尋。曾呼延壽客，絶勝辟寒金。西輔驚秋晚，東籬繫客心。笑他春事艷，風雨不能禁。

孫枎，字子周，一字漫士，號竹癡，錢塘人。花卉竹石用筆遒勁，設色濃艷，得古法正派，尤精鈎勒、飛白，兼工分隸行草。

丁丑三月作畫戲題

艷静如籠月，香含未遂風。桃花徒照地，終被笑妖紅。

周荃，字静香，號花谿老人，長洲人。官山東糧道。善寫花卉、蟲鳥、水族，山水宗倪、董，不為古人束縛，大士相尤得古法。工書。

自題四時花卉卷

託根原自在蓬萊，各樣花枝各一回。争似畫師仙筆底，豪端頃刻百花開。

翁遜，字仲謙，一字讓，號元明，吴江人。與顧茂倫、徐介白為至交。工書，能山水，然傳世甚少。有《翁仲謙詩鈔》。

贈吴子淵

孤蹤躑躅泪交垂，兩板衡門傍水湄。却憶孟公投轄飲，還歌陶令去來辭。世途那得無機械，人事俄驚見弈棋。危懼滿懷終歲月，不同宋玉待秋悲。

湯豹處，初名孫振，字雨七，吴江人。明諸生三俊從子，居盛澤鎮，家本素封，喜購法書名畫，日夕摩玩。善行草書，得枝山筆意；工繪事，畫水尤入神品。

訪雪嶠

清秋歷歷見青山，籠鶴尋僧意自閑。行過石橋松萬樹，濤聲剛落亂峰間。

眠豹齋題壁

流水一灣山四圍，水光山色染人衣。興來倚檻發長嘯，驚落巖花滿澗飛。

徐士俊，原名翽，字野君，仁和人。工書畫，詩文跌宕自喜，讀書日有程課，至老不倦。年近八旬，貌如嬰兒。四方才士常主其家。有《雁樓集》。

邱山草閣小集

借得春山作畫廊，更添花木兩三行。人如林下清談客，閣似川西舊草堂。不雨不晴真氣候，非絲非竹自宫商。數杯已覺陶然醉，卧聽催歸叫夕陽。

秦淮竹枝詞

桃葉堤頭連水平，輕衫蔟蔟踏堤行。儂家心事流不去，嗚咽秦筝指上鳴。湖水青青浸柳花，三山門外莫愁家。而今誰更愁如我，獨抱茵於數亂鴉。

王武，字勤中，晚號忘庵，又號雪顛道人，吴縣人。明太傅文恪公鏊六世孫，以諸生入太學。性倜儻，多藝能，精鑒賞，善花卉，信筆渲染皆有逸趣，王太常煙客稱其神韻生動，無畫院習氣。詩亦冲融淡漠。

題楊子鶴牆角種梅圖

病骨槎枒瘦影寒，可宜畫閣并雕欄。繁華一片春光裏，細吐幽香不耐看。
百里香雪鄧尉花，遠山墟落密周遮。何如楊子譚經處，夜閣書聲帶月斜。
鶴聲乙乙衝雲過，玉屑霏霏入座來。似我衰顔君寫出，能無妬殺閣前梅。子鶴將爲余寫炤。

湯燕生，字元翼，號巖夫，又號黄山樵者、江南太平人，甲申後棄諸生，寓居蕪湖。高尚氣節，究心《易》理。工隸書，善畫。

過營灌軒贈陳香士

繞畦一徑接閒園，柿葉臨窗點墨痕。幾樹藤花明屋角，一壺山茗坐籬根。鉏荒童引溪雲灌，掃席君迎野叟言。立意欲逃塵市隱，抱經閒自詠江源。

蕭一暘，字夢旭，蕪湖人。雲從子，畫亦酷似其父。

題畫

曳杖來何處，孤亭在翠微。一條黃葉路，帶得白雲歸。郵雪已迷路，推窗對古梅。今年春信早，樹杪一枝開。

顧知，字爾昭，號埜漁，錢塘人。善山水，鈎斫拂曳如作草書，縱恣横逸不拘繩墨，有粗鹵求筆之妙，偶仿米氏雲山，瀟灑天真，氣味清古；兼工梅竹。

畫梅

點筆黄昏月上時，蕭疏小幅寫横枝。若非方外華光老，便是高人揚補之。

朱洵，字山音，號我文，海寧人。諸生。工六法。有《耐園吟稿》。

與兒輩分詠秋景余得秋山

極目秋郊山更明，濃煙淺黛一時迎。雲開螺髻千峰秀，雨洗蛾眉一段青。石骨撐空奇益瘦，嵐光帶郭遠還平。倘教移入圖中看，對此幽閒畫不成。

陸嘉淑，字子柔，號冰脩，一號辛齋，又號射山，海寧人。退山孝廉鈺子，明諸生，因父殉難遂不應試，康熙己未薦鴻博，辭不就。詩與朱近修齊名，書法蒼勁，山水亦具邱壑。有《辛齋遺稿》。

送徐電發

似爾辭官去，蕭然一腐儒。江雲春渡雁，驛樹晚啼烏。月旦時情改，風濤客夢孤。東門車幾輛，也似昔人無。

得允倩書却寄

灤河流水近燕都，臺上黄金更有無。莫爲蓴鱸動歸思，江南秋色儘荒蕪。

泛西子湖夜歸

舟小恰如葉，夜深雲似山。持燈泝流水，人日段橋邊。

馬世俊，字章民，號甸臣，溧陽人。順治辛丑殿試第一，官翰林侍讀。山水好作巨嶂，聳拔奪目，書畫兼工，時有「二右」之目，謂右軍、右丞也。有《匡庵集》。

吴季子挂劍處

公子歸吴去，故人知此心。死生同白日，然諾豈黄金。一劍竟何往，高臺自古今。君看碑上字，苔蘚不能侵。

秋夜過靈雨亭

静夜叩僧扉，關頭人語稀。磬聲兼葉下，茗火帶螢飛。徑曲窺燈小，亭寒過雨微。石橋歸路近，携手共依依。

項奎，字子聚，號東井，自稱墻東居士，嘉興人。墨林居士元汴曾孫，徽謨子。諸生。山水學元人，喜用秃筆，多水墨，兼長蘭竹。有《晚盥堂集》。

題郭河陽溪山清趣圖卷

重筆濃皴老更奇，層峰疊疊樹離離。山翁鎮日渾無事，寂坐茅亭清話時。
霜染楓林葉漸丹，危樓棧道倚晴巒。繽紛景物難描繪，只許窗前静裏看。

李奇峰案頭供蕙蘭一枝較夏月所開特瘦余仿於便面意頗生動

寫山樓上膽瓶中，蕙草秋來瘦不同。硯北香生茶味足，偶然閒坐一簾風。

畫菊

秋在柴桑舊草堂，不因風雨廢重陽。先生自愛南山好，却借東籬作酒場。

蔣作楫，字韓方，海寧人。諸生。工繪事，詩亦天機清妙。有《適園草》。

同人游昂驤舊園

惆悵田園主已非，煙霞空鎖草痕肥。敗墻有址牛羊牧，破屋無人鳥雀飛。昔日琴樽良會數，此時簪履到門稀。炎涼聚散如棋局，每一經過歎式微。

金侃，字亦陶，號立庵，吴縣人。俊明子。墨梅世其家學，兼長青緑山水。工楷書。

雨泛湖上觀梅

細雨春波遠浸天，梅花爛漫滿溪灣。煙中人語前村樹，雲裏雞聲隔岸山。畫槳每侵疏影瘦，芳尊渾帶冷香還。絶勝雪夜尋安道，歸路漁燈照醉顔。

題畫

桑柘陰陰徑，蠶眠晝掩門。薄雲含古寺，微雨入前村。曲檻通秧水，疏籬護果園。隔林方問路，無奈鳥聲喧。

宿遮山王氏莊遮山在靈巖之西。

日落空山山氣清，茅堂岑寂夜無扃。疏籬犬吠松間月，小澗魚翻水底星。春酒細傾人酩酊，寒燈相對話丁寧。他年倘得離城市，願傍梅花結草亭。

沈洪芳，字茂子，號椒羽，原名洪傑，字子旋，仁和諸生。工六法，家有西園，其中梅林、玉蘭最為著稱。有《磊菴畫中詩》、《磊菴襍詠》諸集。

自題蒼林疊岫圖

桑苧未成鴻漸隱，丹青聊作虎頭癡。久知圖畫非兒戲，到處雲山是我師。

棲溪十子詠 鈔二

呂山人需號水山。通兵略，曉《奇門遁甲》之書。暮年懷奇不售，盡焚秘籙，狂恣益甚。以其餘爲書畫，俱有逸致。平生與徐華亭相公善，又同徐文長、沈嘉則客胡梅林幕府，時稱幕中三山人云。無嗣，著述亦旋佚矣。

山人蘊魁奇，抱膝發長嘯。龍虎談韜鈐，丁甲助靈妙。餘事爲文章，勁絃彈古調。長揖對達官，自稱海上釣。晚節益恣肆，幅巾對沈燎。尚有一圖存，捫蝨而談笑。視彼世上兒，細黠如黃鷂。

家太學廷訓號警韋。閉門著書，不交游，不治產，余之從伯祖也。刻有《清遠樓集》。

敗稿幾篇存，滅没不成卷。况又性沈寂，掩户無人見。若復更數秋，忽爾隨奔電。余來爲捃摭，展視且收繕。手摩意悲涼，恐失崑玉片。平生寡所歡，積筆與頑硯。雖當杖國年，談藝娓不倦。文章道誼情，正不在謀面。異代遇知音，定入又玄傳。

文掞，字賓日，號古香，又號洗心子，長洲人。從簡孫，枏子，能述祖德，敦士行。山水法倪、黃。門人私謚貞慤。有《十二研齋集》。

題黄憲尹玢畫顧俠君秀野草堂圖

層疊峰巒水一灣，板橋竹屋隔塵寰。愛他江夏無雙筆，收拾輕綃尺幅間。

病中雜詩

吾愛陸渭南，一生常善病。謂非酒色來，雖病元氣正。雙眼色如棘，搘頤猶高詠。省事兼寡言，能使心無競。病亦不迎醫，書卷養真性。

梁檀，字大壥，太原人。畫有清標，青主徵君極稱之。

谷口

山缺雲補合，樹少鳥啣栽。深居忘歲月，但看桃花開。

蕭詩，字中素，號芷崖，松江諸生，隱於梓人中。善畫菊，工書能詩，尤精音律，嘗曰：「吾匠氏也，衣食足以自給，詩酒足以自娱，絲竹丹青足以悦耳目，高賢良友不遠千里而來，人生之樂莫逾於此。」有《南村稿》、《執柯集》。

自題墨菊畫扇

茅屋南村野老家，竹園閒坐午風斜。中懷忽地生秋思，點染東籬三兩花。

度關

獨身游萬里，深雪度重關。遼海吞邊月，長城鎖亂山。馬隨鷄唱發，心逐雁飛還。東道多賢主，葡萄壯客顔。

胡春生，本姓吕，字夏昌，號赤岸，歙人，初從父居江都，明末移家池州，復徙金陵，隱於岐黄。善山水，尺幅有千里之勢。有《赤岸集》。

九日坐雨

野雲低壓屋，到眼作愁城。濕葉封蟲户，荒郵滯客程。空囊詩蝕字，净社菊寒英。自藉霜螯醉，猶然百感生。

周容，字鄮山，一字茂三，號躄堂，鄞人。明諸生。工書畫，負才使氣，人以徐渭方之。初受知於戴殿臣御史，戴為海寇所掠，以身為質，代受刑梏，足為之跛。後廷臣以詞科薦，辭不就。有《春涵堂集》。

宿天童山小白嶺天童即太白山，在寧波鄞縣。

寄夕向山家，雲來吠山犬。未忍棄竹杖，險阻曾同勉。奇懷追往歷，幽勝擬繼選。臨卧戒雨聲，先將竹聲辨。

今歸

雞聲催櫓急，難到舊漁磯。月淡人呼渡，霜濃犬出扉。招魂思昨險，拭目悟今歸。鄰叟墻頭問，應先泪濕衣。

送客

送客籬門巷轉西，同看歸鷺數行齊。鄰家欲盡江風大，人影初長野日低。得地藏身謀草閣，就春生計羨蔬畦。躊躇未竟今朝話，願約同牀聽曉雞。

胡造一作慥，字石公，金陵人。山水蒼莽渾厚，為八家之一。工寫菊，多至百種，備極香艷之致。

題畫

槲樹霜染丹，岫雲風飄絮。秋色滿扁舟，斜陽載歸去。

煙外青山疑黛染，霜中紅葉似花開。小橋流水通人境，不爲詩來爲畫來。

文點，字與也，號南雲山樵，長洲人。相國文肅公震孟孫。隱居竹塢，賣畫自給，不就徵薦。山水得待詔家法，以墨勝，尤精點苔，兼長松竹、人物。有

《南雲集》。

渡江

青山如故人，江水似美酒。今日重相逢，把酒對良友。

題畫册

彭澤初罷官，潯陽稱隱逸。偶來撫孤松，翛然忘忻慼。

賈鉉，字玉萬，號可齋，山西臨汾人。監生，官黄州通判。蘭竹花卉風味澹逸，尤善畫荷。有《百石圖》，奇詭盡變。嘗寫竹，鎸石赤壁。

桃花和姚蘇門

臙脂北地頰痕新，試逞風姿已絶塵。池畔斜垂疑照鏡，墻頭半出解窺人。乍經宿雨渾無力,化作朝雲或有神。笑向東風還未嫁,夭夭最是可憐春。

沈白,字濤思,號賁園,又號天庸子,華亭布衣。文恪公荃弟。工真行草書,山水縱横疏快,筆有別趣。

飲池上作

言采紅蓮花,還吸碧筒酒。狂歌夜未央,月出大堤口。

錢朝鼎,字禹九,號黍谷,常熟人。順治丁亥進士,官浙江按察使。蘭竹花卉得孫克弘法。有《三滿樓集》。

舟過南康望廬山

五年再過匡廬地,翠黛都從篷底看。雙劍劃天雲外矗,九屏流玉枕邊寒。晴移煙霧歸陰壑，雨雜魚龍下碧灘。明日棲帆更何處，馬當山下水漫漫。

題石谷漁莊煙雨圖

溪堂水榭繚雲屏，一片春疇照座青。不必京華重入夢，暮煙平楚看鴻溟。

張逸，字泰庵，又字溪叟，嘉善人。精岐黄術，善撫琴，工山水。有《日休堂詩》。

煙雨樓

樓外笙歌列畫船，湖光春色總堪憐。游心不待壺觴醉，寫景難將水墨傳。晴浪忽飛千尺雨，遠村常帶幾分煙。斜陽乍向層城下，月色無塵到檻邊。

錢萬里，字章遠，號秋厓，松江人，因廬墓南郊，自號南郊。工詩詞，間作小畫。

題沈秋浦畫游赤壁小影

蒼茫白露正橫秋，萬頃波光一葉舟。獨自叩舷孤夢醒，身前應記到黄州。

黄士衡，字爾左，號思民，莆田人。起雛子。善山水，綽有父風。

初出袁城夜泊分宜

落葉浮煙自不禁，片帆初依漏沈沈。寒蟾淡蕩雲邊出，宿鳥參差水際吟。風帶離聲欹客枕，人隨夜色到江潯。低頭細憶袁江樹，兩岸蕭蕭旅思深。

于佶，字吉人，金壇人。工畫。有《雪晴齋稿》。

香心廟

香心廟下草萋萋，愁絶行人過水西。獨在亂松深處立，夕陽淡淡畫眉啼。

杜亮采，字巖六，上海人。監生，官垣曲知縣。山水氣韻深厚，有董文敏、趙文度兩家法。

寒夜感懷

寒柝催良夜，蕭條對一經。酒澆雙劍緑，香炙一燈青。鄉思驚歸雁，詩題擬斷萍。壯心消未已，雞唱不堪聽。

謝惟臨，浙江人。善鼓琴，工畫菜。弟兄五人俱負文名。年逾百歲，猶能作蠅頭書。

別陳奇琛先生

經年作客滯寒窗，空谷梅花又吐香。一片離愁雲樹渺，美人遥隔水西方。

丁益琳，字桂山，號子香，金山人。監生。性孝友，善畫蘭。

諸同人集程侍御維岳寄閒別墅

年來游處出塵寰，聞道園林便往還。泉石却無斯地好，衣冠能有幾人閒。一時雅會還金谷，千古風流又玉山。公子西園如愛客，載將吟具住溪灣。

宋咝同，字奕長，溧陽貢生。工書，善畫蘭石，瀟灑生動。

西寺元夕遇雨

雨净香塵道，雲生妒月華。傳燈分佛火，沽酒問鄰家。短句初裁律，虚窗静掩紗。無人通夜問，索笑倚梅花。

趙子瞻，字半眉，上海人。順治辛丑進士，因事免，歸以書畫自娱。

寄於潛宰楚璧兄

不辭盤鳥道，吏隱未爲非。城對青山僻，村藏碧樹稀。千家泉作碓，五月絮添衣。爲問鳴琴者，丹砂近有幾。

王式古，字望文，一字雪村，别號青谿道士，江寧人。精醫善畫，嘗賣藥大江南北，自稱韓康子。有《賣藥吟》。

舟中望廬山

隔水望難盡，匡廬百里山。翠微明滅裏，瀑布有無間。僧去虎溪冷，人歸鹿洞閒。何年來結衲，策杖任躋攀。

徐甡，字林邱，號耦生，常熟人。工書畫，家貧，以筆墨生活。

題畫

十月空山霜葉新，重重丹碧映衣巾。世間多少高閒客，争得閒如畫裏人。

感懷

自分養疏頑，經秋學閉關。有時歌白雪，無處買青山。寧老斲輪手，耻爲彈鋏顏。幾欲出門去，更愁行路難。

張統，字虞廷，號歷山，江都人。工畫，善鼓琴。有《比光閣集》。

喜羅亦蒿廣文見過

去歲聞君已罷官，相逢把袂幾回看。縱横不似休文病，牢落猶然范叔寒。出語驚人詩句壯，揮杯破涕酒懷寬。生平放曠知音少，肯到吾廬會亦難。

黄時，字雨笠，江都人，歙縣籍。監生。工畫。

江口晚步懷虞沅之書思兄客都門

落日大江昏，沙頭争渡喧。霞明山寺路，風静晚潮痕。古塔當京口，新鴻來薊門。客途思大謝，把臂有虞翻。

孫雲鵬，字扶雲，青浦人。諸生。工山水，於關、荆、王、董各家摹仿入神，幕游所至，一時曹爾堪、施閏章諸名流多與論交。有《東皋詩鈔》。

九日張友鴻招同施尚白王伊人顧介石俞智先何菀株周鷹垂吴六益沈繹堂登毗盧閣限韻

西山碧嶂接天長，梵閣遥開向夕陽。征馬暮歸笳管急，霜雕秋入塞雲黄。乾坤偃蹇空衰鬢，歲月風塵各異鄉。插罷茱萸還悵望，獨憐松檜晚蒼蒼。

鄒溶，字可遠，號二辭，無錫監生。山水學吴仲圭。北游京師，既南歸數年，居停獲罪，亡命其家，因共被逮，人咸義之。

夜泊鵝湖

向晚舟行路未窮，夜潮寒上五更風。經時細雨春帆外，不盡啼烏遠樹中。

徐晟雅，字稚雲，號蕉引，長洲人。昂發仲弟。為奚濤畫弟子，得荆、關法。有《碧梧軒稿》。

登綽山

金粟影何在，詩人骨久埋。空傳少年日，裘馬洛陽街。

安廣譽，字无咎，無錫諸生。山水學子久，極有功力，林巒淹靄，皴染鬆秀。有《煙餘詩草》。

秋日山居

空林轍迹自來稀，蘿薜雲封晝掩扉。彭澤菊松三徑在，殷墟禾黍故宫非。比歸自金陵。鶴糧半頃山田瘠，鱸膾中秋水國肥。江海躍鱗乘景運，釣鰲人醉卧漁磯。

何九淵，字澤泗，一字石人，新會人。明尚書熊祥曾孫。工書畫。有《彈鋏山房集》。

贈解虎上人

不著儒冠與俗誇，獨從林鶴老煙霞。耽書每盡題蕉葉，袖石嘗教拜米家。數借遠峰添竹牖，遍留過客典袈裟。靈山一會今猶昔，會見重拈座上花。

安璿，字孟公，號蒼涵，無錫人。諸生。山水工平遠，花鳥生動，得包山、白陽神趣。善書。有《罨畫樓集》。

金山寺

南北勞勞此問津，空王臺殿倚嶙峋。英雄今古成何事，只剩江山冷笑人。

周洽，字載熙，一作再熙，號竹岡，松江人。學畫於趙伊，山水、人物、蟲魚、花鳥力追古人。嘗游嵩山岳廟，人言廟多火災，因寫《中流砥柱圖》於北壁，火災永熄，世驚為神。工篆隸。有《攤書閣集》。

客歸

日落橫塘煙樹遮，依然門巷是吾家。兒童驚喜迎歸棹，説道銀燈昨夜花。

周鐸，字可大，本姓張，上海諸生。善畫好游，每自擔竹笥，中貯文房器具，署名曰「翰游擔」。終身不娶。有《春園詩》。

題翰游擔

一肩翰墨走天涯，勝水名山到處家。都道孤蹤如野鶴，風塵不染染煙霞。

侯晰，字燦辰，無錫附監生，考授州佐。工隸篆，善山水。有《惜軒集》。

鄒黎眉表姪夫婦雙壽

小築山園位置佳，琴樽瀟灑伴煙霞。百年妻妾成三友，有妾金氏，諸郎皆其所出。

五世朱陳只一家。自祖母以至孫媳俱娶於侯，已五世矣。鴻案每同吟柳絮，玉臺相并畫梅花。夫婦俱工花鳥。試看蘭蕊欣初放，滿院香風透碧紗。

高儼，字望公，新會人。博學，工詩畫草書。尚藩屢辟不就，人因其姓稱高士。暮年能於月下作畫，視畫時益工。有《獨善堂集》。

秋日雨中登樓

涼風吹驟雨，高坐稱閒心。草閣水聲裏，山城秋色深。滄洲何處是，白日一時沈。向夕衡門掩，煙霞繞玉琴。

李蓓，原名允升，字山顏，鄞人。隱居。工畫山水、蟲鳥，筆有神韻。

山居

亂雲松徑裏，聊託一枝棲。樵汲憑諸子，炊舂仗老妻。不須謀脱粟，兼喜足黄齏。草榻鼾眠穩，鄰雞任蚤啼。

申涵光，字孚孟，一字和孟，號鳧盟，一號聰山，永年人。明太僕寺丞佳胤子。貢生，先後以孝行、隱逸徵，皆力辭，與殷岳、張蓋稱「畿南三子」。嘗摹趙文敏畫杜少陵小像，間作山水。晚歲究心性命之學。著有《荆園小語》、《聰山詩集》。

懷太原傅青主

曾約溪村訪釣竿，數年設榻待君歡。亂離苦憶良朋少，衰病應愁遠道難。晉國山川容白髮，中原天地此黄冠。幸將卷帙傳高迹，日向晴窗展畫看。

奉寄孫鍾元先生時居蘇門年九十二歲傳有足疾未瘳

邯山惜别是何年，海内清流向百泉。未遂從游時已暮，空慚失學老多愆。黄花對酒籃輿穩，皂帽藏名木榻穿。近道溪堂饒勝事，承歡真賴子孫賢。

簡筍中畫扇懷周茂山

憶君頻展畫，如到鑑湖濱。每遇來江浙，愴然問隱淪。别才寧累俗，高卧即娱親。相識中原遍，歸懷屬幾人。

寄西山殷伯巖王都鄰張覆輿諸逸老

未遂幽棲學向平，出門空對遠山晴。知君細酌秋雲裏，也向朝暾指郡城。

王貽上書來

交道今誰繼，升沈異所親。怪君新及第，遺札問垂綸。兄弟知名舊，交章作合真。異時謀把臂，煙海幸比鄰。

姜夔鼎，字理夫，遂安人。鴻臚卿習孔子。少負異才，工詩，兼精書畫篆刻。壽臻八十，無疾而終。有《高山集》。

語石歌

我今何不乘虬鸞駕螮蝀，東凌滄海嬉蓬壺。又何不走飛廉鞭列缺，西陟崑崙瞰桃都。行住坐卧數弓斗大室，窮年兀守獨對蠹簡如囚拘。世間難盡游者好山與好水，難盡見者異人與異書。百年鼎鼎菌蟪耳，積藏累塊空良圖。且莫言五岳遠九州殊，即如天台雁蕩近在甌越之間，安得驅之枕案供人耳目娛。客乃笑而起曰宇内名勝非一區，峨嵋匡廬競雄灝，太華武彝天姥靈秀俱。此外酈經所未紀，拜之反愧袍笏粗。豆眸繭足徒叫絶，愚公豈直古之愚。見子門前高山麓，有石奇幻云何如。突兀五丈或十丈，嵌空玲瓏中外虚。翠竹蒼藤護其骨，静者如叟美如姝。峰峰盡入非非想，令人摩挲幾踟躕。草菴數椽無垔㡚，青霞滿徑泉流渠。吾子可以高卧恣觴詠，醉呼懷葛鄰黄虞。石欲語君君不語，捫膝浩歎奚爲乎。是必結廬於巨靈之掌，夸娥之趺，象王之鼻，玉女之顱。雲海千里萬里，然後盪子之胸魄，滌子之魂礧歟。豈知規規一片石，亦足跨嵩轢岱吞衡巫。吾匪諛，高山之石天下無。噫吁嘻，誠如客言，高山之石天下無。

賴鏡，字孟容，號白水山人，南海人。少讀書增城，亦號增城山人。性雅淡，逃禪萬壽寺。山水筆力遒勁，氣格高凝，有石田風致，工詩書，時稱三絶。

江行

蒼茫雲樹晚，一舸荻花秋。切切蟲鳴岸，蕭蕭月滿舟。孤懷逾浩渺，病骨却遲留。是處山如畫，聊爲解旅愁。

張宏，字君度，號鶴澗，吴人。山水蒼勁雅秀，人物寫意位置淵深，不讓元人。

畫蹇驢衝雪圖并題

一幅巾披舊布袍，蹇驢衝雪度山橋。仙翁此日奚囊裹，多半梅花共彩毫。

計僑，字逋客，丹徒諸生。善丹青，足迹遍天下，詩得江山之助，與顧茂倫、孫豹人等相酬和。有《抱瓮集》。

十三日月下明兒進酒時慶孫在側誦詩

草堂晚坐對春星，如水清光布滿庭。呼子翦燈開歲酒，聽孫乘月讀葩經。一年有限當頭白，萬事誰堪放眼青。只此良宵非易得，怡然何必惜鴻冥。

北固證圓木末樓有先君畫箑并眭嵩年顧與治墨蹟懸壁

卓錫峰頭已有年，過從木末俯江天。寒濤雁度夕陽影，絶壁鐘鳴晚戍煙。牧馬場中還習静，酒杯身外且逃禪。家藏翰墨徵三絶，幸託名山手澤傳。

郭鞏，字無疆，莆田人，移家金陵。傳神為曾鯨弟子，山水、人物、翎毛、寫生俱臻妙品。

題畫

屋後奇峰疊疊生，深林古樹起濤聲。人間暑氣無從到，獨有松根午夢清。

黄士，字翰侯，莆田人。諸生。工畫美人。嘗戲作傳奇，蹭蹬名場，困阨以死，人以為少年綺語之報。

登紫霄口號

高步鳳林上，隨雲入紫峰。濤聲來遠樹，雨意濕疏鐘。隔水穿崖竹，當門夾徑松。禪關應可透，鉢底看馴龍。

藍漣，字公漪，侯官人。布衣。詩磊落有奇氣，書近分隸，畫學雲林，兼精篆刻。有《采飲集》。

往在金陵同吴梅村黄俞邰周雪客蔡龍文璣先尋十四樓故址歸飲雨花臺大醉酒家杏花下

苦憶青溪曲曲游，秦淮渡口木蘭舟。杏花紅雨江南路，腸斷春風十四樓。

題畫

老幹迎風石竹斜，水邊小草漾晴沙。先生愛寫霜林樹，秋葉黄時不在家。

高阜，字康生，江寧諸生。與弟岑皆負時譽，奉孀母備極色養，周櫟園贈詩有「晨昏蔬笋饌，兄弟薜蘿居」句。工畫水仙，為魏考叔所歎絶。

讀畫樓詩

峰壑滿天地，出門皆有事。相遇乃微茫，寓目良不易。櫟翁駕遠游，燕齊素所至。南窮越與閩，東連吴會際。泰岱未了青，武彝引深翠。意到不到間，別能領神企。一帆貯煙雲，筐篋舵頭繫。舟止鞭未摇，曷嘗輟游憩。招客共幽尋，俯仰素毫内。時或閉枕函，几榻山川氣。流離不相捐，無負初服意。晚年敦夙好，摩挲益寶秘。數楹架高軒，位置有次第。錯落雜書史，到眼即文字。况乃蘇黄儔，一一編題誌。觸發金石聲，響答林谷細。身已到畫圖，白雲迷所值。既怪靈運勞，又哂向平滯。無待趣自陳，天真與一契。凭欄即策杖，登樓觸遠思。屋宇樵徑通，泉聲不外逝。他年五岳游，信足悟前世。

高岑，字善長，又字蔚生，杭州人，居江寧。阜弟。幼從朱翰之學畫，晚乃以己意行之，山水、花卉寫意入神品。

題畫

山色新晴水滿涯，東原一望野人家。逢君話我滄桑事，草閣斜臨樹幾叉。
望衡對宇植桑麻，水遶山環古木遮。祇恐問津蹤迹到，春來不肯種桃花。

樊圻，字會公，一字洽公，江寧人。山水師劉松年，與兄沂同以畫名，周櫟園贈詩云：「兄弟東園户自封，不教人世見全龍。疏燈夢穩長橋雨，破硯敧磨近寺鐘。白墮荒唐胸五岳，青來迢遞筆三峰。北山雲樹蕭條盡，老去朝朝拜廢松。」讀之可想見其品詣。

青溪草堂

一曲青溪卜築宜，柴扉臨水影參差。雲深蕭寺穿芒屩，雨漲長橋理釣絲。詩境老尋斜日裏，睡鄉春去落花時。可憐江令繁華歇，剩有荒畦發兔葵。

許友，又名友眉，字有介，初名宰，字介壽，號甌香，侯官人。玉史提學豸子，諸生。畫竹仿管仲姬。初交周櫟園，因被誣累逮京，作《群鴉話寒圖》，櫟園為題長歌以寫蒼涼之意。書畫均摹襄陽，有《米友堂集》。

龍洞

怪巖幾千古，藤蘿挂其膝。有洞可行人，僅容六與七。謖謖聆秋風，炎炎銷夏日。雲從洞口歸，水從洞口出。

作畫

靈谷官梅放未曾，石頭懷古不堪登。無端縛就松針筆，畫出青山是孝陵。

周鼒，字公調，上元人。山水師北苑、謍邱，蘭竹尤妙，晚年客游山陽。

題畫

山深人事寂，樹老集寒煙。遠水通還隔，奇峰斷復連。逃名招隱地，問俗上皇年。若遇裴居士，風流賦輞川。

耿遷，直隸束鹿人。進士。鞏昌太守啓子。與兄邁同以山水著稱，究心宋元諸家，嘗摹寫邑中風景，鋟版縣志，頗具古法。邁字子行，諸生，繪事外尤善鼓琴，游金陵為程穆倩所稱賞，著《響山堂詩集》，久佚。啓孫褎亦工畫，一門風雅，因附識之。

游李芝岑園亭

地僻人家少，林深一巷斜。平臺曲映水，古木密藏鴉。壘石開幽徑，編籬護落花。羡君絶世累，白首卧煙霞。

沈兼，字兩之，嘉定人。能鐵筆，精刻竹，工畫。有《醉吟草》。

題禹川叔小照

溪流數曲竹千竿，清映鬚眉畫亦寒。心事不隨人世改，百年猶見舊衣冠。

趙作肅，字齋如，别字子雍，益都人。明參議振業孫，進士進美兄子。好篆刻，畫工窠石。有《見山堂集》。

山游次十三弟韻

秋山閑澹意，頗似我知心。何處堪一醉，山間紅樹林。煙含城郭小，霜落野潭深。不用催歸去，前溪月未沈。

王璵似，字魯珍，一字六真，益都人。保寧太守玉生子，諸生。曠達不羈。工漢隸，畫入逸品，詩學櫟下老人。

游顏山

隔嶺一聲鐘，移人過遠峰。苔花不染屐，草露但聞蛩。僧有煙霞骨，山無富貴容。幾時結茅屋，竟日白雲封。

吴自冲，字愓齋，號雲洲，海豐人。進士自肅弟，諸生。性簡傲嗜酒，畫有奇趣，詩為田山薑所賞。有《留雲閣遺詩》。

大雨後過辰州

百雉連雄鎮，重關鎖鑰扃。水浮兩岸白，城接萬山青。雷雨聲方息，魚龍氣尚腥。煙深燈火暗，車馬隘郵亭。

清浪衛

荒煙羃歷幾家村，山轉遥青舊壘存。野長菁蕪埋戰骨，天含瘴雨黯愁魂。蛇盤深草横當路，虎過頹垣直到門。不是傾囊連日醉，羈懷何以遣朝昏。

孫寶仁，字伯純，一字學淳，青州人。知縣廷鐸子，貢生。詩書畫皆臻妙境，與同里趙秋谷、般陽李希梅相唱和。有《禹石樓集》。

奉和似懶園題湖山春曉圖詩

湖上春山記得無，湖中煙景是姑蘇。隱然元墓花千樹，小艇雙橈酒百壺。

鶴迹松陰石徑閒，一叢翠竹夕陽間。匡牀坐擁烏皮几，繞屋春山似畫山。

孫篤先，字淮浦，萊陽布衣。工書畫，善琴。不事生産，晚年貧甚，而無所干謁。

感懷

野隴閒花秋復春，百年世事總成塵。長楸一望荒煙斷，游子回看白髮新。雨雪徒增衣上泪，風塵已老客中身。聲聲旅雁寥天暮，幾度江湖怨緑蘋。

法光祖，字幼黄，膠州人。槼子，太學生。少工書畫，早世。有《介廬草》。

積雨遣懷

檐溜聽殘已過旬，村前行潦接通津。拈來好句書團扇，畫作深山贈故人。過眼雲煙留住久，閒庭鷗鷺下來頻。幽窗添得紅蕉艷，莫負新篘酒味醇。

清畫家詩史乙上

寧津李濬之響泉編輯

王翬，字石谷，號臞樵，別號耕煙散人、劍門樵客、烏目山人，常熟人。宋忠臣堅之後。山水幼傳家學，疊蒙圓照、煙客親授畫法，得縱覽歷代名蹟，神悟力學，故能陶冶南北宗派，集其大成，牧齋、梅村皆以畫聖目之。因繪《南巡圖》，青宮獎以「山水清暉」額，自號清暉老人。壽八十六，自壯至老應朝野徵聘無虛日，其家來青閣收貯名人贈貽手蹟甚富，輯有《尺牘彙存》并《清暉贈言》。

壬子十月毗陵舟中題畫同惲南田楊子鶴別江上先生

楓葉紅時杏葉黃，江南秋色滿河梁。臨歧更寫垂楊柳，欲借長絲繫夕陽。

題畫

亂草空塘生淥波，秋風秋雨幾經過。王孫臺榭今何在，閒煞垂楊與芰荷。
暗谷層巖霧不開，灘聲樹色滿庭隈。墨池應有潛蛟起，忽見晴窗風雨來。

為渭翁仿趙文敏題斷句二首

謖謖松濤萬壑風，桃花千樹繞巖紅。看儂妝點仙源路，若箇移家住畫中。
危峰陡絶挂飛流，嵐氣雲衣滿眼浮。閒處光陰誰領取，與君竹裏共登樓。

題惲南田畫松

風起喬柯聲轉高，奔空鱗甲没雲腰。我從張湛齋前過，長似秋江八月濤。

子鶴種梅牆角庶幾幽人韻事余為補圖於册并題一絶博諸君子春雪之和

孤雲瘦石共爲鄰，難寫寒巖物外春。今世誰能愛幽冷，雪中猶有種梅人。

吴歷，字漁山，常熟人。文恪公訥後裔，居子游巷，有墨井遺迹，因號墨井道人。工詩書，善彈琴，山水宗大癡，尤得六如神髓，初受學煙客，臨縮宋元嘆為神技。嘗浮海遠游，經數萬里，畫益奇逸，間參用油繪之意，色墨渾融，於實境晦明遠近形神畢肖，直合古今中西法派鎔鑄筆端，自成絶詣，故稱山水大家，曰「四王吴惲」，而真迹傳世則較惲、王尤罕。有《桃溪》、《三巴》諸集。

秋日同許青嶼侍御過堯峰

堯峰鐘磬裏，一徑入雲林。黄葉詩人興，空山老衲心。茶桑秋塢静，鴛鷺水天陰。謝屐都忘險，煙霞此地深。

子登道世兄屬畫山堂讀書

複澗兼重嶺，煙嵐處處生。君家還可認，爲有讀書聲。

高郵道中用梅邨太史韻鈔一

只道頻年浸，那知半泪痕。魚蝦空晚市，蓮藕失香邨。湖鳥間巢屋，江雲亂掩門。迷津南北棹，來繫柳殘根。

題畫贈何蕤音侍御

遠峰簇簇樹亭亭，落日啼烏繞畫屏。諫草避人焚却後，紫藤花下寫黄庭。

題黄子久虞山小築

癡黄小築傍溪灣，松徑蕭蕭木葉斑。秋静絶無游屐到，一峰蒼翠板橋間。

燕至

牀頭漏處已成坳，無力添新補舊茆。自笑不如雙燕子，年年春至便修巢。

題畫

槿花籬落竹叢叢，新改茅齋對遠峰。自笑未能除習氣，一簾疏雨寫秋容。

垂楊橋畔隔秋山，釣艇人歸落日灣。一帶蘆花風起急，滿蓑如雪獨披還。

郙叟相逢話雨天，昨宵新漲没南田。不如賣犢買舟去，結網來張縮項鯿。

題畫祝耕煙壽

與君自小江村住，暖翠浮嵐烏目山。何似西興雲外路，曉春十二小煙鬟。

還山端爲學春耕，牛背從今歸計成。今日壽君還自壽，煙霞自古得長生。相傳先生晚奉歐教，絶人逃世，居澳門三巴。年八十四尚强健，後浮海不知所之，或云仙去，讀此可想見山水怡情、煙雲供養之概。

題畫贈玉谿

春山花放棹晴湖，日載詩瓢與酒壺。客此十年游興減，畫圖追寫亦模糊。

王撰，字異公，號隨庵，太倉人。西廬老人第三子。山水筆墨超逸，峰巒樹石無不肖似煙翁。年逾八旬，所作畫猶蒼厚腴潤。工隸畫。有《三餘集》。

贈圓津禪院語石上人

老筆仍將董巨師，蒼茫雲樹墨淋漓。箇中三昧無人識，輸與禪翁獨自知。

題石谷騎牛南歸圖 圖爲禹鴻臚之鼎繪。

長安踽遍軟紅塵，老筆荆關動紫宸。馬首何如牛背穩，一鞭還指尚湖濱。爲憶蓴鱸别帝京，一肩書劍送歸程。試看烏目山頭月，覺比從前分外明。還山志遂姓名香，留得丹青内苑藏。珠貝盈囊無足貴，公卿詩句壓歸裝。先生應詔繪《南巡圖》，告成南歸，一時名公巨卿多贈詩餞行。

石谷先生喆嗣處伯道兄苦志力學無間寒暑丙寅九月以秋夜讀書圖見示喜而賦此

桐梢月出晚涼初，蕉影蛩聲伴讀書。百尺樓頭豪氣在，沈酣千卷樂何如。

次漢陽吴賡庵相國正治**寄石谷原韻**

世間隨處有滄浪，難得幽人興味長。萬頃煙雲來筆底，任他火宅變清涼。按，相國原題云：「長安今歲苦熱，家弟平輿書來，又以江南之熱爲苦，余不以爲然。或者訝之，余曰：『我聞王石老在秣陵，小齋結夏，筆墨快友相對晨夕，豈不可以忘暑乎？』戲賦一絶，寄石谷一粲。」詩曰：「遠心如水託滄浪，點染輕綃意興長。寫到雲巒最深處，一回清玩一回涼。」同時次韻者七十餘人。

惲格，字壽平，以字行，更字正叔，别號南田草衣，武進人。日初子。初居城東，號東園客；遷白雲渡，曰白雲外史，一作雲溪外史。幼遭兵厄，靈隱僧以計脱之。花卉宗北宋徐崇嗣没骨法，為寫生正派，賦色之妙稱古今絶藝。山水超逸，與石谷異曲同工。世以天仙化人擬之。書得褚河南神髓，有《甌香館石刻》。詩為「毗陵六逸」之冠，有《南田詩鈔》。

題天池石壁圖

深樹煙開澗路分，瀑泉時向静中聞。翠微忽斷丹崖影，吞吐層巒是白雲。

堯封和尚屬圖深林茅屋懸瀟湘客亭

石壁高松鶴夢閒，吴煙楚雨護柴關。隔窗恐礙雲來往，屋裏長懸屋外山。

壬寅秋夜與石谷王子同飲半園唐雲客先生四并堂次日之白門歸舟得句寄贈

白練空江天倒流，蘋花風滿畫登樓。江山不入王維手，碧草紅林未是秋。

王山人山莊早春圖昔惠崇、郭熙皆有《早春圖》，稱爲人間名迹。烏目山人此卷雖宗輞川，略兼惠崇遺法，嵐容樹色，雲影川光，一點一拂皆帶早春風氣。至於設色之巧，極爲淺淡，愈淺淡而愈見沈深，見其沈深而不知，以空靈淡蕩出之也。若用色渲染，一入渾厚則非早春景色:，惟淡極而沈深，益能運其神氣於人所不見之地。其經營苦心，至此無餘憾矣。

陰崖寒未解，幽澗尚留冰。昨夜條風緊，嵐煙翠幾層。
出谷寒泉明，遠岫春雲接。密樹不知霜，猶賸殘冬葉。
板橋横荒溪，鷗鷀閒可數。春波猶未到，半露黄沙渚。
青開凍壑痕，緑轉枯楊色。腕底放春來，不借東風力。

題畫

古梅如高士，堅貞骨不媚。一年一小劫，春風醒其睡。梅

蒻蔬曾與故人邀，翠甲肥甘帶露燒。我已久忘粱肉味，不須三月待聞韶。菜

還憶山堂夜卧遲，寒燈呼友坐吟詩。地爐松火同煨芋，自起推窗看雪時。芋

丁巳八月題石谷為子鶴所作牆角種梅圖

冰鱗斷壑想移根，古幹傾欹掩蓽門。天地一寒吾與爾，雪窗殘月伴黄昏。

題石谷子松壑聽泉圖

危崖奔泉風雨至，藤花松影吹滿地。携琴聽泉松石根，濕盡衣巾皆空翠。

曉行深谷

樹暗不斷煙，崖蜂時墮蜜。藜牀荔垣蘚交絡，檜雨篁陰不見日。松梢風過落藤花，仰看飢鼯啄山栗。

題畫贈子純

鶴語驚寒曉夢還，彈琴花落半庭閒。指頭猶有分雲力，更向雲邊著米山。

題王筠侶畫小鳥立霜枝紅葉鮮潔可愛扇為蛟門舍人所得

不將螺黛寫煙嵐，醉染霜枝興正酣。燕市紅塵藏不得，故留殘墨到江南。

畫雪山為周聖濤起病

松火敲冰心暫閒，擁衾行藥地爐間。避風不捲青絲幔，坐隱烏皮看雪山。

題石谷山水

拔地起千仞，側身如可進。都無筆墨痕，但見山光潤。

亂草風汀澗路迷，水煙林霧隱荒溪。寒禽未醒巢間夢，落月無聲煙樹西。寒林落月

斷崖殘雨響潺湲，濕翠瀰漫雲海間。米家墨戲淋漓處，只有瀟湘雨後山。仿米山

聽泉在隱几，游山不出户。莫卷入縹囊，看爾生煙霧。仿北苑萬山煙靄

題畫貓

偃草雄風勢壯哉，怒猊騰擲下蒼苔。於今社鼠應難捕，閒覷花陰蛺蝶來。

送别羅飯牛

長天孤鶴又西飛，八月新涼到客衣。歌吹竹西留不住，滿江秋月一帆歸。

題巢民姬人玉山女史畫册鈔一

秋殘不向柴桑老，霜後還疑葱嶺來。踏破微塵華藏路，心空更見一枝開。僧鞋菊

錢瑞徵，字鶴菴，一字野鶴，號髯公，海鹽人。康熙癸卯舉人，官西安教諭。喜蒔花種松，暇輒賦詩畫松石以自遣。有《忘憂草》。

罌粟

紅紫亭亭手自鋤，茅階鋪作艷氍毹。米囊个个當秋種，試問臣飢療得無。

梅清，字淵公，一字遠公，號瞿山，安徽宣城人。順治甲午舉人。山水雲煙變幻，畫松多奇氣，好寫黄山勝景。有《天延閣集》、《瞿山詩略》。

觀耕煙贈王異公仿北苑萬山煙靄卷

曲澗平橋浦溆明，亂山深翠曉雲生。并刀誰翦吴江水，散入空濛作雨聲。正題此圖，山樓風雨驟至，雲氣蒸蒸出几案間，如神物欲飛去也。

辛酉秋仲喜晤石谷同程穆倩柳愚谷秦淮小飲

點綴秋光興不孤，登高時節雁來初。恨無正足鵝溪絹，令寫長江萬里圖。

黄埛，字子厚，號瀫菴，即墨人。明進士宗祥子，康熙癸卯舉人。工畫，書法出入晉唐。著有《草法輯略》、《夕霏亭集》。

山居即事

華陰有别墅，一徑入深溪。石控中流怒，沙平兩岸低。危橋飛溜下，茅屋亂峰西。漁父休相問，桃花路已迷。

客路

杏花堤上雨初晴，日映丹霞十里明。莫道他鄉風景異，黄鸝猶作故園聲。

申涵煜，字觀仲，號鶴盟，直隸永年人。端愍公佳胤子，鳧盟徵君涵光弟，康熙丙午舉人。書法大令，寫蘭竹仿趙子固。有《江航草》、《敏菴集》。

晚歸洞庭

一出胥江口，漁家已閉關。不知湖上險，偏覺醉中閒。片月翻層浪，孤舟入亂山。叩門童子問，何事夜深還。

發丹陽暮抵閶門

三日楓橋路，高帆一日回。偶因風力好，遂使客愁開。雙櫓搖江月，千峰渡酒杯。夜來經虎阜，燈火照樓臺。

九日同鄭子勉陳玉笥登郡南樓飲玉笥齋

又是重陽日，登樓望落霞。與君呼緑酒，猶未見黄花。霜氣分梧葉，砧聲聚水涯。一時知己在，何事惜年華。

孔毓圻，字鍾在，又字翊宸，號蘭堂，曲阜人。孔子六十七代孫，襲封衍聖公，謚恭慤。墨蘭飛舞，筆秀而勁。有《蘭堂集》。

丁卯春入覲東歸寫蘭於白溝河旅壁閱廿年重過感賦

廿載朝天去復回，驛亭風景自悠哉。銀鞍初卸逢新釀，畫壁重尋拂舊埃。水墨蒼蒼燈數照，客懷渺渺雁方來。欣看此地蘭無恙，勝我年年白髮催。

蕭晨，字靈曦，江都人。尺木先生雲從姪。善山水，似文待詔。

允叔招集帆影樓下觀菊限韻

籬落淒霜露，伊人感物華。緑尊移晚席，名士譜秋花。堂净滄江水，燈懸赤壁霞。遲回香國飲，直覺興無涯。

王無忝，字夙夜，孟津人。文安公鐸姪，鑨子，康熙庚戌進士，官金華知府。善山水。

秋日游龍潭寺

習静尋山寺，息心戒浪游。雲藏嵩嶽樹，水動蓼花洲。聽梵來龍母，鳴鐘驚野鷗。佛奴好相伴，往還入素秋。

徐之麟，又名本潤，字白峰，嘉善人。布衣。山水簡淡高古，得清秘遺意。

小春游麟湖

前年放棹麟湖去，香風舞處松花聚。悄然繫纜到松間，松石依依苦留住。今年十月過麟湖，北風吹浪捲湖波。周翁乍化遼城鶴，石上猶纏舊薜蘿。草堂昔日多冠屐，五百年來無與比。可憐松色自青青，惟聞夜半濤聲起。庭中一樹孫興公，瀼西四株杜子美。九松九松我問爾，名留若箇詩篇裏。

高簡，字澹游，號旅雲，自號一雲山人，蘇州人。山水樵元人，務為簡澹，而布置深穩，風味清臞可愛。

友人示所藏仲圭梅花書屋圖蕭疏冷雋古香可愛因橅其意

山居塵自遠，門徑瓊英蔽。時有幽風來，香氣襲衣袂。

丁亥春日蒼雪大師索圖雲嶺禪庵小景并題

萬松深處結茆龕，小小山樓萬象涵。此景不知何處是，黄山原是在江南。

王原祁，字茂京，號麓臺，一號石師道人，太倉人。太常時敏孫，進士揆子。康熙庚戌進士，官少司農，供奉内廷，命鑒定古今名蹟，充《書畫譜》總裁。山水法大癡，淺絳尤為絶詣。時耕煙以清麗傾動朝野，公特以古拙高曠之筆獨樹一幟，嘗以「蒼潤」二字鎸印，又自題畫有「筆端金剛杵」一語，洵當之無媿。晚年喜仿梅道人筆。著有《雨窗漫筆》、《掃花菴題跋》。

為宗室柳泉學黃子久

清光咫尺五雲間，刻意臨摹且閉關。漫學癡翁求粉本，富春依舊有青山。

題西田圖

蟹舍漁莊略彴邊，柳絲荷葉鬥清妍。十年零落荒園景，彷彿當時趙大年。

摹富春大嶺

横岡側面出煙鬟，小樹周遮雲往還。尺幅巒容寫荒率，曉來翦取富春山。

贈圓津禪院語石上人

初地工夫學巨然，清溪灌木起雲煙。廿年精進頭陀老，可入米家書畫船。

仿大癡題此質之識者

大癡元人筆，畫法得宋派。筆花墨瀋間，眼光窮天界。陡壑密林圖，可解不可解。一望皆篆籀，下士笑而怪。尋繹有其人，食之如沆瀣。

劉駰良，字友斑，滄州人。翰林雯曠子，康熙壬子舉人。書法秀媚，墨蘭丰神超逸。

舟次

荒雞啼斷夜，煙樹兩蒼茫。雨漲江流急，潮衝野氣涼。青衫名士恨，白露美人傷。多少瀠洄意，先秋已轉腸。

宗元鼎，字定九，號梅岑，別號小香居士，揚州興化人。明進士名世孫。善山水，寫生似錢舜舉。有倪迂潔癖。晚年隱居宜陵，藝花草，擔向紅橋易錢沽酒，人目為「花顛」，自著《賣花老人傳》。有《新柳堂集》。

題郊居

茶竈聲清響竹廊，小亭新構面橫塘。漁夫晚唱煙生渚，桑婦遲歸月滿筐。一嶺山花燒杜宇，滿池春雨浴鴛鴦。籬邊犬吠何人過，不是詩僧是酒狂。

留鄒訏士

新開蘭蕙正芳菲，初到鰣魚入饌肥。最好流光是三月，如何拋却渡江歸。

王阮亭司理修禊紅橋首唱冶春詩廿四章一時和者甚盛

休從白傅歌楊柳，莫遣劉郎唱竹枝。五日東風十日雨，江樓齊唱冶春詞。

蔣伊，字謂公，號莘田，常熟人。康熙癸丑進士，由御史官河南按察副使，時苦兵事防農，因疏論難民情形，繪圖十二進呈。有《莘田集》。

贈王石谷

一丘與一壑，本是煙霞主。惟君師董巨，閑窗自摹撫。意匠殊慘澹，良工心獨苦。得心應手時，變化追往古。解衣恣磅礴，毫端覺飛舞。眼前廬嶽雲，腕底瀟湘雨。寫成山水障，宛如劉少府。却驚夜初半，金鰲失左股。

徐蘭，字芬若，亦字芝仙，常熟人，流寓北通州。花卉近南田，尤長白描人物。從安郡王出塞，見山花數十種，悉繪為圖。富交游，有《芝仙書屋圖》，為石谷、麓臺、尊古、子鶴等二十九人合作，復有六十人分韻題跋。詩得漁洋指授。有《出塞詩》、《芝仙書屋集》。

關山月

城頭一片秦時月，每到更深挂薜蘿。馬上萬人齊仰面，不知鄉思是誰多。

大松山

一峰飛入雲，雲故推之出。一峰飛出雲，雲故攫之入。人馬繞峰飛，同時汗流濕。雲橫馬亦橫，雲立馬亦立。峰回雲忽斷，倦坐土花澀。晴雪灑長松，豁然見天日。眼明未移時，斷雲忽追及。風際白繽紛，一點落我膝。倏忽雲與峰，空中復膠漆。

燐火

土雨空濛著衣濕，燐火如螢飛熠熠。須臾散作星滿天，空際如聞衆聲泣。有火獨明必鬼雄，衆火吐燄無其紅。約束群燐共明滅，毋乃昔日爲元戎。别有火光黑比漆，埋伏山坳語啾唧。鬼馬一嘶風亂旋，千百燈從暗中出。雷光閃閃兩軍接，狐兔草中皆震懾。一派刀聲不見刀，髑髏墮地輕於葉。血過千年色尚新，那知白骨化煙塵。新鬼日添故鬼冷，無復寒衣送遠人。

程功，字幼鴻，一作又鴻，號柯亭，休寧人。康熙乙卯武舉。山水有奇氣，筆墨能脱去時習。嘗作《白嶽圖卷》，林巒寺觀、村隖橋渡井井有致。有《千竿草堂集》。

辛巳冬白門重晤石谷先生賦贈

京華暫相見，悵别幾經春。白髮全初服，青山遇故人。襟期真淡蕩，筆墨倍精神。爲話歸田樂，披圖一笑新。時出《南還圖》索題。

戴本孝，字務旃，安徽和州人。以布衣隱居鷹阿山中，號鷹阿山樵，又號前休子。性情高曠，嘗與友人夜談華山之勝，晨起即襆被往游。山水善用枯筆，深得元人氣味。有《前生》、《餘生》諸集。

雲谷擲盋禪院

白雲隨我渡溪來，菜甲茶槍遍碧苔。松繞峰身全石性，香收雨氣養花胎。杖穿虎迹巖光冷，瀑帶龍腥潭影開。自此披榛欲長往，不知猿鳥可相猜。

題畫

松高野鶴寒，石壓幽花影。秋思闃無人，老鶴獨深領。

胡玉昆，字褐公，一字元潤，江寧人。宗智子，山水師家法，用筆虛無縹緲，咫尺千里，為周櫟園所契賞。兼善蘭竹。有《栗園集》。

游靈谷寺

游人稅駕始容登，五里森森千萬層。林外草香初見鹿，澗邊雲至幾疑僧。誰來共話齊梁事，極望當年風雨陵。無數松濤争作響，護持真藉梵王燈。

楊涵，字水心，又名輔峭，字雲峭，號雲笠，山東益都人。貢生。寫竹入神品，每坐卧竹下，領會枝葉偃仰攲斜之態，故所作脉絡層疊，絲毫不爽。有《雲峭詩稿》。

題畫竹

一片青光拂碧雲，滿山秋籟有誰聞。小齋幾日莓苔雨，徑欲擔鉏移此君。

毛師彬，字魯封，號紫巖，太倉人。諸生。工畫，能詩。著有《齊山游紀略》、《九華游草》。

齊山訪華蓋庵智月上人

古洞煙霞寄隱蹤，齊山深處快相逢。人高伴侶修翎鶴，年長依稀禿頂松。一卷殘經峰底月，六時清梵嶺頭鐘。多君早徹憨山意，絕倒閻浮睡正濃。

高層雲，字二鮑，一字謖苑，又字謖園，號菰邨，華亭人。康熙丙辰進士，薦鴻博，官太常寺卿。山水法董文敏，骨格靈秀，神韻冲和，士氣、作家兼擅其勝。工書。有《改蟲齋詩略》。

為江村詹事作小畫并題

行遍千山涉百川，升高臨遠思悠然。從今不寫江南景，恐惹鄉愁到眼前。

秦山迢遞蜀山尖，三載探奇意未厭。欲識旅窗盤礴趣，依稀空翠落緗縑。

李經垓，字性孚，一作性符，號炪庵，任邱諸生。幼襲其叔父漕帥士焜廕，補國子監博士，以母疾不仕，行高學博，書畫入妙品。有《東園集》。

玉鈎斜

當年上苑盡風流，絶代香魂聚一邱。螢火亂飛天似漆，諵諵疑聽話迷樓。

胡德邁，字卓人，號鹿亭，鄞人。康熙丁巳舉人，官順天府丞。書學鍾、王，畫法雲林。有《適可軒近草》。

嚴州道中

客行當險道，辛苦念篙公。溪淺難容槳，帆穿不受風。鳥啼殘照裏，人語萬山中。故國江天外，心孤類轉蓬。

徐釚，字電發，號拙存，一號鞠莊，又號虹亭，晚稱楓江漁父，吴江人。康熙己未試鴻博，授檢討。山水用墨簡淡，極有古意，畫蟹神趣如生。有《南洲草堂集》、《菊莊詞》。

作移居圖疊韻贈田綸霞

綸霞使君向在長安爲移居詩，和者雲集，余亦曾賡一章。索余作圖，許之已三年矣，忽忽未就。今移疾南歸，兀坐篷窗，見兩岸楓林霜染，爨煙老屋欹斜道左，恍如置身圖畫，遂乘興作此貽之，并再疊前韻題於卷尾。

使君昨日回使車，網羅竹箭貽天家。紅橋置酒夜讌客，芒鞋白帢隨麏麚。驅使先秦并兩漢，下視屈宋猶官衙。文詞藉藉江山助，題詩曾滿玉鈎斜。余時苦飢同曼倩，懶漫愁看禁苑花。朝携藥鐺共茶具，楓林霜染寒棲鴉。曩歲許君弄煙墨，手懸十指如搥撾。爲寫幽巖傍茅屋，北窗高卧思羲媧。

題雪灘釣叟圖

投竿一笑日初曛，剩有閒身屬水雲。我亦楓江舊漁父，雪灘可許得平分。

索朱雪田畫扇

久傳宗伯煙巒潤，似爾丹青世所無。乞得蛛絲并煤尾，爲余閒寫菊莊圖。

題畫與梁冶湄

愛君骨帶煙霞癖，藤塢秋風未擬還。也向空濛耽拄頰，抛書爲畫米家山。

題毛會侯雲林歸棹圖

聞道嚴陵釣艇閒，蘆花瑟瑟石苔斑。昨宵涼雨思歸夢，爲倩倪迂畫遠山。

陸曾熙，字雍之，會稽人。書畫俱好行怪，詩亦不落恒蹊。

題畫

翠壁駐流霞，泉兼白乳注。幽禽罵隔花，恨客歸來暮。

喬萊，字子静，號石林，寶應人。明御史可聘子。康熙丁未進士，舉鴻博，官侍讀。善山水，嘗為梁相國作《蕉林書屋圖》。有《使粤集》。

確山道中

中州天下腹，厥土異斥鹵。如何南汝間，千里餘曠土。道詢九十翁，涕出語未吐。流寇昔煽亂，中原競鼙鼓。殺戮兼流亡，千百存四五。村落人絶稀，城市屋可數。荒山相經亘，白日仗弓弩。余意殊不然，汝等逢聖主。賜租更發粟，修文況偃武。牛種亦易致，旱澇非所苦。休養四十年，胡不治塲圃。老翁泪縱横，斯理公未睹。户少徭益繁，民貧吏如虎。居者不可留，缺者説可補。如欲起瘡痍，何能逢卓魯。聞言三歎息，誰其任州府。

熊維熊，字偉男，江都貢生。工詩古文辭，嘗一歲七試皆居第一，漁洋司李揚州，目為國士。山水得董、巨遺意。有《緑雲軒集》。

金山月夜吴子方言家季亮武登黄鶴飛來處

隨月上高臺，江光一道開。數峰青欲斷，何處笛聲來。黄鶴繞孤塔，白雲横古苔。洞扉閒玉几，定有列仙回。

尹耜，字于耜，號耕野，又號介邱山人，常熟人。山水疏朗淡遠，工書法，石谷、墨井時與游息，惜年逾三十即謝世。

秋夜雜詠

明月逗疏林，幽禽棲復起。欲就北窗眠，忽憶南村侶。蕭蕭鴻雁聲，歷歷蒹葭渚。恨不假雙翼，臨風一騫舉。徘徊夜參半，獨共殘燈語。

周笙，字古聲，嘉興人。愛以墨寫罌粟而不輕畀人，精醫，著有《靈素寶要》、《六治秘書》。

題畫罌粟

潑墨誰工畫米囊，花饒生趣墨饒光。翩翩鳳子來何事，知爲花香爲墨香。

顧樵，字樵水，吴江人。山水師石田，蒼渾沈著，工詩善書，人稱三絶。

為鳴老長兄作畫并題

飛泉百道出煙蘿，昨夜山中新雨過。滿户緑陰初入夏，日長應喜著書多。

沈秉三鄧尉山園

四面山巒水一灣，亭臺都在翠微閒。長松舊種皆巢鶴，小閣新添爲看山。醉酒何妨盤石臥，尋花不放杖藜閒。同君饒有登臨興，雲壑從教數往還。

陳勳，字允升，號梅溪，海寧人，臨安籍。康熙丙辰進士，官御史。工山水，隨意結構，迥異凡筆。

題聞梅林茂才耆隱圖

當代耆英重，高風不易親。紫微迎杖履，白鶴想丰神。天地容人老，交游閲世新。自慚無好句，何以祝長春。

錢又選，字幼青，青浦人。性潔好奇，工山水、人物、花鳥，有花癖，喜游，所至以種花自娛。秦、晋、楚、蜀、燕、齊、豫、越，足迹殆遍。僑寓池州，喻郡守成龍延為上客，嘗為郎隱君遂作杏花村名勝諸圖。有《游子吟》。

杜隖《名勝志》：貴池杜隖，以刺史杜牧得名。

散步郊原早，尋僧漫曳笻。雙禽鳴雪樹，孤寺響煙鐘。路轉溪聲斷，山圍嵐氣重。梅花落未盡，春色挽行蹤。

王著，字伏草，秀水人，家金陵。山水得大癡筆意，善花卉翎毛，兼工書法篆刻。

題畫杏花村圖呈還樸郎隱君遂

韓康高隱真仙境，端不種桃專種杏。逃名早避市人知，花掩柴門守幽静。天台武陵焉足誇，引人多事笑桃花。安得烏衣如燕子，春風歲歲到君家。

九江舟中逢沈因伯

深坐休辭燭灺紅，來朝放棹便西東。江湖分路增惆悵，我望南風君北風。

王槩，初名改，亦名丐，字安節，著弟。生不茹葷。善篆刻，山水學龔半千，亦工人物。《芥子園山水畫譜》為其手摹。

題畫

湖干路僻無車馬，葭菼蒼蒼冷到天。長日接䍠慵不著，草堂閑對鷺鷥眠。

壬子仲冬荔翁師臺觀察蜀都用拈少陵雪嶺界天白千崖秋氣高諸入蜀句作圖題曰蜀道易并成小詩四首為易字箋注鈔二

崎嶇與公酌酒興飛騫，意態豪於一載前。自喜流民隨錦纜，何愁蜀道上青天。

照蜀滿眼皆成趣，風日方晴好放船。此地尚饒先世業，唐書幾篋手重編。

春入錦城花事饒，旌旄高擁過星橋。才追揚馬方同駕，山歷岷峨更未遥。

一星光燦燦，凌雲雙手氣飄飄。瀕行好語張樞密，恐有詩人在下寮。

高詠，字阮懷，號遺山，宣城人。貢生，幼有神童之目，康熙己未薦鴻博，授檢討。詩、書、畫稱三絶。有《若巖堂》、《遺山堂集》。

白雀寺

巖前弁山秋色曉崚嶒，野寺煙中杖策登。石徑到門通畫舫，香林過雨見疏燈。

一葉隨寒磬，松頂數花開古藤。借問何年來白雀，游人長憶六朝僧。

題愚山贈林徵君茂之詩帳

斗帳殷勤白苧裁，使君親自寫詩來。孤山處士今眠穩，朝日烘門懶未開。

毛奇齡，字大可，一字齊于，號西河，原名甡，字初晴，浙江蕭山人。康熙己未召試鴻博，授檢討。淹貫群籍，著作最富。嘗畫梅及麻姑像，筆墨古雋，妙得天趣。有《西河集》。

打虎兒行 禹州民朱兒救父打虎，史使君廷桂獎勞之，予識之禹署。

打虎兒，乃在汴梁之禹州，禹州城外朱家樓。小兒十一隨父耕，深林有虎斑毛成。飂飂黑風吹草根，乘風攫人誰敢攖。小兒不識虎，疑是狐與狸。陡然見虎銜父肢，咆哮草際風來吹。兒啼向風不得父，把杙打虎截虎路。三尺童子五尺杙，憑空擊去著虎臆。虎驚顧兒舍父逸，深林風草皆無色。禹州太守呼小兒，予之以帛飽以糜。予時在署識兒面，披髮跳擲真兒嬉。問兒打虎虎何似，舉手張牙作虎勢。假虎隱幔恐小兒，小兒驚避力不支。當時見虎得無怖，此事我亦昧其故。禹州太守省得知，是時小兒知有父。男兒七尺縱復橫，争名攫利萬里行。高堂存没總不問，那肯舍命戀所生。我所思，打虎兒。

題袁孝子負母看花圖

東園花發好顔色，白髮欲行行不得。負母能傳江革心，娱親自竭曾參力。春花已落不再攀，高堂老去扶來難。只今負手花前子，長把斯圖帶泪看。

禹廟

夏王四載告成功，别禪苗山起閟宫。玉帛千秋新祼薦，衣冠萬國舊來同。金書瘞井封泥紫，窆石懸花映篆紅。一自百川歸海後，長留風雨在江東。

題看竹圖

長向吴中擬卜鄰，王家樓子竹溪濱。綀裙葛帶尋常見，錯認平原是繡人。

成光，字近天，號仲謙，大名人。青壇相國克鞏子，以廕官湖南糧儲道。事親純孝。工書，間亦作畫，淡遠入逸品。精鑒賞，富收藏。有《素園集》。

客鄴下許典三世德堂賦贈

鹿洞鵝湖恣討論，愛君名理到君門。解鞍便下南州榻，送酒還傾北海尊。畫壁晚煙山入座，湘簾夜月樹移痕。獨愁孝子方雞骨，酬唱何時共鄴園。

姜廷幹，字綺季，山陰人，一作餘姚。王武弟子，善山水，尤工花鳥。

白門贈王石谷

主人憐才夜開幕，宵半猶持金鑿落。扶醉歸依佛火眠，霜鐘遥和嚴城柝。

嚴繩孫，字蓀友，一字冬蓀，號秋水，自稱勾吴嚴四，復號藕蕩漁人，無錫人。康熙己未以布衣舉鴻博，授檢討，為四布衣之一。書工分隸，山水深得思翁恬静閒逸之趣，兼善界畫樓閣、人物、花鳥，尤精畫鳳。有《秋水集》。

題元僧温日觀畫蒲萄

上人提筆寫涼州，苜蓿榴花豈匹儔。半壁秋風珠錯落，爲君沈醉夢封侯。

施愚山侍講索畫題贈

敬亭山下好雲煙，借問同歸定幾年。已辦青旗紅樹外，一蓑涼雨五湖船。

病瘧口占

膭魄殘形費錯磨，火雲雪浪兩嵯峨。莫言此際暄涼甚，飽歷人情不啻過。

湖上竹枝詞

白頭漁父見承平，吹笛孤山舴艋輕。見説天家錢又趙，惱人湖水不分明。

邵錫榮，字景桓，號二峰，仁和人。宫詹遠平子。貢生，官江西安義知縣。善畫，初隨父宦游，遇名山川必紀以圖，點染蒼雅。有《就山堂集》、《西江游草》。

題畫為諦輝上人作

寫就溪山墨未濃，萬家煙火一聲鐘。老人借問我住處，笑指白雲峰外峰。

朱彝尊，字錫鬯，號竹垞，又號醧舫，一號金風亭長、小長蘆釣魚師，秀水人。明太傅國祚曾孫。康熙己未以布衣召試鴻博，官檢討。詩與漁洋稱南北二大宗，山水煙雲蒼潤，得書卷氣。著述甚富，有《曝書亭集》。

藍秀才見示劉松年風雪運糧圖藍名深，字謝青。

潞河十月櫓聲絶，連檣如薺啼飢烏。層檐炙背苦岑寂，有客示我運糧圖。遥峰隱隱露積雪，村原高下紛盤紆。千年老樹風怒黑，寒葉盡脱無纖枯。人家左右僅茅屋，傍有水碓臨山厨。秕糠既揚力輸税，大車檻檻四黄犢，疾馳下坂尋修塗。嗟爾農人歲已暮，婦子不得相歡愉。披圖恍見南渡日，北征甲士連戈殳。當年諸將猶四出，轉粟未乏軍中需。同仇大義動畎畝，輸將豈畏胥吏呼。始知繪事非漫與，堪與無逸豳風俱。古來工執藝事諫，斯人畫院良所無。嗚呼，斯人畫院良所無。不見宋之君臣定和議，笙歌晨夕游西湖。

為錢給事晉錫**題王給事**原祁**富春大嶺圖**

富春江上雨溟濛，兩岸花開躑躅紅。髣髴舊游如畫裏，一帆曾轉釣壇東。

九言題田員外雯**秋泛圖**

田郎與我相識今十年，新詩日下萬口爭流傳。黃塵撲面三伏火雲熱，每誦子作令我心爽然。開軒示我秋泛圖五丈，鴨頭畫出宛似吳中船。大通橋北官舍最湫隘，箕筥斗斛囊橐群喧闐。他人對此束縛不得去，田郎掉頭一笑浮輕漣。疏花蒙籠兩岸渡頭發，蹇驢蹴躃百丈風中牽。五里十里長亭短亭出，千絲萬絲楊枝柳枝眠。當其快意何啻天上坐，酒杯入手興至吟尤顛。慶豐閘口自有此渠水，未知經過誰子曾洄沿。倉曹題柱名姓不可數，似子飛揚跌宕真無前。長安酒人一時賦長句，我亦對客點筆銀光箋。篷窗寂寞不妨添畫我，從子日日高詠秋水篇。

移居槐市斜街二首

莎衫桐帽海棕鞋，隨分琴書占小齋。老去逢春心倍惜，爲貪花市住斜街。

屠門菜市費羸驂，地僻長稀過客談。一事新來差勝舊，昊天寺近井泉甘。

題石谷贈漁洋山人畫册

王翬老去畫尤工，小幅吴裝仿惠崇。曾上北高峰頂望，村村風景似圖中。

題倪高士畫

房山潑墨太模糊，那似倪迂意匠殊。一片湖光幾株樹，分明秋色小長蘆。

為魏禹平上舍題水村第二圖

江鄉最好是分湖，紫蟹紅鰕雪色鱸。眯眼塵沙歸未得，倩人重寫水村圖。

綠蘋不礙板橋樁，紅葉常堆老樹腔。他日相過任風雨，抽帆直到讀書堂。

送禹上吉由都南還時欲卜居洞庭湖上

謫官擬向洞庭居，此意沈吟六載餘。君去西峰先相宅，小樓容架滿船書。

康熙壬申去官歸里石谷以畫贈别為賦三絶鈔一

六十平頭未許歸，似君筋力健應希。只愁能事人争妬，切莫猩紅染釣衣。

論畫和宋中丞十二首鈔二

崔子忠陳洪綬人物最瓌奇，仕女天然窈窕姿。弟子描摹失師法，盡調鉛粉畫東施。按，竹垞《老蓮傳》云，真蹟美人妖冶絶倫，贋本率皆籧篨戚施矣。

退翁倦叟嗟淪落，吳客雌黄詎可憑。妙鑒誰能别苗髮，一時難得兩中丞。「翁」、「叟」謂孫承澤、曹溶兩侍郎，「中丞」即宋公暨閩撫卞公也。

春日南垞雜詩

社公小雨不黏沙，瞥見逐風燕子斜。料是東家巢已定，但來花底啄芹芽。
移種盆松六尺强，欲當車蓋蔽斜陽。不知黛色成陰日，此地何人結草堂。

許容，字實夫，號默公，北平人，籍如皋。官福建福州府檢校。工畫，精篆刻，有《谷園印譜》、《破難草》。

題羅宣明畫

樹高茆屋小，嶺峻白雲低。極目千山外，茫茫一水迷。

野眺

野色望無極，迢迢不可期。閒雲欹遠樹，蝌蚪篆平池。犬吠花間影，人歸月下陂。竹林深處好，吾亦願追隨。

張慥，字无技，號松石道人，無錫人。初學山水於安无咎，晚年筆意蕭散，突過其師。嘗臨《富春大嶺圖》真蹟，三閱月始成，筆墨渾融，稱為傑作。

過繼梅小樓題畫示陸子鴻儀

醉起呼童汲澗泉，小窗和墨寫江天。青山有價爭賒去，零落雲霞護硯田。

黃以成，字式九，號品三，山陰人。以軍功官温江知縣。工寫山水、花鳥、蟲魚，兼善草書。

復諸兄姪示王父遺書

幸今賢有孫，遺筆賴能留。啓讀聲先咽，追思泪暗流。殘垣寧忍棄，廢址自應修。顧乏隨時用，仍勞兄姪憂。

梅庚，字耦耕，一字耦長，號子長，又號雪坪，晚號聽山翁，宣城人。孝廉清弟。康熙辛酉舉人，官泰順知縣。山水、花卉筆墨脱略，俱有雅韻，兼工篆隸。有《玉笥游草》、《吴市吟》。

呈雪翁

來往危灘複嶺間，抽簪歸去愛投閒。蒼蒼萬壑隨行李，粉本先添是栝山。

畫圖山 鈔一

一角好峰真馬遠，隔溪連嶂似王蒙。短篷卧看開雙幀，六法天然近化工。

題横波夫人畫蘭卷

半幅雙鈎楚澤春，南朝舊部幾傷神。蘼蕪詩句横波墨，都是尚書傳裏人。顧横波媚歸龔芝麓，柳蘼蕪隱歸錢牧齋，同爲尚書側室，均能詩畫。

曹鈖，字賓及，號瘦庵，豐潤人。進士鼎望子。貢生，官内閣中書。山水仿梅道人，兼得淋漓淡宕之趣，自寫《松茨别墅圖》，海内耆宿題詠殆遍。初隨任新安，讀書黄山，後又隨扈南巡，屢游山中。有《黄山紀游詩》、《瘦庵集》。

再游黄山

三入黄山今又來，諸峰偏向故人開。林深夏帶暮秋氣，瀑瀉晴喧巨壑雷。煙雨半沈春藥井，雲霞全護錬丹臺。莫言竟日無多路，選步應知爲惜苔。

水自回環徑自分，看山豈惜往來勤。煙鬟黯淡將梳雨，石齒崚嶒欲齧雲。曲邃若非親閲歷，幽奇端不付傳聞。峰峰千仞堆寒玉，初闢何人運斧斤。

沈傑，字立齋，號海嶽山人，海寧人。康熙甲子武舉人。善繪事。著有《畫録吟》、《野樓詩草》。

范子振菴招看菊醉歸賦贈

棄官猶敝屣，長揖歸林下。種菊繼淵明，沽酒飲清夜。舉杯興未酣，好雨聲如瀉。何殊投轄人，放膽不辭斝。

何文煌，字昭夏，號竹坡，新安人。查梅壑弟子，畫筆超老，書亦得其師法。

水雲亭訪耕煙先生

招尋高士到雲亭，白首相看眼倍青。客裏心情同鶴夢，天涯蹤迹逐鴻冥。笑談頓覺春生座，吟詠何當秋滿庭。剩水殘山供翰墨，風流千載仰芳型。

宋大業，字念功，號蘗洲，長洲人。文恪公德宜子。康熙乙丑進士，官内閣學士。工書，間亦作畫。

題畫

竹樹參差鎖暮霞，垞南山北見人家。杖藜有客來相訪，行過小橋溪月斜。

題鳳阿山房圖

月影空庭荇藻疏，碧梧翠竹慰幽居。更兼雛鳳郎君似，穎慧皆能讀父書。

鄒顯吉，字黎眉，號思靜，晚號城南老圃，無錫諸生。嘗學詩於吴梅邨。畫摹宋元，山水、人物均得古法，寫生有「鄒菊」之目。有《北游集》、《湖北草堂詩》。

與顧景行華商原丁酉文夜話兼寄懷顧華年

木落松高逼歲寒，少年相見惜衣單。闊經歲月人情老，貧覺琴尊聚會難。一座嘯歌皆有泪，百年零落竟無端。悲愁各自還傷别，吟入西風燭影乾。

沈崐，字玉山，號禾畊，平湖人。康熙乙丑進士，官户部員外郎。善古木竹石，尤工倚聲，與黑蜨齊名，時稱二沈。有《味菜山房集》。

訪栽松道者 鈔一

古根絡石瘦鬚多，水月光中露補陀。煞怪艷情消未得，藕花時節記來過。

羅牧，字飯牛，寧都人，僑居南昌。山水得魏石牀法，林壑森秀，墨氣滃然，一時宗之者稱「江西派」。工楷書，善飲，巡撫宋牧仲高其人，作《二牧説》贈之。壽八十餘。

題畫

青峰兩岸畫天然，中許沙鷗自在眠。愛殺湖光明似鑑，欲支清俸買漁船。

憶故園

緑樹遮檐户結荆，終離煙火百般清。松濤夜起驚春夢，誤聽風聲作雨聲。

朱組纓，字素持，號跗庵，江蘇人。山水得倪高士法，書宗歐、褚，兼精小篆。有《跗庵集》。

次韻李漢思浙中見懷

思君無計得從游，夜月當空獨倚樓。藤角遥傳剡溪雪，筆端翦取鑑湖秋。開緘軟語渾如面，把盞高吟輒掉頭。珍重前期指九日，莫教黄菊怨遲留。

徐稔，字樂三，號甫田，海鹽人。游幕京師。善書畫，諳音律。

春仲漫興

梅粉吹殘柳帶稠，春風駘宕動春游。桑間鵲口先蠶放，竹底貓頭待燕抽。花月時閒非易得，米鹽事小不輕愁。采茶曾許鄰僧約，早向溪南借釣舟。

柏古，字斯民，號雪耘，嘉善人，僑居平湖白牛涇，自號白牛牧人。書畫俱學米南宫。

客錢塘寄故鄉親舊

無限江山過眼新，飄零爲憶故鄉親。灘頭捲起蘆花雪，八月先寒行路人。

張銘，字西友，號紫庭，改名僧乙，江蘇人。諸生。善書畫篆刻，嗜酒好古。有《煮石山房稿》。

萬周述陳道山在張天龍家酒後欲作詩苦無題天龍即指道山所衣羅衫索詠之道山立成八句擲筆而哭惜失其稿憶得其第三第六句因為戲足成之

頓教洗滌向清淪，染盡年來客路塵。挽不斷雲花樣舊，坐無聊夜酒痕新。著於薄命飄零日，蒴自深閨怨别人。縱到敝時拋不去，留他拭泪對殘春。

柳雲居看桂憶舊鈔二

二十年來夢想深，昔人遺迹暗追尋。小樓素壁文饒菊，墨法臨摹直到今。園中樓壁韓文饒畫菊數枝，名筆也。余畫墨花頗得其法。

尋覓冬榮更霽霞，新番行樂舊人家。君揚絃索來公曲，勝事年年月與花。園有冬榮館、霽霞閣，曲師沈來公、陸君揚數數讌集。

朱彝鑒，字于民，一字千里，秀水人。竹垞太史彝尊弟。生而穎異，繪畫、篆刻不假師授輒得神解，惜甫逾三十而卒。有《笏在堂遺稿》。

同吴同璋盛鶴江集徐撫辰園亭喜查韜荒自京口至

有客丹陽返，相逢徐穉家。開尊上明月，卷幔落晴霞。疏樹清溪遠，寒花石徑斜。高陽皆舊侣，後會未應賒。

吴之振，字孟舉，號黄葉村農，石門人。貢生，授中書。工詩文，善書畫。嘗手輯《宋詩鈔》，搜羅甚富。有《黄葉村莊集》。

桃花口看落日

暮日黏天欲墮時，波光摇漾浴胭脂。舟中也有閒公案，領略斜陽一段奇。

醉後戲題墨竹便面

峭壁懸崖長竹枝，擘窠誰與更題詩。立身自向蒼茫裏，正是漫山風雨時。

狼藉煙雲卧筆端，枯枝老葉儘高寒。天真到處無人識，抱向空山獨自看。

陳帆，字際遠，又字蒙谷，號南浦，常熟人。性狷潔。山水師梅道人，書學柳誠懸。

石谷移居洗馬池次子壽韻鈔一

王翰來鄰德不孤，山心偏與古爲徒。牀頭舊釀謀諸婦，我欲尋詩信杖扶。

戴梓，字文開，仁和人。工詩畫，負經世才，康熙初佐康王平三藩、征臺灣，以功官侍講，偕高江村直南書房。因仿造西洋槍礮稱旨，為南懷仁所嫉，乘間力構之，徙關東，籍瀋陽，人稱「耕煙先生」。

烽臺晚眺

獨立俯荒邱，清笳殷戍樓。萬山環塞險，一海抱天流。白骨何年戰，黃雲終古愁。凭高無限感，霜月滿征裘。

逢子先上人

鄉語忽驚聞，相看是故人。龍庭二十載，不識故園春。

朱自恒，字北山，號小阮，海寧人。康熙丁卯舉人，官建德教諭。善寫生，尤工畫梅。有《愛閒堂題畫詩》。

自題洗寒圖

傲骨祇須梅作友，壯心聊借酒爲歡。平生何事因人熱，坐有春風自不寒。

湯右曾，字西涯，仁和人。康熙戊辰進士，官吏部侍郎。以逸筆寫山水，著墨無多，舒展自如。工行楷書，詩與朱竹垞齊名。有《懷清堂集》。

九日大風寒甚不得訪平坡秘魔諸勝

投牀倦不聞齋鼓，選勝行須待曉鐘。夜半風聲撼茅屋，朝來冷氣逼雲峰。頻添白袷衣仍薄，再上青山興已慵。慚媿老僧爲後約，可能踏雪到深冬。

與朱竹垞彝尊查德尹嗣瑮題歲寒圖分得菊花

一莖霜葉寒碧，數顆香苞晚紅。記得年時折取，故園籬落西風。

題商邱畫蘭

竹箭美必採，澤蘭香宜紉。公乎鎮東南，公前撫豫章，後撫江蘇，多拭拔名士。空谷無幽人。偶然託墨妙，寫此平生親。咨嗟魏公儔，小筆乃爾神。

題唐六如吴彩鸞寫唐韻圖

蕊珠小謫又經年，重疊書完九萬箋。却笑仙家新活計，也如人世賣文錢。

題宋山言授詩圖

人間詩句鬥豪雄，誰解蕭閑語更工。文采争如宋公子，五言冰雪是家風。山谷詩：「翰林尚書宋公子，文采風流今尚爾。」

柳堉，字公韓，號愚谷，金陵諸生。山水遒逸蒼莽，得董、巨遺意，書法北海。

題石谷畫

一雨如膏灌麥秋，園池水長碧悠悠。天容此老耽餘歲，甘付雄心與筆頭。

翁嵩年，字康飴，號蘿軒，仁和人。康熙戊辰進士，官刑部郎中，督學廣東。工山水，每以枯瘦之筆作林巒峰岫，氣味古雅疏拙，無一毫畫家習氣。有《天香書屋稿》、《白雲山房集》。

京口賓次山為余作采蒓圖壬辰五月從都下歸七月中元自題二絶

家在西湖湖水邊，長堤如帶柳如煙。扁舟一棹雲深處，摘得蒓絲已滿船。

蒓菜何須下鹽豉，一官元不值鱸魚。人生到處無不可，應與浮雲爲卷舒。

光孝寺贈棕笠賦詩

已辦歸耕江上田，乞余一笠度平川。黄花滿徑穿雲去，白雪漫山戴玉還。行脚挂瓢無不可，道裝儒服亦天然。相看拄杖乘風健，老覺登臨興自便。

梁槤，字器甫，自號寒塘居士，又號鐵船道人，廣東順德人。畫師雲林，與陳恭尹、何絳、陶窳、兄衡稱北田五子。

送何不偕絳之湖州

擾擾不得志，客心安可論。古關羸馬路，窮海鱷魚津。驛葉行邊落，菊花到日新。遨游無不可，天地一閒人。

孔衍栻，字懋法，號石村，曲阜人。東塘農部尚任從子，貢生，官濟寧訓導。工山水，著有《畫訣》，得宋元人不傳之秘。

題畫

莫訝今無雨，君將畫裏看。分明山帶濕，六月亦生寒。
怪石嵯峨不見村，峰頭但有寺孤存。愁逢霧雨煙深夜，山鬼聽經虎卧門。

陸道淮，字上游，嘉定人。工山水，善花卉，為吴漁山高弟，又嘗受畫法於王石谷。

呈耕翁夫子

先生山水今第一，入妙超神孰可匹。樹石紛披煙雨濛，前身定是王摩詰。弟子慚非入室者，廿載依歸託鎔冶。經營慘淡辨毫芒，元氣淋漓看揮灑。世人酷愛先生畫，遐陬絶域騰高價。不惜千金購片縑，什襲神光騰夜夜。富春巖壑天下奇，當年繪者稱大癡。先生潑墨許追摹，筆參造化定過之，優游盤礴逾期頤。仙人鐵笛雲中吹，笑謂子久年壽寧如台。

俞培，字體仁，號厚齋，海寧人。善畫，尤以寫真名。

壬午十月為吴孟舉作黄葉村圖系以六絶 鈔二

每讀坡詩黄葉村，憶他村裏有高人。今來語水尋村路，恰好霜林届小春。

海内皆稱今孟嘗，三千珠履日盈堂。媿余不善歌彈鋏，莫問無能何所長。

陶窳，字若予，號甄夫，順德人，晚居金陵。初，父浤宦游歿於滇，攜幼弟徒步六千里奉母以歸。工詩書篆刻，尤長花卉，款署「陶者」。

寄懷彭海客

十載離群少故知，更誰質直定吾詩。懷人獨上江樓望，得句因過野寺題。略有豪情尋白墮，偶從閑處聽黄鸝。明年又作商州客，日醉商山四皓祠。

丘園，字嶼雪，常熟人。山水得潑墨法，自成一家，雪景尤妙，黄尊古嘗師事之。縱浪詩酒，善度曲，有《歲寒松》、《蜀鵑啼》諸樂府。

丙辰十月為東令年道翁題石谷漁莊煙雨圖

修竹疏楊屋數椽，一溪沈緑雨拖煙。短蓑兩兩尋魚出，網得湖鮮載滿船。

靈巖雜詠鈔一

吴王宫女競風流，蕙馥蘭芬恣意收。一自郊原走麋鹿，閑花都上野人頭。采香徑

申頎，字敬立，永年人。明太僕寺丞佳胤孫，舉人涵煜子，副貢生。詩長五古，出入蘇、黄，兼工書畫。晚授唐縣教諭，不就。有《耐俗軒集》。

初冬過胡遜谷先生

三月不過君，恍如隔三歲。扣門手自開，延入門還閉。木葉黄未脱，檐鳥鳴初霽。君齒何時豁，握手驚欲涕。薄俗失英賢，蹭蹬成衰敝。入山苦未能，豈免塵緣繫。新穀穫幾何，長孫就傅未。饘粥尚不充，逋負償何計。老境雖日艱，新詩法愈細。伏几兩悠然，茶煙霏竹際。

冬日西巖

嚴冬天地閉，收穫報登倉。偶乘風日霽，過我西巖莊。牛毛寒蒙茸，舐犢卧斜陽。開門殘雪在，瓦雀翔空堂。園人速掃除，熾薪温我裳。展席呼其兒，奔走供壺觴。雖非狼戾年，里閭慶小康。敲冰出鮮鯉，晚炊薦黄粱。獨酌易成醉，畏冷懶登牀。隔籬招鄰叟，依依話夜長。虚牖通前溪，寒犬吠燈光。始知疏散意，所遇成羲皇。

感物詩五十首鈔五

感物者，或因物而有感，或因感而及物。余之爲此，蓋竊取乎三書焉：《易》之取象，《詩》之比興，《莊》、《列》之寓言。庶幾託物達意，言之無傷歟？至於損益質文，抑揚聲律，或工而離，或拙而合，辨離合於工拙之外，求不愧夫古之作者云。

李白惡白鷺，罪其啄紫鱗。爲言貌雖潔，其心實非仁。爾鶴況嗜蛇，穢濁更無倫。俗尚喜雷同，論形不論真。諱其貪殘性，清節擬松筠。有奸必藏毒，頂丹能殺人。如何乘華軒，尊貴無與鄰。我欲訴鳳凰，不以爾爲臣。

一雞蒙厚飼，群雞氣索寞。一雞莫感厚，群雞莫怨薄。當其厚飼時，鸞刀已霍霍。人恩不妄施，受者宜自度。鴻飛高冥冥，笑彼乘軒鶴。

蜣螂轉糞丸，齷齪爲人憐。何時生羽翼，置身庭樹巔。穢濁猶在腹，清聲高自宣。君勿窮底蘊，浮名貴目前。

弱蘿不自立，因依喬木邊。微時不剪除，引蔓據其巔。蒙密枝柯掩，束縛根株連。勢借日益盛，嫋嫋風花鮮。可憐木就槁，無計脱糾纏。請看百尺桐，孤直絶攀緣。

嚴冬當午霽，暫煖豈能長。癡蟲蟄復出，依遲薄日光。飛躍欣相得，倏忽飈風霜。不如桃李枝，斂華待春陽。

沈聖昭，字宏宣，仁和人。家世隱於醫。工書，善山水，間以其書法潦草之意移而畫竹。有《蘭皋集》。

早春湖心亭眺望寄沈德隅

亭欄重構水雲隈，孤棹登臨四望開。遠漵暮煙驚鼓吹，南山晴雪照樓臺。沙明浴鷺花間聚，冰泮浮鷗鏡裏來。獨憶新詩倍惆悵，幾時乘興對銜杯。

熊壽眉，字以介，號梅笑，江都人。孝廉敏慧孫，諸生。工詩善畫，嘗受知於田綸霞。有《茶坡亭詩鈔》。

宿潮音閣

焦山真勝地，有月景尤奇。蘆荻風迴處，梧桐葉落時。漏殘雞不唱，夜午鶴偏知。幽絶非人境，天然畫裏詩。

畢夢熊，字庶男，號蘭泉，丹徒諸生。工畫竹。

題竹

黄陵只在斷雲西，苦竹叢深望欲迷。帝子不歸春又晚，滿林煙雨鷓鴣啼。

方佑，字右人，儀徵人。工書，善畫梅。兄仍，字乃人，時稱「二方」。

寄張功銘先生

知君旅舍好，山水與縱横。一杖寒雲出，重門曉日清。消閒常作賦，縱飲不談兵。夢到家鄉遠，相思白髮生。

吴源達，字孝章，嘉興人。給諫源起從弟。國學生，考授州同。工詩畫。有《野外堂稿》。

自題盲子相打圖

寫得紛争絶可嗤，據何所見怒隨之。老拳毒手交加處，孰與分清某在斯。

朱昂，字曉思，江蘇人。生有夙慧，詩文詞賦、繪畫篆刻，一究心輒精其詣。有《鹿樵生稿》。

江樓漫興時客黄歇渡。

小館枕江湄，篝燈夜讀時。月來人不覺，秋到夜先知。宿鳥一汀畫，寒蛩四壁詩。未眠還索飲，吹火酒鐺遲。

范纘，字武功，婁縣人。居笏溪，因以自號。博學工書，善山水。凡乞畫者例酬一棉衣，歲積數十襲，待冬月施貧者。孫士棫登乾隆壬申榜眼，人以為慈善之報。有《四香樓集》。

題畫册

三分涼思雨絲絲，老去翻書覺眼遲。懶畫多留題畫處，尋花先訂醉花期。月隨人夢清閒境，秋到蛩吟得意時。兒輩别無看待我，朝朝滌硯换瓶枝。

錢璜，字右玉，號他石，錢塘人。監生。博學善繪事。幼失恃，作《思母詩》十二章，聲情悽惋，顧侍御豹文為之序。有《雲起堂稿》。

偕沈方舟過黄雪山房即同映川紫山游南屏

共指南屏路，香臺試一登。松杉非舊物，龍象是重興。隔岸三潭月，空廊幾處燈。長橋歸去近，不用問山僧。

羅坤，字宏載，號蘿村，會稽諸生。康熙己未舉鴻博。文善紀游小品，精小學，能篆刻，偶作竹木奇石，法陳老蓮。有《蘿村集》。

除夕渡黃河

天涯臘盡獨歸燕，客路蕭條蔽暮煙。萬古黃河無盡夜，明朝孤客有新年。

康臣戲成打棗歌因和之

棗葉青青棗子紅，兒家恰在棗林中。今年棗結枝枝滿，不比蓮房一半空。

禹之鼎，字上吉，一字尚基，一作尚稽，號慎齋，江都人。官鴻臚寺序班，以畫供奉内廷。幼師藍田叔，出入宋元諸家，尤精寫照，一時名人小像多出其手。

為石谷先生作騎牛南還圖并題

琴川花月夜，旅夢每逡巡。行李惟孤劍，歸心急似春。
才識空今古，風流老右丞。不因天子重，聲價早峻嶒。

張迥，字人遠，號南田，改名古民，江蘇人。性閒散，村居教授，時或寄迹蕭寺，與方外唱酬。善山水，工行草。有《南田山人集》。

畫扇贈殷警齋

煙樹雲林一望賒，幽人住處隔汀沙。石橋西轉無多路，秋水蘆花第一家。

曹爾坊，字子閑，嘉善人。爾堪弟。工書，兼善繪事。

題小普陀佛閣

曲曲迴廊映柳開，探幽幾度到香臺。九峰晴黛横窗出，三泖春波拍岸來。深澗黑腥魚噴藻，遥堤青濕鷺行苔。詩成不盡登臨興，題壁慚非工部才。

賀粱，字建玳，號燕墅，河南懷慶人，隨父宦流寓莆田。為人磊落不羈，書畫兼工。

鷺江舟中

天垂四野白，日落半山昏。小艇輕於葉，隨鷗入海門。

盛遠，字子久，一字鶴江，號宜山，秀水人。布衣。工詩，善書畫，時稱三絶。有《瓣香菴詩鈔》。

西泠蕭九娘當壚飛來峰畔得名三十年矣予今春山游雨阻飲其壚下時九娘新寡風流非復當年戲占四絶以貽好事鈔二

春雨霏霏客袂寒，玉壺暖酒爲君歡。儂家少小當壚慣，不怕王孫騎馬看。

家住西泠第一峰，常從鷲嶺禮花宫。釀成美酒非供客，留與陶潛訪遠公。

陸鳴皋，字士湄，號鶴亭，錢塘諸生。善山水，工書。有《春及堂集》。

初夏

園林緑暗雨初晴，不捲疏簾睡易成。竹節褪衣纔半露，燕雛學語未全清。塵生日影尋無迹，風入琴絃聽有聲。獨坐始知閒境樂，又看山上暮雲生。

張純修，字子敏，號見陽，豐潤人。豫大中丞長子，貢生，官廬州知府。工山水，得北苑、南宫之沈鬱，兼雲林之逸致。家富收藏，尤精臨摹古蹟。

楝亭夜話圖為曹子清水部同潯江施刺史讌集作

水部風流過王謝，經濟文章擅天下。潯江吏治無雙駕，頑梗民皆向日化。楝花燦爛遮臺榭，紫光灼灼映玉斝。佳餚羅列兼酥炙，二三好友談情暇，笙簧鐘鼓不須借。薑桂真香勝蘭麝，古道淡淡少迎迓。明月東昇亢宿亞，肝膽照人忘深夜。

王維寧，字古臣，號寒溪子，常熟人。善畫好游，嘗結西湖看花社。年七十自營生壙，嘯歌其間。

石谷先生移居洗馬池上賦得三絶句 鈔二

面山臨水逼鮫宫，煙雨陰晴迥不同。雲駿移居遠城市，分明家在畫圖中。池上有雲駿菴。

隔溪車馬自閑閑，截斷紅塵好閉關。雞犬雲中多傲色，幽人生計在青山。

孔傳鋕，字振文，號西銘，别號蝶庵，曲阜人。康熙中襲五經博士。學贍才敏，工書畫，精篆刻。有《補閒集》。

猛虎行

山石确犖陰風生，懸崖叢莽人不行。猛虎磨牙恣吞嚼，長嘯一聲山亦鳴。苦飢不得食狐兔，目炯如燈坐當路。世無善射李將軍，誰敢彎弓一相顧。我謂猛虎猶可親，窮其所欲食一人。人心險毒甚於虎，帶笑噬人無齒痕。嗚呼，山中之虎皆可避，借問誰能避酷吏。

先母張太夫人忌日

禽有反哺烏，獸有跪乳羊。渺爾一雛鷇，不離慈母傍。我生二十餘，俛仰獨自傷。欲養母不在，悲風鳴白楊。兒生一歲時，慈母遽云亡。側聞彌留際，爲兒涕淋浪。既憐兒幼小，又慮兒瘡瘍。撫摩再三視，宛轉徒在牀。兒時未齠齔，何以學黃香。及茲逾廿載，往事俱茫茫。音容不能記，杯棬詎能將。偶從箱篋間，時睹舊衣裳。傍人爲指點，母身等衣長。見衣如見母，血泪流千行。嗚咽不忍視，什襲命珍藏。豈無履與鈿，種種在幃房。兒今坐立處，母昔曾徜徉。觸物成悲啼，寸寸裂我腸。世人各有母，我生匪空桑。憫茲逢忌辰，長跪奠一觴。母靈如不遠，翩然來故鄉。

金造士，字民譽，號就隱，嘉定人。山水渾厚，與吴漁山相友善，畫亦若出一手，兼工寫意花鳥。

自題墨荷便面

一瓣真能蓋一鴛，西風捲地僅能掀。花枝力大争獅子，丈六如來踏不翻。

喬崇讓，字致能，寶應人。石林學士萊子，康熙丁卯副榜。工寫生，尤善畫龜猴，兼工分隸。惜早卒。

養病陶園忽有道士闌入相探告余前世事且訂後期因成二絶鈔一

偶然一誤到人間，忘却前身與舊山。今日相逢如夢裏，白雲秋館正闌珊。

王瀛，字十洲，常熟人。善畫蘭，晚年皈心空門而不戒綺語，嘗謂「詩不入禪意必膚淺，禪不通詩境亦枯寂」。有《娱暉草》。

落花 鈔一

風雨樓頭卸晚妝，飄零轉瞬散池塘。六朝舊恨埋殘粉，一院新愁鎖夕陽。舞蝶尋來疑是夢，流鶯啼煞不重香。馬嵬因憶當年事，薄倖三郎也斷腸。

有《耕雲詩草》。

王銘臣，字于常，號耕雲，湖北漢陽人。貢生。山水蕭疏淡遠，得雲林風致。

晚泊

晚泊清溪客裏身，掃除閒夢净無塵。雲開月影生殘畫，山放桐花送暮春。隔浦鄉音翻似鳥，入灘野獺却如人。漫敲石火温殘酒，招得商舟亦好鄰。

黄鼎，字尊古，一字曠亭，號閒浦，一號獨往客、净垢老人，常熟人。山水少師邱嶼雪，後得麓臺之傳，筆墨蒼勁，近黄鶴山樵。伉爽好游，足迹幾遍天下。論者謂，石谷看盡古今名畫，下筆具有淵源；尊古看盡九州山水，下筆具有生氣。

題蘇文忠畫竹

渭川千畝未爲奇，獨羨坡仙風竹枝。後夜聞雷頭角露，看他行雨過天池。

凌竹，字南樓，號此君，晚號平安老人，常熟人。善水墨花卉，書學晋人，兼工填詞。

石谷移居西城賦贈

與君同住北山阿，貰酒聽鶯日日過。君自移家城裏去，流鶯獨向阿儂歌。

倪迂才調大癡名，畫卷詩囊滿載行。鶴怨猿驚君憶否，移文應即到西城。

畢鋭，江都人，居北湖。康熙甲辰武進士，官貴州平壩衛守備。工詩，善山水，與阮玉堂同有儒將之目。壽臻九十。

答漪庵

柴門終日静，晨起不妨遲。圖史目常飽，交游情近疲。才疏成隱拙，歲老澹情癡。莫怪秋霜早，東籬菊滿枝。

顧卓，字爾立，吴江布衣。康熙初游京師，為安邸稱賞，花草得白陽法，兼善寫照。有《雲笥詩稿》。

嘯臺

高臺出林杪，遥與西山對。仰天一舒嘯，聲激秋雲碎。何須羨孫登，浩氣充大塊。

顧衡，字孝持，一字霍南，婁縣人。貢生，官臨淮訓導。善書畫。

飲陸侍御山園同錢太史越江分韻

層巖圍曲水，雲樹繞千章。苔蘚侵衣緑，藤花落砌香。聽松晴似雨，坐竹夏偏涼。不盡登臨興，高樓倚夕陽。

華士方，字泰巖，號漁山，無錫諸生。偶作小畫，雅淡有致。有《養閒齋集》。

登臺

亂雲歸盡月華澄，半醉携琴獨自登。欲抱清音和天籟，耐寒直到第三層。

邱崧，字石室，常熟布衣。畫得世父嶼雪之傳。

閨中落花用胡白叔韻

殘紅滿徑濕胭脂，牽恨非關楊柳絲。弱蒂已成連理實，芳鬚猶戀合歡枝。空池影散魚先覺，深樹香消蝶未知。明月一庭風乍息，繡簾捲處緑陰滋。

王奕清，字幼芬，號拙園，太倉人。煙客奉常孫，顓菴相國子。康熙辛未進士，官詹事府詹事。善書，工繪事。

題温相國文簡公遺像

閶闔扶摇素鶴驂，台星折處碧雲曇。白楊早拂蛟龍匣，紫色猶飛粉墨函。泚筆擬成裴令贊，捉麈如接謝公談。丹青曹霸開生面，中有無窮雨露含。

高士奇，字澹人，號瓶廬，又號江村，蒙賜號竹窗，錢塘人。由諸生入太學，以能書稱旨，授録事，官詹事，賜同博學鴻儒科，加禮部侍郎，謚文恪，侍直内廷最久。精鑒賞，富收藏，晚歲間作山水，所輯《江村銷夏録》著稱於世。有《江村詩集》。

題吴孟舉舍人黄葉村莊圖四首鈔一

簇簇霜林錦不如，白雲缺處一茅廬。舍人懶待金門詔，愛聽秋聲坐讀書。

題石谷摹大癡江山勝覽圖

江樹江雲斷又連，高低澗水灌山田。儂家只在溪頭住，那識人間有市廛。
十日畫山五日水，想經登陟盡巑岏。我今游屐無心著，粉本朝朝偃卧看。

題畫寄孟舉舍人

偶拈秃筆寫疏林，衰懶渾忘哲匠心。寄與橙齋噴飯看，寒塘漠漠記冬深。

寄項東井年八十，時以畫梅相寄。

我住東湖曲，芳鄰有項斯。常懷天籟閣，遠寄歲寒枝。白髮仍多興，烏衣更有誰。
疏慵今太甚，載酒會何時。

禹鴻臚畫一白髮老人背手持玉環一童子戲而奪之老人回首反顧天真怡然名曰返老還童圖以之爲鶴沙前輩壽乃復寄書屬題因賦二詩

白首胸中有大還，丹砂無藉駐朱顔。寬袍闊履逍遥慣，漫説方壺海上仙。

昨聞觴斝會耆年，好事從教洛下傳。半月前先生作耆英會。誰似先生無繫著，心同稚齒樂天然。

昔游盤山以爲與王叔明畫絶相似曾賦一詩今追録之

巉崒懸崖一徑深，瘦松蒼翠覆溪陰。王蒙畫法有真境，誰識高人用苦心。

李序韓，字原漢，一作源漢，漢陽人。善花鳥，性孤介，求畫者非其人雖貴顯弗應。

蕭寺逢故人

寥落依蕭寺，憐君意獨深。江湖游子泪，風雨故人心。石磬清幽夢，雲山冷素琴。凄凄無限恨，對爾倍沈吟。

吴暻，字元朗，太倉人。祭酒偉業子。康熙戊辰進士，官兵科給事中。以詩畫世其家學，嘗蒙召入暢春苑，命畫清溪書屋屏風，并奉敕與王原祁等纂輯《書畫譜》。有《西齋集》。

詠野航齋前所蓄白鷺雛

少小煙波掠葦叢，霜衣曾伴杜陵翁。寧貪金闕三霄露，却背江湖萬里風。静看梳翎添檻碧，有時翹足映花紅。舍人宅裏相憐惜，生長俱同水國中。

葉洮，字秦川，號金城，上海人，居青浦。有年子。工山水，喜作大斧劈。康熙中供奉内廷，奏對時自稱「山農」，以病乞歸，賜金乘傳，一時榮之。

西涇賞菊

秋光九十猶瀟灑，言尋芳菊東籬下。華燈夜燦張瓊筵，入座幽香自盈把。按拍同聽白雪吟，飛籌共醉黄金斝。憶我頻年賦浪游，日向長安策疲馬。青溪回首多故人，襟抱無由得抒寫。相逢今夕開歡顔，萬斛離愁盡傾瀉。尊前擊鉢還催詩，春容翰墨揚風雅。街鼓聲稀客未歸，城上烏棲啼啞啞。樂事須從物外求，車塵鹿鹿何爲者。

許遇，字不棄，一字真意，號花農，一號月溪，侯官人。友子，官河南陳留知縣。工松竹梅石，學詩於王漁洋。有《紫藤花庵詩鈔》。

家山雜憶

結茅粉本擬雲林，瘦石霜柯稱隱心。風幔正垂秋月白，滿窗澹墨寫梧陰。米友堂位置略仿倪迂，月夜布帷，雙梧照影，中外澄澈，如酣墨新寫者。

遇遭土室晝冥冥，南北窗開緑滿庭。記得課詩殘雪夜，燈光竹影舊陶瓶。陶瓶爲先人宴息之所。憶丙申春雪，遇時七齡，侍先人側，因教杜少陵「驥子男兒」之什，命遇解述，頗稱意忘倦。

微雨初晴手縛籬，抽條迸茁碧離離。憑君看取三千箇，不用鵝溪寫一枝。予向亦喜寫墨竹，近頗有襪材之厭矣。

帶尖嫩葉白巖茶，纖手閒心揀細芽。竹隖熏箱微火煖，昨宵香透樹蘭花。凡花皆曰開，惟樹蘭、魚子之類土人曰熟曰透，可以薰香染茶。

老夫兒輩百無能，探得殘編意緒增。密樹書聲風雨裏，分明漏出兩三燈。

梨皮缸注黄梅雨，荔炭香生白瓦爐。昨日山僧寄茶至，紫毫香潑大彬壺。梨皮缸載自外洋，受水三十餘石。漳郡瓦爐色如雪，煮泉無風自熾。

緑皮脆薄護丹砂，異樣香甜冷沁牙。好與荔支同醒酒，臺灣船到送秋瓜。臺灣瓜色猩紅，味極甜。

長説歸時未合歸，山翁終戀故山薇。白鷴亦是山中鳥，與報兒童早放飛。予家養白鷴，甚馴。

夏歷，字子年，一字紀村，六合人。畫稱能品。有《江麓草堂集》、《雨香齋稿》。

净明寺訪僧不昧

言尋水南寺，不異祇陀林。日月松杉古，風雲臺殿深。僧頭堆白雪，佛面黯黄金。城郭嗟勞擾，惟聞清磬音。

吴弘，字遠度，江西金谿人，家江寧。山水宗宋元，自闢畦徑，墨竹飛舞，為「金陵八子」之一。

青溪谷答周櫟園

近市無半里，深居如野村。岸花環路曲，溪水隔籬喧。塵事不到夢，午炊猶閉門。閒心隨處寄，敢說武陵源。

張修，字損之，長洲人，家秣陵。工山水、花草、蟲鳥，尤精畫荷。

題畫

古寺樓高畫欲眠，茅檐雪壓冷無煙。不知門外深三尺，自寫荷花換酒錢。

盛琳，字玉林，江寧人。茂開子，與兄丹畫傳家學，工大癡法，極爲楊龍友諸君子所重。

清溪

雪消溪響草含青，四面山光擁作屏。我欲移家種梅樹，七松五柳一茅亭。

李玉，字佩元，六合人。諸生。與郭峻、劉璞等俱以書畫名。

青竹橋贈友

野水彎環認一村，小橋斜過破苔痕。幽人日午抛吟卷，一枕清風竹掩門。

張體仁，字恭如，六合人。諸生。與弟廣仁俱工詩畫，善隸書。有《静觀樓集》。

題畫

小閣百花欄，茜窗開半面。雨濕香濛濛，珠簾隔不見。

張廣仁，字敷德，體仁弟。有《春草山房吟稿》。

果灘新亭

亭館清幽絶世氛，名山賢尹共超群。雖無島嶼芳洲遠，自有笙歌曠野聞。孤鶴夜眠千嶂月，寒梅香鑠一江雲。開樽不盡豪吟興，畫舫催歸盡日曛。

施霖，字雨咸，上元人。山水師大癡、北苑，人品高古。

題畫

雨後山光潑翠開，小橋流水浄莓苔。林花争發春禽語，時有幽人曳杖來。

劉驊良，字支莊，號一驥，又號六蝶，滄州人。舉人駰良弟，諸生。山水有逸致，龐雪崖徵君題其畫，謂可與同州戴尚書并傳。漁洋山人稱其詩如空谷之蘭、静潭之月。著有《帆影筆談》、《支莊詩集》。

獨坐

獨坐客不至，秋雲逐逐來。娉婷池上竹，憶是舊時栽。

尋菊戴氏菜園過蘆渚亭

荒落寒村三五家，小園籬菊未全花。晚鐘催散游人屐，渡口飛來雁陣斜。

左湛虚西園招飲邀戴檀熾同過

肯去西園飲，還同仲若過。碧吟彭澤柳，白愛右軍鵝。山色斜陽瘦，檐聲好鳥多。少年不使酒，意氣欲如何。

補張在辛，字卯君，號柏庭，山東安邱人。杞園徵君貞子。康熙丙寅拔貢生，授觀城教諭，不就。築園城隅，偕在戊、在乙兩弟及群從討論風雅。工篆隸，精刻印，畫入逸品。年逾八十，神明不衰。有《隱厚堂詩集》。

兒重與同皓孫父子公車北上喜寫一圖并題

父子公車赴帝京，連朝檐鵲報新晴。驪歌好帶將雛曲，客路時聞陰鶴鳴。期演桃花添浪暖，春深觳雨聽雷鳴。不知射策彤廷日，誰著先鞭進一程。

為高西園寫南村圖成因言德州趙季良北村之妙欲寫一圖相寄使者適至不及作畫先以截句見意

每從膠海思良友，爲寫南村舊薜蘿。南村忽道北村好，又自滄溟溯九河。

籬邊銜尾打魚船，鷗鷺聲中水接天。夾岸桃花飛絳雪，主人鎮日足高眠。

毿毿楊柳覆柴門，來往漁樵自一村。他日騎驢遠相訪，隔墻借酒肯留髠。

贈長山聶松岩

六書何處問師承，近代荒唐盡葛藤。漢室一鐙終不滅，年來衣鉢在於陵。

熊高福，字兼五，江西寧州貢生。家有活水園别墅，喜與知名之士觴詠其中。善丹青。有《雪研詩鈔》。

暮秋江城寄内

何處秋砧急，江寒雁唳頻。夢魂千里共，風雨一燈親。憐我長爲客，知卿久耐貧。曲將慈母意，莫説未歸人。

劉念拔，字最超，别號笛樓，奉新人。善畫。有《窖墨園詩草》。

題自畫鸕鷀圖

紅日沈時釣叟歸，鸕鷀飛上石崖西。晴光水面摇花影，認得游魚欲下溪。

温儀，字可象，號紀堂，陜西三原人。康熙壬辰進士，授進賢知縣，官至霸昌道。少嗜畫，見解獨超，後受業麓臺司農，謹守師法。

頌新昌張母彭太君節壽

舊學曾師禹，高門又相韓。平皋蘭蕙潔，幽閣楷模端。半世甘孤影，三遷啓一難。松齡長并鶴，花誥佇封鸞。

郭夢琴，字帝良，江西新城諸生。工書畫。

冬日送邱嘯雲山人歸里

積雪滿江濱，君胡事遠行。三冬長夜話，一夕驟歸情。馬向荒城遠，梅從驛路迎。相思知有處，砌外草蟲聲。

清畫家詩史乙下

寧津李濬之響泉編輯

蘊端，初名岳端，字兼山，自號十八郎，又號紅蘭主人、玉池生，安和郡王子。花卉縱逸瀟灑，類八大山人，墨蘭得元人韻致。禮賢下士，嘗選郊、島詩以示不棄寒瘦之意。有《玉池生稿》。

暮春留顧卓金書徐蘭就樹堂小飲

養花天漸減春寒，敞席虚堂三月闌。雲過雨添楊柳綠，風來人惜海棠殘。新詩脱稿從頭讀，美酒傾杯澈底乾。屈指芳辰無幾許，莫悲零落且爲歡。

題朱柔則女史寄外沈用濟故鄉山水圖用濟號方舟，時客邸中，得女史所寄畫卷，即日歸里。

柳下柴門傍水隈，夭桃樹樹又花開。應憐夫壻無歸信，翻畫家山遠寄來。

題畫

清明纔過雨初收，懶病相兼怕出游。偶寫黄花三四朵，閉門獨對似深秋。菊

正值天寒雪下時，披裘獨坐酒盈巵。客來索畫無煩想，隨手梅花一兩枝。梅

前日尋芳春已闌，連宵風雨更摧殘。杏花料得無些賸，自把吴綾寫出看。杏

顧文淵，字文寧，一字湘源，號雪坡，又號海粟居士，常熟人。初畫山水，從王廉州游，後見石谷畫法日進，遂專精墨竹，筆意蕭疏簡逸，補寫坡石水口尤臻絶妙。善書。有《海粟集》。

墨竹小幅題贈樗叟

畫思原來觸處生，一林寫出若天成。試於葉上潛心聽，可似蕭蕭作雨聲。

漫興

就飲花時豈待招，流鶯聲裏過溪橋。不知誰捲風鳶綫，揉損鵝黄柳數條。
花枝礙路未開齊，步步青蕪雨夾泥。兩月陰晴莫憑準，竹林多事鵓鴣啼。

馮景夏，字樹臣，一字伯陽，桐鄉人，徙居秀水。康熙癸酉舉人，官刑部侍郎。

山水疏曠淡雋，得董華亭墨法。年七旬，猶能作蠅頭楷書。

題畫

山頭雲靄靄，山脚水粼粼。矮屋休嫌小，開門處處春。

聞鈴兒乞假歸省遂圖其意以示兒婦并繫以詩

日下行人何日到，天邊征雁已先歸。倚閭遠盼扁舟至，不間晨光與夕暉。

胡湄，字飛濤，號晚山，又號秋雪，平湖人。諸生。為槜李項氏外孫，項氏藏畫最富，因恣觀摹仿。初學宋法，花鳥蟲魚時稱仙筆；得名後率筆，流入粗俗，瓜田徵君嘗著論惜之。有《招隱堂集》。

題自畫垂綸圖

千古功名一釣絲，桐江客與渭川師。何如老却煙霞裏，塵世滄桑總不知。

天目道中

九日風高白露寒，短笻扶我上層巒。亂餘山店人家少，一路花開秋牡丹。
谷口殘村刈早禾，碓聲隱隱隔山坡。牛羊自下閒門巷，何處猶逢牧豎歌。

博爾都，字問亭，號東皋漁父，清宗室輔國公拔都海子，襲封輔國將軍。工畫。有《問亭詩稿》、《白燕樓集》。

送苦瓜和尚南還

涼雲日夕生，寒風逗秋雨。況此摇落時，復送故人去。飛錫竟何之，遥指廣陵樹。天際來孤鴻，哀鳴如有訴。敗葉聲蕭蕭，離思紛無數。登高欲望君，前津滿煙霧。

索王麓臺畫

筆墨真磅礴，誰能得似君。殷勤如念我，願寄一溪雲。

寄懷汪鈍翁

故人三載別，煙樹窅重重。歸雁雨中去，裁詩花下封。嘗同卧山館，空復對雲松。猶記題名處，玉泉最上峰。

姜宸英，字西溟，號湛園，又號葦閒，慈谿人。康熙丁丑賜進士，以一甲第三名入翰林，時年已七十。初以布衣薦修明史，與朱彝尊、嚴繩孫稱三布衣。山水筆墨遒勁，氣味幽雅。擅長古文，醇而能肆，所纂《明史稿·刑法志》最知名。書法晋人。工詩。有《葦間集》。

題畫卷

煙搓堤柳碧絲絲，正是濃陰緑漲時。人迹少通飛鳥絶，滿湖風撼讀書帷。

題畫唐人落葉聚還散寒鴉棲復飛詩意

秋風槭槭來天半，寒月棱棱轉樹梢。荒徑有時見行迹，一聲何處落危巢。盡傳幽意與閒客，欲送歸心出近郊。槃礴揮毫黄處士，看君不異在蓬茅。

題高學士蔬香圖

馬齒鳧葵共一欄，不煩菜把送園官。一年前向詩中見，今日親從畫裏看。前曾屬題《蔬香園詩》。

題謝畫師小像

泉石染成身是畫，誰知畫裏有全身。梧桐四面作秋響，却比無絃琴更真。

初歸檢篋中得故大學士徐公手書游上方山詩初命禹鴻臚寫同游上方圖自書所作詩將以宸英與朱竹垞詩綴其後且訂後游圖成而公歿矣詩不及寫今秋得禹子畫稿因屬朱書舊作并附予詩裝軸因成此詩

廟門哭罷帷堂閉，白髮門生痛未休。座上無聞霏玉屑，匣中何意得銀鈎。三人圖異九老會，六聘山虛再過謀。傳語都門朱檢討，續書詩句記同游。

陳成永，字元期，號儀山，海寧人，錢塘籍。康熙辛未進士。性磊落，工繪事，著述頗富，有《攸好堂集》。

送王文在廷獻之酆都令

丙子夏，文在謁選得酆都，漢王方平、陰長生昇仙處也。地志誤稱爲陰君上昇，故世俗遂指爲鬼窟，而祝枝山《語怪》復備載永樂間尤令事，相沿成俗，有請牒於官，爲先靈覓路者，習俗移人乃至此乎！異時倘得題，請更名平都，則愚民之惑庶可袪除，而筮仕者亦不至視爲畏途矣。文在倜儻不羈，不數年便當置身臺省，能爲此地重開生面，令後之考古者不復傳訛，是亦君子反經之一端也。

我聞世傳有三十六大洞天，光明景曜來群仙。第五青城之洞周圍二千里，第七峨眉之麓虛凌太妙人争傳。又聞福地七十二，夔門巫峽仙壇峙。蜀川自古多仙蹤，山靈處處標神異。惟有平都山更奇，五雲樓閣聳瑶池。方平仙蜕至今在，長生丹訣留穹碑。世人讀書不讀真，矜奇語怪徒紛綸。漫以陰君上昇處，指爲鬼窟叢青燐。我聞聖人設教本神道，况今襲謬承訛已逐狂瀾倒。從來善政每因民，閻羅何必非包老。君今叱馭到江湄，精神昭假修明禋。廉明炯炯燭幽隱，當令神君之頌垂千春。神君才調越倫等，治安策奏楓宸迥。宣室他年問鬼神，長沙賈傅名應并。

沈岸登，字覃九，號南渟，又號惰耕，平湖人。山水、蘭竹瀟灑淡遠，書法雋妙。有《墨蝶齋詩詞》。

王先生石谷過瞻園爲步蘅圃韻請正鈔一

斛黛囊螺較墨官，釣船須著五湖寬。憑添一角山樵色，扶杖高寒絶頂看。

王啓磊，字石丈，號湘源，别號黄海山人，新城諸生。工畫，嘗仿《輞川圖》，漁洋山人携之入都，廣徵題跋。

摘臨大癡富春山圖卷中一角

七里灘頭放艇過，煙雲變滅鏁巖阿。大癡卷子横三丈，翦取西峰一點螺。

沈宗敬，字南季，一字恪庭，號獅峰，華亭人。文恪公荃子。康熙戊辰進士，官太僕寺卿。書傳家學，山水師倪、黄，兼用巨然法，筆力古健，思致高遠。

嚴先生祠

漢家天子中興日，我意先生亦與謀。佐命有心藏一釣，雲臺無姓獨千秋。不須避穀從松子，早得還山傲鄴侯。處士祠堂人下拜，大江東去水悠悠。

王丹林，字赤抒，號野航，仁和人。拔貢生，官中書。善畫，尤工題識。性友愛，嘗為兄恂菴繪《風雨對牀圖》以寄意。以疾歸里，王阮亭、高江村皆有贈言。有《野航集》。

題芳洲圖

茶煙一縷生竹鑪，烏皮几净文茵鋪，松窗傳看芳洲圖。耕煙老筆近代無，宛然挾我游江湖。野水淪漣如輞口，風柳掃空森縛帚。誰家艇子鷗鷺邊，此中合載宜城酒。坡陁陵麓草露香，竹林面水開茅堂。古木千章鬱雨色，小樓一點吞山光。青山不受白雲裹，峰尖羅立芙蓉蒼。百泉交注瀉冰雪，潺潺勢欲濺衣裳。火雲當空日卓午，對此不覺心神涼。摩挲卷舒樂已極，何況解帶投山莊。芳洲居士倦游日，將返林皋采芝朮。谷口行逢鄭子真，草堂正待盧鴻一。

蘇舍人一菴舉第二子

花底留賓瀉玉壺，晴檐山鵲對人呼。翠樓深貯雙荷葉，大荷葉、小荷葉，賈耘老家姬名也。東坡畫怪石古木，與耘老札云：「可令雙荷葉收掌，須添丁長以付之。」丹穴重添一鳳雛。手札他年饒小許，門風此日恰三蘇。藥欄雨過苔痕碧，更要宜男種幾株。

鄭梁，字禹楣，又字禹梅，號寒村，慈谿人。康熙戊辰進士，官廣東高州知府。山水幽閒清曠，晚年右臂不仁，以左手作畫，更饒別致。因有《曉行詩》，人呼為「鄭曉行」。有《寒村息尚編》。

隔簾看竹

寂寂幽齋面粉墻，雨餘老竹發新篁。輕風霽日垂簾對，一幅蕭疏夏太常。

題畫

江空牓有一帆飽，山瘦曾無半樹華。直寫一生寒苦相，那知六法本誰家。

初三日早發沐陽

立春早起沐陽城，衾薄輿空夢不成。淺水無橋牽馬渡，曉星如月照人行。

嚴岳，字視公，號止峰，海鹽人。諸生。工山水，筆姿蒼秀。

薊門雜詠

蠟屐尋山返照重，苕蕘晴望削芙蓉。天寒雲擁諸陵樹，寺迴風清萬壑鐘。曲澗東迴朝太液，層巒西向接秦封。披襟不盡懷今古，笻竹還携到别峰。

周霽，字止願，浙江昌化人。好聚書，晚喜作畫，自寫蕭疏閒淡之意。

題畫

柴門臨水繞籬笆，一樹梧桐半樹花。花落庭中誤疏雨，驚回幽夢夕陽斜。

黄玢，字憲尹，號怡谷，長洲人。工山水，有學行。

題石谷騎牛南還圖

燕山曉色迴蒼蒼，束畫擔書共一囊。莫怪掉頭不肯住，長安雖好是他鄉。

黄學棨，字文碩，一字文石，休寧人。國學生。善書畫。

康熙戊辰秋入都過松別家石牧叔即席限韻

竹林歡叙百愁删，况復清秋月滿闕。露引草蟲吟徑曲，風吹漁笛度溪灣。題詩此夕開樽坐，獻賦何時奪錦還。一卷秉藜須努力，成名莫待二毛斑。

楊晋，字子和，一字子鶴，號西亭，自號谷林樵客、鶴道人，又署野鶴，常熟人。山水為石谷入室弟子，與繪《南巡圖》成，并摹内府所藏名蹟作副本進御。兼工人物、花卉，并能寫真，尤善畫牛。耕煙畫中景物，每代筆點綴。壽八十五，無疾而逝，如委蜕焉。

題牧牛圖

日日相隨柳岸頭，曲聲高和笛聲幽。莫嫌牛背無多好，不著人間一點愁。

自題牆角種梅圖

三春紅紫芳菲處，總屬繁華富貴家。茅舍獨留寒谷意，自鋤墻角種梅花。

趙以文，字允明，號止庵，錢塘人。康熙間嘗游京師，入館，繪《萬壽圖》。出居庸關，圖塞外花草，識其名以歸。

宿漁浦

漁浦乘潮泊，蒲帆捲暮煙。孤舟斜劃水，危塔遠撑天。客路方經日，離情似隔年。悽然成野宿，愁夢繞江邊。

夢歸吴山過訪居雲處士得一澗落花春水漫數峰殘照野雲間之句醒而足之

故人何處掩柴關，只在松陰鳥語間。一澗落花春水漫，數峰殘照野雲閒。耦耕已負林中叟，識路空憐夢裏山。握手他時成一笑，蕭蕭相對鬢毛斑。

王銓，字東發，長洲人。文恪公鏊五世孫。康熙庚午副貢生，官禮科給事中。善繪事，精書法。

石谷先生圖贈小幅賦謝

雖耳佳名久，希親雅範時。青山君晤對，赤日我驅馳。盡得前人法，真成後代師。一尊重相訂，歡賞及期頤。

潘班，字淵度，號盤實，一號芥孫，别號黄葉道人，滄州人。貢生。幼師事劉患骨，精究篆隸行草，山水用筆蒼莽，枯木竹石得坡翁遺意。有《遠齋集》。

無炊

才拙人疑傲，情多自笑癡。灰心名已誤，遁世計非遲。貧與全家共，閒惟閉户宜。監河羞貸粟，乞食和陶詩。

郊居

秋郊晴愈曠，取適每閒游。薄靄遥遥樹，平沙箇箇鷗。尋園花引路，渡水月同舟。樂矣今宵醉，還家卧草樓。

王昌譽，字露湑，號話山，常熟諸生。山水師宋人。有《含星堂集》。

寄懷石谷先生兼祝六十壽

此情肯復計榮枯，其奈名高入畏途。舊雨遠抛牢落夢，好山輸與翠華圖。年來筆耗三千否，海上籌餘四十無。剪得煙叢幾竿在，遲君歸艇釣西湖。

顧昉，字日方，一字元始，號若周，又號晚皋，一號耕雲，華亭人。山水師董、巨及元四家，游京師見石谷繪《南巡圖》，藝遂精進。石谷嘗跋其畫，謂筆無纖塵，墨具五色，深入古人之室。

仿仇實父

千山罨畫擁飛樓，山自蒼蒼水漫流。青鳥亂啼花細細，石梁南畔是瀛洲。

張勿，字長韜，原名默，字潛夫，仁和人。工折枝花鳥，尤善臨摹古迹，一石一水過目輒能仿效。有《枯吟集》。

山居

幽壑荒千古，寒林復淡蒼。起聞霜果落，半屬凍禽藏。曝日巖居獨，占風樹雪將。素懷差有託，十里老梅傍。

應敬修，字儼思，號藕洲，秀水人。工畫。有《聲心集》。

鴛湖秋泛

碧水瀠沙兩岸流，扁舟擬入畫圖游。煙開雉堞重城曉，潮湧鯨波古渡秋。野寺半藏黄葉樹，漁家數傍白蘋洲。多情最是鴛鴦夢，日映芙蓉尚并頭。

嚴泓曾，字人宏，一字青梧，無錫人。中允繩孫子。工平遠山水，尤精人物，嘗為漁洋山人寫《碧山吟社圖》留别，漁洋用韻送之。有《青梧集》。

移居雜興鈔一

不用長嗟席作門，鵂鶹猶藉一枝存。空庭净掃收桐子，廢圃新犁得竹孫。且喜西偏宜晚眺，剩虚南牖受朝暾。藏書萬卷吾無用，未抵當前酒一樽。

李崧，字静山，號芥軒，無錫布衣。工花卉蘆雁。為人和靄，淡於名利，與妻吴及繼配薛隱居鵝湖之浣香園。年八十餘目盲，猶口占詩令童孫書之。有《芥軒集》、《浣香詞》。

宴溪亭玩牡丹感舊歌者

去年清宴此花前，一串歌珠粒粒圓。今日花前追往事，空留白髮照嬋娟。

華坡，字子山，號天全子，無錫人，隱居鄒莊。工詩畫，每於歲除仿古人祭詩之例，以脯酒祭其所畫。

畫墨菜

滿紙煙雲色，争如曉露溥。憐余揮醉墨，仗爾入盤餐。生意饒畦徑，參差在筆端。荒厨愁淡泊，何日送園官。

鄒士夔，字聖俞，號曙峰，無錫人。顯吉子。康熙丁酉舉人，官泗州學正。工畫人物。

寓華藏寺

石室松龕下，沿階草色侵。自能消俗慮，何必問禪心。簾影度空翠，湖光澄碧林。法堂臨澗水，終夕聽鳴琴。

鄒士騆，字是驂，無錫諸生。士夔弟。多才善畫。有《雪音軒學詩稿》。

擬劉蘊靈長洲懷古即次其韻

道是天涯盡劫灰，姑蘇依舊好樓臺。江山佳處風兼雨，鷗鷺閑時去又來。茂苑幾看西子笑，水聲猶聽伍胥哀。繁華寂寞秋風裏，籬下年年野菊開。

汪文柏，字季青，號柯庭，一號柯亭，休寧人，籍桐鄉。官兵馬司指揮。墨蘭花卉雅秀絶俗，山水小品蕭疏簡澹。精賞鑒，家有古香樓，收藏書畫甚富。有《古香樓吟稿》。

登煙雨樓

十度凭欄九度晴，今朝煙雨一舟横。雁飛難辨空中字，艣過惟聞暗裏聲。軟浪成花侵寺壁，冷雲如墨擁軒楹。舉觴放眼吟長句，始信高樓不負名。

董采，字載臣，號力民，石門人。好游覽，工書畫。有《遠游草》。

乙丑季夏卜簡菴招過壽昌作旬日游正東坡所謂樊口清絶處惜不得五年留也臨别賦此為謝兼與湖山作後期焉

何異尋常行路人，正於飄泊感情親。金魚换酒難辭數，菜把供賓不厭頻。形迹那知非乞客，頭銜永判作齊民。故園不是盟猿鳥，退谷真宜早卜鄰。

曾明新，字錫侯，江寧人。善山水，詩亦風格蒼妍。

題畫

溪頭茅屋西風冷，日日看山山不省。薄暮携尊坐野航，月明獨釣水中影。

沈英，字甸偉，號東谿，嘉興諸生。薦充暢春園畫供奉。有《東谿遺稿》。

題畫呈臧太守

嘉禾瑞應一時徵，盡説賢明太守能。洊歲難忘勤賑貸，勘田得息訟頻仍。三邑自明神宗後訐訟至今九次，公始履丈釐定。報聞政已三年最，願借公尤萬口稱。半幅春波寫流愛，好將佳話繼春陵。

紀潤，字梅林，即墨諸生。畫入逸品，詩致清遠。有《東園詩草》。

訪月心上人

古寺倚山阿，禪燈隱薜蘿。紅塵無住著，藜杖此經過。竹裏炊煙細，松間明月多。老僧方入定，客至漫狂歌。

秋日周翰白過訪約游九水

暮鳥歸林日漸昏，呼兒款客啓蓬門。來訂紫蟹清樽約，去醉白雲紅樹村。草木不同塵世界，風煙酷似古桃源。若逢叢菊花開地，先奠柴桑處士魂。

夏日閒居

槐火煙新初試茶，煩忙不到野人家。兒童總角學成懶，每望天陰不灌花。

桑豸，字楚執，一作楚綏，揚州貢生。善山水，工篆籀。有《編年詩存》。

為顧荇文題石谷碧梧村莊圖

顧瑛亭館三十六，當時亭館今茅屋。桃李紛紜總厭看，仍教遍地栽梧竹。緑陰冉冉度秋風，太瘦何妨食無肉。閒來潑墨寫生綃，長嘯林皋媚幽獨。

汪野，字笠閒，號荔幢，一號煙蘿，長洲人。山水摹子久，喜用乾筆，皴擦疏古。

橅一峰老人題贈書翁公祖

秋來山館灑然清，閒寫林巒寄逸情。嶺上高雲閒不得，佇看靄靄潤蒼生。

沈時，字建勳，號可山，嘉興人。康熙壬午舉人，官安吉州學正。工畫。著有

《瑞芝堂集》、《六法參微》。

羽士周靜涵索畫題贈

結茅植槿籬，中拓數弓地。手携鴉觜鋤，添種梅三四。高吟暢元修，靜悟參畫意。有鶴叫月來，呼童松下飼。

卞永譽，字令之，號仙客，漢軍籍。廕生，官刑部侍郎、山西巡撫。精賞鑒，富收藏，間作墨筆柏石，雅肖項孔彰。著有《式古堂書畫彙考》，上溯魏晉，下迄元明，最為詳博。

遠別離

妾理篋中衣，郎買江上舟。郎舟尚未發，載滿妾心愁。郎舟自西去，江水自東流。江水流不返，江風吹不住。郎作江頭風，妾作江頭樹。曉風吹樹哀，晚風凄又來。樹葉若飄泊，妾心空徘徊。

張遠，字超然，自號无悶道人，侯官人，避地常熟，贅於何氏。康熙己卯領鄉解，官雲南樂豐知縣。山水蕭疏簡淡，别有韻致；書法晋人。有《无悶堂集》。

以石田翁畫送顧十兄令新會

吾兄遠宰海雲間，從此無人伴我閒。期汝不忘邱壑意，臨歧還贈一青山。

慈仁寺松

更許何人共歲寒，雙松一日幾回看。六千里外成知己，三百年來此鬱盤。窮紀雪霜沙雁去，太陰雷雨卧龍蟠。先朝膏澤銷亡盡，磊落頹唐亦可憐。

莽鵠立，字樹本，號卓然，滿洲人。官都統，謚勤敏。工西法寫真，不施墨骨，純以渲染皴擦而成，神情酷肖，嘗奉命繪清聖祖御容。

大清閘詩為王司馬賦

白塔山前水向東，唐渠疏浚總無功。王公學得蘇公法，一道長堤築浪中。

兩渠相望抱新渠，處處歡呼水有餘。聞道功成剛七日，此中經濟定何如。

張適，一名陸鼎，字我持，錢塘人。諸生。隨意作畫，不輕與人。有《奕文堂集》。

采雨

汲井知水鹹，汲河知水渾。清泉自山溪，致之常苦煩。好雨向晨來，入耳檐瀑喧。呼童展素幬，空庭羅罍尊。移時滿傾瀉，洪源如崑崙。澄鮮可瀹茗，用以佐清言。一飲沁齒腋，再飲醒心魂。選地力所詘，用天庶易恩。惟愧漢陰叟，抱瓮灌其園。

鄂爾泰，字毅庵，西林覺羅氏，滿洲人。康熙己卯舉人，官至大學士。初開藩吴中，以古學造士，游藝多能，間善繪事，商寶意有《題相國戲彪圖詩》。征滇黔時，世宗特鑄三省總督印親授之。封襄勤伯，謚文端。有《西林遺稿》。

康熙庚子秋友人富景韓以户部主政隨川陜年制軍散賑秦中旋奉恩命特授甘肅布政使僕時為内府郎聞喜增憂作詩并札伊兒子郵寄

戎馬正當荒嗛日，一麾初領大藩時。因人自古難成事，爲國何年可罷師。手理亂絲須用緩，方醫惡疾不妨奇。與君廿載爲朋友，未敢緘情致賀辭。

侍衛有尋鷹不得者詩以紀之并示鷹

玉羽金鈴出禁林，侍臣相伴坐更深。皇家豢養恩如許，飢飽應無起異心。

登甲秀樓

漁磯灣下柳毿毿，芳杜洲前小駐驂。更上層樓瞰流水，虹橋風景似江南。
炊煙卓午散輕絲，十萬人家飯熟時。問訊何年招濟火，斜陽滿樹武鄉祠。

錢元昌，字朝采，號埜堂，又號一翁，海鹽人。康熙壬午舉人，官貴州糧道。工花卉，得蔣南沙法，以拙取媚，以生取致，嘗謂凡畫須毛，毛須發於骨髓，非可以貌襲也。

題意止齋圖送敬老南還

柴門老樹不知年，五畝桑麻阡陌連。花月新知誰作主，煙波舊夢若爲緣。草堂只合安茶竈，茜水今看下釣船。憐我未歸君獨往，青山相望隔江天。

畫牡丹戲題

看花莫怪諸年少，凭欄只索傾城笑。四明狂客不知音，何人來賦清平調。

張澤棨，字文五，號道復，華亭人。康熙壬午舉人，官鹽城教論。善花鳥，尤工墨荷野鳧。有《芳草齋集》。

和俠君南歸留別

椅梧傾盡鳳皇枝，顑頷歸昌共感斯。鷁退身名猶覺上，鵬圖運會尚嫌遲。絶交劉峻空成論，止酒陶潛獨詠詩。贏得著書娛歲月，憑虚舊史欲從誰。

張同，字揆一，號松隱，崑山人。善花鳥。有《自怡草》。

簡答倪永清先生

中原再睹倪元鎮，才思縱横意氣真。客到臨卭名更重，酒如河朔飲宜頻。夏雲入座奇文出，涼月當窗旅夢新。聞道山僧方折簡，願隨杖履日相親。

蔡琳，字子佩，會稽人。工山水，喜倪、董兩家，多用雨點及芝蔴皴，畫樹不作枯株，彌望芊眠。

壽王丹麓先生

高卧邱園五十春，衡門畫掩緑苔侵。人知鄭樸清風久，誰識王符著述深。對客曾無衰鳳歎，臨流時有樂飢吟。佳辰正值青陽候，萬樹桃花映玉琴。

汪後來，字白岸，一字鹿岡，番禺人。康熙壬午武舉，官參軍，剗平草寇數萬，母老歸養。雍正初薦鴻博，以病辭。山水兼仿大癡、仲圭。有《鹿岡集》。

賊平後書報故園諸子

旌旗笑指赤黎坪，刁斗無聲夜不驚。昨日游魂沈渤海，早時有令習昆明。椰瓢載飯分山鬼，羽檄封詩寄友生。谷口雨雲光復黑，可憐秋熱過南城。

陸二龍，字伯驤，號潛庵，平湖人。諸生。善山水，從武林秦心卿游，迅筆揮灑，煙雲滃然。

自題山水

僕居江村，不過以畫自適，無奈索筆者往往如子瞻所云「論畫以形似，見與兒童鄰」者衆也。

舉世無全目，妍媸任討論。相如衣犢鼻，家有遠山存。淵明棄五斗，南山日當門。人生貴適意，無言道自尊。尻車大壑外，神馬扶搖村。况有巨靈斧，劈開造化痕。青城連太白，鳥道絶崑崙。奇峰開翠峽，潭洞驚雷奔。胸中幾雲夢，煙霞日吐吞。元漿發紫玉，素練拂雲根。坡陀尺寸間，下瞰扶桑暾。何不振千仞，而乘下澤轅。何不搏九萬，而控枋榆樊。彼哉躍馬帝，如蛙居井眢。

高其佩，字韋之，號且園，或署「且道人」，亦書「韋三」，鐵嶺人，漢軍籍。以廕官刑部侍郎，謚恪勤。指頭畫稱絶詣，凡山水、花木、人物靡不精妙，寫雨景更為奇絶。間作筆畫，工寫兼備，極見魄力。其裔孫秉為輯《指頭畫說》。有《且園詩鈔》。

題畫

江山何處記難真，山色江聲大有神。只道是人尋畫理，原來却是畫尋人。

題畫贈僧

入歲風雪多，今始天宇晴。携客叩禪關，曳杖溪上行。老鸛作寒語，野水迴春聲。灑墨寫幽抱，磊落抒平生。萬翠暗浮几，激射斜陽明。願爲山中人，薄田事躬耕。

蔣廷錫，字揚孫，一字酉君，號西谷，一號南沙，又號青桐居士，常熟人。御史伊子。康熙癸未進士，官至大學士，謚文肅。逸筆寫生，能一幅中工率間出，色墨并施，而神韻生動。嘗畫塞外花卉七十種，蒙御題，并自紀以詩。有《青桐軒集》。

題小顛墨竹

畫竹不如真竹真，枝葉易似難得神。風晴雨露皆有意，子瞻與可無其人。去歲闢地栽新竹，枝葉離披覆茅屋。竹梢枯勁竿清瘦，久久可以醫吾俗。昨夜雨過月上時，壁上掩映青青枝。張子對之無一語，淋漓潑墨發異思。淡煙輕霧筆底生，枝枝盡帶風雨聲。移向乾明寺中挂，壁右好撰張顛名。

詠夜光木

乍見星茫映室中，喜看藜火照窗櫳。夜明簾薄來西域，徑寸珠圓出海宫。清似晶融還貫月，碎如銀散遠隨風。此身恍入琉璃界，寧羨金蓮蠟炬紅。

顧仲清，字咸之，又字閑山，號中村，嘉興監生。善人物，尤工畫蝶，時稱「顧蝴蝶」。有《扶青閣稿》。

蝴蝶

四月紅芳見已稀，楊花如雪點漁磯。滿園浮緑無人愛，只有南風蝴蝶飛。

魏儒魚，字雲皋，號立泉，嘉善人。貢生。工書畫，與錢黯、徐本潤等有「藝苑五虎」之目。

鴛湖泛月歌

地上豈無無水處，天上豈無無月時。趁此水滿月亦滿，我爲作合成相知。以是古來大公物，我今得之濟我私。南湖泓然水一杯，能涵明月供游嬉。烏榜紅船載酒去，夜半微醉哦新詩。若也捉月身入水，李白猖狂非所期。

王鵬，字龍友，金華人。康熙癸未武進士，官廣東守備。工畫。有《燕游雜詠》。

梅花

不與群芳競，甘同臘雪妍。那知遲暮意，翻得占春先。

林兆斗，字天杓，永嘉拔貢生。雅有三絶之稱。有《南竽集》。

桐江舟中

路人桐江水，扁舟犯浪行。片帆輕百里，一日度三城。岸挾群山走，灘兼亂石鳴。榜人渾不覺，猶作喚風聲。

袁朝，字儀一，浙江新城諸生。官雲和訓導。工書法，兼寫蘭竹。有《嚣嚣野吟集》。

詠古分得金精盤

如雷戰鼓鳴鼕鼕，天子較射仁壽宫。越公手段推第一，十發十中飛金鏑。外國所獻金精盤，價值巨萬頒朝端。上手親賜顔色霽，臣素再拜鐘鼎識。吁嗟乎，賜金錢，賜金鉢。恩澤深，報無極。如何射雉言能踐，當時惟有龐元顯。

金淵，字子英，號若水，餘姚人。嘗受畫法於李聃孫，兼宗誉邱、大癡，自成一家。性愛四明蘿碧山水，家人從其素志卜葬山下。

褋吟

峰頭怪石蹲如虎，洞口奔泉吼似龍。莫道山中無伴侣，雲歸還有六朝松。

劉上駟，字天閑，號志千，丹徒人。康熙乙酉召試，授官富順知縣。工六法。有《漪園詩稿》。

寄張聲夏

枯桐有奇響，無絃豈能鳴。二物雖異質，契合有夙盟。素絲繫焦尾，觸手皆正聲。各抱貞潔操，對之心和平。仰歎造化工，相須必相成。

方庶，字以蕃，遂安人。山水古秀，得荆、關遺意。好游，每采藥瀛山寶石間，經旬不返。有《硯樵集》。

靈巖瀑布

路入山煙去，青苔咽屐音。山鳴疑雨近，源遠出雲深。樹影巖中畫，泉聲石上琴。幽奇千載闢，留以醉予心。

唐俊，字石耕，常熟人。畫史衮子，花竹承其家學，以清妍見稱；山水初法蔡遠，後得耕煙指授，筆意超秀，設色簡净。

壽石谷先生八袠

世運際昌期，鳳麟各飛走。翠輦方南巡，徵此尚湖叟。一筆動天顔，舉朝競師友。不願鈕金章，騎牛歸谷口。今逢八十春，開筵酌大斗。天地産異人，可知本非偶。智仁樂山水，得心應之手。造化生於中，豈與時暫久。尋繹先師言，樂壽惟其有。

戴寅，字統人，又字東溟，滄州人。尚書明説族曾孫，翰林寬弟。康熙戊子舉人，官江西定南知縣。畫仿宋元，工填詞，有《黑貂裘傳奇》、《小戴詩草》。

自常山肩輿至玉山書所見

纔穿一山腹，又轉一山背。一山樹槎枒，一山雲靉靆。忙殺米襄陽，四顧將誰拜。

數里辭平川，懸輿渡高嶺。後人戴我尻，前人壓我頂。一掉勢全空，寒潭落孤影。

鷹潭道中

荒雞催客夢，侵曉踏征塵。嶺路餘千折，山車祇一輪。帽檐低礙樹，潭影倒勾人。莫向東山去，山靈笑此身。

畫意

微雨散秋聲，連山净如沐。幽人採藥還，流雲滿空谷。

採蓮曲

荷花灔灔三千頃，緑水無波湛如井。盪槳女兒自顧影，玉腕輕拖不敢逞。白蘋紅蓼滿汀洲，中有鴛鴦逐隊游。人前交頸鳴啾啾，似説紅顔逐水流。

山中雜興

秋雨滴空山，山空雲不住。歸鳥愛夕陽，銜上楓香樹。一閃賺游人，尋蹤不知處。

潘可藻，字賓文，號懶庵，景寧人。貢生。少負奇氣，淹通典籍，工繪事。有《懶庵集》。

懶庵詩鈔三

茅庵十笏寬，因我而名懶。讀倦枕書眠，階上落花滿。
我心有所思，懶向俗人語。得意自忘言，花間獨容與。
炯炯雙星眸，懶作青白態。數卷老莊書，晨夕長相對。

陳世超，字射文，溧陽人。名夏相國孫。康熙戊子舉人，官雲和知縣。工書畫，與兄世襄、從弟匡并以詩文著。

秋日早起過西峰草堂

雲煙踏破曉街青，詩思來搜半野亭。門掃當風重落葉，案攤隔夜欲批經。城頭數尺山如畫，屋裏千枝菊作屏。料理秋容殊不費，草堂真似在郊坰。

陶乾，字元直，號東籬，無錫人。慷慨重然諾，服賈養母，人稱孝義。工畫。有《東籬遺草》。

畫牛歌

短籬矮屋何人家，桃花細柳東風斜。溪流宛宛溪草軟，群牛嬉戲循溪涯。一牛掉尾一牛伏，一牛下飲一礪角。其餘三犢一回嘶，升降擦癢各躑躅。牧兒荷笠坐前汀，短笛臨風落日横。似將一曲田家樂，吹向南船北渡聽。我本江南老農父，偶然出泛湘潭艣。何當賣劍買黄牛，便去歸耕五湖滸。

董友松，字高容，號鏡園，烏程諸生。能畫。有《鏡園詩草》。

題巢雲蘆雁圖

荻花洲外夕陽村，一抹秋汀過雨痕。何處數聲清怨徹，水雲黯淡欲黄昏。

姚敏修，字遜躬，一作遜公，號墨莊，秀水布衣。善山水。康熙間薦鴻博，不就，人高其節。

夏窗

庭前雨過芭蕉緑，池畔風來菡萏香。最愛攤書揮扇坐，終朝占斷北窗凉。

許山，字山如，號青浮，常熟人。官兵部員外。工畫，每喜寫秋蝶寒蟬，以寓不求干進之意。壽臻大耋。有《棄瓢集》。

贈石谷先生八衮

生前百年壽，身後千載名。豐嗇固有分，二者誰能并。惟君兩兼之，富壽而康寧。君才實間出，有田筆可耕。毫端追董巨，眼底無關荆。片楮一脱手，價重雙連城。今即八十餘，炯炯方瞳青。篝燈作細楷，點畫争蚊蝱。緬懷少年時，爾汝相忘形。歲月曾幾何，頭顱雪鬅鬙。回看舊親串，落落如晨星。黄河日東注，紅輪復西傾。大藥或可求，相將駐頽齡。願持白玉卮，一笑勸長庚。

佟毓秀，字鍾山，襄平人，隸旗籍。官甘肅巡撫。早游錢松厓之門，山水學元人。

題畫

沿溪策杖步遲遲，情付清幽性寄詩。最好雨餘雲散後，遠山青翠夕陽時。

周立，字竹生，浙江東陽人。工山水，授徒餘暇喜畫詩意。有《課餘草》。

閨怨

手撚殘紅對落暉，梁閒燕子自雙歸。傷春偏恨東風惡，吹散楊花別院飛。

張照，字得天，號涇南，又號天瓶居士，華亭人。康熙己丑進士，官至刑部尚書，謚文敏。書宗顔、米，得董文敏真傳，閒寫梅蘭并大士像。有《天瓶齋書畫題跋》、《得天居士集》。

題南樓老人夜紡授經圖錢香樹侍郎陳群爲其太夫人製。

吉貝成絲母手勞，一燈環誦夜嘈嘈。人家世業如圖裏，何必王祥得珮刀。

待珥金貂七葉時，敬姜前訓莫忘之。雲礽展卷焚香處，此是君家七月詩。

奉敕題畫菊

花品疇同古逸民，此花有骨不開春。空山之中八九月，千載而上兩三人。行傍巖崖思采采，如聞潭水尚粼粼。潔茲筐筥齋心訪，日月精英冀得真。

題金將軍鑑山水

裝刀買馬去狼胥，萬里歸來錐也無。剩得胸中邱壑在，良田廣宅一相於。

尤萃，字未子，嘉興人，移居平湖。布衣。工畫，率妻孥各執藝自給，滌筆屋側，小池五色粲如，因名濯錦池。康熙末年，中山王書幣來聘，以老病辭。

自題秋卉小景

輕羅初試道家裝，一點檀心護夕陽。昨夜露濃秋氣早，菜塍粉染蝶衣黃。

日光猶未上林梢，一架筠屏壓翠翹。誰把猩紅遥襯出，墻陰斜露美人蕉。

豆棚吹散雨絲絲，絡緯潛身葉底時。生怕兒童燈火覓，不知月影已穿籬。
澮竹斜飛墨蛺蝶，蓼花倒挂紅蜻蛉。一般秋色各爛漫，許我臨池坐小亭。

芮復傳，字宗一，號衣亭，寶坻人。康熙己丑進士，官浙江温處道。山水骨格蒼秀。有《衣亭詩草》。

下灘

勢急奔騰馬注坡，小船一丈快如梭。順流莫道真堪樂，樂事還從險處過。

聞雁

平沙淺渚耐寒霜，叫破燕雲憶斷行。莫怪蘆汀眠不穩，衡湘雖好是他鄉。

程鳴，字友聲，號松門，歙人，籍儀徵。諸生。山水學程穆倩，每以秃毫渴墨運以中鋒，不加渲染，自然沈鬱蒼渾。詩出漁洋山人之門，與陳楞山、方環山、厲樊榭為詩畫友。

論畫答王耕南犖

杜陵贈畫師，五日畫一水。意在落墨先，苦心究終始。前賢論惜墨，其意端在此。第云墨如金，祇取減省耳。王洽米襄陽，煙雲常滿紙。學古希古心，不學古人面。荆關境在胸，揮灑付柔翰。規矩雖具陳，神明取能變。試看造化爐，新機異昏旦。而胡丹青家，刻舟以求劍。

為樊榭寫垂虹放棹圖

水國春寒不肯晴，雪鷗飛處有詩盟。扁舟愛向垂虹泊，又阻吴門半日程。

題西溪卜居圖

小住西溪第幾灣，蟹村漁舍鷺鷥灘。扁舟他日還相訪，十頃蘆花當雪看。

俞兆晟，字叔音，號穎園，海鹽人。康熙丙戌傳臚，官户部侍郎。善水墨花卉，詩為王漁洋所激賞。有《静思齋集》。

吴宫曲

館娃春深晝寂寂，美人列坐彈瑶瑟。自裁白紵六銖衣，迴雪流風侍君側。清歌珠串裊入雲，梁塵不動花繽紛。繁絃急管停復作，當筵催進泥金裙。軍聲殷殷來檇李，犀甲晶瑩照秋水。破楚門東鐵騎圍，君王夜醉扶不起。白紵歌殘事已非，洞庭漁歌雨霏霏。至今城外烏啼急，猶聽吴娘夜擣衣。

宋駿業，字聲求，號堅齋，長洲人。副貢生，官兵部侍郎。嘗與王顓庵相國奉詔繪《南巡圖》，山水學石谷，仿宋元人小品清韻可挹。

題鳳阿山房圖

春徑紫苔依碧草，秋原紅葉映清霜。茅齋好縱凌雲筆，稚子能文又擅場。

李天任，字子將，號一峰，新化人。貢生，官辰谿訓導。善山水，淡遠有古意。有《弗過居近稿》。

雨後晴歸

向暮薄陰晴，歸思突地生。鳥知先客起，雲欲與人行。新月過亭送，奚童率犬迎。今宵作好夢，枕上聽溪聲。

責蚊

鼓喙不自息，寧知軀體微。託身藏溷廁，乘晦入簾幃。逞噬無他技，謀生只在肥。年來秋雨警，汝族竟何依。

竹㡀帚

束縛爲誰起，驅除敢負勞。塵中頭已禿，歲晚節彌操。竊聽厨人語，商量及爾曹。回思在山日，不用儘清高。

鄒元斗，字少微，號春谷，自號林屋山人，婁縣人，贅周氏，居常熟。康熙中供奉内廷，官中書舍人。寫生為蔣廷錫高弟，尤長設色桃花，間作山水。工書。

題石谷先生芳洲圖卷

占得芳洲避俗深，溪流曲曲樹陰陰。一杯香茗書千卷，寫出髯翁自在心。

李覲曾，字泰巖，號竹逸，直隸景州人。以中書赴選，因母疾中途旋里，終身不出。書畫皆宗米氏，晚年構墨霞堂，自記以詩，和者甚衆。

題墨霞堂

老來潑墨氣淋漓，爲愛南宮七字詩。一抹斜陽孤鶩裏，草堂初署墨霞時。

李崇，字長康，桐城人。山水宗荆、關，書法二王。

贈石谷先生八袠

劍門山人真人瑞，鶴骨松姿天所畀。一身齒德并稱尊，一時知遇數特異。山人家住虞山陽，自號畊煙雅尚志。詞伯還兼老畫師，前輩聲名無此熾。上賡兩宫共鑒賞，野服起坐深嚴地。尚有皓首不得臣，方駕綺角過高致。鶴禁手書親拜賜，山人還山益放意。十五年前燕市別，楚雲吴樹長相思。昨夢遠尋秋水涯，忽驚天外題緘至。書中纏綿兩地之情悰，書外鄭重群公之題誌。雲章霞藻善褒揚，山人當之信無媿。明年大耋開瓊筵，南極星輝德門内。倘得扁舟下春水，升堂一睹清暉字。山人壽且康兮山水間，期我有緣重續風雅之韻事。來書中語。

張錫璜，字志吕，一字漁谿，鄞縣人。康熙甲午舉人。善書畫。有《半舫齋集》。

宿大音庵

煙靄沈沈竹樹寒，環樓波影照凭欄。分來佛火先安榻，貪得僧蔬更借餐。滿院松風欹枕聽，五更霜月裹衾看。但憐我輩居停久，塵几依然鼠迹殘。

黄河源，字崑之，一字石谷，南海人。善山水，兼工花鳥。有《櫨樗山堂稿》。

紫玉臺在丹霞山。

紫臺臨疊巘，勝覽盡孤亭。果熟猨呼隊，林幽鶴墮翎。遠移雲影白，半露石痕青。妙絶王維筆，煙嵐在杳冥。

殳丹生，字山夫，初名京，字彤寶，桐廬人。工詩畫。初寓蘇州，徙盛澤，復還蔣湖，晚年棄家徜徉五湖以終。

余學畫於湯子三年未得其法自謂頗得其意作雨七畫水歌

米公畫山得山骨，五百年來紙猶濕。米公畫山不畫山，晴天雨天堆煙鬟。湯子畫水亦如此，十日五日袖五指。忽然倒峽與奔流，幻出澄江對窗几。畫濤畫雪兼畫冰，低頭聽之聲泠泠。老人事過即忘却，惟此欲忘心不能。古來多少餐霞客，誤落塵中人不識。湯家水，米家山，只在虛無縹緲閒。説與世人皆大笑，五百年來稱二妙。

泊潤州

昨朝發毗陵，今夜宿京口。片月照高城，寒鴟上衰柳。

沈湛，字淵伯，嘉善人。諸生。喜畫竹。豪邁尚氣，與俗牴牾，好游。晚年流寓閩中，居有五柳，因以名邨。有《閩游草》。

漁梁道中

山勢迂迴梯磴勞，漁梁寂寂瀉秋濤。蒼藤古壁飄猿影，寒日空山落雁毛。自有清音來石澗，誰將茅屋結東皋。寄言峽裏山翁道，我亦從來本慕陶。

張昱，字景岳，號樗園，初名暐，字繹武，仁和人。以監生充内閣纂修。善畫，同時陳香泉每以書易其所畫。

自京師歸喜錢鶴汀諸勵亭見過

二仲翛然至，柴門笑語騰。塵容慚對友，瘦骨欲生棱。獵酒人依舊，游湖興可乘。緑陰簾外冪，相與曲闌凭。

馬元馭，字扶曦，號棲霞，又號天虞山人，常熟人。眉子。没骨花卉為南田高足，又客蔣南沙幕中，相從討論畫法，以逸筆寫生，不泥陳迹，興到之作多用水墨。書亦雋雅。

題畫

金塘花竹灧春紅，枝上幽禽弄暖風。莫把殘英都蹴盡，無情流水畫橋東。

顧升，原名峒，字虞東，因掌有文象「升」字，改名升，字隅東，號斗山，又號石帆，仁和監生。工詩書，善人物、松石，大幅尤佳。康熙乙酉南巡，進呈詩畫，得邀嘉獎。有《寫山樓集》并《題畫詩》。

杏村惠草鞋

最愛山邊與水邊，芒鞋宜與我周旋。龍孫老去留爲杖，鳳味藏來亦有田。芰草涼生新雨後，灌花濕透晚風前。回思匹馬風塵裏，十載勞勞意惘然。

姜實節，字學在，號鶴澗，山東萊陽人。父貞毅先生垜，以建言謫戍宣州，隨侍流寓吳中。好古畏榮，布衣終老。書畫俱仿倪迂，涉筆超雋。晚歲於虎邱築諫草樓并先祠，卒後吳人謚曰孝正。有《焚餘草》。

繡谷牡丹今歲惟開一枝楊子鶴馬扶曦徐采若暨目存上人各作一圖石谷補石余為題句

四人分寫一花枝，寫出傳看朵朵奇。恰似蘭亭摹搨本，淺深肥瘦各相宜。

得清世契以册屬臨古六幀并題鈔二

垂楊秋老萬條霜，畫稿偷翻趙令穰。却似朝陵回邸後，荻花落雁寫池塘。大年爲宋宗室，每寫一圖必出新意，人見之曰「此必朝陵一番回矣」，以其遠適所見益增也。「揮毫不作小池塘，蘆荻江村落雁行」，黄山谷題大年畫中句。

雪屋雞窗一琖鐙，亂鴉聲裏閣三層。濮陽王墓知何處，寫出荒寒大小蒸。偶閲曹雲西真本，即用其法，寫此題之。

送葉仙源還里和留别原韻

送客河梁一雨餘，君言吾欲混樵漁。逃名白首忘今世，對酒青山讀異書。老矣幸能家有婦，歸歟休嘆食無魚。專諸巷口斜陽路，應憶同心舊日居。

題畫贈程汝諧

望山橋下偏西路，雪後春流滿釣磯。我有新詩就君質，醉中常踏月明歸。

題黃鶴山樵聽雨樓圖卷

湖天雨過水冥冥，吹綠東風草一汀。絶似銅坑橋上望，遠山如髮向人青。

丁廷烺，字闇臣，一字闇存，號易東，嘉善人。明大司空清惠公賓元孫。畫法元人，精鑒賞。有《恕齋詩鈔》。

追詠香湖古黃梅并序

吾家世居沈香湖濱，宅有黃梅，宋理宗時始祖手植。元倪雲林、楊鐵崖俱有題詠。明董宗伯香光補圖，陳徵君仲醇作記。入國朝猶寒英燦發。今詩畫俱佚，樹亦不存。追詠之餘，感慨係之。古榦憶扶疏，移根南渡初。舊傳詩句好，今惜畫圖虚。劫火滄桑後，春風淡蕩餘。支藜一翹首，寂寞對寒廬。

曹培源，字浩修，上海人。婁東王氏贅壻，由明經官太倉訓導。山水蒼潤，得麓臺之傳。有《同蘭館集》。

奉贈石谷先生

意匠誰心許，名家憶太常。風流仍未已，謂外父麓臺先生。官閣復相將。汗漫圖王會，輝煌寫帝裳。謂《南巡圖》。長留大手筆，玉局與收藏。

陸韜，字大生，號秋岸，餘姚人。工詩，善繪事。

招隱

何方是樂土，卜築水雲邊。密柳深藏屋，明霞晚照天。振衣層阜上，拄杖野花前。早了公家税，晨昏自在眠。

茅兆儒，字子鴻，號雪鴻，錢塘人。明少宰瓚曾孫。喜遠游，工書畫。有《東籬草堂詩鈔》。

不寐

自憐薄醉轉傷神，孤館昏黄不寐身。窗外棲烏猶匝樹，燈前飢鼠早窺人。和愁傾倒常終夜，與夢悲歡又一春。山柝漸疏江月上，笑聽囈語發東鄰。

張煒，字赤城，江蘇人。工繪事，花鳥尤生動。有《芝瓢詩草》。

華原看梅

幾年不到福田寺，今日重來忽惹愁。無復寺旁梅似雪，舊時僧却雪盈頭。

吴士旦，字汝闇，號託園，海鹽人。諸生。山水脱去恒蹊，工書。年八十餘能作蠅頭小楷，後目盲，人代爲濡毫，持手授紙，走筆瞑書，以應乞者，書益飛舞。有《頌橘齋集》。

觀棋

相看大地本蒼茫，忽起雄心各擅場。負後每嗟貪是累，勝來偏覺弱爲强。凝眸氣静藏機密，拄頰聲疏用意長。戲語孫劉休太很，三分轉眼孰興亡。

孫聞，字肇周，金壇人。工書畫。

偶成

誰將春色付虛無，望裏烽煙入畫圖。愁絶已拚身贈酒，憂深可計世存吾。燈前得句還秦火，天外呼朋只小巫。閒與白雲相對立，家山何處問征途。

王作肅，字敬一，吴橋人。明經孫錫子。康熙乙卯舉人，官南宫教諭。為范文忠公彌甥。素承家學，好收藏圖書古器，喜寫竹，間作山水。其先世有别墅負北郭，明季荒廢，因重葺之，自號復園。有《復初齋詩草》。

簡吕昆缶携琴過尊經閣

青天如洗曉煙開，竹裏茶鐺沸似雷。高閣遲君懸一榻，好扶藜杖抱琴來。

鄭季納携琴尊送别

一壺濁酒一張琴，惜别多君杖履尋。静對一簾明月上，移情偏是入山深。

山游感懷

自有天地來，便自有山水。由來賢達士，登臨亦多矣。皆已没無聞，而况我與爾。所以感慨生，延佇每灑涕。遐想百世後，定有人來此。寄興將無同，忽焉易悲喜。曠悟山水游，天地爲終始。千載有知心，吾曹乃不死。

瞻先舅祖范文忠公墓在鈎盤河南，即南寧公御葬塋。

骨肉彌甥在，悽然拜墓門。遠霞明霽野，古樹暗朝暾。國事倉皇去，臣心慘淡存。鈎盤嗚咽水，千載泣孤魂。

題畫贈張闇公

陰陰竹木雲氣濃，煙連樹接浮空濛。故人家在空濛裏，一畝宫中積翠重。欲往從之隔秋水，夢魂時時親杖履。遺我尺幅乞丹青，笥之三年難卒爾。盛夏一病深膏肓，故人垂注坐我牀。生平於人無所負，夙諾未了意徬徨。支離予亦邀天幸，秋爽霍然悟弩影。力疾猶思踐前盟，移神深入雲山境。不惜十日五日功，墨筆直與真宰通。空青一氣迷遠近，山坳合住白髮翁。安得比鄰買隙地，晨夕携樽辨奇字。醉來浩歌天地間，蕭然與君同靜寄。

榮林，字上谷，號西樵，又號西園，常熟人。王石谷弟子，山水得大癡法，書亦秀勁。

題耕煙先生騎牛南還圖

耕罷春郊春雨餘，穩騎牛背看花舒。當年李密渾多事，生計蕭疏讀漢書。

孫芝蒨，字文徵，號蝶僊，磁州諸生，注選訓導。性瀟灑，花竹草蟲俱稱絕品。有《腴古齋集》。

牛山遠眺

天爲人間作畫圖，南巢争説小姑蘇。登高四望真奇絶，三面青山一面湖。

施原，字民牧，江都人。工山水，好蓄驢，畫驢成神品，人謂之「施驢兒」。

都門訪石谷先生

慰我飄零意，天涯此盍簪。陳蕃新握手，摩詰舊同心。雲物燕臺古，悲歌易水深。春風頻入座，煦煦動塵襟。

朱權，字仲謀，號可與，海鹽人。工畫，善篆刻。有《可與詩鈔》。

姑蘇臺

琥珀濃薰紅粉暖，蠟光照沙霜痕淺。吴王臺上舞衣輕，十年生聚勢方成。屬鏤鋒捲寒濤怒，霜花夜壓虎邱墓。

蔣深，字樹存，號蘇齋，因得古碑「繡谷」二字，取以名園，并以自號，長洲人。由太學生纂修《書畫譜》，官朔州知州。善寫蘭，用筆鬆秀，極偃仰生動之致。兼精畫竹，墨氣濃厚，深得坡公三昧。工分隸。有《繡谷詩鈔》、《雁門餘草》。

石谷先生枉過繡谷酒次漫成四絶并以求畫

一上南薰便乞還，玉堂猶有畫春山。騎牛今欲向何處，只在虞山拂水間。會示《騎牛南還》圖卷。

前身應是一峰老，可記湖橋醉幾回。試問白雲吹笛去，人間何戀却重來。用牧翁跋語。

金帛堆牀户履忙，經年未許寸縑償。豈知慘淡經營出，偏向青蓮界裏藏。

酒闌相對岸烏紗，唐宋論量到百家。拂拭吾家好東絹，知君端不畫繅車。

蠅

趨熱性能慣，貪饕死亦輕。未容隨驥尾，先欲亂雞鳴。把劍何堪逐，無屏謾點成。秋風蕭颯後，憐爾竟何營。

張晃，字公彩，一字南巖，嘉興人。喜寫蘭，每自題詩，書亦工整。

雪蘭

凍葉冰根寫耐寒，瘦芽曾不怕摧殘。有時露出春風面，未必凡花一樣看。

章法，字石渠，號瓶圃，崑山人。善寫牛，又精畫菜，天趣橫發。有《蘇州竹枝詞》。

題墨菜

和風暖雨受天恩，滋長扶摇久邁倫。自愛滿腔清白好，願留餘蔭屬兒孫。

周世德，字繩武，洪洞布衣。善蘭竹，寫意果菜，點綴花石，無不入妙。有《瓣香録》。

讀御製閨怨限韻限字詩恭和

四望千山與萬溪，一天兩地各東西。半窗虚度三更月，九轉空迴五夜雞。十八芳春今若此，百年鴻案誰與齊。丈夫七尺天涯外，二六時中雙泪啼。

張道浚，字廷先，又字庭仙，號小顛，新安人，流寓常熟。監生。善鼓琴，工山水，兼長畫竹，與蔣南沙相國相友善。有《鶴還樓詩》。

京口渡江

東下波濤壯，雙峰煙樹浮。江山開勝概，今古入扁舟。不盡憑虛樂，寧懷涉險憂。阿誰携短笛，吹破一江秋。

李玥，字友璞，號樸亭，海鹽人。工花鳥，尤精人物，與沈南蘋、尤卡子同為胡晚山弟子。有《樸亭詩存》。

重過招隱堂感賦

北郭松風路幾經，問奇曾過草玄亭。煙迷竹塢棋聲寂，露滴花梢鶴夢醒。繞屋溪流分淺碧，捲簾山色送遥青。依稀點筆明窗日，收拾雲煙上畫屏。

許清，字得一，號健亭，平湖人。貢生。山水宗法北苑。有《許明經遺稿》。

臨范岳山水

古木參差泉亂流，板橋南去白雲稠。山翁好客營新室，日日同傾酒一甌。

顧正陽，字啓東，吴江人。樵子。山水守家法，兼工花鳥，以嫵媚勝。

九日縹緲峰登高

勝日登臨興更殊，峰高縹緲插天孤。樓臺東望晴能見，島嶼西來淡欲無。笑把清尊懷舊雨，愛穿紅樹問歸途。晚風夕照扶殘醉，一幅龍山落帽圖。

過法螺庵

清秋結伴擬逃禪，金粟香中小洞天。繞竹泉聲隨徑曲，入門峰勢似螺旋。蒼松蔽日寒疑雨，霜葉吟風晚帶煙。探遍幽奇歸路暝，前山新月又娟娟。

吴麟，字子瑞，號晚亭，滿洲人。康熙戊子舉人，官中書，乾隆丙辰舉鴻博。能畫。有《黍谷山房集》。

法天師自盤山來向余索畫

師本住名山，偶出白雲外。翻向城市人，欲問山水態。緬懷癡迂法，力追恐莫逮。請師笑擲之，勿使色相礙。

和節翁黍谷懷舊之作

香山遺老多情者，空谷題詩憶舊游。崖上青林崖下水，别來無恙十三秋。

徐溶，字雲滄，號杉亭，自號白洋散人，吴江人。王耕煙弟子，山水蕭疏閒冷，直逼元人，淺絳尤妙。

癸巳歲除耕煙老師寄賜山雨圖并近刻清暉贈言率成小詩鈔二

好夢連宵破曉寒，燈花檐雀兩無端。忽驚客自虞山至，寄我傳家寶墨看。
雲山疊疊意重重，雨在西南四五峰。猶恐好峰飛欲去，山根都倩白雲封。

孫寅，字柏堂，錢塘人。官安徽潁州知州。工畫。有《潁州集》。

題畫

爲羡鱸魚近釣筒，煙波江上老漁翁。歸遲蕩漾秋巖下，明月蘆花一笛風。

李岱，字迂仙，號補篁，嘉興人。諸生。工書，山水在倪、黄之間。有《遺安堂稿》。

過石佛庵作

幽草迷行徑，平田接寺門。池深魚自樂，林密鳥常喧。花氣侵虚座，鐘聲到遠村。翛然塵外意，每喜對僧論。

李鱓，字宗揚，號復堂，又號懊道人，興化人。康熙辛卯舉人，官山東滕縣知縣。花鳥初學林良，為蔣南沙弟子，又得高且園傳，畫筆縱横馳騁，不拘繩墨，多得天趣。書法樸古，信手題署，具有别致。

題畫

古木秋風豆葉黄，依稀此地有農桑。可憐江北機聲少，辜負花間絡緯娘。古柳、扁豆、竹籠、絡緯

空齋霪雨得淹留，檢點奚囊舊倡酬。畫盡燕支爲吏去，不携顔色到青州。牡丹

廣州茉莉建州蘭，開向江南盛最難。十兩白金方買得，破慳寫出與君看。茉莉、建蘭

不比桃花可問津，湘煙楚雨接芳鄰。幽香獨抱無人賞，流水高山自在春。蘭花、

水仙

丁有煜，字介堂，號石可，晚號个道人，南通州附貢生。善繪事，尤長畫梅，工摹印。有《雙薇園詩鈔》。

石鼓硤

硤聲傳石鼓，萬籟合奇觀。雪浪千年白，鼉更六月寒。荒碑苔蘚合，曲磴虎龍蟠。盡日無人迹，探幽勒馬看。

黄行健，字子乾，號西亭，石門人。擅花鳥、人物，嘗寫《渡海羅漢圖》，精細不減龍眠。

贈沈南蘋并序

予友南蘋先生精繪事，偶作《百馬圖》，賈客携至日本。時日王喜寫生，設館招致畫士，有慶山者稱鑒别巨擘。客以《百馬》進，王大悦，使以厚幣聘，先生遂航海往，時雍正己酉也。及至，授餐供帳，備極優渥，先生每一揮灑，館中人相顧以爲弗如。留三載辭歸，王及士大夫饋贐值巨萬。適友人負官帑，憔悴幾死，先生傾囊以贈。吴門李處士果作《海外游記》。

吴興有畸士，倜儻人中仙。富貴浮雲視，寄興在林泉。絶藝陵徐黄，六法窺真詮。流傳逮海隅，見者皆心憐。爾時日本國，翹企猶拳拳。詞卑幣復厚，禮聘求其前。先生感情意，乘槎擬張騫。既覯共歡悦，館餐致纏緜。同館十數輩，渲染矜鮮妍。袖手視揮灑，欣慕願執鞭。屏幛生光輝，島嶼淹三年。故國忽入夢，託疾歸心堅。珊瑚與木難，用以酬高賢。薄宦有故友，途窮遭顛連。虧帑計無出，顧之心怛然。萬金一揮手，枯魚甦重淵。非惟技入神，氣誼誰能全。我來闔閭城，握手開心顔。騷壇多投贈，落紙盡雲煙。竊效蠅附驥，含毫賦新篇。

冷枚，字吉臣，別號金門畫史，膠州人。為濟寧焦秉貞弟子，人物工麗妍雅，點綴屋宇器皿，細如界畫，却生動有致。康熙時供奉内廷，與繪《萬壽盛典》。

三水縣呈王明府

斗大荒城四面山，却從何處望鄉關。孤村古木寒雲裏，野寺鐘聲落照間。猛虎有威千户閉，小民無訟一官閒。窮途落寞思前事，宣室曾經識聖顔。

王世琛，字寶傳，號艮甫，長洲人。文恪公鏊六世孫，副貢銓子。康熙壬辰廷對第一，官至少詹事。山水得父法，筆墨腴潤。善書。

靈山硤

瘴鎖雙峰合，江穿一綫通。崩崖飛颶母，落日嘯猿公。林暗蒼梧雨，波翻厓海風。朝朝啼杜宇，蕭瑟似巴東。

楊景漣，字泓峥，號瘦仙，海寧人。侍郎雍建從子，監生。工書畫。有《修吉齋集》。

廿里松

離城二十里，當路一株松。古岸寒濤落，晴郊緑霧濃。無心迎過客，獨立寄孤蹤。鱗甲長留在，盤桓好倚笻。

朱倫瀚，字涵齋，一字亦軒，明宗室，隸奉天漢軍籍。康熙壬辰武進士，官至副都統。善指畫，得舅氏高且園法。聖祖嘗書所畫扇賜高麗國王，後復遣使具幣乞畫，一時傳為美談。嫻技勇，能左右射。有《閒青堂集》。

友人屬畫燕子磯

不到金陵五十年，玉峰天闕夢依然。醉圖紅葉磯邊樹，曾繫秋風載酒船。

天開山去京百餘里吾友翼庭别業在焉招余結比鄰者久矣欲思一游未果今翼庭將歸山索余畫乃作此送行且約雲谿先生同訪幽勝時丁卯上元後三日也

聞君舊説天開勝，夢想天開五十年。今日送君游畫裏，何時迎客到溪邊。草堂日暖櫻桃熟，山圃春晴笋蕨鮮。擬駕短轅雙拄杖，雲山幽處訪詩仙。

沈宋，字則菴，德清布衣。善花卉，以教授居嘉興新篁里最久。

辛卯夏日客莘溪胡玉峰以檇李見貽成二絶誌謝鈔一

爪痕一捻留西子，仙李由來供上方。若使阿環知此味，當年不重荔枝香。

虞景星，字東皋，金壇人。康熙壬辰進士，初官知縣，改授吴縣教諭。山水仿南宫，尤長畫松，雅負鄭虔三絶之望。壽逾八旬。

湘中曲

風起黄陵廟下秋，斷猿聲裏繫孤舟。雲鬟霧鬢知何處，竹色娟娟月影流。

吕心佐，字公襄，山東鉅野人。貢生，官館陶教諭。能山水。

自題畫册

落木蕭蕭秋氣深，蒼苔石徑入空林。寒泉澗底鳴清響，似和僧房梵唄音。

薛雪，字生白，號一瓢，自號掃葉山人、槐雲道人，又號磨劍道人，先世河東人，占籍長洲。性至孝，託醫養親，有司薦之不應。工繪事，尤精墨蘭，書法東坡。有《掃葉莊詩稿》、《一瓢齋詩存》。

自題墨蘭

我自濡毫寫楚辭，如何人唤作蘭枝。風晴雨露君看遍，一筆何嘗似畫師。
不須憑客問如何，穠亦無聊淡不多。若道幽芳堪鑒賞，近來空谷有誰過。
逢場争説所南翁，向後人文半已空。不是故將花葉減，怕多筆墨惱春風。

題貢三姪畫扇

月過西窗夜正長，横斜疏影上東墻。幽禽也解高棲穩，宿向寒枝夢亦香。

程夢星，字伍喬，又字午橋，號洴江，又號香溪，江都人。康熙壬辰進士，官編修。工書畫，善彈琴。告歸後購篠園於廿四橋旁，日與名流游讌其間。程松門、許陽谷合筆作圖。著《今有堂集》。

雲棲

靈山結想十年前，一路穿雲許問禪。緑入鬚眉全是竹，晴喧風雨總因泉。地高偏覺江聲近，峰遠猶將梵唄傳。吟盡夕陽歸較晚，清池應愛遠公蓮。

題雅雨同年借書圖

十年軒冕一銖輕，惟愛奇書抵百城。董相有祠留半榻，下帷猶是舊書生。時寓董子祠。

題徐天池驢背吟詩圖

歧路之中又有歧，蹇驢獨跨欲何之。先生自識尋詩處，多在山橋落照時。

上元後一夕南圻招游平山堂看月

避喧隨月訪巖坰，月影巖光入窅冥。輸與僧窗吟不寐，一龕如穗佛燈青。

春風乍轉氣猶寒，杖策山堂共倚闌。却憶常時好風月，不曾來向夜深看。

六月十六夜泛舟登平山堂聽徐錦堂彈琴

半里山堂路，輕舟棹夜闌。人隨殘月上，琴和古松寒。難得清涼地，煩君一再彈。低徊還向曉，遺響在林端。

張成，字少田，號仲居，歸安人。布衣。自稱華陽山外山人；腦後有瘤，又號贅疣先生。工畫。

自題放鳶圖

湘竹幾莖粘片紙，漫天飛去一絲牽。兒曹此志何爲者，也要乘風到日邊。

張延緒，字雪耳，又字鉉耳，號安齋，滄州人。進士文炳子。畫師南宮，書法宕逸，詩亦古淡。有《自怡草》、《静居集》。

感懷

居處無山欲隱難，西風吹雨入窗寒。年來幽意何人識，且指黄花醉裏看。

秋日閒吟用韋蘇州《行寬禪師院》韻。

肅肅數株松，蕭蕭數竿竹。半生既不遇，幽居自宜獨。白雲知此意，飛來檐際宿。

初夏

石苔曲徑比山家，簾外香風開棗花。欲課楞迦消午睡，叩門人餉雨前茶。

張括，一名适，字叔度，丹徒諸生，官直隸布政使。為静海勵衣園宗萬姊夫。

工書畫。

題羊叔子故里

讓開府表古人風，厚德還貽舅子封。我欲爲君旌墓道，徂徠移植萬株松。

梁素，字見行，廣東曲江布衣。耐貧嗜學，耽吟詠，工書畫。

山園春霽

啼鳩聒聒隔林聽，清興無端滿野亭。抱樹雲痕輕散墨，當樓山色遠浮青。花迎新暖舒殘蕊，鳥出危枝梳短翎。試看藩籬無恙否，閒拖秃屐啓柴扃。

孫蘭，字滋九，號柳庭，江都人。善書畫，與王武徵、吴園次、施偉男同居北湖，日相倡和。

採菱

微風輕度角菱香，百里湖田水路長。莫遣扁舟過湖去，恐驚三十六鴛鴦。

汪泰來，字陛交，號後山，徽州人，籍錢塘。康熙壬辰召試詩賦第一，賜進士，官廣東潮州同知。工花草，在白陽、青藤之間，尤長松石。有《半舫集》。

陪竹垞先生集匠門書屋明日先生之無錫

曲江池館石闌斜，列坐流觴次水涯。勝集補修三月禊，春風正放一林花。榻因問字遲揚子，船亦藏書載米家。去泛梁溪知有意，運泉來鬥雨前茶。

甘士調，字和庵，鐵嶺人，漢軍籍。初官德州州同，嗣移中州監都。工指墨花鳥，師高且園。

金山

浩渺煙波裏，巋然一石尊。龍腥浮水面，鼋窟傍山根。春樹參差影，秋潮上下痕。紅塵飛不到，梵刹古今存。

成交泉，字爾長，號南陸，大名人。克鞏曾孫，仲謙觀察光孫。官江西湖口知縣，以忤上官罷歸，閉門養拙，論薦不起。以畫竹擅名，瀟灑出塵，可稱逸品。

自題枯木竹石

凌霄喬木飽風霜，翠篠娟娟弄影長。添築杉皮兩間屋，煮茶聽雪坐焚香。

陸寧，字德施，嘉定人。一諤子。能畫。有《萬翠軒詩草》。

醉後游青檀寺

白墮添游興，行行日欲曛。兩山天際立，一水石中分。佛土容人懶，僧茶勸客勤。相看不忍去，剔蘚讀碑文。

蔡遠，字月遠，號天涯，一號紫帽山人，閩人，僑居常熟。學山水於石谷，畫牛不遜楊子鶴。

丙子春日樵丹邱生意呈教中和詞丈

朝來捉筆寫霜竿，隱隱秋聲挂耳寒。此是房山煙雨意，莫教清夢落長安。

孫浪，字白閒，自號花犇山人，高淳人。山水得倪、黄之神，性疏放不洽於俗，所用印章法古鏡鈕，較異他篆，人取為信。

題畫

淡淡秋山小小村，破垣緑竹兩三根。白雲滿屋松花落，知有幽人不出門。

王稺，字東皋，上元人。以醫名，因終日坐肩輿中，自號輿庵。善畫山水，極意經營。

贈金仲玉章

誰能辛苦斷吟髭，醉畫梅花一兩枝。更欲煩君添凍雀，東皋還寫自家詩。仲玉工翎毛、花卉。

高遇，字雨吉，江寧人。康生子。俊爽有逸氣，周櫟園以兄恭女妻之。嘗畫《落霞晚眺册》，為石谷所歎賞。

贈王杲青

乾坤雙鬢短，風雨一氈寒。道義真無忝，文章況不刊。心猶哀馬革，情豈累豬肝。閉户無餘事，青山仰面看。

鄒喆，字方魯，江寧人。典子，畫傳父法，山水古穆，花卉鈎勒傅染，有王若水風格。

薔薇

春到山家景色微，紅薔薇接白薔薇。編成借作籬門設，俗客頻來要刺衣。

黄鑰，字北門，上元人。畫山水師李繩之。

題畫

滿山落葉一溪雲，仙去琴牀寂不聞。侵曉幽人眠未起，一聲啼鳥破朝曛。

黄日炳，字其文，上元人。性孤峭，工畫，不輕著筆，花卉尤靈妙如生。子德基，亦以詩畫名。

題畫荷花水鳥

滑笏春流浴白鳧，鏡開窈窕出紅芙。煙波到處皆圖畫，何必扁舟乞鑑湖。

周璕，字崑來，號嵩山，上元人。工人物、花卉、龍馬，以拳勇名，尤精峨嵋槍法。嘗畫龍懸黄鶴樓，索值千金，有武弁欲强奪，與鬥不勝，聞之丁制府師孔，一見賞之，畀千金，不受，曰：「非必得金，聊以覘世眼耳。遇知己當為贈。」子良、婿戴瀚傳其學。

胡叔里以陳孝子集見示因題

茫茫大塊間，此身復何有。唯我父母恩，髮膚皆全受。世晚道愈微，滫瀡稱孝友。卓哉陳太邱，資父而事母。孝經千餘言，字字讀在口。心體力則行，曲折不敢苟。當其母病時，百藥投皆嘔。陳子夜禱天，利刀持在手。惟知股可封，不知股非肘。惟知母疾瘳，不知血濺否。迂儒多駁議，真孝實非偶。胡子投此詩，讀之聲如吼。我亦違雙親，作客良已久。滾滾魂夢中，顛倒家鄉走。養親經幾時，罪狀亦既負。安得陳子俱，叩之爲我剖。再讀月正高，城堙挂南斗。

謝蓀，字緗酉，溧水人。明經。居金陵，工花卉，為「金陵八家」之一。

琛山

石燕飛飛欲雨天，牯牛洞口藉莎眠。貪游日暮不歸去，要看神燈嶺上懸。

汪靄枝，字陶庵，號繡谷，江寧人。畫宗張大風，博綜典籍。有《繡谷集》、《宙合軒稿》。

題張大風畫

昇州道士老逃禪，一琴一石枕之眠。經年磨硯不蘸筆，興來滿紙揮雲煙。迂倪癡黄今復活，觀者競羨思劫奪。貴人投刺獻千金，白眼掉頭墨不潑。

沈廷瑞，字兆符，一字樗厓，宣城人。文貞先生壽民孫。山水筆意疏落。壽逾九旬。有《秦淮游草》。

贈瀘州先遷甫

蜀國稱逋客，長干作寓公。奇書探汲冢，生事感秋蓬。垂老神逾旺，耽吟苦益工。南朝多往蹟，憑弔夕陽中。

程宏，字天台，自黃山移家金陵。安貧工畫，家人竊以易米，聞而大恚，曰：「男子乃以畫食邪！」遂不復作。酒酣耳熱，抵掌論事，人笑為狂。

寄鄭桐源何聿修鄭名淮，何名亢宗，俱上元人，工畫。

縱酒狂歌不爲名，那能低首事公卿。戴逵不得鍾期聽，一碎瑶琴竟絶聲。

王順曾，字義從，一字青山，宛平籍，居金陵。宗伯崇簡曾孫，考授州同。善丹青，工篆刻。

老去

老去猶堪補讀書，歸來那歎食無魚。連宵吟苦人知瘦，畢歲樽空客到疏。花月不難脩款曲，湖山誰可共軒渠。茶邨宅畔扶笻過，落葉西風悵故居。

張澤瑊，字虛受，號實甫，華亭人，遷青浦。舉人寶華子，康熙庚子舉人，雍正乙卯舉鴻博，不赴。山水入逸品，善書，得畫禪遺範。壽八十有一。有《懷古堂集》、《天香閣草》。

陳見復先生將别去閒園風景亦蕭瑟矣黯然於懷因作忘形圖略寫溪亭叢樹遠山以誌吾兩人會合之地為異日話柄時戊午九月

亭月同看六度圓，野雲爲侶亦塵緣。平生未解憐輕别，感慨多來是老年。
每到忘形一語無，倚闌對挽白髭鬚。忽思化作南征雁，相逐歸帆到海虞。

上官周，字文佐，號竹莊，長汀人。布衣。山水煙嵐瀰漫，尤工人物。有《晚笑堂詩集》。并手繪古今人物，名《畫傳》，乾隆初精刊於粤東，時年已七十有九。

靈洲山道中

一棹停孤嶼，西風動曉秋。峰高雲盡斂，江闊暑全收。今古紅塵夢，乾坤白髮愁。登臨懷謝脁，詩酒負滄洲。

客中偶題

荒郊春色滿，碧草盡生煙。雲動山移樹，溪喧客放船。人叢偶畫虎，巖僻早啼鵑。縱解希夷意，天涯幾醉眠。

陳宗范，字聖業，上元諸生。嘗畫牛首山圖，藏白鶴觀。

白門柳枝詞

何處漁歌聽最幽，三山門外緑楊洲。夕陽回首腸堪斷，只剩濃陰鎖畫樓。

補許永，字南郊，號在野，常熟人。青浮員外山子。山水出入北宋諸家，與文、沈異派同源，寫生娟秀。

王太常前輩為石谷先生令嗣處伯慶仲兩世翁肇錫嘉名黄仙裳首唱賦詩依韻奉和

譜牒分支一派清，琴川婁水溯家聲。嘉名兆錫何珍重，想見當年厚望情。

許徹，初名嵎，字暘谷，號叔子，常熟人。永弟。寫梅得逃禪老人法，工詩。有《樵風集》。

登㳌水巖

磴級盤迴澗壑奇，穿雲有路到來稀。劍揮峭壁當空斷，風拂奔泉作雨飛。石罅漏湖雙影闊，樹腰浮塔兩尖微。煙嵐不礙神人宅，碧瓦朱題敞洞扉。

鄭乾清，字千子，號雪屋，寶應諸生。工詩，善繪事。

八月十八日錢塘觀潮

獨倚危樓望，潮生鼈子門。波凝一氣白，秋湧大江昏。隱見天吴影，蒼茫地軸吞。我思鋪席坐，吟嘯倒金尊。

朱霞，字更芳，號初晴，上海貢生。工篆書，兼善繪事，尤以畫雞名。有《鶴松堂集》。

屈三閭

漢廣詩湮五百春，天留哀怨啓斯人。不逢尼父收遺逸，甘與彭咸作後身。落日沅湘餘涕泪，秋風蘭菊見精神。悠悠景宋何爲者，亦擬同扶大雅輪。

曹培鯉，字禹門，上海人。監生，早世。

自題畫花籃

黄四娘家花滿蹊，折來并作一籃提。栽花有意無栽地，自畫自看還自題。

滕開基，字晋師，上海人。

自題畫

緑樹陰濃接遠山，水聲雲影有無間。高人自得閒中意，曳杖橋邊獨往還。

賈詮，字釋之，號枳村，河南襄城人。工書畫。屏迹山居，罕入城市。有《灌書堂詩》。

自西山歸

在山不見山，出山憶山好。始信居山人，耳目亦草草。峽底石泉清，巖上流雲碧。游人有去來，山水無今昔。

清畫家詩史丙上

寧津李濬之響泉編輯

王敬銘，字丹思，一字丹史，號味閒，嘉定人。康熙癸巳狀元。山水師法麓臺，得其神似。生有硯癖，索畫者投以佳石無不立應。麓臺弟子時有「金曹王李」之稱，謂金永熙、曹培源、敬銘及李為憲也。有《未巖詩稿》。

題秋山學圃圖

比并風流三影如，還同彭澤愛吾廬。拋殘舊牘惟調鶴，老盡雄心欲荷鋤。齋舫清於唐宋上，尊罍古是夏商餘。空將草木教題署，十畝多慚沈約居。

查查田以瓶菊入春未萎戲插早梅一枝命曰二隱蔣西谷為繪圖作詩并屬依和

不分金英倚玉枝，膽瓶作合孰相期。一般冷艷宜爲伴，同向東風各有時。已遣傲霜偕傲雪，莫因開早笑開遲。玉堂彩翰傳高格，打并風光入酒卮。

種菜詞

晉世空餘靖節花，青門誰種故侯瓜。崑岡舊業公孫宅，五百年來種菜家。

淡飯當時爲甚來，似經打撇瓮齏開。天教留此家風在，苦菜還須著意栽。

誰誇一子一須彌，細細抽萌緩緩移。蹋地自佳高莫望，已過夏末及秋時。

也能密密也疏疏，也不須澆也不鋤。多雨少晴也自可，風吹雹打也由渠。

吴應棻，字小眉，號眉菴，又號青靈山人，歸安人。康熙乙未進士，官湖北巡撫、兵部侍郎。善墨竹。弟應枚，字小穎，相傳其父生子時夢眉山兄弟，故以「眉」、「穎」字之。

招隱橋

寺門面面繞青峰，招隱橋邊聽午鐘。千古幾人招得到，滿山惟有六朝松。

中嶽廟

中天開法象，御氣接氤氲。殿角臨黄蓋，封中超白雲。祀崇秦典禮，樹老漢將軍。鸞鶴凌空舞，仙音縹緲聞。

錢陳群，字主敬，號香樹，一號集齋，又號柘南居士，嘉興人。康熙辛丑進士，官刑部侍郎，謚文端。稟承母氏南樓老人家學，間亦作畫，嘗為盧雅雨畫松，為張叔未所得。善書。有《香樹齋集》。

題汪千波黄山採藥圖

雲外青峰峰上松，先生自署採山農。他時許附追攀後，始信峰前看攫龍。

江右試院十五夜喜雨畫壁遣興漫題四絶

晚涼散步到庭間，鏁院深沈似閉關。一陣天香簾外落，江雲銜雨過西山。

黄柑貢北有飛艘，分賜年年拜一雙。今日定瓷盛顆顆，中丞開公餉柑十枚。先嘗特地到章江。

老眼重揩最易昏，百花洲畔擷芳蓀。夜來不作持螯興，郭索聲傳秋樹根。

每逢佳節感髯髩，饋遺賓筵雜俎胥。童僕兩三無賴甚，飽分餅餡剥紅菱。

姜任修，原名耕，字自芸，晚號退耕，如皋人。康熙辛丑進士，官清苑知縣。

書畫弈算皆詣絶品。

看劍

臏有狂奴態，誰能斫地歌。眼看三尺水，心受十年磨。却讓鉛刀利，仍然結友多。底須不平事，暗匣夜鳴鼉。

崇川北山下拜駱臨海墓

古墓犁田出石棱，題名不是比邱僧。斷雲野鶴黄泥口，誰向秋風葬駱丞。

李世倬，字漢章，號穀齋，一號菉園，又號天濤，奉天人，漢軍籍。兩湖總督如龍子，官副都御史。畫傳其舅氏高且園法，又得王石谷指授，故山水、花鳥、人物白描各臻其妙，筆力蒼勁，善用乾皴。

題畫

亂山深處黄茅屋，活水灣頭白板橋。但得人來嘗問字，劇勝蓑笠溷漁樵。

自題仿雲林小幀

弄墨閒窗却病魔，倪迂心腕得來多。三休可是亭如此，九折巖詩憶老坡。

黄泰來，字交三，泰州人。善畫書，工篆隸。

為顧荇文題碧梧村莊圖

君家家住虎邱東，小結茅齋樹幾叢。遥想焚香潑墨處，一聲鳴鶴緑天中。

江聲，字飛濤，號白沙，常熟人。工畫墨竹，尤精校勘書籍。有《匏葉齋詩稿》。

竹石畫扇

細竹嬋娟若美人，風梳雨洗越精神。不添一片平泉石，林下將何作比鄰。

韓咸，字無我，會稽人。工畫。有《青琳堂詩鈔》。

落花

畫橋流水太匆匆，似繡園林翠幃空。柳下人家初過雨，草間蝴蝶不禁風。漁舟迷處沿溪暗，蹋鞠歸來糝徑紅。悵望飛瓊牽不住，可堪斜月剩朦朧。

勵宗萬，字滋大，號衣園，静海人。文恪公杜訥孫，文恭公廷儀子。康熙辛丑進士，入翰林，年才十七，歷官刑部侍郎。以畫供奉内廷，兼工山水、花鳥，筆意恬雅，設色古淡，書法褚、顔、蘇、米，與張得天齊名，稱「南張北勵」。

秋日屯留道中

迤邐平沙一徑通，驅將溽暑仗金風。人行翠陌青疇裏，秋在繇雲絮雨中。砧杵隔村時送響，旌旗臨水偶摇紅。兩年三過銅鞮路，吟到丹楓興不窮。

恭和御製題杏花詩

上林千樹染胭脂，走馬芳堤得意時。忽憶江村寒食路，鞦韆影裏弄春熙。

分題供奉余省畫盆橘

天成一樹挹甘香，手摘璿星散采芒。仙果金盤秋湛露，漢珠火齊夜生光。可能剖食思平仲，尚憶懷歸問陸郎。疑是揚州新入貢，南薰殿裏得分嘗。

文昭，字子晋，號薌嬰，清宗室。為紅蘭主人從孫。少從漁洋山人學詩，工書畫。勤學好士，所居紫幢軒以楸花得名，又葺枕柝軒，為賓從游讌之地。嘗受道籙，自稱檜棲居士。近畿北柴大房山最勝，因舊游其地，晚號北柴山人。手輯宗室各家詩，名《宸萼集》。著有《香嬰居士詩集》。

自題畫册鈔一

繭形栗色小刓團，老蔓如蛇上樹蟠。莫笑道人依樣畫，此中要貯大還丹。胡盧

題鐵拐李仙像

鬅髮逢松眉眼粗，常將一鐵鎮相扶。層霄也要防蹉跌，不獨人間有畏途。

畫北砦山圖

曾在房山留十日，迄今五見歲云徂。奇峰一一心猶記，割紙先摹北砦圖。

自題停車問酒圖

雪麓寒林黯禁城，酒旗翻處認茅衡。玳牛一軛沙堤軟，憶向西山道上行。

打麥子

菖蒲節後麥成秋，禾稼油油漸沒牛。始信太平原有象，麥堆高出土墻頭。諺云：「麥子剃頭，高糧沒牛。」

朱雝模，字三農，號皋亭，又號南廬，錢塘人。善山水，年逾九旬猶揮灑不倦。有《三農外集》。

殘夏過白田主人寓齋是日同買醉五柳居及放船湖心亭

湖中佳興待誰收，携杖來尋湖上樓。五柳樹陰留小酌，兩峰嵐翠落扁舟。舉棋水檻消殘醉，分韻山僧憶勝游。集湖上，適靈隱巨濤上人舟次相晤，同分韻去。游宦由來閒境少，還期相探芰荷秋。

嵩壽，字茂承，號雲依，滿洲人。希文簡公福曾孫。雍正癸卯進士，官禮部侍郎。工山水。

題畫

寒皋度虛籟，遠樹接山根。一縷炊煙盡，歸雲帶濕痕。

吴應枚，字小潁，一字潁庵，歸安人。應棻弟。雍正甲辰進士，官大理寺少卿。山水師王麓臺。有《客槎集》、《墨香幢詩》。

題庶子張鵬翀進春林淡靄圖

林外霏微靄四垂，花含煙潤柳舒眉。展開一幅畿南景，正是深宮望雨時。

陳重莘，字尹如，上元人。傳係繼儒嫡孫，父官豫章，卒葬鄱陽芝山，不忍棄父墓，遂留鄱。工畫水仙，人以「陳水仙」呼之。

自遣

老來性僻人憎我，貧裏愁多我厭人。日暮釣竿何處著，清風明月伴垂綸。

華嵒，字秋岳，原字德嵩，自號新羅山人，又號白沙道人、東園生，福建汀州布衣，久客維揚，晚慕西湖之勝遂家錢塘。畫入神品，花鳥草蟲不求妍媚，力追古法，以逸趣勝，山水、人物亦超妙。書有别致，南田之後具有仙骨者，當首屈一指。有《離垢集》、《解弢館詩》。

寫秋雲一抹贈陳澹江

孤情只愛寫寒秋，便有秋聲紙上流。更寫白雲三四筆，此中曾與故人游。

過斑竹庵訪雪松和尚

灣頭逢衲子，携手入寒煙。但說前江凍，鐘聲敲不圓。

曉景

曉月淡長空，新嵐浮遠樹。數峰青不了，亂插雲深處。

題惲南田畫册

筆尖刷却世間塵，能使江山面目新。我亦低頭經意匠，煙霞先後不同春。

即山齋海榴宜男同時發花時遠村將有弄璋之喜獲此佳兆余為破睡譜圖并題

山人性質懶如蠶，食飽即眠眠最甘。今日爲君眠不得，畫榴畫石畫宜男。

幽溪草閣

徑斜穿樹橘花疏，溪榻凭窗看罩魚。隔浦水煙青過靛，野風掀亂雨來初。

梅花春鳥

溪林斂曙色，群鳥噪春來。誰謂南枝勁，梅花戰雪開。

擬邊景

黄野沙枯荒磧迴，黑山風勁凍雲堅。老駝寒齧三更月，殘雪新開一雁天。

題山人飲鶴圖

劈石栽松松已蒼，山中歲月去來長。烹餘一束靈芝草，分與仙禽作道糧。

馭陶王先生嗜古篤學築居煙水荷柳間枕山面田以家業訓子孫且讀且耕計無虚度遂擬寶日二字銘其軒云令子容大兄己巳臘月風衣雪帽躡履提壺過寒堂以尊大人命告欲僕寫圖垂戒將來悦其用意明達即為展翰并繫半律

世守青箱課子孫，稻花香裏別開門。小橋活水粼粼浪，捲入蕖塘繞一村。

題畫蟹

白酒黄花節，清秋明月天。無錢買紫蟹，畫出亦流涎。

雪門以松化石見贈詩以紀之

牝壑枯松樹，誰知化石年。皮存鱗甲綻，骨耐雪霜堅。未足補天缺，且堪伴米顛。故人持此物，贈我枕頭眠。

自題藊豆小幀

竹杖藤鞋舊布衣，後園移步看斜暉。半邊蔬果經霜打，柑子微黄豆莢肥。

遣興

雲脚含風亂不齊，凍陰移過小樓西。鄰梅乍坼墻頭蕊，臘酒新開瓮口泥。貪遣客情隨野鶴，怕論家事避山妻。瘦藤扶我籬邊立，閒看寒沙浴竹雞。

題畫

群木籠煙秀，一峰入户奇。爐香窗鳥避，庭果樹猿窺。點點水花碧，濛濛竹影移。茅亭讀易者，得意少人知。

馬長海，字滙川，滿洲人。鎮安將軍馬期子，辭廕不仕。工山水，好收藏名蹟，喜禪悦，於易州之雷溪築大鉢庵，自號大鉢山人，屏居嗜學，老而不衰，友人李鐵君為作《馬山人傳》。

烏鎮

澹雲微雨欲晴時，櫻笋江南已過期。桑葉半稀蠶盡老，緑楊門巷賣新絲。

清明掃墓

寒食溪村不禁煙，柳芽杏蕊賣餳天。鹿門妻子牛車緩，絶似龐公上冢年。

自題玉衡閣圖

崦内林廬崦外溪，數峰青影壓籬低。水沈一炷閒無事，人在空堂掃燕泥。

戴瀚，字巨川，一字鎮東，號雪村，上元人。雍正癸卯第二人及第，官侍讀學士，供奉内廷。少從其妻父周璕學射，能挽强命中。善畫馬，兼工篆籀、刻晶玉印。後病腕，以左手書畫。晚年性愛梅，尤工寫梅，每放櫂太湖，恣意探討。有《探梅集》、《雪村編年詩賸》。

題畫

蕭森尺幅湛秋光，奔澗危峰竹木蒼。著個蝸廬茆一把，依依倦鳥宿斜陽。

自題墨梅

形似何緣些子無，根非屈鐵蕊非珠。年來拾得龜毛筆，寫个虚空釘橛圖。

自題畫松

畫松那似真松樹，多恐真松似畫松。若問松身本來樣，一場春夢大夫封。

古詩一首贈姜若彤

予癖嗜印篆，求刻水晶、寶玉、瑪瑙之術，卅餘年始驗。雍正壬子、癸丑間在福州會射，將軍、督撫、提鎮諸公往往見予稱善。一日因刻玉損臂，乃微不競耳。今觀姜君若彤精於斯道，不勝把臂入林之喜，題詩以贈，諸名公謦若彤者已多，不須復爲雷同，非略也。

昔年使節停榕城，文武高會張射正。强弓屈鐵挺雙臂，發常破的千人驚。一朝腕弱懶抽矢，坐讓登壇群擅美。尚書錯愕侍郎問，謂奉天郝公、泰安趙公、寶應劉公。答言力憊攻堅耳。水晶寶玉瑪瑙光，要摹秦印刀含芒。或思或作三十年，忽然勁畫蛟龍翔。衆聞奇癖争笑莞，髦耶鍛耶甯異撰。猩唇豹胎炙且蹯，百罰一壺纔一琖。嗚乎，雕蟲小技非壯夫，何爲勤苦如此乎。聖道日遠六藝廢，痛恨小學長榛蕪。今人幾人辨六書，茂才不知漢代吁。歸來未把青門鋤，大岳之裔古爲徒。願從日日揮昆吾，誓爲分隸尋根株。庶幾一掃洪武陋，可文可何可趙吾。

題蕭尼坡畫竹

蒼煙嫋嫋雪蕭蕭，誰種孤竿倚泬寥。始識畫師通草聖，怒猊渴驥上寒綃。

吴溶，字湄宗，號百峰，歸安人。舉人斯洺弟，諸生。工畫。有《秋桐詩鈔》。

戴卯君先生屬寫漸成草堂因成長句

欲寫園林潑墨遲，煙雲變滅筆隨之。凌虚欄檻多如舫，溜雨松杉正長枝。玉潤乍成新疊石，鑑湖未賜且臨池。我非妙手王摩詰，畫裏居然亦有詩。

杭世駿，字大宗，號堇浦，晚號秦亭老民，仁和人。雍正甲辰舉人，乾隆丙辰舉鴻博，官監察御史。博通經史，著作甚富。工書，善畫梅、山水小品，偶寫詩意，疏澹有逸致，閒作墨筆花卉。有《道古堂集》。

陶然亭

溪風吹面蹙晴瀾，葦路蕭蕭鴨滿灘。六月陶然亭子上，葛衣先借早秋寒。

題魏司馬縉課兒圖

吾聞漢有鄧仲華，勳高望重願不奢。子十三人人一藝，後乃各自名其家。又聞晋有劉長盛，教子紛綸經史并。蔚然門内七業興，北州學者莫與京。魏侯攬轡來黔中，諸郎玉雪驕春風。佳者龍鳳劣虎豹，頭角嶄露牙須雄。侯今施政政已通，訟庭長草青丰茸。晚衙初放常自教，短檠嘘燄燒青空。此樂於今幾人見，寫入圖中洵堪羨。不將蠟鳳滴圓珠，共向銅槃誇異饌。青箱素業世争傳，鈒鏤門風原不賤。清時養就凌雲姿，豈患雄文少人薦。我聾於世百不聞，愛就阿戎談夜分。投牀隔屋支枕聽，琅琅送響清入雲。長公名聲如蘭芬，次公意氣更不群。橫經奪得戴憑席，弄筆書破羊欣裙。盤空硬語輒敢和，跋扈真足張吾軍。杜言紈袴不餓死，蘇言識字憂患始。斯皆過激非至言，吾所斷章不在此。請標二事舉似君，符讀城南陶責子。

黄芍藥寄和江春

誰教没骨寫靈根，姹紫嫣紅豈足論。佛借妙香開笑面，天留正色餞春魂。游蜂採處尋難見，蜜酒澆來漬有痕。華省祇今多好句，翻階剛值月初昏。

題休寧吴大家畫梅

玉骨含芬妙琢詞，謝庭何處見風期。閒來却借諸兄硯，手寫寒梅入拗枝。

題桐敏山人畫芋豆蘆菔

秋蔬已除架，冬菜又出土。日日瀹清饞，吾不如老圃。

憶壬子歲富春江上之游乞董編修邦達**寫其意**

曾挂秋帆一葉輕，却磬生絹寫幽情。樹頭宿霧疑雨過，沙觜殘霞如月明。高興有時看鳥没，閒心不分逐魚行。富春城郭江天景，説與詩人路不生。

題陳文楝蕉下撫琴圖

年來種紙漸成林，暇輒棲毫弄玉琴。恰好蕭蕭送涼雨，緑天菴裏寫清音。

題許承祖焚香默坐圖

琅玕萬个寫幽清，人在湖堂夜正晴。山鳥不鳴林月上，時聞落葉打階聲。

題程上舍名世**風雪歸舟圖**

朔風送客一程貪，擁絮孤吟髮未簪。篷底冰花篷背雪，荒寒山色畫淮南。

陳景元，字石閭，奉天海城人，隸漢軍，為五布衣之一。精鍊有器識，善書畫，尤工古隸。弟橘洲，性恬退，工琴好古，李徵君鍇相與友善，為撰《二陳生傳》。工詩。有《居白室集》。

嚴陵釣臺

釣臺臨絶壁，巒壑抱幽深。一片桐江月，千秋出世心。獨尋高士躅，忘却客星沈。予亦懷微尚，徘徊聽瀨音。

答李廉衣二首鈔一

落拓江湖客，拘牽錦繡城。世無真具眼，天厭老書生。歲月樊籠度，風花疊浪傾。下風得介紹，僥倖識韓荆。

謝淞洲，字滄湄，號林邨，長洲布衣。精於鑒古，世宗特召以内府所藏書畫命其鑒别。畫學宋元，疏爽有法，晚年專仿一峰老人，苦心孤詣，深造入微。

題元僧方厓墨竹

書窗漫對碧琅玕，偏喜真心耐歲寒。怪底此君解醫俗，清標瀟灑拂雲端。

朱檠，字巍成，號海樵，又號岑庵，海寧人。舉人自恒子。雍正甲辰進士，官順天永清知縣，以廉能著，在官五年不挈眷屬，陳文簡公稱爲呷醋咬陳薑者。詩畫俱有淵源。有《海樵題畫詩》。

題自畫牡丹

江東妙句落毫端，紅蕊當心一抹檀。羅隱《牡丹》句。我已浮雲輕富貴，不應更寫此花看。

方士庶，字循遠，一字洵遠，號環山，又號小獅道人，新安籍，家維揚。山水受學於黃尊古，用筆靈敏，氣韻駘宕，凡得意之作鈐「偶然拾得」墨印。工行楷書，結構嚴密，純學思翁。有《環山詩鈔》。

秋夜盼兒子家書不至作即題畫册

坐久月當户，露涼侵鬢絲。江湖新雁少，游子達書遲。拂簟不成夢，倚閭無限思。螢光忽明滅，已近授衣時。

題畫秋葵

天風習習草萋萋，簾影分陰日漸西。睡起香清茶乳嫩，殘聲不厭晚蟬嘶。

題畫

結屋衆山下，山泉傍枕流。鐘聲聞遠寺，雁度感新秋。客至風生竹，窗虛月滿甌。東籬華有意，策杖且凝眸。

張璠，字魯山，浙江黄巖人。善畫，與新安吴南村震生同客海昌最久。

送朱人遠之蜀集唐。

涼風動萬里，説向欲行人。蜀酒禁愁得，江花入興新。抽毫贈篇什，把臂見情真。久客宜旋旆，高堂有老親。

邊壽民，原名維祺，以字行，更字頤公，號漸僧，又號葦間居士，江蘇山陽諸生。用潑墨法創寫蘆雁，瀟灑生動，飛鳴宿食各得神趣。間畫山水、花卉，别有逸致。工書法。所居葦間書屋，名流過淮陽咸造訪之。

題蘆雁

鴨嘴灘頭幾曲沙，棲鴻安穩似歸家。愁他風雪無遮護，多寫洲前蘆荻花。
板橋一曲水通村，岸闊沙平緑有痕。我畫雁鴻求粉本，葦間老屋日開門。

題墨牡丹

一池墨汁貌花王，不辨花香與墨香。最憶前年好清興，寫生十日住誰莊。誰莊，程氏别業，牡丹最盛。

述懷十首之一題畫雁

學技偶然事，居然以技名。人呼「邊蘆雁」。迹隨秋雁遠，心似白沙平。不羡稻粱足，惟耽山水清。冥冥謝弋者，與世久無争。

甲午重陽後五日病餘題菊蟹

霜螯此際膏應滿，况我東鄰是酒家。不是病中無意緒，肯教孤負此瓶花。

題畫

温潤同良玉，芬芳玉不如。贈君意殊厚，不是望瓊琚。木瓜

殘葉一湖秋，涼風四五里。吹落紅蓮衣，餘香猶在水。殘荷

共道山中好，入山苦不早。山中本無憂，又有忘憂草。萱花

老屋葦間傍水瀕，客來相訪定知音。何須遠市營兼味，只向畦邊架上尋。瓜、茄、豆角

一竿一笠一青蓑，便擬輕舠蕩碧波。釣得魚歸更沽酒，宵來不怕雨風多。蓑笠、魚竿

不貌花容只寫香，氤氲墨氣暈滄浪。何須更著臙脂色，惹得人言似六郎。墨荷

插花都道秋花好，瓶菊能支十日妍。誰道墨仙仙筆底，精神留得一千年。瓶菊

春漲江南楊柳灣，鱖魚潑剌緑波間。不知可是湘江種，也帶湘妃泪竹斑。鱖魚

不趨炎熱慣凌霜，腹蘊瓊瑶夜有光。皮相莫輕酸澁子，個中佳味比天漿。石榴

王翰，字霖臣，號五峰，山陰人。山水法梅道人，善潑墨。有《五峰詩存》、《德馨堂集》。

武昌感懷

落拓天涯客，淒其感百憂。西風江上柁，暮雨楚中樓。有菊探籬畔，無梅寄隴頭。何時乘巨浪，鼓枻下東甌。

張鵬翀，字天扉，一字天飛，號南華，嘉定人。雍正丁未進士，官詹事府詹事。山水師元四家，雲峰高厚，沙水幽深，筆清墨潤，兼有麓臺、石谷之風。詩才敏捷，侍從内廷，上命題詠，可應聲立就。有《南華詩鈔》。

題怪樹圖寓婁東僧舍，同陸上游作。

墨海瀾翻吸欲乾，豹文龍骨寫蒼寒。醉中落筆如風雨，驚走山僧不敢看。

天都瀑布

不見天都峰，但見天都水。半空雲霧中，時掉白龍尾。

題畫竹戲贈謹堂前輩

人可百爲惟怕俗，涪翁清語無人續。但令胸有與可竹，何妨口喫東坡肉。謹堂太史風流人，聞我此言應捧腹。試問君家竹木洲，何如畫裏篔簹谷。

雪窗答友人問

寒宵耿耿漏初殘，布被生棱積鐵寒。畢竟是高還是懶，蕭然擁雪卧長安。

游盧師山歸至卧佛寺題畫示青厓禪老

燕坐盧師洞壑間，笑携禪侣上孱顔。歸來乍洗風沙面，急寫芒鞵脚下山。

題鄒小山同年憶游畫册

萬里滇黔憶舊游，披圖髣髴見鑾陬。千篙石罅穿雲上，清浪灘前一葉舟。
四十三盤闗索嶺，連天界白雪嵯峨。三回絶景輸君看，使節匆匆未得過。

題畫寒巖古木進呈

静想溪山勝，閒探造化奇。偶隨筆所至，輒以意成之。雲脚峰孤立，巖腰樹倒垂。不教圖寫盡，留取畫中詩。

柏林寺畫壁畫非吴道子筆，亦雄放可觀。

趙州屋壁家家水，長恐波濤掀屋起。人言法昉吴道玄，遺蹟猶存柏林裏。我來繫馬寺門前，獨上雲堂歎觀止。武水跋浪鼉鼉驕，文水漪瀾照流綺。壁外浮空若有源，煙中澒洞愁無底。軒然大筆落蒼茫，圓勁縱横勢誰比。迺知妙法勢難傳，但得皮毛遺骨髓。便擬長來坐卧看，咫尺好教論萬里。王程不緩暫褁回，洱海盤江誰似此。大師親受祖庭印，住持玉鉉上人爲玉琳後嗣。說法還參趙州旨。不須深坐更啜茶，十丈紅塵净如洗。

為紀曉嵐作小景近邊一橋誤畫其半於毗連別幅上戲題一絶

杈椏老樹翳危坡，坐愛閒雲過眼多。略彴不須安對岸，怕來俗客到山阿。

李方膺，字虬仲，號晴江，又號秋池，一號抑園，江蘇通州人。諸生。傲岸不羈，善松竹梅蘭，老筆紛披，不拘繩墨，自得奇趣。雍正初元，舉賢良方正，官山東蘭山知縣，有惠政。去官後僑寓金陵借園，自號借園主人，鬻畫以資衣食。卒祀名宦祠。有《梅花樓詩鈔》。

畫竹

粉香翠影碧琅玕，丹鳳林中第一竿。雨露恩濃磐石固，清風日日報平安。

畫梅

寫梅未必合時宜，莫怪花前落墨遲。觸目横斜千萬朶，賞心只有兩三枝。

題三代耕田圖之一

是圖先大夫課耕，膺則耕者，牧牛童子則兒子霞也。

半業農田半業儒，自來家法有規模。耳邊猶聽呼龍角，膺小字龍角。早起牽牛下緑蕪。

鄒一桂，字元褒，一字原褒，號小山，一號二知，又號讓卿，無錫人。雍正丁未進士，官禮部侍郎，贈尚書。善花卉，分枝布葉，條暢自如，設色明浄，清古冶艷，嘗作百花卷，各繫一詩進呈，亦蒙御題絶句百首。間作山水。著《小山畫譜》，論寫花瓣、枝葉各法，尤能詳人所略。有《小山詩鈔》。

題自畫牡丹譜鈔一

倦繡情懷春事闌，暫拋銀甲不成彈。拈來白雪供微笑，吐出紅雲作幻觀。纖手乍粘鸚嘴赤，殘膏猶點鶴頭丹。開元舊事傳宮監，好作青蚨月印看。右一捻紅，相傳楊妃曉妝時以胭脂捻花瓣上，遂生此異種。

題補衮圖

夜静猶將弱綫拈，臂環斜落玉纖纖。世間缺事知多少，那得憑伊一一添。

題菊遺東郊索酒

數枝彭澤籬邊菊，一勺柴桑瓮裏醅。笑我只將金粉贈，累君常遣白衣來。

余赴粤西時過楚之咸寧萬松夾道蓊蔽三十里曾為長句穟疇在荆南視學亦見之囑余為圖因為追記

閉目千虬在眼前，重岡迴互白雲連。泉聲正合濤聲沸，風雨叢中一綫天。

題載鶴圖送沈歸愚旋里

半畝松風一棹煙，箇中人物并蹁躚。朝來閒却垂綸手，盪槳衝開水鏡天。

再題柏鹿圖為坦園壽

披圖忽悟養生篇，神定心閒净百緣。木號散材偏得壽，人如野鹿自忘年。梁鴻溪畔吟詩社，范蠡湖頭載酒船。我亦壎篪共藜杖，與君同是地行仙。

長至日題醒泉新居

春色先來到謝庭，正逢添綫日添丁。同堂兄弟難兄弟，同日同時抱寧馨。醒泉與補山同日生兒，時刻不異。

題畫松祝崑圃壽

颯爾聞風聲，挺然若植戟。寫此十八公，以壽公八十。

高鳳翰，字西園，號南村，晚號南阜，自稱老阜，一號松孏道人、蘗琴老人，膠州諸生，雍正初舉孝友端方，官徽州績溪知縣。早歲知名，嘗奉漁洋遺命為私淑門人，後又受尹元孚、盧雅雨知遇。精篆刻，有硯癖，工書畫，尤善山水，於北宋之雄渾、元人之静逸兼擅其勝。晚病痺，用左手揮灑，筆愈蒼辣，因鐫「丁巳殘人」、「尚左生」二印。有《南阜詩鈔》、《硯史》。

三月九日李聖木先生招飲見可園賞藤花

陵州三月花未成，見可園内藤花生。主人折柬招狂客，我來一笑雙眸青。下馬摩挲詫奇古，根蟠僵虎梢龍騰。烘雲紫艷日失色，四圍直下垂帡幪。座中海客酒熱耳，忽驚蜂響來潮聲。脱帽濡頭更酣戰，仰天一引雙巨觥。須臾月出照積水，一庭荇藻紛交横。叱奴滅燭坐當院，琉璃影射珊瑚屏。如此清宵如此地，此時不飲真無情。直教漏盡月全墜，不辭上馬乘船行。李孝廉樫爲德州望族。

題蒲柳泉先生聊齋誌異

庭梧葉老秋聲乾，庭花月黑秋風寒。聊齋一卷破岑寂，燈光變緑秋窗前。搜神洞冥常慣見，胡爲對此生辛酸。嗚呼，我知先生生抱奇才不見用，雕空鏤影摧心肝。不堪悲憤向人説，呵壁自問靈均天。不然盧家冢内黄金盌，鄰舍桑根白玉環。亦復何與君家事，長篇短札勞千言。憶昔見君正寥落，豐頤雖好多愁顔。彈指響終二十載，亦與異物同周旋。不知相逢九地下，新鬼舊鬼誰煩冤。須臾月墜風生樹，一杯酹君如有悟。投枕滅燭與君别，黑塞青林君何處。

雁字應制府尹公試，即席之作。四首鈔二。

戲海飛鴻作態殊，高標八法向雲衢。編成蒼帝名官志，排出青冥筆陣圖。無意迴波風錯落，有時潑墨雨模糊。澄江如練揮長卷，撒盡空中萬斛珠。

摹寫秋容妙入玄，空中使轉信天然。神超蒼頡三書外，秘洩羲皇一畫前。夜歷白榆紀星斗，朝横碧海判雲煙。爛霞更放夕陽好，别拂明光五色箋。

題禹鴻臚摹趙松雪鵲華秋色卷子後

此卷趙本原委，余頗詳其前半，今讀江邨跋語，益悉後來，爲長歌以當紀事。

昔我童年侍老父，竊聞畫事述掌故。鵲華秋色説吴興，鷗波舊迹垂名著。幾經好事閲流傳，初歸江南某侍御。清河公子老膠西，巧購豪奪裹東去。此卷趙筆曾入吾膠張先三先生家。緣延轉手歸商邱，此後茫茫失考據。我年二十踏省門，席帽秋風濟南路。每從驢背想低昂，點黛高吟酈生句。《水經注》有「望同點黛」之句。便從東道假居停，望華樓當七里鋪。濟南郭外邨名，爲好友朱敘園別業，余嘗假館於此。日日開窗對美人，窈窕宜晴復宜雨。練影橫煙月最奇，真見銀灣華不注。一瞥別來二十年，老我江湖悲日暮。忽然到眼詫奇蹤，虎賁中郎了無誤。摩挲歷歷見鄉關，指點游蹤辨煙樹。摹者鴻臚收江邨，題墨如新皆情愫。始知此卷真本後來輾轉歸梁公，謂真定梁清標相公。梁公不有歸武庫。江邨跋中記原本歸梁，後復入大內。即今此本江邨詹事亦不守，吹落禾城如飄霧。總我此生五十七年來，見見聞聞凡幾度。真景畫圖及摹本，人世滄桑已十數。吁嗟此卷一畫耳，底事紛紛勞轉輸。把筆一掃付前塵，真也畫也歸何處。

鄧尉山看梅其一

輕煙薄霧雨初收，一笑推篷下小舟。難把短藤扶病脚，百錢更買竹山兜。

元日祀漁洋先師像畢忽見繞屋梅花有欲放者悵然有作

半生畫裏見羹墻，今夕爐添柏子香。萬頃梅花香雪海，定知煙水夢漁洋。余以康熙辛卯自濟南奉漁洋先生遺命，召入新城，拜畫像，受賜書，得爲私淑門人焉。

元祐老屋歌爲漕汶張氏作

元祐老屋六百年，屋前松柏高參天。當時縛茅竪土壁，非有殊作留堅完。子孫聚族閲人代，前明已隔遼金元。陵谷百變歷劫火，宋家抔土常巋然。浮雲富貴有時去，此屋不共成飛煙。嗚呼，盛德之留别有以，鬼瞰定知無疢慼。衹今歲久少經過，風風雨雨門常關。寒松夭喬關不住，蒼龍飛入青冥端。茯苓斗大不可見，千尺下抱龍根蟠。墻外人行生歎息，時聞落子松風前。

爲吴江畹農先生題麓臺補畫雲林遂幽軒圖

麓臺山人雲林手，驅使雲山同闢紐。中鋒直逼黄大癡，側勢取妍如敝帚。只此雲林亦當輸一籌，雲林畫脱胎於黄，以側筆易中鋒，風味更覺蕭散。區區餘子真何有。遂幽故紙傷淪亡，南郡留橱化去久。祇今摩挲見典型，中郎迥然虎賁走。瓣香欲拜苦蹣跚，起向畫前傾一斗。前度軒中秋正佳，薄日疏煙弄衰柳。

汪士慎，字近人，號巢林，又號溪東外史，休寧人，流寓揚州。與冬心、秋岳相友善，筆墨習染，遂臻妙境。工分隸，善畫梅，氣清神腴，墨淡趣足。有《巢林集》。

寫梅贈友人

日暮歸來臘已殘，風霜歷過尚艱難。梅花朵朵出冰雪，何事我心常歲寒。

平山僧院看梅口占

山上老梅香亂飛，山外客來吟不歸。可笑山僧住詩裏，幾回高卧敞松扉。

鐵佛寺探梅

橋邊小徑接梅陬，一帶紅墻古寺幽。乞食山僧持鉢去，梅花庭院静於秋。

林令旭，字豫中，一字晴江，婁縣人。雍正庚戌進士，官太常寺卿。寫花鳥如生，善墨梅。初客怡親王幕中，及入詞垣，奏請仍留邸課讀。有《墨花樓集》。

重至交輝園

屈指清游近十年，畫橋緑水問漁船。柳垂橋角千條綫，山映樓頭一抹煙。望裏林巒都熟識，舊時花鳥解相憐。不知棲息今何地，話到前因輒惘然。謂向所寓小桃源已坍廢也。

柳之元，字文長，浙江雲和貢生。雍正元年舉孝廉方正，官臨海訓導。工書畫。有《唾餘草》。

金邨橋小憩

四望蒼山翠，蹊邊碧水流。荒邨餘虎迹，古樹護龍湫。稚子收殘黍，樵夫牧老牛。偶來橋上坐，心事劇清幽。

丁敬，字敬身，一字硯林，號鈍丁，又號龍泓山人、孤雲石叟、勝怠老人，錢塘布衣。邃於金石之學，精篆刻，善隸古。畫梅蒼秀，古趣盎然，兼工蘭竹、水仙。有《龍泓山館集》、《硯林詩録》。

過谷林趙氏春草園憶舊

曾共髯翁把酒來，高低忍踏舊亭臺。梅花了解相思苦，抱住寒梢不肯開。
徑草蕭蕭蔚似麻，文梁徙燕檻升蝸。無情最是高松樹，曳翠牽蘿蔭別家。

湖墅米山堂明孝廉胡貞開瑟庵所構也首夏與魏星槎秀才過之堂久易主軒窗荒陊魚鳥不親邈焉興感輒成一律

平岡複洞幾彎環，露葉煙藤滿目斑。直是小山叢桂地，未輸流水古松間。舊巢招鶴蕪難下，辛檻呼魚杳不還。惟有狂皴留敗壁，尚同遥翠鬥巉岏。瑟庵畫石尚存壞壁。

題豁堂僧畫石

豁公畫石如畫水，滿紙墨光浮翠痕。彷彿閒游曾見得，南屏山下古松根。

論印絶句鈔一

古人篆刻思離群，舒卷渾同嶺上雲。看到六朝唐宋妙，何曾墨守漢家文。吾竹房議論不足守。

黄生蘅洲寫竹見贈

浥露捎煙寫竹枝，殷勤爲索老夫詩。恨無耘老臨溪屋，相看官奴把燭時。

游金山

江半單椒快一登，寒湘滚滚下金陵。雲邊山色都歸雪，檻外風波不到僧。舟入長空帆點點，鷹盤浩氣塔層層。行人争滿瓜州渡，手拍闌杆唤不譍。

黄生相圃自福建回以燒酒蜂蜜所漬去殻荔支見餉賦四韻示之

燒春崖蜜護芳鮮，閩水閩山路幾千。眼底乍欣光磊落，舌端誰别味中邊。絳囊已解凌風結，紫核猶含抱露妍。箇是遠人調劑法，輕刑未肯玉堂仙。東坡詠蜜浸荔支用輕刑句。

應際盛，字蒼期，號穆堂，錢塘人。雍正癸卯舉人，官陝西知縣，有循聲。公餘旁及繪事。

書意答柴次山

三徑清風惟惜竹，一簾疏雨慣慵書。閒情灌菊親幽逸，世事看雲任卷舒。錦杼秋蟲難織就，牙籤病蠹食殘餘。多君好語温相慰，只是蓬蒿仲蔚居。

劉文煊，字紫仙，號雪柯，山陰諸生。山水兼倪、黄之勝，晚歲僑居津門，與查滄宜、萬柘坡為文酒之交。有《題襟集》、《雪柯詩鈔》。

夏晚行村落間

密雲雨未成，夕陰涼尚淺。荷篠人獨歸，緣花路幾轉。鳴雞上樹宿，耕牛就松飯。客子趣驅車，斜陽望中遠。

彭啓豐，字翰文，號芝庭，長洲人。雍正丁未第一人及第，官兵部尚書，嘗蒙賜與香山九老會，因號香山老人，謚文勤。山水宗法倪、黄。致仕家居，奉詔預千叟宴，壽八十四。有《芝庭詩稿》。

題畫螳螂捕蟬

蟬聲高噪夕陽微，葉底螳螂臂欲揮。勘破物情應自笑，羡他鷗鷺早忘機。

仿徐俟齋畫

澗上清風處士心，寒梅聳榦自成陰。閒來獨往支硎坐，鶴唳一聲霜滿林。

題林毓奇婁江送别圖

滑笏青波一棹通，婁江彌望水雲空。携來家具無多子，茶竈新添落葉紅。

蔡嘉，字岑州，號松原，一號旅亭，別號朱方老民，丹陽人。山水、花卉、人物俱稱逸品，客游揚州，與高西唐、汪巢林、朱老匏為詩畫友。

題古木竹石

槎枒老樹椅雲窩，相傍清泉翠竹多。不是無情甘避世，自來塵劫易消磨。
散木難求匠氏知，不材無怪出山遲。婆娑且莫干霄漢，讓過亡猿放火時。

查為義，字集堂，宛平人。蓮坡解元為仁弟，官淮南儀所通判。蘭竹花卉具簡淡蕭疏之趣。

香林院贈王錬師野鶴

方袍老羽士，獨誦住香林。留客翻雲笈，多年冠玉簪。亂峰環砌抱，叢柏壓檐陰。即此幽棲好，何勞戲五禽。

羅嵓，字友三，號品三，鄞人。絅文子，寫真傳父法，兼善墨竹。父坐累將被逮，請代戍鐵嶺，奉天尹優禮之，得赦歸侍父，以色養終。

渡錢塘江遇雪

大好江山近故鄉，欣然冒雪渡錢塘。寒潮落盡平沙遠，倦鳥飛遲驛路長。偃息肩輿倂短榻，縱橫詩卷壓空囊。歸家莫問清貧計，暫慰離情醉一觴。

金農，字壽門，號冬心，别號司農，一號吉金，又稱稽留山民、曲江外史，錢塘人，久客維揚。乾隆丙辰舉鴻博。書得古趣，自創一格，在隸、楷之間。年五十餘始作畫，涉筆即古，脱盡時習，工梅竹，間畫馬寫佛像，自署「昔耶居士」、「心出家盦粥飯僧」。有《冬心集》。

自題畫梅

蜀僧書來日之昨，先問梅花後問鶴。野梅瘦鶴各平安，只有老夫病腰脚。腰脚不利常閉門，閉門即是羅浮村。月夜畫梅鶴在側，鶴舞一回清人神。畫梅乞米尋常事，那得高流送米至。我竟長飢鶴缺糧，携鶴且抱梅花睡。

自題畫馬

古戰場中數箭瘢，悲凉老馬憶桑乾。而今衰草斜陽裏，人作牛羊一例看。

畫竹

竹裏清風竹外聲，風吹不斷少塵生。此間乾净無多地，只許高僧領鶴行。

五代喻麋内庫紙，開軒畫竹雲舒舒。莫將蒲葦輕相比，此是楊風子草書。

飲鄭氏園大醉畫竹解酲并題

花氣已闌人罷酒，棋聲方散月當階。新篁一枝纔落墨，便有清風生百骸。

辛未除夕獨酌苦吟憶老妻曲江江上三體詩之一

作客身千轉，憶家腸九迴。揚州好厨釀，可惜是孤杯。
春碓紡車人老，蘆簾紙閣燈深。定設香花供養，一軀長帶觀音。
歲去堂堂挽莫追，最難忘事是霜帷。四婆裙子新漿洗，今夜擣聲生別離。

秋來

紈扇生衣捐已無，掩書不讀閉精廬。故人笑比中庭樹，一日秋風一日疏。

上黨道中

熨斗臺荒漳水寒，壺關西隔路迷漫。遠峰挽髻雲堆絮，偏在匆匆馬首看。熨斗臺在長子城北，漳河南。

重游安隱寺獨坐泉上歸從舊時松徑宿於舟中曉起開行臨平山色歷歷在目漫作長歌紀之

十年前曾泉上坐，松毛氄氄松蓋大。泉喧松喧六月寒，熱痱全消無一箇。今年重游泉上亭，長松拱揖如相迎。可憐我老松不老，我髮已白松仍青。寺門甎塔影矗矗，撫松弄泉與僧熟。臨平山下晚泊船，又共汀鷗沙鷺宿。侵曉紆迴柔櫓行，夜來濃霜變作晴。數峰有意露圭角，要試先生雙眼明。

金陵曉起擬作攝山之游

林烏未啼月墜屋，老夫先起寒可掬。開門自汲澆藥泉，掃地纔完茶已熟。茶啜一杯春露濃，坐聽四百八十曉寺鐘。若不輕輭布襪攝山去，笑人豈止六朝松。

題畫

夜打春雷第一聲，滿林新笋玉稜稜。買來配煮花豬肉，不問厨娘問老僧。
帆影黏天澹欲無，松嵐遠寺半模糊。可知著紙無多筆，便是江天萬里圖。

高翔，字鳳岡，號樨堂，又號西唐，一號西堂，甘泉人。山水師漸江，參以石濤之縱恣，與金冬心游，多所領會，故畫梅亦頗相似。工隸書，精篆刻，刀法師程穆倩。

題呂半隱山水

橋頭淺水漱蘆根，雲净天空月墜痕。更有一番堪畫處，秋來紅葉打柴門。

題夜話圖

疏雨明鐙夜話長，詩中有畫筆生香。篇章此日留新韻，雲水前身屬老狂。窗迴静分光簽簽，榻連空擬聽浪浪。圖成我亦增幽緒，竹葉離披覆短墻。

傅廷標，字因是，號半村，仁和人。工六法。有《螺齋詩鈔》。

夜泊屠田寺

寂寞屠田寺，天昏水氣蒸。人聲出疏雨，江影上春燈。夢自離鄉遠，寒偏到夜增。囊空久羞澀，翻恐盗相憎。時多萑苻之警。

秋日病起簡臨平顧名六

病骨支離太瘦生，惜花强起下階行。凉蟬何事悲秋甚，咽盡西風柳外聲。

蔣溥，字質甫，號恒軒，常熟人。文肅公廷錫子。雍正庚戌傳臚，官至大學士，謚文恪。畫得家傳，隨意布置，自多生趣。供奉内廷，蒙御題，有「師承家法閒圖出，右相丹青有後生」之句。

丁丑六月廿六日題明宣宗御畫白猿尋子圖寄粲兒

白猿花下還思子，况是人情豈漠然。萬里關山雲樹緲，何緣飛翅到天南。

題張憶娘簪花圖 畫卷作背面美人。

不將宫樣寫秦娥，淡雅風光照眼波。題句當年盡名士，拈花早已悟維摩。

倪國璉，字子珍，一字西崑，號𣰋疇，仁和人。雍正庚戌進士，官給事中。山水得元人意，工分書，善彈琴。有《春及堂集》。

天目擷雲篇

先祖鄰天公嘗偕伯祖征旭公讀書天目山中，山多雲，每以巨榼掩取寄歸，先閉窗户，然後發之，氤氲一室，變態萬狀，忽穿隙而出，則頃刻浮於太清矣。幼聞長者言，心竊識之，因作此篇書其事。

天目撐天八千仞，重霄列宿手可捫。嬰兒山半忽啼乳，其下雷雨喧傾盆。閒雲滿谷時吐吞，隨風靉靆如車屯。山靈麾旄布銀海，群峰出没浮青鴛。我祖讀書吹篪塤，倚巖精舍雲爲藩。紛紛白衣每來集，欲與湘帙争飛翻。松窗一爲發奇興，并啓山榼藏雲痕。輕如無有密封識，長鬚遠擔歸江村。闔室來看掩蓬户，開緘一片騰春温。或驚矯矯孤鶴影，或指澹澹梅花魂。如緜可擁伴寒士，似縷可織貽天孫。飛棟猶堪閣晚雨，冒簾尚欲翳朝暾。含情不入襄王夢，結意仍封隱者門。忽穿檐隙不可攬，阿翁翹首兒童喧。昔聞白雲不堪贈，大笑弘景非至言。闚天竟割輪囷象，觸石潛移造化根。倘將神物并羅致，宣沛膏澤蘇黎元。翼輪斐亹不復論，天池龍氣淩虛歎。摩挲巨榼百年在，尚疑雲蕊生朝昏。

徐是傚，字景于，號今吾，婁縣諸生。授經於怡親王邸，薦鴻博不就。書畫似董文敏。有《古春堂集》。

送馬又昭之山右

同作天涯客，君何又遠行。半酣無俗態，小語有真情。柳颸消魂色，鶯傳送客聲。中條山下路，片片暮雲生。

吴震生，字長公，號南村，歙縣人，移居海昌。善山水，工篆書，每與查嗣瑮、陳元龍諸耆宿相唱和。有《南村遺集》。

自題磨劍圖

男兒四十無聞奚足數，况復廿載無家栖栖行歧路。有氣不得薄蒼冥，終日昏昏坐雲霧。一言不能言，愁思將誰訴。磨我手中劍，凌空一舞神鋒吐。陣雲欲散星光寒，霜風亂颯秋原樹。鴟鳥無聲螢火收，皎月清光還太素。興闌棄劍復高歌，男兒欲待歡樂奈老何。

查禮，原名為禮，又名學禮，字恂叔，號儉堂，一號榕巢，又號鐵橋，宛平人。為仁弟，官湖南巡撫。嗜古印章、金石、書畫，藏弆甚富。山水、花鳥俱極精緻，尤善畫梅。有《銅鼓書堂遺稿》、《畫梅題跋》、《印譜》。

秋日過張氏一畝園感舊

滿目秋光落葉黄，故家風物感蒼蒼。繁絃急管飄零盡，唯有寒蟬噪夕陽。

三月十七日汪西顥攜酒招同汪惇士胡文錫過水西莊予不果往簡詩一絶

芳草如雲倦蝶魂，春風幾度拂清尊。愁腸百結花無語，開遍丁香未出門。

施竹田上舍遠寄耿機絹一匹索余畫梅附題二絶

素絲寄我不勝衣，皎皎微綃自古稀。較量獨梭新織好，宓家機讓耿家機。唐絹粗。宋澄心堂絹細若紙，摩之如玉，六尺闊者曰獨梭。元絹有獨梭者，與宋絹相似。又宓家機絹亦妙。

西溪梅發白茫茫，半在山旁半水旁。最是孤標多逸致，春光一片冷斜陽。

新釀棗香露初熟獨酌賦此

小院花深月正團，詩懷欲共酒杯寬。試將東老新傳法，忘却西鄰舊撲竿。艷奪春華濃似露，醉憐氣味静於蘭。海堧應笑安期誤，長使如瓜歲歲乾。

水西莊秋日雨中八首鈔三

自題《秋莊夜雨讀書圖》注：「水西莊在津城之西十里。」

碧水迢迢漾淺沙，幾叢修竹野人家。最憐秋滿疏籬外，帶雨斜開扁豆花。

拂堤衰柳濕拖煙，漲溢長河浪拍天。獨坐數帆臺上望，群鷗飛過打魚船。

幽人鼓吹聽蛙鳴，紅板橋頭蟹市清。何處疏鐘敲遠寺，漫催暝色寫溪聲。

余有小屋一間三面見日寒冬不火自暖萬循初下榻於此因憶宋孔仲古為楊誠齋創一大閣不薪不炭而暖勝人間誠齋以小暘谷名之今循初亦以此名顏屋并詩索和次韻率答

小屋藏梅宛窨蘊，三冬晴日此中佳。不薪不炭温如火，無雪無風客暢懷。愧我軒楹非仲古，羡君文字儼誠齋。漫誇更作寅賓館，深夜銜杯酒似淮。

畫湘灕江源圖

山光水色豈虛無，眼底紆迴衆壑殊。昨探湘灕源已得，挑燈連夜畫江圖。

題單安瀾上舍雲棧圖

能教尺幅萬山攢，澗水松風夕照寒。雲棧蠶叢人似蟻，從知蜀道上天難。

老嫗解詩圖

談詩何必向詩人，白傅揮豪別有神。此嫗若知天寶事，一篇長恨也傷春。

董承勳，字對揚，號白巖，烏程人。雍正己酉副貢，官長蘆鹽運使。工山水。有《芑堂詩集》。

自題山水

平生識得山居趣，畫山便欲山中住。嵐氣襲人翠可餐，如入深山最深處。懸崖激石泉聲流，蒼林蓊鬱煙光浮。纖塵不到萬壑静，仙居何必尋瀛洲。一徑幽深入窈窱，山人不歸山應惱。馬足車塵日月忙，朱顏坐向西風老。坡陀築室石作亭，層巒複嶂張秋屏。安得置身圖畫裏，一編在手風泠泠。

查克承，字坤元，一字寄材，海寧人。初白編修慎行子。花竹、翎毛神似南田，書法華亭，嘗夢吕仙與丹授拂，因以名齋。有《授拂齋詩存》。

穀雨日作

一番花信閒中擲，又見新陰壓老榆。夜雨欲來催布穀，春風猶是唤提壺。牀頭麯蘖爲徒侣，門外溪山似畫圖。興至行吟懶便住，悠然身世了無拘。

黄慎，字躬懋，又字恭懋，一字恭壽，號癭瓢，福建寧化人，鬻畫維揚。工人物，筆姿放縱，氣象雄偉，深入古法；亦間有筆過傷韻者。山水、花鳥得荒率之致。草書學懷素。事母以孝稱。有《蛟湖詩鈔》。

憶蛟湖草堂

夜雨寒潮憶敝廬，人生自合老樵漁。五湖收拾看花眼，歸去青山好著書。

癭瓢箬笠意何求，祇學孤狐老此邱。回首那堪思往事，一聲黄葉寺門秋。

盧雅雨鹺使簡招并示出塞圖

東閣重開客倚欄，醉中出示塞圖看。玉關天迥駝峰聳，沙磧秋高馬骨寒。經濟江淮新筦鑰，風流鄒魯舊衣冠。只今重對揚州月，笑索梅花帶雪餐。

江南

十年客類打包僧，無怪秋霜滿鬢鬅。歷盡南朝多少寺，讀書頻借佛龕燈。山人初學畫，母謂之曰：「畫須薰習詩書，否則畫工伎倆耳。」因益自愛。寄居蕭寺，晝作畫，夜無所得燭，就讀佛前光明燈下。

揚州懷古

隋苑迷樓起昔時，六朝陳迹狎鷗知。畫船載得雷塘雨，收拾湖山入小詩。

過彭蠡湖

峰迴五老氣蒼蒼，誰弔當年古戰場。欲買一尊江上奠，孤帆隱隱趁斜陽。

即事

晝暖一盆薺麥飯，芽薑萵笋愛江東。春薰花氣蒸人骨，一夢華胥屬睡翁。

題畫

三山門外望平蕪，春草春煙響鷓鴣。撲面梨花寒食雨，蹇驢又過莫愁湖。

題采茶圖

紅塵飛不到山家，自翦峰頭玉女茶。歸去溪雲携滿袖，曉風吹落碧桃花。

畫梅

壁上殼蟲齊化去，雨餘驚蟄碾殷雷。一春忙過無詩草，負却墻東一樹梅。

題芍藥

櫻桃初熟散榆錢，又是揚州四月天。昨夜草堂紅藥破，獨防風雨不成眠。
故人過我草堂東，不問明朝米瓮空。擎著燭臺成習氣，揭簾先照鶴翎紅。

胡大年，字亭山，號鄰邨，又號玉峰，嘉興人。書法歐陽，寫梅蘭竹石得王元章、揚補之意趣，尤工葡萄。

次韻答沈則庵

曠懷隨處駕扁舟，風雅騷壇第一流。參得新詩皆畫意，皎如明月耀高秋。

英廉，姓馬佳氏，字計六，號夢堂，晚號竹井老人，滿洲人。雍正壬子舉人，官至大學士，謚文肅。工書，善山水及墨竹。有《夢堂詩稿》。

題陳其年填詞圖

于鬌洵未若，朗朗軼群姿。宇宙不羈客，古今絶妙詞。人遥空讀畫，吾老及題詩。大抵芙蓉主，多應某在斯。

戲寫河亭風景寄藥林

半畝蓬蒿漸有蹊，桑乾一曲近幽棲。溪雲乍湧遠山斷，風柳自摇雙燕低。白小登盤分網户，緑沈壓手摘煙畦。軟紅百事能贏此，祗少斜陽獨杖藜。

即景

野禽啄蠹遶空樹，老叟澣衣臨斷槎。愛殺鵝兒黄一片，溪南開遍馬蹄花。

西郭草堂雜詠鈔二

新種垂楊細葉勻，絲絲纖弱可憐身。不知勝得棲雅未，和雨和煙已泥人。

榆莢成錢捋滿筐，山厨清供又新嘗。榆錢宜羹，又宜糕。較他和嶠誰優劣，絶少銅腥有菜香。

鮑皋，字步江，號海門，丹徒人。彝子，畫傳家法，禽魚花鳥超妙入神。工詩，善書。少孤，貧無以養母，挾詩游江淮間，受知於博野尹公會一，薦舉鴻博。有《海門集》。

自題焦山松寥閣壁間畫松

只栽竹柏不栽松，焦山多竹柏，無松。空負青青海上峰。我爲山靈添一幹，莫因風雨又成龍。

春江載鶴小幅

春水一天春雨晴，白雲吹濕棹歌聲。横江鶴子去何處，迸石梅花香有情。

訪隱者

遠天青恐鴉飛破，落木黄愁雨打殘。晚入松扃尋嘯逸，西窗山色上衣寒。

題潯陽琵琶便面

荻花楓葉潯陽岸，商婦琵琶司馬船。千載已無遷謫意，畫圖省識重潸然。

登五州山絶頂

路争飛鳥上，草棘刺秋天。虎怯高崖直，星窺大石圓。神靈險與會，氣象此真全。一攬西江影，茫茫白葦邊。

黄樹穀，字培之，號松石，又號黄山，仁和人。善蘭竹，於六書尤有神悟。性孝友，晚游孔林得楷木之瘿，遂自號楷瘿，鄉人私謚端孝先生。有《楷瘿齋稿》。

自題涉水負骸圖

負骸孤走保陽城，日日愁霖泪雨傾。祇有父魂兒命在，夜來同夢晝同行。按，松石父景林殁於保定，後遭水棺朽，乃函骨冒雨跣行七晝夜始至德州，附舟南返，因繪圖以志痛。

董邦達，字孚存，一字非聞，號東山，富陽人。雍正癸丑進士，官至禮部尚書，謚文恪。山水取法元人，參以董、巨，天姿既高，好古復篤，故筆墨超逸。書工篆隸，深得古趣。

仿董香光山水

溪閣闌干映夕陽，緑陰如水晚生涼。清談未已酒已醒，鵲尾銅爐起炷香。

題紫瓊道人畫册

參差堞影暮城低，十里疏煙入望迷。恍惚身行圖畫裏，南屏山色壓蘇堤。

嘉善丁清惠故宅有宋時黄梅董香光作圖後失去因重寫之

香湖黄梅歲五百，以紙作畫能千年。不讀香光居士卷，寒林老屋漫雲煙。

王邦采，字貽六，又字携鹿，晚年自署逸老，亦曰逸人，無錫諸生。畫筆蕭疏淡遠，以静逸勝，兼工書法。所居斗室位置幽雅，有倪高士風。

述懷

我愛鄉居意味長，近山近水足徜徉。黄童白叟忘年友，春韭秋菘和稻香。蛙吹池邊皆律吕，蜂衙朝候亦冠裳。鄉居意味能如此，却笑人間日夜忙。

題扇

先生逸興定何如，煮茗焚香坐讀書。許大乾坤看不盡，攢峰凹處著吾廬。

方壺，字仙止，蘭谿人。少貧，不能卒業家塾，乃習書畫，歷游吴越、甌閩、齊魯、燕趙廿餘年，後愛括蒼山川嘉勝，頻往來棲遲其間，因自號萬山中人。有《松窗集》。

過漁翁舊釣磯

昔年有客坐漁磯，侵曉垂竿晚始歸。今日惟餘苔蘚碧，一潭寒影照斜暉。

王愫，字存素，號林屋，一號樸廬，太倉諸生。麓臺侍郎從子，僑居吳閶。山水乾墨重筆，不加渲染，得元人簡澹法，與東莊、二癡、蓬心稱「小四王」。嘗為王蘭泉司寇畫《三泖漁莊圖》，分春夏秋冬四幀。有《樸廬存稿》，中附《論畫》一卷。

梅花書屋仿郭熙筆

長林繞屋幾千枝，想見幽人靜對時。小閣春寒香雪裏，半簾疏雨坐題詩。

天目山千丈巖

梵宇臨崖仄，千峰此絶群。望中疑是畫，坐處忽生雲。月小山爲掩，風高鐘漸聞。松濤清晝永，午夢亦斜曛。

倪天鰲，字涵六，號蘅圃，浙江象山人。諸生。精醫學，能詩畫。其祖之堯，號寧園，善翎毛，得鄞縣楊治卿筆意，尤工畫鴿鴿。

分送保和丸口占二首

是丸耑治風寒、水濕、食積、腹痛、吐瀉、伏暑成瘧等癥，用藿香、厚樸、蒼朮、檳榔、石菖蒲、活山查肉、青皮、大黄、細香茹、六神麯、黄芩、柴胡、廣皮各一兩，砂仁、木香、枳殼、山稜、莪朮各五錢，川連、吴萸各八錢，辰砂七錢爲衣，宜於五月五日午時配藥，和水成丸如赤豆大，清湯呑服，大人四丸，小兒二丸。孕婦忌服。

一點婆心古藥丸，製成欲奪紫金丹。贈君數粒休言少，功效須徵少更難。

太和保合本天心，欲起顛連不久侵。服此却能平六氣，不須飲艾不須針。

葉承，字子敬，號松亭，上海人。忠節公映榴曾孫。雍正丁未進士，官常山知縣。山水靈秀，工書，尤善小楷。有《松亭集》。

舟夜

浮萍牽惹逐波流，大麥灣西夜放舟。夢醒不知雲水處，還疑身在拂珠樓。

唐英，字俊公，一字雋公，號叔子，晚號蝸寄老人，漢軍人。官内務府郎中，榷使淮粤、九江。工山水、人物，畫法宋人。嘗主官窑，造器精美，時稱唐窑，并親製陶瓷聯屏，繪畫題詩，尤為奇品。著有《陶人心語》。

題老松霜隼圖

霜清天地肅，獨立萬年枝。神駿飛騰志，難教鷃雀知。

起蛟行

起蛟起蛟天茫然，好生好殺敢問天。一蛟方生萬户死，江左江右常若此。避蛟不及民可憐，江村溪堡深淵填。蛟生於天何功德，民殺於蛟何冤愆。將欲殄惡張天討，洪濤窟穴淵其淵。或謂民孽應浩劫，狂蛟司命天無權。蒼頭黔首蚩蚩子，骨肉漂流一時死。豈追捉月水仙游，懷沙慘葬魚腹裏。攀流觸浪命懸絲，呼救號天聲百里。縱使萬死漏一生，廬舍田園空逝水。今宵新鬼昨宵人，昨日富室今孤貧。一草一木天生意，忍驅赤子飽彼窮淵鱗。天高聽渺渺，水浩波無津。安得周處當年劍，馭神寰海搜窮濱。盡斬蛟頭掃孽種，安瀾永靖千萬春。

畫菊

朱朱白白紫兼黄，籬下霜姿筆底香。從此不須逢九日，把杯看畫即重陽。

題戴寅谷持竿圖小照

我已臨淵澹羨心，對君小照動沈吟。廿年江上陶漁伴，雲水塵氛誰淺深。

方槑，字遜一，號雪屏，又號抱璞山人、白嶽山樵，石門人。蘭竹雜卉得趙子固筆意，兼善山水。有《雪屏詩存》。

題寄舟和尚畫蘭

紙上春風筆上開，阿師多向道場栽。佛前拈著無聲句，香氣皆從墨氣來。

金山僧舍瀹中泠泉作茗飲

山僧舉瓔瓢，夜入老蛟窟。老蛟寒不眠，欲吞波上月。蛟月兩掀翻，一吸入瓶盎。要客瀹真茗，石鼎火初活。松籟流香林，竹煙散金刹。清風生兩腋，洗滌存孤潔。奕奕餘精神，珊珊换凡骨。心如無盡燈，内照恒不滅。

閔為鈺，字庚西，號鱸香，一號鱸鄉，南匯人。介申孝廉瑋子，監生。善水墨花卉。

為顧小厓畫梅花紙帳戲題

對此渾如雪滿山，寒香領略有無間。贈君一枕春風夢，東閣西溪任往還。

陳鴻業，字翼王，上海人。詩詞書畫各臻化境，生平深自弢晦。有《欠山閣詩稿》。

晚棹

野岸明秋水，濃陰暗柳枝。已看新月上，猶是夕陽時。沙鳥翻溪屋，江魚引釣絲。夷猶隨晚棹，不覺獨歸遲。

張若靄，字晴嵐，桐城人。相國廷玉子。雍正癸丑傳臚，官禮部尚書，謚文僖。善花鳥，得王轂祥、周之冕遺意，惜卒年甫三十二歲。有《晴嵐詩存》。

讀易樓

矯首凭欄遠眺時，望中春樹緑參差。登樓人在梅花上，細數新開第幾枝。

畫牡丹

桃枝零亂海棠斜，獨殿春風壓萬花。一種天香清在骨，世人只解看繁華。

題家兄楓菊南歸圖次孫石渠韻

一鞭詩思雁聲中，霜滿秋林夕照紅。算得季鷹歸正好，江南初上鯉魚風。
澄江如練放輕舟，羡爾征帆退急流。多少浮蹤滯京國，西風長負菊花秋。

晚渡韓莊閘

嶧山湖水遠揉藍，小駐河亭暫卸驂。日暮不須忙唤渡，渡河人便别江南。

圖清格，字牧山，滿洲人。以部郎官山西大同知府。山水學石濤，與鄭板橋相友善，兼工竹石，又自闢畦徑，以草書法寫菊。築丙舍於西山。以孝行著稱。

題畫

昨夜西風下洞庭，猿聲哀怨不堪聽。老僧七十頭全白，紅日半窗猶未醒。

王岡，字南石，號旅雲山人，上海人。黄本復弟子，工花卉、人物，蟲魚尤生動。

為黄秋圃寫得得龕圖并題

如彼丈室，錫名得得。所謂伊人，於焉棲息。芥納須彌，胸吞夢澤。展予斯圖，慕君高迹。

王詩，字希陶，號靖齋，滄州人。諸生，與弟訓爲孿生子。幼聰敏多夙慧，好爲詩，尤工山水。詩蒼老，訓逸韻，各臻其妙。情好既同，友愛彌篤，一時比之維、縉。

秋林曉霽限骸、柴、埋、排、豺。

疏懶情懷稱病骸，深林獨坐飲茅柴。雲開疊嶂山如洗，葉落閒庭徑欲埋。繞岸帆檣隨勢轉，書天雁字向空排。眼前且放寬平地，那問當途有虎豺。

題畫

鄰翁走相報，隔窗呼我起。數日不見山，今朝翠如洗。

王訓，字庭素，號怡齋，詩弟，諸生。

秋夜不寐

秋夜風吹冷，鬧中百慮除。柝更隨巷轉，月影到窗虛。吠犬聲偏急，鳴蛩韻自舒。寂寥清不寐，况復雁來初。

沈仁業，一名壽，字眉亭，上海人。能詩善畫，隱於醫，一時賢豪樂與交游。

春寒

已近春分候，曾無一日晴。殘梅猶戀雪，凍柳不聞鶯。簾密窗紗暗，爐寒布被輕。且呼桑落酒，傾倒二三更。

題黄秋圃得得龕圖

曲曲紅墻貯小龕，頻過清話愛幽閒。座堪容膝何妨窄，石可留雲儘不頑。兩樹古松三徑竹，半廊晴月一房山。敲詩鬥酒連晨夕，若箇來游肯遽還。

易祖栻，字淑南，一字張有，號嘯溪，湘鄉人。島民徵君宗瀛子，官江南青浦主簿。工書，善墨竹，間作山水、蟲魚。初游京師，館於慎邸，蒙純廟以詩題其畫竹，又命作《雨中山翠圖》。有《嘯溪詩稿》。

宿南嶽上封寺同瑞曇春山兩上人分韻

山色岧嶤澗壑深，花宮天半足幽尋。松窗無暑連朝憩，丈室忘機盡夜吟。日月光華扶法座，煙嵐蕩漾靜禪心。聽來萬籟皆成悟，泉響風聲悉梵音。

丁英曉，字升庵，號柳溪，安徽宿州副貢。山水法南宮，尤善松石，結廬溪上，繞屋種柳，以琴書詩酒自娛。

初夏雨晴獨坐

雨後園林潤，清齋少送迎。奇書醫老眼，愁緒遣新晴。乳燕湘簾度，群鷗野水盟。底須憂暑熱，心迹已雙清。

魏為墫，字虛受，嘉善人。貢生。性耿介，工詩畫。

戊寅春仲緜上董幃園南游抵武塘寓朱甥飽雨别墅隨放舟平江武林流覽登涉發為詩歌屬余作圖以誌其勝余老病杜門幾二十年迴念諸勝地依稀在目爰寫其概并贅小詩贈之

夷猶一棹大江東，水碧山青屈曲通。多少詩材兼畫料，憑君收拾錦囊中。
吴頭楚尾遍躋攀，選勝探幽意自閒。料得題詩有好句，盡教點綴畫圖閒。

鮑元方，字季昭，一字净溪，上元人。貢生。與方望溪為内弟兄，邃學勵行。工花卉禽魚，寫生入妙品。

題畫贈周霞夫

憶昔西軒讀書夜，月光常在紫薇枝。十年離别多春夢，只有花開似舊時。
風塵遠狀定如何，贏得髭鬚較昔多。執手不須驚我老，似君三十尚蹉跎。

帥念祖，字宗德，號蘭皋，奉新人。雍正癸卯進士，官禮科給事中、陝西布政使。工指畫花卉，兼寫山水。

自題畫册

花宫隱隱碧煙中，松翠遥聯縹緲峰。記取小橋閒步處，夕陽流水一聲鐘。
蘆葦參差浦溆煙，半晴半雨長潮天。開喉試借長風力，高唱南華秋水篇。

蔣璋，字半圭，又字壑南，丹徒人。善寫生人物。

吴中寄懷祝荔亭

昨夜夢魂追落月，西飛北固忽逢君。相思道盡還歸去，化作吴山半縷雲。

官銓，字心楷，上元人。工畫。

題畫贈徐半石

莫笑倪迂與顧癡，多君來訪畫中師。晴雲堆屋溪臨寺，似我游山昨日詩。

笪江龍，字農庵，句容人。工畫。

題畫松

天台橋畔長喬松，敵雪凌霜勢若龍。疑有濤聲來紙上，虬蟠蒼翠貫秋冬。

田錫，字巨濤，一字古農，江寧人。善畫，有佐幕才。初居京師，與袁簡齋訂交，謂異日必貴，及袁宰金陵，田已歿，特以詩祭其墓。

重九飲雨花山房哭周有亭

新秋天氣躡崔嵬，一徑荒蕪孰翦萊。絮酒隻雞揮泪奠，去年今日此銜杯。

周鯤，字天池，常熟人。諸生黄霆子。畫承家學，工山水，供奉内廷。嘗以閭閻疾苦情形託諸藝事，蒙純廟御題，有「監門遺故事，咨爾溯其蹤」句。

進呈升平萬國圖卷序略云：歲在乙丑，上御極之十年，蠲免直省正賦，俾億兆均沐鴻施。臣草茅微賤，來自閭閻，同深鼓舞。一隅如此，萬國同心。不揣筆墨蕪疏，就見聞所及，繪之尺幅，用誌輿情，并繫小詩，諧聲鼓腹云爾。

殊恩新向日邊來，賦免周天及草萊。欲祝三多酬聖德，秋場滌處管絃開。

紅豆莊邊聽野歌，尚湖堤畔舞婆娑。七星老檜千年翠，願比君王聖壽多。
祝釐時節值西成，萬寶倉箱慶阜盈。早卜來年調玉燭，杏花菖葉樂春耕。
分得恩膏被海隅，含哺處處詠康衢。鵝溪尚有千尋絹，擬繪升平萬國圖。

曹夔音，江寧人。工山水，摹宋元諸家各臻其妙。乾隆初供奉内廷，屢邀御題。

題黄荆田申瑾**畫**

茅屋半臨流，蓼花摇夕照。白鷗眠不驚，野客自垂釣。

清畫家詩史丙下

寧津李濬之譻泉編輯

張庚，原名燾，字溥三，又字浦山，自號瓜田逸史，一號彌伽居士、白苧村桑者，秀水人。乾隆丙辰舉博學鴻詞。幼與錢文端同學，畫得南樓老人傳，山水清潔雅秀，尤精鑒別，著《畫徵録》，足資研究畫法。有《强恕齋集》。

聽葉亟齋談霍山之勝書此為尋游之約

結廬南嶽下，耳目飽幽勝。一雨百泉鳴，高秋衆山静。地僻無澆風，居人葆真性。聽談未及終，吾心已潛泳。請爲來朝期，再作誅茅訂。

偶見香樹聽子與孫夜讀絶句此老年至樂之境步元韻寄之

樂順書燈徹五更，東齋西室接光明。侍郎喜氣全身現，夜半還聽呫嗶聲。

雍正甲寅得煙客太常自畫歸村圖并農慶堂讀書合卷喜題三絶

八尺藤牀手自支，西田賞菊撲琴絲。柳煙欲上不得上，正是溪樓話雨時。

農慶堂近煙波宅，菱藕香濃自掩關。何事釣船長不弄，煙巒只畫大癡山。

丘壑雲煙有性情，畫禪詩意總無聲。急須料理書千卷，莫對屠沽與論兵。

曹廷棟，字楷人，號六圃，嘗築圃奉母游娱，命曰慈山，亦以為號，嘉善人。少辛蓼懷孫，諸生。工蘭石菊竹，兼善篆隸。一生勤於著述，坐榻穿而復補。晚營生壙，植梅數百本，題曰「永宇溪莊」。壽八十七。有《産鶴亭集》。

過趙若誦故居

淒涼芳草亂啼鶯，高卧俄驚歲月更。春雨連朝小巷永，賣花聲逐賣魚聲。

友人索題墨蘭

畫蘭筆法吾頗知，君不索畫惟索詩。子固閣筆所南老，誰灑墨汁污幽姿。靈均有恨寫不出，冷落國香空品騭。含煙浥雨態横生，紙上紛紛較得失。我爲展卷一憮然，得其似矣神難傳。會須携向風壁挂，請君更看詩中畫。

題查查客竹溪垂綸圖

翠竹團陰照水寒，釣竿持上舊詩壇。不須定作逃名想，自占風流第一灘。

東園産鶴三詠

雍正甲寅，東園主人自武林携歸雙鶴。每值春夏之會，鶴必交，與凡鳥無異。乾隆辛酉四月十有七日，忽生二卵，就地結巢，雄雌遞相抱，迄五月廿又四日，先後兩雛出。主人作文紀其事，一時詩人俱爲題詠，因構亭園之佛阜左偏，顔曰「産鶴」。佛阜，即産鶴處。

聽去啼鶯春事深，褊褼雙影蹴花陰。仙姿却是多情種，孤抱偏餘戀偶心。翎雪乍翻舞態怯，頂砂微蹙唳聲沈。從今休説高人伴，擬共關雎譜入琴。鶴交

草深溪山飲啄儘優游，陰雨何心要蚤籌。不去上林勞拮据，好來平地穩綢繆。鶴巢

竟體團碧棲常慣，土軟鋪香夢亦幽。浪指巢松摩詰句，空摇五粒罩寒湫。鶴巢

竟體聞道胎禽幻化工，縞衣俄訝覆榛叢。渾疑般若現圓相，不信仙乎藏箇中。竟體浴回春繭白，纖痕穿破海珠紅。夕陽影裏連蜷處，細細生機脉脉通。鶴卵

金顧裴，字爾壽，號秫田，錢塘諸生。與金麴農、王茨檐稱「北墅三詩老」。間作山水，天機清暢。有《緑桑軒詩鈔》。

九日尋洪昉思先生不值

數竿修竹覆柴關，書幌摇風一室閒。定是與人同買酒，不知何處去登山。欄花浥露香偏細，檐果經霜色自斑。獨立空庭秋脉脉，半林斜日暮鴉還。

題王澮和浴鵝圖

籠畔群鵝尚有無，漫將書法示官奴。於今却被新詩賺，側翅翻身入畫圖。　華秋岳訪澮和於寶日軒，見新作鵝詩，愛其「翻身穿翠荇，側翅拂清波」之句，因爲作圖。

陳撰，字楞山，號玉几山人，鄞縣人，居錢塘。以書畫游江淮間，遂流寓江都。毛西河弟子。乾隆丙辰以布衣舉鴻博，未就試。工寫生，以墨暈之，若不經意，蕭疏簡遠，品格極高。尤精畫梅，間作山水。善草書。杭大宗稱其「書無師承，畫絶摹仿」，謂能自成家也。有《玉几山房吟卷》、《繡鋏集》。

漲

木落煙江漲，沙崩古樹根。汀洲蘆葦没，繫艇到柴門。

題畫梅

隔年春早至，庭梅鬧元日。不分新舊開，著枝一例密。尚有乍含蕊，如懷未盡悉。奇絶一雨功，次第都洗出。

允禧，號紫瓊，亦作紫璚，又署紫瓊崖道人，一號春浮居士，清聖祖第二十一子，封慎郡王。禮賢下士，有河間風度，易祖栻、朱文震客邸中最久。山水宗法元人，花卉秀逸。初得端溪硯山，鎸字曰「紫瓊巖」，因以為號。有《花間堂集》。

游碧雲寺

清暉蕩諸峰，行行入空翠。雲來路忽迷，盤折轉幽邃。萬木翳前溪，疏鐘出鄰寺。古殿僧未歸，荒厨一犬吠。

東澗寺

東甘澗接西甘澗，一水平分兩派流。老衲不知塵世事，空堂長閉古時秋。石湍細籟開琴匣，松蔭寒青泛茗甌。久坐渾忘歸騎晚，夕陽春草鹿呦呦。

游上方山

雅飛紅樹報秋晴，人在荆關畫裏行。半日閒爲塵外客，十年心契此山名。蜂窩僧舍圍巖住，螺髻雲梯疊石成。絶頂茅庵游不到，天風吹下轉經聲。

題畫

松皮屋子枕溪頭，燕尾春波碧玉流。一片輕雲作微雨，隨風流出下灘舟。

程嗣立，字風衣，號篁村，淮安明經。善山水，工詩。所居曰菰蒲曲，喜延攬名流，時稱水南先生。

為方南堂貞觀作歸山圖并題

依然壁立千峰翠，無恙欹拏百尺松。從此得終閒歲月，常爲山澤太平農。時薦鴻博，未就。

辛酉春日擬游天台作畫題詩寄南塘先生知必鼓棹南來也

石梁霞起夕陽時，二十年來繫夢思。邨口白雲邨外瀑，終當此處結茅茨。

少小相期事耦耕，勝游那不共君行。好將雙屐多添蠟，趁未衰殘向赤城。

汪繹辰，字陳也，仁和諸生。進士泰來子，畫世其家學。有《即是深山館詩集》。

送吴二樹屏之武昌

河梁握手別酸辛，我已無家君遠征。飢朔半生多乞食，狂衡十載未成名。殘春緑樹懷人夢，薄暮青山客子情。挂席洞庭煙水闊，好收詩句向南旌。

馬榮祖，字力甫，號石蓮，江都人。雍正壬子舉人，乾隆丙辰舉鴻博，官閿鄉知縣。山水師事張南華，嘗蒙推薦，供奉内廷。有《亭雲稿》。

南華先生題進呈春林澹靄敬步原韻鈔二

澹靄春林湛露垂，宫花含笑柳舒眉。侍臣識得勤民意，畫出清明欲雨時。

手翦窗前一段雲，遠山如繡水迴文。輞川詩意營邱筆，煙墨迷離總不分。

羅逸，字樵長，湖南益陽人。文介公裔孫。性耽山水，喜填詞，工詩畫，品行高邁。有《柳園詩草》。

暮入鯿魚山坐觀音閣閣建於先宗伯萸江公，垂百餘年。

殘紅斂盡晚江幽，避暑披襟倚舊樓。潭水浄吞千顆月，松風涼撼一林秋。山亭無復茶煙細，閣左有衆壑亭，今廢。城郭依然市井稠。回首少年頻此坐，少時肄業於此。清歌時聽打魚舟。

黄知彰，字貫芬，號秋圃，南匯人。貢生。山水自寫性靈，精鑒古，搜羅甚富，著有《煙霞閣集》、《百幅菴畫寄》、《得得龕詩稿》。

秋感

漫説蕭森况，隨緣强破顔。乞花當買妾，看畫算居山。慚愧因人熱，夷猶任我閒。只愁閑日月，飛去不飛還。

過兄椒邱别業

數椽茅屋占溪雲，近市依然隔市塵。直與沙鷗争樂土，常携野衲伴閒身。分開煙水通三徑，落盡蘆花見四鄰。淡泊生涯宜爾爾，莫留紅紫誤游人。

朱桂孫，原名桐孫，字楫師，號岳客，秀水人。太史彝尊孫，監生。少承祖訓，濡染極深，工書，雅近率更，畫仿雲林，小景頗有逸致。

新秋書懷集唐

十年塵眼未曾開，羅隱。幾月郵書始一來。韓偓。自笑無成今老大，薛能。不如且進掌〔一〕中杯。白居易。

〔一〕「掌」，白居易《歲暮》詩作「手」。

王灝，字春明，無錫人。貢生，官廬江訓導。墨竹清超雅秀，兼寫蘆雁，嘗集詩畫會於蓉湖，至者五十餘人。工書。有《畫竹軒詩稿》。

觀南京石莊和尚畫松

著處轟雷走毒龍，一枝退筆破南宗。西風日落濤聲冷，野屋雲流墨氣濃。聞道六朝猶有石，何須二世漫加封。諸公莫作山僧看，大約前身是赤松。

朱澤況，字景顧，號海音，寶應人。御史克簡孫，監生。善山水，著有《畫法舉要》、《海音詩略》。

聞七夕次喬睦州韻

兹夕爲何夕，凭欄笑女牛。翻將會合意，添得別離愁。夜久漸繁露，風凄非早秋。誰家小兒女，風露獨登樓。

文元星，字城百，號衡夫，江都諸生。工畫梅。有《種瑶草堂集》。

冬暮登彈指閣

閣迥倚寒碧，凭闌延夕曛。野煙晴戀郭，古木冷留雲。詩自静中得，鐘宜高處聞。諸天如咫尺，裊裊妙香薰。

匡繼武，字紹夫，號松岑，膠州人。為高南阜妹夫。工山水，南阜山人極稱賞之。

雍正壬子臘月十日題高蒼佩龍潭介壽圖卷蒼佩為南阜介弟

家園兄弟欿同群，歲暮龍潭復壽君。馬齒春輸十九度，時余年二十六，蒼佩四十有五。梅花香透兩三分。去立春十日。詞場舊雨圍爐話，酒底新歌繞座雲。是日張玉山特製填詞，親爲按拍，風調閒暢，舉座懽賞。更向東南天際望，寶華山色正氤氳。

李世佐，字梓園，又字子元。

雍正壬子季冬十日寫龍潭介壽圖贈膠西高蒼佩并題小詩

與君生日喜同辰，余與蒼佩同日生。雪葉梅花迴絶塵。澹澹嚼來投氣味，泠泠想去寄精神。一潭水釀稱觴酒，四座山爲介壽人。漫道荒山無可贈，也堪借得此中春。時同客厫城。

曹湛，字石倉，錢塘人。善寫意花卉，用筆奇倔。

留别圓津寺旭上人

芋田菊圃已荒蕪，八口嗷嗷豈易餬。熱宦猶能飽僮僕，詩人原不利妻孥。落花可瀹常煎茗，秃筆堪焚懶作圖。歸語兒童好消息，吹簫也合勝屠沽。

王本郃，字實原，自號東谷老人，湖北漢陽人。工畫蘭，有硯癖。

黄梅

自別羅浮種，同時亦號梅。香分彭澤菊，色染漢宫槐。鐵骨經霜鍊，丹心向日開。冬榮原不落，玉笛莫頻催。

鄔希文，字亦范，號松崖，浙江餘姚人，贅居吴門。乾隆丙辰薦鴻博，不就。山水蕭疏雅逸。性好潔，焚香鼓琴，有倪高士風。

秦淮

嫩金宫柳好棲鴉，細雨無聲濕杏花。十二闌干春似水，泰孃船到正琵琶。

許宗渾，字箕山，一作其山，青浦布衣。山水法叔明，善書，工詩。

自題山水

買得新居住碧山，芒鞋久不踏塵寰。黄庭一卷消長晝，雲護峰頭鹿守關。

錢鴻基，字肇邠，一字韋軒，象山人。雍正乙卯拔貢，官泰順教諭。善水墨菊蟹，書法華亭。有《棣蕚軒詩草》。

畫蟹應縣大夫史歷亭先生

新酒黄花好及時，清風明月更相思。文章自問非司馬，何自横行出硯池。

顧羽泉，字萃愚，無錫諸生。善畫，工詩書，為杜雲川太史高弟。有《漪園詩稿》。

雍正癸卯五月三日集虎邱澹香樓是集雲川太史主盟，吴興沈綸翁適至，同時沈碻士、彭翰文、程南溟、金象巖、汪西京等三十七人，各賦二詩。

兹樓同燕賞，何似永和時。一雨清湍激，曾雲老樹欹。坐深應有悟，香澹最宜詩。夢筆人猶在，青山短簿祠。

風流推二老，諸子復詩豪。異日知誰健，名山不在高。一尊先竹醉，五字和松濤。記取端陽近，分箋續楚騷。二老謂綸翁、雲川。

鄭燮，字克柔，號板橋，揚州興化人。乾隆丙辰進士，官濰縣知縣。為人忼慨嘯傲，有鄭虔三絶之目。書法《瘞鶴銘》，兼黄山谷，合其意為分書，通其意寫竹蘭，脱盡時習，超縱絶塵。中年間作花木。著《板橋集》，手書詩詞刻之。

范縣

四五十家負郭民，落花廳事浄無塵。苦蒿菜把鄰僧送，禿袖鶉衣小吏貧。尚有隱憂難盡燭，何曾頑梗竟能馴。縣門一尺情猶隔，况是君門隔紫宸。

感舊詩

西園左筆壽門書，海内朋交索向余。短札長箋都去盡，老夫贋作亦無餘。高西園鳳翰

長作諸王座上賓，依然委巷一窮民。年年賣畫春風冷，凍手胭脂染不匀。傅凱亭雯

畫雁分明見雁鳴，縑緗颯颯荻蘆聲。筆頭何限秋風冷，盡是關山離别情。邊頤公維祺

懷李三鱓

待買田莊然後歸，此生無分到荆扉。借君十畝堪栽秫，賃我三間好下帷。柳綫軟拖波細細，秧針青惹燕飛飛。夢中長與先生會，草閣南津舊釣磯。

題姚太守興滇家藏南田菊梅

今日方知惲壽平，石田筆墨十洲情。廿年贋本相疑信，徒使前賢笑後生。

畫盆蘭送大中丞孫峩山丈予告歸鄉

宿草栽培數十年，根深葉老倍鮮妍。而今歸到山中去，滿眼名葩是後賢。此雍正三年事也。後十三年過德州，公年八十二，十一子孫曾林立，并見玄孫。復出是圖索題，又書二十八字。

載得盆蘭返故鄉，天家雨露鬱蒼蒼。今朝滿把蘭芽茁，又喜山中氣候長。

自題墨竹

衙齋卧聽蕭蕭竹，疑是民間疾苦聲。些小吾曹州縣事，一枝一葉總關情。

咬定青山不放鬆，立根原在破崖中。千磨萬擊還堅勁，任爾東西南北風。

烏紗擲去不爲官，囊橐蕭蕭兩袖寒。寫出數竿清瘦竹，秋風江上作魚竿。

焦山自然庵畫竹

静室焦山十五家，家家有竹有籬笆。畫來出紙飛騰上，欲向天邊掃暮霞。

懷揚州舊居李氏小園，賣花翁汪髯所築。

樓上佳人架上書，燭光微冷月來初。偷開繡帳看雲鬢，擘斷牙籤拂蠹魚。謝傅青山爲院落，隋家芳草入園蔬。思鄉懷古兼傷暮，江雨花紅爾自如。

鮑楷，字筠菴，號仙根，常熟人。花卉、山水師法惲氏，疏朗秀潤。工書。

自題山水

緣與山林近，江城託迹孤。秋花芳樹古，幽徑俗塵無。賦就詩千首，情酣酒一壺。興來還點筆，自笑老癡迂。

戴廷熺，字綸長，一字鸝亭，號珠淵，錢塘人。官鹽場大使，晚年罷職，游幕賣畫自給。有《聽鸝亭集》。

戲成失貓詩邀王素心厲樊樹諸同人和

數卷殘書謹護持，銜蟬迎得浴蠶時。一宵拋却藤墩去，便有梁間黠鼠知。

繙經爲伴夜燈餘，肯戀鄰家食有魚。葵莧閒園還憶否，秋風黄蛈影蘧蘧。

見蝎

扃户類蟄蟲，寒深風未已。殘編就昏燈，眼暗聊隱几。簌簌忽有聲，沿緣響故紙。舉燈照壁間，一蝎近離咫。待施戟刺能，翹首厥狀傀。呼童快攫拏，手顫甃以履。全身就糜碎，尾毒猶逞技。幸未遭痛螫，那免遽驚起。秋深百豸僵，胡爲尚見此。患生非意中，即事可比擬。獨聞昌黎詩，乃因是物喜。

東野崇衡，字範我，號阜南，曲阜諸生。工畫，得焦墨法，兼善指戲，尤善寫驢。

題畫

殘霞如綺雨初晴，紅樹斜陽映碧城。見説幽人住巖屋，滿林寒葉讀書聲。

朱令昭，字次公，號漆園，别號維摩居士，歷城人。貢生。少與淄川張元、膠州高鳳翰等結柳莊詩社，兼工書畫篆刻，精音律，游吴下，人稱「顧曲周郎」。有《閩游集》、《冰壑詩鈔》。

暮春雨中次韻

十日風吹雨，當春户半扃。梨殘承屐白，芹短拔泥青。暝色樓孤倚，江聲客對聽。張園釣魚會，馬滑暫須停。

題畫

幾層紺宇深深見，萬樹青松密密圍。不記何枝挂猿影，風吹殘雪落僧衣。
老翁腰脚懶躋攀，袖裏紅藤信步閒。我亦胸中有嵩洛，愛看平遠寫溪山。

病中過高郵

連日春寒甚，裘茸暖病夫。黄淮一夜過，風雨片帆孤。不見孫莘老，空傳甓社湖。秦郵木瓜酒，興懶不須沽。

王大椿，字八千，常熟人。諸生，石谷曾孫。勵志向學，日夕不倦，書畫亦并入妙品。

上陳見復先生

讀書不求名位高，飲酒不盡千鍾醪。得志無有淡與泊，此中至樂誠陶陶。先生閉户穴墳典，卅年門徑叢蓬蒿。三公令僕斷夢寐，淡如雲影輕鴻毛。忽傳下詔責郡邑，水南水北紛喧囂。公卿合辭拜手薦，漢庭經術千秋遭。申轅年已憊筋力，蒲輪難涉風塵勞。上陳著述達黼座，至尊下遣官胥鈔。周情孔思審中正，辨别黑白窮釐毫。少司成職重太學，帝命取式風之澆。先生受官不受禄，几席講學仍衡茅。走也仰鑽希萬一，有似蟻垤窺嶕嶢。韓門近在許僂入，欲抉精髓棄粕糟。寸莛鉅杵叩俱應，試聽鏜鏜天半鳴蒲牢。

金玉岡，字西崑，號芥舟，天津布衣。所居杞園，植有黄竹，自號黄竹老人。工山水，性高淡好游，所至以鬻畫自給，畫自成一家，詩清切新逸，有《黄竹山房詩鈔》，盤山、天台、雁宕、羅浮紀游諸《詩草》。

過青縣

一夜孤篷雨，新潮漲舊痕。野航輕似葉，小縣冷如村。貼水編茅屋，沿堤抱柳根。又隨萍梗伴，暫過酒家門。

暮過夾馬營遇雨

一盌秋鐙黯不紅，水煙昏黑斷歸鴻。悠悠旅夢無憑處，吹入寒塘夜雨中。

為俞楚江題畫

何處容栽百本桑，躬耕只合卧南陽。買山欲贈緣無力，聊爲先生畫草堂。

園居

園居如避世，歲月道何成。叉手看雲立，無言繞樹行。興來還獨醉，老去漸忘情。賸有愁根在，年年白髮生。

入房山作

側坐青驢踏淺沙，亂山影裏帽檐斜。飛來小蜨頻争路，先我沿村看豆花。

秋庭

小窗幽夢出南華，起汲新泉漱齒牙。一樹冷雲吹不去，滿庭黄雪落槐花。

題自畫三友圖

松葉梅花相并清，竹梢風撼石溪聲。欲添孤月寒枝上，凍折霜毫畫不成。

錢選，字咸三，一字一青，餘姚諸生。好游，工畫，筆法變化，不拘一體。有《客窗隨筆》、《百花吟》。

雪

寒欺客路斷人魂，一色蒼茫萬里昏。雪外更添風陣陣，幾曾吹得上朱門。

春愁

燕語喃喃不可聞，桃花如雨落紛紛。春愁欲與春江比，還道春江淺幾分。

葉鳳毛，字超宗，號恒齋，上海人。忠節公映榴孫，雲巢散人敷子。官中書。山水師石谷，寫生學南田，人物、鳥獸能傳父藝。書法晋人，詩詞雋永超妙。有《説學齋集》。

周生鳳銜聽泉圖

捫孔得音簫籥笙，撥絃出響琴瑟箏。山中何有絲與竹，水石撞衝聲自鳴。韶武鄭衛別邪正，今樂古樂分淄澠。惟泉作聲一以清，疾徐高下皆和平。泠泉亭内終日聽，水樂洞邊幾度經。周君好音惟好此，寫真寓意知其情。吾聞吕梁懸水三十仞，匡廬九疊噴翠屏。又聞畫水蒲永昇，波濤洶洶屋欲崩。君今寫出作水聽，吾鄉何處得此聲。曷不裹糧杖策爲遠行，深山穹谷隱姓名，耳聾萬壑輥雷霆。

族孫尚明借琴

一囊絲漆抱絪緼，我不能彈借與君。松月夜窗披卷暇，試從尼父溯周文。

題黄尊古秋山不老圖

看遍神州千萬峰，歸來盤礴寫遺蹤。雁門八月飛霜雪，離立陰崖盡赤松。

題兒滿林雪景

雪風衝帽凍塗長，借問先生底事忙。吾願少須和暖出，人驢同暫疊巾箱。

高沆，字蘊沖，號秋艇，平湖監生。善花卉，直逼南田。有《浣花吟稿》。

硤石道中

睡正酣時促早行，暗登磴道旅魂驚。山巖不辨千尋險，穴火遥通一點明。漢代英雄留廢壘，秦時軍帥哭歸程。風霜滿目驅羸馬，懷古情深涕泗横。

重過函谷關

重來嚴險地，山峻逼人寒。入谷青天小，分明坐井看。

康燾，初名濤，字逸齋，一字康山，號石舟，又號既濟生，晚號天篤山人、蓮蕊峰頭不朽人、茅心老人，錢塘布衣。以孝聞，嘗禱於于忠肅祠，夢授如意，背篆「石舟」二字，故取以為號。精仕女，姿態靜逸，在能妙之間，兼善山水、花鳥。工書，年七十能作蠅頭小楷。

白杜鵑花

鶴林寺裏送春歸，洗却紅塵見素衣。血盡啼痕鵑老去，露沾香粉蝗驚飛。思親游子魂俱斷，垂白孤臣泪已稀。留得三更四更月，寸心還與共清輝。

張錦，字禹文，吴江人。工畫，為張南華所推重。有《南村集》。

和周南莊村居漫興

卜居遠市徑紆斜，矮屋疏籬是我家。自信知心惟皓月，堪邀作伴有梅花。貓頭屢劚春山笋，蟹眼時烹雪水茶。偶出村莊閒散步，陰陰緑處盡桑麻。

俞堤，原名璟，字企唐，又字更生，號是齋，無錫人。隨齋學使孫。畫筆森秀生動，兼工山水、人物、花卉，頗得元人三昧。著有《題畫瑣存》。

指頭畫梅贈楊杏文

瘦骨只耽禪意味，羅浮不憶夢中家。指頭猶有神通在，幻出番風第一花。

白塔河莊圖

白塔河流曲，人家占一灣。紅堆楓似錦，黃積稻如山。飯熟兒童喜，秋深老犢閒。聲謡俱協律，我亦採風還。

秦瑞熙，字五輯，號耐圃，無錫貢生。富收藏，精鑒別，嘗重葺其家寄暢園，世業勝蹟不致頹廢。乾隆辛未迎鑾獻畫，深蒙嘉賚。

恭和御製寄暢園詩原韻

素業空懸水一灣，朝來天霽白雲閒。自從輦路經秋澀，惟有泉聲帶雨潺。波及臣家恩似海，恭逢聖母壽如山。時皇太后六十萬壽。奎章麗藻垂千古，翹首金莖霄漢間。

沈仁昌，字體原，嘉興人。注選同知。山水、花鳥皆臻妙品。

題畫

隔岸山光展黛眉，一江新水漲玻璃。兩三人歇夕陽裏，畫出温岐待渡詩。

韓雲俊，字仲湘，一字雲卿，無錫諸生。為鄒小山宗伯畫弟子，代宗伯設色，見者幾莫能辨，惜早世。有《紅蕉遺草》。

野望

幽居悵寂寥，登高散游目。白雲依遠山，青煙染茅屋。好風從東來，郊原雨初足。時聞幽鳥啼，人影隔修竹。

俞永弼，字始乾，號傅巖，一號念園，海寧人。以廕官詹事府主簿，中乾隆丙辰副車。山水得黄鶴山樵筆意，間作松菊。小楷法率更令。有《念園詩草》。

題畫扇

雨過青山翠欲浮，深林一片緑陰稠。湘江春色濃如許，枯筆拈來却似秋。

陳其璜，字爾璧，號鶴臞，浙江象山人。貢生。工畫梅，與仲甫潛騰名重一時。有《丹山自鳴集》。

山行暮歸

斜陽前路去，山半牧人稀。孤石幾回憩，暮鴉相與歸。溪聲流月冷，樹影抹煙微。籬落燈明滅，還應未掩扉。

驢背示小奴子

挈著壺瓶手要酸，何妨牢挂在驢鞍。驢行不緊無須策，正好逢山隨路看。

詠梅 鈔一

風骨棱棱異衆芳，離騷何事竟相忘。任教肉眼憐桃杏，只把冰心傲雪霜。也有一枝今日放，回看萬木許多僵。花中鐵漢應推汝，不是虚誇世外香。

燈下插瓶梅

骨帶三分和靖癡，膽瓶注水夜深時。籠燈籬落無多路，就樹梅花選幾枝。未插案頭香已滿，細看壁上影都奇。牀邊賺得妻孥笑，道我心情似小兒。

泉聲上人畫不輕與人貽余絹素可五六

誰道泉公筆墨慵，小塗大抹慣貽儂。邊鸞花鳥黄筌竹，荆浩雲山張璪松。好事千金何處買，卧游一室儘堪供。厨中怕要通靈去，字寫紅箋幾道封。

陸烜，字子章，號梅谷，又號巢雪，平湖人。貢生。畫筆超潔，工詩。有《梅谷集》、《耕餘小草》。

寫菊贈張浦山庚

平生頗愛東籬色，未向傍人贈一枝。今日五湖煙水裏，爲君特筆寫幽姿。五湖舟中，與客談及浦山先生，乘興寫菊題詩贈之。翌日蒙過訪旅舍，相得甚懽。

春江獨釣

家住蔞蒿村，蕭然四壁存。白鷗似相識，日日到柴門。楊柳晚煙净，桃花春水温。一竿不設餌，兹意與誰論。

黄宏世，字坤咸，號石屏，即墨貢生。與伯兄庶咸中翰友于甚篤。善書畫，工篆刻。有《雪舫詩稿》。

夢中得句自鎸諸石以紀異

携酒入山家，雲深日漸斜。柴門依緑水，竹籬繞黄花。

楊潮觀，字閎度，號笠湖，金匱人。乾隆丙辰舉人，官瀘州知州。工畫竹。有《吟風閣詩鈔》。

宿龍尾溝

且喜衝寒至，停鞭問俗良。人稠茅店暖，土厚菜羹香。竈有傳薪火，牀餘隔宿糧。雖無雞酒奉，歧路莫徬徨。

沈心，字房仲，號松阜，仁和人。元滄子，諸生。初受業於查初白，奇其才，以孫女妻之。性落拓，工詩畫，能篆刻，嘗獲曹倦圃舊題遠山積雪硯山，酷嗜之，目為石交。有《孤石山房集》。

題邊頤公葦間讀書圖

數椽非泛宅，光景似玄真。雲水多於地，菰蘆老此人。忘機鷗可狎，送目雁來賓。何日比鄰住，相將唱采蓴。

顧栟櫚過村居宣門招飲尋樂堂

寂寞柴門水次開，西風黃葉落成堆。磯邊花鴨忽群噪，知有詩人一舸來。

寶田兄屬作畫為仿一峰筆意

山欲鈎雲樹點苔，秀情靈覎若爲開。筲箕泉上幽棲處，時有煙嵐入夢來。

老梅於初冬忽放數花偶效吴體

古根不待冰雪催，同時看菊還看梅。九十月交暖如許，兩三枝并争先開。未許吹之白玉笛，急須酌以黄金罍。若教寫入畫圖裏，尚帶殘葉應疑猜。

萬光泰，字循初，號柘坡，秀水人。乾隆丙辰舉人，薦試鴻博。工詩，善山水，畫筆瀟灑，氣味純古。嘗客天津查氏。有《柘坡詩稿》。

天津游海光寺

城南積水秋洋洋，海光孤寺水中央。叢蘆繞洲波若熨，脂車欲渡川無梁。長年招我乘船去，席帆半幅春雲張。是時秋水初納潦，中深外淺煩測量。低塍尚似魚露脊，高壠已如蟹負筐。農民數家藤蓋瓦，罶户一帶蘆爲墻。須臾到寺登傑閣，尋有老衲來長廊。握手相看喜吴語，安心早退忘他鄉。西風吹衣林葉碎，小雨撲帽籬花香。啼鴉一聲送歸櫂，戍臺落日天蒼涼。

題朱崙仲七松圖寄李遠川項城

撫松人去隔高城，寫得新昌七樹成。彈罷玉琴風雨過，一條絃裏一松聲。

和吴樸存詠榆葉餅

如錢遲莢鑄，早葉入厨炊。采自明星下，餐當禁火時。香應嘗麥好，暝豈養生宜。偶共吴均説，牢丸未足奇。

和幼循食藤花

作羹遺事渺東坡，野饌今傳雪麪拖。心苦不同緗薏招，葉香難學泠淘和。供因佛鉢餐逾净，取到蜂糧政太苛。毛莢尋垂青累累，飽儂何似豆棚多。

林元，字阮林，號蓮山，海寧人，遷仁和。永昌太守世俊子。山水、花鳥皆入逸品。有《老眉集》。

過戴鸝亭山居

秋意晚更深，水竹互明媚。漙漙滋清露，了了刷寒翠。天風動長呼，萬木有潮勢。新月如待人，依約峰外至。吾徒快合并，豁兹離别意。耳目羅幽賞，曠然净無累。得句吟復吟，寒肩聳山字。

陳景鐘，字几山，號墨樵，錢塘人。乾隆辛酉舉人。工詩，間畫山水，仿元人筆意。有《研雪山房稿》。

過仇園

詩客林園久已荒，古城煙草鑠斜陽。城邊十畝青泥地，苦楝風吹莧菜香。仇山村園出清波門僅數十武，逼近城垣，寬十餘畝，今名仇家園。土獨宜莧，當晚春初出時，争以先嘗爲勝，往往價等於肉。

涵清院

金蓮閣下小池塘，雨漲新痕石髮香。敗葉打窗僧夢冷，懶雲棲屋佛鐙凉。珮環有約鳴秋月，蟋蟀多情泣夜霜。莫向峰頭更南望，故宫煙草自茫茫。

雷峰之下如上清宮普寧寺净寧院皆古剎也今已基址莫考矣乾隆戊午冬予與柳亭鴻雪步回峰之陰并湖而西悉菜圃桑畦荒邱冷厝雖有一二漁舍禪關亦皆柴扉晝掩寂若無人因拈一律以紀荒涼之景

罾篷蟹舍瀕湖住，拍拍西風浪捲花。野赤柏林鴉逐伴，敗黄蘆岸雁成家。地荒莫問前朝寺，煙冷空連卧水槎。惟有斜陽千古在，危峰孤塔畫殘霞。

張鯉，字禹門，號子魚，直隸撫寧人。布政使霖孫，舉人坦子，監生。工書，畫法高且園。

過潘五哲堂亦囂書屋

巷陌依然過客稀，緑蘿如幕障斜暉。滿階落蕊春前積，挂壁蝸涎雨後肥。綾刺幾曾容字滅，畫輪空自逐塵飛。京華僕僕勞生地，回首幽居志易違。

裘尊生，字果萬，一字義門，仁和人，客維揚。善人物、花卉，尤工墨荷，書學山谷。有《題墨荷詩百首》。

題汪秉南折梅圖

翩翩年少美丰姿，絶似尋春杜牧之。疏影暗香深雪裏，不嫌清冷去扶持。
近來時世無和靖，縱有梅花不賦詩。君亦孤高偏自賞，一枝折取故遲遲。

姜恭壽，字静宰，自號香巖居士，又號東陽外史，如皋人。退耕太史任修子。乾隆辛酉解元。善花草竹木，縱逸瀟灑，脱去時習。工篆隸。有《皋原集》。

題畫梅

肥既不如瘦，密亦不如疏。只一逃禪老，識得率更書。

一枝璚蕊倚春風，鶴去寒山夢已空。記得夜深林下過，月玲瓏又雪玲瓏。

丁巳夏歸自崇川園居即事

歸來三徑已全荒，孟夏無人草木長。新燕出巢蛸在户，殘泥猶自落空梁。
雨銜雲脚日銜山，晚飯家家牧犢還。稻阪新添三寸水，楝花風裏老牛閒。
屋後鳴鳩雜亂蟬，山厨飯熟尚高眠。東邊日出西邊雨，看盡陰晴秀麥天。

郭廷翕，字虞受，號冷亭，又號根蕣，即墨人。湖廣總督琇子。乾隆辛酉舉人，官南城縣知縣。博雅嗜古，善書畫，精篆刻，嘗得高南阜所集山左先輩墨蹟三册，曰《桑梓之遺》，因續輯之，自宋元以來成八十三册。有《根蕣集》。

結廬

結廬西山阿，門外四山繞。一隙劃空明，海色入窗小。淼淼碧波來，孤帆下樹杪。

池上晚興同夢華梅岑限齊低携西次第四字

暝色圍天住，蒼茫四野齊。煙横村樹斷，山抱海雲低。坦步沿溪曲，深尊共友携。滄州明月在，坐待小橋西。

早發賴坑

早起無時刻，聽雞當漏聲。河流依岸轉，山月逐人行。樹外千帆穩，霜前一塔明。曉風倍憀慄，墟里望煙生。

八境臺

凌歊出木末，曙光照樓明。日動鳥移樹，山隨人上城。遷流吴地盡，徙倚楚雲平。鄉路盈盈隔，凭欄百感生。

寄黄旭東

一度懷人一黯然，故山回首暮雲邊。飢來驅我四千里，名亦誤人三十年。世事無心雲出岫，閒愁欲寄雁横天。君如問訊新來況，七里灘頭上水船。

徐鑰，字心潛，一字開亭，錢塘諸生。書畫宗法香光，與南屏釋烎虚為方外交。

馬纓花

最好江南五月時，合歡花蕊吐絲絲。生來不學垂楊柳，祇替人間管别離。

侯光第，字枕魚，無錫人。山水學黄子久。有《蘭圃詩稿》。

郊行即事

新漲平添没釣磯，菜花開盡麥苗肥。溪山好處無人識，只有雙雙蝴蝶飛。

鉛山舟中作

十年蹤迹似飄蓬，章貢南來一櫂通。萬樹雲歸山色赭，半江日落浪花紅。舟從出險輕帆穩，人已辭家萬慮空。只有思親兩行泪，等閒流向大江東。

曹斯棟，字僊耨，仁和諸生。工繪事。有《飯顆山人詩》。

過故侍郎嚴公臯園

轉巷餘遺構，臨風憶侍郎。梅魂蘇淡冶，菜甲接青黄。劣水艱容艇，閒雲低度墻。數聲漁笛遠，恍惚寄滄浪。舊有滄浪書屋。

問訊名園竹，挼沙碧影寒。當年文酒盛，此地畫圖看。風景隨人事，登臨感百端。溪流扶杖聽，彷彿伯牙彈。

姜文載，字在經，一字命車，號西田小樵，如皋人。進士任修子，諸生。與兄恭壽有「二陸」之稱，能畫，惜早世。有《西田存稿》。

車馬湖吴宅牡丹冬花

錦里秋風秋雨殘，忽驚雙艷倚闌干。不須富貴愁春晚，乃與松筠共歲寒。天爲白藏留國色，花隨青女對文官。生憎卯酒朝酣日，曾拂繁霜犯曉看。

孫寅，字虎臣，號柏堂，無錫人，籍錢塘。官潁州知州。善畫，工詩。

田家

水邊閒却小茅堂，曲曲疏籬短短墻。荷葉翠擎新雨蓋，萍蕪緑漲舊池塘。交塍遍畫分秧地，滚石初平打麥場。終日衡門無客至，桃花應亦笑漁郎。

曾熯，字赤城，永嘉諸生。工花卉草蟲，喜吟詠，一時名士樂與交游。有《十花樓詩存》。

游仙詞

幾間茅屋白雲封，住我蓬萊第一峰。三萬頃田種瑶草，耕煙鋤雨唤蒼龍。

黄道懃，字敬之，號藏山，寧鄉人。乾隆甲子，與兄道懋同榜舉人，官福建永春同知。工詩善畫。有《南六堂詩草》。

采石磯登太白酒樓

蛾眉一簇曲江邊，樓枕江開別一天。片石常懷仙磊落，殘罇孤負月嬋娟。登臨莫惜非吾土，景物還應似昔年。記得來時山色暝，疏鐘打破翠螺煙。

華沅，字紉斯，號秋田，無錫人。工書畫，善鐵筆。有《青峰書屋詩草》。

正月廿一日徐二磯招同人社集惠山錬石閣小飲復步石林看梅分得池字

淡蕩春光入小詩，尋僧更訪歲寒姿。迎風迴雪飄蒼徑，帶影和雲卧緑池。索笑幾忘人坐久，耐吟翻覺我來遲。言歸携手同惆悵，斜月疏煙動遠思。

葉以照，字青焕，杭州人。工六法，性好游，遇佳山水輒為圖詠。祖籍新安，熟聞黄山之勝，欲游而費不給，其妻質釵珥以供游貲，遂諧夙願。有《黄山游草》。

卧龍松

何年行雨忽墮此，一睡山阿不知起。頭角倒垂鬟亂飄，鱗甲分明不見尾。人言此是秦漢物，黄犬青牛不常出。夢中偶被風雨驚，横伸一爪層崖裂。憶昔岱頂十八公，挐雲攫霧騰虚空。此間爾曹亦累萬，凌風夭矯何其雄。惟君性獨如高士，偃卧深山飛雪中。

浴温泉宿紫雲庵

竹影蕭蕭紙帳前，僧寮清絶不成眠。白龍潭下飛流急，一夜泉聲到枕邊。

朱廷鐘，字擁萬，號蓉帆，無錫人。工畫，尤善墨梅。嘗主蓉湖吟社。有《引翠軒稿》。

壬戌四月望後三日社集小金山聯句

首夏開吟社，杜瀛槎漢階。相携有九人。嚴宋山元桂。煙波浮小楫，邵自怡燮。觴詠稱閒身。秦儼亭義均。密樹初經雨，朱湘楫志鉅。殘花尚帶春。鄒洛南志伊。蓉湖平似鏡，蓉帆。蘭若净無塵。朱學程宗顥。喜共游名勝，張竹溪大業。何妨樂隱淪。嚴。冲夷觀物妙，秦。瀟灑任吾真。邵。神契皆兄弟，鄒。交深略主賓，杜。遲歸山月起，蓉帆。重約醉芳辰。學程。

錢維城，字宗磐，一字幼安，號幼庵，一號稼軒，又號茶山，武進人。乾隆乙丑第一人及第，官至刑部侍郎，贈尚書，謚文敏。山水自幼出筆老幹秀骨天成，通籍後得董東山指授，畫學益進，邱壑氣韻彌臻深厚，供奉内廷，為畫苑領袖。書法東坡。有《茶山集》。

定遠山行見田中蓄水有法禾黍暢茂即事述懷

山田上下如劃棋，十步五步溝通池。農家婦子水爲命，蓄積升斗同金貲。節宣起閉重分寸，兼察地勢分高卑。自然服習等卧起，非有智巧誇神奇。氣疏每至風雨好，澤潤并得癘札稀。揚州厥土惟塗泥，田實下下經所嗤。溝洫未失古遺意，東南財賦天下推。北方惰農亦鋤犁，禾生滿野無町畦。闢門枕肘問晴雨，嗸嗸開口憑天時。禹勤畎澮首兖冀，誰其隳者不可稽。遐哉衛李安所責，荆吴亦豈當年基。屢煩明詔拯瘡痍，亦有使者分驅馳。奉行豈必盡不善，事等創造驚愚黎。中丞崔公紀昔分陜，下令鑿井民猶咨。於今稍稍食舊德，樂成圖始理則歧。况今屯種逾安西，輪臺蒲海咸得治。遂人瀦舍職不講，奚取百萬供軍資。安得九扈官農師，赤墳白壤澤畢陂。游談莫問是與非，滮池汩汩禾離離。男耕女饁不敢嬉，三錢斗米何足希。

恭和御製詩題進呈山水册鈔一

水際輕浮沙際籠，清輝未澈尚朣朧。柳邊隱立擎拳鷺，錯認前溪把釣翁。寫溪山煙月景。

舒城縣同年姜玉田曾宰此縣，有春秋山，形如卧龍，李伯時讀書處，亦名龍眠山。

山翠落龍眠，孤城起晝煙。風辭昨夜雨，雲作去聲早凉天。香稻千村熟，清池一邑傳。關心詢舊尹，此地有名賢。文翁，舒城人。

陸兆鵬，字天池，號樸齋，南滙人。初寫蘭竹，繼作山水，落筆極工。晚年善病，馮墨香祝其七袠有「花為濃開每早謝，人因多病得長生」句。

臨石谷畫題寄墨香

屬寫飛泉寄遠岑，箇中佳處本難尋。梟惟自短寧停鶴，沙總逢披媿少金。十載山窗憐舊雨，百篇冰署有洪音。劈箋預作添籌慶，更補喬松細細吟。

顧恬，字巢民，號惹峰，海鹽布衣。善書畫。

題畫

平沙渺渺下群鷗，人迹依稀水亂流。此地料無沽酒處，別尋村落繫孤舟。

鄒志伊，字學川，又字洛南，無錫人。宗伯一桂子，乾隆甲子舉人。畫得家傳，嘗結蓉湖詩社，分賦雲影、塔影，有「忽過西山作遠峰」、「江心浪湧添層級」諸句，為人傳誦。有《蠹餘存稿》。

度鐵索橋

險矣盤江路，何年鐵索橋。古藤援旅客，絶壁束秋潮。緣澗呼蠻部，垂虹溯漢朝。風枝渾不定，爲問挂猿條。

黄琛，字西清，號山民，又號筠笑，錢塘人。幼喪父，及長睹遺像，刻意傳摹，久遂神肖，自此工畫。有《市曲茅堂集》。

過淮上

書生潦倒欲何之，繫艇來尋漂母祠。一飯千金皆往事，夕陽紅處似當時。

畫梅題贈包山人永思

溪雲斷處隱人家，繞屋吹香瘦影斜。雞犬無聲春冷澹，一雙鸜鵒上梅花。

王鳳儀，字廷和，號審淵，太倉人。麓臺司農曾孫。乾隆丁卯舉人，官陝西糧道。山水傳其家學，意匠經營，迥不猶人。

題畫時在灌縣桃關

少不如上書請纓終子雲，健不如射生飲血曹將軍。胡爲短衣曼纓走萬里，入山更與群山群。蒼煙斷空白日匿，山勢杳與天無極。鳥道春盤一綫青，龍湫晝閉重陰黑。平生五嶽羅心胸，蠟屐欲躡松喬蹤。猿啼鶴唳不到處，落墨忽掃西南峰。高堂素壁坐蕭瑟，絶壑時聞風雨疾。莫指丹青當卧游，雲間雪外方籌筆。王述庵司寇言其在蜀從軍時，乞畫者甚衆，日取鳥道蠶叢作爲畫本，凡橫戈躍馬之士，見者無不驚歎。

題查儉堂觀察北征集後

雪花六月犯貂裘，塞北風雲接素秋。行盡蜀山七百里，亂霞黄葉是松州。

橐筆年來髀肉生，新詩百讀感商聲。短衣匹馬吾猶健，恨不從公作騎兵。

柯一鶚，字帝夔，一字鴻儕，號柯亭，杭州人。諸生。工詩，間作水墨小幀。有《雙清草堂集》。

游清涼山

古寺絶游迹，况當歲晚時。禦冬僧劚菜，趁食鷺窺池。松懶不入畫，竹枯猶見詩。自憐幽趣好，歸路伴鴉兒。

西溪泛雨和拜颺

雨漬春煙緑樹新，小溪分漲碧粼粼。山村酒賤櫻桃熟，一路鶯聲似喚人。

畢懷圖，字花江，揚州人。乾隆丁卯舉人，官績溪知縣。善畫梅，精書法。

自題畫扇

東風何日爲開花，愁絶秋簾夢酒家。晨起忽然思舊稿，月明煙淡一枝斜。

朱振祖，字繩武，號香溪，秀水人。太史彝尊曾孫。楷書類率更，指頭作畫生動可觀。有《鷗舫吟草》。

題水仙

微風淡月弄輕黄，簾捲波紋細細香。一自靈妃歸洛浦，只今愁絶寄寒芳。

閻爾德，字子純，號柳村，滄州人。附監生。工書善畫。

送楊天章歸里滁陽署中作。

晨夕相依旅思忘，那堪分手賦河梁。送人歸里難爲客，况是君鄉即我鄉。

朱宗洵，字眉壽，無錫人。監生。工繪事。

二泉圖

唐李相紳《別石泉》詩首句云「晴沙見底空無色」，顧農部因自署曰晴沙，余因爲寫《二泉圖》以贈，并系以詩。

千年松石舊人家，蘇軾漪蘭陸羽茶。若向名泉看到底，一泓澄澈鑒晴沙。

可知太始本無名，七字跳珠濺玉聲。第一中涵盛得住，天光雲影正初晴。

余安，字位中，號藍田，錢塘諸生。工畫松。

西湖晚歸

相辭蘿徑外，緩步六橋東。皓月迎歸路，輕衫怯晚風。山容沈霧白，漁火入波紅。萬籟已俱寂，疏鐘來遠空。

許自宏，字容如，號卯君，石門人。工書，善人物、花鳥、蔬果，山水宗石谷，尤長巨幅，《山静居論畫》極稱之。

題畫

小築茆堂傍水隈，溪聲終夜響如雷。山深盡日無人到，只有漁船盪槳回。

汪承霈，字春農，一字受時，號時齋，休寧人。松泉相國由敦孫。乾隆丁卯舉人，官至兵部尚書。工山水、花鳥、人物，兼善指墨。

自題山水

江山入吾興，隨筆散清華。峰影分斜日，波容映落霞。無橋通市路，有竹隱人家。此地如堪買，分畦擬種瓜。

吴世賢，字掌平，號古心，南匯人。乾隆戊辰進士，官湖南靖州知州。宦游鄂湘、豫、粤，歷三十餘年。善蘭竹，雅有别趣。有《香草齋集》。

題畫蘭

至味寄淡泊，逸趣在清净。山深屐齒稀，微覺春晝永。童子汲新泉，麝煤試秃穎。一葉妃一花，馥馥崇蘭影。芳心只自知，一片白雲冷。

岳麓湘江側一身，秋風嫋嫋憶鱸蓴。而今夢斷三千里，特寫騷心贈吉人。

姜尚遠，字履坦，號婕巢，江都人。工畫，蕭疏冲澹。嘗與布衣沈大修、道士惠源等結詩會，合刻所作，名《東社詩鈔》。

蜨巢

蒲團恰是老僧家，心静真能遠市譁。半枕吟魂清蝶夢，一窗凉月到梅花。諸孫争字先伸紙，野客談詩自煮茶。不是閒身瀟灑甚，十年前已悟南華。

葉世度，字敬思，號函齋，仁和人。乾隆戊辰進士，官湖北黄梅知縣。工畫山水松石，間寫花卉。書法神似顔平原。

己亥秋遷館經籝堂亭臺古雅而無花木戲作鳳仙雞冠叢景題二絶於上

池臺喬木古書堂，却少花枝綴景光。秋到林亭蕭瑟甚，戲調紅粉補幽芳。

誰道秋容不及春，妍姿又見一番新。臨窗下筆開生面，我是陽春舊主人。按，函齋初宰廣東陽春，繼宰黄梅，皆以詿誤落職，嘗留主黄梅講席。

曹星谷，字御香，別號竹人，江南通州人。幼時讀書與治圃者為鄰，不以穢濁憔悴廢學。長工詩文，善書畫，嗜佳山水，遇奇絶處輒欣然獨往。有《嶽西草堂集》。

寒山夜泊

莫打寒山鐘，孤篷巖下歇。驚回夢裏人，起看吴門月。

東川雜詠之一

小莢墻邊豆，寒匏屋角瓜。草深吟蟋蟀，風細落松花。客去門還閉，詩成日又斜。荒村經住慣，雞犬混鄰家。

作畫

晚年偷白日，信筆寫滄州。煙樹自爲稿，江山忽上樓。跨驢姑孰店，聽鳥洞庭舟。彷彿曾經處，還來供卧游。

曹元俊，字偉君，號柳溪，無錫人。乾隆庚午舉人，官中書。山水法宋元，工書。

題畫

翠嶂横江立，秋泉繞舍聞。林居常寂寂，木葉又紛紛。寺影落前浦，鐘聲流斷雲。此中有真賞，風景過橋分。

張楝，字鴻勳，號玉川，又號看雲山人，吴江人，家鶯脰湖上。以貢生入太學，博學工詩，乾隆辛未聘纂《南巡盛典》。山水私淑麓臺，乾筆挺秀，近張南華。有《看雲吟稿》。

作畫寄朱笠亭以詩當柬

一别十年外，思君夢裏尋。山河仍作客，松竹每關心。浮世人情險，貧交氣味深。重翻墨瀋處，苦爲憶知音。

閨怨

鏡臺寂寂掩芳塵，又换深閨一度春。除却殷勤花上鳥，他鄉應少勸歸人。

吴培風，字翼雲，號蘧庵，仁和人。山水宗法文、沈。

題畫扇贈敘彝弟

遲日凝妝坐，含情無限春。那堪新柳色，舒眼故窺人。

支元福，號雲樵，鎮洋諸生。因得顧阿瑛「玉山完璞」竹根印，更名璞，號玉山。山水仿倪迂，得王東莊指授。性孤介絶俗，人以「支怪」目之。

呵凍題畫

芋火寒凝春未還，凍雲落葉鎖柴關。誰知尺幅藍田畫，早見江南雨後山。

盧鎬，字配京，鄞縣人。乾隆癸酉舉人，官平陽教諭。小楷極秀勁，工山水，尤喜醉後燈下作畫，秃筆焦墨，興盡乃止。有《月船居士集》。

河間道中

城郭蒼茫日正斜，長堤草色亂煙華。垂鞭不動輕蹄疾，少婦歸鞍繫杏花。

蔣㰄，字作梅，常熟人。文恪公溥子。乾隆辛未進士，官兵部侍郎。工寫花卉。

恭和御題皇清職貢圖詩韻

驗風入貢世如春，四海梯航帝澤均。德播外方皆面内，威加疏屬亦來親。千屯麥熟輸都護，九府流泉逮罽賓。自昔幅員原式廓，於今琛賮更咸臻。明都聲暨寒門域，日際光臨月窟人。伊嗢展時聽稍辨，顱顬列處寫全真。豈誇右相昌唐蹟，直邁成周會洛辰。永共球圖昭世寶，宸章炳焕億年循。圖成於乾隆戊辰平定金川之後，以部曲區分，數計三百，外洋通使各國均附入，共男女六百。圖各系以說，繪刊極精。

朱山，字懷仁，號壽巖，晚號蜕翁，歸安人。乾隆辛未進士，初官福建，後官直隸房山知縣，以廉潔著稱。善水墨牡丹、古松，兼工山水。有《壽巖詩存》、《蜕翁詩存》。

硫磺山

僻在東南極，陽光入照多。萬山傳藥氣，四季作春和。誰解開丹竈，我將問緑蘿。不堪鞅掌客，華鬢已婆娑。

秦大士，字魯一，又字鑑泉，號澗泉，自號秋田老人，江寧人。乾隆壬申第一人及第，官至侍讀學士。工篆隸，善墨竹，間作寫意花卉，擅三絶之譽。有《蓬萊山樵集》。

游秦淮

金粉飄零野草新，女墻日夜枕寒津。興亡莫漫悲前事，淮水而今尚姓秦。

新例官所不許居家聞隨園先生將遷滁州作詩送之即和留别原韻

更渡桑乾亦快然，連宵召客興猶顛。可知此是栽花地，不定何鄉飛鶴天。笠澤結茆非笑傲，漆園鑑井自翩躚。山靈莫認移文到，老謝榮華二十年。

驪歌一唱意難終，各有幽懷兩不同。伴侣但尋垂釣客，頭銜合署信天翁。心如明鏡無留物，身是浮舟好養空。拜祝北堂常健在，年年花底醉春風。

蔣宗海，號春農，丹徒人。乾隆壬申進士，官内閣中書。工篆刻，山水具蕭疏古澹之趣。

送人靈隱出家

百年身世等浮槎，脱却儒衣壞色加。聞道授書還有女，可堪彈鋏已無家。静參南嶽千篇偈，飽看西湖十里花。他日相逢惟一笑，雲天瓶水是生涯。

張洽，字月川，一字玉川，吴縣人。宗蒼族子，山水得其傳派，喜用渴筆。嘗游客藩邸，得縱觀古蹟，畫益精進。晚年自寫性靈，契心禪悦，結廬棲霞山中。

題畫

萬木生秋澗，群陰俯碧流。溪聲聽不厭，清韻滿山樓。

庚辰中秋夜薄醉寫此自覺蒼莽有天驥騰空之勢

磴道似螺旋，層椒倚蓋圓。振衣應得地，千仞陟蒼巔。

博明，姓博爾濟吉特氏，字希哲，一字晰齋，總督邵穆孫。乾隆壬申進士，官雲南迤西道。少承家學，博通經史，善繪事，滿、蒙、西域文字無不嫻習。著有《鳳城瑣録》、《西齋詩輯遺》。

自題畫鐙屏絶句八首鈔二

一院秋容碩果垂，好香偏傍晚風吹。厥包原屬天家貢，豈獨楓亭重荔支。柚

粒粒含來火齊珠，南薰風裏露丹膚。羞他間色稱紅紫，寫出堂前百子圖。朱榴

范炳，字虎徵，號鶴亭，又號蔗翁，錢塘人。工詩畫。有《蔗翁詩稿》。

作畫寄董更村

去年同過高郵湖，凉風颯颯秋林枯。空塘人少日欲暮，天陰曠野聞啼烏。今年回憶去年時，繪出離情寄所思。寒鴉不散汀洲水，葭菼蒼蒼飛鷺鷥。

客齋種扁豆摘取爲羹

負郭無農課，他鄉學圃能。短墻堪種豆，枯樹借沿藤。帶雨繁花重，垂條翠莢增。烹調滋味美，慚似在家僧。

朱岷，字崙仲，一字導江，武進人，籍歷城。工山水，兼善指畫。精隸書。初客天津查氏之水西莊，萬柘坡嘗作《指頭畫歌》贈之。

初到津門作

潞衛交流入海平，丁沽風物久聞名。京南花月無雙地，薊北繁華第一城。柳外樓臺明雨後，水邊魚蟹逐潮輕。分明小幅吴江畫，我欲移家過此生。

沈清任，字萊友，一字莘田，號澹園，又號疥憨，仁和人。乾隆壬申進士，官川東道。引疾歸里，以書畫自娱，尤工寫梅。

自題畫梅

三尺孤筇走浣溪，天涯吟客一時齊。梅花十斛春如海，老我曾經索笑題。

書李對山松窗録詩集後

真賞從來得未曾，味濃於酒淡於僧。飄蕭圖畫看千幅，歷落知交聚一燈。兒女心情偏綺麗，丈夫志氣儘崚嶒。何時泚筆同陶寫，欲問青蓮笑不譍。

余省，字曾三，號魯亭，常熟人。珣子。畫傳家學，花鳥蟲魚生動活潑，翎毛間亦參用西法，賦色姸麗。乾隆時供奉内廷，疊蒙御題。

自題畫册

村落秋深八月天，豆花開綻短籬邊。螳螂翳葉身輕捷，驤首濃陰却復前。
坡上牽牛引蔓開，翠柔紅軟絶纖埃。露珠微沁秋風冷，時有金蟲兩兩來。
秋風翦出新花様，絶似僧鞋喚菊名。并採螽斯入圖畫，昆蟲草木荷生成。

紀復亨，字元穉，號心齋，歸安人。乾隆壬申進士，官鴻臚寺少卿。能山水。

坐見

細路含沙軟，寒鴉背水飛。夕陽紅樹外，人見一僧歸。

文信國玉帶生詩鈔一

玉光輝洛水，紫氣自函關。不意文公硯，猶存宇宙間。漏天難可補，全璧與誰還。邂逅傷心友，千秋對疊山。是日查儉堂携橋亭卜卦硯，共陳一几。

趙森，字楚山，號松麓，仁和人。性至孝。年四十始學畫，山水、人物俱入妙品。終身不娶，壽九十三。

柳綫

手牽弱綫緑千條，百結春愁尚未消。風捲晴絲空際裊，雨垂密縷望中飄。壓來貧女居蓬户，綰住離人别灞橋。一片柔情繫何處，樓臺疊疊水迢迢。

吴巖，字懷峰，號桐邨，烏程人。乾隆丁丑進士，官刑部郎中。山水宗婁東，尤工寫意花卉。

吴晚青屬寫小梅花菴圖因題

怪道清臞不入時，先生高格畏人知。舍南舍北梅花發，淺酌椰瓢自詠詩。

鮑汀，字南行，一字若洲，號勤齋，無錫諸生。為人冲和蕭淡，終身不見喜愠之色。山水學倪雲林、王孟端，機趣横生。嘗游粤西，覽桂林山水之勝，詩畫益奇妙。書法松雪。有《讀畫山房近稿》。

自題杏花春雨江南小幀

杏花經雨濕紅稠，料峭輕寒半似秋。燕子未來鶯語澀，有人獨凭小樓頭。

鴨頭新緑漲初平，魚尾紅霞一抹輕。細雨如塵吹不斷，隔溪先見兩峰晴。

黄山朱砂泉

泉厂半巖，廣及尋，徑三之一，泉底純白沙。志云黄帝浴此。旁有細流入，温涼相劑。

半壁蒸靈液，軒黄舊浴泉。玉沙圓漱石，丹氣鬱生煙。巖罅寒流細，池中陰火然。我來三洗髓，已得狎群仙。

懷俞是齋

細雨經旬滋緑苔，捲簾忽見夕陽開。越山一半拖殘墨，恰似從君畫裏來。

江昉，字旭東，號橙里，又號硯農，歙縣人。候銓知府。善繪事。有《晴綺軒集》。

常王孫種菜歌

卷緑含苦心，春風吹不碎。故侯五色瓜，王孫一畦菜。王孫本自開平家，運逢百六良可嗟。萬事消沈付雲水，百年帶礪成空華。帝城金粉歸何許，山鬼年年哭風雨。金齏玉膾相公庭，紫蘚蒼苔孝陵土。故壘蕭蕭蘆荻秋，石頭城上月如鈎。路人猶指王孫菜，江水茫茫去不休。

劉鳴玉，字封山，一字楓山，號鳳岡，山陰諸生。精繪事，尤長梅竹。工篆刻。與陳芝圖、童二樹號「越中三子」。有《梅芝館集》。

題群盲評古圖

一人白睛頟生癭，手揣花觚認璜鼎。一人偏眇鬈而瞿，暗中摸索虞歐書。一人交睫若占卦，齅鼻摩挲寶臺畫。一人拍肩耳側聽，以指揮響柴窰瓶。一人書捧卯明讀，一人歌擊漸離筑。其餘三人無所作，坐論京房郭公課。洪厓幞頭著意求，孔子革履焚不收。竹書蝌蚪出壞壁，玉劍轆轤來發邱。豈曾親睹威斗銘，但須略識芒筒聲。扶牀窟屋辨日月，蘊火白晝燃蕪菁。猶能自詡盲賈胡，評泊莫分尺捶餘。詆呵賞玩兩顛倒，纍纍聲價由糟枯。耳聾偏要逢人聒，足跛轉喜登山滑。醜姬更愛弄脂粉，學究慣能矜筆札。可憐不遇周師達，目中金篦誰能刮。

題吴小仙松陰二仙圖

前峰白雲待已久，笑拍雙肩一招手。長生木瓢貯何物，試叩丹經不開口。緑毛被髓青瞳方，戲挼槲葉成天裳。松梢鶴叫忽驚去，千歲茯苓吹古香。

惲源濬，字哲長，善吹鐵簫，因自號鐵簫，武進人。南田族裔，官天津縣丞。花卉、款字俱仿甌香，頗能神肖，水墨寫生尤得神韻。

題西疇情話圖鈔二

投老適春榮，芳茵藉緑草。頗聞閭里談，桑柘今年好。荒山曲徑通，一步山一折。小憩俯清流，心與清流潔。

黄泓，字見中，號慕鴻，仁和人。監生，考授州判。善指頭畫。有《閒中草》。

戊午春游西山法海寺和仁化上人韻

春游踏破萬重煙，最愛梅花雪後天。一夜松風響巖壑，與師同聽滿山泉。

吴之黼，號竹屏，江都人。官江西按察使。工書，善蘭竹，兼精山水，喜收藏金石文字。有《樂山堂集》。

懷范東叔

瓜洲古渡水平波，自送君行未再過。忽地驚心傷歲晚，夕陽紅葉破山多。

余尚焜，字晴江，號青樵，又號晚多，錢塘人。善山水，閒遠中具沈著痛快之致。初游雅爾善幕中，晚年歸里，以畫陶情，自謂得煙雲供養之益，壽逾八旬。有《層雲書屋詩草》。

題徐冷雲山居

幽居移近白雲峰，仙掌平開一徑通。只有溪聲驚午夢，曾無俗客礙清風。晴蒸嵐氣遠逾碧，雨灑巖花濕更紅。物外狂游笑徐福，神仙可在海山中。

籠鳥

雙棲籠中鳥，仰空慕高飛。籠外多飢雀，窺籠羡爾肥。得飛飢亦好，得飽籠亦宜。不作兼備想，守一良足怡。

龔孫枝，字雲弱，一字梧生，江寧人。乾隆壬申舉人，官曹州知府。工書畫，好劍舞，善射，曉天文。壽八十餘。

和簡齋夫子雨中見懷

平泉兼擅瀼西東，水碓筠莊處處通。自我望雲歸洛下，幾回騎馬逐山翁。朝來擬赴尚書約，樹杪還驚少女風。問訊春寒池上酌，花枝應似醉顏紅。

曹焜，字素為，號秋漁，嘉善人。乾隆癸未進士，官户部員外。善畫蘭。有《小牧吟稿》。

寄家書口占

家郵屢屢訊行藏，旅况殊難罄報章。兩字平安遥寄與，計程一月到江鄉。

董涵，字性天，號養中，秀水人。喜治《易》，善書畫，晚耽佛學。

八十初度

流轉風光八十年，那堪病緒太纏綿。因愁覔句荼爲酒，小補揮毫研作田。貪睡每虛良夜月，愛花多訪午時禪。身閒盡日渾無事，放浪還同不繫船。

補李師中，字正甫，一字秦鳳，號蝶園，高密人。乾隆丙辰進士，入翰林，官御史。善山水，嘗為高南阜寫「皋亭木葉下」詩意，朱青雷稱為「畫中十哲」之一。

過開山

濟南南去路，嶺壑幾千盤。一水來回過，亂山前後看。角聲孤戍迥，人影夕陽寬。何處聞雞犬，孤村樹色寒。

葉滿林，字伯華，上海人。中書鳳毛子。善山水，寫蘭亦妙。十歲已能作畫，惜早卒。

自題畫

漸覺炎光謝，遥知秋色來。孤亭臨淺渚，曲徑没蒼苔。鳥入岫煙去，帆衝江霧開。山川貽勝賞，曠望日悠哉。

黄豫，字仲和，寶應人。著色山水、花鳥均入能品。

雨後望用賓不至

柴門寂寂枕山阿，雨後斜陽挂薜蘿。鴻雁不來秋欲老，白雲紅樹奈愁何。

黄觀，字用賓，豫弟，邑諸生。工繪事。有《瓻亭詩集》。

題畫

覆澗松陰滿徑苔，一枝藤杖獨徘徊。山中春静無人到，社雨初乾燕子來。

藝術文獻集成

清畫家詩史

二

〔清〕李濬之

浙江人民美術出版社

清畫家詩史丁上

寧津李濬之響泉編輯

錢載，字坤一，號蘀石，又號匏尊，晚號萬松居士，秀水人。乾隆壬申進士，官禮部侍郎。寫生得南樓老人傳，又為蔣恒軒弟子，尤精蘭竹，晚年致仕鬻畫，别號百福老人。有《蘀石齋集》。

蒲州

縹緲薰風何處臺，汾陰后土亦荒哉。維南太華三峰倚，自北黄河九曲來。鸛雀樓高春幾劫，王官谷静瀑如雷。蒲州合爲潼關守，犄角方成用險才。

乾隆戊寅為介野園少宗伯題太常仙蝶卷

奉常事重廊宇深，暄風四月青槐森。爰有綵蝶巢槐陰，韛如丹砂襜黄金。其群則三大逾寸，或隻或雙粉不褪。去秋去更來春來，近百年來戀塵坌。鳳城佳勝蓬萊山，遨游奚啻壺嶠間。扇招即集或睟顔，脱欲捉之飛斑斕，飛飛飛望槐陰還。少宗伯公攝奉常，夙聞親睹檐牙陽。畫之尺幅蘼蕪香，乞題皇子皇孫章，時侍講讀於書房。皇仁氣協群生樂，春在昆蟲洵盛若。升馨德以神人和，博物篇承雅頌作。蝶兮亦嚮壇廊飛，蝶兮從容展畫衣。上林柯葉凝朝暉，飛飛彌覺芳霏霏。

題迦陵先生填詞圖

髯也維摩掚湘管，敷茵藉地肩非袒。回看妙女捻瓊簫，芭蕉葉坐吹之緩。按，圖中寫景，此二十字描畫宛肖。是月閏三春不短，禪人狂寫騷人誕。款云「歲在戊午閏三月二十四日，爲其翁維摩傳神，釋汕」。抛盡南唐西蜀心，看成減字偷聲伴。碧雞金馬方洗兵，公車待詔開鳳城。想見搜材遍巖穴，千載一遇古莫京。髯公江東詞是名，題者同徵多傑英。盛朝采擢闕文治，芳翰流連眷友生。百年百年觀此卷，花陰花陰吾數入聲展。就中浙西六家孰先之，絶愛小長蘆賦摸魚兒。豈知後來鉛山蔣家曲，賽得前邊洪昉思。洪初題南曲七首，乾隆辛巳蔣莘畬題北曲十一首。

弘旿，字恕齋，一字醉迂，號一如居士，又號瑶華道人，清聖祖孫，諴郡王允祕子。山水宗董、黄，兼工花卉，善篆隸。有《恕齋集》、《醉墨軒詩鈔》。

柳波雲舫圖送述菴司寇予告南旋并系以詩

春風煙柳緑絲絲，爲繫歸舟送别遲。四十年來鴻雪蹟，三千里外樹雲思。薦新櫻笋梅時雨，感舊賓朋畫裏詩。桃李成陰身恰退，名臣名士兩無虧。

題畫

秋色暝前溪，黄昏月影低。携笻看鴉陣，歸路板橋西。

澹月窺簾客未回，候門童囈炧燈灰。清談良夜梅亭静，汲取山泉煮茗來。

詠張桂巖畫百合花

瓦注何妨種玉姿，如蘭芳韻兩三枝。天然太素無人識，寄語滄州老畫師。

熊之垣，字楚香，自號江湖載酒人，南昌人。滌齋太史孫，因隨宦游江浙間，流寓秦淮。從外弟吴之輔學繪事，兼工山水、蘭竹，書法香光。

寫梅

一枝點就小庭幽，淡絶丰神孰與儔。記得夜闌新月上，暗香浮動爲誰留。

朱文震，字去羨，號青雷，又號青蘁，山東歷城人。官詹事府主簿。早歲究心篆隸，獨游曲阜觀碑，入太學摹石鼓文。師事鄭板橋。爲紫瓊崖主人所賞識，始從學花鳥。後專精山水，幾奪麓臺、石谷之席。喜搜集古印，工篆刻，嘗自鎸印曰「紫璚弟子」。

畫中十哲歌敷梅村先生

廣陵逸士高鳳岡，畫筆直欲追倪黄，蕭然門巷無堵墻。高鳳岡翔。老阜刻意摹群芳，有時圖山更兀蒼。 病餘尚左誰能方，一官漂泊浮江湘。 高老阜鳳翰。風流澹蕩李奉常，南宗北宗兼擅場，品騭畫類尤精詳。李穀齋世倬。紫璚三絶名素彰，天機敏妙腕力强，尺幅動欲浮千觴。紫璚慎靖郡王。南華山人江左張，盤礴下筆如顛狂，往往獨自呈明光。張南華鵬翀。李公初鳳鳴朝陽，作圖犀利筆劍鋩，睇視凛凛含風霜。李婕園師中。東山學士家法良，北苑玄宰分毫芒。董東山邦達。青霞瑯琊大道王，足繭萬里胸包藏，蜀山粤水勤皴皵。王青霞延格。陳生市隱同賣漿，鵲華秋色歸湖鄉。陳子顯嘉樂。建卿使酒時低昂，煙巒淹靄草木香，丞兮空老雙松旁。張建卿士英。自跋云：「詩作於庚申，或締交已久，或私淑諸人，率爾成篇，無心軒輊。」

過揚子江

笑對蓬窗酒一罌，黄梅時節恰揚舲。憑君説盡風波惡，貪看金焦漫不聽。

李葂，字嘯村，安徽懷寧人。諸生。工詩，善山水，兼精翎毛、花卉。嘗為盧雅雨畫《虹橋攬勝圖》，著稱於時。

賣花吟

牽枝帶葉復連根，辛苦擔來自遠村。老圃不如雙粉蝶，相隨猶得入朱門。

過廢園

誰家亭院自成春，窗有莓苔案有塵。偏是關心鄰舍犬，隔墻猶吠折花人。

登齊山在池州城南，巖洞奇勝，唐杜牧爲刺史嘗登之。

煙雲不向此間收，大悔輪蹄是浪游。畢竟山空呼即應，果然石好拜難休。未霜天近孤城晚，欲雨風先萬樹秋。洞口杜家遺迹在，老僧指點説從頭。

題雅雨先生借書圖

旋假旋歸未得閒，十行俱下片時間。百城深入便便腹，却抵荆州借不還。

題唐懷仁集字聖教序

右軍未與序相謀，奉敕沙門苦校讎。墨迹頓成唐代寶，霜豪猶帶晉時秋。停匀字集千狐腋，鄭重碑傳七佛頭。一自蘭亭無善本，真詮惟向此中求。

陳汾，字晉陽，號墨泉，蕭山監生。工書畫。有《怡園詩鈔》。

寫雪窗待酒圖題句

朔風一夜鳴檐隙，吹落天花積盈尺。窗前失却舊山青，只見遥空聳銀壁。須詠千篇飲百斛，呼童急向前邨沽。天寒日暮行蹤絶，不識溪橋有徑無。

傅雯，字紫來，號凱亭，奉天廣寧人，家閭山之陽。為忠毅公三世孫。善指墨，師高且園。乾隆時，嘗奉敕為京師慈仁寺畫《勝果妙因圖》大橫幀，高丈許，闊二丈餘，寫如來、羅漢百餘尊。又法源寺藏所畫《現身説法應真像》三十餘軸，具有古法。

題畫

呼兒牽衞子，去去板橋東。紫蟹黄花約，秋盤候社翁。
都道山如畫，我今畫作山。心同止水静，身與白雲閒。

王廷魁，字岡齡，號盤溪，吴縣貢生。工詩，為沈文慤公門下士。山水師文衡山，所居小停雲館多藏弆文氏真迹。有《小停雲館》、《倡和》諸集。

為家蘭泉司寇畫三泖漁莊圖

泖湖東去碧迢迢，矮屋垂楊舊板橋。何日竹弓同射鴨，瓜皮艇子晚迎潮。
圓沙曲渚白雲居，九點遥峰畫不如。爲愛菰蒲煙水闊，秋風釣得季鷹魚。

題畫贈惠定宇徵君棟

水北花南一徑通，松風謖謖響高空。夕陽荷鍤來雲外，知是山中采藥翁。

徐堅，字孝先，號友竹，又號緦亭，一號緦園，晚號澡雪老人，吴縣貢生，家光福里，自署鄧尉山人。嘗游畢秋帆、陸朗夫幕中。山水筆墨蒼厚，幾入麓臺之室。工隸書，精篆刻。有《緦園詩鈔》。

題畫

湖上幽棲好，深林静掩門。蒹葭秋水岸，楓柏夕陽邨。寂歷遠塵境，蕭條無世喧。一椽容小隱，吾欲傍東垣。

聞雁有感

塞北天南渺我思，一行久已歎差池。何如飄泊江湖日，猶有群飛共啄時。

勒世馨，字素亭，滿洲人。湖廣總督鄂文恭公彌達子，官主事。性恬退，工書畫。

為郭昆甫作抱犢圖昆甫為作詩序并酬以扇

儼然燕石換瓊琚，摇蕩秋心暑頓除。聞道百錢求六角，須防人識右軍書。

夜半

落葉吟蛩不可聽，塵勞一覺颯然醒。浮名誤盡人頭白，壯氣銷來劍影青。藤簟怯秋凉似水，鐙花支夜暗如螢。悲歌自分成匏繫，悔煞前生骨不靈。

胡忠楨，字貞木，山陰人。善寫蘭。嘗客天津查心穀之水西莊。

自題畫蘭

翛然清思寄湘蘭，素月初澄影未端。欲向香林寫蕉萃，夜深翠羽不禁寒。

顧文鉷，字蘆汀，蘇州人。松交吏部五世孫。工山水，善隸書，嘗手摹漢《婁壽》、《裴岑》二碑刻石。久客濟寧，與黄小松交最契。有《雲林小硯齋集》。

懷鄉口號

吾家舊宅絃歌里，山水樓臺花木多。二十年來荒廢盡，蕭條門巷可張羅。

妙嚴臺畔繁花發，秀野堂前雜樹深。七十年前文讌會，至今風雅播詞林。松交吏部所構雅園在史家巷，舊名絃歌里；俠君太史秀野草堂在閭邱坊巷。

韓李思，字婕齋，湖南芷江人。善山水樹石、人物佛像，尤喜潑墨作龍戲，煙雲拏攫，見者失色。性骯髒負氣，嗜飲，無妻子，寄居僧舍，卒死於酒。

書感

老病幽懷百感攖，市高酒價最難平。風騷莫補吟何苦，筆墨無靈道遂輕。長鋏依人寧得已，短筇扶我覺多情。山川風月真無價，買醉窮途慰遠征。

陳燦，字象昭，一字二西，號曙峰，錢塘布衣。工篆隸，為丁龍泓入室弟子。山水、梅竹，淋漓盡致。嘗應黄小松司馬之招，客任城最久。有《師竹齋稿》。

甲申十月朔屋被延燒用陶靖節遇火韻

吾廬倚北郭，聊具堂與軒。忽遭祝融怒，滿室皆爲燔。數椽顧新築，一笑非復前。頗覺庭更曠，坐見明月圓。紫領不復來，黄耳依舊還。晏温日映窗，料峭風鳴天。行雲閲世事，逝水悲流年。誰能脱塵網，身心兩閒閒。萬物終有盡，何者能牢堅。所嗟歲事迫，鬻去負郭田。喜謝傕租人，從兹得高眠。來春無個事，灌溉一畝園。

題畫

難遣炎歊畫永天，且將墨瀋作雲煙。畫成細雨斜風意，認得玄真舊釣船。

立春日試筆畫梅

漫天風雪正交加，三徑泥深酒懶賒。閒煞老夫無個事，炙開冰硯畫梅花。

黄霖，江南人，寓蜀最久。善畫菊，自號菊隱老人。工詩，年八十餘，猶吟誦不輟。

歸農

我愛騎驢媿坐車，兒肩書籍僕擔花。出城未到青羊市，先問橋頭賣酒家。

畫蟹

不食霜螯二十年，未曾舉筆先流涎。何時得到江南去，明月蘆花繫釣船。

沈甲，字春瑶，號桐敏，仁和貢生。善書畫，宗法文衡山。

俞省原祇文游學桐里昕夕相對作此示之

日日春陰作峭寒，客懷聊共寄清歡。誰云濱海非同井，況復論文得臭蘭。楊柳條新東柵隱，桃花漲近太湖寬。明朝已是清明節，何處尋看雪一闌。

余尚炳，字犀若，天津人。工花卉，嘗與水西莊諸名流相觴詠。

正月四日飲香雨庫梅花下以竹外一枝斜更好分韻得外字

歲寒人事閒，置酒日高會。朝來風雨晴，頗厭絲竹汰。摳衣走高齋，入户聚宿靄。始知枯梅開，孤榦如折帶。稀疏點晨星，歷落綴文貝。宛憶江南時，横枝出籬外。座中褒衣士，一一南園最。擘箋賦新詩，捷若船下瀨。宏聲大吕奏，清思秋蟬蜕。同調忝及予，芝蘭雜蕭艾。飲酣盃不釂，回首向花酹。明日斜川游，還來萃飛蓋。

尚絅，字香雪，湖北漢陽人。諸生。書畫奇古。有《南游草》。

再游金山

久客真無賴，山游得好晴。塔高從步緩，天近覺身輕。一綫延詩思，孤雲結旅情。酣眠看老衲，安穩待鐘鳴。

謝棠，字東壑，紹興人，寄籍北通州。官通判。善畫，尤精於弈。

凝園秋晚趙雨若楊書吉董也愚李旭東見過

逶迤幽徑延青莎，寂歷柴門深薜蘿。已喜遠地紅塵隔，况逢好友清宵過。石泉瀹茗松上月，碧沼開酌風來荷。佳時歡會豈易得，勸君無惜醉顔酡。

慶蘭，字似村，滿洲人。大學士尹繼善子，諸生。畫筆灑落，性耽禪悦。有《絢春園詩鈔》。

芳園

芳園楊柳帶煙和，聊試樽前一曲歌。欲透春光簾半捲，好收山色鏡新磨。鵲非報喜何妨少，雨縱澆花也怕多。解事小奚知我意，却從竹裏抱琴過。

憶三兄在都門

關山兩地感離群，人去還留半榻雲。多少名花君手植，但逢花放便思君。

晚香園雜詠

婆娑醉影動高歌，水榭風亭取次過。蔓草幾時刪得盡，與花無礙不妨多。

吴思忠，字孝侯，江寧貢生。為羅梅仙畫弟子，與崔鈞谷齊名，山水得高岑意致，兼善寫生。

宿別峰庵

別峰庵結焦山西，庵外諸峰無與齊。雙眼攝盡大江色，入門頓覺青天低。月光欲上水氣白，送鬮鬥酒傾玻璃。不辭酩酊懽清夜，好與楹前松鶴棲。

查羲，字如岡，一字堯卿，號選佛，海寧監生。游京師，為同族查儉堂所重。書法鍾、王，畫蘭饒有神韻。有《區農詩稿》。

方于魯墨馬歌

望風騕褭驕嘶急，肉騣隱隱珠汗濕。擣成定需十萬杵，五花遍灑金壺汁。吾聞韋偃畫馬若有神，飲齕意態皆逼真。此乃不待好東絹，欻見東壁騁騏驎。良工惆悵多奇思，款識細書壬午字。爾時邊鄙尚敉寧，監牧從容馴上駟。肖形猶動伯樂顧，逸足堪收戰場利。越今百又七十年，森森龍性尚矯然。裹以豹囊什襲久，時有光芒燭星斗。晁叔用墨詩有「電光燭天星斗昏」之句。

瓶菊

曉添一掬寒泉水，夜鼓三湘古石牀。泉冷琴清花未謝，朝朝喚作小重陽。

陳嘉樂，字子顯，歷城人。善山水，嘗客藩邸教授六法。性孤介，殁後家貧如故。

遣興

南風吹面絮争飛，暗長青萍没釣磯。更擬尋詩向鄰叟，雨餘空翠欲沾衣。

題畫

蒼蒼古木映空壁，亭墅無人自蕭寂。澗底澄明夕照時，遥天飛雁冷秋色。

顧晟，號耕巖，昭文人。以畫蘭名，兼善水墨花卉，蒼老簡澹。嘗輯四方投贈之作，曰《彙芳集》。

題蕙

花故盈盈帶露妍，一枝枝摘沅湘邊。休持羅綺叢中去，未必今人肯擲錢。

吉福，字穀少，滿洲人。監生。山水仿雲林。

秋日偶占

窗寮高爽院清幽，小扇風多暑欲收。蟋蟀聲中天向晚，一籬疏雨豆花秋。

陸燿，字朗甫，一字朗夫，號青來，吴江人。乾隆壬申舉人，官湖南巡撫。精分隸，兼長山水，氣韻深厚。有《切問齋集》。

王昭君詞序略云：世之詠昭君賂畫工事，都據《西京雜記》。《記》謂漢元帝按圖召幸，宫人皆賂畫工，昭君自恃貌美，獨無所賂，工乃醜爲之圖，帝遂以妻匈奴。梁以前初無此説，按《漢書》言單于願壻漢氏，元帝以後宫良家子王嬙字昭君賜單于。于驩喜上書，請罷邊備，以休人民。《琴操》謂帝宴單于，悉召後宫問，欲以一女賜單于，昭君盛飾而至，越席請行。既至，匈奴以爲漢待之厚，報以騵馬白璧珍寶之物，自是之後匈奴三世稱藩於漢，不爲邊患。昭君號寧胡閼氏，故温陵黄鵬揚《讀史吟評》：「昭君制勝安邊，過武皇十二部將軍也。」夫始不以色進，有班姬辭輦之賢；繼之不以難委，有馮女當熊之勇；至其去後宫而赴絶域，偶殊類而輯邊陲，有翁主和戎、木蘭從軍之義。而説者必援無稽之稗史爲美談，使昭君千古止爲恃色逞嬌、吝財失寵之女流，抑何不善成人之美也！余以《琴操》所載與正史爲近，爰爲辨圖畫之非，以正文人沿襲之謬，而更作此詞，以貽好事。

征鴻西北飛，褵褷沙塞月。千里一徘徊，回見漢宫闕。漢宫有美女，昭君膚白雪。天子坐明堂，單于上朝謁。顧問紅粉群，誰能爲此别。昭君前致辭，意氣何決烈。群臣視愕眙，天子心吁咈。何以事呼韓，忠信爲開説。何以報漢恩，羈縻勿侵奪。脚下遠游履，腰間明月玦。上馬不執鞭，秋風楊柳歇。蕭蕭騵馬塵，歲歲輪無絶。坐使亭隧安，并撤外城卒。乃知烈女胸，羞與群奴列。始乏箕帚勞，終樹干城節。至今青冢草，牛羊不敢齕。

題愛日圖示兒子絅

百年三萬六千日，一日須還一日功。已惜孩提虚歲月，莫教妻子困英雄。聖賢事業千層上，忠孝關頭一念通。最忌畫圖如畫餅，眼前好看腹難充。

新泰過敖山簡趙鹿泉太常

一峰秀出翠雲堆，使者經臨眼倍開。泰岱兒孫千百輩，獨標麟角是真才。

范榕，字埜君，丹徒人。諸生。工畫山水、墨梅，善篆刻。有《小草堂集》。

題畫寄友

秋風瑟瑟水泠泠，古木灘頭獨自經。欲寄相思渺何處，遠山西去一痕青。

王玖，字次峰，號二癡，又號逸泉主人、海隅山樵，常熟人。耕煙老人曾孫，贅居吴門。山水遠承家學，少時又從黄尊古游，故略變祖法，善用枯筆。修篁卷石得南田疏峭之致，而氣骨較厚。其巨幀峰巒積墨，苔點層疊，蒼鬱沈厚，别開生面。

為述庵司寇畫三泖漁莊圖

打槳入空明，横橋出秋嶼。人在釣魚汀，如聞隔煙語。

鵠樵先生屬畫泉冽而深山奇而陡石壁天池彷彿乎否

壁立青山帶峽溪，閑雲盡日自高低。知他春樹深多少，時有清猿在裏啼。

蔣廷珪，字德於，號補愚，又號半山人，嘉興人。能詩畫。

自題畫松障子

手捋蒼髯亂掃成，蟉龍盤舞筆縱橫。道人夜起月中望，猿影鶴聲時一驚。

慶保，字蕉園，滿洲人。官江蘇布政使。工花卉，尤善畫蝶，嘗於重九日登蘇州玄妙觀彌羅閣，指寫巨蝶，生動活潑，一時觀者如堵。有《蘭雪堂集》。

馬道驛曉發

雪晴褒谷曉，人馬盼朝暉。水淺山根瘦，天寒旅客歸。飢猨循澗下，凍鳥負霜飛。半嶺松煙起，山僧尚掩扉。

周喆，字曙巖，號桐岡，又號髯癡，錢塘諸生。山水宗婁東、虞山，畫松亞於李方膺，而秀逸過之。工書，能詩。有《游目偶存》。

連朝暑甚為橅峨嵋雪嶂以消之圖竟雨作放歌

消炎無物醉如酒，目怵朱光空疾首。火雲成嶽蟬喘乾，驕冷奢涼憶何有。「澗茗園瓜麴塵色，驕冷奢涼合相憶」，貫休句。凛人忽慕峨嵋天，積雪陰崖聳蒼叟。不須赤脚踏層冰，已覺排籤生指拇。呼童滌硯磨兔枝，八尺生綃運禿帚。斜拖不作活煙霞，倒暈先成頑澤藪。銀巒玉嶂次第開，一瀉天紳挾雷吼。疏寒頃刻入南榮，繁熱依稀消北牖。檐外油油過雨師，雹掣霆轟阿香走。似鑒畸人心獨勞，俾擅驅炎寫生手。晚登小阜曳輕羅，風峭雲微耿北斗。嫩涼瑟瑟細岑生，的爍流螢近依肘。

甘運源，字道淵，號嘯巖，漢軍人。忠果公焜曾孫，官廣東象岡巡檢，時年已七旬。幼師事劉海峰，精書畫。有《嘯巖詩存》。

永壽寺觀吴道子水陸墨本歌

古今畫史誰最雄，吴生道子開神工。徒聞其名未見畫，今日忽得瞻遺蹤。釋子爲我解玉軸，滿堂颯颯生清風。筆法圓勁似篆籀，神氣鬱勃開鴻蒙。法王變相眼不識，口如巨海頭如峰。六臂蟠筋虬蚓蹙，一持寶幢一寶鐘。一手把握一巨卷，一手層塔高玲瓏。其餘兩手光閃爍，褫人精魄雙青鋒。旁有一神吁可畏，云是雷府靈霳公。手執朱蛇吮其舌，血吻吐火眼皆裂。鬼伯左右扶雲車，怪狀奇形現復滅。急趨釋子卷此圖，半晌心神猶不悦。畫聖千秋藝絶倫，洸洋奇肆疑逼真。九泉欲唤斯人起，爲寫衣冠古丈人。

登吉州城樓

城樓傑構少飛攀，獨倚危欄縹緲間。太岳東迴雄冀鎮，霍山有太岳峰，中爲中鎮。黄河南下界秦關。萬家煙火催寒食，二月鶯花照客顔。禹迹堯封何處問，浮雲常護稷神山。

山溪雜興

上山逢白雲，蓬蓬向空吐。回看脚下山，已没來時路。

題畫

戲拈禿筆寫秋山，禿筆如人鈍且頑。只好模糊三兩處，斷煙殘靄有無間。

施學韓，字禮耕，號石泉，仁和人。進士學濂弟，諸生。工詩畫，嘗自寫《山陰齋舫圖》，杭堇浦為之題句。有《南湖草堂集》。

松靄山房納涼

破曉同拏出郭船，沿緣小憩寺門前。緑陰滿地不知暑，涼氣中人渾欲眠。茶果得參方外味，鐘魚重結静中緣。十年熟識山僧面，豈愧當時玉局仙。

酒樓題壁

沿堤草色漲晴煙，畫出江南二月天。千點桃花萬條柳，春風斜日酒樓前。

余昂霄，字紹堂，號松巖，仁和人。乾隆癸酉舉人，官河南密縣知縣。山水仿文衡山，尤得意趣。晚歲以詩畫陶情，壽八十有八。有《健松堂集》。

雨中

蕉葉聲傳雨點粗，煙林未夕半模糊。蕭蕭一片荒寒意，試問南宫畫得無。

仿九龍山人畫竹

篛材誰寫翠琅玕，風韻人間索解難。想見秋林最高意，只携書卷對山看。

仲鶴慶，字松嵐，江蘇泰州人。乾隆甲戌進士，官四川大邑知縣。擅繪事，尤善寫蘭。著有《迨暇集》。

自題畫蘭

山風山雨本無常，幾日空林改舊妝。不識曲江江上路，可能回首問瀟湘。

即山廬小集

十年心迹海茫茫，白髪愁傾酒一觴。老去友朋真性命，狂來歌哭總文章。暫因夜雨聯吟社，曾踏寒雲過戰場。成敗眼前都莫問，扁舟明日又他鄉。

倪承寬，字餘疆，號敬堂，仁和人。進士國璉子。乾隆甲戌進士，官倉場侍郎。以詩文、書法著於時，間作山水。有《春及堂集》。

丙寅入都過泰山雲興不見山色行不十里豁然開朗喜而有作

看山竟成癖，到處遲行旌。泰山五岳長，千里青縱横。夙結攬勝願，適來雲滃生。不見真面目，何以慰生平。驅車上石徑，心齋意旋傾。神靈默相感，須臾巒采明。山風颯然至，山勢軒然呈。大峰聳特立，幽巖紛峥嶸。排天翠嶂削，撑空蓮華擎。威鳳騫絳霄，瑞露擢金莖。以下玉屏截，以上春靄迎。軒昂起伏狀，一一寫態清。山靈有奇緣，恍若鑒我誠。誰謂石無言，默默頗含情。不然岳何見，徒使神怦怦。

丙戌九月十三日曉行西郊偶有所見為寫其景并系小詩

樹腰幾縷白雲横，静似嫣然束素輕。好景不教城市見，郊行看取曉煙生。

邵廷鎬，字鄰豐，山陰人。能山水。有《薑畦集》。

荆門道中

鷓鴣聲裏雨絲絲，行到荆門薄暮時。馬上風來香撲鼻，一池春水浸棠梨。

自題畫

水樹雲山信手裁，南宫北苑任人猜。生平畫稿從何得，曾歷風霜萬里來。

張慎，字謹臣，號南廬，海鹽諸生。青緑山水秀潤絶倫，逼近衡翁。有《南廬詩鈔》。

得胡芷航書

木落寒風至，征衣苦見侵。數聲江上雁，千里故園心。落拓襟懷古，天涯歲月深。停雲殊悵望，魂夢杳難尋。

永瑢，號九思主人，清高宗第六子，封質親王。書法徐浩，工山水，兼善花木，師陸包山。有《九思堂集》。

題倪敬堂先生西郊曉行圖并次原韻

一鈎斜月片雲横，林靄嵐光重復輕。村外晨雞車歷歷，詩情畫意箇中生。

四兄疾漸平復蒙恩西花園調養詩以誌喜

一榻維摩結净因，偶然示疾未爲真。參苓隨意調和氣，花鳥關心正好春。病勢漸隨寒勢減，韶光欲共寵光新。西園静攝應知慰，四面青山是舊鄰。

錢大昕，字及之，一字曉徵，號辛楣，又號竹汀，嘉定人。乾隆甲戌進士，官至少詹事。經史百家、天算地輿，無所不通。一門父子兄弟均精考證，有「九錢」之目。尤精金石小學，善隸書，間亦作畫。著述最富，有《潛研堂集》。

題麓臺司農仿大癡疊嶂層巒

烏石門開類削成，清流一綫瀉淙琤。小松戢戢多於薺，人在王蒙畫裏行。
萬疊雲嵐有路通，一峰不與一峰同。松篁夾道如迎送，行遍秋山紫翠中。

乙卯冬黃秋盦以得碑十二圖見示率成四首鈔二

平生未有和嶠癖，作吏偏於孟母鄰。一緉芒鞵一雙眼，天將金石富斯人。
奇文每出歐洪外，史學能搜馬范遺。二十年中圖十二，合呼黃九作碑癡。

王石谷仿惠崇江南春色卷

平生未見惠崇迹，耕煙臨本已難得。吴裝渲染劇清佳，貌出江南好春色。東風催人早出耕，水田幾棱棋分枰。粟留布穀鵁鶄鳴，或飛或集各有情。緑楊毿毿千萬縷，小橋曲折通蔬圃。煙江不數王晋卿，水村絶似趙孟頫。山人本家尚湖湄，湖山深處容茅茨。眼前好景寫不盡，直以造物爲吾師。斯圖著色澹更老，名仿惠崇實過之。畫舫齋中好風日，神品銘心此第一。從公乞借十日看，臥游宛在煙波間。

題吴竹堂墨蘭

湘中九畹託根深，移到閒窗伴苦吟。領略此中真臭味，天涯難得是同心。

題何夢華滌碑圖

能於漫字中尋字，始信今人勝古人。一斛清泉三尺帚，誰知瓦礫有金銀。

自良鄉南行遥望大房諸山口占

無心舒卷暮雲還，百里諸峰鬥髻鬟。貪看大房濃翠色，涿州南去更無山。

毛萇里

申培轅固各專門，誰似毛公詁訓尊。北海作箋傳古學，西河製序啓真源。四詩未墜斯人出，千載云遥故里存。太息後賢矜鑿空，欲將部婁廢崑崙。

施養浩，字静波，號茗柯，又號西髯，錢塘人。乾隆癸酉舉人，官四川榮經知縣。工畫，入元人之室。因事戍巴里坤，後釋回。有《出塞入塞詩》。

邊碑

雪封煙鎖迥難攀，卓立貞珉鎮此山。集古欲增金石録，搜奇端自漢唐還。銀鈎勢作回戈勁，紫蘚紋疑戰血殷。堪笑閒僧能好事，强將頑礦擬斑斕。巴里坤《漢裴岑紀功碑》原本湮没，今西門外廟僧立石殿階，陋劣可笑。雍正間開鑿南山，得唐貞觀十四年將軍姜行本勒石，字多殘缺。

彭家口離夏鎮三十餘里一名十字河有活沙最礙舟行

紫燕窺魚蜨戀莎，瓜華豆莢滿荒坡。柳根犁纜山根繂，惆悵舟行十字河。

明亮，字寅齋，滿洲人。由文生歷官至大學士，以平定金川戰功，圖像紫光閣，謚文襄。工畫墨竹。

克復平隴苗寨和鮑雅堂作

舞干饞罷欲迴戈，又向蠶叢鳥道過。敢惜微軀涉艱險，總憑群力正偏頗。天威自有征無戰，臣職惟思克在和。待靖幺麿朝魏闕，從容聽爾賦鐃歌。

朱衍，字椒林，松江人。為雪田後裔。雅善山水。嘗幕游閩粤燕晋間，并遠出塞外。

自題畫

萍泊天涯久未還，春花秋月總相關。閒來摹寫雲林意，點點江南夢裏山。

于宗瑛，字英玉，號紫亭，漢軍人。巡撫襄勤公成龍孫。乾隆甲戌進士，官監察御史。山水仿倪迂，間寫人物、花卉，書亦蒼渾。有《來鶴堂詩鈔》。

題畫

寒聲兩岸蟲，秋懷千頃荻。雨斷月初明，孤篷猶滴瀝。

潞城夜月有懷銘竹谿劉虛白恒益亭富秋浦

秋星耿曙霜微落，水氣環州月易涼。取次懷人清夢遠，一鐙菊影夜蒼茫。

厲珍，字西林，錢塘人。善畫馬，摹趙王孫尤能神肖。

題游仙圖

騎鶴翩然下玉京，衆香國裏任游行。散仙合作芙蓉主，不少人間石曼卿。

魁倫，字敘齋，滿洲人。官福州將軍。工畫，能詩。

指畫墨菊

淡中滋味意偏長，每愛秋英引巨觴。興到指頭塗抹際，墨香還道是花香。

吴霽，字倬雲，號竹堂，錢塘人。乾隆癸未進士，主持風雅，終老講席。書畫并臻妙品，山水師華新羅，筆意清雋；墨竹仿魯千巖，秀穎超拔；間作寫意士女。有《晚翠樓集》。

然犀亭

日落江逾白，山多不了青。濤聲與松籟，吹夢上孤亭。倦客猶高詠，空潭自蟄靈。蒼茫百戰地，誰擬孟陽銘。

題畫

寫心非筆非墨，著紙是山是雲。欲識米家真面，江南梅雨紛紛。
高梧叢竹雨洗出，小閣紙窗三面開。一卷南華快意讀，當年蝴蝶却飛來。

雨中赴黃山道中作

一重一掩杳難分，衣上寧知緑是雲。人似蟻穿珠九曲，橋如梭織錦回文。風輪有影泉鳴碓，菌閣無階鳥唤群。雙嶺前山看漸近，又飛雨脚暗斜曛。

董潮，字曉滄，號東亭，又號臞仙，武進人，移居海鹽。乾隆癸未進士，出趙甌北之門。山水學大癡，書法《靈飛經》，詩有「嘉禾八子」之目，詞尤綺麗。有《東亭詩選》。女琬貞，字雙湖，亦工詩畫。適武進湯貞愍貽汾。

客中題畫

猛雨翻檐走夜瀧，栟櫚風急打秋窗。愁心不奈逢摇落，睡起挑鐙畫楚江。

題畫送沈器堂南歸

倦游笑我青藤篋，歸計輸君赤馬船。一抹秋光帆幾葉，鯉魚風緊蛤紋天。

夜泊焦山

江風吹古槐，巖頭野鷹起。孤棹艤巖根，浪噛聲不已。荒荒入晚煙，暝色墮篷底。惟餘落日紅，滉漾寒濤裏。攀崖穿鶻巢，榛箐罥衣履。月黑叩僧扉，佛燈耿塵几。齋厨出芋栗，晚飯頗甘美。照壁尋古碑，苔花繡如綺。歸舟已宵分，風定鐘清耳。茗椀淡忘眠，摇摇星在水。

渡滹沱河

恒陽一夜奔騰雨，陡闊滹沱十丈波。人影點沙疑鸛鶖，馬蹄穿浪蹴黿鼉。壯懷涉險神逾淡，客路驚心歷已多。記得雪凌銛似戟，扁舟如葉渡黄河。

楊華，字苑仙，號硯雨，錢塘人。乾隆丙子副貢。工畫梅，嘗偕吴穀人游皋亭，見古梅輒默識情狀，歸而譜之。有《海藏書屋遺稿》。

詠梨花

欲將花事問東風，消息番番春雨中。却怪梨花能獨醒，開時不作醉顔紅。

萬卷書樓圖為芍陂題

鐵崖萬卷樓，書與梅花會。偃仰香海香，勝事託名繪。鐵崖山植緑萼梅數百本，上築萬卷樓，即鐵篴道人讀書處。紫瓊道人曾爲繪圖。既陋兔園儉，更笑鼃井隘。君家富良産，藝圃任鋥刈。研討咀英華，點竄芟蕪穢。置身百尺巔，放眼大千界。腸撐酒可澆，腹便日須曬。我貧無一瓻，晨夕冷壁對。偶然得意時，覺有書味在。畢竟讀何書，語言文字外。

李彩升，原名方韓，號荆州，江南通州人。貢生，官桂林訓導。善畫，尤精蘭竹。有《課魚莊詩草》。

蘆溝早發

行行薄笨車，渺渺蘆溝路。鳴雞方聞聲，落月猶在樹。愁殺曉行人，繁霜濕芒屨。

濟哈納，號清修道人，簡恪親王豐納亨子，封鄭王。善畫蘭。有《清修室稿》。

詠石壑泉

一溪流曲折，萬斛湧珠泉。石古蒼苔膩，波澄緑藻鮮。平橋初度馬，春柳半含煙。把酒題新句，春光澹蕩天。

李霽，字瞻雲，號岑村，南通州貢生。乾隆丁丑迎鑾獻詩賦，被恩賚。工楷隸，善蘭竹，鐵筆與沈凡民齊名，時稱「沈李」。著有《古柏樓雜俎》、《城南草堂印譜》、《岑村集》。

自題雪樵圖

兩束柴薪僅十錢，雪深泥滑自堪憐。市城誰念青山瘦，盡日厨頭不斷煙。

題畫竹

一年寫竹一年新，老可眉山各絶倫。自信筆無閨閣氣，從來不學管夫人。

人日同人游平山堂

舊雨相逢雲水鄉，竹林新月恣徜徉。吟成遮莫高聲誦，旁有髯蘇刺史堂。

喜晤鄭板橋

手捧虬藤杖一條，追隨幾日伴松寮。爲君小篆書田印，二十年前舊板橋。

陳涵，字鏡蓉，號蘋塘，又號思園，海寧人。乾隆壬午舉人，官桐廬訓導。工書畫。有《觴詠堂集》。

西村農家

小結茆庵曲結籬，草亭東岸板橋西。兩株枯柳夾溪卧，無數寒蟬抱葉嘶。應候黄瓜誇并蔕，先時紫蟹檢團臍。晚來飽飯呼兒女，掘得山芹更作齏。

題畫墨牡丹贈沈秀才明俊

塗抹真應愧畫師，自來不慣蓄臙脂。饒君辨得傳神手，花樣終看不入時。

張應均，字星躔，號東畬，元和人。乾隆庚辰、壬午聯舉京兆副車，官四川酉陽州判。畫得董文恪指授，用墨濃厚，趨近南宮。有《入蜀草》。

題畫

巒容深淺水雲寒，一片空濛著筆難。却憶吴山亭子上，翠鬟每向鏡中看。

蔣印元，字揆斯，號蓉浦，杭州人。貢生。嗜寫山水，性真率，詩亦不事雕琢。

題畫

襟懷超世俗，卜宅住溪灣。有屋多依竹，無窗不面山。漁歌來遠岸，鳥語出林閒。倘遇知音者，何妨一啓關。

甘天寵，字正盤，一字儕鶴，廣東人。貢生。性孤介，工書畫。有《月嶺山房集》。

雜感鈔一

陳言汰盡費尋思，句爲求工得每遲。腹稿未成先睡去，夢中續得醒來詩。

祝喆一作「嚞」，字明甫，號西澗，海寧人，家秀水。乾隆庚辰舉人。工畫梅，橫斜偏仄，各極自然，與陳楞山、金壽門異曲同工。詩學山谷。晚游滄州，主渤海書院。有《西澗詩鈔》。

楊梅

間白垂深紫，銅坑熟幾村。點膚均起粟，沁指淺留痕。盒饋鹽花糝，瓶緘酒味存。蔗漿寒共飽，入夏慰文園。

花溪雜詠

新晴稻把縛山田，黄犢沾泥巷口眠。正欲重臨乞米帖，渡頭聞説到租船。

新韭

新芽出土短成叢，一翦誰分細雨中。忽破齋期羹入筯，乍添客座餅開籠。三冬嫩配駢頭笋，九月香殊蹋地菘。佛見定知開口笑，諺云：「九月韭，佛見也開口。」庾郎每飯不愁空。

徐觀海，字匯川，一字壽石，號幼廬，又號袖東，上虞人，僑居錢塘。乾隆庚辰舉人，官江西寧都知州。工篆隸小楷，寫生極瀟灑之趣，尤精蘭竹。有《看山偶存》、《鴻爪集》。

題陳研齋別駕竹澗清吟圖

秋月白，秋風清。山中一夜雨，寫作鳴琴聲。琴聲落落空萬慮，人在篔簹最深處。科頭一卷倚石吟，時有閒雲自來去。

題丁魯齋畫松歌

畫松好手不易得，誰其作者高士丁。畢宏韋偃去已遠，難將新意追先型。君家貌古心更古，古龍寫出之而形。髯鬐亂矗夜叉髮，颯沓斜撇鸞皇翎。驚螭却走瘦蛟舞，怒雷殷撼奔雲停。孤根曲節勁如石，其下應有千歲苓。初疑香影落晴晝，髣髴清嘯藏仙靈。奇情鬱致洵無匹，妙想結構通杳冥。我官於鄂百不有，但餘卷軸羅寒廳。日長藤榻擁書坐，好風謖謖摇疏欞。夢回忽見蒼髯叟，軒然一笑眼倍青。此時安得有此友，歲寒聊當座右銘。何時携爾嵇山去，飽飯濤聲欹枕聽。

永忠，字良輔，一字渠仙，又字臞仙，號栟櫚道人，清宗室。貝勒弘明子，封輔國將軍。善畫梅及竹石小景。有《延芬室集》。

夜雪

快雪先春落，虚庭夜景清。松筠增古意，雞犬送寒聲。臘酒一瓢緑，凍顔雙頰赬。開年占大有，不寐坐深更。

乾隆辛丑冬十二月敬亭新葺葛巾居招客賦詩分韻得丑字

先生懶折腰，無夢到芻狗。參軍偶一爲，歸隱十年久。四松堂名餘三株，一溪遶萬柳。篔山縱復横，綆井塞且瀏。彌望高旻同，蒼翠當窗牖。身世已浮雲，家計付哲婦。閑居心太平，獨對一尊酒。酒酣恣嘯歌，偉氣尚衝斗。緬維元亮達，巾漉仍覆首。今秋拓草堂，旁舍置罏缶。樹杪青旆懸，滌器雜童耇。客至邀盡歡，寧計四十九。耳熱任彈冠，畏冷從炙手。先生但一笑，不自辨妍醜。我與先生游，弟兄兼師友。久要平生言，相期無腹負。省事此默坐，好飲果佳否。憂來天海闊，醉去烏何有。筆墨束笋如，淹閣伍湫帚。差不忘廢書，健忘某至某。剥啄童致詞，有約爽吾口。鐙紅梅白間，大字煩運肘。分韻得東坡，歲月皆辛丑。我詩恐不如，畫壁看蛇走。

黄杜，字景張，號蘅洲，又號小牧，仁和人。州判泓子。受業於丁龍泓隱君，善畫竹石。

同人觀龍興寺石幢分韻得意字

文戰偶一挫，佳興成鈍置。寂寞卧書帷，疲痾實爲累。有客跫然來，拉我游蕭寺。臘短春將回，如風藹然被。喜無城市喧，頗得清净意。相將素心同，石幢搜故事。手捫兼口讀，拯苦識大義。歎息迦文言，悲願果備至。如何簪紱流，逐逐事名利。藉口飢溺語，虛張實盡棄。乃知波利賢，斯事誠足記。

許濱，字陽谷，號江門，丹徒人。善人物，畫入神品。

平山堂

足可登臨散客愁，不妨洗屐數來游。泉香汲井澹如雪，山色隔江平到樓。已少龍蛇遺舊蹟，但餘楊柳尚禁秋。文章知己歐蘇後，試問人能繼此不。

年王臣，字汝鄰，後以字行，別字寄濤，又字瘦生，自號采玉山人，北平人。羹堯從孫。鬻畫邗上，山水仿雲林，書法趙吴興。有《瘦生吟稿》。

寫枯木竹石貽黃煦堂

幾度行吟向水濱，西風回首總無因。年來筆墨皆拘束，只寫溪山懶畫人。

乾隆乙未寫雲林意

江上高秋大可尋，寄濤解得獨行吟。白蘋黃葉疏林外，一片離懷屈宋心。

張永祚，字景韶，仁和諸生。精算術，官欽天監博士。善山水。有《兩湖詩草》。

夏日幽居

無事幽居日倍長，一編時對竹匡牀。風聲檐角能消暑，樹影階前會送涼。静處方知千慮妄，閒中始悟百年忙。寒冰三尺街頭賣，便是仙人濟世方。

王宸，字子凝，一字紫凝，號蓬心，晚號蒙叟，又號玉虎山樵、退官衲子，太倉人。麓臺侍郎曾孫。乾隆庚辰舉人，官湖南永州知府。愛永州山水清嘉，因自號瀟湘翁；又嘗慕柳下季、東方曼倩之為人，號柳東居士。工山水，枯毫重墨，氣味荒古；詩學坡翁，自稱「東坡草稿」；書法平原。著《繪林伐材》，搜采極富。有《蓬心詩鈔》。

自題古木寒鴉圖

畫裏江鄉宛樂郊，西田老屋憶蓬茅。百年古木蕭條甚，賸有寒鴉補舊巢。

丙辰秋偶抱河魚之疾怡谷先生胗視後以妙製靈藥見惠作畫奉報并系以詩

梅花黃鶴可同風，蒙叟今因病益蒙。昨日多君來饋藥，已知妙製奪天功。蒙叟時年七十有七。余性愛元四大家，於吴、王臨仿尤多，靈巖尚書師嘗欲爲余刻「梅花黃鶴間人」印章。

題畫册

青竹長竿白石磯，江風吹雪鬢毛稀。秋來莫怪鱸魚瘦，若較酸寒已太肥。

自題欹擔圖

天地一勞境，吾身得静便。醉中忘歲月，悟後見人天。壞衲無須補，蒲團坐到穿。請看世上事，何用此身肩。

老去

少年負氣愛交游，老去蕭然已寡儔。寫幅丹青閒换酒，每逢佳客便相留。

采藥

行過千山與萬山，者回劚得茯苓還。白雲繞足家何處，日落洞庭秋水灣。

自題秋夜讀書圖

一卷殊書憶往年，秋鐙茅屋亦堪憐。眼前廣厦非無託，終少江鄉二頃田。按，先生罷官後貧不能歸，往依秋帆制軍寓武昌，詩酒陶情，人呼老蓬仙。

王文治，字禹卿，號夢樓，丹徒人。乾隆庚辰第三人及第，官侍讀，出為雲南知府。書法秀逸，得董華亭神髓；間作寫意梅菊，極有韻致。有《夢樓集》。

畫菊於扇戲贈王菊田

君家種菊已成田，每到秋來香滿軒。寫把一枝君手裏，賺君看畫憶鄉園。

過晉庵畫墨梅一枝於壁并題

梅花樹下與僧期，旋染喻麋寫折枝。却憶去年花放日，無人看到月斜時。

簡齋前輩得黄山柏盆蓄之三十年已枯復榮潘蓮巢見而圖之為題一絶

黄山千尺卧龍孫，收拾殘鱗入瓦盆。卅載枯枝今更茂，書窗侵到緑苔痕。

為孫女玳梁題畫水仙

微雲冉冉疑無色，淡月濛濛似有香。更擬花前研曉露，臨風爲仿十三行。

題畫虎

深林未出氣先雄，百獸逡巡在下風。却是醉人渾不見，溪頭睡到日通紅。

歲朝圖

敦匜錯列雲雷駁，花果紛陳珠玉新。飲罷屠蘇還自笑，筆端富貴且驕人。

蓮巢秋林新雁

蕭蕭老樹倚山隈，不中梁材中畫材。萬里遥天秋洗浄，恰添新雁一行來。

蔣香涇蕉林洗硯圖

美人之鏡壯士劍，名士由來亦愛硯。多生習氣難盡銷，日三摩挲未曾倦。端州紫玉膩且匀，妃子出浴凝脂新。青華火捺互斑駁，鸜鵒炯炯雙瞳人。我生作字祇一手，稱手之硯殊難有。安能發墨不損筆，與我周旋惟老友。蕉林晝凉緑蔽天，羨君默坐心悠然。呼童洗罷著棐几，試潑醉墨憔張顛。

題新安吴氏娑羅樹舊園圖園為中書舍人吴菘所闢今已易主其曾孫克勳購得之

亭古池荒月影寒，婆娑老樹半凋殘。平泉花石同零落，未必能留畫卷看。

題畢秋帆中丞靈巖讀書圖

靈巖山下館娃宮，羅綺笙歌醉晚風。不道千秋塵劫換，讀書聲在月明中。

馬守貞畫蘭

女俠金陵馬四娘，吮豪猶帶口脂香。臨風故寫湘江怨，牽引騷人一斷腸。

題白雲山樵畫貓

不把貍奴畜畫廊，衹因戒殺奉空王。縱横鼠輩終須制，特遣星文作厭禳。

為趙琭亭題李穀齋所作對松山圖

對松山峙岱宗腰，已覺寒煙九點遥。除却蒼鱗無别樹，天門夜半走龍濤。

虬枝鐵幹矗青雯，黛色横將齊魯分。千載神游如一瞬，秦時明月漢時雲。

愛畫曾聞入骨髓，吟詩猶恐耗神明。閑來但展煙雲讀，便抵賫糧萬里行。

吴繩基，字其武，號瓶谷，杭州人。貢生。工詩畫，嘗與施柳南、嚴鐵橋諸人結吟社。有《懷經堂集》。

望湖樓步月

晚煙一桁碧，新柳幾絲黄。月影逢春媚，花魂入夢香。催詩愁夜短，顧曲引杯長。何必燒殘燭，餘暉照滿廊。

吴錫麟，字洛書，號箬村，錢塘人。穀人祭酒弟。山水筆墨瀟灑，氣味清古，兼工篆刻。

七里瀧晚渡

山頭雲生山下雨，水聲風聲襍金鼓。濤頭萬丈雪浪噴，瞬息帆開去如弩。耳邊但聞瑟瑟聲，問程已過一百五。同年打睡坐船頭，阿嫂阿姊齊停櫓。江山船篙師則曰同年，婦人則曰同年嫂，女子則曰同年姊妹。阿妹憨癡最可憐，喚客抹牌船後語。須臾風息浪亦平，江天暮色生遠浦。坐看新月上篷窗，一聲橫笛星無數。

潘恭壽，字慎夫，一字龜潛，號蓮巢，丹徒人。山水得香光、小米墨暈，清腴妍冷；又善没骨法，林巒秀逸，傅色明冶。兼長花竹、佛像、仕女。與王夢樓相契，資其書理以為畫訣。凡得太守題識者，人尤寶之，稱「潘畫王題」。有《龜仙精舍集》。

臨南田山水箑

翠壁紅林澗路分，荻花溪岸待鷗群。垂綸坐看前山影，遮斷青鬟是白雲。

送陳太史濂歸商邱

天空片雲遠，執手丹楓林。細雨此爲別，長途秋正深。江城寒笛暮，山月曉鐘沈。各有關情處，誰將千里心。

王喆，字摩也，號鷗白，太倉人。蓬心太守族昆季。善山水，亦用枯毫重墨。

題畫

二月江南雪未消，萬枝寒玉碧條條。東風吹老春城色，一片煙光畫六朝。

張五典，字敘百，號荷塘，陝西涇陽人。乾隆庚辰舉人，官上元知縣。其家七世同居，蒙高宗御製詩褒之。工詩，兼善山水。有《荷塘集》。

與十九弟重絲論畫

爲數吾鄉賞鑑家，平陽世守眼無花。琅函高似臣輝閣，題字一般如畫沙。劉刺史儀恕琅函閣，任運使璣臣輝閣，并多收藏，劉氏鑒別尤審，二公皆工書，多有手跋。

諸劉都有父風存，三入詞垣好弟昆。舟夜連牀江上雨，清臞燈下對琴尊。平陽太守五子，三與館選。《風雨連牀圖》，西谷、鄴侯兩太史寫自京口。

詔許將軍解甲回，年高白盡舊于鬛。閒中斗覺身强健，匹馬山南射虎來。胡大都督弘茂有《射虎圖》。

一枝渴筆草齋翁，皴法粗疏遠勢工。省識歸舟天際下，樹根人立向長風。梁時元號草齋，長於山水，外家有《秋江曉望》横幅，蓋其晚年得意之筆。

壺山聲價重揚州，尺幅千金不易求。蘇碣鴻文白渠記，二王書格舊雙鈎。張中翰恂嘗寓維揚，畫重一時，人稱壺山而不名，《白渠記》爲其手書，在東關路公祠側。

籍甚涇陽李念慈，才名早歲動京師。人留谷口山房集，畫入漁洋五字詩。王文簡題屺瞻進士畫有云：「君家涇水陽，終南在當面。紫閣與皇陂，宛向圖中見。」

筆致劉郎本性真，溪山雖淺净無塵。十年面壁藍田叔，從不空庭問主人。趙氏有藍瑛山水障子，劉同庵源獨往觀之，日以爲常。

過眼江干雪霽圖，長嗟好景失難摹。并教移得名山去，短棹寒溪影太孤。張印周先生得右丞墨蹟於管西雒氏，爲有力者奪去，屢形歎息。身後所藏《宣和名山圖》亦易主，壁間《山陰雪棹》小幅，張孝廉郊舊爲臨寫者也。

模胡愛仿米家山，瘞筆題銘鬢已斑。淡赭輕青還惜墨，曉村小景水雲間。張孝廉天德，別號曉村。

長夏風窗四面開，仿山亭子碧林隈。石牀曬晾閒箱篋，招客嘗茶看畫來。常丈維祺，別號仿山主人。

過羅兩峰香葉草堂

言訪羅含宅，閒看碧樹秋。苔濃如渲染，石瘦未雕搜。經籍先傳秘，詩篇老輩投。閉門斜照外，歌吹滿揚州。

與熊渭源論畫

畫格如詩格，祇應清老難。試從無筆處，更作幾層看。沙浦風帆遠，霜林夕照寒。邀君秋色裏，曳杖一盤桓。

梁琦，字企韓，號景山，先世西域人，居江寧，再遷蕪湖。精醫理。工山水，兼寫真。

卜築

脱迹元非隱，身閒却勝忙。且酬詩畫債，懶入利名場。惜樹寧穿屋，留山不砌墻。生涯聊爾爾，省事即仙方。

蔡宏勳，字銘士，號食硯，永嘉貢生。工詩詞，旁及書畫，直入松雪、雲林之室。有《雪齋詩》。

夜坐環緑草堂

静夜坐幽齋，窗開自展懷。峭風來半榻，斜月轉空階。煮茗山泉潔，敲詩竹韻諧。案頭塵不到，一硯是生涯。

巴慰祖，字予藉，又字子安，號晋堂，又號蓮舫，歙縣人。家富收藏。工篆隸、摹印；能仿製古器，脱手如數百年物，雖精鑒者莫能辨；善山水、花鳥。

乾隆甲辰橅方方壺松亭山色圖

巖壑錯落丹碧鮮，結爲雲氣融爲泉。平生游迹遍吴楚，好山過眼心懸懸。偶然筆寫氣象千，萬木魚貫林蟬聯。何人結屋蝸角大，看山終日如坐禪。當門老松却俗轍，壓屋白石凌飛仙。敝廬遠在黄山邊，林谷如海皆雲填。他日繪出家山好，黄精苗肥白鹿眠。請君對之心怡然，駐君之顔如童年。

計瓊，字文珍，號籌山，吴江人。乾隆庚辰副貢，官濱州州判。工花卉，古簡類徐青藤。

題便面寫木筆花

誰將粉筆尖，染透紅脂汁。春風萬里開，特立堪把執。合用雲箋書，重以文錦襲。稽首上彤廷，天章秘瑶笈。嗤彼老中書，毫秃徒羞澀。

史震林，字公度，號梧岡，一號匏岡居士，金壇人。乾隆辛巳進士，官淮安府教授。工畫樹石、蘭竹，善分隸。性耽禪悦，詩近仙佛。有《華陽散稿》。

題江位南衡五老峰圖

擬向峰頭結小亭，古松又是六朝青。野仙自做梅花酒，老鶴聞香醉不醒。

又題湖山新雁

新雁初霞雨後峰，漁樵心迹頗從容。與君生在青山裏，詩裏相思畫裏逢。

偶成贈懶雲上人

避俗託僧舍，有客求八分。應之以草書，濃淡如秋雲。墨香交酒香，顛仙嗅而醺。換鶴不換鵝，騎訪芙蓉君。

周椝，字于平，號幔亭，江寧人。與袁子才太史友善。多巧思，能於尺絹畫江河萬里。有《幔亭集》。

聞彭兒讀論語其母苦節望予詩以勉之

但解咿唔便起予，弄麞伏獵待何如。須知半部安天下，宰相元來盡讀書。
兒衣兒食長兒年，兒母憐兒望眼穿。辛苦莫忘晨夜讀，買書錢是績麻錢。

秦儀，號梧園，無錫人，僑居吴門。美鬚髯，人因呼為「秦髯」。山水宗石谷，尤長水村小景，作點葉細柳，别有意趣，一時稱「秦楊柳」。凡畫無不題句，竟有先題後畫者，詩不事雕飾，有天然神韻。

自題畫册

山郭雨初晴，山光照眼明。樹深人不見，草際亂泉鳴。晴嵐暖翠

空齋悄無人，飛泉隔林響。紅葉滿山秋，煙嵐似屏障。楓林飛瀑

離離疏影拂欄杆，兀坐空庭夏亦寒。山靜月明人寂寂，流泉繞竹自潺湲。竹亭幽趣

山色蒼蒼落日斜，暮煙深處兩三家。滄波杳杳無人渡，撑個扁舟看晚霞。溪山晚霽

黄棠，字思蔭，號蔭人，仁和人。從丁龍泓隱君游，精繪事，尤工寫真。

壬午秋日同丁誠齋倪嘉樹諸君登寶石山天然圖畫閣分韻

石磴尋僧去，香臺倚晚晴。窗中兩湖净，檻外衆山平。雲作凝霜態，風催墮葉聲。楞寮題額在，太息幾朝更。

題小牧大兄墨竹

攫龍夜嘯秋風瘦，渭水緑翻波浪皺。曉寒鱗甲凝不飛，森聳琅玕一林秀。一林秀色遥霜紋，亭亭鶴立矯不群。白雨忽捲楚天暮，晴川不動湘江雲。吾家小牧有奇癖，醉來技癢抽毫迫。淇園千畝在胸中，頃刻杈枒吐胸臆。如低忽昂孤幹横，當其落筆忘經營。茅堂挂處清思迴，蒼莽咫尺連青冥。

黄潤，字禮田，仁和人。郎中鐘子。善畫竹石。

曉起溧陽寓中作。

曉起春已歸，千金難買回。離愁八九月，花下懶擎杯。

魏之琇，字玉横，號柳洲，錢塘布衣。少孤貧，傭於質庫，晝佐操作，夜自讀書，幾二十年。兼攻醫術，學無師授，力探苦索，久遂豁然。業成後賣藥於市，復畫扇，鬻以自給。有《柳洲遺集》。

鐵畫歌

蕪湖畫史錘當筆，以爐爲硯鐵爲墨。屏山一張白晝寒，寒雲盡帶括蒼色。溪毛石骨勁而秀，細草孤巒亦清瘦。江湖若載米家船，水底蛟龍莫争走。秋風蕭蕭不可卷，蘭葉如刀竹葉翦。楚纍冤骨鏽成花，湘女泪痕斑作蘚。由來繪事無此奇，嵇鍛顧豪兼有之。側聞前朝戴文進，曾以銀工爲畫師。

二月三日同項金門報國院池上

池上已春草，到來詩思生。樹叢幽鳥聚，花片小魚争。天斷女墻碧，水涵僧磬清。遠山橋外好，携手更徐行。

寓居湖上

小雨廉纖散緑蕪，湖雲著樹漸模糊。午窗無事慵開卷，卧看南宫水墨圖。

湖舫中觀奚純章寫意

墨滿凹池酒滿杯，夕陽紅樹亂成堆。扁舟不負尋山約，載得秋嵐幾疊回。

孫嘉駒，字幼魯，號薌谷，安徽人，以鹺籍為錢塘諸生。工詩畫。

柳枝詞

柔絲作態蘸涼波，碧樹紅闌旖旎多。笑問章臺人去後，近來眉樣又如何。

邱庭漋，字孟直，號醒蘭，宛平人。乾隆壬午舉人，官工科給事中。弟庭瀅，官編修，一時有二鳳之目。山水蒼秀縱横，靈機獨運。

憶舊居

小橋長巷住京華，童子嬉游舊有家。曉雨春歸三徑屐，晚風秋老一籬花。烏衣昔夢情猶戀，鴻爪前因願已賒。宣武坊前打頭屋，繩牀塵甑漫咨嗟。

清明郊行

郊外煙光一徑微，墓田蝴蜨作團飛。花村魂斷廉纖雨，多少思家客未歸。

姚錕，字霽山，仁和人。工畫。

月夜偕查晴江雨林孫可堂張夏峰方天行新河納涼

結伴乘涼夜，扁舟載月行。天空山色静，風細水痕平。宿鳥驚人起，漁燈逐岸明。劇談恣酒興，不覺幾傳更。

團昇，字冠霞，號鶴筊，泰州副貢。官訓導。工繪事。有《畫山樓集》。

月夜雲谿山房步歸

天湧湖光一鏡清，柴門秋敞碧波明。鶴歸松徑露華濕，人立板橋煙水平。遠火漸昏漁岸影，疏鐘遥咽佛樓聲。未知醒眼何如醉，月冷空山自在行。

方元鹿，字莘友，號竹樓，歙人，儀徵籍。山水工細似龍眠，蘭竹有生趣。每習一藝，必扃室經年。書畫詩詞，各臻其妙。有《寒衾集》。

曩見元人顧定之墨竹神品也今歸内府偶橅其意因識以詩

曉起坐紋窗，晴暉映竹影。遠近淡復濃，葉葉清風冷。落筆悄無言，秋聲已堪聽。

曹庚，字西有，一字㲋川，上元人。乾隆庚辰舉人。工繪事。有《且想齋集》。

雨花臺

長干矗崇臺，雨花留古迹。説法伊何年，香飄吹絡繹。朝霽林樹紅，暮雨炊煙白。不見雨中花，但尋雨後石。

蔣汝恒，字補堂，江寧人。

畫菊贈顧雲巖

三秋作客苦相思，開到黄花夢不知。今日歸來霜已重，潑開水墨畫仙姿。

周鐸，字覺斯，一字蝶卿，上元人。少習吏事，不就，乃學畫，精思篤志，造詣古人。

病馬吟

萬里驍騰汗未乾，頻年辛苦偶衰殘。侵毛亂雨桃花損，顧影悲風苜蓿寒。未識傷心憐駿骨，徒聞側目惜金鞍。凌空有志還須往，莫謂而今行路難。

清畫家詩史丁下

寧津李濬之響泉編輯

朱孝純，字子穎，號海愚，奉天漢軍籍。都統倫瀚子。乾隆壬午舉人，官兩淮鹽運使。畫承家學，嘗作《泰山全圖》，蟠鬱蒼渾，尤長孤松怪石。有《海愚詩鈔》。

送二亭從姪還邗上

處士江干宅，蕭條今幾春。漁竿凫共老，菰米雁同貧。子亦工文字，妻能共隱淪。可能期結社，安頓苦吟身。

洪椿坪

金碧垂空亂夕陽，天池雲表望星房。無邊雪嶺千層白，不盡霜楓萬里黄。飛鳥與人争道路，啼猿知我憶家鄉。煙叢雨霧迷歸夢，那得羈人不斷腸。

題江帆風柳圖

睡足青山媚曉姿，煙篷縹緲柳參差。煮魚記坐蜻蜓尾，消受江天飯熟時。

同夢樓先生暨姚姬傳蔣春農宿焦山畫山水障子留擔雲上人

卅年師友酒杯同，灑墨焦巖絶頂風。記得江潮新漲後，亂帆明滅夕陽中。

畢陽吏持紙乞畫戲題長歌

昔年赤手縛賊烏蠻城，短衣匹馬趨承明。天子詔我拂絹素，要寫嵯峨劍閣秋縱横。是時意氣雲霄薄，解劍揮毫衆驚愕。論功受賞數亦奇，感激温綸沛邱壑。詎料來此川黔陬，牛馬奔走無時休。簿書鞅掌日繁劇，生憎筆墨同仇讎。偶憶大羅天上事，雲泥夢斷三十秋。畢陽小吏爾何知，謁我乞畫兼乞詩。令我把筆三歎息，松煤欲潑還自惜。人生遭際東流水，戲弄丹青聊復爾。朱繇道玄久不擇，玉軸飛煙那容擬。但因所遇試能事，奇氣沾沾自堪喜。君不見男兒鐵槊大如椽，也共毛錐羞澀矣。

雨後過超渡莊

鞭絲裊裊破寒煙，古北西風雨後天。一水漲喧人語外，萬山青到馬蹄前。鄉愁無那歌行役，村酒何能藉醉眠。却喜昇平邊塞好，居民千里廣屯田。

海嶽菴

昔讀高人傳，今登海嶽樓。空江殘月白，寒雨暮潮秋。雲樹迷瓜步，風帆下石頭。年來漂泊意，愧爾水邊鷗。

朱方藹，字吉人，號春橋，桐鄉人。彝尊族孫，貢生。宿學能文，工山水。乾隆壬午進呈畫册，蒙予褒錫。晚年尤喜畫梅，其甥金鄂巖彙輯所作名《畫梅題記》。有《春橋草堂集》。

畫扇

閒將淡墨寫南枝，不學前人自有師。曾記段家橋畔路，孤山籬落早春時。爲族兄笠亭。

江路溪橋雪作堆，春來策杖幾徘徊。平生慣識荒寒味，不畫官梅畫野梅。爲方蘭士。

江硯農有楚江之行寫此贈之

布帆遥挂楚天寬，驛使南來欲寄難。儻憶銅坑春信息，客窗試展畫圖看。

早春至潛州縱覽天目之勝畫梅贈楊豐亭明府

殘雪初消馬足輕，我隨芳信到山城。春風道路人争説，官與梅花一樣清。

題百合

瓜分不如合，愛爾錫名嘉。香得旃檀氣，形同菡萏花。茸茸根有土，瓣瓣玉無瑕。軟美堪供老，何須藉齒牙。

自東洞庭屯灣看梅至攬勝口

春晴隨處吐芳苞，複澗迴岡樹欲交。人自山南轉山北，路從花底上花梢。疏疏瘦影臨湖水，漠漠寒雲補石坳。却憶守溪棲隱處，萬株香雪一書巢。攬勝口，舊傳王文恪公讀書處。

李懷民，名憲噩，以字行，所居有十桐，因以為號，又號石桐，山東高密人。愚村侍御元直子，諸生。山水仿麓臺。有《十桐草堂集》。

撫雲林畫寄贈族姪處士五星

每學雲林畫，如哦平淡詩。山教臨遠水，樹不著多枝。要使無人愛，閒摹只自怡。聊封寄高士，堪對撚吟髭。

題畫扇贈單太守歸田

釣游幾處尚依依，城郭斜陽春草菲。五馬歸來頭似雪，青山不改故人稀。

濰縣訪韓公復

名夢周，號理堂，乾隆丁丑進士，官知縣，有《理堂文集》。居濰縣城南鐵牙渡。

陶令移居處，城南住幾家。荒村隔溪問，茅棟曉林遮。對酒心還壯，論詩日又斜。不愁回路晚，明月戍樓賒。

張燕昌，字芑堂，號文漁，海鹽優貢生，舉孝廉方正。工篆隸飛白，寫蘭得陳古白意，兼善山水、人物，篆刻為丁龍泓高弟。著有《金石契》、《石鼓文釋存》。

鴛鴦湖櫂歌

夜泛輕航買女桑，三春鄉市各紛忙。儂家接得石門種，十畝閒閒蔽草堂。

通越門邊烏夜棲，馬嘶隱隱雜鳴雞。五更聽得鄰船語，一道斜風到水西。

癸未秋日邀笠亭太冲和仲於瓜圃食芋仿米南宫筆意畫瓜圃食芋圖并題

瓜圃秋既晚，蹲鴟味亦佳。今朝知己在，尊酒話生涯。落日穿花徑，寒煙繞竹齋。偶然雲水會，木葉滿空階。雲水會食芋事見《列仙傳》。

張敔，字虎人，又字茝園，一字芷園，亦作芷沅，號雪鴻，又號木者，晚號止止道人，先世桐城人，遷江寧，籍歷城。乾隆壬午舉人，官湖北房縣知縣。天資高邁，為人疏放不羈。山水、人物、花卉、禽蟲，白描、設色無不工妙，隨意揮灑，筆氣豪縱。書工隸、篆、飛白各體，并能以左手、竹箸、指頭書畫。

乙巳溽暑題水墨秋海棠畫扇

不是春酣睡態妍，銀墻低亞冷秋煙。天寒袖薄愁多少，洗盡胭脂倍可憐。

錢金輿，字駕飛，號敬之，嘉善人，貢生。介休董刺史柴嘗於相交，因輯所作入《如蘭集》中。

題畫溪山小幅贈董帷園

曾向滁陽尋勝蹟，瑯琊林壑儘清幽。歸來賸有煙雲思，戲寫晴巒當卧游。

不是匡廬真面目，浪將筆墨繪溪山。知君海嶽經行遍，何處林泉似此間。

金德輿，字雲莊，號鄂巖，桐鄉人。監生，官刑部主事。能詩善畫，家富收藏。有《桐花館吟稿》。

過緑飲村居

豆花棚下結書堂，秋到窗前引興長。久住漸知耕鑿趣，愛閒翻爲校讎忙。偶烹野蔌如兼味，每借奇書潤薄裝。如此村居良不易，勸君何必羡衡湘。時鮑君擬作楚游未果。

題錢同人策蹇訪碑圖

斷碣殘碑半草萊，零星隻字等瓊瑰。一鞭遥指斜陽裏，不爲尋梅得得來。

搜奇嗜古本家風，雅與歐陽結習同。他日書成應自笑，十年辛苦萬山中。

書方大仿馬湘蘭畫後

胭脂洗盡墨傳神，宛似秦淮舊日春。怪底能書王逸少，一生低首衛夫人。

錢維喬，字樹參，一字季木，號曙川，又號竹初，小字阿逾，武進人。文敏公維城弟。乾隆壬午舉人，官鄞縣知縣。晚得唐荆川舊園之半，葺而居之，自號半園逸叟。工山水，茂密峭秀，兼擅其勝。著有《竹初未定稿》。

五更渡洛水

翠羽明璫夢未真，寒皋空有水粼粼。馬頭一片將殘月，曾照黄初作賦人。

嘉慶戊午臘月呵凍擬井西老人題寄梧門先生

香温茶熟非塵境，愛竹看山有道心。寫入剡藤聊贈遠，定知相憶白雲深。

題鄞縣盧東溟書船圖

柳色煙光澹沱春，蒲編遥映水鱗鱗。扁舟莫道無多客，不載今人載古人。

岑樓方許抱經眠，抱經樓藏書甚富。又泛滄江虹月船。應笑君家玉川子，長鬚赤脚屋三椽。

董誥，字西京，號蔗林，一號柘林，富陽人。文恪公邦達子。乾隆癸未傳臚，官大學士，贈太傅，謚文恭。山水禀承家學，雅秀絶塵，晚宗宋元。為人和易，一時寒畯多得其指授畫法。

題唐静巖摹王叔明丹臺春曉

春曉林巒疊嶂開，重重樓閣擁丹臺。山腰轉處松迎入，花徑迷時鶴送回。蓬島煙霞天外起，羅浮風雨夢中來。巾箱五嶽圖堪擬，應有真人闢草萊。

縹緲峰頭百道泉，鬱葱佳氣望中妍。玉壇霧隱春林樹，金竈雲沈曉日煙。綺閣毗連仙子窟，高樓矗起翠微巔。誰將摩詰詩中畫，寫出丹邱古洞天。

永珵，號少厂，高宗第十一子，封成親王。工書，胎息歐陽，出入羲、獻，臨摹唐宋各家均造極詣，兼善篆隸。通其意寫竹蘭，間作山水，筆墨蒼潤。有《聽雨屋集》。家藏陸機《平復帖》，因以名齋，刻有《詒晋齋法書》。

平山堂

複磴層溪枕蜀岡，梅花漠漠弄春光。只因郡是歐陽守，江上青山到畫堂。

夜出朝陽門題廢寺二首

雨濕無僧寺，幽苔獨自青。透窗出群雀，移榻起孤螢。潦倒存松色，荒寒失佛形。唯餘古時月，夜夜照空庭。

馬繫藤纏石，門臨柳卧汀。不聞孤杖叩，時見一舟停。寂歷棲涼翠，蒼茫合遠青。無鄰堪乞燭，手撫舊碑銘。

團河

盎盎深源注衆溪，綿綿細草送長堤。水村圖畫牛浮鼻，野帳風雲馬散蹄。正訝寒凝雙燭短，不知雪壓萬山低。蓬萊此際初晴色，天半松枝拂欲齊。

柏林寺僧以董文敏公臨蘭亭屏風來以龕佛易之

屏風真迹閟禪房，道我知書乞我藏。仙骨直應追鳳閣，蕭齋準擬署鴻堂。漫嘲食肉狂懷素，合作同龕老遂良。慚愧金山舊公案，春冰霜葉且思量。

陳芝圖，原名德乾，字崑谷，號月泉，諸暨人。為老蓮族孫，諸生。受知於彭芝庭學使。善書畫，嘗客游閩粤、燕趙、楚豫間。有《秋暉樓集》。

歸楓溪

煙樹淒迷認故家，粉墻頹處片籬遮。寒烏亂噪爭殘核，秋蝶孤飛戀小花。綱户無人經雨壞，綺窗不掩受風斜。祇餘舊日悲秋地，斷柳絲絲傍水涯。

畢瀧，字澗飛，號竹癡，鎮洋人。秋帆尚書弟，授郎中，未就仕。山水蒼潤深秀，得曹雲西遺意。家富藏弆，尤精鑒賞，所有古今名蹟融會胸中，故能發抒腕下，涉筆成趣。兼善墨竹。

自題風竹便面

種竹何須種萬竿，一枝分影亦檀欒。秋宵更愛風披拂，聽取清聲入夢寒。

題張南華宮詹畫

南華天授非人力，六法何妨有未工。筆到橫斜零亂處，方知萬卷在胸中。

童鈺，字二如，號璞巖，一號借庵子，幼時讀書抱影廬，其父為植梅二株，故又號二樹，山陰人。墨梅宗揚无咎，生平所作不下萬本，每畫輒題一詩，嘗鈐「萬幅梅花萬首詩」并「一幅梅花一首詩」二印。間作山水、竹蘭，師梅道人。書法右軍。有《二樹山人集》。

自題畫梅

寫梅自合號梅癡，長爲梅花過六時。記得甲申元日集，三千三百十三詩。

邗江暑月題畫

十丈炎威十丈塵，毫端猶見雪精神。莫嫌拂袖多寒氣，我是人間避熱人。

自題畫册

縛竹編茅自一村，幾閒茆屋浸雲根。此中便與塵凡隔，只許荷花開到門。

幽居

未許閒鷗占一汀，水灣灣處結茅亭。不安四壁花爲障，恰好雙峰補作屏。小可緑陰營鹿砦，大宜白晝注魚經。倦來欹枕南窗睡，又被禽聲喚客醒。

為沈泊村題畫

疏疏堤柳曳殘煙，鬱鬱汀蘭匝遠天。斜日半邊雲半摺，一竿山影落漁船。水闊雲寒落日時，蒹葭采采樹離離。醉來有意無人會，櫂向中流讀楚詞。

彭城觀黄河

一氣直趨海，中含萬古聲。劃開神禹甸，横壓霸王城。幾見榮光出，剛逢徹底清。浮槎如可借，應犯斗牛行。

戴永槐，字庭蔭，號秋堂，歸安人，仁和籍。諸生。山水、花鳥超逸有致，書法文待詔，詩跌宕無俗韻。有《潑翠齋稿》。

同茹天慕俞德賢晚游湖上

不到湖亭又幾年，偶呼小艇破輕煙。林巒晚似王維畫，花鳥春如張旭顛。十里紅樓生酒渴，一聲清磬落詩禪。歸途好趁東風便，卧聽吹簫和扣舷。

張太復，原名景運，字静旃，號春巖，别號秋坪，南皮人。拔貢生，官浙江太平知縣，改遷安教諭。博學工詩，性好游，足迹遍天下，洪亮吉、張問陶皆慕與交。間作山水，極秀逸；書出入晋唐。有《因樹山房詩鈔》、《令支游覽集》、《晋游草》。

井陘

當年背水陣，絶險得奇謀。形勢空陳蹟，烽煙静戍樓。萬山隨地湧，一水抱城流。去去盤危磴，眠沙羡白鷗。

今春多寒立夏前猶雪也因見楊花漫成

小庭新緑影横斜，春去餘寒尚賸些。閒倚朱闌看飛白，不知是雪是楊花。

煨芋戲成

戢戢蹲鴟玉糝非，燒殘榾柮暮煙微。十年宰相知無分，自撥寒爐療夜飢。

羅聘，字遯夫，號兩峰，又自號花之寺僧，歙人，僑寓揚州。布衣。畫為金壽門高弟，墨梅蘭竹氣韻樸古，人物佛像奇而不詭於正。相傳生有異稟，能目見鬼物，所作《鬼趣圖》名人題詠殆遍。有《香葉草堂集》。

枕上偶成寄五斗詞丈

夢迴枕簟暗侵秋，尚有殘鐘出寺樓。忽憶故人焦處士，閉門露坐看牽牛。

焦山三詔洞前徑往雲深庵

風捲潮痕失釣磯，片帆西去逐雲飛。何人背倚篷窗立，看我扶笻上翠微。

題雙鈎畫竹

畫竹有聲風滿堂，法從鈎勒異尋常。鸜哥毛細休輕染，此是仙都白鳳凰。

西山道中

蘿徑緣無次，百蟲聲裏行。不知田父姓，轉問野花名。茅屋隔溪見，柴門架樹成。東臯原有約，何日果躬耕。

謝袁簡齋太史餽米

止報詩糧盡，行厨冷夕曛。且臨乞米帖，不作送窮文。清況誰知我，高情獨感君。炊煙看乍起，一縷裊秋雲。

初至淮陰簡姚英之袁浦

安穩黄河棹，風晴到楚州。夕陽餘竹巷，歸夢託僧樓。犬吠偏欺客，蛩吟似感秋。因之念姚合，久滯正添愁。

袁樹，號香亭，錢塘人。簡齋太史從弟。乾隆癸未進士，官廣東肇慶知府。善山水，得江陰沈凡民傳，筆意秀潤，饒有士氣。

甲寅初夏陳東浦方伯招同姚夢穀張雪鴻毛俟園馬雨耕黄書厓徐芷庭燕集瞻園

是最繁華處，偏能絶世譁。竹深狂迸笋，樹異老生花。水石無官樣，樓臺入畫家。薜蘿高不翦，留取宿煙霞。

題何仙裳女史雲山水册

不作簪花嫵媚姿，墨章水暈自紛披。翻嫌松雪齋中筆，只寫娟娟竹數枝。

題畫

暮靄蕭蕭樹葉稀，秋溪石亂水聲微。寒鴉也解林棲穩，趁著斜陽結伴歸。

寄童璞巖先生

余客冬夢得「小艇劃春緑」之句，友人傳誦，聞於璞巖，蒙其代續成章，并繪圖見寄。余與璞巖素昧平生，乃精神交合如此，不可無詩以通款曲。

耳熟童詩名，未識童詩面。悠悠夢寐中，詩媒通一綫。既續琳琅詞，復寫鵝溪絹。信哉交有神，把卷如相見。愧我苦飄零，十年行役倦。琴碎子昂羞，璞抱卞和泫。何期逢知音，隔水情相眷。夢裏精神聯，夢醒關河間。欲寄相思情，且託雲中雁。二樹七歲時，徐昭華女史抱置膝上，爲梳髻課詩，時稱「童詩」。

過鵲山相傳扁鵲煉丹於此，因以爲名。

一峰遙接岱宗嵋，山海經中首載之。地可成丹真樂土，山能治俗即名醫。祝餘有草調飢易，祝餘，草名，鵲山所産，食之不飢。花跗如環照水宜。華不注山在其北，「不」音「跗」。安得刀圭除痼疾，啖余迷榖示前期。迷榖，亦鵲山所産，食之令人不迷。

管幹珍，字暘復，號松崖，江蘇陽湖人。乾隆丙戌進士，官漕運總督。花卉得甌香神髓，尤工設色牡丹。有《松崖集》。

焦山

春罨東瀘蜃氣青，碧桃渡口雨冥冥。山中隙地如相借，斫竹先書瘞鶴銘。
一般邢尹比金焦，壯麗人人説妙高。淡掃娥眉勝脂粉，天然風格是松寥。

方薰，字蘭士，又字蘭坻，號蘭生，又號樗庵，别號長青，晚號嬾儒，石門布衣。抱璞山人槑子，客金鄂巖桐華館最久，得多臨摹名迹，故山水、人物、花鳥兼擅衆長，與奚鐵生齊名，時稱「方奚」。高廟南巡，進《太平歡樂圖册》百幅，繪兩浙風土，各綴跋語，極蒙嘉獎。有《山静居論畫》并《詩稿》。

志禮鮑君藏有迂翁松石圖為人取去乃以款書故仍歸物主寓齋出示頓還舊觀喜賦之

故人纔説便移情，妙畫重還似再生。試挂玉鴉叉上看，墨花翻動眼俱清。

題畫

團瓢竹裏似雞棲，讀易燈昏山影低。驚起沙禽飛別浦，不知寒月墮清溪。
疏疏秋樹弄峰陰，誰識倪家寂寞心。六法須參筆墨外，莫從畦徑問雲林。
山是樊川水輞川，柳汀花塢足風煙。荷鋤人在春陰裏，知有溪頭養鶴田。
一層松磴一層雲，上界鐘聲下界聞。乞與僧樓經歲住，愛山心似鹿麋群。

薛鹵齋寫芋拳余補晚菘寒菊

晚菘香芋好登盤，秋菊何妨共食單。大雅不拘形迹似，老饕只覺口涎看。要知倩筆爲鉏易，未免充飢畫餅難。以供主人莞爾笑，也從紙上勸加餐。

嚴誠，字立庵，一字力闇，號鐵橋，仁和人。古緣孝廉果弟，乾隆乙酉舉人。山水法大癡，以紫毫枯墨作之，不事渲染；尤工貌人物，草草勾勒，神態畢肖。兼善篆隸。

魏柳洲重葺草堂

柳洲先生堪絶倒，妻子飢寒不相保，撚髭摇膝誇詩好。年纔四十形漸槁，前身得非郊與島。數間破屋縱復横，晝夜不絶吟詩聲，可憐徒有草堂名。今秋猛雨天欲傾，漂摇牖户愁支撑。於是先生少歡趣，覆壓兼爲旁舍懼。鳩工庀材勞百慮，剜肉醫創非所顧，艱難幾失吟詩處。先生之居逼市廛，號爲草堂胡以然，豈不正賴先生賢。先生之詩萬古傳，杜陵韋曲相後先。連雲廣厦世都有，主人不識爲誰某，此如傳舍豈長久。愚者矜之良可醜，孰與草堂名不朽。先生隱德人不知，寧獨風雅爲吾師。囊空不寄尺寸貲，自省厥罪安能辭，今日居然來賦詩。

題自畫閩山險峻之景

笋輿伊軋嶺盤迴，盡日蠻雲掃不開。此境豈堪勞水墨，荒途聊記我曾來。

題高其佩畫狗歌

今年作客考豐縣，忍死須臾爲貧賤。歸來却值三伏中，千山萬山踏教遍。崎嶇岧崿仄徑穿，百五十里無人煙。是時同行祇一狗，俄頃不忍相棄捐。豈知向午氣轉熱，山石如焚水泉竭。我心憚暑况爾狗，力盡長途足流血。十步可憐九步蹲，艱難到渡愁黄昏。盤旋頗遭衆客惱，哮吼更愧舟人言。移篙十里天如墨，渴赴波心勢難抑。爾狗何知滅頂凶，無力救時空歎息。吁嗟我本非主人，以死相累真奇冤。多情解戀窮居客，遺恨偏慳敝蓋恩。孫家草堂背山郭，壁間兩狗形殊惡。掉尾睢盱欲吠人，詳看乃是高公作。高公畫法妙寫生，以指代筆天機精。偶然貌此有深意，似言此類未可輕。高公跋中云爾。天生此類曉忠義，寄書負米猶餘事。兄弟鮮仁臣不臣，對此寧無自慙愧。世人輕以狗詈人，愚者逢之生怒嗔。辜恩背德狗所耻，人邪狗邪豈其倫。我觀此畫世應寡，苦憶歸途所携者。形軀毛色俱儼然，可惜呼之不能下。

張錦芳，字粲夫，號藥房，廣東順德人。乾隆己酉〔一〕進士，官編修。善蘭竹，尤工畫梅。分隸得漢人法，與黄丹書、黎簡、吕堅號「嶺南四家」。有《逃虚閣詩鈔》。

湘水

不盡三湘水，來從八桂林。遠循衡嶽麓，直下洞庭深。天地餘秋色，帆檣入暮陰。竹枝與蘭葉，終古動哀吟。

夜發錢塘江口

西子湖邊感舊游，樟亭風起繫扁舟。未圓月趁斜陽早，欲落潮如碧漢流。山色化煙全入夜，客心如雁各禁秋。六合塔火西興樹，暫許歸人一散愁。

〔一〕按，「己酉」原作「乙□」，據《嶺南群雅》及《國朝詩人徵略》改。

陸飛，字起潛，號筱飲，仁和人。乾隆乙酉解元。性高曠，慕張志和之為人，造舟遨游湖上，曰「自度航」，妻奴、茶竈悉載其中。山水、花卉均法徐天池，兼寫人物。書法飄逸。有《筱飲齋稿》。

寫意荷花墨竹

畫荷須畫香，畫竹須畫節。湘妃與宓妃，相對兩清絕。

仿王洽潑墨法

自賣湖中書畫船，經年鷗鷺不同眠。醉吟自要三間屋，分我雲山一角天。按，先生自度航後爲公家購去，晚年鬻畫自給，有「賣畫買山」印。

舟次桐廬明日入瀧有作

七里樵風便，飄飄水石間。波濤何處急，日月此中閒。晞髮凌千仞，披裘占一灣。輸他黄子久，寫盡富春山。

自題山水小幀

輕舟齊趁大江東，浪捲濤飛欲拍空。莫以好風帆力健，最難收是急流中。

李宏，字濟夫，一字用兹，號湛亭，奉天漢軍籍。官江南河道總督。能詩，工畫竹，性恬澹，不邇聲色，尤喜博覽群籍。子奉翰、孫亨特，相承三世官總河。有《戢思堂集》。

題畫梅

經年消息斷羅浮，抗手癯仙此日游。一筆生枝增悵惘，嫩寒春晚是衡州。

温蓉卿，字鏡生，烏程人。諸生。工畫。有《碧筠館詩草》。

自題畫蘭

戲寫幽蘭一幅圖，亂頭粗服墨模糊。閒來自向芸窗看，當得離騷半部無。

李調元，字雨村，號醒園，晚號童山老人，四川羅江人。乾隆癸未進士，官直隸通永道。畫學小李將軍，不失法度。嘗彙刻蜀中先賢著述，名曰《函海》。有《童山集》。

成都送弟墨莊木庵北上

雨浥紅塵暗不分，錦城絲管不堪聞。一杯駟馬橋南酒，萬里飛鴻塞北群。送遠難隨綿水月，相携猶憶大峨雲。憑君寄語京華友，小李將軍欲賣文。

陳率祖，字怡庭，號摩崖山人，湖南祁陽人。可齋相國從子。山水松石、禽蟲花卉，筆意縱恣。

自題牡丹巨幅

好花直似菩薩面，萬緑叢開丈二紅。記得洛陽驢背上，分歸春色到山中。

榮柱，字鐵齋，號采芝，滿洲人。官河南巡撫，左遷奉天府尹。工寫花卉。

次韻梧園見懷作

長嘯西風笑口開，月明庭畔共銜杯。秋花不及春花放，新雨還如舊雨來。蝴蝶過墻風葉認，蜻蜓傍水釣絲猜。何時踐以溪山約，羨爾人間一逸才。

沈銓，字師橋，一字季掌，號青來，天津人。山水師石田，花卉宗甌香。瑶華主人雅器重之，嘗偕程音田考功、莫葵齋山人裹糧游黄山，遇奇葩異卉咸為圖繪。善彈琴。有《六琴十硯齋讀畫記》。

題畫册贈程亦園中翰

萬木飛黄葉，霜風酸客心。關山無伴侣，驢背自孤吟。

吴廉，字嵋川，歙人，居儀徵。善繪事。有《清棨書屋吟卷》。

題畫

木葉初黄淡著霜，西風瑟瑟弄斜陽。一尊爲赴前溪約，閒趁秋晴上野航。

李衍孫，字藩升，號味初，山東惠民人。文襄公之芳裔孫。乾隆乙酉舉人，官沔陽知州，有惠政。工書法，善蘭竹，兼畫山水。歸田後輯《武定詩鈔》。著有《炊菰亭》諸集。

河干

殘雨晴河干，夕霞逗村屋。一一估人帆，言向鐵門宿。我來訪沙鷗，鷗睡清且熟。争食何紛紛，滿眼鵝與鶩。

採紅花曲過新鄉作

采采野田中，此花顔色好。染作歌舞衣，朱門壓素縞。朱門紅紫何紛紛，新鄉婦女無完裙。

自錢塘放舟至富陽

城郭參差暮景昏，女墻天半白雲屯。孤蓬忽轉青山嘴，歷盡垂楊是縣門。

建寧雜詩

遥映丹楓路幾叉，市聲山郭小喧嘩。紫芽薑嫩秋瓜脆，未買東鄉澤瀉花。

張夏早發

山氣征衣薄，霜顔酒力增。渺茫沙路月，明滅市樓鐙。雞唱偏難曉，驢疲不可乘。溪聲知近水，橋外歇行縢。

方熊，字飛崖，烏程人。諸生。善畫蘆雁。有《飛崖詩删》。

湘翁委寫蘆雁即以題贈

汀葦蒼蒼白露凝，平沙寒艇未收罾。等閒叫醒江南夢，一片瀟湘過幾層。

陸藝，字樹人，雲南昆明人。諸生。能山水。有《漱亭集》。

題畫

槿籬竹徑亦恬如，知是幽人此結廬。無數亂山青不斷，水光雲影捲簾初。

沈尚忠，字澗南，一字劍南，號心齋，海鹽人。乾隆乙酉舉人。幼有神童之譽，長與朱笠亭、吴蘭陔等有「鹽官七子」之目。工漢隸，擅繪事。

題寧宇弟照

天朗雲閒霽色披，蕭蕭水竹助幽思。揮毫撫石當前景，收拾秋光幾首詩。

沈舲，字笠人，仁和人。工書畫，跌宕詩酒，所交多方外勝流。詩瀟灑峭逸，自成一家。

早秋度慈雲嶺

西風吹不斷，暑氣已全收。嶺抱知湖曲，江空見塔浮。白雲山下路，黄葉寺門秋。正欲尋僧去，鐘聲到上頭。

宿雲棲澹竹居

寺絶塵氛迹，山含太古情。殘星依佛火，流水咽鐘聲。心自禪棲穩，身如匏繫輕。起看層嶂碧，雲向下方生。

孔繼溎，字蔭泗，號雲谷，曲阜人。諸生，官松江知府。工篆刻，家藏漢印甚多。喜畫梅，自署鐵骨道人。

畫梅

北風吹起凍雲團，雪裏香來花未殘。是雪是花渾不辨，問誰能耐此中寒。

孫琪，字寶庭，號瑶圃，烏程人。諸生。工畫。有《瑶圃吟稿》。

寫畫

扃户不聞農圃事，開樽長醉柳花天。身惰合是書中蠹，性拙惟參畫裏禪。漸喜煙霞成痼疾，便隨筆墨締清緣。卧游圖得林泉意，一任人嗤迂與顛。

秦德謙，字敬齋，號樸亭，山西鳳臺人。監生。博學工詩，尤通畫理。

自題聽松小照

萬木激有聲，惟松聲似濤。入耳久不厭，静對堪逍遥。生稟巖壑性，結契惟林皋。清風過松巔，幽籟除煩歊。棟梁豈不貴，何如蘿薜高。邃谷全吾真，庶免斤斧勞。其下結茯苓，其中凝堅膏。瓦缶縱雷鳴，遜此凌雲霄。厲響託清遠，勁節無飄摇。託興寫此圖，亦堪以自豪。繪影復繪聲，絶勝絃管囂。晝閒宜煮茗，相與和刁調。

楊澄，字潔甫，號嗜愚，海寧諸生。少孤，事母純孝。工畫，得其家瘦仙老人之傳，松鷹尤妙。有《成臯雜詠》。

寄友

別來星序已將終，旅館朝朝望朔鴻。底事當年常握手，却於今日悵飄蓬。翠寒鳳味芙蓉露，香惹蝦鬚桂子風。棣鄂蕭疏秋更好，一簾樹色影朦朧。

羅棠，字思召，號澹石，杭州新城人。乾隆乙酉拔貢，官青田教諭，與兄棖有二俊之目。工山水。有《澹石詩草》。

甘雨亭閒眺

雁背秋雲字字斜，青山缺處補人家。重陽連得幾宵雨，開遍滿塍蕎麥花。

錢九府，字南浦，河南密縣人。乾隆戊子舉人。善畫竹，醉後揮灑，如風雨馳驟。有《南浦集》。

送鄉人

送爾還鄉去，西風作意寒。家人如我問，莫道客衣單。

劉錫嘏，字純齋，一字淳齋，號拙存，順天通州人。乾隆己丑進士，官江蘇淮徐道。畫梅法張天瓶，筆墨蒼秀，氣味醇古。尤精書法。有《十硯齋集》。

寄呈隨園先生

六代風流有繼聲，隨園占斷蔣山青。栽花赤縣推仙吏，待詔金門識歲星。地勝最饒名士福，風高不愧草堂靈。劉郎前度徒虛語，甲辰于役白門，先生適游台蕩，未及修謁。何日仙源記再經。

鄭甲，字莩春，號雪橋，慈谿人。寒村太守梁曾孫。工書畫。有《雪橋居士遺稿》。

春歸雜感

簫聲無復賣餳過，紅索秋千冷岸莎。三月鶯花如夢幻，一春風雨奈愁何。翻階歷亂猶紅藥，挂壁蕭疏但緑蘿。最是鬢絲禪榻畔，支頤長著病維摩。

王霦，字春波，江蘇上元人。官福建鹽大使。善山水，佛像、寫意花卉俱極生動。工隸書。

湖山春社

六橋舊賽水仙祠，新構丹楹枕碧漪。秋月春花原爛漫，雲廊風磴更參差。鈿車乍過香生幄，社鼓初來風滿旗。水際流觴傍修竹，風光如在永和時。湖山神廟在西湖岳鄂王祠西南，爲十八景之一。

俞榕，字範倫，號嘯樓，一號學禪，嘉定人。諸生，乾隆乙酉以詩畫進獻，供奉内廷。善山水，精臨橅。有《賜綺樓集》。

己丑六月閲文天雄試院瑞巖兄以書翰見貽因寫巨然法題以誌謝

墨花飛灑古香生，静院深沈暑氣清。一代人文聯雅雨，百年名翰對秋檠。多君腕有龍蛇舞，愧我胸無泰岱横。尺幅煙雲留供養，筆牀硯匣訂同盟。

奚岡，初名鋼，字純章，號鐵生，自署蒙泉外史，又號蒙道士、鶴渚生，錢塘布衣。山水超逸似李檀園，花卉得南田遺意。書仿倪迂，善古隸，精篆刻，與黄小松齊名。詩書畫稱三絶，杭郡以畫名者自華秋岳後推為第一。有《冬花庵燼餘稿》。

題黄小松畫扇

馬塍西畔散花灘，每過君家作畫看。流水一灣山數疊，大癡清境著題難。
故人天末苦相思，欲寄音書下語遲。刺眼忽驚蕭散筆，雨窗疑共一燈時。

為筱岩作秋江小景

霜落秋江柳色寒，芙蓉消盡水天寬。惠崇蘆雁王維雪，剩寫滄江一釣竿。

題畫竹小幀

漫展桃笙小炷香，清風時送北窗涼。幾竿翠影蕭蕭下，一卷殘書卧夕陽。

熱甚戲作

今年酷暑苦難逃，汗濕麻巾首自搔。憶得西泠煙磬夕，一襟松露聽寒濤。

題畫

屋後修篁屋外山，石林蒼蘚點斑斑。此間合著倪高士，吟盡斜陽曳杖還。

雨餘猶閣嶺頭雲，樹影嵐容濕不分。此是董家新説法，巨然心印付敷文。

夕陽流水繞孤村，數點歸鴉煙樹昏。怪底竹風無賴甚，又吹寒月入柴門。

謖謖寒濤澗底松，風迴剛應上方鐘。山僧不管門前事，一任閒雲過別峰。

為柳溪作柳溪清泛圖

窄窄瓜皮淺淺波，溪行涼趁柳風多。先生寄興滄洲外，欲就玄真借釣蓑。

余交湯點山十餘年矣文章高義與余最合庚申春日以舊畫竹泉聽雨圖索題因賦此為贈

竹泉聽雨小窗幽，閒散輸君第一籌。古調文章唐氣勢，清言人物晋風流。肯懸雨後看山屐，常繫花前釣月舟。舊畫重題感遲暮，蕭蕭白髮已盈頭。

徐志，字鵠廷，漢陽諸生。工丹青。有《肖情集》。

題畫

一劍悠悠七尺身，頻年浪墨負青春。無人解識溪山意，却畫溪山贈與人。

聽華璠若箏

雲斂三霄月欲明，悲秋楚客戀秦聲。閒從彩燭雙燒夜，坐聽華郎六尺箏。

王恒，字子占，紹興人，寓居虎邱。能山水，尤好為枯木竹石。

深秋寄宿虎邱鐵華巖

銀河耿耿夜方殘，起聽南樓雁唳寒。天半塔鈴摇鹿苑，林間燈火出漁灘。導師情話交成淡，旅客秋懷意覺酸。翦燭無聊還潑墨，剡藤閒展寫瓊蘭。

范永浤，字浦雲，一字虛舟，鄞縣人。山水秀韻有致。

客燕臺題畫寄莪亭

塞北江南雁影分，幾時風雨訴離群。拈毫無限懷君意，春樹蒼茫帶暮雲。

高樹程，字蘄至，號邁庵，別號青寧生，又稱煙蘿子，仁和人。乾隆丁酉副貢。山水筆墨蒼潤，與奚蒙泉、方蘭士異曲同工。花卉賦色妍雅，頗似新羅。書法董、趙。

題畫

舊游閒憶興偏長，澤國秋深雁叫霜。老樹數株溪一曲，分明畫出小滄浪。

辛酉立秋日同趙素門周松泉訪琴隖清平山鈔一

長林濕翠擁精藍，有客高吟正閉關。近局最宜文字飲，後時應號讀書山。坐沾花雨諸天上，卧看煙雲尺幅間。是日余與松泉各爲圖。底用拂塵塵自净，秋光不負此躋攀。

朱炎，初名琰，字桐川，號笠亭，又號樊桐山人，海鹽人。乾隆丙戌進士，官阜城知縣，為嘉禾七子之一。善山水。有《楓江》、《瀛洲》、《湖樓》諸集。

乾隆癸未冬十月春橋自維揚來看雲以詩畫見寄即和原韻題之

書畫傳佳訊，爲君細意尋。亂山千里夢，五字十年心。回首白雲合，開門黄葉深。此中抱琴去，好爲答清音。

逸人瓜圃種匏大小纍纍映日含霜參差角立乃相其形為尊贈友余得其一長歌紀事

離珠之北牽牛東，匏瓜星五懸虚空。含精在天歎無匹，降而繫樹吟霜風。刳以爲尊重其質，祭天亦置郊壇中。至竟不得上堂殿，《論衡》：「匏瓜不得在堂殿之上。」焜耀莫及鼎與鐘。張郎種瓜住瓜圃，瓜生五色相交午。能通六義兼六書，秦章漢璽力摹古。技癢不復善刀藏，小園長柄及時取。大小正側心爲裁，得其分刌不苦窳。譬如八法妙結構，揮毫灑落中規矩。光澤其外髹其中，斟之酌之輕易舉。珍重携來贈一尊，朱家亭子堪爲伍。章孝標詩：「朱家亭子似懸匏，階縈青莎棟翦茅。」莎階茅棟三摩抄，纔叫提壺叫負釜。吁嗟乎，世間快意何事無，朱門酒肉恣歡娱。金觥玉斝銀鑿落，美人擎立紅氍毹。滿堂絲竹發高唱，紫衫翠袖時沾濡。此際有匏恐無用，或者可助笙竽竽。且猶變古代以木，八音必備徒迂拘。張郎張郎爾有濟川志，種瓠須種五石瓠。中流失船貴此千金壺，拍浮安足誇江湖。按，張芑堂燕昌别號金粟逸人。

余集，字蓉裳，號秋室，錢塘人。乾隆丙戌進士，官侍講學士。壽八十餘，重赴鹿鳴。善仕女，香艷中更饒妍雅之致，兼長蘭竹花鳥。精書法，手書孫退谷《庚子銷夏記》精刊行世。有《秋室詩鈔》。

題黄蕘圃孝廉丕烈擔書圖鈔二

一室幽閒寄市橋，市聲雜沓似春潮。豈知兀坐虚堂者，日對丹鉛不厭囂。

輜重何須薄笨車，縹囊都付小奚挈。移居圖好無人畫，空寫仙翁賦子虚。

為屠生畫扇

白雲黄葉雨紛飛，策杖閒來上翠微。貪向秋原看落日，不知冷翠濕人衣。

甲寅二月題秋盦得碑圖鈔二

丁丁響搨破蒼茫，半在荒祠廢隴旁。一自搜羅歸著録，不煩神物護球琊。

煙蘿不許閟精靈，驀似波斯得未經。轉笑傲山樓上客，未將游屐繪丹青。傲山樓爲趙子函齋名，有《訪古游記》。

徐嶧，字貢山，一字桐華，仁和人。山水宗法三王，人物、花鳥摹新羅山人，氣韻生動，幾欲亂真。

題畫

山腰雲濕雨初收，碧澗鳴泉瀌瀌流。蓬户掩時村落晚，尋詩人在小橋頭。
暗淡山光接水光，湖風送雨入船涼。緑陰深處聞雞犬，知有幽人結草堂。
洗出秋山黛色浮，雨鳩啼過聽晴鳩。溪行迷却來時路，渡口水煙濃未收。

奚鐵生小像

回憶君年弱冠時，相逢書帶舊茆茨。一亭寒碧詩中畫，記得高吟絶妙辭。余年十七，始晤君於琴溪先生處。君有「人在一亭寒碧裏」之句。

謝垣，字東君，號漫叟，嘉善人。乾隆丙戌進士，官刑部主事。山水、花果得蕭散趣。精鑒古，善鼓琴。有《壺領山房集》。

嘉禾寓中聞秋蟲

何處瓜畦絡緯聲，虛堂欹枕正三更。旅人本少思鄉夢，都被秋蟲暗織成。

吴人驥，字念湖，天津人。乾隆丙戌進士，官山東萊州知府。畫竹得九龍山人遺意，工詩詞，富收藏，其惲、王合作便面册二十幀，尤稱罕覯。

題小松九兄岱巖覽古圖時于役河干

莽莽河干興欲闌，忽從天外得奇觀。慣經涉險心常坦，話到登高步已艱。萬疊煙巒歸卷帙，半生游屐阻高寒。蒼蒼未了青齊色，憑仗先生袖底看。

黄易，字大易，號小松，一號秋盦，錢塘人。端孝先生樹穀子。監生，官濟寧運河同知。山水冷逸幽雋，以澹墨簡筆寫取神韻，妙有金石氣味。精考證碑版，嘗自繪《嵩洛訪碑》及《得碑》等圖紀游册。分隸雋古，篆刻上追秦漢。有《小蓬萊閣詩鈔》。

送郭十四南歸

踏雪送君去，江南筍正肥。花隨春雨密，帆逐亂雲飛。歸興濃於酒，波光緑上衣。官閒貧亦好，來往總忘機。

登封九月十三夜作

雞唱蛩吟那得眠，高寒古縣早霜天。傷心卅八年前事，此日辭親上客船。

丙戌小春題畫

扶松直上鰲魚背，太古苔花滑殺人。石笋干霄吹欲折，天風不惜玉嶙峋。

偕梅溪魯翁夢華牧田同至泗上揖山草閣相與嘯詠水亭中鐵友屬寫此幀并誌

墨池風雨失朝昏，極望迷漫何處村。欲借白雲封谷口，不教車馬到閒門。

自題小蓬萊閣圖梅花下作。

更無人處拓窗看，合算渠儂耐夜寒。多謝一弦雲罅月，却彎疏影射闌干。

除夜歸自黄河和姜白石除夜自石湖歸苕溪韻鈔二

漸覺年來壯氣銷，歸心最怕路迢迢。無端身入王維畫，風雪騎驢過灞橋。

夕陽鞭影逐歸鴉，不信今宵却到家。歲事老妻都辦了，自移小几供梅花。

王彭澤，字五柳，湖北漢陽人。工丹青。有《尺木堂詩稿》。

飲酒

賣文錢買酒，薄酒勝華筵。今日復明日，添年是減年。波濤江浩淼，風雨夜連綿。不飲欲何事，清霜點鬢邊。

九江口號

上水張帆下水同，潯陽江上兩來風。郎情莫與風相似，一片西來一片東。

陸授詩，字蒼雅，嘉定人。諸生。能詩工畫，純廟南巡，與弟遵書獻畫册，均邀嘉獎。

題畫

樹彫秋已深，山近風尤勁。夕照下亭西，照見飛梟影。

登燕子磯歸舟為雨所阻贈老僧

江風吹雲雲捲飛，江風吹雨避僧扉。一聲鐘動石欲落，半巔稽首禮白衣。

陸遵書，字即仙，號扶遠，一號芙苑，嘉定人。乾隆戊子舉人，官廣東會同知縣。初以畫供奉内廷，工山水及梅竹蔬果。

題古狂弟畫睡鴨

睡鴨寫來亦自奇，莊周蝶夢未回時。緑溪春暖溶溶水，點點花飛總不知。

好教收却竹枝弓，更莫持竿逐釣篷。自在得眠依沼沚，江湖不羨遠凌風。

施道光，字杲亭，蕪湖人。乾隆戊子舉人。工詩畫。有《海桐書屋集》。

客中

荒涼江店一燈孤，抖擻征衫感故吾。爲有高堂臨別泪，幾回欲典又踟躕。

得故人蜀中書

故人蹤迹渺愁余，蜀道如天萬里餘。骨肉可憐今已盡，頻年猶有到家書。

馮洽，字秋鶴，秀水人。柯堂中丞子。書學平原，兼工分隸。山水仿宋元，尤長松雪法。題識作小楷，有古韻。壽及九旬，人比之文衡山云。

寫玉洞桃花萬樹春

紅霞爛漫石嶙峋，猶恐桃源事未真。只有漁郎曾誤入，欲傳消息更無人。

黃震，字振宇，號竹廬，太倉布衣。雅擅三絶，尤長山水。畢秋帆制軍招之入關，恣覽形勝，作《太華圖》并自寫《雲山小像》，氣蒼神逸，名流競為題詠。

題京江送客圖

江干送客駐征驂，我亦勞人別緒諳。揮手天涯無限恨，緑楊陰裏望江南。

汪永祚，字昌年，蕭山人。山水得米家法，王蓬心太守極稱之。有《蕉籟集》。

秋日答焕曾叔淮上見寄

驪歌春別貧更閒，任達難教萬慮刪。一向塵容原可笑，半年疏鬢忽成斑。掃階有葉時時積，補屋惟雲日日還。何暇再題壺口缺，阿咸近況寄吴關。

陳鴻賓，字用儀，錢塘人。鴻寶弟，諸生。工山水，能詩，以畫《三泖漁莊圖》

知名。

題邱太守學敏古樹

東皋宅裏輪囷樹，肯逐朱門愛賞移。留與諸孫遺蔭遠，蒼然常見歲寒枝。

己亥臘日為述庵廷尉畫三泖漁莊圖并題

小築長眈物外幽，漁兄漁弟共汀洲。遮門楊柳一林暗，照眼芙蓉九朵秋。張志和應愛青笠，陸天隨合老扁舟。分明不是官人樣，著個紅衣稱得不。

汪鵬，字翼蒼，一作翼昌，號竹里山人，錢塘人。以善畫客游日本垂二十年，歲一往還，未嘗或輟，喜購古本書籍，歸呈四庫館，或付鮑淥飲與阮芸臺傳刻行世。有《袖海編》。

日妓以點名出入唐館名曰應辦戲賦一詩

紅綃隊隊雨絲絲，斜挽烏雲應辦時。蜀錦尚嫌花樣拙，別將金片繡羅襦。

潘奕雋，字守愚，號榕皋，一號水雲漫士，晚號三松老人，吴縣人。乾隆己丑進士，官户部主事，典試黔中，旋即歸田。重與瓊林，年逾九旬。書宗顔、柳，篆隸入秦漢之室。山水師倪、黄，寫意花卉梅蘭尤得天趣。有《三松堂集》。

題方臺山夫人冰壺女史墨蘭

國香何礙老衡門，寫出風枝帶露根。倒薤折釵同一法，小窗閒與仲姬論。

題伊墨卿秋水園圖

疏籬短彴影横斜，小築偏宜傍水涯。那得扁舟便乘興，看君潑墨寫梅花。

畫梅為郭匏雅

湖光山色滿簾鈎，人與梅花共一樓。丙舍墓田餘地在，結鄰也擬築菟裘。

游破山寺追和常少府韻

籃輿尋古寺，曲折入楓林。門外重岡抱，階前一壑深。看碑思往哲，啜茗滌塵心。太息詩人去，寥寥鐘磬音。

為張芥航題天台觀瀑圖圖爲錢松壺畫，係《願游名山十圖》之一。

天台仙境界，春澗洗胡麻。君向山中去，瓊臺問落花。泉聲石梁瀑，峰影赤城霞。好續興公賦，還尋阮肇家。

虎邱雜詩鈔一

佛香庭院磬聲殘，一樹梅花覆石壇。曲徑禪房留韻事，竹扉山水墨泉蘭。怡賢寺老僧竹扉善山水，墨泉善蘭竹。庭有紅梅，花時余與畏堂、雲浦過訪，墨泉以所畫長卷見貽。

王雲鳳，字梧岡，江西萍鄉人。乾隆庚寅舉人。性喜游覽，偶有所遇必發為詩。間畫山水，得輞川家法。有《安愚詩草》。

宿松檜峰禪院

結宇松梢外，窗虛上曉青。片雲生石榻，疏檻俯天星。夜永忘塵慮，心清理道經。翛然無夢擾，孤磬亦堪聽。

王瓚，字崑霞，鎮洋人。為煙客奉常曾孫。乾隆己丑進士，官吏部郎中。畫承家法。有《晚香書屋詩稿》。

秋杪過南園呈竹娱族祖

楓徑霜初落，松關日乍曛。伊人在秋水，詩思渺江雲。高閣鳥聲集，寒潭樹影分。臨軒思繡雪，清磬隔林聞。按，南園爲奉常別墅，中有繡雪堂、香濤閣。

孫映樾，字月卿，桐鄉人。諸生。工書畫，精篆刻。

雨後過半舫齋

雨過寥天淡碧痕，好風携屐夕陽村。沿溪一徑無行迹，芳草隨人緑到門。

題程雲巖秋江紀別圖

西風吹上木蘭舟，翦翦輕帆水亂流。他日相思渺何處，半江紅樹夕陽樓。

楊世綸，字尚因，號壺庵，江南通州人。乾隆己丑進士，官廉州知府。山水入文、沈之室。壽九十有六。有《尚志堂集》。

睡起

爲觸離愁罷詠詩，荒齋取睡日長宜。醒來試畫溪山看，又似家園入夢時。

為節婦王氏題竹林課子圖

娗娟脩竹緑參差，薄袖天寒弱不支。憑仗平安常報我，待他雛鳳長成時。

自繪一壺庵十二景景系一詩索同人題詠時余年九十四矣鈔一

蘭亭禊事説山陰，奚必茅庵異古今。天與清和游目遠，人開懷抱晤言深。流杯曲若懸壺幻，得句鏗然擁鼻吟。繞檻溪光春浪軟，請先汲取滌煩襟。右壺庵禊事。

嚴果，字敏中，一字九峰，號春山，晚號古緣，仁和人。鐵橋孝廉誠兄，乾隆庚寅舉人。工書，偶作山水師檀園，簡古高逸。詩宗陶、韋。有《古緣遺稿》。

懷何東甫琪

詩人何東甫，高寄草堂情。青苔滿四壁，門前春水生。有時乘孤艇，忽作溪西行。寒梅嚼冰雪，肺腑有餘清。

夜發龍江寨

山行起四鼓，涼月墮西岡。竹柏亂人影，溝塍聞稻香。車中續殘夢，復此懷家鄉。行行遂已遠，回首煙微茫。

煙江避知圖為朱朗齋作

漠漠寒江月出遲，荻花楓葉動離思。平生亦有江湖興，憶爾孤村獨卧時。

姚金聲，字振廷，嘉興人。乾隆庚寅舉人。工畫龍，淋漓潑墨，自喜指下勃勃有雲氣，因自號「指雲」。有《最上樓詩鈔》。

乙巳春日閩人林珠浦招飲積善庵賞牡丹即事

遲遲春日曉晴光，欲游不游神飛揚。林逋呼我出門去，野鶴插羽臨風翔。春波灌注螺溪曲，波流活活含新緑。精藍傍水竹籬開，無數名花春睡足。閒庭深擁赤城霞，此是人間富貴花。却怪丰姿太濃艷，如何相稱梵王家。酒酣不復行觴政，醒者爲賢醉者聖。我本無心入醉鄉，陶然適我鳶魚性。

馬慧裕，字朗山，鐵嶺人。乾隆辛卯翰林，官湖南巡撫、禮部尚書，謚清恪。工山水，書法右軍。有《河干詩鈔》、《馬上吟》。

集聖教序詩鈔四　原刻五、七言律千首，并摹右軍書法。

千里浮雲迹，今朝託上方。身勞知道遠，燭盡見更長。山水多禪味，松風有妙香。老僧精舍古，深夜問行藏。

我愛孤雲自往還，一年清趣亦多般。三春雪滿花成海，八月濤來水作山。心是觀音能注雨，人如彌勒總開顔。爲緣不遂歸田志，分得高僧半日閒。

月下與花前，何時不燕然。以閒爲有福，將夢作游仙。塵世元如海，人情本是田。洗清心境界，開出意中蓮。

不識人生總是空，爲緣名利西還東。覆將野鹿終成夢，網得飛花莫當蟲。廿四品中多妙趣，三千界下滿春風。開懷隨處皆仙境，豈有時亨與數窮。

陸珍，字仁寶，號玉溪，杭州人。工畫。

為王柏崖少尹畫卧梅横幅

疏枝鐵幹太槎枒，心賞從來别一家。却愛前溪鴉柏樹，畫成亦得似梅花。

楊春，字南礀，桐鄉諸生。工繪事。有《香波詩草》。

擬貝清江瓊殳山隱居用元韻

蕭蕭風雨滿山村，林霧溪煙畫亦昏。春送落花歸别澗，鷗迎新水到閒門。客來且喜能沽酒，日暮何妨牧野豚。俯仰幽居生意滿，蘭孫長後又桐孫。

錢灃，字東注，號南園，雲南昆明人。乾隆辛卯進士，官通政司副使，直諒敢言。精畫馬，書宗顔、柳，筆力爽健，略似其人。有《南園集》。

題章聲秋山索句圖

三日寒林聽秋雨，山樓獨夜聳詩肩。忽臨卯飲得新霽，自著芒鞋試踏煙。髫頭頑童亦解事，抱得琴囊相伴行。知道秋容待收取，詩聲不盡有琴聲。

題自畫怪石

我行不如石，心解慕石介。石即無奇姿，遇之亦揖拜。重彼粗醜質，中實如其外。山巔及水滸，索寞隨蒿艾。風日歲摧剥，磥然立不敗。何必言觸雲，爲霖遍宇内。

漲落

漲落遺墟有舊痕，葺廬仍面數家村。日風不蔽聊環堵，水火相求任叩門。失馬安知禍非福，移山何望子生孫。北鄰遺叟聞之喜，拉坐春苔倒一尊。

題自畫馬寄師三荔扉

高秋風急塞天遥，落日平雲好射雕。獨向玉門關外望，可兒千載一班超。

孫燕昌，改名塵談，字孫圃，嘉善人。乾隆辛卯舉人，考録景山教習。母老歸里，杜門養志，以詩畫自娱。有《柳南草堂集》。

魏塘竹枝詞鈔二

臨風鐵笛水雲涵，蓮瓣香濃酒正酣。莫漫持螯誇獨絕，分甘一半與江南。汾湖，一名分湖，以其半入吴江，在邑西北三十六里，産紫鬚蟹，楊鐵崖有記。

鷗波疏柳蓼花汀，鏡外看山一髮青。寫得江南溪隱趣，前惟松雪後虹亭。元錢重鼎居汾湖濱，築水村，趙松雪爲繪圖。國初，魏禹平孝廉坤又嘗倩徐虹亭檢討爲作《水村圖》。

蔣元龍，字春雨，秀水人。乾隆辛卯副榜。能花卉，嘗以楊梅紫液畫牡丹，用草汁作葉，生趣盎然。錢文端為書「天然富貴」，袁簡齋太史題詩於上。

自題墨牡丹

勿論左魏與姚支，墨暈春風寫一枝。爲有自家真國色，不須從俗買胭脂。

論印絶句 鈔一

頗訝相如入夢中，揭來名印玉玲瓏。珍藏誰似西園癖，瀟灑真餘魏晉風。高西園嘗夢客來謁，名刺爲司馬相如，驚怪而寤，越數日得相如玉印。官鹽場時盧雅雨偶索觀之，西園離席半跪，正色啓曰：「鳳翰一生結客，所有皆可與朋友共，其不可共者此印與山妻也。」見《槐西雜誌》。按，《墨林今話》：朱青雷嘗得卓文君印，廣乞名流題詠，欲以其友西園所藏相如玉印配爲一對，密託雅雨致之。所記略同。

金輅，又名珵，字式度，又字壽封，一字壽峰，號畹香，又號耐雲，一號荆村，常熟人，寓杭州。工山水、墨梅，尤善寫蘭，用筆圓勁，蕭散紛披，得書家細筋入骨之妙。有《耐雲遺稿》。

春晚喜晴

林梢一抹暮雲横，預卜明朝可放晴。打點杖頭錢幾箇，銷磨湖上月初更。不知白首埋何處，且託青山寄此生。蝴蝶夢醒誰是我，未應栩栩戀浮名。

兀坐口占

賃得湖陰屋數椽，端居日暇永如年。無魚久已羞彈鋏，有酒何妨便學仙。幸以長貧辭俗累，每以多病語因緣。披裘不作沽名客，何必溪頭問釣船。

李樹穀，號東川，晚號方翁，河南夏邑人。乾隆辛卯舉人，官湖南祁陽知縣。精篆刻，山水用筆疏秀。

題畫贈别

洞庭湖上欲秋時，一曲離歌酒一卮。他日不堪回首處，冷煙殘笛雨絲絲。

陳玉瑛，字汝瑩，一字潤坡，金華諸生。工書畫。

冬日耕田作

天寒風勁欲墮指，身不著綿耕白水。凍雲連日今始曦，凌晨飯牛衝雪起。農家世事惟勤耕，犁向尺地先敲冰。敲冰決水水倒湧，牛兮掉尾酸風獰。冰鋒膚裂牛傷足，冬日耕田待春緑。春風欲來草萋萋，明年我飽汝不飢。

毛上炱，字羅照，號宿亭，鎮洋人。乾隆壬辰進士，官户部主事，供奉内廷。山水初學麓臺，與王蓬心齊名，後臨摹宋元，縱横變化，獨自成家。有《思補堂集》。

涿州

雨雪罨孤村，樓桑近北門。一堤沙路軟，雙塔樹陰昏。忽下吴人泪，難招蜀帝魂。朔風驚刺骨，還戀敝裘温。

荆軻城

變徵歌殘白草枯，紫荆關外月模糊。真令豎子埋屠狗，終遣西周聚黠狐。賓客尚看揮涕泪，將軍空自費頭顱。即今易水蕭蕭起，不見當年督亢圖。

謝純祚，字季垣，號一山，鎮海人。諸生。山水宗一峰道人。

泊江上

夜色蒼茫裏，扁舟泊岸時。檣邊鐙接影，篷背柳垂絲。潮起風來健，秋深月上遲。擁衾憐不寐，惻惻動鄉思。

莫瞻菉，字青友，號韻亭，又號菊人，河南盧氏人。乾隆壬辰進士，官侍郎。工山水，畫蘭得湘沅幽致。癖嗜名流書繪便面，一時善書工畫之士盡態極妍，樂為投贈，以藏弆為榮。

焦山觀西漢定陶鼎

潤州訪古迹，孰如瘞鶴銘。先乎英光石，已有千年零。況兹定陶鼎，圓比周鼎形。大小雖異製，質厚含精瑩。我來摩挲久，於時海天冥。金氣映江水，呵護有神靈。隱隱土花纈，著手無銅腥。黯然太古色，吞吐山光青。

題張桂巖山水便面

崖陡皺如雲，前邨一澗分。黄蘆寒古渡，紅樹醉斜曛。遺世人高蹈，臨風鶴偶聞。静觀天地色，落葉已紛紛。

汪鳴佩，字玉岑，號鉏月山人，仁和人。貢生。素抱冲恬，雅善山水。有《鉏月山房吟稿》。

聽雨廊湖上可莊別業。

晴游與人同，聽雨念我獨。柴門掩寂寥，蕭蕭響林谷。夜吟一燈昏，猶枕松風宿。

答篁村即步見貽元韻

結屋藤蘿下，藏書洞壑偏。倦知歸鳥意，閒記種松年。山近雲微礙，湖寬月正圓。梅花雙鬢影，猶帶嶺南煙。先生久客嶺南，著述甚富。

鐵保，姓棟鄂氏，字冶亭，一字鐵卿，號梅庵，滿洲人。乾隆壬辰進士，官兩江總督。書法晋人，兼工畫梅。有《梅庵詩鈔》。

題宋六雨廣文霖墨牡丹

天香國色舍人詩，笑把繁春寫一枝。料得官齋風味冷，蘸將濃墨代胭脂。

題黄小松小蓬萊閣看碑圖

我來坐小蓬萊閣，如入米家書畫船。古搨心迷蟲鳥迹，殘詩泪灑鶺鴒篇。圖有閬峰弟題句。半生性命留金石，垂老功名剩槧鉛。自笑迂疏真好事，數題小字附前賢。

法源寺看花贈羅兩峰

法源寺裏趁香塵，勝友招邀際令辰。一歲莫孤脩禊日，百年幾作看花人。松篁響合笙竽奏，蔬笋香逾水陸陳。茶罷閒階尋妙蹟，靈芝書古墨痕新。

六月雨後西山紀游

雨餘頓起登臨興，走馬看雲薄暮還。我本讀書不求解，略觀大意到溪山。

題馬湘蘭花卉册子

冷韻幽香自寫真，蕭疏幾筆已傳神。争看淡墨氤氲處，不是名花是美人。

魯璸，字星村，安徽懷寧人。明經。善畫工書。有《星村詩鈔》、《管窺集》。

齊山葛仙米有序

粤西北流縣勾漏洞舊出葛仙米，相傳稚川飛仙後所遺，作羹甚美。近年許生毅夫直夫於齊山澗壑間搜得之，香色無異。爰賦七律，以補郡志之闕。

萬顆圓珠本化工，每逢泉水出無窮。昔聞勾漏懸巖下，今見齊山絶澗中。石髓何須數王烈，松腴空自羡喬同。仙家風味從兹辨，試與居人話葛洪。

沈可培，字養原，號蒙泉，晚號向齋，嘉興人。乾隆壬辰進士，官江西知縣。隸法漢魏，畫學宋元。

題畫贈張德容

園林新筍未經營，報到抽梢已出墻。從此炎威應不到，清風添我北窗涼。

朱棟，字柱臣，號砥齋，長興人。乾隆己亥進士，官山東布政使。工詩詞書畫，尤善寫生，有徐、黄之譽。

英山二首

曾從畫法見礬頭，董巨餘蹤此地留。漸入西南如啖蔗，英州山又勝韶州。

一拳一角總山巒，可惜天教落百蠻。好事吴兒渾未識，買園只鑿石公山。

陸鼎，字玉調，號鐵簫，元和布衣。能山水，性無俗好，終身不娶，賣畫自給，人以韓畕擬之。嘗過青蓮庵看梅，有「堂上不逢僧，梅葉滿階脱」句，人呼為「陸梅葉」。有《梅葉山房集》。

自題畫扇贈袁簡齋太史

一枝蘭槳鴨頭波，兩箇漁翁載酒過。好看舊山似新婦，迎門先爲掃雙蛾。

舒東，字芬照，湘鄉諸生。工書畫。有《青芬山房集》。

祁陽道中

遠岫遥開處，青餘一綫天。日光初覺澀，山影未成圓。石髮梳巖壁，雲芽漱澗泉。人家溪畔住，咳唾亦清妍。

永璥，字文玉，號益齋，别號素菊道人，清理密親王允礽孫。工書，善蘭石，尤精鑒别，收藏名迹甚富，凡書畫經其品定者，鈐以欽訓堂印。有《益齋集》。

題蘅嬰居士水月清蓮圖

波紋動處吐清香，誰遣花開十丈長。寫就奇姿嫌未淡，更添月色映横塘。

自題畫雙鈎蘭

戲將飛白法，淡墨寫芳蘭。剛健雜流麗，天機到亦難。

清畫家詩史戊上

寧津李濬之響泉編輯

張道渥，字水屋，一字封紫，號竹畦，又自號張風子，山西浮山人。以明經官蔚州知州。幼負奇氣，嘗策蹇走京師，後宦游維揚，左遷入蜀，得歷覽峨嵋、劍閣諸勝，所至與名士觴詠。山水秀潤，脱盡窠臼，迥不猶人，有時繁益加繁，有時簡而又簡。畫書詩稱三絶。有《水屋賸稿》。

題水屋吟秋圖座中係張船山、法時帆、劉澄齋、曹受之、汪葑亭諸君，羅兩峰作圖，余竹西補竹。

謀生久愧我無能，八口相依累轉增。賃屋渾忘爲寄客，携家聊免似游僧。閑人只合門如水，熱客那知山是冰。除却論文無箇事，烹鮮偶爾接高朋。

余自揚州夢醒旅食京華性憚車馬於險出則跨一驢舊友羅兩峰畫張風子騎驢圖題詩以戲之越數年謫官西來驢亦從之入蜀一作俗吏吟鞭便疏驢為富兒所典余亦即赴金川之役戊午春余來成都遇驢途驢見故主長鳴不已如泣如訴為之愴然動懷得詩十九首展兩峰畫幅題之鈔五

旅食京華七載餘，病多不患出無車。一從拋却揚州鶴，只向金臺跨白驢。何似雲中公子狂，「何處狂公子，雲中騎白驢」，唐人句也。軟塵踏遍四蹄香。神仙俠客家風在，果老虬髯總姓張。

猶記西山策蹇回，長鳴官路晚煙開。灞橋風雪蘆溝月，一樣輕寒送句來。金作雙眸玉作毛，一鳴聲澈碧雲高。可憐若个真英物，薄福詩人跨不牢。送我西來萬里行，劍門細雨動詩情。一官難免書驢券，悔煞折腰太自輕。按，宋陸陬、羅兩峰均有爲水屋畫《細雨騎驢入劍門圖》，張船山太史題詩。

題梁篠素白描打包行脚小照篠素揚州名士也。

閒雲孤鶴致飄然，行李無多恰半肩。羅漢前身原是客，英雄末路半歸禪。回頭經卷堪消日，憎命文章肯怨天。憑仗白描工寫照，非空非色兩能全。

廢園興感

當年争説好園亭，豈料滄桑眼底經。曲徑已連平野緑，積垣放入遠山青。蛇蠲遺蛻風搜瓦，狐煉妖姿月滿庭。秋夜春朝誰過問，牧兒拾得護花鈴。

為孫補山先生畫秋林圖

林影蕭疏山骨清，關河客路認分明。生來我本多秋氣，下筆能傳落葉聲。

吴博垕，字補齋，松陵人，寄居吴郡。初業寫真，旁及花鳥，蒼勁有法，尤善草蟲鯈魚。

自題水墨瓶菊

九月風高冷露華，潭塘紫蟹最堪誇。瓮頭況又新蒭熟，好擘霜螯對此花。

成隄，字伯顧，號愲齋，大名人。懷祖子，乾隆甲午舉人。山水得清暉老人秀逸之致。

題龔夏橋桃源圖

小徑斜開亂石頭，春山春水柳邊舟。垂竿兀坐誰家子，不著胸中一點愁。

宋圻安，字臣悦，號吉山，浙江建德拔貢生。工書畫。其祖載，善畫松，以進士官眉州知府，家中婦孺長幼皆工繪事。

題遠山畫

春雨洗幽壑，翠光流四圍。蠶叢游子驛，鳥語野人扉。徑以樹深冷，帆偕雲遠飛。倪迂不可作，何處見天機。

王志熙，字維清，號修竹，嘉善人。貢生。以行草書擅名，兼工山水，精鑒别。有《論畫》百首。

論畫詩鈔二

鶴髮童顏老謫仙，坐收神妙到毫巔。祇應暖翠浮嵐裏，供養煙雲九十年。子久

清閟尊彝嗜絶奇，暮年飄泊劇堪思。菰蒲漁艇龍涎細，不蹋王門作畫師。雲林

陳崇本，字伯恭，河南商邱人。乾隆乙未進士，官宗人府府丞。山水工淺絳，宗法大癡。

坡公生日覃谿先生置酒蘇齋醉後兩峰畫像二幀與張瘦銅各題一律即以餞行得蘇字

爐煙齋牓本名蘇，使節端來薦笋蒲。六百年過星緯爛，二三人到雪花俱。遺珠編校搜珊網，祖硯流傳抵畫圖。陽羨有田身計穩，未教鄉夢落江湖。

張吉安，字迪民，號蒔塘，吴縣人。乾隆丁酉舉人，官浙江象山知縣，與王椒畦為姻眷。偶作小畫，饒清逸之致。有《大滌山房詩録》。

桃花庵訪唐解元讀書處

風流姓字才人艷，香火因緣古佛同。寂寞一龕門晝掩，桃花開謝幾春風。

簡椒畦

酒杯到手不成醉，詩景推篷空飽看。枯木斜陽鴉數點，試拈秃筆寫荒寒。

田克岐，號秀崖，山西陽城諸生。工詩畫，嘗爲曹容圃學使畫《東南書屋圖》。有《秀崖小草》。

題壁間畫竹

憶昔秋江午夢殘，萬竿風雨不勝寒。只今潑墨涼生壁，猶似瀟湘客裏看。

俞理，字夔堂，亦作雪堂，號秋府，別號小緑天菴主，錢塘人。乾隆丁酉舉人。擅古學，兼工山水。王尚書宗誠、錢學使學彬皆從之受業。同里奚鐵生嘗爲畫《得樹茅堂圖》，一時題者甚衆。

畫直幅贈陸古漁秀才

我愛居盧傍水村，不因客至自傾尊。三分睡眼書看足，一尺漁竿手把温。老樹任他風脱葉，短籬偏有竹爲門。幅巾留得當時樣，縱效林宗未可論。

往題嚴鐵橋畫册悵不得與定交今年自都下還里而令兄古緣先生復歸道山展觀所圖便面墨色猶新不勝有觸緒傷心之感

豆花籬脚蟋蟀鳴，遶廊短步行重行。秋風悲涼秋月白，落葉蕭蕭吹作聲。古緣天竺一先生，書畫妙絶我所兄。把圖雪涕痛已矣，今夜不寐空聽更。

吴退庵學博刻杭郡詩輯既然見惠賦長句以張之鈔一

羅絡珊瑚鐵網精，盡令英氣劍光騰。湖山碧草愴耆宿，風雨黄壚見友生。蓮社遺篇徵慧業，紗帷傳句出香名。最後録緇流、閨秀二門。鴻施不朽功無量，多少人才拜九京。

吴烱，字秋陽，自號睡庵，湖南武陵布衣。工詩善畫，性落拓，喜度曲。有《古香園詩草》。

黄鶴樓

黄鶴樓頭秋日陰，客中扶病强登臨。東南野色分吴楚，江漢濤聲自古今。澤國秋高紅葉少，鄉關天遠白雲深。仙人玉笛無消息，但聽蕭蕭萬户砧。

西園感舊詩鈔四

研北老人，湖以南名宿也。炯自幼即心嚮往之，時老人官閩中，欲見末由也。及解綬歸，會余有邵陵役，遂不果見。及炯歸而老人已謝世。炯與老人并世同里，相隔一牛鳴地，而終不得一見。一夜夢游西園，西園者老人官臺灣時所築休息處也，有感於瓦破垣穨，花殘柳賸，成七絶十五首。醒時録其存者足成之，以見神交如此。

老屋詩魂冷孟郊，至今無復此誅茅。争如梁上紅襟燕，猶得含泥補破巢。

畫舫隨風自轉移，更無人理釣魚絲。却教鷗鷺來滄海，占斷庭前放鴨池。

雙鶴相隨返故園，滿庭風露自黄昏。飄零松頂遺巢在，竟讓鴟梟有子孫。

黄蒿紫艾各懷新，浪費東風發育仁。墻角碧桃三五樹，可憐憔悴不成春。

馮敏昌，字伯求，號魚山，欽州人。乾隆戊戌翰林，改官刑部主事。工隸書，嘗徧游五嶽，造巔題壁。畫松竹蘭卉，蒼秀絶俗。家近安南，古無文士，獨能讀書勵行，無師自立，所纂《孟縣志》精確詳審。有《小羅浮草堂集》。

過平陸謁傅相祠

遯迹同遺老，旁求仡大賢。傅巖圖像日，殷室中興年。霖雨端由帝，星辰尚在天。精誠能陟降，且勿託神仙。

巫相看鄰壤，巫相咸父子故里，近在夏縣。阿衡得替人。如何先版築，且復事勞筋。一代君臣契，平生空乏身。驅車睹遺廟，感激動心神。

李承道，字薪傳，鄞人。乾隆庚子舉人，官隴州知州，多惠政。能詩畫，瀟灑無塵俗氣。

和明府錢竹初臘月八日汶上旅次見寄韻

日月湖邊水拍琴，芙蓉峰下玉排簪。詩情都入湘靈句，別緒偏縈叔度心。驛路晴熏花纈放，村橋煙濕柳絲沈。遥知到處陽春脚，竹馬重聽繞郭音。

潘庭筠，字蘭公，號德園，錢塘人。乾隆戊戌進士，官御史。工繪事，歸田後喜從方外游，每隨筆作水墨花卉。有《稼書堂集》。

畫桃柳

濃春都在鏡香中，水有蘭橈岸玉驄。枝上金衣公子語，勸人莫負酒旗風。

羅兩峰六十

竹西詩叟客都門，旅邸重將畫旨論。仙佛法中經篋熟，公卿座上布衣尊。養生日作煙雲供，寓物天教海岳存。行篋中有米南宫硯山。從此年年人日後，梅花香裏爲開樽。

關槐，字晋卿，一字晋軒，號雲巖，一號曙笙，又號柱生，晚號青城山人，仁和人。乾隆庚子傳臚，官禮部侍郎。山水得董蔗林相國指授，筆姿秀韻，供奉内廷，寵眷特懋。

登吴山太虚樓十一歲作。

瀛海紅暾出，瑶臺碧漢齊。不知千仞峻，只覺萬峰低。

汪霖，字雨亭，天台人。工山水，齊息園侍郎稱其畫與雲林、石田相埒。

高明寺香谷巖泉

智者持一鐙，結趺選奇别。水觀聚衆香，巖竇野花發。至今古佛龕，到者歎幽絶。提此醍醐清，静覺魚鐘歇。

華蘭，字省香，號春浦，天津人。乾隆庚子舉人，官全椒知縣。工書畫，旁及金石篆隸之學。初館余秋室太史京寓，以博雅稱。有《皖城集》。

江鄉初夏即景

三間茆屋傍江居，椿繫輕舟認老漁。細雨新晴斜日好，柳花橋畔賣鰣魚。

同張竹軒吴山尊王鶴嶼再游滁州訪醉翁亭

山色遠含青，環滁列畫屏。一時賢太守，千古賸斯亭。水落明溪石，風疏息塔鈴。夕陽人影散，把酒記曾經。

朱石君撫軍索畫醉後寫得横幅并題絶句

喦屋雲林浄絶塵，此中定不少幽人。何當稱意觀黄海，三十六峰俱寫真。

江德量，字成嘉，號秋史，儀徵人。乾隆庚子第二人及第，官監察御史。善分書，兼工人物、花卉。

王少林太守藉山讀書圖

太守里居有藉山樓，官漢陽時署據鳳山之麓，構小閣讀書，用里居舊名名之。

借書人云癡，借山事益寡。不辨買山錢，林壑寄瀟灑。結構就巖麓，遍地去榛瓦。坐我松桂扉，言念枌榆社。拄笏對雞籠，初志用自寫。吏散山翠深，一卷時復把。風細鑪篆高，花開鳥聲姹。無何别山去，載書勞車馬。青山無處無，塵坱未能捨。此卷長隨身，此山成久假。

題時帆先生溪橋詩思圖用覃溪師韻

水流雲在意，同此證初心。選石坐春晝，惜芳穿故林。别驚詩力健，豪忘酒杯深。得句時還讀，琅琅和素琴。

孫銓，字少迂，崑山人。乾隆庚子舉人，官山東陽信知縣。少工書法，館錢湘舲京寓，成邸欲薦值懋勤殿未果。善蘭竹，中年兼工山水、人物，悉有古韻。嘗為翁覃谿寫《蘇齋圖》，得董思翁筆意，每以詩書易其所畫。有手摹名人書札，名《壽石齋藏帖》。

丁丑三月廿六日菱湖擷芳亭新植紅牡丹一萼忽發雙花漫賦短章以記其異

并蒂名花世所稀，一枝濃艷鬥芳菲。爲憐三月春如海，雙倚東風駐落暉。

王鈺，字笠田，號若谷，丹徒人。諸生。工繪事。

題葡萄

緑雲匝地老龍眠，吐出驪珠箇箇圓。誰把金盤盛萬顆，釀成玉液薦瓊筵。

施玉麟，字佩符，浙江孝豐諸生。善書畫。有《友溪山人集》、《題畫詩録》。

鴛鴦湖櫂歌和婦翁吴敬齋先生

菱歌十里小長蘆，書畫船來興不孤。除是富春黄子久，由拳能寫讀書圖。

三輔清名尺五天，叢臺從此賦歸田。劃花定盌邯鄲瑟，不上南湖鴨觜船。先生方令邯鄲告歸。

陶莊黄雀馬皋魚，更好分湖足蟹胥。釀得月波春酒熟，燕梢船裏著新書。

翠色分來大滌樵，篔簹緑上木蘭刀。論詩許否携黄九，會景亭西佐刺篙。

金燾，字保和，號竹莊，嘉定人。乾隆庚子舉人。山水學西廬、廉州，筆甚渾厚。工書。

為翁石瓠寫賞雨茅屋圖

雨葉煙條故故斜，秋風一櫂溯蒹葭。三重茅屋荒江上，知是詩翁杜老家。
玉壺春酒醉瓊巵，依約王官高寄時。吟盡蔫花三月暮，夜游涇外雨如絲。

陳汪，字汪遠，一字菊園，號清溪漁者，南海人。太學生。善草書，工畫翎毛。有《清溪吟草》。

自題百鴿圖

大造爐冶鑄群動，物生不測皆歸真。吾人胸次包萬彙，寸管肖物能通神。由來作畫師造化，邊黃花鳥高無倫。我生素性嗜魚鳥，結亭漁釣清溪濱。雲鶴風鷗恣揮灑，尤愛鸜鴿烏衣金眼質有文。靈禽巧慧有本性，茹藿餐糲如安貧。鳥能脱俗亦朋友，引諸素壁呼其群。意在筆先豈泥古，形隨心造多翻新。宿食飛鳴并生活，高下聚散何紛綸。觀象似疊大衍數，披圖同憩天地春。爾我各自適所適，詎慮塵網羈鷃鶉。相視大笑成莫逆，煩言可勿勞譊諄。

王肇基，字履仁，號鏡香，嘉興人。善白描人物。游京師，嘗自畫《清宵見月圖》，徵求名流題詠，蔣心餘太史尤重其品藝。

自題清宵見月圖

明月出高林，徘徊照幽徑。臨風歸思深，此時正昏定。

張灼，字未克，號丙齋，一號柳州，安肅人。乾隆辛丑進士，官浙江鹽運使。工山水，骨力蒼秀。在杭引疾後寓居西湖，思故鄉山水，嘗寫《味泉圖》以見志。書法出入晉唐。有《十穫齋詩鈔》。

九日由太康縣赴新野

老去因官累，重陽興獨豪。客懷思對酒，驛路罷登高。霜柿紅千樹，秋波緑半篙。黄花應笑我，偏耐宦途勞。

自題味泉圖小照

汲得新泉貯石罌，蘭芽小摘帶雲烹。年來嘗遍江湖味，不及山家水較清。按，柳州都轉有《韜光庵圖》，吴蘭雪題詩云：「雲水光中打槳還，使君風致太蕭閒。鬱林載石猶嫌重，一卷惟携畫裏山。」尤可想見清風高致。

過故關步壁上韻

晋水東流別，龍山北望賒。行沽燕市酒，且喫趙州茶。白雪吟題壁，紅塵付落霞。前途無限意，斜日噪寒雅。

目病

病來每惹詩成祟，苦極翻安藥當茶。贏得風光閒破悶，一簾春影上梅花。

秋日葵園即事

退食清齋晝掩門，蕭槮廨舍儼荒村。小園聊得藏鳩拙，老圃猶能咬菜根。客話正濃茶欲熟，衙籤已罷酒初温。秋成又喜嘗新稻，甘苦輿情可共論。

李輝仁，字静夫，號醉石，丹徒人。喜畫蝦蟹，饒有別趣。

雨中飲殷鶴村宅

濕雲寒霧罨溪煙，高燭深杯引暗泉。冒雨人來春韭嫩，看燈時過鮆魚鮮。綢繆笑語憐遥夜，顛倒衣裳憶舊年。今夕不辭叨爛醉，從清爲聖濁爲賢。

宋葆淳，字帥初，號芝山，晚號隖㔖，安邑人。方伯在詩孫，乾隆癸卯舉人，官隰州學正。性傲岸不羈，在官年餘即告歸，游迹半天下。山水筆甚奇肆，墨氣嫣潤，自成一家。書法遒古，尤精金石考據之學。

題畫

思翁論畫學，如禪分南北。後人遵其言，此伸彼或抑。紛紛嗜好殊，有若以耳食。畫雖一藝事，要須造其極。致思既精專，攄寫皆心得。神妙絶畦町，意象超筆墨。造化俱吾師，渲染有遺則。南北寧異派，佛祖各努力。此中本性情，無事別畛域。妄生拘墟見，或恐成結刻。

己未冬至後五日寒夜挑鐙為陳君無軒作湘管齋圖并系長句

環畝之宫數閒屋，疏引流泉爲種竹。籜龍櫛比十萬竿，風蕭雨瑟鳴寒玉。無軒静坐湘管齋，積陰照映鬚眉緑。有斐緬彼淇渭濱，高情想見篔簹谷。無軒好竹兼好古，書畫愛護如頭目。平生真賞工討論，名迹閲歷手自録。君著有《寓賞編》。遨游萬里來京師，槐市相逢知不俗。雪夜圍罏酒共斟，連牀劇話開心曲。何日扁舟到君齋，縱觀墨妙笋煮肉。吮毫寫此平安圖，一洗塵坱清風穆。

題羅兩峰自畫小像

金壽門入室弟子，花之寺夙世禪僧。獨開生面仙佛鬼，别具天機神妙能。不作拖泥帶水相，難招讀畫吟詩朋。年來耆舊凋零盡，每到揚州涕泪零。

顧柱，字竹坡，婁縣人。善畫，癖嗜山水，嘗漫游大梁、齊魯、燕趙間。

金山

江水不可極，孤峰亦壯哉。若教在滄海，又作一蓬萊。鐵瓮帆檣接，金陵煙樹開。欲窮吴下勝，直上妙高臺。

丁維時，字馭青，嘉善諸生。喜藏書，工書畫，兼善篆刻。有《拙漁詩存》。

柳洲種柳歌

柳洲亭畔去來波，浴鷺眠鷗戲水多。分外今年新漲緑，參差萬縷映漁蓑。
自眠自起影鬖鬖，彷彿靈和殿外看。莫使行人肆攀折，春風留取護吟鞭。

汪佳俊，字傑士，號碧峰，江都布衣。居康山之側，業畫事母。有《松筠軒詩鈔》。

程平泉茂才静軒太史汪蓮浦大令黄秋谷參軍李旭齋白樓石遠梅三上舍張子貞布衣同游翠屏洲訪王子柳村子貞繪南溪春泛圖囑予題之

武陵在人境，或疑爲輞川。倐然高士廬，遠水流門前。刺篙命樵青，泛泛米家船。
瀠洄溯一水，曲屈環野田。村莊互映帶，桃李交新鮮。一水不自媚，萬花相與妍。東風拂緑柳，蕩破春波煙。悦性愜魚鳥，亂耳無管絃。惜予遠莫致，神往心悵然。何當一問津，暢兹圖畫緣。

陳豫鍾，字浚儀，號秋堂，錢塘人。廩生。精六書，工篆刻，兼以篆法畫松石寫蘭竹，逸趣横生。與奚鐵生交最洽，使氣忤俗，二人亦略相似。

題趙雲巖放翁詩意圖

沄沄緑水繞蓬廬，象外清幽畫不如。人在荷香桐影裏，午風涼展一牀書。

陳焯，字映之，號無軒，一作无軒，烏程人。貢生，官鎮海訓導。善山水，極有逸趣。好古精鑒，嘗著録所見書畫，名《寓賞編》。有《湘管齋詩稿》。

題畫

緑樹蕭疏繞近山，數家茅屋隱林間。漁翁信手撑篙上，不得魚時也自閒。

朱輔地，字撫辰，號慕園，海寧人。高宗南巡召試一等，充四庫館校録。工山水、花鳥，擅三絶之譽。著有《慕園題跋》。

自題畫梅

此是西湖處士梅，如何移向筆端栽。不知簾外黄昏月，也有横斜疏影來。

胡懋猷，字經南，一字上村，新會人。書法歐陽，畫不名一家，尤工寫蟹。

題畫蟹

藻緑風晴浪始收，託身泉石老溪頭。平生不肯低雙眼，閲盡清流與濁流。

余鑠，字金聲，一字菊區，龍游諸生。善蘭竹，書宗蘇、米。

龍江初發

相約龍門去，欣乘瀫水舟。帆懸萬里思，鷺點一江秋。遠樹兼雲黑，輕橈帶雨柔。忽聞煙際語，漁子飯灘頭。

繆炳泰，字象賢，一字霽堂，江蘇江陰諸生，乾隆甲辰召試賜舉人，官兵部郎中。幼精寫像，不由師授。初隨尚書福長安公入都，召寫御容稱旨，隨命更定《紫光閣後五十功臣像》并繪《平定臺灣功臣圖》。兼工人物、花卉。有《紀恩詩稿》。

南巡恭紀詩鈔一

浙西濱大海，波浪勢掀天。久藉柴爲障，今看石永堅。一勞成永逸，民力仰官錢。百萬工程鉅，俱憑睿慮全。

石椿，字大年，號野堂，儀徵諸生。工畫，篤於友誼。有《懷人詩》百首。

懷楊淡泉

莫笑揚雄善解嘲，槐花秋雨正瀟瀟。分明記得分携處，瓜步西風送落潮。

陸成棟，字邁倫，蕭山人。諸生。喜畫蘭，兼寫山水。工書，縱横變化，不拘一格。有《青靄居詩鈔》。

登嚴陵釣臺

隱者甘淪没，先生獨有祠。功名逐流水，遇合識殘碑。高節千秋創，清風百世師。雲臺今在否，過此敢忘之。

余鵬年，原名鵬飛，字伯扶，懷寧人。乾隆丙午舉人。工山水。主講曹州時，嘗偕弟子、園丁訪花勘視，著録《牡丹譜》。有《枳六齋詩稿》。

潼關

風陵埠口净風埃，馬首鳴蟬樹樹哀。雲入中條將雨去，人隨返照過關來。此間浩劫紛難問，無際洪荒鬱不開。三晋二崤相向晚，側身天地一銜杯。

鷓鴣

黄茅紅蓼雨霏霏，百過洲前耀錦衣。苦語勸人行不得，争如身亦向南飛。

嘉慶建元春正小松先生於泲上南池席間出訪碑圖命題酒醉而罷次日孫淵如同年觀察招宴南樓因同赴兖雪留三日乃別去北上又閱兩月下第出都將復過訪醉後成七絶五首鈔一

南池酒盡不成詩，并馬南樓更把卮。恰好留人三日雪，天教寒眼飽看碑。

余鵬翀，字少雲，懷寧人。鵬年弟，諸生。少有逸才，山水不落時蹊，尤善詞曲。有《息六齋遺稿》。

題雪帆圖施君雪帆思歸未得，屬余作此遺興。

載將書籍與吟縢，帆指黄雲水欲冰。重訪江湖傷旅鬢，幾年蓑笠負漁燈。寫君鄉景休思膾，顧我生涯慣誤蠅。若許同舟儂亦去，客中此景覺難勝。

李宗信，字謙初，號錦畬，嘉興人。諸生。花鳥、人物鈎染不俗。

江行口號

古人名畫愛入骨，可惜家儲一紙無。今日舟行江上雨，推篷面面輞川圖。

吴于宣，字浚明，號南嶼，石門人。乾隆丁未進士，官揚州知府。善寫蘭，得板橋神髓。有《楚游吟稿》。

鴛鴦湖櫂歌

衝波小艇渡頭停，古閘松杉一帶青。送客年年離别地，秋風秋雨落帆亭。

汪震，字東伯，一字曉仙，仁和人。世居弁山、苕水間，胸次藴蓄靈秀，工畫山水、花卉。有《桐香館集》。

寒溪寺

箬谷吐寒聲，山溪繞寺行。聞鐘入幽處，撥霧到松坪。地僻僧多壽，林深鳥不驚。絶無煙火氣，共坐説長生。

自題墨牡丹

富貴何須助艷妝，肯隨紅紫鬥芬芳。倪迂絶少臙脂癖，一抹春生翰墨香。

為劉禹民太守畫湖山覽勝便面

五雲樓閣倚天開，卅里荷風拂面來。蘇白風流如可接，甘棠猶待使君栽。

王學浩，字孟養，號椒畦，崑山人。乾隆丙午舉人。畫得麓臺傳派，氣韻沈鬱，筆力蒼勁。嘗遍歷燕、秦、楚、粵，作汗漫游，以筆墨抒寫襟抱，著《南山論畫》。有《學圃詩鈔》。

題石谷子山水

寥寥數筆寫荒寒，此藝知音自古難。意到何妨筆不到，偏於筆外耐人看。

贈蔣霞竹

天借清寒鍊此才，澹於黄菊瘦於梅。鹽齏一味供吟興，嚼出宫商角徵來。

馬履泰，字叔安，號菽庵，又號秋藥，仁和人。乾隆丁未進士，官太常寺卿。以文章氣節重於時，書法古健。年逾三十始學詩，見者歎為天授。中歲作畫，涉筆即工，蒼率沈渾，得大癡神理。有《秋藥庵集》。

題畫

與客同尋古石幢，風煙蕭颯坐僧窗。一枝庾塔尖於筆，撐起秋空走大江。

留別大明湖

天公知我樂菰蒲，故遣延緣得此湖。城裏煙波天下少，船頭山影北來無。竿緡正可充家具，魚鳥猶應熟老夫。徑欲携歸京國去，篋中清景早成圖。

桂學博得古銅桂字小印屬題

何代爲君琢，居然圭木章。試鈐詩卷尾，老緑吐辛香。辨是金元物，滄桑七百年。賴無容蠹處，一字極清妍。桂父古仙人，秘篆肘後繫。何緣落君手，君豈其苗裔。拾得離騷字，應歸痛飲人。醉中誇示客，跌宕見天真。

阮宫詹屬題董香光峼華秋色圖

弁陽苦憶舊齊州，賴有鷗波一幨酬。茗盌薰爐簾閣晚，白雲紅葉峼華秋。眼前又睹香光妙，堂上真疑山勢浮。此外尚傳張外史，如何遺迹總悠悠。

為孫淵如畫探禹穴圖即送其之官山左

天生項羽秦漢間，氣欲吞漢四百年。又爲項羽生馬遷，寫羽筆有燒秦煙。遷也足迹半天下，天風海濤恣揮灑。胸中假若挂一塵，此手何由敵喑啞。探禹穴，上會稽，會稽要爲天下奇。金簡玉册藏石匱，誰能讀之笞蹬踞。三千年來有孫子，墮地擘出碧落紙。手書篆籀自兒嬉，口誦墳索如翻水。昔年披得赤烏碣，書體直疑皇象結。今又横渡錢塘潮，宛委之山訪古鍥。宛委山，宛委洞，宛委洞中傾石湅。醉後思騎禹廟樑，狂來欲倒秦皇瓮。可憐我如冬月蠅，問著摇頭百不能。齏粥誤人如飲漆，簪紳在體似纏藤。眼中之人又東去，是爾甘棠曾舍處。政績重開海岱新，文章信要江山助。噫嘻乎，子長不生李斯死，陽冰退之差可耳。君但奄有二子成三人，老夫之望止於此。

陳蘊生，字愔如，嘉興人。諸生。善製硯，工篆刻，尤精寫蘭。有《犁雲野唱》。

歸途

前溪新水漲平堤，夏木陰中一鳥啼。幾日不來村裏住，溪南溪北緑秧齊。

楊岱彭，字半嶺，滿洲人。官浙江防禦。工山水，尤精花鳥草蟲。乾隆間曾畫《西湖全景》并《觀潮圖》進呈。年八十尚能騎射。

自題畫壁

松柏有本性，我今來寫真。堅心與勁節，筆底妙通神。

吴文照，原名煐，字香竺，石門人。乾隆戊申舉人，官惠州同知。善畫。有《在山草堂集》。

題女史唐素花卉卷 女史江蘇人，工繪事，母亡矢志不嫁，賣畫養父。

母亡父無偶，女在父有子。晨昏甘旨謀，艱難此十指。身如冬嶺松，孤標只自矢。心如秋籬花，無意鬥紅紫。

源津渡

十里源津渡，平沙兩岸黄。牛鳴催日落，鸛立比人長。古塔奇難畫，山花凍不香。扁舟何處繫，煙水自茫茫。

尤錫九，字亦夔，又字一揆，號澹軒，嘉興人。監生。山水筆墨淡雅，行楷法董華亭。嘗製小舟，榜曰「吟舫」，置茗爐書卷，嘯詠其中，人以陸天隨、米海岳擬之。有《澹軒詩草》。

寄懷姜有聲

曾共吳船泊水村，梅花深處倒清尊。江湖有約頻催夢，風雨無聊獨閉門。入世每嗟同調少，如君須向古人論。何當歸計郊扉好，長日攤書秋樹根。

沈宗騫，字熙遠，號芥舟，又號研灣老圃，烏程人。諸生。山水、人物傳神，無不精妙。小楷、章草皆具古法。著有《芥舟學畫編》，足為畫道指南。

自題黄山圖

松盤石立劍芒秋，天下名山未可儔。大地與誰同放眼，千峰向我各低頭。果然到此方知異，此是平生最勝游。壬午游黄山文殊頂，有密祖悟禪師書「到此方知」四字。坐待白雲鋪萬壑，要看黄海入天流。

余師沆，字可亭，丹徒人。工繪事，夾山竹林寺落成，曾繪圖進呈御覽。

宿卧佛閣聞鶯

梁園春老壞金衣，飄泊天涯冒雨飛。休説豪華舊公子，由來王謝燕無歸。
昨日江鄉已送春，雙柑斗酒爲誰親。戴公去後無知己，莫倚聰明漫駡人。

周鍔，字蓮若，號春田，長沙人。乾隆丁未進士，官蘇州知府。善畫竹，尤精書法，嘗搜集范文正、文信國、方正學諸公手蹟刻石，名曰《人帖》。有《聽雲山館詩鈔》。

焦山待月

水閣晴堪愛，繁星已在天。何妨中夜上，不必十分圓。海氣迴孤嶂，江風捲暮煙。石邊頻悵望，清影待高懸。

題畫

遠岫濛濛碧樹環，春江無際淥波閒。何當得便乘漁艇，去看瀟湘雨後山。

何道生，字立之，號蘭士，靈石人。進士元琅弟。乾隆丁未翰林，官九江知府。山水、竹蘭筆墨清雅，饒有士氣。有《方雪齋集》。

潼關

峭函綫路繞羊腸，巀嶭雄關四扇張。一畫鴻溝秦晉豫，幾番龍戰漢隋唐。時平戍卒忘鼙鼓，地險耕農拾箭槍。最喜青山迎馬首，三峰天外鬱蒼蒼。

寄呈簡齋太史鈔二

好語傳來挾纊温，便疑身已謁龍門。愛才到此真如命，知己從來勝感恩。舊雨關心先送信，葑亭給諫以先生手札見示。和風著物妙無痕。靈光今日惟公在，可許心傳與細論。
遲踏紅塵五十年，望公不啻古神仙。忽煩一介通消息，想亦三生幸有緣。小草總歸春長養，瓣香竟荷佛矜憐。平時雅抱推袁意，矢願於今念益堅。

洛陽

雄繁都會冠河南，歲遠難將舊迹探。伊闕有山仍積翠，名園無地况伽藍。雲連秦隴蓮華秀，雨足郊原麥氣酣。欲訪落花花信杳，北邙松柏晚參覃。

暮春雨雪交作遣興

薄醉心情聽唤鳩，輕寒未許下簾鈎。花光膩似人初浴，我意懶於雲不流。天地無情飛野馬，江湖永憶泛扁舟。玉壺買得春常在，且可尊前自勸酬。

庚申二月題黄秋盦訪碑圖

難得碑癡即大癡，生平快事聚於斯。名山寶藏原無盡，不愛碑人總不知。

墨痕淡欲化雲煙，此筆於今孰比肩。片石存亡應有數，他時碑或藉圖傳。

舒位，字立人，大興人。乾隆戊申舉人。生之夕母夢一僧執桂花自峨嵋來，故小字犀禪。幼隨父任粤西，讀書於鐵雲山，因又號鐵雲。山水、花鳥師青藤，有奇氣，兼工人物、草蟲。善各體書。詩奇博閎恣，横絶一世，與孫子瀟、王仲瞿時稱鼎足。有《瓶水齋集》。

題陳檢討填詞圖

虬髯鴉鬢兩絲絲，畫出剛逢禿阿師。樂府雙聲南北調，洪昉思題南曲，蔣心餘題北曲。制科千載後先時。朱竹垞分書「填詞圖」，袁子才爲序。三生不作無情物，一卷能行本事詩。想見傳神阿堵裏，閏年留得好春遲。圖成於康熙戊午閏三月，釋大汕寫。

朱野雲擬陶詩屋圖

飄泊張融岸上船，商量支遁買山錢。除非一箇陶元亮，想要歸家便有田。
朱公從此擬陶公，三徑斜陽畫不紅。肯畫桃花與流水，便應招我此圖中。

仲瞿屬其内史雲門氏寫留待山居圖圖成索余為記先題四絶句

華嚴樓閣指輕彈，一例煙雲過眼看。若作四千年後想，買山容易畫山難。
胡盧舊樣餅虛名，兩姓荒莊笑耦畊。留得武陵源一記，花紅水緑太分明。
不畫長眉畫遠山，螺煙粉本互增删。書生心計佳人手，都在須彌芥子間。
便有柴門傍水開，田園勤灌樹親栽。笑他風雨催租者，不到三都賦裏來。

雨夜發石門縣四十里至烏鎮見月

黄梅已過雨不休，夜雲濕上詩人頭。煙波淼淼不知處，飛去一葉沙棠舟。叩舷歌嘯三十里，裳衣吹薄風颼飀。行聽篷背雨脚小，仰睇六幕青天收。蟬聲兩岸吟未絶，溪橋野樹相與浮。推篷看水漲夕緑，釣船高出溪中洲。潮痕一丈芳草短，時見螢火隨東流。我家柴門正臨水，沙際一白眠群鷗。艕聲到門忽驚起，飛上百尺清涼樓。家人夢醒延我入，青鐙開出雙扉秋。相從吹笛話舊雨，殘月却挂西南鈎。

伯父仿唐子為富春山圖一角命題

桐江詰曲好煙波，隱隱青山響櫂歌。纔展溪藤似相識，十年前向畫中過。疏簾清簟夢初醒，下直凝香晝掩屏。比似六如三丈卷，未妨縮本寫蘭亭。按，鐵雲世父名希忠，號蔗堂，乾隆戊午舉人，以江西糧儲道改官刑部郎中。

磁州講武城疑冢行

有手不執五色棓，有口不讀九錫文。有酒不澆七十二堆纍纍之疑墳。七十二墳盡銷歇，黄土無多況白骨。縱然老是鄉，何用狡爲窟。君不見銅臺百尺烏呼風，石椁三年狐拜月。可憐兒女分香時，乾啼濕哭長相思。朝來欲獻西陵寵，未識招魂第幾家。迷樓本自迷，疑冢亦自疑。漢家陵闕日猶冷，魏國山河草不萋。或言阿瞞設計愚人耳，彌天一棺不在此。不知奸骨有時朽，奸魄到處褫。奈何不礧礧落落以生，而寂寂莫寞以死。死不能夢三馬，生不能鎖二喬。一世之雄一抔土，雖有魂魄何足豪。有手願擿禰衡鼓，有口願讀陳琳檄，有酒去澆八十萬兵不得生還之赤壁。

伊秉綬，字組似，號墨卿，寧化人。乾隆己酉進士，守惠州，多善政；再知揚州，力持風雅，入祀四賢祠。精篆隸，勁秀古媚，獨創一家；行楷書法顏平原。間畫山水，蒼勁簡古，不泥成法，亦作墨梅。有《留春草堂集》。

為李墨莊舍人題登岱圖

君共峨嵋月，飛來泰岱巔。一杯東海水，九點齊州煙。吴練照顏色，秦松經歲年。未能畢婚嫁，展卷意茫然。

題畫

松頂樓窗縹緲開，浮嵐都共水縈洄。知佗筆快如風雨，幾許沈吟作勢來。

嘉慶戊午四月題黄小松訪碑圖

子久一枝筆，能將古意傳。官宜訪碑使，杖挂水衡錢。寥落漢唐字，蒼茫齊魯煙。半生夢游處，讀畫亦前緣。

題田山薑先生大通秋泛卷

田郎招客一樽酒，勝事流傳幾重九。披圖笑倒江南人，牽船百丈雙驢走。山雲壓船船不動，滿船豪翰吟如鬨。是時漢水蠹妖星，轉輸百萬之襄荆。田詩及大兵征吴三桂事。遂令杜甫渼陂興，更縈元結舂陵情。倉曹職司會計耳，仁人用心乃如此。只今延賞到吾儕，沅湘兵甲亦可懷。湖南逆苗尚稽顯戮。四海櫜弓歸禹貢，七旬舞羽先堯階。致身廊廟多稷契，且盡一杯對秋月。

題自畫山水

論詩欲參禪，學書可通畫。或勸姑爲之，漫許遂成債。本昧六八法，兩謝南北派。大宫與小霍，元氣轉光怪。潭深隱漁霤，磴疊懸鹿砦。翹峰倘可陟，吾將謝流輩。

蘇廷煜，號虚谷，安徽蒙城人。乾隆己酉拔貢，官巢縣教諭。工指畫，梅蘭竹菊無不精妙。書法眉山，亦極蒼勁。

過觀稼軒占東先生留飲花前因集東坡句寫竹題此

夫子胸中萬斛寬，覆檐花影落杯盤。懸知他日君思我，静對蕭蕭竹數竿。

百菊溪夫子命繪玉堂聽雨圖并和元韻鈔一

玉堂孤坐不勝清，雨霽虹消韻亦成。雲濕九天垂夏木，筆摇五嶽挾秋聲。曲江風度朝端重，燕國文章海内驚。翹首大羅天上客，幾生修得到蓬瀛。

劉鐶之，字佩循，號信芳，山東諸城人。文正公孫，石庵相國猶子。乾隆己酉進士，官刑部尚書，謚文恭。工山水，宗石谷，惟不輕與人。喜儲藏古物，成邸嘗題其書室為「百畫百硯之齋」。

嘉蔭簃成

小築何妨陋作銘，誦芬還憶錦秋亭。先文正公讀書處。家山久别勞塵夢，畫本重開儼舊型。《槎河山莊圖》乃唐生毓東爲先曾祖作。自愛翎修冲漢鶴，莫教囊負讀書螢。空庭老樹尤難得，起舞頻看歷歷星。樹爲古榆，近百年矣。

冬日勉喜海下帷五首鈔二

陋翁逐逐了無才，早幸科名接上台。散盡千金無長物，青氈一片好收來。

桂滿秋輪已偶然，龍門拱把待參天。聞鷄起舞吾家事，莫誤長沙射策年。

錢楷，字宗範，號裴山，嘉興人。乾隆己酉會元，官安徽巡撫。善分隸，山水筆簡趣足，以文秀勝。有《緑天書舍存稿》。

庚申仲夏邕州舟中作畫并題

風無片，雨無絲。火雲赤日當空馳，我舟江心獨當之。篷窗無計起槃礴，謂可吐納雲霧奇。那知凡手安有此，徒然汗出形神疲。吁嗟蒼天一雨暑便宜，先生畫俗真難醫。不如閣筆安坐夜涼月，看遍千山萬山照耀青琉璃。

題畫

萬壑千巖夢乍回，還教弱翰寫蒼苔。莫嫌下筆多凝滯，瘴海寒雲撥不開。時方督學粤西。

吴照，字照南，號白厂，江西南城人。乾隆己酉拔貢。善畫竹，意氣豪宕，嗜飲工書，羅兩峰嘗為繪《石湖課耕圖》并《聯吟》、《飯牛》諸圖。有《聽雨齋集》。

於越訪友人

柴門依約傍江隈，雲樹多情喜再來。秋水船隨湖雁至，故人尊向桂花開。貧專邱壑原奇福，老閱風霜作散材。我欲買山同卜築，青松翠竹許分栽。

自祁陽至零陵舟中漫賦

亂雲排石壁，漏出夕陽紅。灘響篙聲鬥，帆低岸勢雄。無多茅屋子，間有釣漁翁。處處聞香草，湘源在眼中。

題阿雨窗廉使越游詩意畫册

一櫂越東行，雲隨舵尾生。飛來鏡湖月，夢落寒溪聲。寒溪在鏡湖之側。詩意在鷗外，俗塵如葉輕。吾家仲圭筆，淡墨寫幽情。謂嘉興吴竹溪。

題迦陵先生填詞圖

才人那不患情多，幻色空花一霎過。却被禪僧暗參破，著他天女伴維摩。圖爲釋汕筆。

孔憲培，原名允憲，字養元，號篤齋，曲阜人。孔子七十二代孫，乾隆間襲封衍聖公。工書畫，善寫蘭，傳其家恭慤遺法。有《凝緒堂集》。

腰站客舍和壁上韻

微雨初過霽景新，沿堤細草緑成茵。馬蹄自蹴落花去，幾處殘鶯啼暮春。

遣意

心静渾無暑，高齋避俗緣。風鳴時動竹，雨過一聲蟬。小隱懷盤谷，新詩愧輞川。比來慵束帶，隨意北窗眠。

黎簡，字未裁，一字簡民，號二樵，晚號狂簡，廣東順德人。乾隆己酉拔貢。善山水，法吴仲圭。人品高潔，嘗自刻印章曰「小子狂簡」。有《五百四峰草堂詩鈔》。

題畫

山深不見雲，空濛但雲氣。萬嶂夕陽時，寺鐘敲濕翠。仿黄一峰

秋雲如絮攪天飛，絳樹黄花更夕暉。誰與山川助秋色，赤藤滇杖茜紅衣。仿董北苑

丁巳六月予養疴西濠客館花溪先生亦養疴家園久不相見以詩奉柬

竹簟藤牀角枕方，翛然宴寢有清香。先生肺熱全蘇未，新種芭蕉取午涼。

得句欣欣起獨行，矍如無病夜神清。荳花籬落幽篁外，石縫寒莎蟋蟀鳴。

甲寅閏月初旬寄懷道淵老人

今年公入七十七，閏月春遲三月三。誰與此翁修禊事，我將中宿借風帆。弄石癖知山滿袖，不冠狂任髮遺簪。寫取虬髯象罔長，作官猶似坐空巖。道淵年七十始就官象罔分司，嘗自寫《空巖宴坐圖》小影。

吴錦，字充甫，號柳村，錢塘人。竹堂孝廉霽子。乾隆己酉拔貢。畫承家學，山水、人物、草蟲花鳥、界畫樓閣，無不精妙。惜中年以病酒卒。

九月七日夢與何竹君方柳愚同游寶石山余欲登塔二子欲尋石佛洞正躊躇間忽見草軟花飛溪澗彎環清泉可喜三人者相與循略彴而往意其源必更勝將為流觴計也矍然覺悟惝怳若失云

旅羈自歎一無成，歲月如流感舊盟。斜月半窗疏竹影，孤衾殘夢故人情。依依山店探梅去，款款溪橋攝帶行。佳境不牢容易覺，幾回搔首數寒更。

石廷輝，號雲根，又號鐵華巖客。善書，草蟲花鳥為吳補齋入室弟子。

自題牡丹

畫家支派與誰評，千古風流付管城。我學牡丹求粉本，瓣香幾度薦花神。

書誠，字實之，一字季和，又字子玉，號樗仙，清宗室輔國將軍長恒子，襲封將軍。畫梅得天趣。有《静虚堂集》。

嵩山以扇索寫梅花并題

驕陽炙地氣騰火，百計娛心無一可。爲君畫扇固樂爲，解衣盤礴屢不果。日轉低檐晝似年，風戰破窗塵似簸。暫借君扇揮蒼蠅，引滿一杯便鼾齁。清夢非因復非想，冰界香天失故我。萬樹梅花照骨寒，病葉狂花幻霜朵。急醒覓扇扇在手，摹取一枝興亦頗。寄到神清酒瓮邊，知君志在孤山左。

謝損翁寫竹見遺

初不知翁能寫竹，前日見自幻翁叔。幻翁善畫少推服，心雖未許氣已縮。誠也面塵三斗俗，意外忽膺第二幅。展觀遂有清風撲，筆勢愈變趣愈足。由來能事貴天生，一寫再寫便有成。前日寫貌今寫情，前日竊笑今日驚。欲動不動疑有聲，瘦枝亂葉紛欹傾。墨光濃淡筆重輕，陰陽向背皆神行。幻翁芭蕉創意精，爲誠新掃半扇屏。恰得此竹壓上首，幻翁難弟翁難兄。

題臞仙畫册

凍墨雖無多，筆外煙雲滿。直是臞將軍，自寫生平懶。

吴履，字竹虛，號公之坦，别號瓦山野老、苦樤和尚，嘉興人。山水與鐵生、小松相頡頏，落墨疏簡，得元人冷趣，兼善人物、花鳥，精篆刻。客曲阜孔谷園家最久。有《苦樤庵詩》。

過畢秋帆尚書樂圃

小園曲徑雨濛濛，盡日無人踏落紅。四面涼亭三面水，闌干閒放在東風。

張問陶，字仲冶，又字樂祖，號船山，遂寧人。相國文端公鵬翮曾孫。乾隆庚戌進士，由檢討出為萊州知府。引疾後僑寓吴門，自號藥庵退守；狀似猿，又號蜀山老猿，亦稱老船。詩有青蓮再世之目。山水秀逸，寫生亦筆致瀟灑，尤喜畫猿。書法險勁。有《船山集》。

紫柏山謁留侯祠

數千年後訪遺蹤，知在雲山第幾重。世亂奇書能早讀，功成仙骨不争封。恩仇報盡尋黄石，戎馬歸來慕赤松。看遍漢家諸將相，斯人出没幻如龍。

胡蔭蘭松窗讀易圖

三教微言出繫辭，談經最古是庖犧。要從無極傳心畫，肯爲加年感數奇。周孔真源惟易簡，老莊流弊漸支離。前知自有先天學，卜筮全抛更不疑。

甲寅閏二月送張桂巖之官江南

作官如作畫，乘興偶爲之。研北原無累，江南合有詩。好山新稿得，清節故人知。到日過春泛，鶯花正及時。

題揭鉢圖

愛根難拔是慈恩，一念魔高萬鬼奔。長爲有情人説法，莫從無佛處稱尊。經如梅子留酸語，畫到蓮花湧泪痕。畢竟儒門衣鉢好，不栽荆棘誤兒孫。

翟文泉孝廉云升贈予小黄石有奔馬影賦詩誌謝

寸石影天馬，横奔雄萬夫。神工真狡獪，畫意不模糊。蹄尾騰空疾，風雲變態殊。白盂新水活，一幅小河圖。

送羅兩峰山人歸揚州

名滿寰區鬢已華，老年真福是還家。心皈金粟千重影，手散梅龍萬斛花。一代才人交似水，九幽奇鬼畫如麻。歸歟莫負揚州月，塵海飄流詎有涯。

看山幾度説南歸，有鳥三年竟不飛。老眼漸花同輩少，名場將散寸心違。流連赭墨雙蓬鬢，點綴公卿一布衣。佛總多情仙易懶，臨歧醉語尚依依。

送張水屋之簡州任鈔一

驢背逢人笑不休，到無蟹處作監州。憑君畫盡奇山水，莫負天教劍外游。水屋好騎驢。初官兩淮運判，左遷簡州州判，又任金川屯田使。有《鑾鄉卧游吟》。

除夕懷人鈔二

漢陽賣餅李叟　辛丑、癸卯之間，全家流寓漢陽，恒數日不舉火。叟憐之，時以餅來餽，問與之值，必强之乃受。八口飢寒至今無恙，叟與有功焉。

曾賒餅餌當饔飧，何止淮陰一飯恩。此日捫心猶有泪，當時乞食竟無門。十年繞夢悲江漢，三策留書告子孫。爲訊衰翁今健否，因君不忍飫雞豚。

輿夫徐長子　長子華陽人，余往返於遂寧、成都者九，由成都北上者二，長子無役不從。

東歸臣里北秦關，鹿鹿三年共往還。送我雲中參白帝，出君頭上看青山。一肩積血功難報，七尺長身老更孱。何日世緣同放下，小籃輿閣萬花間。

入棧即事

天上聞吟好，煙霞帶墨磨。奇山都有骨，古塔漸生魔。關狹風吞馬，厓傾樹入河。三年行篋滿，詩比亂山多。

戊午二月九日出棧宿寶雞縣題壁鈔一

群盜如毛久未平，棧雲來往一身輕。干戈草草催離别，婚嫁勞勞累死生。有用年華拚棄擲，無聊家計費經營。關山銷盡輪蹄鐵，猛虎磨牙看此行。

畫蝶為桂未谷同年題

栩栩蘧蘧尚有情，爲周爲蝶不分明。化人閲世渾如夢，隨意花間過一生。

鴻門

繼舜重瞳貌自殊，少年書劍耻爲儒。背關逐帝規模小，縱火坑降事業粗。潦草風雲誇百戰，尋常宴笑失黄圖。美人名馬英雄艷，只此丰神絶代無。

新秋五日與椒畦蒔塘補之旗樵泛舟二閘

游戲愁中事，篷窗且唱酬。夢回雲棧月，人上潞河舟。臨水難爲賦，將歸易感秋。百年多聚散，文酒暫勾留。

桂馥，一作复，字冬卉，一字未谷，號雩門，别號肅然山外史，又自刻印曰瀆井復民，曲阜人。乾隆庚戌進士，官雲南永平知縣。精分隸，善篆刻。晚年好寫生，古趣横逸，似徐天池。山水宗倪、黄，工於點苔，又自號老落。著有《説文義證》、《繆篆分韻》、《晚學集》。

題陸璞堂先生適園灌畦圖

文定園林緑水濱，百年猶見菜畦春。舁輿自有門生在，且作忘機抱瓮人。
偶從野老説風流，七業俱從畫卷收。畦壟閒來窗下課，屋東頭與屋西頭。

畫竹

不似文同不類蘇，一條寒玉月同孤。他年步屧還鄉去，萬里雲山仗爾扶。

題畫

秋原曳杖歸，泉聲唤人住。暮氣欲沈山，柴門幾里路。
淡黄柳色小沙堤，昨夜微霜秋滿溪。月曉風清人不到，藕香常在釣船西。

西廊

疏簾清簟罷談棋，日轉西廊客到遲。一枕風涼初睡起，刺桐花落雨來時。

五嵐問西山之勝

君問山中幾日留，西風立盡寺門秋。秘魔崖下沙邏樹，百尺寒泉落上頭。

羅兩峰鬼趣圖

但使鬼有趣，何妨人寡歡。夜臺長似畫，世界小於盤。此樂真忘死，逢場作是觀。誰能窮伎倆，權當鬼工看。

題黃小松紫雲山訪碑圖乾隆丁未與李鐵橋、李梅村同至嘉祥捫碑作。

武氏祠堂宿草深，天留畫像紫雲岑。南原指點劉衡墓，踏遍平陵没處尋。顧南原曾言手拓漢劉衡碑，今向平陵城側苦覓不得。

黃鉞，字左君，一字左田，當塗人。乾隆庚戌進士，官至户部尚書，謚勤敏。善山水，兼工花卉、墨梅。進呈畫幅每邀御賞，與富陽相國時稱「董黃」。

內府所藏名蹟，俱經其鑒定，一時士大夫好六法者多執贄其門。年九十餘，目失明，自號盲左，猶能作書。有《壹齋集》。

題王奉常墨花卉

分明五色具隃麋，染出花枝帶露時。却笑諸黄太無賴，枉將落墨妒徐熙。

題金葉山水墨蔬果鈔二

雨晴葉如盤大，日出花向東敷。君莫笑蜎毛磔，中自有蚌胎珠。芡

青膚著手欲爛，玉瓤對面同皴。自是生有傲骨，不惜碎身求仁。核桃

于湖聽雨圖

千金難買此平湖，一雨能令堁壤蘇。更請諸君携枕簟，重來畫裏聽跳珠。

題陳肖生嵩背面風芍藥

今年花事惜開遲，貌取豐臺第一枝。想見曼殊十三四，臨風小立背人時。

平陽大雲寺水陸畫軸歌有序

嘉慶戊辰二月，按試平陽，聞城西大雲寺有吴道子水陸畫百二十軸，亟借觀之，僅八十一，絹素碎爛過半。諸佛、菩薩、天龍、星君、地獄變相具在内，惟三台星君爲庸史所易，餘亦若兩人所作。一種行筆雄快，傅色濃古，破碎尤甚，歷年較遠；一種筆蹤稍弱，尚完好。大抵地獄相多破碎，而佛像間有未損者，可知巧偷豪奪不少矣。王西樵曾見三十軸，作詩直以爲道子筆，且述明西河郡王得畫之異，蓋寺僧神其説耳。後桐城劉允升詩，又謂有人及見軸尾署劉永筆。永，北宋人，師關仝者。未言軸數，不知劉、王所見同耶異耶？疑不能明也。昔東坡於長安見吴畫，云「素絲斷續不忍看，已作胡蝶飛聯翩」，而當時壁畫存者亦僅普門、開元兩堵，豈神物護持，今猶有八十軸耶？不辨可知矣。顧其經營位置，元明人罕有可擬，議者謂劉永筆，庶乎近之。己巳秋九月再至平陽，爲補此詩。

平陽城西大雲寺，百二十軸水陸畫。石函鐵緄深薶藏，未掘得時見光怪。口傳畫者爲吴生，或又曾見劉永名。爲唐爲宋傳自明，王劉歌後無繼聲。西樵初見軸三十，我昨借觀八十一。就中一幓三台星，巧偷竄入庸史筆。其餘畫者似二人，筆蹤絹素先後分。裝背碎爛作蝴蝶，丹青滅没隨煙雲。帝釋天王梟菩薩，地祇人鬼偕天神。南北斗極諸星君，下逮苦死兵溺焚。寶幢珠珞兩足尊，蔭注世界乘祥輪。阿修羅衆顛乾坤，鵰鷲立化皈波旬。操蛇吐火髼髀臀，鬢髮倒植骨出筋。面目焦爛骸骼存，濕淋漓帶江河渾。魂魄械杅觳觫蹲，手提髑髏不敢冤，地獄幽暗逃無門。我生未讀梵筴文，見之悲憫雙眉顰。乃知象教大有益，使諸受者無語言，世間誰復爲冤親。况主山林晝夜風雨各有神，暗室那不修厥身。吴生劉生且勿論，但一目想驚心魂，虚堂窸窣幢蓋翻。

自題歲朝圖

佳果名花伴歲寒，尊前無復舊時酸。須知一飯皆君賜，畫與山妻稚子看。庚子冬自山西還京，除夜與内子話，憶三十年前住古桑書屋，百錢便可卒歲，殊有食貧居賤之樂。因圖示幼子童孫，俾覽之無忘寒士家風也。

丁維寧，字約存，又字藥塍，號掾堂，嘉興人。工寫水墨葡萄。

紅葉

白雲淡淡碧溪流，更愛丹楓點暮秋。幾樹艷披衰柳外，一枝紅露板橋頭。乘車有客停山徑，拾葉何人向御溝。最是吴江零落候，斷鴻飛過夕陽樓。

楊漢籌，字懷貞，原名坤，字載誠，嘉興人。諸生。工書，善寫蘭。

為養真題鶴村田舍圖

抱瓮溪邊落拓成，天教雨歇桔槔聲。憐渠亦厭芸鋤苦，諱却躬耕道課耕。

沙聲遠，字包山，江南通州人，以鬻畫流寓如皋。

塞上曲

一夜鼓聲催戰急，將軍破陣正更闌。寶刀經過如飛電，血濺征衣曉未乾。

施禧，初名犛，字鑑之，號澗芝，石門監生。工蘭竹。有《澗芝遺稿》。

登北高峰

出郭探名勝，攀蘿絶頂行。一峰人獨立，萬壑樹皆平。江雨沙頭暗，湖雲杖底明。因思游五岳，臨眺暢幽情。

凌霄，一名延煜，字一飛，一字芝泉，江寧人。官州判，嘗入畢秋帆幕中。工書畫，善篆刻。著有《快園詩話》、《芝泉集》。

由千尺雪至法螺

白雲裏亂峰，寒泉挂飛雪。泉瀉雪有聲，雲横山忽折。探奇不知足，深入境愈別。山勢螺髻蟠，僧房鳥巢結。路紆進益鋭，厓轉徑疑絶。出險復入夷，一澗復中截。橋傾石笋支，湍急樹根齧。穿林覓水源，清境得禪悦。敂關驚吠尨，捫壁讀殘碣。隔竹僧貌冷，擔薪樵力竭。嵐重沈暝煙，途生循故轍。忽失出山路，暮雲塞峰缺。

錢獻之博士坫以古瓦硯索題

鴛鴦無復冷霜侵，且共龍賓結素心。只恐磨穿終有日，墨痕轉比霤痕深。

陸玉書，字箖田，江蘇六合人。乾隆壬子舉人，官錢塘知縣、處州同知。工畫竹。

舟行大霧中

宿霧兼朝雨，蒼茫遠水濱。斷崖高似屋，枯柳矮疑人。漁唱尋何處，炊煙認未真。好山空萬疊，不見翠嶙峋。

笪立樞，字繩齋，句容人。重光侍御孫。乾隆壬子舉人，以教習授知縣。幼負奇氣，有「積雪塞斷夢中路」之句，後因座師鐵公保戍新疆，毅然往從於萬里外，詩已先為之兆。偶作繪事，丹徒丁闇公藏有山水小幅。

邊詞

紛紛暮雪下轅門，主將輕裘鈴閣温。對舞琵琶雙進酒，征夫十萬雪中屯。

鄭洛英，字耆仲，號西淹瀍，侯官人。乾隆庚寅舉人。工行書，喜作水墨蘭石。有《耻虚齋詩鈔》。

題黃癭瓢綿羊圖

沙磧風高塞草肥，天山五月雪雲飛。何如一色江南路，細雨柴門隊隊歸。

范廷鎮，字芷庵，一作祉安，號樂亭，又號鹿疇，武進人。花卉草蟲宗惲南田，幾可亂真；題字亦摹仿甌香館，頗得神韻。

己亥臘月雪窗擬古畫華溪夜月便面題句

冰鱗雪幹玉玲瓏，夜月華溪一笛風。片片銀雲吹不散，美人知在有無中。

盛惇崇，字柳五，號孟巖，陽湖人。乾隆辛丑進士，官甘肅布政使。山水法大擬淺絳，筆極蒼潤，每有進御輒蒙嘉賞。工書。有《睦園詩集》。

嘉慶壬申冬月自秦中量移江右道中作詩題鹿樵舍人尊甫息園先生丙舍圖寄甫山弟代書於卷

虞山十里雲深處，佳氣葱葱鬱盤互。嵐光掩映林壑幽，龍養争傳侍御墓。令子辛勤窀穸營，青鳥赤霆披古經。麻鞋日日穿林麓，卜得牛眠愜至情。面對諸峰萃靈秀，湖光瀲灧環峰右。緣石高低繚粉垣，祠宇迴環接巖岫。卜壤咸云此最休，福基可遇寧可求。斯邱應有神燈護，天與至孝非人謀。軟紅幾載心常悸，丙舍圖成有深意。相冢寧披郭璞書，誓墓常懷右軍志。君家種德澤長流，此圖真可傳千秋。我爲題詩忽振觸，故山廿載夢松楸。

蔣東暘，字賓嵎，晚號悔庵，嘉定貢生，居吴縣。善畫，書學山谷，兼工刻竹、印篆。有《叢梅齋詩稿》。

西風送别圖為陸竹素題

空教展卷費沈吟，往事偏關獨客心。襆被孤蹤愁索寞，鶯花小劫記登臨。百年幻影留殘雪，終古歡場急暮砧。閒向西風論聚散，煙波江上渺難尋。

馮集梧，字軒圃，號鷺庭，桐鄉人。乾隆辛丑進士，官編修。己酉典試雲南，兄應榴亦典試山左，一時傳為佳話。嗣以父老，與兄先後陳情歸養。

辛亥秋七月畫扇送息園三兄乞養南歸綴以小詩

夢游只在白雲阿，渺渺秋山淡淡波。拂水巖頭蒼翠裏，此中應有壽藤多。

朱文治，字詩南，號少僊，餘姚人。乾隆戊申舉人，官海寧州學正。工梅蘭竹石，一時名流多與倡酬訂交。有《繞竹山房詩稿》。

乞錢竹初畫繞竹山房圖以詩代柬

訪君頻到竹初庵，分得鄰墻緑意酣。笑我恰當燒笋候，瀟瀟暮雨滯江南。
矮屋新成竹舊栽，勞人無分坐莓苔。買山幾箇酬心願，却許平章入畫來。

鄒少宗伯師命畫竹題句

生小畫蘭不畫竹，畫竹今纔第一幅。自得春風幾度吹，墨花萬个當門緑。

蔡之銘，字琴叔，上元人。乾隆己酉舉人。善寫意花卉。

畫梅贈王柳村

平生詩外誰知己，只有梅花結素心。此日贈君歸北固，江天夜雪入高吟。

顧王霖，字稚圭，號容堂，别號易農居士，鎮洋人。乾隆庚戌進士，入詞垣，官員外郎。山水用筆蒼勁，在思翁、檀園之間。

鹿樵中翰屬題萬横香雪圖

人與梅花一樣清，天然風格見聰明。從旁莫漫分高下，總是乾坤秀氣成。

英和，索綽絡氏，幼名石桐，字樹琴，一字定圃，號煦齋，滿洲人。乾隆癸丑進士，官至大學士。書法顔、趙，用筆傳石庵相國衣缽。善繪事，《䙅䡈亭集》有題其畫菊詩。著有《恩福堂筆記》。

與百菊溪夜話

把酒深杯冷，圍爐笑語并。不聞群籟響，相對一燈明。往事增惆悵，新詩費品評。談餘涼月入，心與鏡俱清。

補閣世求，字非凡，揚州人。專工畫荷。每花時臨池諦觀神狀，作一花終日乃成，渲染鈎勒，務極精緻。晚年潑墨，用筆神速。

自題畫荷

花前渴飲倩人扶，醉把芙蓉潑墨圖。十日一山王宰畫，衰年那有些工夫。

程鎖，字北門，一字春池，安東人，流寓山陽，客上海。工畫精書。有《莞然山房詩草》。

題自畫虞美人綴以長春

濬調金粉替傳神，不似虞兮亦可人。吐葉吐花新面目，傾城傾國舊精神。江東父老思遺韻，淮北山人繪後身。猶恐紅顏嗟命薄，多方慰爾伴長春。

羅辰，字星橋，桂林人。善山水，繪有粵中名勝各圖，鎸石。阮文達公督粵，曾延之入幕。有《芙蓉池館詩草》。

山樓

複道連幽谷，層檐隱翠微。斷霞晴入檻，飛瀑冷侵衣。採藥穿雲出，尋僧帶月歸。山居稱身隱，高唱得天機。

清畫家詩史戊下

寧津李濬之響泉編輯

張賜寧，字坤一，號桂巖，滄州人。方伯逢堯從孫，官江南通州州判。初游京師，與羅兩峰齊名，紀文達深契重之；晚年僑寓維揚。山水氣魄沈雄，用筆爽健，雅近石濤。曾賓谷贈詩極為傾倒，陳雲伯論畫目為北派大宗，至以龍象譬之。花卉超逸，兼善人物。有《黄花吟館集》、《十三峰草堂詩草》。

金陵閒眺

萍動知魚上，春深覺燕忙。可憐金粉地，一片菜花黄。

靈隱道上

翠濤萬派潑長松，幽崦衡茅復幾重。不解清泉何處落，深山送出午時鐘。

西湖

西湖最好是春晴，行到蘇堤馬足輕。紅杏菜花煙柳外，多情燕子一聲聲。

題畫牛

綠楊隱隱草萋萋，昨夜東風雨一犁。流水桃花人語外，柴門雞犬夕陽西。

揚州湖上作

寺倚梅花竹倚樓，泥人春色是揚州。灣灣十里邗溝水，祇載相思不載愁。

題畫送阮芸臺之粵東

秋高天宇清，蘆花滿洲渚。渺渺萬里江，孤帆向何處。

懷人

酒熟菊花開，稻黄籬豆紫。掃徑待故人，蒹葭隔秋水。

過西湖即景成圖并題

石勢嶔崎翠蔓披，荷殘露白晚凉時。月明老屋人何處，楓柏灣頭下釣絲。

為林廣泉畫瀑布圖

擘空直下三千丈，透壁穿雲幾萬重。旋向人間滋畎畝，終歸滄海護蛟龍。

乙亥春日題畫

南徐山水真雄秀，北苑當年畫入微。今日老夫圖墨戲，帆拖雲脚踏潮飛。

朱鶴年，號野雲，泰州人，僑寓都門。山水意趣閒遠，筆墨瀟灑，兼工人物、花卉。時法時帆學士築詩龕，奉陶靖節，繪圖徵詩。因自顔其居曰「畫龕」，與名流文酒往還，幾與詩龕相埒。與朱昂之、朱本時稱「三朱」。

偶過舒鐵雲齋見唐稚川所作破被篇即點筆寫破被圖系之以詩

十年禪榻睡魔消，留得姜肱被一條。還似霓裳初出破，青天補石月修簾。

題畫

茅屋幾人家，漁磯水一涯。東風昨夜至，吹放一籬花。

朱本，字素人，號澼夫，自署竹西，揚州人。工山水，蒼茫深秀，不名一家；兼善花鳥。寓京師，與其兄滌齋名文新，并以畫著稱。

為莫韻亭先生畫騎牛看山人物便面并題

被褐先生趣自閒，倒騎牛背看青山。不知竟日詩瓢裏，分得秋光幾許還。

為何蘭士補小松畫册録題自瀋陽歸過老邊舊作

戍馬聲中霜滿天，衰叢野突動朝煙。離披一路荒寒色，送我罷驢過老關。

瑛寶，字問庵，號夢禪，滿洲人。大學士永貴子。性恬退，初授官，以足疾辭。工山水、人物、花鳥，兼長指畫。與劉文清為文字交，書亦相似。善篆刻，嘗自鐫印曰「天許作閒人」。

排律寄阿雨窗觀察

年來每憾音書少，魚雁應爲案牘魔。曾憶款關新雨後，還思策杖晚涼過。詩筒餘韻鏗猶在，繪帙興懷興未磨。曾作訪友圖册并題句。良吏於今清似水，道心依舊静無波。吴江楓冷移情遠，燕樹雲深入夢多。正是梅花消息到，不知驛使寄誰何。

吴騫，字槎客，號揆禮，一號愚谷，又號兔牀山人，海寧貢生。山水仿倪迂，尤喜搜羅金石及宋元槧本，工詩詞。有《拜經樓集》。

戲爲畫中八仙歌

筇竹方袍朱雪田，暗香疏影妙不傳，漁歌唱徹長蘆邊。朱春橋方藹。湖州老可秀州錢，雨葉風梢多自然，輔以怪石瘦而堅。錢籜石載。蘭坻日夕聳吟肩，詩中有畫畫有禪，前身得毋王輞川。方長青薰。采芝英兮山之巔，作繪先呈繡佛筵，能事却讓閨中仙。采芝山人汪亮。吴下僧繇金粟顛，蒼龍破壁驚蜿蜒，煙波宅外江吞天。張文漁燕昌。蓉裳丹青秀且娟，山莊何必非龍眠，鳳池一去今幾年。余秋室集。宋五由來坦率便，解衣盤礴雅鬢前，頗遭白眼呼老西叶。宋芝山葆淳。鶴渚遥應接酒泉，閉關誓了山水緣，淋漓醉墨霑衣船。奚鐵生岡。

乾隆壬子余六十初度邵右庵徵士以卞潤甫溪山秋色卷見遺時方舉一孫數年孫失而右庵亦歸道山嘉慶丁卯冬日復得一孫屈指歷十五寒暑因題詩識感并邀同志和之

邵平一卷贈吴蒙，十五光陰小劫同。粉本溪山無恙在，文章何處哭松風。
當年賀我孫枝茁，豈料如團掌上雲。向使兒童躋志學，也能扶祖拜君墳。
遲來豈敢問充閭，庶使詒謀望不虚。幾欲裁詩酬地下，還愁錯寫弄麞書。

王實堅，字豈匏，吴橋人。敬一廣文作肅孫，慶旋孝廉履吉子。為人厚重，善承家學，嘗搜集其家范太夫人冰玉齋殘稿并先世遺詩，乞交河蘇語年進士鶴成序而梓之。工畫墨竹，詩筆清麗。有《冰雪齋詩草》。

題盧生祠

來往邯鄲客，祠前爲拂塵。不知身是夢，又拜夢中人。

劉對庭索寫竹即席賦贈

久已聞名姓，相逢似舊知。抱琴君有興，寫竹我何辭。爐擁風霜冷，杯開夜月遲。明朝分袂後，个个寄離思。

題白鹿泉韓信伐趙，下井陘口，師乏水，遣將索之，見二白鹿跑地，遂有泉湧出。

人已良弓藏，地猶寒泉出。白鹿從何來，恐即秦所逐。

答陽湖楊衡洲見寄韻

漫説離情柳萬絲，五年今始答君詩。知君涼月秋風夜，還憶復初齋裏時。王氏録存詩序「豈匏所交多南中佳士」，一時客其家者蕭山王具區名任湖，尤以善山水能詩著稱，晚年就養其子義周袁浦官舍。宮霜橋贈詩有「信手金如流水去，到門客比亂山多」之句。

勞君珍重問平安，緑竹叢生又幾竿。寫寄江南愁个个，月明我獨倚闌看。

潘思牧，字一樵，丹徒人。與恭壽同族。山水遠宗大癡，近法香光，筆墨居蓮巢之亞。

己亥仲冬北郊晚眺

一江屈曲帶三山，寒水魚稀釣渚閑。雁陣遠從斜日挂，塔尖高并暮雲攀。衰年閱世塵心淡，病叟扶筇足力慳。送過夕陽追素月，頻浮大白醉方還。

闕炳，字午亭，仁和人。晋軒侍郎槐子，官雲南大理知府。為董蔗林相國弟子，山水酣潤淋漓，得婁東正派。

題畫

山翁不厭山，只在山中住。時從聽水亭，踏過樵雲路。但恐風雨來，山山欲浮去。

吴翌鳳，初名鳳鳴，字伊仲，號枚庵，長洲人。諸生。博雅工詩，兼善花卉、山水，工楷書。中歲游楚南，遍歷匡廬、嶽麓、洞庭諸勝。著有《與稽齋叢稿》。

題畫扇

泱泱泉流漾淺沙，深山雨過落松花。閒來偶踐山僧約，留得先春顧渚茶。

題周漁村淦漁村偶存詩稿

婁水灣頭静掩關，倦游歲月儘寬閒。琴絲理後無餘事，賸寫前溪一角山。

九江道中

楚色來千里，征人此一方。煙波連夏口，山氣接潯陽。廬阜仙人宅，柴桑處士莊。高風如可挹，吾欲駐輕航。

王錫奎，字文一，號荔亭，别號飲禪，華亭人。乾隆甲辰進士，官潁州知府。工書畫，善鐵筆。有《嘉藻堂集》。

東阿曉發

雞鳴催客起，夜半夢初闌。策馬山村早，驅車石道難。雨從千嶂合，風到五更寒。何處尋黄石，城東路渺漫。

王慶霄，字喆林，仁和諸生。善畫松，高廟南巡，進《萬年長青圖》，曾蒙紫荷之賜。書法平原。

題畫竹

畫竹貴傳神，應不在形似。謂非竹亦可，聊以答知己。

鍾浩，字養斯，號小吾，自號玲瓏山樵，浙江長興諸生。以四庫館議敘官湖南桑植知縣。工畫，精篆隸，行草書宗法顔、米，兼善鐵筆。

題畫

凍鶴警曉寒，瓊英封澗户。蹊徑忽間之，流泉咽不吐。隔嶺朝煙開，霽景雞鳴樹。何許探梅人，拄杖蹋瑶圃。

尤蔭，字貢夫，一作貢父，號水村，儀徵人。居白沙之半灣，自號半灣詩老。山水、花鳥皆臻逸品，尤長寫竹，筆墨蒼古，挾風雨之勢。嘗客禮邸，授汲修主人畫法。晚得痼疾，自稱半人。有《出塞》、《黄山》等集。

題畫竹

勁節豈無心，凌雲如有意。歲寒歷冰雪，凛此君子志。

阮撫部建曲江亭於翠屏洲上題此并寄王柳村

秋水涼生暑盡降，一帆來話緑蕉窗。吾家半曲澄江畔，遥想孤亭枕曲江。

王楠，字配文，號讓亭，江蘇甘泉人。貢生。善畫。有《青箱堂集》。

喜家兄歸

征袍黯淡半爲緇，靈鵲今纔不我欺。計日久逾臨别約，問程先索紀行詩。分無茵鼎勞堪息，貧有杯盤薄亦宜。園課正須同料理，分蕉種菊恰當時。

張迺耆，字白眉，號壽民，桐城人，占籍上元。雪鴻大令敔從子，諸生。工花鳥，以蒼健致勝，多用水墨。

乙丑仲冬寫松柏靈芝梅菊水仙折枝介殿卿壽

寫來幾種任橫斜，都是人間得意花。無限春光描不盡，東皇轉盼貺君家。

譚學詩，字紹庭，號虛舟，又號櫟翁，桐鄉人。善水墨葡萄，工詩。

贈方蘭如

轉對溪雲憶往時，迢迢帶水阻遐思。每從畫裏親摩詰，又向詩中說項斯。三徑竹光侵幌潤，一庭花影上欄遲。琴樽此日欣相聚，愧我蓬鬆兩鬢絲。

余鍔，字起潛，號慈柏，晚號老慈，仁和人。與奚鐵生相友善，初從之學隸法，未盡其妙，改學畫梅，知名於時。奉母至孝，陳曼生嘗為刻「孝慈」、「孝柏」二印。有《慈柏山房吟稿》。

題畫梅

鐵幹那可屈，冰膚自耐寒。籬邊有鶴守，遲我曉來看。
酒清花綺雪交加，睡足春宵春夢賒。夜半微風打窗紙，不知是雪是梅花。

宋思仁，字汝和，號藹若，長洲人。諸生，軼才中丞子，官山東糧儲道。善山水、花果，尤長畫蘭。有《有方詩鈔》。

琵琶亭

雲山疊疊水悠悠，獨倚孤亭正暮秋。一曲清歌千載恨，兩行客泪四絃愁。煙花蹤蹟傳前事，詩酒風流紀舊游。今日我來江上望，尚餘哀怨滿寒流。

何琸，字圓凝，一字冬嶺，仁和人。貢生，官湖州訓導。善蘭竹。有《冬嶺吟草》。

獨游平山堂

紅橋修禊事全非，煙水蒼茫碧四圍。客裏不知春已暮，楊花如雪撲征衣。

宋霖，字紫華，號六雨，江南通州貢生。官安東訓導。工畫，鐵梅庵嘗延至節署，即席作墨梅數幅，煙烘雨染，各有奇趣。寫意花卉墨具五色，兼善山水。年八十餘，猶能登山吟嘯。有《六雨詩鈔》。

游燕子磯

酒簾江口小橋邊，一路長堤柳拍肩。古寺無人門自閉，青苔黄葉病僧眠。

袁慰祖，字律躬，又字笠公，號竹室，長洲布衣。性冷峭孤介，山水得耕煙法，寓邗上四十年，賣畫自給，嘗有「乾坤毓我輩，元氣得以活」句，為時稱誦。著有《畫陽秋》、《竹室吟草》。

擬古

紅衣落渚蓮，熠燿韜明光。秋風入庭桂，白露霑衣裳。誰家急砧杵，使我心內傷。心傷不可道，夢裏關山杳。鴻雁東南飛，君歸何不早。

張騏，字伯冶，號寶厓，一號金粟山人、蘼蕪山樵，吴縣人。山水、人物、花卉用筆縝密雅秀。

和唐仲冕明府新葺桃花隖六如居士祠元韻鈔一

纔卸征衣劍外塵，時從軍蜀中甫歸。叢祠乍仰喜重新。讀書皆欲尊先輩，知己誰能託後人。名士最難傳異代，宰官或竟是前身。羨他一片桃花水，從此長沾有脚春。

周農，字稻孫，號七橋，歸安人。布衣，自號鐵瓢道人。工篆隸。初畫山水，兼善寫真；後專精畫梅，神似金冬心。平生孤潔不娶，幕游邗上，歸以潤筆貲葬親，人謂之「梅花墳」，陳無軒學博為作記。

懷沈東榑榮慶

一徑濃陰竹樹遮，晚來消暑到君家。詩人款客無他物，破費半瓶梅水茶。

贈女弟子潘冰蟾

生成筆底有煙雲，界畫樓臺遠近分。博士於今在閨閣，鬚眉愧殺李將軍。

題潘女士蘭閨讀畫圖

兒家生長紅閨內，偏愛青青畫裏山。拋得繡工夫一刻，閒窗點筆仿荆關。

計甡，字守恬，吴江人。官安徽宿州州判。書法二王，山水師元人，為錢文敏公維城姨甥，幼時習見揮染，因悟畫法。

為友人畫扇

參酌倪黄掃俗氛，闌干曲處倚斜曛。一川晴色帆如葉，記得清秋我訪君。

黄其勤，字嘉恩，一字舟山，新會人。乾隆乙卯舉人，官瓊州教授，選直隸無極知縣。工隸書，兼善行楷，間畫山水。有《梅南集》。

雨中漫題

飲酒可養性，愁懷藉以澣。作畫可致壽，胸中生意滿。天更與清閑，日坐梅花館。醉後即含毫，放筆更浮盌。當其得意時，萬慮浮雲散。二者吾菟裘，終身爲老伴。

時起荃，字香布，原名象樞，晚號瞽翁，嘉定諸生。工畫。有《香布詩鈔》。

西湖

桃頮紅腮柳舞腰，聖湖三月畫難描。綠翘泥涴嬉春倦，懶過平堤第六橋。

陳銑，字蓮汀，秀水人。少游山舟學士之門。好古精鑒，善書法，工寫生，尤長梅竹小品。輯有《瓣香樓梁帖》，鐫刻甚精。

題潘雲谷羽士夢石圖

宋苑吴宫蹟已湮，鴻泥何處訪嶙峋。好憑一覺游仙夢，識得廬山面目真。

黑甜鄉裏話三生，寂寂松壇月正明。我夢鶴歸君夢石，百年一樣感交情。余嘗有《夢鶴圖》，爲亡友丁小鶴明經作。

徐達源，字无際，號山民，吴江人。善畫梅，簡老疏古，得揚无咎法。間作山水。博雅工詩。廣交游，與洪稚存、顧耕石尤稱莫逆，嘗集名人投贈手蹟刻《紫藤花館藏帖》。

為王硯農徵君寫梅

招手月欲來，放眼花光亂。未肯上玉堂，悄然立野岸。世人但覺春風吹，不知冰雪已歷慣。

朱沆，字達夫，號浣芳，順天大興人。官泰州運判。工山水、人物，尤長巨幅，并善墨竹。

冬柳

萬里橋頭尚可尋，枯楊亦抱歲寒心。全無一葉經霜潔，留得千條與雪侵。張緒情懷曾入畫，小蠻舞態不堪吟。東風若待陽和拂，想到春來喚曉禽。

管希寧，字幼孚，自號平原生，一號金牛山人，江都人。山水筆致幽冷；人物仿馬和之，繪有《豳風圖》，為生平得意之筆；間寫花草。工篆隸。有《就懦齋集》。

擬文五峰畫吴山秋晚圖

初日透林薄，晴光生遠流。水木弄餘態，淡寫吴山秋。嵐翠不知處，炊煙相與浮。鷺鷥明滅飛，點破青蘆洲。

薛廷文，字魯哉，號春樹，嘉興人。畫法宋人，尤善荷花。年三十五始學詩，每與方處士薰、金比部德輿相倡和。有《聽雪齋詩鈔》。

自題荷花

净洗鉛華占緑蕪，碧筒初放水平鋪。紅衣不肯輕狼藉，莫遣秋風到畫圖。

陳靖，字青立，號雨峰，天津人。山水摹大癡，氣骨渾樸。初師事羅克昭，羅學於張宗蒼，張學於黄尊古，黄學於王麓臺，學有淵源，得太倉遺派。後游楚，為畢秋帆所推賞，并請益於蓬心太守，間作花卉。有《讀石山房詩草》。

作畫贈畢硯農

舊雨情深老硯農，官衙無事儘從容。寄將一幅離披畫，可似黄山第幾峰。

題畫

茅廬小築兩三間，瀟灑琴書伴客閒。一局棋殘人去後，推窗紅滿夕陽山。

沈起瀾，字慶安，號子君，錢塘人。工詩畫。

新霽

霽色初開照眼明，檐前殘滴一聲聲。幽人枕上夢驚覺，無數宿禽花下鳴。

呂星垣，字叔訥，武進人。貢生，錢文敏公維城甥，官直隸贊皇知縣。初寫梅竹，後作寫意花卉，學徐青藤。有《白雲草堂集》。

北窗曉起

北扉斜對玉山庵，鐘磬遥遥度碧曇。几近蔬園幽景曠，帳連豆架暗香含。半窗雁影秋河澹，一枕蟲聲宿雨酣。自覺精神生早起，寫經兩幅抵朝參。

李榮曾，字耕仙，江南通州人。國子生。善書畫。

自題墨竹

漫天風雪早關門，凍手依然潑墨痕。耐得歲寒猶勁節，琅玕不愧是龍孫。

陳培慶，字受宜，號谷湖，海寧人，居峽川。工畫。有《語海樓詩草》。

晚眺

極目平原落照中，天光雲影老秋容。山翁沽酒歸來晚，家住煙霞第幾峰。

周淦，字東田，號漁村，初名瑩，號佳士，又號鐵篴道人，長洲人。善山水，兼工花卉。

題畫

香雪叢中一徑斜，開軒處處盡梅花。年來不作西湖客，猶憶孤山處士家。

王宗桓，字思正，一字澹庵，嘉興諸生。工書畫。有《肄雅樓詩鈔》。

新坊鎮訪戴登詹宮桂秀才

憶昔相逢日，扁舟話獨深。壬子春遇於舟中。十年顔色改，一別信音沈。喜有橫經問，因之冒雪尋。案頭滿珠玉，許我共披吟。君著有《新谿草》并輯詞話六卷。

陳嘉穀，字雙塍，號穀泉，仁和人。貢生。工山水，師法元人。

仿華新羅筆即次題畫韻

雨歇西山煙未收，竹陰深處隱高樓。蕖塘秋水添三尺，花落不知風已秋。

袁廷檮，字壽階，號又愷，長洲人。明袁氏六俊後裔。富收藏，精考據，與周明經錫瓚、黃主事丕烈、顧明經之逵號「藏書四友」。工詩，間及繪事。著有《金石書畫所見記》、《紅蕙山房集》。

丁巳夏日移居西塘漁隱小圃偶成四首鈔一

路轉楓橋有敝廬，竹林好卧復移居。與姪同居。常依喬木思餘蔭，藉寄閒身讀古書。開徑還宜栽杞菊，結鄰只合伴樵漁。却離闤闠囂塵斷，門外惟停長者車。

仲冬九日鈕匪石招游洞庭兩山夜渡太湖

莫釐縹緲望中收，明日登臨到上頭。山在湖心連夜渡，波平舟似泛輕鷗。

題程絅堂所藏玉几山人墨梅册

探梅鄧尉昨宵回，猶有清香入夢來。今展畫圖如舊識，月中疏影在莓苔。

陳栻，字涇南，號斗泉，吴縣人。山水宗北苑，書仿南宫。

自題畫册

古木虛亭傍水濱，一痕遠岫澹無垠。倪迂去後山林俗，此處何從著一人。

游天台與袁簡齋先生步月

作合在山水，南橋風景清。灘聲亂人語，巖月隱江城。共有煙霞癖，誰憐羈旅情。來朝理笻屐，華頂撥雲行。

郭鳳，字友桐，一字雪樵，嘉興人。工書畫，八分仿《曹全碑》，山水喜用丁頭皴法。嘗拾柹葉置几上，每懷友成一詩輒書一葉寄之，其逸致如此。

木山圖爲楊未孩作

老泉昔日有木山，其峰突兀三峰環。誰與題者梅聖俞，數百年來無追攀。未孩何處亦得此，崖懸峰立得無似。疑有雲煙時吞吐，不違咫尺勢千里。此木無論材不材，不知幾經炎寒來。致使蟠錯成異狀，陰崖窮谷埋塵埃。一朝偶落詩人手，置之虛閣亦云久。我今揮毫寫斯圖，意匠幽妙亦未有。

管鳳翽，字振飛，號竹逸，又號竹溪，海寧人。增生。客嘉禾，嘗結吟社於鴛鴦湖上。工山水，與管蘭階時稱「二管」。

暮春苦雨步岐音弟韻

劇憐寥寂已經旬，凍雨淒淒及晚春。風動紅綃花濺淚，巢梳濕羽鳥藏身。消停游客尋芳屐，冷落吟窗弄筆人。一醉村醪聊解悶，閉門誰與溷清塵。

陳韶，字九儀，號花南，青浦人。以議叙官台州通判。工山水。性情蕭散，嘗買屋於西湖之梅莊，即韓蘄王故宅也，與鮑淥飲諸君結詩會。有《花南集》。

西湖柳枝詞和王述菴司寇鈔二

打槳西泠年復年，絮飛如雪亦如綿。星星兩鬢花前改，依舊濃陰覆畫船。

摇曳梅莊映碧紗，依依曲港漲桃花。門前亦種先生柳，客舍青青不是家。余寓梅莊，在桃花港。

張鏐，字子貞，一字紫貞，號老薑，一號井南居士，揚州布衣。山水筆墨古秀，善分隸，兼長篆刻。性不喜飲，好吟詠，自謂以詩代酒。有《求當齋集》。

蜀岡探梅

我來問消息，春已滿平岡。一塢積成雪，四山都是香。心惟向泉石，骨自鍊冰霜。待把殘英掃，歸家當鶴糧。

送蕭晴嵒炳之金陵

白門楊柳曉啼烏，馬上青山似畫圖。六代銷磨金粉盡，不須重問莫愁湖。

山行

亂泉聲裏正斜暉，嵐氣濛濛欲濕衣。一路好山看不厭，杜鵑何事勸人歸。

海門庵聽潮

焦山山下潮欲來，海門庵外聲喧豗。天呼地吸勢洶湧，水石搏激晴天雷。我來聽潮山上坐，我與山僧祇兩箇。狂飈吹人人欲倒，却疑山在潮中簸。噌吰鞺鞳聲未休，海若大笑天吳愁。江光海氣接芒昧，潮中恍惚神靈游。潮去潮來朝復暮，一歲七百二十度。歲歲聽潮幾人老，青山不改潮如故。我喜聽之雙耳新，朅來自謂滌塵氛。豈知僧住潮聲裏，聽慣潮聲似不聞。

題汪蓮浦琳**空山獨往圖**

暝煙生四野，明月上東峰。每問山中路，知留何處蹤。歌聲隔流水，林影入孤筇。應有漁樵侶，翛然物外逢。

看燈詞

華燈一盞費千錢，不照蓬門照綺筵。惟有天心一輪月，東西南北向人圓。

梅履端，字雅村，天津人。工畫竹蘭。有《拙石山房詩草》。

遣懷

時乖何所託，老屋且埋頭。儘有書中味，能消静裏愁。竹寒雙屐雨，菊瘦一瓶秋。往事今全悟，休言志未酬。

周彦曾，字抱孫，號美齋，海寧人。諸生，游秦小峴侍郎幕中。精繪事，尤善墨蘭。有《鐵珊吟草》。

自題畫蘭

翠袖悄無言，幽香傍空谷。小雨破微寒，却倚數竿竹。

孔慶鎔，字陶甫，號冶山，曲阜人。孔子七十三代孫，襲封衍聖公。嘗於邸内築鐵山園，招致四方名士唱和其中。工書畫，筆致秀逸。

嚴午橋別駕理**以魏蔗門孝廉**樹德**北堂績授圖索題為賦二律**鈔一

萬里尋親骨，山村更水村。可憐慈母泪，常繫藐孤魂。績紡留圖畫，松楸冷墓門。秋風邀一第，敢説報深恩。

客有笑予袍敝者詩以答之

此是先皇舊賜裳，昔年頒自玉墀傍。一襟猶漬離宮酒，兩袖曾籠朵殿香。入覲屢披迎豹尾，侍朝幾度耀鵷行。雖然燈下勞裁翦，到底絲絲出上方。

汪梅鼎，字映琴，號漸雲，一號蓼塘，安徽休寧人。乾隆癸丑進士，官御史。山水潛心宋元，脱去妍媚；兼善蘭石花卉。有《漸雲詩鈔》。

題畫

幾筆雲痕與水痕，看山弄墨了晨昏。畫中人更閒於我，老抱殘編不出門。

吴門别墅贈汪竹坪恭

吮粉含丹妙入神，樓臺金碧畫船春。煩君寫出山塘路，添個閒吟冷醉人。

康愷，字飲和，號起山，上海人。乾隆壬子舉人。山水縱横恣肆，獨成一家。書學歐、虞。嘗客游滄州李味莊觀察幕中。

自題山水

颯颯疏林澮澮山，小橋流水渺煙鬟。幽人自有尋吟處，斜照灘頭亭子灣。

瞿中溶，字萇生，號木夫，嘉定人。官湖南布政司理問。墨筆花卉，自寫性靈。得其外舅錢竹汀宫詹濡染，尤精金石考訂之學。著有《湖南金石志》、《古泉山館集》。

嘉平廿有三日黄蕘圃移居縣橋巷出新詩與圖見示因題

祀竈匆匆偪歲除，有人於此賦移居。披圖莫認村夫子，曾讀人間未見書。

舊治東偏古寺西，平江一櫂接葑谿。滿船載去書千卷，入室先教插架齊。

一徙楓橋謂袁壽階一縣橋，良朋從此路迢遥。丁寧倘有奇書獲，共賞還來折簡招。

滯我吴閶廿載多，身如幕燕不成窠。練祁祇有歸耕願，無計移家唤奈何。

馮元錫，原名金綬，字紫屏，號夢山，江南通州人。乾隆壬子舉於鄉，年尚未冠，嘉慶辛未成進士，官御史。書工諸體，畫師北苑，兼仿倪、黄。有《馮侍御遺稿》。

題友人證梅圖

老屋幽棲處，花開幾度春。空山尋舊夢，明月印前身。一笑全無著，三生自有因。冰心與鐵骨，相對總離塵。

詹履政，字正也，號橄堂，甘泉人。工書畫，善彈琴。有《總橄堂詩鈔》。

彈琴

一曲寫秋心，冰輪照遠岑。清光窺玉軫，幽韻散瑶琴。泉響空山冷，龍吟碧海深。夜分人四静，不信鶴知音。

張崟，字寶厓，號夕庵，晚號亘翁，丹徒人。貢生。潘蓮巢弟子，花卉、佛像筆皆超絶，山水獨闢畦徑，力追古法，尤長畫松，時顧弢菴以《驛柳詩》著稱，并善畫柳，故有「張松顧柳」之譽。有《逃禪閣集》。

題畫

雅棲古木濃於葉，雁去遥天細若塵。斜照不勝秋水闊，柴門獨倚望歸人。

同稚存先生集松寥閣

秋氣覺詞客，吟情拓一窗。勝游能有幾，奇士况無雙。雨細欲浮岸，煙空不礙江。開樽酬海月，小户已先降。

北郊酒樓呈年丈瘦生汝鄰

惆悵公孫已白頭，興酣猶唱小涼州。酒闌更話征西事，落木蕭蕭萬里秋。謂其伯祖羹堯事。

徐雲路，字起萬，號嬾雲，崑山諸生，久客吴門。畫梅師煮石山農。有《釀花居集》。

自題墨梅

郡西山依太湖濆，如夢清游記夜分。花上月明花下水，停空一片是春雲。

擬古

陽和二三月，桃李花參差。夭冶倚東風，婀娜不自持。得氣既微薄，悦世遂以姿。恒恐冰雪至，汲汲開及時。東籬有黄菊，秋老挺霜姿。孤山有老梅，歲寒意自知。何爲看花者，桃李路成蹊。

李棨，字鳴和，號散木，又號散牧，仁和人。監生。與張莘為書畫友，工山水，兼善花卉。

題韻蘭圖贈周雲岩

蘭花本是山中草，香比四時群卉好。露浥風披敞素襟，清芬一掬開懷抱。通靈妙手周東村，嘉名跌宕垂吳門。餘光照曜三百載，漆燈一焰傳文孫。捲簾快把丹青寫，健筆淋漓近來寡。同臭相於已五年，此心却稱知音者。爲君拂絹圖叢花，多少傍人笑亂麻。一派畫禪淪落久，祇今何處論煙霞。

林道元，字仲深，號庚泉，安徽天長人。諸生。性伉爽，善騎射。工書，能花卉，尤善畫蘭。少游蔣心畬太史門，嘗佐阮文達幕游浙中。

阮雲臺表弟索近作報以詩

自笑龍鍾懶作詩，妻孥憐我剩支離。何期舟楫鹽梅客，翻索風雲月露詞。龍藏固須收馬勃，雞皮終怯畫娥眉。嗜痂逐臭從心好，莫在茶甘飯軟時。

客齋

冬月白如霜，粲粲客齋地。相對默無言，遥聞鄰犬吠。四壁飽鼾聲，空堂竄鼠墜。燭花一寸長，照我千古泪。横胸萬斛愁，飢寒直兒戲。持此問古人，古人亦如睡。翦燭笑抛書，顧壁與影媚。

萬承紀，字廉三，一字廉山，南昌人。乾隆壬子副貢，官江南海防同知。少與羅兩峰交契，深悟畫法，山水師宋人，兼工界畫樓閣、人物花鳥。篆法得錢十蘭指授。精金石鑒別之學。

和唐仲冕桃花隖六如居士祠詩鈔一

畢世崎嶇累盛名，艱危全得此衷清。曾將文字魁多士，慣以丹青寫不平。温嶠智饒行酒詐，徽之心藉碎琴明。古來依傍豪門客，多少冰山誤此生。

秋白以鐵生所作第一小檀欒室讀書圖見示再題一詩并寄琴隖

秀絶林巒在眼前，廿年前許結清緣。松花帶雨黄飄徑，竹篠驚風翠掃天。猿鶴久愁山待主，畫圖重展境如仙。知君宦亦同余拙，江北江南舊夢牽。

李三畏，字吉六，號伯阜，崇明人，客吴門。墨竹蘭石瀟灑可愛，山水亦妍秀。

畫竹

綠陰清晝雨絲絲，片片飛花入硯池。無數閒情寫閒意，石邊布竹兩三枝。

黄掌綸，字展之，號吟川，大興人。官國子監典簿。酷嗜金石，畫法荆、關，筆極清潤。書學山谷，瘦峭多姿。有《春倪草堂集》、《吟川詩鈔》。

送葛寶光南歸

與君聯襼入成均，文字知交誼最親。此日河橋傾别酒，數年風雨聚同人。欞門石鼓探奇篆，燕市銀鞍逐軟塵。惆悵黄金臺畔望，鳳城楊柳不勝春。

吴東發，字侃叔，號耘盧，又號芸父，海鹽人。貢生。邃於金石之學，出錢少詹之門，并受知於阮文達公。善山水。有《尊道堂詩鈔》。

題方稼堂豐課耕圖

蠅營蟻鬥苦嘽嘽，一把鋤頭生計安。笑道吾儕當自勉，近來無復勸農官。

梅雨乍霽丁小鶴子復賦詩有懶雲留作遠山看之句朱梓廬休度先生屬余繪圖漫題長句

范寬看雲畫入神，河陽畫石如卷雲。米老雲山兩滃鬱，畫雲作山古未聞。拔地不難成奇峰，山腰映帶更易工。欲將懶態肖遠勢，筆鈎粉漬技已窮。空堂悶坐忽徐起，呼童展開一丈紙。破除一日水一盂，不顛不癡渲不止。庭前梧桐交菳葟，萋萋祁祁到筆底。透髓狼藉濕不飛，祖龍有鞭鞭不起。山耶雲耶吾不知，詩家畫筆竟誰是。吾恐梓廬先生脩山經，時修郡志，梓廬先生方纂《山水》、《古蹟》。精神矻矻通山靈。吞雲吐雨結撰此，浹旬不散堆在秀水涘。

題方曉峰畫雁

西風蕭蕭吹蘆花，有雁一群集平沙。江頭沙暄日未斜，或鳴或啄或搔爬。雁兮雁兮慎所往，南山有羅北山網。蘆中寂寞可安居，人世從來多禍機。

嘉慶二年重建暴書亭落成作

誰道杜陵零落後，百年重寄草堂貲。「零落棲遲杜陵叟，何人尚寄草堂資」，竹垞暴書亭偶然作句也。頓教問字亭重構，俾識窮經事可師。著色屏風依舊補，護廬寒玉待春移。旌揚碩德殷懃意，生長鄉閭知不知。

計楠，字壽喬，秀水人。家於聞溪，築小圃曰一隅草堂，因自號隅老。官嚴州教授。初與奚鐵生、方蘭士交，師其意畫竹石草蟲，雅秀絶俗。尤善畫梅，乞畫者夥，輒點色為紅梅應之，時稱「計紅梅」。有《一隅草堂集》。

自題畫梅

結得梅花宿世緣，小詩一幅寫吴箋。愛花愛畫聊相贈，分付東風不賣錢。

詩人僵卧凍不起，紙帳香侵燈欲殘。窗外一株老梅樹，五更風雪不知寒。

王圻，字郇雨，號西溪，錢塘人。貢生。耽吟詠，善隸書，畫蘭竹，晚年益工。

自題畫竹

勁節才能傲歲寒，亭亭玉立不摧殘。人間多畫風中柳，誰似蕭郎十五竿。

魏定一，字元伯，雲南恩安人。乾隆壬子舉人。有《松竹草堂吟稿》。

偶作桃源小景并題

洪荒古洞鎖煙霞，衹許神仙此住家。只爲春風先識路，吹紅萬樹小桃花。

閻南圖，字摶風，號天池，山西榆次人。諸生。負雋才，多藝能，工詩畫，尤愛雅歌，每携紫簫，坐水石林木間吹之。有《林雨蛩蟖集》。

自寫山雨掃花圖

清波渺渺縠紋斜，尚有游人踏淺沙。風片雨絲寒食近，酒家三日掃梨花。

寓山寺書懷

拂地松濤冷，穿雲石罅虛。林風猿拾果，潭月鷺窺魚。除架纏枯蔓，荒畦擁凍蔬。寺門連野闊，清籟滿寒旝。

墻角涼風動，廊陰燭影斜。林寒鴟笑月，窗暗鬼吹沙。馬病嫌分菽，僧飢懶問茶。客衣寒未授，肯借破袈裟。

憶延平府舊游

榕葉無風影自移，三溪曉緑净玻璃。人逢午睡裁蕉葉，酒遇朝酲擘茘支。江草露寒撈蛤蜊，沙田稻熟賣蟛蜞。越王臺上曾觀海，萬疊洪濤湧赤曦。

錢東，字東皋，號袖海，又號玉魚生，仁和人。叔美從兄。書畫均法南田，尤長詞曲。其室人吴蕙姬申與繼配盧瀞香元素俱工畫能詩，瀞香尤善刺繡，嘗為曾賓谷繡《三朵花圖》，夫婦合卷，并繡和詩於上，因鐫「繡藥軒」印。

篠園芍藥開一柎三萼賓谷都轉與夢樓太守各賦三朵花詞為寫圖紀事

小住揚州十七年，年年花看廣陵田。自從三朵花開後，一郡名傳畫史錢。

黄丹書，字廷受，一字虚舟，廣東順德人。乾隆乙卯舉人，官開平訓導。山水、蘭竹得石田、白陽意趣，工篆隸。有《鴻雪齋詩鈔》。

馮魚山比部畫蘭

筆妙曾窺籜石翁，畫書詩悟一源同。與君相對忘言處，緑意滿庭生澹風。

馮崐，字霽崖，南通州貢生。學有根柢，精醫術，有延之者率徒步往視。性方正，闇室無欺。善山水。有《集義齋詩鈔》。

題畫扇

怪石嵯峨勢不平，茅齋點綴見幽情。最宜風雨蕭蕭夜，静聽芭蕉打葉聲。

黄純堀，字錫之，揚州人。工詩畫。家有淡園，為揚郡名園之一。

詠園中并頭芍藥

牡丹開後緑成陰，花事離情分外深。忽見名葩生并蒂，似憐别緒證同心。

孫芹，字楚葵，江寧高淳人。諸生。能寫墨梅。

題嚴小秋餐花吟館詞鈔

釣月灘邊冷客星，披裘人獨耐高吟。儘誇紅杏枝頭句，誰解黄花晚節心。

宫國苞，號霜橋，泰州諸生。蘭竹雜卉生趣可掬，與丹徒張石帆時稱「江上兩詩人」。有《半紅樓集》。

寒夜宿姚司馬官署偶成

一天寒月照冰池，偏是勞人睡獨遲。野寺鐘聲官閣鼓，十年聽得鬢如絲。

拙句蒙簡齋先生采入隨園詩話賦謝

玉堂聲價本清華，老去還堪賦八叉。名豈一官關寵辱，天教半世管煙霞。闡幽思比收枯骨，先生云：「收刻遺詩，强瘞枯骨。」愛士情同得異花。我是無聞江海客，也隨披汰出泥沙。

倪稻孫，字穀民，號米樓，自號夢隱子，又號鶴林道人，仁和貢生。少工填詞，游穀人祭酒之門。性嗜金石，精篆隸，畫蘭得逸趣。有《夢隱庵詩詞鈔》。

題琴隖耶溪漁隱圖

樵風徑外漁歌起，一派清溪兩槳分。真隱而今招未得，在山泉水出山雲。

汪潮生，字汝信，號飲泉，儀徵副貢生。善花卉，骨秀神逸。有《秋隱庵集》。

竹岡

清風颯然來，連筠窈深秀。迤邐迴平岡，涼翠沾衣袖。村墟四望遥，遠影明群岫。冉冉沈幽陰，蕭蕭拂晴晝。劚笋晚煙清，掃葉孤雲瘦。不知春雨餘，草色緣苔厚。苔深露古斑，草長平如繡。長嘯理鳴琴，悠然此巖構。

程榮，字炳堂，號春臺，浙江人。貢生，官石門訓導。工山水，作擘窠書有海嶽遺意。

題秀芝老人松陰對弈圖

澗泉流琮琤，巖松蔭窗几。小院静棋聲，子落清陰裏。勝負任客争，吾心淡如水。素鶴共悠然，茶煙颺空起。

蔣和，字仲和，號醉峰，一作最峰，金壇人。拙老人衡孫。移家梁溪，自稱小拙。充四庫館篆隸總校，賜舉人，官國子監學正。善山水、人物，兼工寫照、指畫，尤長墨竹，參以草隸奇字之法。刻有《竹譜》，詳分用筆先後、布葉各法，為圖十有七章。工隸書。著有《寫竹簡明法》、《説文集解》。

自題畫竹

年來何物貯胸中，數畝將毋太守同。不計平斜横正直，備嘗冰雪雨晴風。虚心向上荆榛遠，勁節高懸天地空。奮起孫枝頭角露，依依常得伴而翁。

俞玫，字聖梅，號丙齋，海鹽諸生。善山水、花卉，天資敏妙，不事臨橅，得石田翁之神。

題陳南叔永和九年晋磚拓本

典午殘磚紀永和，陶泓新製藉摩挲。印泥雖異蘭亭體，也許山陰好换鵝。

自題秋園百卉圖此詩見《續檇李詩繫》，作者爲俞玖，字沚梅，其號與籍貫同前。「玫」、「玖」字體相似，疑係一人，因附鈔於此。

闢得芳園半畝寬，連番風信未闌珊。老夫游倦歸來晚，補種秋花畫裏看。

曹秉鈞，字仲謀，號種梅，又號水雲，嘉興明經，司鐸山陰。工畫梅，書仿東坡，得跌宕之致。有《水雲老人詩鈔》。

題朱山人畫魚

畫魚好手不可逢，近來共數楊維聰。惜聰形繪非神繪，魚鱗刻畫徒能工。山人體物有深意，未畫游魚先畫水。煙波澹澹湖水平，荇藻出没如有情。大魚昂藏小魚戲，唼萍噴味皆生趣。從知魚水樂相於，修鱗詎肯安沮洳。濠梁一碧殊清泚，樂意何須問莊子。

張琪，字曉邨，一字樹存，丹徒人。工人物，兼善寫生，得元人雅趣。

題張篁村焦山圖

春波江上雨晴初，楊柳東風掠鬢疏。嵐氣當窗濃復淡，雲容過眼捲還舒。才人彩筆三生案，仙吏青山一卷書。處處梅花香法藏，閒吟八詠意何如。

薛懷，字竹居，一字竹君，號小鳳，江蘇桃源人。為邊頤公之甥，寫蘆雁酷似其舅。花卉、禽鳥俱有生趣，尤善畫宜興茗器。

過在中上人帆影樓題壁

高樓鎮日坐枯禪，一卷華嚴手自詮。怪底靈心都洗盡，湖光清到卧牀前。

錢樹，字伯雅，仁和人。湘蒓方伯琦子，官貴州開州知州。山水入神品，惜歿於黔徽，流傳甚罕。

坐雨寄韶九

豆酒引紅添醉頰，盆松分緑上吟牀。想他苦雨詩成後，消得槐陰幾樹涼。

自題畫扇

紅藕香中小夢幽，鸕鷀鸂鶒到牀頭。槐風吹穩西軒夢，領略湖南五月秋。

胡量，字元謹，號嵋峰，華亭人。監生，僑居吴門。山水得毛宿亭指授，脱略規矩，趣近元人。晚寓維揚，畫名益噪。有《海紅堂集》。

題揚州畫舫録

雷塘歌舞無時無，花魂倚醉午夢蘇。王孫馬前古錦囊，天驚石破何爲乎。染絲且莫悲，朱顔宿昔好。著書問青天，新聞恣搜討。花前一彈緑綺琴，意氣較量江水深。蛾眉笑擲千黄金，如君世上多知音。

許敬，字敬哉，一字雪香，仁和人。諸生。工六法，畫梅入冬心之室。

和十二齡童子屠彝題畫

石磯雨過釣紅衣，秋老蘋花水一溪。莫問扳罾魚得否，唤晴鳩愛隔林啼。

繆鑌，字爾鈞，號香山，丹徒人。布衣，嘉慶丙辰舉孝廉方正不就。詩畫多抑鬱盤礴之氣。有《香山集》。

抵家

谷口煙初合，山頭日已斜。野田識歸路，孤月到貧家。村釀新春味，寒香隔歲花。鄰翁争問訊，何事滯天涯。

金山

孤舟乘晚泊，四望起蒼煙。樓閣餘無地，波濤直到天。歸帆兩岸泊，明月一峰圓。得遇山僧話，因嘗第一泉。

朱照，字曉村，山東歷城人。大司馬綱孫，監生。工山水，足迹遍大江南北，名噪一時。有《錦秋老屋詩草》。

居庸早發

出門愁嶺澗，亂石駭嵯峨。一綫容人路，三邊集駱駝。關前雞早發，雪上虎纔過。數歎經行苦，飢驅奈若何。

詠杏

老夫肝肺異恒流，杏帶微酸氣味投。八十年來好牙齒，一生自不皺眉頭。曉村壽八十有三。

邵詩，字子京，一字杜洲，廣東電白人。嘉慶辛酉拔貢生。工書畫、篆刻。有《子京詩鈔》。

看月

山人看山月，叫起太古愁。蒼煙起林樾，入眼皆成秋。靜理吾豈得，景光難重留。大嘯煙霧開，天地空悠悠。

錢泳，字立群，號梅溪，金匱人。嘗客游畢秋帆幕中。工篆隸，精鐫刻，手摹縮本漢唐諸碑，并鈎勒法帖，多至百數十種。晚歲以八分寫《十三經》，擬復鴻都舊觀，刻石未半而止。畫山水小景，疏古澹遠。著有《履園叢話》。

青藤書屋在紹興府治東南里許為明徐文長故宅青藤者木連藤也相傳為文長手植旁有水一泓曰天池池上有自在巖孕山樓渾如舟酬字堂櫻桃館柿葉居諸景國初陳老蓮亦嘗居此皆所題也乾隆癸丑郡人陳永年翁購得之翁之子姪如小巖十峰輩皆名諸生好風雅始修濬而重闢之復求文長手書舊額懸之并請阮雲臺先生作記嘉慶戊申余重游會稽曾寓於此為作青藤書屋歌

昔我來游書屋裏，青藤蟠蟠老將死。滿地落葉秋風喧，似歎所居託無主。今我來時花正芳，青藤生孫如許長。天池之水梳洗出，夭矯作勢如雲張。花開花謝三百載，山人之名尚如在。發狂豈肯讓彌衡，醉來直欲吞東海。潁川兄弟荀家龍，買得山人五畝宮。引泉疊石作詩料，三阮七薛將毋同。吁嗟乎，石簣石公呼不起，門前走狗何足齒。能令遺迹不湮淪，便是青藤舊知己。況復披榛木柵鄉，年年寒食拜斜陽。塤篪迭唱歸舟晚，春水桃花何處香。文長無後，有墓在木柵鄉，將湮没矣。陳氏昆弟復爲修葺而祭掃之，實名士身後之遇也。

題程芳墅所畫太倉南園瘦鶴圖

昔年踏雪過南園，古寺斜陽草木繁。惟有老梅名瘦鶴，一枝花影倚頹垣。相國門庭感舊知，滿頭冰雪最相思。偶然留得和羹種，曾聽前朝話雨時。王文肅南園繡雪堂壁間有「話雨」二字，是董文敏書，款署「天啓丁卯，同陳眉公訪遜之山館聽雨題，四月七日，其昌」，計廿二字。

元焕樞，本姓危，字子政，號白門，漢陽人。少有文名，試輒不售，人以危姓為疑，因改氏曰元。工畫。有《嶺雲集》。

春游曲

春在村前第幾家，小橋流水玉環斜。高樓日暮笙歌合，遥望墻東一樹花。

吴覲，字荆岷，别字覺菴，江蘇宜興人。貢生。寫生得南田法。有《鷗園集》。

夜宿東氿

野渡蒼煙合，寒城畫角催。灘明初月上，櫓戛斷冰開。燈火窺漁隱，霜風入雁哀。末貪高卧穩，山色隔溪來。

周煦，字仲和，號曙峰，山陽人，流寓泰州。監生。善畫。

贈王柳村

白髮雙親健，青年群季賢。米薪無價問，閨閣有詩傳。柳抱藏書屋，門迎種稻田。此閒真樂境，何必羨神仙。

江振鴻，字頡雲，一字文叔，歙縣籍，江都人。官候補道。畫師徐天池。好延接名流，吴蘭雪、郭頻伽等嘗客其家。有《鷺花館詩鈔》。

春日有懷

扁舟曾過九龍山，柔櫓聲中寂寞還。落盡梅花又風雨，不知何事滯江關。

梁學昌，字蛾子，錢塘人。文莊公裔孫，諸生，晚號道子。學畫於奚鐵生，能窺其藩籬。有《蕉屏覆瓿集》。

題李西齋七十二峰草堂圖

翠竹梅花擁一邨，寒泉曲折瀉雲根。披圖細認誅茅處，七十二峰青到門。

杜堮，字石樵，山東濱州人。嘉慶辛酉進士，官禮部侍郎，重赴鹿鳴，贈大學士，謚文端。能山水，工書。有《遂初草廬集》。

和湯敦甫相國金釗**詠游龍杖詩**蓼花一名游龍。

此龍不復作霖雨，拚與仙人汗漫游。睡去儘教忘旦暮，卧來誰爲數春秋。看花定見前身在，得趣頻經故地留。却問先生雷起處，聲鏗尚恐動潛虬。

自云老矣倩人扶，頓覺今吾勝故吾。大澤何時新蜕甲，小園此地舊拈鬚。然藜氣象干星漢，荷蓧風神入畫圖。報道是龍剛不信，一枝携出碧珊瑚。

王文誥，字純生，號見大，仁和人。嘗獨游臯亭諸山探梅，愛二松奇古，因號二松居士。畫臻逸品，尋丈大幅兀傲有奇氣。有《韻山堂集》、《二松庵游草》。

木石居里人范文奎建，亦稱范孝子庵。

老醜梅兄傷莫景，鬖髿石髮不知整。僧不送迎梅送迎，步步香光亂人影。

為鄰僧畫梅

嫩寒籬落孤山道，曾入涪翁眼界來。我不學禪籬亦破，生綃半樹帶香開。

黎二樵為余畫碧鑑海圖題如原韻

樵夫斫竹便垂釣，鑑海青藍接鑑湖。一曲借來鄉夢隔，遠山添得一痕無。

徐涵，字有容，一字竹溪，號仲米，昭文人。山水闢徑幽異，用筆險峭；寫意人物類黄癭瓢，饒書卷氣；兼作水墨花卉、梅竹、指畫、箸畫。行書摹王覺斯，篆學趙凡夫。壽逾八旬。有《遠偏廬詩鈔》。

鄧尉探梅待子瀟子梁不至

煙裏梅花霧裏山，幽探林麓帶香還。要知幾處曾相待，都有詩留石壁間。

過橫塘

閶闔湫隘豆棚遮，獨樹鴉歸小市嘩。菱芰劃疆波面窄，一川暝色雨如麻。

水月庵

小庵十笏踞荒磯，風撼春濤響四圍。花木蕭條斜日裏，孤僧閒盪破船歸。

莘開，字季張，號芹圃，烏程人。家世武科，少補武學，不稱志棄去，專志讀書。山水為沈宗騫入室弟子，兼善花卉、墨竹，工書，能篆刻。配徐茝，字湘生，亦從芥舟受畫法。

自題畫竹

山人學畫何所師，常將墨汁揮筠枝。嗜之既久遂成癖，往往自賞還自嗤。輞川曾有鐵鈎鎖，墨派石室東坡遺。前賢擅此難悉數，出入三昧何淋漓。胸無變化泥於法，縱費筆墨非神奇。超然寓意塵壒外，寫此須尋巖壑姿。偃仰欹直態各異，真相還從静處窺。興來傾出硯池水，兔起鶻落心手追。溪藤滿几一掃净，腕底拂拂生涼颸。鸞翔鳳翥何足擬，煙凝露泣堪自怡。漫説蕭郎不世有，千年誰繼伶倫吹。

潘時敏，字遜伯，號小煙，又號篠煙，錢塘人。進士庭筠子。工畫神佛，嘗繪五百羅漢施精藍中。書法香光。有《世藻堂遺草》。

自述

且放雙眉解苦辛，胸無冰炭樂天真。能詩不作顛狂語，嗜酒其如落拓身。聖世喜逢周甲子，端居何用守庚申。黄金散後渾閒事，博得人呼長厚人。

游西山

一路踏紅葉，老僧迎下山。乍逢似相識，得之畫圖間。

鄭士芳，字蘭坡，號柳田，歷城人。工山水，嘗為陳曼生作《水西感舊圖》，阮文達極稱賞之；兼善花卉。求畫者衆甚，至坌集迫索，桂未谷因戲題「逋畫軒」額贈之。子謨，號小癡，畫亦肖其父。

河上閒居

生平最愛静中居，迎面青山映敝廬。栽十幾竿當户竹，養三樣色戲盆魚。有人索畫方拈筆，無事關門且讀書。得一日閒閒一日，長安車馬看何如。

夏日待郭小華不至

小園花滿一庭閒，沽酒遲君君未還。長日如年消不得，抽毫自寫雨中山。

題畫

十月東籬菊尚存，故人相約共開樽。歸來寫得霜林趣，黄葉聲中客打門。

邵梅臣，字香伯，吴興人。山水魄力雄厚，氣格蒼老，兼善花卉、人物。自輯題畫詩跋并友人投贈篇什，名《畫耕偶録》。

為韓桂舲先生對作畫并題

炊煙縷縷午雞鳴，阿姥包頭紡績聲。落日移船就沙軟，春江還怕夜潮生。

為萬輞岡上遴畫册

入山幽徑總紆迴，且喜柴門近水開。一片白雲松際出，道人還誤鶴飛來。

題畫

岸上花枝照水明，緑陰濃處小舟横。垂綸却是消閒計，縱得魚時也放生。

葉敬瑜，初名满林，字伯華，號芾菴，上海人。恒齋中書鳳毛子，畫承家學，善山水，兼工畫蘭。惜早世。

題孫又園墨竹

我謂寫竹難於蘭，位置妥帖誰能然。吾嘗寫蘭兼寫竹，廢紙已多還未熟。玉峰孫翁年八十，料得揮毫千管秃。是中甘苦我爾知，不如且看此君月上印窗時。

題王石谷秋山行旅圖

鈴馱紛紛何處來，穿林入谷路紆迴。草凋木落秋山瘦，明滅夕陽雲半開。

黃游鵬，字鳳岡，江西永豐人。善書畫。慕西湖山水之勝，寓居杭州。

過鉢池精舍訪沈隱士桐溪賦贈

羈游經累月，山水寄閒身。訪士過僧舍，維舟傍釣濱。風花能款客，魚鳥解親人。欲結素心侶，林泉作主賓。

盛惇大，字仲甫，一字甫山，號南墅，陽湖人。惇崇弟。嘉慶間召試舉人，官甘肅慶陽知府。善山水，乾筆焦墨，蒼厚高古，極似王麓臺。與盛大士時稱「二盛」。

戊辰夏日為盧南石年丈蔭溥**補寫種松圖并題**南石爲雅雨山人之孫。

鉏月耕煙結興高，使君胸次是盧敖。朝來洗我箏琶耳，爲寫長空百尺濤。

李敬思，號紉齋，又號癡道人，吴江人，寄籍順天。供奉内廷，以議敘官廣東新會巡檢。工山水、竹石，兼寫花卉、人物。罷官後僑居吴閶。

乙未重陽題自畫月季

花譜傳神愧未工，臨池擱筆問東風。是誰長駐春顔色，漫點臙脂月月紅。

張迺軒，自號虎兒居士，江寧人。敔子，嘉慶甲子副貢。工蘭竹花卉。

秋柳

秋千影裏憶春三，燕翦鶯篁緑正酣。無那庾郎枯樹賦，偏從摇落記當年。

周山，字築東，上元人，客武昌。善畫梅。壽八十餘。有《芙蓉山館詩》。

秋柳

曾經宮女妒纖腰，無復依依舞翠條。似我衰容餘弱骨，爲誰離緒傍長橋。春拋京兆當時筆，詩在揚州舊日簫。夕照漁家閒曬網，不堪風景憶南朝。

朱霞，字赤城，上元人。工畫。

題畫

蒼厓翠壁削嶙峋，萬樹桃花一水春。家在赤城霞裏住，更從何處訪仙人。

董棨，字樂閒，號石農，秀水人。涵子。爲方蘭士畫弟子，山水、人物、花卉、蟲魚力追古法。楷書宗魯公，行草宗文敏，兼工鐵筆。性慷慨，所得潤資至巨萬，而自奉儉約，半以濟人。著有《養素齋畫學鈎深》，於六法門徑頗得要領。

題畫仕女

莫道嬌無力，腰肢瘦益妍。空階人獨立，殘月曉風前。

自題山水

雨霽林容濇，煙開岫色蒼。山齋無客到，滌筆仿倪黄。

清畫家詩史己上

寧津李濬之響泉編輯

張深，字叔淵，號茶農，一號悔昨學人，丹徒人。崟子。嘉慶庚午解元，官廣東新寧知縣。畫傳家學，兼工山水、花卉。初館藩邸，遇名蹟必數摹，得其神髓乃止，故筆意深厚入古。有《悔昨齋詩録》。

宏善寺壁禹之鼎畫鶴原畫五鶴，今剥其一。

側翅不肯下，疑尋故侶來。百年餘粉墨，半壁隱莓苔。古寺夜聲滿，寥天秋影開。託身高自得，何必定蓬萊。

夕照寺壁陳壽山畫松

真力破餘地，陰森風雨枝。目將無岱華，壽已歷軒羲。畫爲乾隆乙未年作。慘澹韋俟筆，雄奇杜老詩。朱櫺深閟處，蒼翠少人知。

自題槐根小築圖

十見槐花黄，十見槐葉緑。十年此間住，可吟亦可讀。隨意寫青山，粗了饘與粥。一行作吏去，退此將走俗。浮屠桑下戀，矧我十年宿。天涯宦海寬，舊夢何時續。

自題富春山圖

不難生作玉堂仙，難得山中二頃田。自掃梅花釀春酒，畫眉聲裏一蓑煙。
曲折舟通九里村，緑陰深處認柴門。桐峰雲氣嚴灘月，來往何妨記夢痕。

題畫

十年不作金陵夢，又爲詩人畫板橋。近日白門秋氣早，六朝遺柳易蕭蕭。

盤山静上人請作天成前後山圖留寺計日將返京華無以酬意因燒燭縱筆畫夜成之爲題此詩

巨然神力匹北苑，法乳一滴梅沙彌。上人愛畫解畫理，謂我妙得煙雲奇。雲煙此間富，握晤喜可知。籠山絡澗盡松石，松松石石皆吾師。翠屏峰下臺殿静，僧雛出入憑扶持。快游十日苦登頓，畫具似負行囊齎。來朝準擬出山去，求者火急應罔遲。青琴燒燭拂廣案，銀鹿進酒斟盈卮。醉來縱筆隨所向，五指雨驟兼風馳。精神到處極蒼莽，人力何一非天機。峰幽壑邃看不盡，溪橋隱隱行闍黎。紙窮擲筆霹靂響，用句。明月已落西崖西。

吴修，字子思，號思亭，一號筠奴，海鹽人。工詩，善寫生，好古精鑒，喜集名人法書，刻《昭代尺牘》、《江海連珠》、《青霞館》等帖行世。有《吉祥居存稿》。

戊辰人日阻風斷霞口懷宋芝山學正葆淳去年今日同舟阻風於此，作《江天欲雪圖》見貽。

此地逢人日，年年慣阻風。祇憐今夕酒，不與故人同。船底晚流急，山頭寒色籠。江天看欲雪，又落畫圖中。

蘆墟訪吴處士鷃**不值處士業縫衣以自給工詩**

秋水漲横塘，落葉無行迹。何處訪伊人，一片蘆花白。

旅興

高梧百尺緑陰垂，月到空庭與客期。聞好畫圖先耳熱，説佳山水便神馳。新詩已就吟還改，晚食難消睡每遲。深夜小齋猶默坐，一燈花影愛紛披。

江行即景

山遠人如豆，樓臺暗夕曛。分明金碧畫，尺幅李將軍。

宋觀察思仁**屬題畫蝶**

白髮歸來宋廣平，老年渾未減風情。閒來慣寫春駒影，不許滕王獨擅名。

雲錦爲裳霞作衣，憐渠生小戀芳菲。圖成莫向花間看，怕趁東風逐隊飛。

寄杭州奚處士岡

萬壑雲煙筆底盤，使錢無孽此心安。腸寬贏得朝朝醉，羨爾青山賣不完。

陳治，字持國，號桐嶼，石門人，監生，本籍海寧。山水筆墨超潔，得宋元人意。

游龍湫柬德峰師

籃輿直昇亂峰巔，萬壑流泉吼曉煙。二月晴雷轟澗底，千層雪浪落樽前。空齋坐久雲衣冷，曲磴行遲草履穿。指說大羅天上近，一龕風雨儘安禪。

吴汝然，字晋卿，海鹽人。諸生。畫臻妙品。有《笛舟詩稿》。

題畫

落日衆山静，微聞遠寺鐘。欲尋禪定處，滿隖白雲封。

崔瑶，字筠谷，晚號華林外史，江寧人。為羅梅仙畫弟子，工山水，松竹尤奇絶。嘗論畫云「不得山水真境，不可浪使筆墨」。壽九十有七，其夫人壽百四歲。子溥，字春泉，亦壽臻九十，松竹、人物能世其業。

與同人雅集莫愁湖繪長卷索孫淵如觀察題名自系以詩

渚蓮蕭瑟秋容澹，岸柳扶疏夕照低。一帶清涼渾似畫，畫成先要索君題。

高銓，字衡之，號蘋洲，烏程貢生。官壽昌訓導。善書，工墨竹。

風箏謡

楊柳青，放風箏。湖諺。風箏嗚嗚高出城，翩若鷹鸇矯若鯨。風日和麗薄太清，朝朝吹綫鳳凰聲。豈知綫索由人難自主，左之右之迭變更。忽然中斷如懸旌，隨風東西填溝坑。吁嗟風箏兮，自古居高居滿鮮有成。

馮金伯，字冶堂，號南岑，一號墨香，南匯人。貢生，官句容訓導。性好書畫，喜與諸名士往還討論，遂精畫理。山水宗董、巨，尤得華亭墨趣。書法襄陽。精鑒賞。工詩古文詞。著有《國朝畫識》、《墨香居畫識》并《詩鈔》。

鄭碉南棟屬題碉南漁隱圖圖爲雪樵筆。

雪中樵夫得樵趣，碉南漁者無漁具。形神相得衡宇連，託迹漁樵久爲侶。我先識樵繼識漁，樵兄漁弟常相於。不樵不漁非善策，爲樵爲漁未定居。涼雲篩空秋暑薄，肴核堆盤勸深酌。酒間示我一幅圖，綠蓑青箬玄真徒。雪樵妙筆山樵比，兼多題句同璠璵。洞口迷津誰所記，山中爛柯事尤異。闌入漁樵隊裏游，始信神仙在人世。飲君旨酒爲君吟，人生不患寡同岑。試將江渚漁樵曲，譜作雲山韶濩音。

慧上人別後寄懷一詩次韻奉答

雲構翛然水一灣，息機誰似遠公閒。去時預約來時候，興在涼秋淡靄間。

馬慶孫，字章伯，號梅泉，仁和人。秋欒太常履泰子。山水縝密蒼秀，不落時蹊。性耽圃事，初居長椿寺京寓，隙地藝花，父子兄弟拈題倡酬，頗極天倫之樂。有《和鳴集》。

移居盆兒胡同敬次家大人韻

移居幽巷静無塵，茅屋雖低足欠伸。好鳥對鳴欣有主，丁香百結始逢春。栽蘆當竹真奇計，種子成花不礙貧。從此徑須排日詠，何妨學作閉關人。

訪萬柳堂遺址

少傅林亭萬緑楊，只今蹤迹少蟬藏。荷花已歇蘆花亂，池水難尋野水荒。清露堂空餘浩劫，御書樓破俯斜陽。苔基久化空王宅，又見殘僧歎寶坊。

馬怡孫，字和仲，號小藥，一號悦卿，仁和人。慶孫弟。亦善山水。嘗隨侍太常視學陝、甘，校閲文藝。歸里後入潛園吟社，與兄并擅名譽。

題畫

春山横抹白雲齊，寫箇茅亭傍淺溪。剛要補苔還閣筆，楝花風緊一鶯啼。

訪萬柳堂遺址次松雪原韻

不見名園柳拂池，空餘寒荻覆漣漪。禪僧已結拈花界，拈花寺即堂舊址。啼鳥猶傳驟雨詞。易散平泉千品石，難磨緑野二賢詩。一樓尚立荒煙裏，徙倚斜陽動客思。

黄湘，號柿庵，宜興布衣。工山水。有《柿庵詩稿》。

嘉慶壬戌十月吴兔牀先生七袠萬香南畫梅菊附作山水合裝一册奉祝

先生耽静業，儼似人中仙。勝日恣探討，逸韻何高騫。桃溪有舊館，客話成一編。國山碑考出，恍見缺月圓。繭絲及牛毛，陽羨名陶全。著述富等身，虚懷若谷然。仰惟恭則壽，喜值古稀年。千里夙命駕，昔賢致翩翩。一卮未獲捧，鄙意殊懸懸。爰因仁智性，用假筆墨緣。吮豪拂素練，如調緑綺絃。映日事渲染，如撑上水船。聊爲一芹獻，敢附千秋傳。遥望小桐溪，再拜臨風前。

端木焯，字次劉，號雲樵，上元人。嘉慶庚午舉人。山水入逸品，工行楷書。

燕子磯阻風

蘆花楓葉滿寒皋，竟日淹留興倍豪。拍水不聞雙槳響，插天遥望一峰高。行看怪石堪成畫，來羡輕舟快似刀。如此江山邀我住，停帆何必厭風濤。

陳球，號藴齋，嘉興諸生。工山水，家居瓶山之側，自號一簣山樵。著有《燕山外史》。

階前紫竹為圬人所損越七年而復生詩以誌喜

膹粉零香尚復存，可憐黄土困靈根。七年空灑瀟湘泪，不道亭亭却返魂。

舊緑凋零新翠攢，何緣又見碧琅玕。生涯此後無他事，揀得修枝作釣竿。

邵聖藝，字仲游，一字芳圃，號貢父，常熟人。明經。山水得婁東遺意。

己未重九仿惠崇筆意為鹿樵畫扇

蓼花風影入船窗，洲渚微茫雁字雙。欲采芙蓉思遠道，不知何路溯澄江。

馬鎮，字濟干，號少白，長洲人。布衣。工山水，嗜飲，每以畫易酒。有《半閒雲詩集》。

讀吴祭酒集

未必妻孥割愛難，徵書星火下長安。親恩忍説能抛屣，公論從知有蓋棺。老去詞章抵青史，放歸身世及黄冠。黍離何限蘭成泪，蕭瑟江關賦裏看。

席煜，字子遠，號松墅，常熟人。嘉慶辛酉傳臚，入詞垣。工山水，善南北曲。

題張鹿樵舍人看花集艷圖

圖中翩翩者誰子，云是瑯嬛博物史。一庭艷色四坐花，花如羅綺人桃李。此時此景樂可知，要其命意不在此。春風到處挂簾鈎，一日看遍花十里。看花歸來對花語，青箬緑蓑從此始。堂上萱花砌下蘭，承歡歲歲雙連理。尚湖煙水錦峰雲，彩毫繪入畫屏裏。無窮樂事吉祥花，請以此圖作緣起。

張克謀，字松山，湖南華容人。優貢生。長於書畫。

書明先正周八厓先生集後

功名不羡執金吾，慷慨悲歌亦壯夫。挾策萬言重東觀，飛鳧片影落西湖。海門長嘯風濤湧，禹穴窮探山水娱。更獻香爐出師頌，叨陪上將引黄鬚。

祝萬壽，原名曦，字嵩呼，號樵雲，嘉興武生。工詩，善指墨山水、花卉，盈丈巨幅頃刻立就。阮文達視學禾中，應試古學，為公所激賞。有《樵雲詩鈔》。

登錢江望遠樓

放眼最高樓，滄江隔座流。魚龍時出没，星斗忽沈浮。何日騎孤鶴，因風到十洲。笑携長笛去，吹破海天秋。

張大鏞，字鹿樵，昭文人。御史敦培子。乾隆甲寅舉人，由中書官山西河東道。山水為太倉顧容堂弟子，喜收藏，精鑒别。有《自怡悦齋書畫録》。

游野狐泉次張蒼厓韻

遥岑聳碧俯清幽，萬疊煙霞一覽收。此日亭臺開玉界，當年裙屐本風流。前明惠民館爲巡鹽御史督撈採鹽之地。森森古柏常棲鶴，瑟瑟新荷待浴鷗。更植柳桃千萬樹，喜從鹺海得仙邱。

百里周遭僅曲潯，環池百二十里皆滷地，惟此爲淡泉。琤瑽清韻答虞琴。飛雲捲雨前賢迹，補石疏泉大造心。魚乍陟冰無結網，鳥方巢樹莫驚林。雅游漸覺賓筵盛，那得頻來話竹陰。

汪初，字問樵，號絳人，錢塘人。官四川布庫大使。山水小品清拔似元人。愛搜集名蹟、詩箋，藏弆極富。尤工填詞，有《滄江虹月詞》。

顧蒓厓清宵聽雁圖

月華如水雁聲孤，林影沈煙半有無。對此不禁清泪落，那堪重寫脊令圖。
草閣燈昏感索居，凭欄一片水天虚。姜肱往事堪追憶，共被清宵樂有餘。

王源，號雲谷，溧陽人。善山水，曾館吴門菊花亭楊氏。

曉望

昨夜秋風入楚山，曉來煙雨白雲間。一聲清磬出林際，知有孤僧水石間。

朱兆泉，字澤亭，蕭山諸生。善書畫。嘗以申韓之學佐縣幕，開脱教匪株連，全活萬餘人。有《時鳴詩草》。

即事

節近清明更憶家，遣懷賴有畫生涯。緑陰門巷雙飛燕，紅雨池塘兩部蛙。苦竹穿墻横出笋，甘蕉折雨倒開花。他年歸隱柯庭側，鵶嘴親携自種瓜。

汪成穀，字粟田，一字西疇，號春雨，又號夏雨，仁和人。性高簡，從奚鐵生游。山水疏秀嫣潤，出入文、沈諸家。有《春雨草堂小稿》。

琴隖索畫山居圖册即次是程堂集中韻

開窗群峰來，一畝足棲止。讀書深林中，襟懷淡如水。故園讀書處

雲影落松根，溪流濕花隖。隔林聞琴聲，幽人在何許。朱塢

沈之璵，號寶樹，秀水人。嘉慶戊辰舉人。有《雲暢樓詩稿》。

畫梅

揚无咎法已全淪，貌出荒寒景未真。懶學元章圖萬玉，兩三花自十分春。

金建，字子徵，號紅鵝，吴縣人。太傅之俊五世孫。母丁孺人能詩，幼秉慈訓，通詩律。書法趙松雪、文徵仲。初習寫真，後專精花鳥。

仿唐六如作秋漁圖

鱸又堪餐蓴又肥，眼前事事可忘機。漁舟一枕悠然去，夢逐輕鷗踏水飛。

張颿，字夢九，浙江黄巖人。善山水，兼工花卉。有《河干小隱遺草》。

李八郋莊

野客愛林泉，幽棲拓數椽。山雲宿檐下，蘿月落罇前。引水通茶竈，隨風放釣船。何當結鄰住，相與樂忘年。

景謙，字福泉，號鷲農，仁和人。進士江錦子，貢生，官湖南布政使。工詞翰，精賞鑒，善山水。

為陳芝楣方伯畫南屏曉游圖媵之以詩即次方伯蘇公祠用蘇詩游孤山韻

山前寺，寺外湖，煙雲作態乍有無。晨鐘警醒四山曉，應若慧日居高呼。我公獨往不携孥，「翩然獨往不携孥」，潁濱句。盡屏徒御耽清娛。中流放櫂任所適，循入紫翠矜威紆。到此面目知真廬，爲屏爲翰兩不孤。名臣卦字卅行在，南屏有温公書《家人卦》摩厓。鐵畫莫謾方新蒲。「新蒲似筆思投日」，玉溪生句。興來續筆雄千夫，要使觀者忘朝晡。東坡不看李成畫，鄭俠還寫流民圖。公詩有「仰屋愁聽庚癸呼」之句，蓋客歲數省被水，賴公區畫全活甚多。情深發自吟嘯餘，湖山莞領傲几蘧。數峰容易償先逋，名高百尺我難摹。

虞光祖，字九章，號角山，秀水人。嘉慶甲子舉人，官臨海教諭。工畫梅蘭竹菊，兼所南翁、梅道人之妙。

曹古香丈招游平山堂

三賢祠好更徜徉，卍字欄干亞字墻。如洗篔簹幽境緑，濃陰浸得滿身涼。

莊山，字仁谷，號孤嶧，嘉善人。諸生。工山水。

葺小廬

最喜無多屋，敢云吾德馨。墻新添月白，籬短放松青。移石安茶竈，扶花上竹屏。明年有餘羨，墩頂結茅亭。

平疇，字畊煙，號種瑶，山陰人。嘗為錢裴山、曾賓谷諸公幕友。酷嗜詩畫，與黄穀原友善，深明六法。有《畊煙草堂詩鈔》。

月夜游小雲棲

夜色清於水，詩情澹入禪。樹空山轉月，波净櫂飛煙。古佛偎塵榻，生柴煮石泉。年華未枯寂，冬翠積諸天。

題黄穀原采藥圖

君畫黄子久，君詩孟浩然。作吏如梅福，有眷似采鸞。仙才仙福食仙禄，欲將火裏種青蓮。我曾夢君采仙藥，招手同上三神山。青鸞背滑騎不得，相扶賴有洪厓肩。奇文異書卒難讀，神之所秘不可宣。歸來硯側排三島，筆縱天吴吐百川。

王義祖，字榆圃，富陽人。諸生，嘉慶丙辰舉孝廉方正，不就。工書畫。有《小隱山樵詩草》。

蕭山雜詠

一灣春水緑生波，兩岸人家養白鵝。寒食雨中泥滑澾，過橋閣閣屐聲多。蕭人雨中俱著木屐。

宵深寒氣逼窗紗，擊柝連聲過幾家。明月滿階霜似雪，門前猶紡木棉花。蕭俗：婦女每對月紡花，不用燈檠。

湯暘，字澹如，江蘇新陽人。諸生。工花鳥，尤善畫鬥鷄及鷄雛，筆極生動。有《聽雨樓詩》。

題畫

吾本星溪一釣徒，偶然赤鯉繪成圖。不知筆底鱗鬐出，傳得濠梁樂意無。魚

一施薄粉一施脂，同此秋芳兩樣姿。好似阿環微醉後，招來虢國話相思。紅白秋海棠

生平不羨五侯鯖，小摘園蔬足菜羹。寄語朱門肉食輩，休令此色到蒼生。菜

汪用成，字成齋，號未山，仁和人。成穀弟。寫生得解弢館法。家有雲峰晚翠樓，庋藏書畫，顧西梅、奚鐵生諸名流觴詠其間，嘗與鐵生讀畫不下樓者旬日。有《雲峰晚翠樓稿》。

題鐵生臨元章畫梅

元章畫梅尚繁枝，老幹屈曲花紛披。十年嚮往今忽睹，髣髴江上開垂垂。於今能手推老鐵，顧影追隨氣相埒。頃刻摹成春一枝，四座傳觀歎雙絶。丰骨珊珊合有神，梅花豈是君前身。毫端瘦玉拂衣冷，腕底香雪翻窗勻。羅浮夢醒春無著，長笛一聲吹不落。空齋展對澹忘言，紫艷紅英都掃却。

吴回春，字凝仲，號復庵，海鹽人。花卉、蟲鳥生動多致。有《復庵詩鈔》。

題畫

秋風吹葉落，蕭瑟亭邊樹。倚杖聽鳴泉，徘徊不能去。

姚嗣懋，字本仁，號修白，又號靈石山樵，錢塘人。雲岫尚書成烈子，官直隸祁州知州。山水法宋元，花卉學南田，設色秀雅。

為應繹堂夫子寫山意衝寒欲放梅詩意

暖律先回處士家，南枝催動影橫斜。香生野店春痕淺，夢到前村雪意賒。錢臘預儲新釀酒，看山重理舊游車。小園蓋得茅亭在，只待東君盡吐花。

張景山，字松居，黃巖諸生。善畫松竹桐荷，尤工寫蘭，孤高簡傲，如其為人。

新晴曉望

好景新晴後，尤宜清曉間。渚煙空木杪，梅雨歇江灣。紅上三竿日，青來四面山。吟眸隨處豁，野興自閒閒。

張淮，字子東，號桐山，江蘇寶山人。貢生。書畫雙絶，張叔未極稱之。有《雨泉集》。

嘉慶戊寅午日赴陳江村逢辰會之作

記曾泮水快同游，僂指俄經卅四秋。白首關心詩又酒，青雲過眼去難留。盍簪此日應須慶，投轄高風莫與儔。更喜鴛湖無限好，年年南北有盟鷗。

高第，號穎樓，蕭山諸生。善書畫，工詩，阮芸臺、洪北江并激賞之。配孫氏茗玉，亦能詩，嘗自繪《聯吟圖》。有《額粉盦集》。

寶摩丈偕周竹生過訪留宿聽雪山房

小住翛然雲水鄉，不辭著屐共相羊。鳥聲穿樹滴新雨，花氣撲人生夕陽。老去襟期猶磊落，年來詩句益清蒼。春宵肯作蟬聯話，翦燭何妨更對牀。

額粉奩同茗玉夜坐

葉底繅絲最耐聽，坐深涼月上疏櫺。如風忽地掠人過，吹落半空婺尾星。

顧槐，字青門，仁和人。工書畫。

題畫

寒江秋影渡頭風，何處鐘聲古寺中。正是閒情無計遣，幾行飛雁落丹楓。

顔禧，字紹貞，號嘯盧，海鹽人。諸生。書畫宗法衡山，尤工白描人物。

盆魚

養得修鱗五色鮮，不時出水换新泉。何須濠上觀魚樂，曉起推窗在眼前。

朱瑋，字季珩，號皋亭，嘉定人。詩、畫、篆刻稱三絶。有《焚餘集》。

題魚樂圖

新蒲細柳緑參差，瀲碧輕鯈出水遲。掠鬢風過花撲面，悠然魚我兩忘時。

題楊灣圖

莫釐晴迥翠螺環，桑柘陰陰飛鳥閒。獨占湖光三面好，淡煙疏雨緑楊灣。

趙之鳳，字凡仲，一字象六，號竹巢，錢塘人。之琛兄。工畫，尤精篆書。

養蠶婦

江南養蠶婦，日夕不得息。指望養蠶好，首蓬面不潔。蠶壞心冲冲，蠶好憂亦迫。蠶當大眠後，蠶飢待葉食。葉貴厭蠶多，蠶婦向蠶泣。蠶婦爾莫泣，蠶收利不入。辛苦賣絲歸，公私償不及。

吴鈞，字伯貽，號味莘，嘉興人。布衣。山水仿石谷筆意。

題邗江送别圖送怡亭北游

豈爲十年别，重逢百不堪。浪游俱有母，老大各無男。邗水清如許，燕臺路已諳。此身宜自惜，及時計歸南。

顧鶴慶，字子餘，號弢庵，丹徒人。山水宗宋元，尤長枯竹瘦石。游京師，客禮邸，嘗作《驛柳詩》，屬和者衆，因并善畫柳，人稱「顧驛柳」。詩有「京江七子」之目。有《弢庵集》。

晚憩焦山自然庵庭前小梅盛開

春澹無聲院，雲輕薄暮天。柳情含夢緑，江氣得花妍。短砌横空雪，疏香曳水煙。婆娑兩龍影，猶在一樽前。

松寥閣贈洪稚存太史

孤舟深夜泊松關，浩蕩君才天放閒。我獨何心戀簪紱，人須如此對江山。秋聲漫繞安禪榻，往事空驚照水顔。却喜溯洄偕素侶，相逢多在畫圖間。

宿海雲樓贈借庵

樓居春静養雲煙，江樹江花縹緲仙。温語潤於蕉葉研，清詞空似藕心錢。月當晦夜全含蓄，道在中途忍棄捐。禪榻百年君獨健，鬢絲鐙影一吟肩。

沈維樹，字子逸，又字玉遮，海寧人。工繪事，收藏書畫多精品。有《扶疏閣集》。

移家

近市溪南勝，欣然便結茅。隱偕鷗鷺伴，夢穩水雲坳。自哂將歸客，真成不繫匏。蔽廬煩料檢，所賴有窮交。

趙觀海，字啓堂，號齊量，仁和諸生。工山水。家貧，賣畫自給。有《啓堂吟草》。

題畫寄胡梅樵

塗抹生涯歲月侵，朝來技癢又難禁。行雲一桁嵩陽近，還憶繁臺日暮心。

吴山秀，字人虬，號晚青，震澤人，寓烏程。貢生。善山水、花卉。有《頤神齋題畫詩》。

題畫

造化原無鏤刻意，五山十水太經營。偶然興到一盤礴，不覺槎枒肝腑生。

徐鉽，字彦常，號西澗，仁和人。諸生。山水法四王，奚鐵生後可稱巨手。間作花卉，師陳白陽。有《竹光樓稿》。

黄葉和黄太然 孫燦

路入江南鴨脚稠，霜林處處足勾留。夕陽冷淡前朝寺，風色蕭條古戍樓。溪静倒涵千點影，雁飛斜帶一痕秋。湖灣不見詩人宅，黄雪依然落釣舟。吾家紫山先生故居在學士橋，其地有宋時銀杏一株，殘秋落葉堆階，因名黄雪山房。

由靈隱至弢光

寶刹雙標樂樹邊，山門停屐禮金仙。雲開列岫青圍寺，路入修篁緑到天。空際樓臺明海日，下方鐘磬答巖泉。支公爲説無生法，欲借清池種火蓮。

陳逵，字吉甫，號東橋，青浦人。花南司馬詔弟，諸生。工六法，善寫蘭，兼長竹石，嘗刻《蘭譜》，多名流題詠。有《東橋詩鈔》。

中條山

王官谷口晝冥冥，曲徑尋幽一騎停。煙外鳥啼千樹碧，雲中樵唱數峰青。新愁驛路沽村釀，故宅司空問草亭。如此溪山容小隱，好携琴鶴訊山靈。

朱人鳳，原名壬，字謂卿，號閑泉，錢塘廩生。青湖徵君彭子。山水法大癡，兼善花卉、翎毛。有《祖硯堂集》。

月夜過露筋祠

一片秦郵月，隨人照夜闌。露華侵鬢濕，湖氣逼鐙寒。孤棹空相倚，清風不可攀。偶然祠下過，白水正漫漫。

將出都門留别諸友

何曾有夢到華胥，寄迹無端兩載餘。此去已成空社燕，幾人能諒直鈎魚。飽嘗世味皆秋氣，漸覺文章變太初。檢點行囊還自笑，累他羸馬載殘書。

王成烈，字訪舟，天津人。山水師陳青立，喜用粗毫濃墨而不乖南宗正派。

題畫

秋水没石根，亂雲迷古路。常見此翁來，不知何處去。

錢宗韓，字雨桐，鎮洋諸生。山水渲染有致，詩亦婉麗纏綿。有《綺望樓遺稿》。

石湖櫂歌

春花秋月總魂銷，楊柳煙絲鎖畫橋。橋畔旗亭橋下舫，吴孃一曲雨瀟瀟。

楊建，字芷亭，嘉興人。山水得倪、黄筆意。所居曰「秋水一灣」。喜與郭頻伽輩詩酒酬唱。有《維園詩鈔》。

歲暮書懷寄示馮柳東

滿〔二〕庭黄葉夕陽多，久掩蓬門斷客過。身與梅花同耐冷〔三〕，心如井水不生波。

〔二〕「滿」，中國書店補刻本作「翁」。
〔三〕「耐冷」二字原作墨釘，據光緒十三年刻本《維園詩鈔》補。

興來作畫忘工拙，老去吟詩懶琢磨。忽接故人書尺一，翻將雋語慰蹉跎。

趙澄鑒，字映瀾，號梅史，仁和諸生。山水、花鳥氣韻蒼潤。性好客，一時名士樂與之游。有《煙波畫船詩稿》。

夏晚獨行斷橋北岸涼飔消暑晚山横翠煩慮都捐飄飄兮欲仙也

蟬聲斷續夕陽間，白鷺還時我未還。塵市那能容冷眼，自來湖上看青山。

賣茶孃傷貧女也女，越人。父嘗爲縣令，父殁流落無託，嫁農家子，既而以賣茶爲生，惻然有作。

當壚好女烹春芽，風神閒静羞鉛華。過客停鞭休浪譁，願客聽我歌賣茶。阿儂幼是金閨女，骨肉流亡委黄土。父官不足庇兒身，親串衰微有誰主。零丁嫁與賣茶兒，茶苦不如儂命苦。含笑含颦無一可，汲得寒泉愁照我。罡風吹鳳化號寒，得過且過隨坎坷。調羹糁蓼豈未諳，茶事專司一爐火。火活水清茶色鮮，芳心與水同熬煎。誰家富兒太齷齪，德色向人酬百錢。君不見東鄰有女面如玉，日高繡榻爐煙緑，鸚鵡呼茶睡初足。

嚴寅，字同甫，號介堂，晚號菊隱山人，常熟人，籍長洲。諸生。工篆書，類王虚舟。間作山水，細秀學五峰，荒老師石田。

題畫

小樓寂寂俯溪流，落盡林花雨乍收。半晌不聞群鴨鬧，柳陰知有客停舟。

陳林岫，字二雲，黄巖人。工山水，雅有董、巨家法。

題畫

似箭春韶感逝波，花辰都向酒中過。緋桃一樹娉婷影，收拾餘香入畫多。經年無夢到長安，一舸煙波眼底寬。頭白漁翁早忘世，蘆花深處日垂竿。

吴上尊，字典彝，仁和人。竹堂進士霽從孫，諸生。善草書及大小篆，間亦作畫。有《能改齋集》。

戲作消寒圖

解畫不作畫，恐經大匠嗤。閒中忽技癢，寫出消寒枝。九九八十一，有偶復有奇。圈花間疏密，布幹多支離。頗覺得生趣，孤根産墨池。香暗疑過麝，影疏忽染緇。始知摹粉本，規規不足奇。庭前冰雪姿，乃是良畫師。圖成付阿女，排日施臙脂。妝臺見紅杏，已到清明時。

過陸筱飲先生荷風竹露草堂故址

解元才技小唐寅,「畫二文三詩第一,解元才技小唐寅」,當時同人贈句也。詩畫當年負重名。一席草堂留不得,蕭蕭風露太淒清。

瞿霽春,字柳堤,樂清諸生。能書畫。有《朗齋小草》。

秋思次友人韻

露冷蘋洲下釣遲,前身應是白雲司。別人燕去新秋後,警夢鴻歸月落時。古岸楓林霜意重,空山桐葉雨聲悲。登高無限淩雲思,欲寫花箋寄鳳池。

陳希濂,字秉衡,號瀔水,錢塘人。嘉慶戊午舉人。花卉得白陽法,工餓隸書。與黃小松最契。喜搜藏名家便面,積至數百葉。

題高且園畫册

雨後寒煙一抹輕，照人潭水影澄清。菰蒲瑟瑟最深處，疑有沙禽時弄聲。

飲酒

携壺欲覓鬱金香，又愛鄰園菊傲霜。還是買花還買酒，杖頭錢少費商量。

夏朗齋至寓

風色變林麓，俄驚寒氣深。枯蟬戀高柳，暮雨碎秋心。良友偶相過，薄醪時一斟。此中堪樂志，相與豁胸襟。

施嵩，字禮登，號少峰，石門人。工山水。天性慈善，時以賣畫貲周恤貧友，或買物放生。有《少峰詩鈔》、《唾餘集》。

題澗芝弟墨竹

蘇眉山，文洋州，千古畫竹無與儔。吾鄉梅花衲，希蹤李薊邱。數公法同體各異，有如衣鉢相傳流。後來朱鷺瀟灑亦可喜，終遜夏昶與沈周。咄哉魯孔孫，揮寫直幹同長矛，葉取疏落不取稠。吾弟澗芝生獨晚，筆追往哲何清遒。興酣寫尺幅，草堂正新秋。枝葉多變態，四壁風颼颼。對之可以醫我俗，何必鼓棹瀟湘游。

張寶，字仙槎，上元人。工山水。性好游覽，足迹歷十數行省，自繪所遇名勝，積至百幅，各系詩詞，附以名流題詠，分刻六集，名《泛槎圖》。

自題泛槎圖 鈔八

夕陽西下片帆收，隔岸銀山掠水浮。好是兩三星火裏，一丸月上泊瓜州。瓜州夜泊

但願騎鶴游，腰纏非我意。消息試探梅，平山著花未。邗水尋春　仿文待詔。擬梅花道人意。

好風日日送扁舟，贏得閒身作浪游。三十六湖春水闊，不知何處是高郵。甓湖

問津　用倪雲林意。

馬頭看疊嶂，鳥道繞三盤。嵐氣千峰紫，松風六月寒。飛泉鳴石隙，峻塔湧雲端。御輦經巡處，樓臺壯大觀。盤山疊嶂　法李營邱。

禹門雙峙挾黄河，萬里洪濤數跌過。從古畫師難到此，我來奇迹一收羅。龍門

激浪　用關仝筆法寫此。

游遍名山不登岱，向禽有約心未快。壽仙貽我以尺書，如倩麻姑搔癢背。迢迢齊魯青接天，寓目已欲窮其巔。三千餘級盤石磴，我與笻杖相周旋。古松攔路勢如攫，萬疊飛泉齊赴壑。一聲長嘯震山林，霜葉紛紛撲衣落。日觀峰頭觀海東，煙濤浩渺連蒼穹。坐看日出訝非日，羲馭捧出瑛盤紅。蓬萊閣近蜉蝣島，我欲將身託飛鳥。舉頭四顧心茫然，今日方知天下小。岱峰觀日　仿范寬畫法。

三十六峰雲起時，溶溶散作海濤姿。游人但見危峰頂，雲裏山僧知未知。黄山雲海　師荊浩皴法。

仙源無復有仙家，流水依然石徑斜。春日不來秋又老，且將紅葉當桃花。桃源覓洞　癸未菊秋游天台，至桃源會仙石，山徑崎嶇，迎陽、雙髻諸峰高聳天際，滿山紅葉，流水潺潺，洞則不知何處矣。

鄭湘，字融川，號楚雲，嘉興諸生。工詩，善繪事，每畫詩意以投贈知好。有《得蔭軒賸稿》。

次臨平

犢山青不盡，盡處見人家。宵市一溪火，歸程八月槎。寒煙迷白屋，秋色到黄花。欲解相如渴，停舟問賣茶。

徐葵生，字衛堂，號蕙唐，仁和副貢。工詩，能以己意作繢事，人争購之。

荒齋四詠鈔二

黑白無勞著意争，半枰零落暗塵生。雲飛曉宇殘星散，草壓秋原故壘横。花院晝長餘寂寂，竹樓人去失丁丁。機心我已相忘久，縱有奇謀請罷兵。殘棋

三尺由來歐氏鎔，頽唐底事等枯筇。吼殘風雨星文黯，睡煞蛟螭電影封。爲報楚讎曾出匣，未逢秦客且藏鋒。山魈莫漫披猖甚，淬礪功成便剸鐘。鈍劍

張廷濟，字叔未，一字説舟，號竹田，又號海岳庵門下弟子，嘉興人。嘉慶戊午解元。工書法，兼篆隸。精考證金石。寫梅得古趣。著有《清儀閣題跋》、《桂馨堂詩集》。

道光乙巳五月廿七日賦謝石門蔡鹿賓載福**贈初拓畫家書**

無聲詩裏有聲畫，畫學深須書學深。憑識廬山真面目，誰知苦盡十年心。

登登響出語兒鄉，佳墨封題第一章。老眼頻揩看不厭，緑陰如畫滿書堂。

題常熹女兒静宜樓寫生册鈔一

夫君畫學有家風，汝幸相隨師阿翁。查丙唐親家善畫，禮齋婿能承家學。從此商量好顔色，一時雙管出閨中。按，查名奕照。

道光丁未自題八十歲畫像鈔二

朝籍一生曾不挂，此心何處著貪癡。垂頭閉目無他想，半是温書半改詩。

那得昨非便今是，只憂夕死未朝聞。勉兹一息尚存日，縱惜光陰有幾分。

洪應濤，原名燾，字晋涵，浙江新城人。嘉慶戊午舉人。善畫梅，工隸書，喜作詩，時稱三絶。

舒嘯亭亭前石壁臨江有東坡分題「登雲釣月」四字。

嵌空題釣月，突兀欲登雲。側想坡公蹟，飄飄鸞鶴群。古今殊寂寞，青白望氤氳。不盡凭欄意，寒暉落翠篔。

屈培基，字子載，號元安，常州人。嘉慶戊午副貢生。淹雅能文，精鐵筆，善山水竹石，工隸篆楷法。

再題澗底松

昔遇秦封今棄官，任從萬木舉頭看。山苗縱有離離影，澗底何嘗改歲寒。

朱文珮，原名孫垣，字小珊，海鹽人。嘉慶戊午舉人，官餘杭教諭。善篆隸，蘭竹、山水尤極精妙。有《春華秋實齋集》。

甲戌春虹舫弟分校禮闈余以迴避不獲與試虹舫在闈中倩孫少蘭侍御繪荆花隔院圖誌歎并集共事五人咸系以詩郵余索和作此却寄

春風春雨負連牀，羡煞看花紫陌忙。鑠院敲詩紅翦燭，特分清夢到池塘。

郵筒珍重抵瑶華，爛漫描摹及第花。咫尺蓬山真不遠，頭銜都署列仙家。

公門移植錦成叢，除了繁華逐夢空。多少落花春不管，轉憐宋玉在墻東。

敝盡長安季子裘，新詩千里慰離愁。春闈六度私堪喜，光範門無一字留。

郭敏磐，字小華，號雲門外史，歷城人。嘉慶甲子舉人，官益都教諭。善隸書，為桂未谷弟子。工山水，嘗為阮文達作《琅琊訪篆圖》，小幅具山海之勢。

題鷹阿山樵秋山讀書圖

秋净山容瘦，峰壑作深碧。落葉堆階除，寒燈照空壁。伊人執亮節，下帷讀周易。亭下不逢人，惟有鶴行迹。

李端木，字此山，山陰人。書宗右軍，畫石有逸致。性孤冷，晚年家益窘，顏其廬曰「若此山房」，蓋以齊人自况也。

越州竹枝詞

買得門前半畝湖，環籬種竹繞蓬廬。幽居莫道無珍饌，三月龍孫九月鱸。

侯雲松，字貞友，號觀白，又號青甫，上元人。嘉慶戊午舉人，官歙縣教諭。花卉妍雅，工詩。黄左田、王子卿皆與友善。晚年家居，與湯雨生、馬士圖等作詩畫會。有《薄游草》。

題戴醇士為顧南雅所作彭湖雨望圖

輕舟屢過彭蠡湖，推篷指點談匡廬。五老雲中似揖余，去來未及親眉鬚。江神怪我不暫泊，曾遣顛風斷桅索。將軍廟前半日住，仍指歸程負前約。君來示我卷中圖，江天漠漠工描摹。憶余舊夢意惝怳，更慰老眼看模糊。圖中一記見旨趣，語妙微參不遇賦。遇與不遇將毋同，過眼雲煙得真悟。南雅因數過西江，未獲一登匡廬，因倩醇士作圖，并書《彭蠡湖雨泊望匡廬記》於後。

海嶽樓懷王柳村

北固山前水，風帆日日過。君行到吳越，幾輩入蒐羅。近輯《江蘇詩徵》。野鶴經湖海，閒雲戀薜蘿。吾曹疏放性，應愧女嬃多。柳村妹愛蘭暨余妹香葉唱和最契。

一琴七硯小舫歌

初還白下，依墻葺屋，屋徑五尺有咫，廣倍之，面場圃，臨深池，若小舫焉。

離新安時江竹泉贈有《歸舟圖》，茲仍泛宅耳。檢先世所留有一琴七硯在，湯雨生都督以分書題額，兼勸以七十千錢增小閣，尚有待也。閒居偃仰，惟與琴硯相枕籍，因而作歌。

良朋贈我歸舟圖，歸來遂牽舟作屋。狹長僅堪號一葦，安穩也應論萬斛。歸裝羞澀固不饒，家具蒐羅猶足豪。笥中絕少胡威絹，匣中尚有范喬硯。篋中已乏韋賢金，橐中尚有清獻琴。硯有七兮琴則一，硯列几兮琴挂壁。我欲往借仙人白玉堂，丹臺石室紫翠房。古硯置之珊瑚牀，清琴括以金錯囊。塵寰陋室那稱此，愛近蔬畦半池水。傍水沿畦厦易支，推窗有似舟初移。客來周覽劇稱賞，大書爲我題其楣。池邊隙地尚可拓，七萬錢堪添小閣。城中好景無不收，登眺還如倚柂樓。何處好風引我天際舟，招邀吟侶尋舊游。我硯磨墨供唱酬，我琴調絲答清謳。江豚吹浪驚閒鷗，去之凜乎不可留。濤聲雲影互飄蕩，夢回恰在梅花帳。起尋琴硯一摩挲，人與布帆各無恙。

許宗彦，原名慶宗，字積卿，號周生，德清人。嘉慶己未進士，官兵部主事。年甫十齡即不從師，經學、詞章皆自課習。及通籍，朱文正公稱其經古小學，兼擅衆長。有《鑑止水齋集》。

自題所作畫

秋林疏處三家村，萬山奔赴環衡門。山中有泉不出山，山下有澗難尋源。世間未必有此境，勿以畫法相排報。仇池之穴有足不能到，桃源洞口有手誰能捫。神仙心慳閉福地，世人耳食傳空言。吾欲腕底一一巨靈闢，直恐真宰愁絶生煩寃。不如落筆涉疑怪，塵寰仙界未可分。放筆一笑清風生，斜陽忽過蒼松根。

袁沛，字小迂，一字少迂，杭州人。青溪太學鉞子。山水紹父藝，清腴秀潤。為董蔗林相國幕客。工書。

題韓小米日華**揚州畫舫詞圖**

暖翠晴嵐夢不成，披圖如在綠楊城。江南無數佳山水，愛聽紅橋打槳聲。

吴鼒，字及之，一字山尊，號抑庵，又號南禺山樵，晚號達園，安徽全椒人。嘉慶己未進士，官侍講學士。花卉筆意清挺，近陳白陽；山水學麓臺；兼工人物。善書。工駢體文。有《夕葵書屋集》。

自題擔花圖便面

碾盡香塵廟市車，那知秋在野人家。長安酒價高於米，我賣奇文爾賣花。

題雪齋和尚尋梅招鶴圖

何人煙外語，一徑足孤行。梅鶴正無侶，江山如有情。衝寒衣作態，破寂屐傳聲。自理詩千首，前溪月未生。

題劉卧松習贈劍圖

似子真豪士，斯人非暗投。新知在歧路，古木正清秋。劍易千金值，恩難七尺酬。防身忠孝在，未恃佩吴鉤。

曼生將歸倚裝作畫為别

疾掃易成趣，疏林秋可觀。畫情何澹泊，人意本高寒。松怪偏鄰屋，雲遥不去巒。平生邱壑想，留與索居看。

船山寓吴中病瘧訊以詩戲仿其體

詩名太大鬼都嗔，杜老韓公有替人。二公集中病瘧詩屢見。解組盛年真爲病，驅邪奇筆竟無神。濫求醫藥何如酒，飽閱炎涼忽在身。大好湖山須强起，今年多得卅朝春。

畫歲朝圖

頗嫌依樣畫葫蘆，倖揣干支手亂塗。餽歲無財陳薄技，宜春有帖鬥新圖。芳菲已入題詩料，筆墨空添卒歲逋。最憶南齋黄侍講，丹青巧思古人俱。黄左田用東坡《餽歲詩》「置盤巨鯉横，發龍雙兔卧」十字爲《丁卯歲朝圖》。

謝安石祠堂古樹圖

永和銀杏同朝樹，椎署有銀杏一株，碑誌謂永和十年所生。古榦參天日易低。往事原如碁勝負，盛名曾冠晋東西。叢祠碑没圖猶在，游客詩成鳥已棲。應歎繁華不如汝，幾株衰柳剩隋堤。

楊竹閭畫山水見贈且繫以詩次韻答之

雪消冰泮水湲湲，聞説梅邊春已還。鍵户琴聲生四壁，卧游新得畫中山。

待風金山下雨大不能登山屬郭香生寫圖便面寄慶蕉園方伯

積陰蛟氣腥添雨，昨夜鈴聲顛報風。輸與使君清福大，順帆晴賦大江東。

陳舜咨，字咨牧，又字雲樹，號春堤，永嘉人。嘉慶辛酉拔貢。工書畫。有《茶話軒集》。

田家

二月春方半，二麥緑已齊。澤雉何處來，喈喈隴上啼。杏花出屋角，落英趁長溪。臨溪一濯足，未能盡春泥。摘得新蠶豆，筠籠手滿携。持將入城去，易錢買耕犁。晚來南山頂，蓬蓬白雲生。枕邊一夜雨，瀟瀟到平明。遥聽屋後溪，流澌已有聲。田疇知霑足，旦晚應可耕。問兒何吉日，浸種祀句萌。須爲釀事計，種秫少種秔。朝餐食方罷，青芻飯黄牛。牽牛度隴去，耒耜在肩頭。兒童未解種，亦隨老翁游。時見雙鳧至，臨溪弄春流。

新年入村市，換得門符來。未識書何字，柴門臨水開。偶聞親串至，荷鋤田間來。殺雞更爲黍，笑語歡相陪。問客我新釀，何如村店酤。客亦能高飲，更索盡餘杯。

小館閒吟

隔林隱隱竹鷄啼，野日荒荒又向西。讀罷道書無箇事，下階自掃落花泥。

李翃，字和之，號夢山，别號雲華生，雲南晋寧州人。嘉慶己未進士，官御史。工書畫。有《雲華詩鈔》。

湘湖暮泊

沙村燈火色蒼冥，野渚迷離雜遠星。秋水魚游半湖白，岳陽鴻斷萬山青。客中夜雨愁雲夢，江上寒波落洞庭。薄暮輕舟隨處泊，幾經煙雨滯南溟。

吴榮光，字伯榮，號荷屋，廣東南海人。嘉慶己未翰林，官湖南巡撫。工書，善山水，精鑒金石。有《石雲山人集》。

題王叔明松山書屋圖

正是松風得意時，筆花飛舞墨淋漓。可憐元季論人物，一代才多在畫師。

題李希古首陽高隱圖

一幢清風吹我寒，西山休作等閒看。天將冠履存終古，人識殷周有二難。老樹蕭蕭容抱膝，荒泉瀌瀌問加餐。三千年後薇筐在，可勝時流畫牡丹。用跋尾李希古詩意。

槎河山莊圖卷補和石菴相國元韻鈔一

當代調羹手，起從槎水濱。即今開卷日，長憶結廬人。鬱鬱神明柏，迢迢太古椿。流連思往迹，珍重貴能貧。圖爲相國曾大父結廬地，唐岱畫，王原祁題。

吴嘉謨，字虞三，號蕙軒，如皋人。善蘭竹，工書。嘗游京師，與朱野雲齊名。

李艾堂畫舫録聞已刊成賦贈

著書常閉户，老去慰窮愁。紙上傳佳勝，心中寫舊游。詩吟江閣雨，月坐廣陵舟。多少英靈子，名從此夕留。

曹言純，字絲贊，號古香，又號種水，嘉興貢生。家貧，刻苦勵學。工畫，善倚聲。有《徵賢堂集》。

朱竹垞先生著書硯乾隆己未後為樊榭山人所藏上有初白庵主題識嘉慶己巳四月念七日得自揚州馬氏小玲瓏山館因題二絶

端州石硯著書緣，二老鴻儒照後先。今覓由拳歸棹去，窮愁仰屋伴余眠。

曾經初白庵中置，適向玲瓏館裏來。應識風流前輩事，笑看故紙又成堆。

孫均，字古雲，仁和人。文靖公爾準孫，襲伯爵，官散秩大臣。善花卉，賦色古雅，工篆刻，富收藏。僑居吴下最久，辭爵奉母，日與名流酬倡，極林泉之樂。

琴隖招集潛園觀新作畫册同人分詠得寺憶曾游處橋憐再渡時

卜築依吴趨，曠與故鄉隔。故鄉好湖山，緬想清夢劇。昨來纔卸裝，尋幽命雙屐。延緣南山南，兼繞北山北。松門送疏磬，柳港趁遥篷。處處皆宿游，步步快新獲。好景不能摹，悠然胸次積。屠侯吾石交，招邀展芳席。名士如名山，坐對概舊識。我愧乏片長，君才量一石。文章媲群雅，餘事及畫册。即看此幅中，皴染透活碧。煙光撲衣襟，窈窕悦心魄。曲澗跨橋欹，雙崖抱寺窄。圖中人似我，曳杖覓前迹。欲奪怕見嗔，一醉且療癖。明朝别君去，西風宿水驛。相思非一端，回首望鄉國。

趙丕省，字周藩，號西林，震澤人。工畫人物、花卉、山水，冲澹秀潤。

題畫

若耶溪上是耶非，古寺依然在翠微。認得山南荒徑僻，白雲影裏一僧歸。

潘鼎，字彝長，號小崑，泰順人。嘉慶庚午副貢。工畫蘭。有《小麗農山館詩鈔》。

一卷山房漫興

結宇平林外，悠然隔市闤。簾垂春晝永，花落午庭閒。書慣貪多讀，詩難割愛删。課餘仍寂坐，静對一卷山。

送沈蘭初先生六絶鈔一

一枝畫筆闢鴻濛，六尺屏風潑墨工。留得啓南家法在，仙山樓閣有無中。蘭初善畫樓閣亭樹，兼工鐵筆。

趙丕承，字職方，號晚亭，又號鶴臞道人，吴江人。思敬子。工書法，畫承家學，喜畫梅，冷雋入骨。

自題畫梅

莓苔新雨長，冰雪故園思。寂寞空山裏，孤芳寫一枝。

楊棨，初名枝，字戟轅，號吉園，會稽人。貢生，官泰順訓導。嘉慶初元舉孝廉方正，力辭未赴。畫得元人旨趣。

訪玄真子故里

唐高士，玄真子，故廬却在東郭市。太虛爲室月爲鐙，一生活計煙波裏。左有漁童右樵青，一一奴婢拜君賜。不臣天子寵至此，釣徒之中安有是。溯洄我欲從之游，伊人宛在河之涘。宦途險阻多，鄉味蒪鱸美。媿煞君家老季鷹，思歸尚待秋風起。

黄戌，字樹穀，號香涇，吴縣人。嘉慶庚申舉人。善花卉蟲鳥，間作山水、人物，畫菊蟹尤其所長。書學晉唐，旁及篆隸。有《南游草》。

粤中題端陽景物圖

東吴促夏枇杷熟，南粤天中荔子丹。儂向畫圖添土物，黄金丸勝水晶丸。

朱雷，字雪筠，平湖人。工花卉，得甌香意趣。有《愈愚盧詩鈔》。

題吴聽濤先生詩卷

廣陵絶調復誰彈，白雪詞高屬和難。一片古琴樓外月，年年清影照闌干。

周霈霖，原名恂，字珮璜，號雨舫，又號寄安，亦號沁泉，烏程人，寓吴中。工山水。

柳陰垂釣

長堤風景足勾留，蕩槳中流興自幽。閒把釣竿重整理，柳陰深處泊漁舟。

陸學欽，字敦書，號子若，一號藴真，鎮洋人。嘉慶庚申舉人。山水宗婁東，兼工寫梅。有《藴真居吟草》。

劍門

此豈梁州險，何爲號劍門。兩崖撑鐵色，一罅豁雲根。特立形偏壯，排空氣自尊。勒銘吾敢效，不用掃蕪痕。

劉彬華，字藻林，一字樸石，番禺人。嘉慶辛酉進士，官編修。有《玉壺山房詩鈔》。

題畫

飛雲峰在小蓬萊，縹緲仙靈窟宅開。此境幾時携屐到，忽然飛上筆端來。

梅成棟，字樹君，號吟齋，天津人。履端子。嘉慶庚申舉人，官永平訓導。工書，善竹蘭。與慶雲崔曉林旭同出張船山門下，時稱燕南二俊。嘗選輯《津門詩鈔》，并佐陶梟香編《畿輔詩傳》。有《樹君詩鈔》。

題年伯崔道源先生寒宵煮豆圖

北風捲樹天雨霜，欲明不明窗無光。夜氣砭骨寒起粟，孝子披衣行徬徨。念親衰疾終夜嗽，煮豆作汁代羹湯。瓦罏燃萁細炊火，屏息不敢輕聲揚。帷中慈母偶轉側，跪進一盂求親嘗。二十餘年如一日，此其小節非其詳。吁嗟乎，人生侍養能幾時，風木徒悲身後思。小人有母不能奉，披圖愧泪真如縻。吁嗟乎，天於奇行示奇報，孝子生男又純孝。夢想寒宵煮豆情，傷親酸苦繪親貌。君不見漢黄香、魏王祥，生有至性後必昌。貂蟬奕葉盡清貴，至今青史書縑緗。崔氏一門與之媲，先生子曉林、時林兩孝廉。曉林子光第、光箕兩孝廉。雙飛兩代白鳳凰。十世清風正未艾，孝根蟠結慶雲鄉。瓊枝玉笋未足異，豆苗秀吐芝蘭芳。

津門詩鈔輯成題長句

鼠囓蟫穿二百年，搜求遺草出塵煙。題名不比登科録，小傳如標獨行篇。前輩有靈來紙上，舊交無數晤燈前。寒窗料理閒中業，聊結枌榆翰墨緣。

浦上得句示訪舟索畫此意

如此蕭疏寫得無，蓼紅蘆白水平鋪。寒雲數點青天外，一幅瀟湘落雁圖。

柬王訪舟成烈

相隔無多遠，柴門各自關。君方同竹隱，我亦類僧閒。濃淡詩中味，丹黃畫裏山。笑看城市内，少此兩癡頑。

甲辰三月十日昌黎王葭塘明府韓勝之廣文馳書招游水巖寺看花紀事鈔三

一層紅樹一層雲，嵐翠光中遠不分。笑煞昌黎翻退筆，山奇全似柳州文。

花不知名可意紅，用高文良公句。撲人襟袖是香風。分明我已身如畫，却羡人家在畫中。

不避崎嶇得得來，主人休笑此粗才。臨行記得山妻説，此去無詩君莫回。

施燮，字乃雍，號南榮，嵊縣貢生。官於潛教諭。善畫蘭。有《南榮詩稿》。

秋日偶賦

獨向秋林悵落暉，小山叢桂正芳菲。寒潮荻浦鱸魚上，衰柳江村燕子歸。槭槭西風欺菊圃，娟娟涼雨濕蘿衣。何當揀得釵頭茗，手瀹清泉此息機。

盛大士，字子履，號逸雲，又號蘭簃外史，鎮洋人。嘉慶庚申舉人，官山陽教諭。夙好六法，壯歲始習皴染，以奉常、司農為宗。有《蘊素閣集》。

舟行雜感鈔一

直北關山接莽蒼，桑乾湍急慎堤防。高原煙嶼層城没，平地風檣一葦杭。榆葉雲容迷塞嶺，竹枝水調似江鄉。舊時駿馬臺邊客，觸撥愁懷酒半觴。

周師濂，字又谿，號竹生，會稽人。嘉慶辛酉拔貢。善書，工墨竹。有《竹生吟館詩草》。

寒夜聞雁有懷參木家兄

涼飇撼窗紙，細雨暗燈檠。孤館寒無奈，遥天雁有聲。關山千里夢，兄弟卅年情。何故長離別，寥寥感此生。

康辰，字左璇，號青浦，晚號伊嵩老人，錢塘人。嘉慶庚申欽賜舉人。居散花灘上。山水酷似松雪、衡山兩家，勾勒渲染，純用古法。晚年以賣畫自給。

題蔣子偉林村居

愛爾幽居近蔣村，好刪修竹露山痕。隔溪一帶黄桑樹，叱犢歸來不認門。

温純，字一齋，號春湄，烏程貢生，官處州訓導。善書畫，工篆刻。幼受畫法於沈宗騫，亦嘗從粱山舟游。有《墨妙樓詩稿》。

蓮花莊尋趙承旨鷗波亭故址

面面芙蓉景最幽，林塘誰訪舊風流。蓮峰一朵廉纖雨，品石三棱黯淡秋。古碣有人摹畫竹，荒亭何處問閒鷗。青山紅樹依稀在，忍向瓜田説故侯。

錢善揚，字順甫，一字慎夫，號几山，又號麂山，秀水人。諸生，籜石宗伯孫。竹石花卉淵源家學，得寫生趣；兼善山水。有《几山吟稿》。

題畫贈張芷塘

蘭竹室中篘翠香，年來竹癖漸成狂。輸君家住新篁里，萬箇琅玕拓草堂。

張沅，字季勤，嘉興人。叔未解元廷濟弟。善墨竹，間寫山水。

嘉慶甲子十一月七日以魯千巖畫竹復歸龍菴本覺和尚招集賦詩因題二絶鈔一

自爇爐香餞此君，故山無恙恣重論。從今夜半風播動，驗取蕭齋舊墨痕。余嗜寫竹，魯孔孫畫幅留余爲竹寫真之室計已四載，今始珠還菴内。

謝蘭生，字佩士，號澧浦，一作里甫，南海人。嘉慶壬戌進士，官庶吉士。山水風致清妙，工書。有《常惺惺齋集》。

雨生飲予常惺惺齋醉後畫梅屬為題句

胸中萬朵瓊瑶花，薰以麴糵初萌芽。春姿一放留不住，吐向紙上都杈枒。人言此花乃鐵石，走筆若箇如龍蛇。酒徒爛漫不肯受約束，恰與孤山處士成一家。

汪良璧，字蒔藍，號醉白，建德人。貢生，遷居杭州。工書畫。有《江上小堂吟草》。

寒夜有懷

深巷窮陰晚更凝，閉門趺坐似枯僧。酒難從事寒無力，筆不中書凍有冰。籬竹聲乾三徑雪，瓶花影瘦一窗鐙。曉來蠟屐城南路，爲問袁安起未曾。

孫錦，字振廷，富陽諸生。工六法，書有晉唐風範。教授其姪銜并門下士朱鳴英，均成進士。嘗有自敘詩云：「兩妻白髮同偕老，七子青衿一孝廉。」其老境安適，尤為難得。

曹娥渡

捐生報父情堪憫，入水懷屍事亦奇。自信地靈真有主，誰云天道是無知。紅旗想見神巫舞，黄絹争傳幼婦辭。細柳新蒲當午節，招魂潔許薦江蘺。

楊培立，字初略，號春堤，秀水人。善花卉，間作山水，有南田韻致。尤精鑒別，同里濮珊園喜購書畫，延其審定，所收無一贋本。有《春堤詩稿》。

題畫扁豆

引得藤枝滿架縈，翠含風露莢初生。追涼好就濃陰卧，絡緯啼秋繞夢清。

梅逕庵

空香滿院生，林暝夕陽滅。幽鳥隔溪回，松間墮殘雪。

祝德芳，字容如，一字馨山，號桐初，海寧人。喜寫墨梅，高澹簡古。有《古香齋詩鈔》。

還家

久客不還家，還家轉如客。同輩無幾人，同志更難得。舊游故依然，誰伴登山屐。幾如負殼蝸，盤旋不逾尺。又如鳥在籠，欲翔難展翼。日夕一室中，自笑路何窄。比聞黨塾間，絃歌頗不輟。兩孫在髫齡，傳經賴有叔。閒來質疑難，辨晰不嫌劇。風雨論文章，晨昏詳故實。民物與天人，縱談任攟摭。上下百千年，一一出胸臆。樂事在門庭，何事必游歷。其奈飢驅人，那能懷安宅。春水緑平堤，驪歌又相逼。

楊昌緒，字補凡，别號鳳凰山樵，長洲人。初從戎入蜀，歷覽苗疆山川奇勝，繼客阮文達幕中。善山水，森秀中具有渾厚之氣，兼長仕女、花卉，每引王蓬心語云：「畫到古人不用心處乃有佳趣。」可以知其涵養工力矣。

丁丑秋日為阮梅叔作珠湖漁隱圖并題

甓社湖邊記昔游，蓼紅葦白最宜秋。嗣宗老屋垂楊裏，只爲尋詩放釣舟。

煙汀淼淼夜蒼茫，月上淮南草木涼。十里明湖迴抱處，珠光輝映讀書堂。

周璋，字莪删，吴江人。於畫無所不習，尤長畫梅。嘗槖筆西游，行逾萬里，以詩紀邊陲風土，名《西來吟》。

題紅緑梅

仙子何來蕚緑華，羅浮夢又見明霞。詩人骨相寒愈艷，筆底能開五色花。

潘諮，字誨叔，號少白，會稽人。性傲岸，文有奇氣，以布衣名震公卿間。能山水，喜畫梅。有《林皐間集》。

畫梅為梅伯言

唐突仙人冰雪姿，生礬紙澀墨光凝。細看尚有春風意，却似西施藍縷時。

畫梅為何子貞兄弟

畫成竟没題詩處，挨著寒枝寫便佳。春後枝長穿字過，譬如花下挂詩牌。

摹關山風雪

作詩不解掠人美，作畫有時摹古人。橅得郭熙小三昧，大家來看捧心顰。

旅店圬畫梅間燕子

燕子已歸梅未開，梅花落盡燕方回。誰將懊惱詩腸意，補出天公恨事來。

顧長齡，字蕓田，錢塘諸生。蘄州知州舉人澍子。幼隨父游宦湖北，濡染庭訓，工詩善畫。

小山深處四宜詞鈔二

小山深處好，吟詠最相宜。得樹因爲屋，論心獨有詩。一番中酒意，幾度倚闌時。更愛秋光早，香風動桂枝。宜詩

小山深處好，習静更相宜。默爾非成隱，公餘足自怡。襲衣薰座久，留篆捲簾遲。獨得忘言樂，居然太古時。宜焚香默坐　小山深處在蘄州署後，園中有雙桂、古樟，均千年物也。

楊致祺，字徵甫，歷城人。以明經授教職。精天文，嘗創製星晷。書入神品，尤工寫蘭竹。

客吴中寫小欄花韻午晴初詩意并題

紅欄一曲遶蒼苔，婪尾今看次第開。蝴蜨亦知春色老，幾回飛去又飛來。

山行

遠近峰巒繞四圍，雲晴林杪散朝暉。梨花開盡渾無力，山鳥一聲雪亂飛。

西佛峪避暑

濟南多好山，佛峪尤奇特。峰巒合沓處，忽闢清奧宇。層折路盤紆，欲前更屈抑。危巖何森森，儼若鳥張翼。嵐翠濕欲流，樹影密如織。幽行方未已，雷聲發逕側。飛瀑半空落，懸流千仞直。蕭蕭涼風生，燦燦雪光逼。頓使盛夏時，炎蒸胥逃匿。到此不忍去，坐石聊偃息。掬水漱清流，剔蘚認古刻。棲遲絶壁下，悠然興無極。

楊恩祺，字子惠，歷城人。致祺弟。性高潔，工寫生，精篆刻。有《天暢軒詩稿》。

山齋秋夜

空山静無人，茅庵秋月冷。時有鶴歸來，松撼階前影。

書印册後

休將鐵筆事臨摹，已悔雕蟲不壯夫。懶向文何分氣味，上窺秦漢作規模。貧驅愛癖石難蓄，余有印癖，今佳石已將售盡。老淡名心詩且無。好與同懷三五輩，等閒花裏共携壺。

北茉莉

繽紛五色鬥芳姿，屋角墻陰碎錦披。最好黄昏涼月下，一庭香霧沁詩脾。

周恒，號松崖，富陽人。貢生，官寧波教授。山水出筆秀潤，宛似香光，後見大癡遺册，畫學益進。年十五，阮文達以畫試諸生，日成三幅，名噪一時。

贈富陽貳尹徐封山

鴛湖前度謁清塵，今喜重逢江水濱。惠政多根循吏傳，好官須用讀書人。春回莧浦民思澤，醉詠松衙客飲醇。我道功名一鷄肋，秋風曾否憶鱸蓴。君松江人。

錢東塾，字學仲，一字學韓，號嘐田，又號石橋，晚年自號石丈，嘉定人。竹汀宫詹子。貢生，官吴縣教諭。偶寫山水，蕭寥荒冷，兼工篆隸。

題畫贈閩中謝杏根

頻年點染寫雲嵐，不是倪黄興不酣。翦取吴淞山一角，秋風紅豆憶江南。

繼昌，字蓮龕，滿洲人。嘉慶庚申舉人。善書畫，詩學放翁。歷官九江關監督。喜製陶瓷，式雅畫精，突過唐窑，器底題款有「塵定軒」三字。

由龍井至净慈寺

選勝從初地，尋幽到上方。山連雲氣濕，風過竹陰涼。我輩探春數，山僧應客忙。歸來天欲暮，一路野花香。

清畫家詩史己下

寧津李濬之響泉編輯

錢杜，初名榆，字叔美，號松壺，又號壺公，一號卍居士，錢塘人。湘尊方伯琦子。性情蕭曠，攬勝好游。山水以元人筆墨運宋人邱壑，幽秀細筆尤得力於文衡山。兼精墨梅、人物。花卉有甌香風致。詩超妙清曠，真氣往來。有《松壺畫贅》并《詩存》。

仿文伯仁秋樹庵圖宋人千巖萬壑，無筆不簡；元人一石一樹，無筆不繁。明代諸家邱壑都宗元人，而於「簡」之一字似少領會。伯仁傲睨一世，落筆輒與人殊，衡翁亦當退避，況餘子耶。與古山論畫有合，作此。

日午山童尋鶴去，溪遠煙深不知處。道人無事掃青苔，放下蒲團看秋樹。

曙堂先生乞畫江鄉漁唱

小樹歷歷生炊煙，夕陽野岸聞扣舷。老漁背網入城去，柴門寂寂江呑天。

春暮過笏厓田居醉以家釀屬寫是幀江鄉風景惟趙令穰及停雲館諸人始能傳之耳

南垞樹頭啼水禽，北垞煙起晝陰陰。濃雲三日不成雨，溪上落花如水深。

高房山大姚村圖石田翁臨本共裝一卷余從畢礀飛借觀携之邗上輒橅其意寄鳳西太守如在故鄉茅屋間課晴話雨也

鵓鴣晝啼煙滿村，溪風獵獵雨翻盆。貪看野水添新漲，煙樹模糊未掩門。

同孫子瀟步月賈氏廢園即圖其意

幽港沈荒煙，江月上城半。人影穿林來，一一若秋雁。扣門悄不譍，一地涼陰橫。主人邀客坐，隔竹風爐聲。竹深秋意生，月欲與人語。仙鶴飛過墻，桂花落如雨。

斜月已過橋，籬影淡如畫。時有秋蟲聲，蕭騷雜秋話。話長客欲去，池上雙扉開。庵僧苦待客，故使山鐘催。歸來隱几卧，夢落西溪水。波影滿船頭，白鷗呼不起。

官齋闃寂宿酒未醒戲仿李晞古荒率意

狂近屠沽老近禪，年華如水事如煙。山猶未買先高隱，客不來時慣小眠。世味模糊真蔗境，庭花開謝小桑田。問他一覺邯鄲夢，清福何曾到枕邊。

村隖幽居擬文伯仁

墻缺秋藤已露梢，花畦野水細如潮。門前十丈紅樫樹，遮斷新支白板橋。

寫竹與萊友太守乞園中春笋

湖港陰陰野水平，江鄉花事逼清明。齋厨煙起有人語，正是一園春笋生。

籬落雨晴人未掃，苔階泥破燕仍銜。且須拄杖敲門去，一訊清貧太守饞。

為芥航河帥畫天台觀瀑圖并題圖爲朝邑閻成叔太史藏，嘗借觀，命子樹智對臨。

天台四萬八千丈，曾記穿雲叩野扉。陰壑松兼風怒響，赤城霞與瀑争飛。鉢中乞得胡麻飯，塵外携來布衲衣。仙洞桃花無恙否，願隨猿鶴待君歸。

畫梅贈景香生

春老銅坑萬樹斜，老夫閒著叩山家。花鬚數遍日卓午，一塢蜜蜂晴放衙。

與未谷在青雪庵為怡上人畫壁醉後放筆作蜀江秋霽時夜寒甚燭見跋矣而吾兩人衣袖猶狼藉酒痕墨瀋間不知作何生活當是鳩摩羅什清净域中一重翰墨緣也

憐子習禪悦，避喧開講堂。野泉争竹筧，松鼠跳藤牀。留客古壇净，繙經寶閣香。少文風趣在，高卧意何長。

簾底巴山遠，牀頭劍閣深。荒江千樹裏，空峽一猿吟。忽憶峨眉月，扁舟不可尋。抱琴何處宿，秋思滿煙潯。

陳鴻壽，字子恭，號曼生，錢塘人。嘉慶辛酉拔貢，官淮安同知。詩文書畫皆以趣勝，篆刻力追秦漢。宰荆溪時因楊彭年善製砂器，創繪壺式，手鐫銘字，名阿曼陀室茗壺。有《種榆仙館印譜》、《桑連理館詩集》。

題就竹亭

昔聞申屠蟠，因樹以爲屋。我作就樹堂，十年計良足。尚託夢想間，鄰宅皆未卜。輸君官舍中，結亭就叢竹。高瞰隔岸山，遥對滿園菊。通直義自喻，詎止愜心目。子猷殊可風，東坡乃不俗。樹木如樹人，竹亦木同屬。共守歲寒心，何煩較榮辱。

瓢兒菜

憶罷蓴鱸譜晚菘，一瓢如玉滿煙叢。秣陵秋老鉏寒雨，陋巷人來味古風。竟有天漿斟北斗，可無詩卷壓江東。平生雅抱虀鹹志，不敢相輕賣菜翁。

九里洲看梅

銅坑鄧尉記前游，那及桐江江上洲。寒雨半天雲半嶺，萬重香海一扁舟。便欲洲邊結茅住，祇防花落又無聊。不如每歲花時節，來泛寒江上下潮。

王澤，字潤生，號子卿，蕪湖人。嘉慶辛酉翰林，官徐州知府。山水筆墨古厚，得思翁、廉州神髓。精篆刻，與黄左田尚書師生而兼姻戚，最相契合，繪有合作《聯吟圖》。

題畫

暖翠浮嵐山幾重，至今畫派衍南宗。笑他耳食紛紛者，真本何如見一峰。
初冬天氣冷如春，筆硯朝朝尚可親。不是夜眠時腕痛，却忘七十一年人。

嚴銓，字仰宸，號雪樵，餘姚人。工山水。

自題畫

雨後晴嵐翠更新，滿林初緑藹餘春。溪山十里無人管，添箇漁翁作主人。

張鑑，字春沼，一字苟鶴，號秋水，烏程人。嘉慶甲子副貢，官武義教諭。寄興作山水，得古人意趣，工整蕭散，不主一格。有《冬心館集》。

題文待詔空林覓句圖

石角初黄鴨脚，水邊還緑蛇牀。有客閒吟擁鼻，背後奚奴錦囊。

顧蒓，字希翰，一字吴羹，號南雅，又號息廬，長洲人。嘉慶壬戌進士，官通政司副使。工書法。畫梅宗揚補之，水仙學趙子固，尤工寫蘭，别饒風致。有《南雅詩鈔》。

題畫蘭

幽想入空谷，微香生墨池。果然神似否，只有美人知。

寫梅貽吴枚庵

疏煙澹月共淒迷，記聽啁啾翠鳥啼。我視孤山較岑寂，更無鶴子但梅妻。先生時喪子未久。

周濟，字保緒，一字介存，號止葊，江蘇荆溪人。嘉慶乙丑進士，官淮安府教授。負經世才，精擊刺，有俠士風。山水師法宋人，用筆堅卓不趨時習，尤愛畫石。著《折肱録》，論畫洞中肯綮。有《介存齋集》。

金山同雲溪晉卿作

層雲侵閣雨初來，翦燭堪同緑蟻杯。莫問人間湖海士，南朝金箭易沈埋。
去年此日沙河渡，徹曉風聲撼白楊。今夜濤瀧入高枕，杏花時節慣思鄉。

姚元之，字伯昂，號廌青，又號竹葉亭生，晚號五不翁，桐城人。嘉慶乙丑進士，官左都御史。工隸書，善花卉，神韻澹冶，果品亦別饒風致。平生所見粉本極多，故下筆不落窠臼。著有《竹葉亭雜記》、《使瀋草》、《小紅鵝館集》。

宿焦山松寥閣

臨江小閣若爲家，午夜花香客夢賒。他日輕舟須記取，短墻一桂一枇杷。

乙丑十一月七日夜坐即事

風穿窗隙作簫聲，油凍燃鐙半未明。模得袁良碑一片，不知寒夜又三更。

題李梅生育放鶴圖和潘星齋韻

一雙清影破晴霞，回首空亭山外家。倘是主人情不盡，天寒還爲守梅花。

遼陽

月色遼城照玉顔，深閨幾處望刀環。至今天外芙蓉影，盡是當年夢裏山。

為崔念堂同年題寒宵煮豆圖

花落棠梨春樹枝，百年魚菽不堪思。與君共有蘭陔泪，未忍題君煮豆詩。

題朱素人為莫韻亭宗伯畫屏

汶上迢迢遠寄將，摩挲舊蹟益神傷。如今畫手看前輩，嵩岳高高江水長。

重展遺縑向暮天，當年雅集已雲煙。房公老去庭蘭死，零落人間有鄭虔。宗伯嘗招姚、朱集三花樹齋，共事擩染，故有車過腹痛之感。

孫原湘，字子瀟，一字長真，晚號心青，昭文人。嘉慶乙丑榜眼，官編修。善行楷隸古。精畫梅，師煮石山農，兼工墨蘭、水仙，自署「射姑仙人侍者」。

詩學太白、長吉，與舒鐵雲、王仲瞿時稱鼎足。有《天真閣集》。

梅不著花寫以自遣

研冰和雪寫珠胎，頃刻生香滿紙開。癡絶欲從西舍問，可曾香過隔墻來。

自題隱湖偕隱圖

耦耕心事畫眉年，小隱須尋屋似船。四面不容無月到，一生長得對山眠。只消春酒如湖水，盡種梅花作墓田。未敢便乘蓮葉去，怕人猜著似飛仙。按，席夫人名佩蘭，亦工詩畫，錢松壺爲畫《隱湖偕隱》前後二圖。

自題畫梅

受盡嚴霜朔雪欺，孤芳全不合時宜。胎中自具調羹性，説與桃花却不知。

老幹縱橫直不彎，點苔參用米家山。翛然獨立真超絶，雪月紛紛盡可删。

偶觀放風箏

只道扶搖萬里摶，依然未極五雲端。莫嫌風力吹噓少，到得高空欲下難。
欹側翩反手自知，東風太緊莫收遲。旁人只勸凌霄去，那管身輕欲墮時。

扇頭鱸魚

偶貪香餌上輕絲，挂住秋風柳一枝。回首煙波無限好，横雲山下莫潮時。

舟行

片帆隱隱隔天河，蹴浪飛花一霎過。我有孤篷如我懶，看人家使順風多。

除夕祭詩

閒門如水上燈時，祭了家祠祭我詩。畢竟古人誰配享，莫從人問自心知。
玉壺已罄更難賒，再拜惟將手八叉。自笑清貧無物薦，一盂涼雪一梅花。

新春卧病

山妻笑折早梅新，勸我愁顔一展顰。但看此花能耐冷，定知夫子豈長貧。一年暫息無多日，四海堪傳有幾人。聽到同心温語慰，相如寒壁頓生春。

持螯獨醉

此時不飲負秋風，笑看霜螯一背紅。入手累人忙左右，何心爲汝論雌雄。西師戈甲望全洗，南國稻粱謀已空。滿地黄花拌盡醉，亂愁偏在夕陽中。

陸甫元中翰沅杏花書屋圖

水天如墨漏春痕，翠淺紅深裏一邨。中有詩人香夢穩，賣花聲過不開門。
金閶亭畔雨絲絲，四百紅橋艤一枝。都被畫工收拾去，邵庵詞意放翁詩。

華秋查司馬瑞潢**北山旅館圖**

段家橋口水彎環，十笏雲龕鶴守關。幸是無田歸未得，一生占住好湖山。

朱為弼，字右甫，號椒堂，浙江平湖人。嘉慶乙丑進士，官漕運總督。工山水，兼善寫意花卉，涉筆輒得古趣，在青藤、白陽之間，而多書卷之氣。有《蕉聲館詩鈔》。

石門瀑漲題月潭八景圖之一

巨石如門立，山頭飛雨來。懸將千匹練，迸作一川雷。古木凌風傑，陰雲帶濕頹。何如秋八月，潮湧曲江隈。

朱野雲以賣畫資購得石田翁石橋閒步圖將以傳其二子屬為題句

揮灑煙雲筆一枝，野翁真是畫中師。畫成換得石田畫，要抵良田付兩兒。

道光丁亥五月為湘帆題明閩帥朱文豹蘭石卷

墨花飛舞筆清剛，貌得風前九畹香。想見登壇威猛象，掃除榛棘護芝房。

題阮中丞師載菊圖

開府湖山靜不喧，秋來鄉思落鄉園。園丁恰與秋風約，特送黄花到戟門。

屠倬，字孟昭，號琴隖，晚號潛園，錢塘人。嘉慶戊辰翰林，初官儀徵知縣，有循聲，以知府注選籍，授袁州，調九江，均以病辭。山水受法於蒙泉外史，規模董、米，沈鬱秀渾。精隸篆及刻印。有《是程堂集》。

畫竹

風梢離披雨葉亂，濕筆淋漓渴筆乾。自家竹派自家賞，要作無絃琴意看。

題畫

落木空江澹有無，秋山平遠畫倪迂。問君小立西風下，可有人催橘柚租。
畫眉啼徹富春山，一夜桐江江水寒。五月鰣魚江上賤，緑陰深處好垂竿。

自題琴隖舊廬山水畫壁

終朝仰屋不見山，卧游却在青山間。虚廊粉壁親手畫，只恐小兒塗抹壞。莓苔黏向石根青，檐溜飛來松頂挂。硉兀巙律一丈高，放筆衹覺南山隘。朝看壁間雨脚垂，暮看壁間雲亂飛。故鄉自足好山水，若耶雲門何日歸。

題畫梅

昨向孤山尋野梅，横枝三兩不多開。一生醜直渾無用，且現花身説法來。
不嫌肝肺太槎枒，吹到東風便發芽。漫道山農能煮石，也曾和雪嚼梅花。

畫鷹

健翮憑誰寫，人中識郅都。孤笳晚風勁，淺草夕陽枯。側目渾難飽，雄心不受呼。老拳如肯擊，伏莽有妖孤。

題石濤蘭竹畫册

頑礓空洞翳蟹鳌，苦竹根蟠石罅牢。絶頂孤芳怕人採，山中誰爲補離騷。

梅花水仙瓶盆錯列并懸金冬心梅奚鐵生水仙畫幛壁間以為餞歲清供

良宵月影兼鐙影，滿座花光與墨光。縞袂翩翩呼欲出，微波脉脉在中央。渾忘是我無非幻，坐對無言忽有香。邢尹夫人雙絶世，伴儂清夢讀書堂。

曉過白溝河古木平沙殊有畫意

古木寒鴉聚遠洲，畫圖誰仿李營邱。更添行旅蒼茫色，殘夢初醒過白溝。

平沙莽蒼兼天遠，病柳槎枒倒地僵。一點曉星空際白，最難著筆是煙光。

題黃丈退庵馴鹿莊圖 鈔一

打門來訪老詩人，人亦如詩總率真。隔著市橋呼郭泰，謂頻伽。羨君結得好比鄰。

郭麐，字祥伯，號頻伽，又號白眉生，一號蘧庵居士，吴江諸生。少游姚姬傳之門，尤為阮芸臺所賞識。工詞章，善篆刻，間畫竹石，别有天趣，書法山谷。有《靈芬館集》。

自題畫竹

鳳實難期鸞尾殘，眼看兒輩盡檀欒。此君莫道全無用，江海蒼茫要一竿。

芝生賣畫買山圖

閩山游遍橐空垂，冷笑虎頭未絶癡。一幅溪藤三尺絹，此中還有草堂貲。
勸爾先謀二頃田，鶴糧狙栗各紛然。人生政坐妻孥累，未必山靈定要錢。

東周松泉士乾**索畫病起懷人第二圖**

虚堂老樹早涼時，爲寫支離病鶴姿。一事居然矜兩得，索君妙繪補儂詩。懷人詩中偶未及君。

題屠子垣湘**青山歸趣圖**

門外垂楊已十圍，門前新水没魚磯。青山大是無情物，冷眼看人歸未歸。

雨中放舟

晴即登山雨放舟，看山冒雨坐舟頭。可憐樵子不知滑，脚下白雲如水流。

題萬廉山明府付其女公子畫册十六幅

老來游藝更通神，浮翠浮青見斬新。南渡群賢如可作，知渠未敢薄今人。
向平婚嫁未渠央，失笑而翁下筆忙。百福香奩山萬疊，世間無此女兒箱。按，靈芬館并有題廉山付其令嗣畫册詩。

為人題畫

單椒須得水迴環，著个扁舟好往還。相宅十年今一笑，買來無此好湖山。

為湘瀌題畫鈔一

明年定擬放輕橈，西磧遥知雪未消。輸與畫中人健在，蹇驢馱過虎山橋。

沈榮慶，原名宸，字升猷，號東摶，烏程諸生。書法遒勁，山水在大癡、山樵之間。有《念典齋詩鈔》。

題畫

臨溪自葺小茅堂，人語虛窗面面涼。一片蘆花帶秋雪，月明何處打漁榔。

黃東野，字子肩，海寧人。善山水。性孤傲，不諧於俗，嘗以青烏術縱游大江南北。有《覆瓿稿》。

題畫贈友

踏破芒鞋數十春，歸來猶帶嶺頭雲。徒知青草年年換，白石寒泉冷笑人。

客中自題山水卷

閒將穎筆寫荆關，點綴山村又水村。天外諸峰青不斷，望中何處是衡門。

改琦，字伯蘊，號香白，又號七薌，別號玉壺外史，先世西域人，籍華亭。寫人物、佛像、士女趺宕入古，脱盡凡蹊；折枝花卉，挺秀可愛；間作山水、蘭竹，用筆超逸。有《玉壺山人集》。

題洞庭友人畫扇懷真適園紅蕙

春窗對舊雨，一室生蘭氣。借問山中人，紅蕙花開未。

題一日三秋圖

曾同唤酒醉紅樓，贈我珍珠字尚留。畫取斯圖有深意，分明一日似三秋。

徐世鋼，字及鋒，號鈍庵，又號鈍頭陀，秀水諸生。游幕半天下，與黄小松稱莫逆交。善山水，人物得老蓮逸趣，亦擅花卉。書工篆隸。有《通介堂詩稿》。

自題臨趙承旨畫

山轉溪迴去路遥，桃花幾樹柳千條。聲聲布穀一犁雨，買犢人歸樹裏橋。

顧皋，字晴芬，一字歎齋，無錫人。嘉慶辛酉廷試第一，官户部侍郎。寫生賦色古冶近宋人，尤工蘭竹。善書。

為張芥航河帥題雁蕩探奇圖爲《願游名山十圖》之一。

名山蠟屐願難酬，却向官齋作卧游。尺幅已羅真雁蕩，平空忽湧大龍湫。仙嬌絕代堆青髻，僧老千年未白頭。七十二峰縹緲甚，春鴻回處一凝眸。

楊琨，字次劉，一字次雲，杭州諸生。工山水。

黄葉

一夜西風木葉乾，乍凋濃緑未流丹。涼生高樹桐梧老，色借荒林橘柚寒。衰柳斜陽秋瑟瑟，枯蘆斷港雪漫漫。憑誰寫出蕭疏趣，却恐倪迂點筆難。

姜壎，號曉泉，又號鴛鴦亭長，一號紅茵館主人，華亭人。為鐵梅庵制軍幕客。寫生法南田，尤擅長士女，精於傅粉施色，肌理細膩，筆姿清勁。著有《洗紅軒詩》。

自題酴醾春去圖

懶綰香雲翠袖單，酴醾開後百花殘。美人最與春關切，折得花枝仔細看。

馬鈺，字兩如，海寧人。候選郎中。嘉慶九年浙西水災，曾繪《煮振圖》，阮文達公為記。

東山雅集圖次方藕堂司馬維翰**韻**

松篁滿徑漫支笻，取次追歡意未窮。已共尊前邀月色，還欣座上有春風。才徵福地雄如海，調繼新聲細似蟲。差喜山僧能解事，碧紗籠遍壁西東。

朱錦琮，字尚齋，海鹽人。工書畫。仁宗五旬萬壽獻詩畫，賜謄録，議敘官山東東昌知府。有《治經堂集》。

曉發七里瀧望釣臺

月落曉鷄催，扁舟鏡裏開。紅扶江上日，青湧海煙來。石撼灘聲急，山排水勢迴。畫眉鳴遠岫，知是釣魚臺。

許華文，號來青，又號補蘿，仁和人。幼從奚鐵生受畫法，兼工山水、花卉、士女。書學倪迂。

為壽喬丈畫梅花西舍圖并題

屋外青溪溪外湖，行吟彳亍杖慵扶。滿籬香影不知處，昨夜雪晴花有無。

祝有琳，原名震，字靖叔，號玉生，又號吟廬，海寧諸生。善書畫，工鐵筆。有《堅香小隱詩鈔》。

家居雜感

狗監憐才事有無，侯門珍重浪吹竽。能輕去住頭相責，爲救飢寒膽怕粗。衆裏轉喉防觸諱，場中喝采不成盧。自知衣帶緣愁緩，羞說吟肩鶴樣臞。

路德，字潤生，號鷺洲，陝西盩厔人。嘉慶己巳進士，入翰林，改官户部主事。學問淹雅，以目疾乞休，主講宏教書院數十年，多所成就。山水得倪、黄高致。有《檉花館集》。

桐陰課孫圖

傳經兩載并英英，雛鳳還如老鳳清。一卷自饒行樂法，滿堂都是讀書聲。桂香結子齊呈秀，桐老生孫各向榮。莫笑儒家無長物，勝他辛若積金籯。

淡雲溪明府漆園詠蝶圖

一幅滕王蛺蝶圖，圖中金粉未模糊。不須更覓莊周夢，宦味清時夢亦無。

題王蓬心先生畫畫為先生守永州時老年所作蓋絶筆也藏於家未署款公子小蓬貳尹贈吾師吴蔗薌先生師命題詩其上

嵾嵯疊巘横碧空，誰其作者瀟湘翁。翁官楚中二十載，邱壑一一羅胸中。畫師畫山識山性，徒寫面目真雕蟲。枯筆一枝硬如鐵，興到安計拙與工。胸中奇氣鬱不得，傾向紙上青濛濛。筆禿紙盡興未已，餘氣化作天邊虹。老年作畫更真率，手具造化心猶童。此圖不復署名字，押尾只有珊瑚紅。爾時趨庭授公子，古有小米今小蓬。先人手澤良可寶，藏家殆與楹書同。新安夫子嗜山水，賞音如聽鍾子桐。主人持贈意慷慨，山陰道士開鵝籠。吾師宴客夜置酒，畫叉高挂呼奚僮。燭奴鐙婢圍左右，爐熾獸炭酡顔紅。我今對此有寒意，壁間謖謖生松風。

題畫有序

壬申、癸酉間，寓京邸下斜街，與馬秋藥師爲鄰，日侍畫几，遂學塗抹，實未窺六法門徑也。久之漸知其難，因輟學。每見舊作，自覺形穢，輒用他人書畫牘回火之。此幅乃十五年前爲同里趙立夫作。立夫，慎莊婦翁也。及門鮑子遠設計取之，刮去其前款，祇存末行三字。假趙氏之壁未歸間道，探禰衡之刺頓失初名，作劇亦太巧矣。余聞而索觀，實非佳品，子遠真嗜痂者哉。欲毁之而重違其意，爰題二律，歸之子遠。

十載京華幻夢醒，悔將文筆寫丹青。吴江冷後全無句，秦火燒餘尚有經。不是王維圖竹里，漫勞蕭翼賺蘭亭。披觀動我登臨興，樹杪泉聲試一聽。

畫圖重認舊林邱，咫尺煙霞付卧游。趙壁忽驚張漢幟，吴人應悔借荆州。江山風月原無主，翰墨因緣未合休。笑我名心灰欲盡，爪痕還向雪泥留。

題百歲壽母賜果圖為李時齋孝廉作時齋名元春，朝邑舉人。母張太孺人壽登百歲，時齋亦六十有七矣。

世間奇事真咄咄，母也朱顔兒白髮。朱顔白髮歡相依，一家四季恒春暉。使母生大賈，終歲營營爲阿堵。使母生貴官，出山遠志還山難。壽母有子爲人師，生徒濟濟環階墀。出擁皋比據上座，入受甘旨如嬰兒。母昔蒸麩和野蔬，今也問字之酒、束脩之羊羅滿厨。昔鬻簪珥爲兒買書，兒今讀破萬卷爲通儒。葛巾蕉扇侍母側，繪出儒門銷夏圖。兒年雖邁，童心尚在。仙桃一顆遥相投，王母不待東方偷。對母大嚼母色喜，豈惟萱草能忘憂。陸郎懷橘夙所欣，潘岳捧輿安足論。孩提時事不可憶，垂老猶荷慈母恩。垂涎者誰兩旁立，竊語時復聞曾孫。曾孫男，曾孫女。欲分甘，母不許。

馬翊宸，原名苕，字次谿，山東商河人。嘉慶己巳進士，官太平知縣。工書，善寫意花卉，與李馥堂、黄瘿瓢堪伯仲。

題畫

插籬當雞犬，直到菜熟時。此中有真味，未許他人知。菜花

久依彭澤令，霜後看花嬌。善體東君意，從來不折腰。菊

郭尚先，字蘭石，莆田人。嘉慶己巳翰林，官工部侍郎。工書法，得唐人《磚塔銘》之神髓。善畫蘭。有《堅芳館題跋》。

絶句

層層接澗灌梯田，草草團蕉結數椽。滿地莜花山子噪，兒童閒倚竹根眠。

荊扉鱗次逐江開，江上涼風亦快哉。最好環堤萬楊柳，蕉衫蒲扇聽蟬來。

李福，字備五，號子仙，吳縣人。嘉慶庚午舉人。工詩詞及行楷書，能畫。有《嘯月軒集》。

自題水仙小幅

凌波仙子態娟娟，瓷斗親携相對看。偶向花前弄花影，滿窗風雪不知寒。

題李近人羽士體德**臨黃尊古長江萬里圖**

舊臨未見黃尊古，初寫遑知沈石田。賴遇鍾吾狂道士，教人一覽盡江天。

題徐嬾雲雲路**玉梅花下填詞圖**

慣看十指寫春來，落紙花教頃刻開。自與逃禪神契後，修持淨業伴寒梅。

史譜，字荔園，山東樂陵人。嘉慶乙丑進士，官陝西巡撫、兵部侍郎。工書，偶作山水，筆墨蒼勁。

峽山雜詠鈔二

雲峰出奇姿，澗水無絶響。攬勝歸一亭，怡然快俯仰。半山亭

心與白雲閒，目送孤帆過。我非羨魚人，獨愛此間坐。釣魚石

題孔叔凝女史淑成學静軒遺詩

肯博尋常詠絮名，過庭詩禮有家聲。可堪遺稿飄零後，幾費收藏累向平。

蘭蕙香殘璧月淪，消寒七字轉清新。流傳已重蕭樓選，《山左詩續鈔》選《消寒圖》一首。繡閣誰爲嗣響人。

陳均，原名大均，字受笙，海寧人。嘉慶庚午舉人，以教習授職縣令。山水師法奚鐵生，嗜古精鑒，工篆刻。有《松籟閣集》。

題吴子律松靄山房讀書圖

萬松吹雨瀑摇風，迸入書聲散碧空。去日光陰忘不得，夢魂時對一檠紅。

和琴隖耶溪漁隱絶句即題王茮畦圖後

煙蘆萬頃水平灘，魚國鷗家舊結歡。一箇釣竿猶易放，始知難買是青山。
去年我弄剡溪棹，君亦歸尋鑑曲船。隔著數峰慳一面，衹留鷗鷺與周旋。
又從塵海話煙波，乞畫催詩日日過。落葉打頭風刮面，醉來還唱舊漁歌。

為芸甫十兄題董文恪公畫册

亂峰飛出白雲堆，似雪流泉迸急雷。幽客放船成一笑，濕溟濛處有詩來。

太平塘舟中作

濕風一路響松篁，雲氣模糊失遠岡。溽雨蒸人如瘴毒，亂山推夢入蠻荒。臨淵結網輸漁父，逆水行舟笑艑郎。一事南來差自慰，卸帆剛及荔支香。

楊天壁，字宿庭，號繡亭，上元人。諸生。工山水、花卉。仁宗西巡，嘗畫《清涼山全景》進呈，蒙旨嘉賚。

自題清涼山圖四十景鈔一

山崖嵐氣萬重包，中有天人舊結茅。到此自應高處望，五峰攢翠遍雲坳。山有五峰，故名五臺。

道光庚寅陶鳧香觀察以石谷溪山無盡圖卷見示適案頭有小册遂縮臨十二幀以存形似并系絶句

全豹窺餘剩一斑，卅年心事寫來難。乙卯歲，余從華林外史求六法，迄今三十餘年矣。
從今粉本須珍重，留待他年子細看。

張百禄，字受之，號傳山，滄州人。賜寧子，官江蘇興化縣安豐巡檢。山水、花卉俱得家傳，蒼老澹逸，在石田、白陽間。書法遒老。詩有逸致。子振，字春嵐，亦善畫，嘗為麟見亭河帥繪《半畝園圖》。

題南徐山色圖

風軟殘紅逐絮飄，雨餘春水長魚苗。分明此景曾相見，記是西湖第六橋。

春夜宿邗上望雨

誰道蕪城人易留，益人惆悵是揚州。客窗一夜催花雨，春到江南第幾樓。

水仙

冰肌玉骨净生香，開趁晴窗一綫長。絶似佳人薄脂粉，黄冠初學道家妝。

錢用儀，字健成，號竹泉，崑山人。郡庠生。山水學王廉州，嘗幕游津門。

宿遷曉發

數聲曉柝過征驂，起視明星剩兩三。馬上一鞭行客夢，曉風殘月到江南。

温一貞，字又元，號也癡，烏程諸生。善書畫。有《卧癡樓詩鈔》。

題畫册

石壁空青帶斷雲，碧蘿懸樹篆蛇紋。人家盡向深山住，誰肯林泉覓隱君。

馬康年，號秋圃，海寧人。工六法。性嗜酒愛菊，喜與同志觴詠籬落間。

蘆花

淺水憑誰一問津，漁童鼓枻浪如銀。蕭然四顧悲窮士，宛在中央媚小春。釣水衰翁垂短髮，凌波仙子絶纖塵。溢城浦口休相訊，同是天涯淪落人。

沈鼎，字香郊，昭文諸生。善山水，尤工逸筆寫生，後專事蘭竹。畫與詩皆自出杼軸，不襲前人。

露竹

釜山山下浪如雲，明月清秋酒半醺。一夜篷聲吹欲裂，曉來窗外忽逢君。

晴竹

方庭如洗雨餘苔，一桁湘簾風打開。日暮移牀傍窗坐，愛分虛緑上窗來。

張敬謂，字佩言，號南園，錢塘人。性好吟詠，間為小畫，尤喜藏書以畀後人，其子道富撰述，孫預登翰林。有《等閒集》。

宿長安堰

一聲欸乃過晴川，小泊河塘傍晚煙。莫問長安新米價，沽春且向酒家眠。

張開福，字質民，號石匏，海鹽人。芑堂徵君燕昌子，諸生。精考證金石，兼善書畫，尤工寫蘭，克傳家法，敧毫淡墨，清韻獨絕。有《石匏小稿》。

道光丙申二月舟次鴛脰湖上翁叔鈞以集古印譜見示為題斷句四首譜計官、私印千五百方。題者廿餘家。今藏敝笥。

一編纍纍燦朱塗，文字多緣手自摹。不少長安車馬客，閉門却掃似君無。海昌許珊林刺史從京師諸藏弆家印得者。

莫漫宣和印史論，嬴劉真蹟偶然存。顧家集本曾三見，別録時時證漆園。上海《顧氏印藪》，余一見於家未翁清儀閣，一見於盛澤王氏話雨樓，一見於桐城吴康甫齋。《漆園印型》亦話雨藏，武進莊氏同生所集，多顧氏舊藏者。

竹崦庵裏昔藏收，論篆神游夢篆樓。十二年來驚墓草，一鐙風雨黯涼秋。夢篆樓，粤東潘毅堂舍人所居。其藏印，往於仁和趙氏竹崦庵見南海吴荷屋中丞所集印本。晋翁歸道山，今十二年矣。

繆篆源流千古心，美人投贈重南金。擇交我用蘇齋法，妙諦晴窗試一尋。「品量都用擇交法，斑駁惟憑真意傳」，覃溪學士同人集毅堂寓齋觀所藏古印詩句也。

徐觀政，字憲南，號湘浦，如皋人。官浙江鹽運副使。工寫意水墨花卉，能以拙取媚，以生取致。詩筆清逸，喜與南屏釋心舟相倡和。

入山別心公不值留題

僧出山空草色黄，客來趺坐嬾雲堂。八年公案無人斷，獨上孤亭問夕陽。

沈琳，字叔璨，號耕隱，錢塘人，家秀水。善丹青。

弔沈治銘

携手孤山各賦詩，白梅黄鶴笑人癡。茫茫歸去無家別，月下疏鐘唤夢遲。

趙之琛，字獻甫，號次閑，錢塘人。淺山大令進士賢孫，陳豫鍾弟子。刻印為杭州八逸之一。精篆隸，嘗為阮文達摹刊《鐘鼎款識》。山水蕭疏幽澹，花卉草蟲有新羅神趣，兼寫佛像。有《補羅迦室印存》。

溪山清曠圖

極目雲山幾點痕，蕭疏林木自成村。清風令我襟懷曠，欲送溪聲直到門。

足疾未痊聞孤山梅花盛開漫成用錢小謝湖堤補種花柳詩韻寄次白

孤山未去訪逋仙，且向藤牀縮脚眠。説與翠禽應笑我，不成香夢又經年。

題鴛湖校書圖

牙籤犀軸屋連雲，一榻臨窗校録勤。聽雨有人同翦燭，携尊何日細論文。詩摹煙雨樓前畫，字飽神仙册上芸。更羨榲書能世守，百城未許策奇勛。

施心松，號靖陶，元和人。精鑒别書畫，寫生工小品。

寫菊贈杜處士

不怨花開晚，霜寒艷久留。何當挈尊酒，來共草堂秋。

郝蓮，字青門，號飯山，錢塘人。山水、人物并極精妙，尤善彈琴。有《説餅齋吟草》、《飯山雜録》。

題畫

兩岸蟬聲斷續聞，一溪赤日净無雲。小舟斜掠柳根過，驚散就涼魚一群。

古意

瑩瑩匣中鏡，不若壁上琴。彈琴空山中，猶能有知音。盤龍安四角，照面不照心。

勸酒歌

東風勸酒生緑波，爲君倒提金叵羅。天邊明月不常好，世上浮雲事日多，勸君且飲吾作歌。君不見腰間纍纍印如斗，朝乘華軒暮廣柳。又不見多牛翁，子孫不肖田園空。黄金不能買老壽，况當明月如清晝。眼底休隨螻蟻忙，日中恐有麒麟門。

錢志偉，字俊修，號西溪，吴江人。精繪事，初工花卉、人物，繼寫山水，蒼秀有法。兼善篆刻。

題畫

三摺泉鳴天半雨，一林楓醉夜來霜。白雲飛盡碧山影，一片清機在月光。

車伯雅，字少雲，仁和人。貢生。善畫，詩筆清麗。

秦淮雜詩

金陵牐口水潺潺，流盡興亡去不還。亦有江潮流不去，秦時明月六朝山。
軟風簾影夾清淮，蝴蜨飛來上玉釵。相約嬉春游十廟，唾絨先繡踏青鞵。

夜泛西湖

良宵選勝泛輕橈，露下芙蕖色更嬌。何處香多何處泊，自撐篙過第三橋。

趙懿，字懿子，號穀庵，錢塘人。精篆刻，與其從父次閑同受陳秋堂法。又善分隸。仿冬心畫梅，筆意瘦勁冷逸，雙鈎墨蘭、水仙皆有古趣。

茸城旅舍自題畫梅

連朝炊斷心如麻，幸識酒家酒可賒。三間小閣枕書卧，風號入耳鳴悲笳。隔溪老樹盡落葉，墻角小草猶開花。寒池汲水水已凍，呵毫寫出疏枝斜。

沈燮，號五亭，歸安人。諸生。工山水。有《桐響閣集》。

題畫

樹杪人行足下泉，棧雲缺處露孱顔。營邱破墨華原骨，壁立千尋是劍關。
樓臺金碧李將軍，水立雲飛王右丞。莫倚曹溪笑臨濟，無人更見六朝僧。

吴春照，字遲卿，號子撰，海寧諸生。工畫，善彈琴。

擬李承古失鶴

青天碧海兩茫茫，獨鶴冲飛路正長。雲外有蹤尋舊侣，月中無計覓仙鄉。空餘雅操傳幽思，無復高樓對夕陽。記得扁舟載歸日，狎人丹頂最昂藏。

殷樹柏，字曼卿，號雲樓，晚號嬾雲，又自號西疇桑者，嘉興人。花卉筆致静逸，無煙火氣。書近汪退谷。有《一多廬詩鈔》。

宿水天禪院為秋壑上人畫水仙

茅屋新詩賦未成，破窗風雨已三更。叢叢寫出冰姿秀，花與詩僧一樣清。

祝志裘，字仲冶，號芸舫，海寧諸生。官江西寧都州判。山水、人物筆極韻致。有《葆光居詩草》。

題潘朗齋華鄂傳觴圖

盛世隆家慶，披圖樂事全。搏風欣接翼，綰綬許隨肩。朗抱鍾山月，廉斟句曲泉。友于人共仰，寄興一尊前。

孫義鈞，字子和，吴縣諸生。官浙江貳尹。工書法，尤精隸古。山水仿文氏，筆有古韻，界畫樓閣不失士氣，花草得南田、新羅法。

為沈士美悼亡作繩牀經案圖并題

一龕佛火黯於煙，帷動香消只醉眠。作客還家等禪舍，生知塵簟了華年。
筆端如我意蕭森，荒寺疏林託遠岑。儘有年時味孤寂，半牀冷雨滴秋琴。

沈瀛，字玉川，錢塘人。山水、人物、花卉、禽蟲靡不工緻，畫成不耐題款，趙次閑每代為書之。

題畫

春波如酒鱖魚肥，新緑三篙水拍磯。一陣東風紅雨落，桃花亂點釣人衣。
一笑幽人對面逢，橋横曲澗響春淙。濕煙散作濛濛雨，飛去前山兩白龍。
樓外高梧落葉疏，月明如水浸階除。小園秋色不知處，蟋蟀聲中夜讀書。

藥苗采罷卧山岡，寂寂柴扉鶴夢涼。手種梅花三百樹，中間著箇讀書堂。

楊秉桂，字辛甫，號老辛，吴江人。貢生。詩詞瓣香南宋，精畫蘭。與錢叔美、王椒畦相友善，家有紅梨庵，多藏弆時賢妙蹟。

為佘侶梅寫蘭

迢迢春去水之涯，斜日墻陰剩落花。新製减蘭詞一闋，擬書蕉葉寄瑶華。

李曾蔚，字竹虚，又號虚心道人，仁和人。初貿易苕霅間，年三十始學詩，旁及繪事，寫菘芥葡萄尤工；晚與趙次閑諸名士結社葛嶺。有《味無味齋詩》。

菱湖道中

犬吠忽聞知市近，炊煙隱隱見前村。楓林一樹濃於染，映得夕陽紅到門。

十三日歸舟夜月

纔覺今宵無雨意，不知何處更爲雲。姮娥也似將歸客，望到圓時欠幾分。

孫滙，字嘯壑，廬江人。善蘭竹，兼工山水。有《琴餘集》。

寫江上秋歸圖便面寄内

黄蘆紫蓼映扁舟，采石磯邊賦浪游。偶借便鴻傳小扇，畫圖酣寫十分愁。

譚灃，字東川，富陽諸生。畫師陳昆湖，墨蘭尤多逸趣。

戲題梅花長幅

九里洲前千樹梅，歲暮歸舟花未開。開年遣使探消息，紅似丹霞白如雪。老夫聞之喜欲狂，急解門前春水航。約客客辭賀歲去，獨携襆被至其處。花下一醉三日眠，梅也非仙余非顛。伸紙爲梅寫清影，詩興與梅一般冷。忘携青銅三百枚，付與酒家償舊醅。

李璿，字白樓，山東濟寧人。諸生。山水得其外祖黄小松司馬傳派，兼善花卉。有《生花樹詩存》。

村晚

蒼煙横翠微，落日淡斜暉。一徑暮雲合，滿林霜葉飛。鄰翁向村路，緩步到柴扉。負手一相問，牧童歸未歸。

論畫

滅盡鮮妍得老蒼，須從深處辨鋒鋩。前賢妙蹟分明在，豈許庸奴枉奉常。

花鳥南田數最工，寫生丰韻有誰同。要知此老超玄處，豈在徐黃窠臼中。

方燮，字子和，號臺山，江西南安籍，僑寓吳中。工詩。楷法二王，尤工逕丈大字。間寫墨竹，得石室遺意。學南宫墨戲，渾古簡厚。晚年嘗戲顔所居室曰「第十四遷傳舍」。配虞夫人名朗，號冰壺，金壇人。善畫蘭。

早春歸自北平艤舟郭門書所見

二百五長亭，歸帆帶曉星。燒痕連夜赤，山色過江青。近郭門還閉，當花楫暫停。梔前雙喜鵲，先我到家庭。

題冰壺夫人桃源春泛圖小影

碧桃花裏響鳴榔，水複山重路渺茫。過此便爲仙世界，來時猶著嫁衣裳。雲中雞犬應同聽，月下房櫳好對牀。手種秫秔三十頃，畫眉窗下話羲皇。

錢天樹，字子嘉，號夢廬，平湖人。喜藏書畫，尤精鑒别。善行草書。間仿顧定之寫墨竹，蒼疏古媚，標韻出塵。嘗欲纂《古今畫話》，積稿數帙，旋佚。

海上贈蔣君霞竹

畫苑重開選佛場，披沙金始見光芒。君有《墨林今話》。冥心師古標新格，皮相何須肖四王。

得錢只願酒盈卮，姓氏無煩後世知。莫再濡毫矜惜墨，勸君及早買胭脂。

周凱，字仲禮，號芸皋，富陽人。嘉慶辛未進士，官河南按察使。山水師事董文恭，間作花卉。相傳其未第時，每陰雨輒著屐持蓋入山，觀煙雲出没，以資畫趣。初官襄陽，修禊習池，提倡風雅。有《自訟齋雜刻》。

題麓臺司農畫册原題分注詩後。

不厭臨摹日百回，秋山小幅鬱崔嵬。墨痕滲透今猶濕，方信鍾陵是畫才。北苑秋山。

平橋淺水點秋蘋，木葉初紅著色新。最愛富春山一角，筲箕泉畔訪幽人。仿黄子久秋山。

點染溪山不在多，一邱一壑意如何。雅宜長卷無由見，即此疏林費揣摩。疏林溪館，仿倪高士設色小景。

琵琶亭題壁

萬株楊柳擁荒亭，亭背匡廬面面青。如此江山如此酒，琵琶恨不月中聽。

口占戲謝監州陸伽陵嵩齡送蟹

坐對玄真舊釣臺，桃花欲向雨中開。鱖魚喚買買不得，偏有監州送蟹來。
東坡與我稱同嗜，那得霜螯二月初。笑倒老饕還醉問，監州味較蟹何如。

劉庚，字少白，直隸慶雲人。嘉慶癸酉拔貢。工詩畫，家貧嘗鬻畫，寄居津門。

揚州憶舊

楓冷吴山客路遲，笛聲雁影雨絲絲。重來又入揚州夢，不似春風被酒時。

張金階，字瀛卿，嘉善人。工書畫。有《愛吾廬集》。

暮春

東郊芳事歇，春又别園林。數點社公雨，無絃陶令琴。壓檐新緑滿，堆徑落花深。何處還餘賞，幽窗聽晚禽。

李式穀，字申兹，號海匏，仁和人。貢生。工寫真，其家不戒於火，先容燬失，嘗默寫之，卒能相肖。詩兀傲有奇氣。

秋經橫春橋僻路歸

秋山一望皆蒼蒼，不道靈境開天荒。崖陡路效秃龍舞，峰迴石突奇鬼僵。峭風逆耳語音勁，夕照送客人影長。附郭林麓絶淳古，疑有隱者潛其鄉。

昇禄，字雲皋，滿洲人，杭州駐防。嘉慶丙子舉人。善書，工鐵筆，山水小景頗有逸致。

和麟見亭慶憶西湖詩

天下西湖三十一，錢塘明聖最知名。六橋風雪詩人影，三月鶯花公子情。漁篴幽腔新氣朗，僧鐘餘響晚煙晴。浙東燕北長相憶，何日重來載酒盟。

王峻明，字克三，平湖人。工詩，善鼓琴，以餘興作畫。有《劫餘草》。

題梅花帳額

雪影亂紛紛，明窗曙不分。誰憐高士卧，詩夢石牀雲。

李世則，字思若，號味霞，一號語石，昭文人。山水宗元人，兼工細篠蘭石。

題畫

雞犬桑麻共一邱，幾家茅屋枕寒流。孤村楓葉無多見，白盡蘆花始覺秋。

盧澧，號芑塘，鄞縣人。諸生。工書畫，喜考證金石。晚病足，自號半人。有《芑堂詩草》。

清明後一日偶成

小齋位置似山家，霧葉煙梢四面遮。十日蕭條鳩婦雨，三年寂寞鼠姑花。青山隱几春生筆，弱柳侵窗緑上紗。正是蘭亭修禊歲，水邊携手待晴霞。

李崧霖，字夢蓮，四川中江人。嘉慶丙子舉人。工山水，得元人意。初游江淮間，歸主眉山書院。有《三十六樹梅花書屋詩鈔》。

題山水便面

落日陳倉渡，斜光水氣吞。人煙城外滿，燈火市中昏。大道開秦棧，千山擁縣門。明朝我西去，一路籋雲根。

姚光憲，字蓮石，仁和人。諸生。工詞章，善山水。相傳臨殁時忽作畫廿紙，第七帙題詞有「江天自遼闊，歸途莫紆徐」句，戴文節曾以詩紀其事。

春草

春風次第逗香温，滿眼青蕪匝遠村。名士夢搜池畔句，美人夜泣冢頭魂。穿簾定妒新袍色，侵驛猶留舊燒痕。回首平橋通古戍，一鞭歸路憶王孫。

郎葆辰，號文臺，一號蘇門，又號桃花山人，浙江安吉人。嘉慶丁丑進士，官給事中，以風節著稱。善書，工畫蟹，有「郎螃蟹」之目，寫生兼白陽、青藤兩家法，間作山水。

畫蟹

秋來不減持螯興，願學東坡守戒難。聊藉硯池無數墨，寫生且作放生看。

東籬霜冷菊黄初，斗酒雙螯小醉餘。若使季鷹知此味，秋風應不憶鱸魚。

為麟見亭夫子作翠屏放牛圖并繫以詩

紫薇高高月上初，晚衙放罷公事無。見亭先生坐擁書，閽者突進胡爲乎。若驚若喜口囁嚅，謂有牛陟堂之隅。畏首畏尾身幾餘，其形觳觫情莫輸。先生往視三歎吁，欲問牛喘徒踟躕。今世苦無介葛盧，牛兮牛兮將何如。翌日訪之達四衢，知牛來自東門屠。牛刀將試牛何辜，長繩繫鼻災剥膚，猛然一遁風雲徂。先生澤及白骨枯，仁民愛物良非誣。牛知來此網羅除，入門如奉門關符。屠門失牛屠號呼，牛值十貫青銅蚨，此牛入官其如吾。先生薄責鞭以蒲，命償以價值其沽。爲牛求牧兼求芻，誰飯牛者長鬚奴。爾牧來思牛待餔，翠屏山下皆平蕪，青青細草如茵鋪，令牛體肥秕與稃。牛皤其腹牧挈壺，時聞短笛吹嗚嗚。

觀成，字葦杭，滿洲人，駐杭州。嘉慶戊寅舉人，官四川南川知縣。善畫，工詩。有《語華軒集》。

憶兒時哀詞

憶兒時，群兒戲，群兒有父遺餅餌。歸問母與嫂，吾父在何地，母泣未言嫂垂泪。一解。母曰嗟爾兒，總角失所恃。十五娶汝嫂，中饋出十指。兄能三餘讀父書，泥金甫捷芳蘭枯。爾嫂血泪紅，高堂痛有翁。二解。掩啼痕，慰鰥獨。庭前奉甘旨，房中飯脱粟。徽冷無絃琴，泣涕請重續。一片血誠翁感乎，孀媳爲翁迎新姑。三解。吾入爾門來，一見心相契。禮在别姑媳，情親宛姒娣。問年孰爲長，媳少姑一歲。四解。期弄璋，偏弄瓦，瓦聲呱呱驚散盈庭來賀者。爾父吞聲哭，爾嫂笑可匊。思飯得粥，終勝枵腹。婆婆有花朵，轉瞬看結長生果。五解。爾父繼生爾，手顫心冲冲。焚香答上蒼，燭插香爐中。有子可望繼吾宗，成名那計見當躬。乳兒肌膚赤，老父頭顱白。六解。明年一病入膏肓，嬌兒嬉笑瞑枕旁，呀呀抱父如抱娘。不知病父心中傷，永訣惟争頃刻光。七解。吾延殘喘忍不死，只爲汝肉一塊耳。泪珠何物差堪擬，雨注梅時，冰結霜裏，千里湘江水。八解。姑媳荼蓼，撫汝襁褓。年年曬書，望汝學飽。撫孤多，撫叔少，無叔求叔得叔撫叔而尤少之少。苗秀而實，宜將本葆。儻無催耕，何有晚稻。昔有韓侍郎，爲嫂期素縞。今有胡觀察雲坡，爲嫂陳疏稿。汝若能得五華封，謹乞殊恩貤汝嫂。親恩固爲根，嫂恩亦非杪。九解。

嚴保庸，字伯常，號問樵，丹徒人。嘉慶己卯解元，入翰林，改官山東棲霞知縣。善蘭竹及寫意花卉，嘗舉吴梅村「似能不能得花意」七字為寫生法。

題李近人道士體德仿黄尊古長江萬里圖

道人奇氣世莫比，縱筆忽欲盡萬里。經營慘澹垂五年，真精穿透鴻濛煙。乍見不敢信爲畫，或者縮地逢真仙。撑空萬里壓波立，煙鬟霧髻如争妍。江流浩浩但一氣，吴楚不界東南天。使筆如飛墨如走，中有精魄苦相守。勸君切勿輕示人，三百年來無此手。秋山卷子石田翁，千山萬壑交溟濛。亟搜行篋與君看，將毋異曲同其工。年年浪迹江湖住，得此歡同導前路。倩君更作江天圖，畫到蒼茫無盡處。

陸豐，原名向大，字乃亭，仁和諸生。筱飲解元飛族裔，官兗州府經歷。工詞翰，善花鳥。

西湖打魚歌

東門菜，西門魚，南宋諺語傳不虛。湖波摇漾四十里，游魚之樂濠梁如。漁人打魚集清曉，明鏡初揩霧收早。瓜皮艇子疾於梭，捲葑穿菱撥浮藻。把網未撒先鳴榔，榔鳴魚驚奔竄忙。大鱗鱗，小戢戢，網合四圍竄還入。貫之柳，覆之荷，荷花深處聚魚多。魚逸湖水清，魚勞湖水濁。上如求魚下乾谷，一網全收湖水淥。打魚莫近錢王祠，使宅魚賦無了時。打魚莫向三潭去，潭是當年放生處。打魚好到花港來，中流趁未游船開。雨脱蓑衣風住艫，不解衝風况衝雨。怕上錢塘江上船，漁兒漁婦同辛苦。湖堤酒樓魚擅名，人人誇道宋嫂羹。得魚上岸换美酒，醉弄漁笛聲凄清。

馬錦，字謙甫，號古芸，一號笙谷，海寧諸生。山水師法倪、黄，兼能寫意花卉。有《碧蘿吟館集》。

題朱竹垞先生所遺兩孫析産券

一紙析箸書，出自竹翁手。箸述矜勝名，千金享敝帚。煙雨事躬耕，瘠田數十畝。爰以授兩孫，彼此均薄厚。曝書亭雖荒，清貧寶世守。請同賣驢券，千載傳不朽。

高炳馴，字犨之，一字研之，又字舫生，别號少雲，江西彭澤人。嘉慶丙子舉人，官龍游知縣。工畫，運筆如飛，頃刻數紙。有《十蓮山房詩稿》。

柬同年張秋蕁

游人不歸去，木葉下層陰。海氣涼雲合，潮聲暮雨沈。客愁隨病長，鄉思共秋深。肯使龍泉劍，蹉跎壯士心。

郭儀霄，字羽可，江西永豐人。嘉慶己卯舉人，官内閣中書。以畫竹名，黄樹齋侍郎贈詩有「古之與可今羽可」句，因製小印鈐其畫。有《誦芬堂詩鈔》。

聞嘯雲五弟昂霄**復客武昌**

自汝遠爲別，知余懷未開。病身尋藥去，長路少書來。漢水秋風潤，衡陽旅雁回。平安老親念，歸棹逕須催。

許乃普，字季鴻，號滇生，錢塘人。嘉慶庚辰榜眼，官吏部尚書，謚文恪。工書法，偶作花鳥，雋妙無匹。有《堪喜齋集》。

為潘星齋畫紅白梅花便面

江國寒梅信，孤山欲雪天。籬根半春影，驢背總詩篇。寫向羅紈上，長依懷袖邊。翻思十萬樹，盡買潞河船。原注：京師梅花皆江南種也，自運河舟載而北。

鄧大林，字卓茂，號蔭泉，又號長眉道人，廣東香山人。監生，官國子監典籍。工山水。有《種玉山房詩鈔》。

題桃源圖

聞道桃源可避秦，便隨漁父問前津。忽看渡口花飛急，知是人間又一春。

程芝筠，字紫堂，號霞壇，嘉定諸生，居南翔，遷吴門。能畫。有《玉碧居詩鈔》。

婁江道中

遠向塗松市裏還，黄蘆翠竹映秋顔。愁腸曲折隨流水，一櫂摇來十八灣。

張之楝，字敬培，號敬軒，嘉興人。監生。草書學懷素，善畫。晚營生壙，廣植卉木，花時恒約客酣飲其間，人稱百花壽莊。有《心鑑齋集》。

讀杜

飄泊詩千首，艱難愁一生。干戈天寶日，涕泪小臣情。萬里諸侯客，三年夔府名。浣花流水宅，終古蜀江聲。

方維翰，字藕堂，號種園，又號藕船主人，大興人。官浙江石門知縣。書畫詞章無不精妙，施鐵雲、陳曼生一時俱在幕中。

白鷺塘舟行

白鷺迴塘晚，扁舟畫裏行。浮雲無定色，落日有餘情。水漾韡紋細，山拖眉黛平。西風剛九月，涼重覺衣輕。

游吼山

劈面巉岏起，懸巖舟楫通。潭深不可測，松老欲凌空。高閣連雲翠，疏鐘送暮風。山梅得氣晚，纔見玉玲瓏。

丁芸，號墨農，嘉興布衣。工繪事，詩尤長於賦景。有《墨農詩草》。

晚登上方山望石湖

乘興來登百尺巔，望中歸鳥没寒煙。銀蛇萬道月臨水，征雁一聲秋滿天。湖影碧浮紅樹外，梵音清度翠微前。范公亭榭今何在，回首西風一愴然。

鞠伯陶，字澹如，華亭人。監生。花卉、山水得南田翁法，尤工畫蝶，嘗與改七薌、僧鐵舟等同結畫社。

輓改七薌

一丸古墨誰同潑，九點寒煙我獨游。最憶少年聽雨夜，一行老泪不禁流。

唐潔，字夢白，號雪江，蕪湖籍，居金陵。山水、花鳥筆致清健。與吴山尊為莫逆交。有《瓦器草堂詩鈔》。

同黄大石田效皮陸夏景

幾曲溪流護碧紗，閒門芳草徑欹斜。鱗鴻南北來千里，楊柳東西各一家。君子竹飄當檻粉，美人蕉放隔簾花。就中風味宜圖畫，吟得新詩記物華。

周鴻覃，字雲褐，江寧人。貢生。工書畫。有《嘘靈集》。

題馬菊村豆花莊圖

南山春兮山更緑，豆苗青到南山足。南山秋兮山更幽，豆香吹上南山頭。種豆主人住山谷，豆花圍滿山中屋。主人種詩如種豆，硯田筆耒勤耕耨。富貴不如南山雲，有詩可與南山壽。豆盈箱兮詩成册，主人祇自適其適。山中有樂與世隔，世人不知良可惜。口不能言畫其迹，遍示世人亦良策。吁嗟乎，肉食不辨菽與麥，此圖勿示朱門客。

周寶偀，字月溪，别號二石居士、紅豆村樵，江寧人。鴻覃弟，諸生。工畫竹、潑墨山水。有《金陵覽勝詩考》。

馬鞍山

馬鞍山下路，人在緑陰行。不雨苔常濕，無風松自鳴。閒雲多懶意，春鳥帶歡聲。小立一回首，蒼蒼煙靄横。

蔣篔，字楚亭，上元人。工畫梅，善詩詞，兼精篆隸書。有《求純集》。

戲效五仄體

讀倦忽睡去，小鳥破我夢。沼上雨不響，但覺柳陰重。水氣入檻冷，日色出樹早。忽有叩户者，一卷讀未了。

祈澤寺看昇元斷碑

周家二姐葛三娘，喜布金錢建道場。一片殘碑紀功德，剔開蒼蘚認南唐。

清畫家詩史庚上

寧津李濬之響泉編輯

張祥河，原名公璠，字元卿，號詩舲，一號鶴在，又號法華山人，婁縣人。文敏公照從孫。嘉慶庚辰進士，官工部尚書，謚温和。山水為董蔗林弟子，又喜仿石濤一派，花卉得改七薌傳，兼宗青藤、白陽兩家。有《小重山房集》、《詩舲詩録》。

李鐵君盤陰八景圖為友人作

盤之巔，松插天，古虬鬱翠翩如仙。盤之中，石糸空，捫厓蒼蘚鎔頑銅。盤之下，水奔馬，響和松濤石漕瀉。古有隱者田先生，後李鐵君此避名。白雲不使林澗愧，尚史閉户千言成。圖中八景筆如繡，首列蘿邨尾松岫。皴法端宜斧劈痕，此山裂石真奇秀。今君高致希昔賢，得此何似招隱篇。明年策騎尋碑到，定訪盤陰證舊編。

廣東百三歲老人陸雲從應丙戌會試恩賜國子監司業詩以紀盛

四朝天下老，萬里地行仙。頤裒登童試，春官應丙纏。耆英瓊海重，禮數辟雍傳。儻比雞窠叟，先生尚少年。

景州

人家齊抱水，晚入景州涼。積潦紆官道，浮圖聳女墻。廣川儒術舊，細柳將才良。門第追炎漢，英風萃此鄉。

石景山

朝拂吟韉別戒臺，尚饒逸興陟崔嵬。河流北折桑乾下，山色東趨石景來。古塔風尖仙梵寂，頹垣春暮野花開。玉泉金閣當年盛，付與殘僧話劫灰。

菜飯

偶將瓢菜入新秔，鄉味頻年齒頰清。隔甑香多皆玉屑，流匙色膩比青精。邨夫一飽餘何羨，館客加餐最有情。不用雕胡懷宋玉，老妻素手善調羹。

王元章畫梅

煮石清狂筆似仙，盈枝紅雪靜生妍。春風一幅豈無價，九里山中換米年。

羅兩峰橅沈石田竹堂寺與李秋官楊黄門觀梅圖沈作於成化己亥羅作於乾隆己亥即用石田韻題後

千枝萬枝出琪樹，竹堂寺裏觀梅處。酒酣伸紙白石翁，杯底春光筆端駐。兩峰摹本得彷彿，疑是前身此中住。後先己亥三百年，淡墨還書舊吟句。佛言喜門海樣深，畫諦禪宗參透未。秋官黄門已物化，曷弗招來圖鬼趣。寒鴉古木極橚槮，蘚徑苔垣成刻露。不愁此紙捲春去，殘雪滿天香滿地。

趙魏，字晉齋，號蒓森，一號洛生，仁和人。貢生。究心金石之學，游畢秋帆幕中，與孫淵如、錢獻之相砥礪。間作山水，以隸法寫之。著有《竹崦盦金石録》。

黄君小松遺余古碑并陳無軒書及湘管齋聯吟詩即步原韻

梅花歷亂盧仝屋，欲籜千竿萬竿竹。揭來未與素心同，空傍蒹葭想如玉。元龍意氣叔度波，欲往從之春水緑。新詩翠墨會伻來，跫然足音響空谷。我本天涯淡宕人，萬事捐除不挂目。二三知己如水交，高情轉切瓣香録。湘管齋頭領卧游，赤日應嫌渭川俗。閉門覓得此君情，會心遠在沅江曲。征帆何日美東南，忍使相思瘦於肉。君不見吾家舊住水晶宫，擬棹金波看月穆。

郭基，字芋園，閩人。山水沈厚入古，集文、沈兩家之長。

題泥金箋畫竹

昨夜春寒翠袖單，銀箋一劈寫琅玕。南朝金粉知多少，并作瀟湘十六竿。

盧登焯，字震滄，號雲船，鄞縣人。山水筆意蒼秀，喜考訂金石。有《鏡竹軒集》。

端陽懷古用陶靖節擬古韻

浩浩長江水，青青汀邊柳。茫茫千載前，令節因人久。我讀離騷經，靈均盍尚友。至今端午日，臨流奠杯酒。鬱鬱宗國心，盡忠不孤負。所見雖不曠，寸心獨堅厚。楚宫已泯泯，汨羅爲誰有。

嚴冠，字四香，仁和諸生。善畫梅，喜吟詠，工於言情。有《茶壽盦詩》。

自題畫梅

頻年奔走撇西湖，蕊冷香疏夢亦孤。爲問林家三百樹，可曾依舊著花無。

江城淒楚笛聲聲，竟夕高樓倚月明。爲寫故園風雪意，梅花最管别離情。

題華亭張興鏞遠春詞鈔一

情語年來不慣看，蘭釭挑盡夜生寒。纏綿句似温馨酒，醉得吴儂欲睡難。

李鳴盛，字佐廷，號瑶山，南海諸生。工畫竹，恣筆揮灑，意致翛然。

懷呂石飄明經

對酒論文氣益豪，窮愁白髮感蕭騷。年來膽苦心寒極，綺語全删格自高。

陳述祖，字雲門，華亭人。其先世平吴三桂，襲子爵，以廕官福建建寧鎮總兵。工書畫。有《秋雨夢松舫詩稿》。

吴門舟中

孤城隱隱隔漁燈，篷背涼生露氣凝。斜月半船人擁被，寒潮流夢下松陵。

斌良，字備卿，號笠耕，滿洲人。浙閩總督玉德子，由廕生官刑部侍郎、駐藏大臣。工山水、花卉。書學華亭，嘗集董書刻石。有《抱冲齋詩集》。

香禪弟欲寫巴林雪獵圖詩以催之

醉舞昆吾膽氣粗，監州七載客飛狐。初官朔平府通判。短衣射虎平生志，好寫巴林雪獵圖。按，香禪名哲成額，工六法。

題驪山温泉

裸游宫館莽榛蕪，錦雁消沈碧藻鋪。渠膩流香惹惆悵，二千年上照冰膚。
珠泉活潑進盈科，驪嶺湯分十六多。賜浴恩波今尚暖，三郎密誓較如何。

周封，字于郃，自號太平里農，嘉興人。山水師吴仲圭，善於用墨；兼長畫梅，老幹疏花，具灑落之致。書有板橋風格。

墨梅

倚墻老緑捲秋聲，孤負盈盈驛使情。寄語羅浮好明月，斷霞雪霽看春生。

黄均，字穀原，號香疇，又號墨華居士，元和人。以議敘官漢陽主簿、施南同知。山水師法婁東，筆墨蒼楚，饒有逸韻，兼工花卉梅竹。書法董文敏。初以六法名噪京師，及宦游武昌，居臙脂山麓，以吏為隱，仍得優游翰墨。

有《墨華庵吟稿》。

題黄孝子萬里尋親圖

浩然仗劍走邊關，不見老親誓不還。大幸一身出重險，何辭萬死入諸蠻。白頭無恙流離後，血泪猶傳指顧間。我愧與君同世系，閒來空寫座中山。

襄陽習池漢侍中習郁始仿范蠡種魚法闢池晋山簡改名高陽傳為勝地芸皋周郡伯課民種桑修復之以廣水利張司馬南山栽柳池堤蔣大令晴山補種桃花士民觴詠游覽不絶均為繪圖并系以詩

朝來池畔踏晴沙，堤上游人笑語嘩。一幅襄陽好圖畫，周桑張柳蔣桃花。

查奕照，字麗中，號丙堂，一號龍山樵者，晚稱贅叟，海寧人。官淮安同知。工楷書，潑墨花卉得白陽、青藤遺意，兼善鼓琴。有《東望閣詩鈔》。

喜聞張叔未親家令子稺春慶榮又獲解首寄賀

佳話喧從竹里傳，箕裘接武領群仙。天孫錦奪千絲巧，國手棋爭一著先。白髮久推壇坫峻，丹霄又睹鳳鸞騫。掄元竟作傳家物，獨冠熙朝二百年。

查世燮，原名琳，字冬生，號少梅，海寧人。梅史孝廉揆子。人物宗高且園，花鳥法惲甌香，兼工篆隸。有《待月居吟草》。

秋夜感懷

如許砧聲暝色催，一燈無語暗徘徊。疏桐月到人初静，小院霜高雁獨來。愁思却隨楓葉掃，吟懷還傍菊花開。疏狂年少無如我，日向西風醉百回。

項維仁，號果園，浙江温州人。山水仿北苑，多蒼鬱之氣。品行孤高，尤喜吟詠。

題自畫秋景

山徑飛紅葉，西風報晚晴。故人曾有約，今夜聽秋聲。

仿宋人小景

蕭寺鐘沈夜寂寥，水風瑟瑟月輪高。阿儂長作秦淮客，幾度思鄉立板橋。

沈宏遠，字進之，號滌泉，又號蒼雪，石門人。諸生。善墨蘭。有《撚瓢詩鈔》。

畫蘭

每憶揚州鄭板橋，縱橫筆墨興何饒。湘江春色騷人意，閒寫幽思破寂寥。

趙穽，字歗雲，錢塘諸生。花鳥草蟲均極生動；書學河南，古媚多趣。性簡傲，嗜飲，往往以畫易酒。

題自畫四季花卉

落盡桃花流水香，柳陰雛鴨戲滄浪。老夫聊借雕書筆，點滿雲箋丹間黄。

睡餘清夢渺難尋，雨過方塘八尺深。偷得放翁詩裏景，紅蜻蜓點緑荷心。

半老秋娘入道裝，一歌中婦織流黄。轆轤不轉銀牀冷，空咽深宵絡緯娘。

珠茶紅映蠟梅開，曝背南檐暖似煨。凍硯冰融鸜眼活，蜜官一隊獵花來。

夏之勳，字銘旃，號芳原，江西人。嗜金石文字，藏弆碑版、書畫、彝鼎甚富。工篆隸，設色花卉饒有逸致。

畫柳

曲江風度異當年，葉葉絲絲劇可憐。最是夕陽蕭寺外，悄無人處咽寒蟬。

陸增，字松堂，號秋山，平湖人。工畫，善醫，嘗從阮中丞芸臺游。有《鴨船吟草》。

十柳田家圖為泉南畫

年年落拓著書忙，懶與鄰家話插秧。楊柳陰濃人意澹，宅邊風趣倍柴桑。
板橋流水寫村居，花徑閒鋤春雨餘。容我鴨船重繫纜，秋風正好就鱸魚。

鸚鵡湖櫂歌之一

楝花風細日長舒，石首來時鄉夢如。聽說松江鱸味美，不知可比馬嗥魚。石首魚，俗名黃花。《晉書》咸康七年，海鹽縣徙治馬嗥城，魚因地故名。

李志鯤，字香巖，錢塘人，僑寓武原。善繪事，性狷介，非其人雖重金不應。著有《題畫詩》。

題桃源問津圖

桃源仙境是耶非，一片紅霞夕照微。雞犬不聞人迹少，東風閒煞釣魚磯。

朱金蘭，字佩芳，號栖雲，常熟人。工詩畫。

自題薔薇翠竹雙蝶

落盡春紅春夢熟，平莎小院文窗緑。美人睡起背東風，蛺蝶飛來上脩竹。

王景程，字樸齋，浙江嵊縣人。道光壬午舉人。善書畫，工篆刻。有《滋蘭詩草》。

元學士許時用故宅

風雷雜沓起龍魚，一鳥高飛戀故居。天與遺民好山水，人歸華屋半邱墟。斜陽古磴虛芳草，秋雨空階長野蔬。賸有危樓煙樹外，邨童指是讀書廬。

蕭瑜，號峴山，太倉人。畫近倪、黄。有《環溪草堂集》。

環溪即景

繞屋溪流一曲，炊煙四五人家。不是捕魚到此，焉知隔岸桃花。

沈道腴，字澹庵，嘉興人。工畫，善鐵筆。所居梅里有古槵，佛家名無患木，結實即菩提子，澹庵築室槵下，有《槵軒詩鈔》。

曉坐水軒

亂雲宿古樹，幽夢破春禽。竹樹滌塵腑，蘭香發苦吟。日遲知晝永，徑僻抵山深。忽聽泠泠水，如聞太古音。

涂炳，字叔明，號子文，雲南人，僑居吴門。性嗜古，精考據。行楷摹晋人。工梅竹蘭石，尤喜畫笑竹。著有《竹譜》并題畫詩曰《墨禪餘俎》。

畫松

何須入夢兆丁公，飽歷冰霜飽撼風。若遇蒙莊應一笑，品題又在不材中。

王之孚，字心莊，一字誠庵，震澤人。工山水、花卉。配吴氏倚雲，亦能詩。嘗偕游吴中諸山，興到作圖，相與題詠。有《金海樓合稿》。

題畫薔薇

青粉墻西夕照殘，生紅滴盡舊闌干。小庭鎮日無人到，胡蜨一雙飛作團。

華棟，字松生，號竹溪，平陽諸生。善隸書，兼畫蘭竹。兩游天台、雁蕩，搜奇剔險，即景成詩。

西谷紀游

清晨出精藍，振衣事攀躋。入山不厭深，緣溪亦忘遠。怒流争過峽，格格雷聲碾。巨石當其衝，水勢分燕翦。注下爲龍潭，深黑不可辨。雲開西谷西，頓覺清眺展。峰巒各肖形，山意何高蹇。平生邱壑心，今日得繾綣。試問古與今，游人諒不鮮。幽幽林泉趣，領略有深淺。入寺訪高僧，尋碑拂蒼蘚。徘徊不忍去，寒日下西㟒。

潘庸，字柱堂，號樗齋，海寧人。精繪事，尤工山水。

題畫

幾村緑樹斷煙中，牛背歸來一笛風。好是金沙塘九折，兩山返照夕陽紅。

金霞起，號赤城，震澤諸生。山水宗法四王，尤致力於烏目山人。花鳥胎息宋元，力矯纖媚之習。

題畫

片雨初過客夢醒，起聽風鐵語丁寧。琴心劍膽消磨盡，漫放春山腕底青。

秀水道中

宛轉輕舠出短蘆，半晴陰裏泛鴛湖。天工欲作黄梅勢，濃緑郵郵叫鵓鴣。

徐人治，字蘭坪，海鹽諸生。工畫。有《嘯篁居吟稿》。

題畫

水複山重樹鬱蒼，幽人卧起倚斜陽。劇憐小閣窗全拓，消受新秋面面涼。

葛金章，字章侯，號綬香，崑山人。山水以荒率取致。有《香草居稿》。

雨歸

緑楊村外夕陽微，隔水人家盡掩扉。小艇載風兼載雨，陽城十里渡人歸。

鍾瑶，本姓王，字朗山，一作膴山，山陰人，流寓彭城。工書畫。有《偶寄草堂詩稿》。

送白亭先生之淮上

再見知何日，離人鳥共飛。去留俱是客，老大未能歸。河畔風霜厲，淮南木葉稀。天涯同濩落，此别更依依。

應天垣，字輔廷，號曉山，海寧人。議敘州同。工寫蘭。有《夢羅浮山館詩略》。

題芍藥

看到將離春便殘，枝枝煙重欲開難。笑儂未讀群芳譜，一例呼他作牡丹。

從來佳種説揚州，十二闌干艷欲浮。畢竟玉環真國色，妝臺侍婢亦風流。

陳錫桂，字遂宣，昭文人。寫梅得幽逸之致。

病中消夏

晚涼如畫坐庭陰，花影花香兩不禁。就裏有詩誰會得，緑槐風静一蟬吟。

陳經，字辛彝，號抱之，歸安人。酷嗜金石，精隸書，花卉墨竹有古趣。輯有《金石圖》、《霅南唱和集》。

棲霞探梅

憶昔看花游，西溪屢喚渡。春波始緑時，捩舸重沿溯。繁香壓低篷，已覺愜心素。入山迷遠近，窈窕香篆路。花氣隔層峰，嵐光都在樹。高下遍林岫，一白斂霏霧。翠禽時驚啼，尋聲不知處。乘興倒金尊，逢花且覓句。此花無俗態，不著纖塵污。莫教惜落英，再向花間步。

蔣問，原名誥，字則裕，號二香，昭文人。嗜金石考據之學，書學蘇、米，寫蘭及率筆山水，有天真爛漫之趣。

畫蘭

宵來有夢到湘皋，寫取幽香自染毫。竹屋紙窗秋雨裏，一杯苦茗對離騷。

陸向葵，字香友，仁和人。筱飲解元飛姪孫，諸生。工山水。

和沈石樽自輓詩

到死春蠶未斷絲，一篇吟罷夜臺詩。秦淮煙月頭先白，京洛風塵衣漸緇。鶴去無蹤留後約，蟬仙有蛻抱空枝。玉棺何日從天下，閒煞才人帶絹辭。

嚴憲曾，字仲斌，號惕生，元和諸生。善山水、花竹。

題畫竹

一拳瘦石秀於螺，鳳尾脩脩竹數窠。清露滴衣風灑面，此間秋意較來多。

朱文曾，號斐堂，崑山諸生。明御史栻後裔，客吴門。善山水，與同里王椒畦、郎芝田相友善，而畫獨不屑規仿，多出己意。

題畫

浩淼長湖浸遠嵐，芒鞵竹杖過溪南。巴僮莫訝無詩句，貽笑梅花恐不堪。
何年梵宇建高峰，峰缺遥添幾樹松。路古山深人不見，滿林明月一聲鐘。

袁世經，字蓺圃，桐盧貢生。山水蕭散，兼工花卉。書法瘦勁。好飲嗜奇，桐君山懸崖有唐大曆間題名，人罕覯識，嘗檥舟梯崖以手拓之。

題隋鄭州刺史李淵為子造象搨本

往復尋常舐犢意，豈知龍起晋陽泉。瞿曇護力亦何有，發願天人事偶然。

張莘，字秋穀，仁和人，僑寓吴門。花卉師甌香小品，書亦近似南田。

題秋花便面

昨夜西風起，新涼到井梧。懷君無限意，寫贈九秋圖。

滿丕，字湘湖，滿洲人，駐杭州。廣州副都統香格子。工畫，與楊半嶺齊名。嘗歷游西湖諸勝境，繪圖數十幅，各繫以詩。

西湖柳枝詞

長條短條踠地垂，春波秋波明漪漪。阿儂愛看臘前雪，當作風中飛絮時。

周原，號月樵，山陰諸生。工書畫。有《退藏室詩稿》。

赤壁圖

一幅游仙舊畫圖，此中幽賞儘堪娱。古今大有英雄在，山水應教翰墨扶。東去江流翻浩蕩，南飛鶴影寫清臞。笑他橫槊高吟者，曾得危崖半壁無。

沈浩，字文淵，號夢花，别號紫石山人，桐鄉人。雲嵐司馬子。幼穎異，九歲即能縱筆作大字。山水以北苑、思翁為法。有《凝碧軒遺稿》。

舟次硤石山旅宿

殘月初挂樹，疏鐘響何處。起看煙霧消，没山一角露。

徐恒，字祝平，號竹坪，又號小濤，青浦人。善山水，尤心契石田、長蘅兩家，兼涉宋元。工隸書。

題畫

望裏秋山雨乍收，林間猶看濕雲浮。一蓑何處歸來晚，驚起前灘雙白鷗。

人生能著幾兩屐，越水吴山遍歷難。恐負秋來湖上景，抽毫頻寫畫圖看。

孫棨，字平橋，號蘋橋，仁和人。工六法，嘗與戴文節、楊渚白、趙次閑諸人結畫社，兼善人物、花卉。

題畫

一箇茅庵一樹松，白雲遮斷翠屏峰。有時飛出冲霄鶴，清唳聲聲和曉鐘。

籬外莓苔青不掃，澗中流水緑無痕。先生高卧日卓午，風送竹梢來打門。

淡摇詩思入秋蘆，小艇漁竿狎野鳬。卵色天光渺無際，分明一幅水村圖。

常性道，號芝仙，蕪湖籍，遷居漢皋。山水蒼逸朕秀，直逼清湘。善鑒賞。書學南宫。詩近宋人。

夏日訪穀原渡江遇風

墨雲堆岸望依稀，風迓豚魚掀浪飛。人在米家圖畫裏，滿船煙雨渡江歸。

文鼎，字學匡，號後山，秀水人。工小楷，山水謹守衡山翁家法，篆刻得三橋遺意。

題畫

杏林低護水之涯，獨自扶笻問酒家。一角青山遮不住，幾椽茅屋夕陽斜。

王應綬，改名申，字子若，太倉諸生。嶰谷大令子，麓臺玄孫。山水蒼勁，得其家傳。兼擅篆隸。精鐵筆，嘗為萬廉山太守縮摹百二十漢碑於研背，鐫刻極工。

自書潤例并題四絶鈔一

閒寫青山换酒錢，儘多同志效前賢。自憐别有難言意，寫到青山一惘然。子若少孤，母老，不欲遠游，鬻畫吴門，友人爲傳箋布告，因題此寄意。

丁曙英，字半聞，平湖人。能山水。晚年屢游金山、青浦間，泖上詩人多與訂交。有《破硯齋詩稿》。

潘穆齋倪龍田偕至桐臺一笑山房訪曹魚山不值

幽徑不知遠，秋風送客來。尋詩逢石友，携手上桐臺。野鳥自相語，主人猶未回。登山一長嘯，欲去重徘徊。

程章，字枕山，全椒人。精花卉，設色鮮艷，與江寧張白眉相伯仲。

自題餽歲圖寫瓶梅、筠籃、雜花、蔬果。

纔經餽歲又迎年，籃果瓶花各樣鮮。料得山中春最早，南枝開在雪霜前。

沈翊，字映霞，昭文人。工草書，兼善琢硯、鐫印，好鼓琴。性嗜藝菊，尤喜寫東籬秋色。

秋吟

客來啓柴門，桐陰日未午。吮墨寫秋蘭，濛濛窗外雨。

黄沅，字芷香，號湘南，仁和人。工詩畫。

為陸似珊畫直幅

多君山水癖，結我翰墨緣。一山復一水，墨少神求全。不惜買山貲，頻分沽酒錢。此中有樂境，著箇飲中仙。

蔣浩，號華隱，嘉興人。山水傳家學，詩筆清雋。有《思無邪齋集》。

自題水莊歸卧圖

亂螢粘碎稻花露，驚鳥踏翻蓮葉風。夢覺小溪新雨足，鶴頭鑱子種秋菘。

楊旭，字曉村，號薖廬，昭文人。工花鳥，為改七薌所傾佩。嘗對花寫真，作牡丹、叢菊，賦色妍冶，尤善取偃仰之勢，曲盡翻風垂露諸態。題識雅似南田。有《虚白軒稿》。

畫菊

閒窗弄筆貌秋妍，硯北新涼已灑然。忽憶去年曾中酒，吟殘涼月卧籬邊。

折枝桃花

花開載酒幾番游，容易飛花逐水流。折得一枝春在手，夜來風雨不須愁。

方絜，字矩平，號治庵，黄巖人。喜畫石，尤精刻竹，能於臂閣上刻人小照，鬚眉逼肖。有《石我齋詩稿》。

題探梅圖

一徑衝寒去，高吟興自賒。荒雲籠樹遠，流水抱山斜。隔浦猶疑雪，穿林始見花。飄然塵外客，踏遍好煙霞。

孟耀廷，字心閒，陽湖諸生。喜寫蘭，工大小篆及行楷書。

題畫蘭

香生羅袂春猶淺，雨濕瑶臺月未來。往日尋詩經眼處，夢中記贈一枝回。

葉襄，字菘友，錢塘諸生。工山水、花卉，書摹二王。

春閨應許敬叔作

澹磨新墨乍含毫，閒賦香風露井桃。一掬相思紅豆泪，盡穿金綫寄征袍。

午窗日暖到南柯，香透輕衫著綺羅。睡足海棠思玉液，送茶簾外唤鸚哥。

最宜幽鳥和知音，膝上横調緑綺琴。欲表纏緜羞不語，借他清韻訴芳心。

郟掄逵，字蘭坡，號鐵蘭道人，昭文人。書學板橋，善山水、墨梅。精鑒賞，嘗手輯《虞山畫志》。詩有别才。有《白雲山房集》。

題畫

飛來兔魄瘦精神，萬象茫茫各現身。吹罷洞簫篷底睡，蓬萊宮闕夢如塵。

陶春，字儞鄰，會稽諸生。性好秇菊，詩畫亦喜為菊寫照。有《焚餘草》。

自題畫菊

墨汁淋漓信手塗，幾枝瘦影欲模糊。悠然試向南山問，會得黄花意也無。
寫出清霜影裏花，一枝枝向小窗斜。不須待到重陽節，涼意幽情滿碧紗。

查世璜，字仲牙，號禮齋，海寧人。奕照子。工山水。有《漢晉甎硯室吟稿》。

外舅張叔未先生命題香湖黄梅圖

宋理宗時，丁氏始祖植黄梅於舊居香湖之濱，雲林、鐵崖均有題詠。明嘉、隆間，丁清惠公賓屬香光繪圖，眉公作記。後圖佚，董東山尚書復爲補畫。今宅廢，沈寬夫先生購其址成瑩，而圖爲外舅所得。蓋寬夫先生，外舅之外舅也。

未翁筆底未褪花，耄齒著書猶滿家。篋中一幅蜜脾蠟，云是東山手橅物。此圖流轉世莫知，沈香湖畔空吟詩。詩篇淩獵化落葉，都入縹緗事奇絶。白髮時求家令山，低回馬鬣慰長眠。朅來打槳新篁去，周覽群賢舊題句。絶代名傳絶代人，連蜷華采雲中君。展圖百讀韻清越，欲向群賢乞衣盋。

顧崧，字嵩庭，長洲人，自號默道人。花鳥蟲魚出吴補齋之門，而不為師法所拘。

辛巳七夕寫秋花蛛網為乞巧圖

半幅秋雲薄似羅，此時織女正停梭。世間弄巧都成拙，莫羨蛛絲一盒多。

翟繼昌，字念祖，一字墨癯，號琴峰，嘉興人。大坤子。山水幼承家學，晚年筆墨蒼古，近石田、仲圭；兼善花卉。

秦淮雜詩

紅板橋頭十二樓，深深淺淺碧煙稠。浪傳楊柳傷心樹，不是離人不惹愁。

絶句

鶯未生雛柳未稊，昇州南去潤州西。畫樓漸次春光好，何苦天涯試馬蹄。

戴鑑，字賦軒，號石坪，山東濟寧人。少穎異，耽詩畫，嘗游吴、越晋豫間，遍覽江山之勝，及歸，詩畫益進。山水墨氣濃厚，出入思翁、廉州間。有《潑墨軒詩詞鈔》。

冷陶軒寫山水

作畫須得山水情，山若有骨水有聲。師人不如師造化，何論范寬與李成。墨汁揮灑任吾意，濃皴大點紛縱横。手中無筆眼無紙，此心一似空中行。傾崖倒石鬼神悸，驅江走海蛟龍驚。真宰入化無定所，邱壑隨處皆可生。是中有法亦非法，無拘無束超神明。畫苑紛紛妄立說，披麻斧劈真虚名。俗子師法泥於古，意匠慘澹徒經營。不知何法可入妙，心志摇摇如懸旌。曷取吾詩細抽繹，自然勉强當權衡。

阮松，字秋山，錢塘人。業鬋髮，所居與余慈柏學博為鄰，墨梅得其指授。間作小詩，亦清妙有神韻。

雨夜懷友

聽到更闌倍寂寥，西風送雨轉蕭蕭。空山一夜泉流急，人隔前村舊板橋。

陳觀酉，字仲博，號二山，錢塘諸生。工楷書，山水宗法大癡。性至孝，母目瞽，舐之復明。有《含暉堂遺稿》。

自題元宵踏雪圖

踏雪行吟夜正中，了無鐙火試春紅。誰家園裏梅花發，撲面暗香來好風。

畫壑庵石送程序伯歸嘉定用壁間洪稚存太史韻

南屏山翠團一壑，鐘聲時盪松風落。幽人不來石丈眠，卷葹草長青崖前。君亦客游得新句，閒抱白雲成小住。山中何物持贈君，爲寫雲根載將去。

朱瑋，號石甫，南通州布衣。工書畫，詩有氣骨，與李山子齊名。

登凌雲亭懷柳村先生

日落萬山青，醉卧凌雲亭。長風吹海月，飛影下蒼冥。之子隔秋水，孤煙生翠屏。迢迢不可見，清夢落寒汀。

季士訢，號尚迂，又號上圩，常熟人。工水墨寫生，書學香光，宕逸多姿。填詞宗南宋，有《問紅詞》。

自題鱖魚小幅

曾上淮陰舊釣臺，把竿人去賸荒苔。吴儂一醉渾閒事，折柳穿魚换酒來。

楊逢南，字子鶴，海鹽人。年八十，子然一老，吟嘯自如。

自題便面

野雲斷處炊煙接，茅屋無鄰老樹依。一路泉聲隨客屐，不知山色上秋衣。

王士珠，號春浦，一號琴舫，秀水人。寫蘭蕙入逸品。

小園消夏詞

棐几閒翻楚客詞，美人何處動相思。涼風吹緑硯池水，時寫幽蘭三兩枝。

江介，原名鑑，字映甫，號石如，杭州廩生。工書，善花卉，俱仿南田。人物氣格高古，似陳老蓮。間作山水，得元人閒冷之趣。好藏貨布大觀、崇寧諸泉，取其文字瘦勁，有益書法也。

韓蘄王策蹇圖

中原事去鄂王死，不作將軍作名士。狡兔未獲走狗烹，英雄末路皆如此。西湖三月桃花浪，十年携酒游堤上。更莫談兵丞相嗔，夢魂誤到黄天蕩。身已清涼心内熱，寒風吹我金創裂。鸊鵜膏膩劍鋒腥，杜鵑枝染征袍血。老妻相對柴門下，醉話江南泪如瀉。蹇驢踏遍孤山梅，淮陽閒殺青驄馬。按圖想見聲嗚咽，英姿颯爽髯如戟。功成未必畫麒麟，千秋但識騎驢客。嗚呼王義邱山重，大旗百丈書忠勇。鳳山宫闕龍山路，豈是相公埋骨處。萬一中朝悔議和，百戰沙場荷戈去。

卜爾昌，字薌門，錢塘人。工山水，能詩。有《薌門遺稿》。

錢武肅王甎研歌爲六舟上人作有序

上人工詩畫，精篆籀，尤好金石。嘗得磚硯一百八方，皆前代物。今新獲一甎，背有梵字文，并鎸「寶正四年七月錢氏作」九字，知爲武肅遺甓，因拓贈同人徵詩。

六舟上人雅無敵，好古工詩久成癖。收來前代百八甎，於今又得錢王甓。甓長盈尺厚逾寸，迴文斑駁土花褪。大書寶正紀以年，屈曲字字相鈎連。駟馬功勛付塼埴，香姜銅雀如雲煙。君不見六和井，照見龍宫頑鐵冷。又不見水月幢，鉅石兀立開僧窗。梁甌擊破趙璧缺，惟有此甎不磨滅。磨甎作鏡鏡作甎，晃旒影裏光瑩澈。上人前身古貫休，獻詩合與錢王游。琢成良研工雕鎪，緑蕉揮寫皆龍虬，此甎聲價同千秋。

錢元章，字子新，號拜石，嘉定人。工篆隸，宗其家竹汀、十蘭兩家法；兼精鐵筆，畫得王椒畦傳，山水、花竹清逸絶塵。有《書三味齋稿》。

題倪硯農紫藤小幀

古藤纏絡倚晴光，繁艷臨風滿架香。好向西堂留客坐，紫雲深罩讀書牀。

廖雲槎，字裴舟，青浦人，居松江之北郭，贅於六合汪氏，所交皆一時名雋。花卉從周服卿入手，以姿韻勝，賦色妍雅，追步南田。兼工墨蘭竹石。

題芍藥

梦尾杯深酒未消，紅鐙影裏寫生綃。二分明月清如許，不數揚州廿四橋。

徐燊，號香坡，山陰人。工詩畫。有《卍竹香莊存稿》。

題王瘦峰寒江獨釣圖即以送別

世路茫茫到處難，幾人安穩守魚竿。冰心貯向冰壺裏，君自不愁風雪寒。

賣畫

客中隨意寫荊關，雲樹千重水一灣。充作酒資君莫笑，勝他人賣故鄉山。

謝梁參軍見訪不值

雲外看山常去早，溪邊踏月便歸遲。近來蹤迹原難定，除却閒鷗未必知。

沈起鯨，字子魚，號瘦生，海鹽人。官平江主簿。善山水，梁茝林方伯雅重其藝，嘗屬畫《鄧尉探梅》并《焦山還帶圖》。有《亦吾廬吟草》。

題畫

山中斂宿霧，林際集棲鵶。渺渺滄江上，歸帆落日斜。

昨日張帆過練湖，湖邊雲樹太饃餬。歸來構此饃餬景，漫擬元暉潑墨圖。

翁廣平，字海琛，一字海村，吴江人。以諸生舉道光辛巳制科。嗜古好奇，品行高潔。山水得婁東正派，工分隸。著述甚富。

焦山

萬里岷濤湧翠巒，涼秋一櫂破驚湍。橫江絶壁潮聲壯，拔地長松日影寒。對峙金山疑蜃氣，争雄鍾阜是龍蟠。焦先自昔幽棲地，終古登臨得大觀。

許乃穀，字玉年，錢塘人。學范子。道光辛巳舉人，官甘肅環縣、敦煌知縣。山水宗華亭，秀潤清腴，墨梅法陳老蓮。著《畫品》，分廿四門。有《瑞芍軒詩鈔》。

七里溝建橋歌環邑七里溝水阻路，人不得行。余詢土人，問何不建橋。曰環無橋，且其地崖陡沙鬆水猛甚，作亦弗成也。因思先大夫牧黔西時曾造鐵索橋，今三十餘載矣。欲效之而無可任者，會郜陽聶君創禄欲於城北爲橋十三，志未遂也，余鼓舞成之。事竟，輒以是役屬焉，詩以紀之。

環江萬疊飛驚濤，環江千里無一橋。行人躑躅過不得，行吟澤畔心忉忉。七里溝前兩山立，矗起直上干雲霄。山雨忽來山欲浮，魚龍直上山巔游。濁流怒捲石如屋，亂舞江心擲平陸。一心利濟豈無人，到此驚嗟都踖踧。木石如何與水争，長虹那得卧縱横。我思先子牧黔陽，曾鑄生鐵爲橋梁。屹立波心三十載，至今萬姓銘肝腸。小子師法用鐵索，兩崖對峙石爲脚。以鐵入石鎔兩頭，沙走濤飛不能落。經始戊冬迄已春，司其事者聶創禄。聶君爲橋一十三，往來行旅無停驂。游客居然肩事勇，吾儕對之能無慚。烏虖安得化爾千萬人，坐使宇内皆精神。橋乎橋乎利一邑，但推此意九州四海同熙春。

任城太白酒樓歌

騎鯨人去不可見，眼中突兀見此樓。天邊黄鶴誰搥碎，頽垣亂枕長河流。凭欄一眺望，茫茫生百憂。先生不逢賀四明，長安市上誰知名。先生不拯郭汾陽，赤手誰爲清八荒。世不我知無足耻，我不知人含羞死。長星一謫唐中興，不然詩狂酒狂而已矣。日日酣酒肆，無人測其意。衆人不飲何曾醒，先生但飲何嘗醉。醉時白眼看青天，招呼明月來樽前。今人古人共此月，樓頭寒影仍娟娟。先生久客任城裏，魂魄千秋應戀此。我今單車過驛亭，伊誰向我眼獨青。糟臺皛嶧酒汶泗，沈醉樓中不願醒。

室人書中緘寄孤山梅朵拈此答之

種花我未值花開，春又將回我未回。一朵緘香情鄭重，千枝舞雪夢徘徊。故鄉處處皆吾戀，遠道繇繇祇汝來。遥憶天寒修竹倚，水邊籬落小樓臺。

李應占，字南人，海鹽人。道光辛巳舉孝廉方正。詩詞書畫，俱翛然拔俗。有《小方壺仙館詩草》。

訪南泉舟中

倚篷清話夕陽斜，珠里煙波水一涯。緑盡浮萍青徧柳，待拏詩艇到田家。

陸鳳鈞，原名鈞，字石均，號秋生，一號晚香，錢塘人。道光壬午舉人，官泰順訓導。工畫。有《晚香草堂集》。

由泰順至雲和山行二百里如在峽中及縣城豁然開朗髣髴桃花源也

桃花未落菜畦黄，小歇籃輿路轉長。借問若溪溪上水，可能流得到羅陽。

蔣予檢，字矩亭，河南睢州人。道光壬午舉人，官江西景德同知。善寫蘭，縱横偃仰，别有姿態。

自題藍緑硃墨四色畫蘭

淺黛盈盈浥露酣，蘼蕪香暖正春三。詩人原不拘顔色，采緑何妨又采藍。

晴窗滌筆試雲箋，點綴芳華分外妍。怪得幽香能入夢，宜男草本出藍田。

芳草碧萋萋，思君煙水西。盈盈葉上露，似欲向人啼。

鸞輿去不返，風雨沅江曲。芳草獨無情，還如裙帶緑。我欲潔如雪，堅如鐵，孤忠之魂不能滅。丹心一寸化爲蘭，蘭心盡是臣心結。寫照愧難工，離騷讀罷滿腔熱。近墨何妨又近朱，猩紅染作靈均血。

畫蘭不畫香，香在畫外藏。畫蘭即畫意，意在畫前寄。解識畫外與畫前，即是人間真畫禪。有時點綴兩三筆，花葉雖疏氣自密。有時揮灑五七叢，花葉由淡以及濃。能事不受人迫促，興到從吾心所欲。甫畫不必務求工，無意得之妙手空。從來作畫如作字，要必先純而後肆。八法兼備行草真，神而明之存乎人。總之卷軸胸中有，方令風雨腕下走。不剛亦不柔，能發貴能收。藏鋒但守墨，不必施顏色。雖云作畫有至理，吾輩作人亦如此。

張維屏，字子樹，號南山，晚號松心子、珠海老漁，廣東番禺人。道光壬午進士，官南康知府。山水筆墨清超，書法褚河南。工詩。有《聽松廬詩話》、《花甲閒談》。

高陽池脩禊詩

習池在襄陽城東南十里許。池久廢，富陽周芸皋爲郡守，修復之。道光五年冬，余攝郡丞，暇日往游，池水淪漣，有亭翼然，八窗洞開，一碧倒影。亭右有屋，中祀山公，習君配焉。亭面漢水，風帆沙鳥出沒煙際。登高舒眺，峴首、鹿門諸山蒼翠欲滴，思得好手畫之，惜無似米海岳者。落日半規，酒痕在衣，欲去未去，徘徊大堤，呼小兒齊拍手，笑唱白銅鞮，亦足樂也。其明年丙戌，太守將以三月三日集賓僚，偕童冠，修禊於此。余方于役黄州，不獲與會，因爲此詩奉寄，并簡禊事諸君子。

山公昔日沈醉時，馬上自比并州兒。山公醉後太白醉，千秋人説高陽池。漢渚年年春水滿，物换星移陵谷轉。羊公碑石尚銷磨，何况區區一池館。富陽太守今龔黄，大堤遍植周公桑。政閒卜築古池復，風亭水檻皆清涼。蔣侯晴山妙擅栽花手，我來補種依依柳。習家子孫宜讀書，襄陽賓僚可飲酒。鴨頭緑漲好煙波，上巳群賢觴詠多。茂林修竹畫圖裏，添箇衰翁張志和。

東坡生日覃溪先生招同法時帆宫庶式善**宋芷灣**湘**洪介亭**占銓**顧南雅**蒓**三編修吴蘭雪國博**嵩梁**集蘇齋拜笠屐圖像觀烏雲帖**

此日先生雙鬢皤，年年置酒壽東坡。焚香再展烏雲帖，吹笛誰爲白雪歌。是日分題李委《吹笛圖》。淘盡英雄江水急，敲殘春夢寺鐘多。鬚眉笠屐長如在，玉宇瓊樓近若何。

黄鶴樓

仙人去後詞人去，但見長江日夜流。江上白雲應萬變，樓前黄鶴自千秋。滄桑易使乾坤老，風月誰消今古愁。惟有多情是春草，年年新緑滿芳洲。

葉桂庭，號稼庵，吴縣人。能寫蘭菊。有《榆影廬詩草》。

登維摩望海樓

一聲清磬四山幽，拾級先登百尺樓。擬把瑤琴答松籟，赤闌干外海天秋。

趙鶴，字鳴臯，號白山，榆次諸生。性孤高，嗜金石文字，工草書，畫蘭竹亦以草法行之。

自題讀易圖小照

真樂在宇宙，静者乃得之。顔子陋巷内，點也春風時。漆園稱傲吏，放達亦可師。夙昔事帖括，窮年守毛錐。鏤冰復奚益，嘔血空爾爲。醯雞瓮中天，豆眼奚所窺。蹉跎忽五十，壯懷成白髭。仰觀天地間，萬物咸熙熙。潛鱗縱大壑，飛鳥鳴高枝。我心亦悠然，大笑掩荆扉。發書探妙理，造化多端倪。聖賢貴寡過，吾生豈知非。無妄乃爲樂，此意誰能知。

王棠，字詠之，一字臺叔，震澤人。工水墨寫生，古韻出塵。有《蕉雪庵稿》。

摹松壺居士畫梅

一笑璚妃下翠巒，冷雲無際正漫漫。山空長日無人到，只有仙禽護曉寒。

董蠡舟，字濟甫，號鑄范，烏程人。貫穿經史，著述甚富，兼善書畫。有《夢好樓詩草》。

落葉和謙甫弟恂

籲天也擬緑章修，一桁清陰乞少留。不斷愁時偏入座，無邊下處獨登樓。技能刻楮誠何用，材可爲圭孰見收。豈有蔽明煬竈者，肯於土苴細搜求。

塞翁得失我深諳，倚伏曾將至道參。沐雨微芽春已動，鏖風殘點戰方酣。文章晚歲臻平淡，紅紫來年賴韞含。寄語南朝庾開府，底須顑頷感江潭。

羊宗道，原名成材，又名登萊，字小峴，海寧人。諸生。善山水。

題畫

嵐影鎖山腰，日暮雨初霽。一溪新漲寒，小艇盪煙際。
山明如洗淡如妝，謖謖松風水閣涼。鈎上簾衣看山色，一溪紅樹正斜陽。

俞岳，字子駿，號少甫，震澤人。貢生，官太倉學正。山水受學於王椒畦，筆墨渾厚秀澤，惟不喜施赭黛，嘗屬程蘅薌鐫「不著色相」四字小印，每畫輒鈐之。晚年喜寫墨梅，蒼勁入古。有《笠東草堂集》。

畫扇贈吴縣葉調生廷琯

秋禊湖邊客未還，笠車半載草堂閒。關心舊事君應記，倚閣同看郭外山。

宿遷道中

細雨微茫入皂河，垂楊遠水緑痕多。分明又是江南路，只欠煙波一釣蓑。

吴以暢，字曉人，號岫微，江蘇新陽人。畫仿南宫，詩劖刻生新，直抒胸臆。

題畫

溪上有山皆化雨，林間無樹不成煙。水光滉瀁虛無裏，著箇漁人蚱蜢船。

憂旱

今年旱荒古未聞，一擔濁流數十文。城中難覓有水井，天上偏生無雨雲。蕭蕭冷巷出秋草，歷歷飢鴉噪夕曛。日長無事拾梧子，山妻倚窗補破裙。

朱子庚，號秋舫，仁和人。官吴縣知縣。性好風雅，以詩畫詞曲名於時，尤工墨梅。有《梨雲仙館草》。

題趙松雪畫竹

當年健筆最縱横，兩美争傳趙管名。誰與王孫留勁節，墨煙零落汴梁城。

葉圭祥，字印山，號輯廷，一號桐樵，滄州人。粵東糧道汝蘭孫，官廣西知縣。工篆刻，善書畫，嘗語人曰「吾宦游無所得，惟飽看天下好山水，益我詩畫耳」。有《焦桐集》。

禹水道中

行行又是夕陽天，石磴崎嶇馬不前。那管今宵何處宿，青山佳處且停鞭。

過金陵有作

六代興亡蹟尚存，舵樓縱目鎮銷魂。微茫曉樹浮青薺，平遠秋山到白門。雲影波光明極浦，雞聲人語亂孤村。斜陽一片濛濛際，天色遥連水色昏。

嶧山湖

秋水連天月滿湖，天光水色净如鋪。一星漁火半明滅，幾處棹歌時有無。正好放懷人事遠，偏驚離思雁行孤。輕舟隱隱微茫裏，羨煞煙波老釣徒。

登滕王閣

馬當風送亦前因，秋水長天筆有神。千古能留高閣在，全憑一箇布衣人。

嶺上古梅

抛却肩輿爲看山，嶺頭款步且盤桓。日斜不怯衣衫薄，要與梅花結歲寒。

過十八灘

輕舟當日下烏蠻，水勢犇騰處處灘。險阻艱難都見慣，今來衹作等閒看。

張式，字抱翁，號荔門，自號夫椒山人，無錫人。書法河南，能懸臂寫蠅頭小楷。山水澹遠蒼秀。著《畫譚》五千餘言，闡盡筆墨之妙。有《荔門集》。

賣畫

洗空心地俗塵删，一卷黄庭自掩關。明日斷餐愁不得，且研殘墨畫秋山。

趙黻，字黼章，山西陽曲人。工繪事。

題碧梧清暑圖

密密桐陰帶露寒，清風飄影上欄干。畫成不入時人眼，留得牀前且自看。

楊振，原名振甲，字蕉隱，陽湖人。畫工小品。書法秀勁，在歐、褚間，嘗作《後書譜序》，補孫過庭論所未及，深得書家秘要。有《瀟湘别館詩稿》。

月夜

横斜花影滿蒼苔，月色當階掃不開。推枕欲眠眠未得，繞闌風露獨徘徊。

張澹，字耕雲，號春水，震澤人。貢生。工山水。初游武陵，馬履泰、屠倬咸與訂交，後入湯貞愍幕，晚客吴淞，以硯田自給。有《風雨茅堂稿》。

乙亥九月十一日閨人三十生朝壽之以詩

居然擁髻對秋光，紙閣蘆簾菊也黄。彈指華年甲子半，新篘莢酒者番剛。此身難得各無恙，憂患可憐亦備嘗。聊把一樽相慰藉，爲伊更作小重陽。

起蚕眠遲作苦仍，把持門户賴君能。忍寒瓮汲凌晨水，制睡機鳴午夜燈。款客替謀斗酒待，買書無力典釵曾。安貧絶似黔婁婦，咽苦吞酸了不憎。

十年前夢怕回頭，有限歡悰無限愁。儉歲米鹽非易辦，窮途骨肉况難周。牛衣對泣身長賤，菽水承歡職代修。翻羡田家農事畢，瓦盆猶得共休休。

差喜門衰志未衰，及時努力尚堪爲。小姑吟雲妹繡佛持觴祝，宅相唐、陸二甥如兒繞膝隨。冷耐風霜同傲骨，分甘衡泌樂齊眉。天倫畢竟强於我，堂上雙雙白髮垂。外舅夫婦齊眉。

咸豐紀元辛亥為方蓮卿司馬維祺題竹坨先生著書硯四首鈔一

曩時放櫂小長蘆，曾挈汪倫一江訪釣徒。喬木百年三徑曲，楹書萬卷一亭孤。磨人想見端溪石，導我身游竹坨圖。禹鴻臚之鼎曾寫《竹坨圖》，刻入《讀畫齋叢書》。過眼雲煙頻易主，黄霽青曹種水厲樊榭馬嶰谷又方壺。按，硯下端「竹坨著書硯」五篆書。背刻戴笠坐像，右側銘云：「北坨南，南坨北，中有曝書亭，空明無四壁。八萬卷，家所儲。鼠銜蘿，獺祭魚。壯而不學，老著書。一泓端州石，晨夕之相於。審厥象，授孫子。千秋名，身後事。丁亥三月朔日，秀水朱彝尊。

談友仁，字尚米，號聞補，長洲人。詩人二瓢先生子。花鳥松石，蒼健古拙。授徒鬻畫，有古隱士風。善書。工詩，嘗取《管子》「止怒莫如詩」語名集曰《止怒草》。

為蔣霞竹寫梅花寒鳥

孤芳能自信，何必要人知。山意衝寒峭，春情入夢遲。絶無煙火氣，數點雪霜姿。翠羽翛閒甚，時來占一枝。

明忠，字石窗，號半翁，滿洲人，杭州駐防。工畫，能左右手。有《深柳讀書堂集》。

贈畫友黄夢奇 夢奇名九如，其叔德培名履中，善畫，壽八十餘卒。夢奇繼其傳，一日夢古衣冠人告之曰：「畫紫牡丹用蘇木汁，如製胭脂法，爲佳。」如法試之，與真花無異。

布衣落拓過年年，袖裏狼毫畫本妍。不揖王侯居陋巷，西風送冷上雙肩。

俞蛟，字六愛，山陰人。工山水，與陳紉蘭為書畫友。

題畫

一堤疏柳漾清波，小艇無人挂緑蓑。定是釣徒詩思倦，持魚换酒入煙蘿。

峰迴洞曲有人家，隔斷塵寰静不譁。憶自漁郎迷路後，一溪煙水冷桃花。

張宜尊，字少伯，湖南安鄉人。官巢縣柘臯巡檢。工畫，喜吟詠。

自題柘皋别業

三間茅屋千竿竹，一塢梅花十萬松。生作寓公死便瘞，嗇夫原是柘皋農。少伯

自營生壙於巢湖之側，環種松梅，暇輒作畫賦詩其中。

戚叔楷，字子楧，號蘭莊，一號鐵井道人，蕪湖人。工花卉。

題畫

梅花香裏好藏身，日以調羹望主人。莫謂飛騰還有待，等閒已占一枝春。梅花

翠禽

本是圃中蒼玉束，閒拈湘管寫成圖。宫商徵羽牙間出，此味尤宜士大夫。白菜

石渠，字梅孫，吴縣人。能畫，工詩。有《葵青居詩集》。

題墨牡丹

衝破東風耐曉寒，露痕攙入墨痕乾。莫言國色多情甚，要作人間鐵面看。

題畫扇

閒雲飛盡暮禽還，一碧平蕪杳靄間。何事高原常獨立，隔江貪看六朝山。

沈謹學，字詩華，又字秋卿，元和人。嫻吟詠，以家境落拓為人傭耕，而歌歗自如。有《沈四山人詩録》。

自題畫蘭

又是春光欲暮時，峭寒牽住雨絲絲。一腔清怨無人會，寫出幽蘭説與知。

題畫爇蘭

春風不遺幽僻，空谷無人自開。多此一番拘束，是誰引出山來。

夜窗絶句

入夜餘寒欲亂春，端然犯到苦吟身。一窗明月輕推出，未免梅花冷笑人。

春陰

墻角苔痕引雨斑，小庭燕子背愁還。嫩晴欲放仍收住，多事春雲不肯閒。

閒尋

白日誰甘一醉休，閒尋聊欲散閒愁。麥風幾日吹成浪，童子騎牛穩過舟。

黄彦，字友松，號爇庵，常熟人。工畫菜，好吟詠。有《爇庵遺詩》。

梅塘客館偶成

避囂聊息水雲村，鷗鳥閒情子細論。曲徑晚風篩竹影，小橋斜月浸波痕。兒童衹解耕漁樂，門巷何曾車馬喧。此地賃居堪自適，葛懷古意到今存。

破龍澗

滿眼詩情衹自尋，支笻踏遍破山陰。樹分濃淡雲林畫，澗瀉淒清叔夜琴。薄靄輕籠嵐氣静，晚煙低罨鳥聲沈。行來忘却松風吼，疑是驚龍穴底吟。

村居

羹尋野菜隨時煮，薪拾枯枝向晚燒。話罷桑麻無箇事，邨南踏月過溪橋。如刀風脚向窗穿，紅日三竿尚晏眠。莫道布衾寒似鐵，有人衣薄未裝棉。

馬濬，一名思濬，字哲文，號晴湖，又號竺卿，海寧人。錦猶子，貢生。精音律，能畫，詩才敏妙。有《春星帶草堂詩稿》。

為楊丈玩山畫扇

春色撩人到筆端，風姿低壓玉欄干。銷魂最是江南地，滿架青藤月一團。

佛手柑

羅漢松青菊又黄，更看净果壓群芳。空空妙手拈花笑，不讓麻姑指爪長。

詠菜花

十畝蔬園鑠緑陰，高低隨意散如金。此花別占芳菲景，凡卉輸他滋味深。挑去每邀名士賞，翦來不羡美人簪。老饕畢竟關心甚，閒倚吟笻緩步尋。

李兆椿，字繼年，一字瀛石，新會人。綏齋解元惠元子，諸生。工書畫。有

《芙蓉山榭詩稿》。

送黄立峰之南雄

振觸天涯又贈離，疏篷短櫂買春時。七年白屋聯榆社，一别紅橋賸柳旗。入夜更闌夢如海，思君路遠瘦於詩。梅花皓月能相憶，古驛人來寄一枝。

嚴恒，字立方，號笠舫，慈谿人。蘆雁得邊壽民遺意。

登仙巖洞

策杖仙巖路欲窮，白雲深鎖翠微中。老僧遥指叢林處，轉過山坡有路通。

許光濟，字幼蘭，海寧人。候選同知。善繪事，以意造法，生趣横出。有《洗心書屋詩草》。

乙酉二月十六日口號

梅花飄落杏花開，杏花未落桃破胎。連日東風吹柳緑，春光并作十分來。

謝堃，字钀和，一字佩禾，甘泉人。官曲阜屯田郎。善書畫，工詞曲。有《春草堂集》。

虎倀行

猛虎雖猛不食人，猛虎食人憑倀魂。我聞有客善弓矢，入山射虎倀先奔。腥風卷草秋狼籍，髑髏孔塞土花碧。又聞有客山行孤，猛虎不知倀先驅。猛虎齧骨倀褫裾，孤魂上訴天爲吁。天怒震虎虎立死，倀復入山導虎子。

程庭鷺，字序伯，號蒻翁，嘉定諸生。因與李長蘅同里，自號蘅鄉。山水清蒼雅秀，亦逼近檀園。兼擅鐵筆。著有《練水畫徵録》、《小松圓閣印存》、

《以恬養智齋詩集》。

題錢石橋東塾**月波樓圖**

漫將行樂説蹉跎，竹杖芒鞵歲月多。願乞雲林一枝筆，從君到處畫吟窩。石橋所居月波樓在嘐城別墅。

題黃端木萬里尋親圖

城繞青蛉稀雁影，江盤白石有猿聲。分明寫出滇黔路，煙墨都凝血泪成。

杜游，字洛川，號悔遲道人，番禺人。貢生，注選訓導。工畫。有《南園別墅集》。

慈度寺書懷

誰信城中別有村，寺藏深巷不知門。一菴共喜禪僧住，六載潛蘇病客魂。濠畔寂喧知水信，磬聲清遠覺黄昏。吟成散步花邊立，思與枝頭好鳥論。

朱英，字偉人，號泉山，富陽諸生。富收藏，精鑒别。年三十餘肆力於畫，初師文、仇，作青緑界畫；晚年獨闢門徑，勁秀莽蒼。花鳥亦秀絶。每署款曰「十二峰」，不識姓氏。有《草蟲吟》。

初夏感懷

依依楊柳小窗西，儘日樓居不下梯。喫飯梳頭無一事，黄鶯聽到子規啼。

陳祺齡，字蓮浦，直隸獻縣人。道光乙酉拔貢生，官順天府訓導。精隸書，得《韓仁銘》神髓。繪畫、篆刻俱工秀絶倫。喜填詞，詩學温、李。有《劍花龕詩影》。

對菊

五柳先生去，黄花無故人。孤標甘冷落，佳色辱風塵。我亦未離俗，君當不厭貧。淡然相對處，慨想葛天民。

納涼

碧空如洗夜將殘，斜月隨人共倚闌。還傍小樓携玉笛，一聲吹破緑雲寒。

水仙

紛紛桃李凍難醒，獨抱春寒倚畫屏。江上峰青人未遠，一痕香裏夢湘靈。

游仙詩五首之一 用曹堯賓原韻。

煙嵐縹緲怳前因，瞥眼俄驚世界新。繞澗彩鸞鳴玉樹，隔花仙犬吠輕塵。麝蘭香近初聞語，環佩聲來忽有人。一笑相迎留客住，胡麻領略洞中春。劉、阮游天台遇仙。

夢中作

夢隨明月度雲屏，玉宇瓊樓冷不扃。飛入廣寒宮闕裏，新詩吟與素娥聽。

囑鶯

絮語殷勤説向君，緑楊煙裏好藏身。金衣漫自誇公子，青眼難常遇故人。子細多言過南陌，堤防驚夢惱東鄰。箇儂不是輕饒舌，斗酒雙柑念舊因。

劍花龕感興

話到前游一惘然，夢回三十六重天。酒空吟盞惟存藥，詩滿羞囊不問錢。無可奈何翻得悟，未能免俗也隨緣。同龕賸有芙蓉劍，冷枕霜花且熟眠。

劉位坦，字寬夫，大興人。道光乙酉拔貢，以御史出守湖南辰州府。家富收藏金石書畫。工花鳥，兼善篆隸。子銓福，字子重，官刑部主事。能世其學，亦善花卉。

戲題滿城趙仲吾廣文鍾昆**畫杏**

何年得買山貲，偕隱作杏林主。果熟欲賣與人，却遣玄壇黑虎。玄壇黑虎神趙公明，爲趙子龍之弟，見《廣搜神記》。

不向紅邊取鬧，却訝衫痕絶妙。畫師筆有金丹，老去雞皮三少。杏金丹，夏姬得其法，餌之不老。仲吾寫生賦色嬌艷，故戲况之。

查人渶，字仲湛，號青華，海寧人。道光乙酉拔貢，官河南汝陽知縣。善擘窠書，工畫。著有《畫論存精録》、《笪江上畫筌註》。

程方雨屬題方雨課耕圖即用圖中錢叔美韻

濕雲暗傍柴扉開，風聲攪樹知雨來。緑畦鱗比蒼巖脚，瘦笻一枝扶路滑。晴課耕，土乾梗鋤波決塍。雨課耕，破蓑遮背隨浪行。課耕晴雨異朝暮，山農足雨得雨趣。雨餘流泉注澗谷，笙鏞酣處茅庵住。君歸有田園，不歸愧青山。荷香蓴碧六橋路，清夢却在雲水間。畫圖衹作西湖秀，寫懷亦寄東籬閒。君集陶詩自題。梁園轂擊伺微禄，驢磨陳迹僕不樂。輸君袖裏有家山，陌上花開歸叱犢。

飲酒

捧檄博親喜，别親親不歡。謂兒須健飯，莫恃酒户寬。户大而受小，所處無不安。智力孰可强，此理通諸官。五斗苟遂養，未嫌折腰難。宦海如春酒，風吹有微瀾。

葉金書，字素庵，仁和人。道光戊子舉人。家貧，鬻文京師，兼工書畫。

雪後錢江晚渡

風急浪翻空，飛帆渡浙東。雪晴沙岸白，日出海門紅。吴地一江隔，越山千仞雄。西興知不遠，煙水泊孤篷。

寫墨梅贈陸定圃

風雪漫天臘正殘，一枝素萼獨凌寒。拈毫寫出清癯骨，未許人間俗眼看。

桂衡，字穉芳，號小山，蒙古人，駐杭州。道光戊子舉人。工書，善寫生，兼精仕女。

早春

雪盡梅花開，枝頭有啼鳥。把酒且徘徊，池塘生春草。

闕鳴珂，字纖亭，嘉興人。道光戊子舉人。工詩，善花卉。

晚涼

幾番涼雨浄浮埃，面面疏窗向晚開。一穗燭花剛半吐，野蛾如蝶撲空來。

路慎莊，字子端，號小洲，陝西盩厔人。潤生太史子。道光丙申翰林，以給諫官淮陽道。藏書極富，考證精詳。丹鉛之暇以山水自娱，沈鬱蒼潤，得大癡筆意，兼工花卉。有自繪《使閩紀程册》。

庚戌初秋題錢松壺為王蓮洲明府所畫蘭陔侍膳圖時宰袁江，迎養官廨。

錦衣侍膳萊衣舞，春風吹出南陔譜。譜成一幅采蘭圖，何煩束晳笙詩補。我聞瑯琊太保名，卧冰得鯉調魚羹。又聞蜀江賢太守，履險馳驅不忘母。今君純孝追昔賢，桂脯蘭湑紛瓊筵。阿母童顏兒鶴髮，坐見瑶池來神仙。神仙固有長生術，未必孫曾常繞膝。德門五世瞬同堂，一時盛事堪傳述。養志承歡不計年，家庭之樂樂無邊。任他宧海升沈異，笑指林園别有天。

張士保，字鞠如，山東掖縣人。道光壬辰副貢生，官臨朐教諭。山水、花鳥不落恒蹊，尤工人物，悉宗古法，陳老蓮、崔青蚓一派賴以不墜。嗜金石文字，兼精篆隸。詩有别趣。

題畫

稼收人出少，汀闊雁飛低。樹影蕭疏外，寒凝菜一畦。

晴雲濃捲山全失，雲外一峰忽然出。青松密排翠恍惚，疑是天公幻化術。會心隨意寫真形，不學米家點墨筆。

同治丙寅中秋節後為小蘭摹漢瓦古缶

瓦銘萬歲祝長久，尋常陶器墓中缶。天上人間豈相同，年來都爲鯫生有。吁嗟乎，漢武求神仙，不如現前一杯酒。萬歲未央瓦，出掖城北萬歲亭故地。缶亦城北古墓中物。今皆藏於奥曠巢。

摹漢銅鏡像并繫以詩

昔吾有鏡漢冶鑄，背字吉祥製銘句。像列東王公西王母，仙童玉女盛擁護。王公之相尤奇偉，衣冠古朴神太素。今鏡雖已非我有，寫之猶能憶其度。經營慘淡三易稿，最後得此或不誤。我聞東王公居海東，蓬萊方壺員嶠中。男子成仙公典領，披雲餐霧樂無窮，胡爲世人貪名貪利常瞢瞢。人人身内有金丹，何不修之一求見此翁。我説此言公應笑，笑我亦與世人同。

題畫蟹丙寅七月對真寫。

終日横行亦太癡，拖泥帶水到何時。許多河鯉登龍去，問爾努睛知不知。

薛周，字希白，號石樵，昭文人。山水用筆蒼健。

題畫

千絲疏柳覆池臺，照水寒梅綽約開。却怪篙師忙底事，不撑小艇渡春來。

劉澄，字清宇，上元諸生。工書畫。有《季莩詩鈔》。

歸舟

行程已是落花初，杜宇何須更啓予。萬斛鄉愁千里夢，一篙春水半船書。緑蓑江上聞驅犢，紅樹津頭喚買魚。幾度停舟暫留遣，眠鷗只伴野人居。

劉斯祜，字景叔，一字介眉，上元人。善山水。

題畫

雙艇遠天橫，迢迢辨煙樹。柴門深不扃，目斷帆歸處。
夜來疏雨滴，到耳溪流急。林深人未眠，路滑板橋濕。

李國龍，字殿祥，號躍門，南海人。監生。畫蝶栩栩欲活，嘗繪《百蝶圖》，一時名流多為題詠。有《六友堂詩鈔》。

丙午春游次張南山司馬韻

珠光波接越王臺，坐擁晶瑩皓月來。藻鑑有人應互證，綺筵無事好頻開。謝公絲竹中年感，白傅歌行曠代才。自有百年心未老，歡吟莫使鬢毛摧。

馬堯年，字石樵，江寧諸生。弱冠以《畫鷹詩》受知朱虹舫學使。有《藤花館稿》。

畫梅寄内石樵室蔣瑶，一名鬘，字貞石，一字㚖雲，工詩，善畫蘭。

歲閏春來早，江寒信到遲。窗前梅樹老，雪後是花期。我已别多日，今應開幾枝。妝臺有新詠，一寄慰離思。

程璋，字達人，一字梅生，金陵人。善山水、人物、花鳥，精傳神。有《桐華庵集》。

題陶晚香貯雲樓小像

仙骨珊珊迥不群，分明世外一徵君。凌虛又起三層閣，不貯奇書貯白雲。

周介福，字禮五，號竹田，江寧人。工醫，善蘭竹花卉。有《芥圃詩鈔》。

華嚴寺

華嚴結勝游，白雲共來往。聞鐘不見鐘，疑是白雲響。雲有出山心，客作入山想。住持老惠公，八十富頤養。不杖腰脚輕，導客逐幽賞。鳥聲通竹院，野色上煙幌。棕柏盡繁密，樓臺自軒敞。凍梅礙帽低，苦茗入喉爽。坐久忘山深，夕陽下蒼莽。

菜粥行

夜雪霏微濕寒圃，曉起呼童滌罍釜。貧家歲晚乏旨蓄，白粟青菘互舂杵。長鑱短柄置左右，竹竈松根自煎煮。平生服食慣齏藿，芒角枯腸潤甘乳。豈期嗜好有同志，脱粟一盂佐酒脯。紙窗竹屋爐火温，果腹高談答街鼓。富兒下箸十萬費，庖厨腥膳太倉腐。華堂醉飫萬事足，不識人間有辛苦。可憐淮東十萬户，河水蒼茫没田宇。木瓢煮米雜粃糠，蓆屋卑棲共兒女。我今飽食還自愧，稷契許身無一補。愁來對粥不忍吞，目送飢鴻泪如雨。

高繼珩，字寄泉，遷安人，寄籍寶坻。濟寧知州約齋孝廉占魁子。嘉慶戊寅舉人，由河間大名教諭任廣東鹽場大使。才優學博，與邊袖石、華枚宗稱「畿南三子」，《畿輔詩傳》初稿為其手輯。墨蘭任意揮灑，每畫扇題詩贈友。著有《培根堂詩集》、《蝶階外史》。

孫文正公高節書院圖

謝公手持高節書院圖，索我高節書院詩。載歸偶繙高陽集，筆未敢下心然疑。

既云書院故地魯連墓，首邱合鄰東海涯。況乃籠河狄城均在濟水畔，應與古墟牧唱同疆陲。皆高苑古蹟，見縣志及《高陽集》。胡爲遠隸高陽界，毋乃修志附會牽引偶及之。更閲高苑志，乃識真址基。距城三里許，坟冢懸纍纍。後人仰高節，爲創書院兼建祠。到今士流沐餘澤，廉頑立懦百世師。射書聊城臺聳峙，魯仲連臺在聊城。兩地照耀同嶔崎。文正公子宰高苑，崇禎十年太歲在丑時。安輿就養到花縣，臨池寫圖兼題詞。證以公年譜，毫髮無差池。緬彼仲連天下士，義不帝秦蹈海湄。功成高隱不受賞，非徒解紛排難稱英奇。愷陽先生秉正氣，三邊節制扶顛危。運籌幃幄盡傑士，鹿伯順與茅元儀。隨問隨答百八扣，韜略秘洩真天機。卒標高節殉勝國，支撑急劫收殘棋。胸襟要與仲連肖，寫意故將鐵畫揮。不負狀頭凡幾輩，公與信國存風規。至今筆墨有生氣，凛凛如見公鬚眉。管窺詎敢矜典博，實事求是忘其癡。題句敬諗我良友，并勵高節可許相攀追。

王念祖，字繩其，豐潤人。道光壬午舉人。天才曠達，因屢躓春闈，以詩酒自娱。且書工左筆，右手善畫，嘗自鎸印曰「兩手齊忙」。

詠史

力拔山兮豈足多，竟因亭長歎蹉跎。范增自許英雄眼，翻使英雄喚奈何。
進履橋邊事杳茫，全將小術佐君王。炎劉不繼商周後，半爲陰謀肇子房。

補畢梅，初名夢梅，字雪莊，晚號睡隱，灤州明經。生有夙慧，詩畫詞曲見輒精能。性曠達，嗜飲，嘗為自祭文。有《夢餘詩草》。

別山道中遇端陽

佳節重逢半異鄉，又從旅店過端陽。憶曾都下初三日，醉卧城南尺五莊。潦倒偏多知己客，縱横空負少年塲。青山見我應相笑，尚踏槐花一路忙。

陳仲子墓在濟南長山縣。

螬餘三咽可憐生，十二篇書手自成。環堵詎煩伯夷築，一盂竟享杏壇羹。歲時享祀，例撤文廟太羹一盂，佐以李栗。檐前雪夜纑誰辟，砌畔秋風蚓有聲。圍樹四圍荒墓在，豐碑寂寞向山城。

清畫家詩史庚下

寧津李濬之響泉編輯

戴熙，字醇士，亦字蒓涘，自號鹿牀，又號井東居士，錢塘人。道光壬辰翰林，官至兵部侍郎。咸豐庚申在籍殉難，謚文節。詩畫并臻絶詣，山水初師耕煙，進法宋元，尤得力於山樵、仲圭。侍直南齋，深邀宸賞。由書卷中發為逸韻，稱古今獨步。相傳晚年獲見巨師真蹟，於用墨之法獨得其秘。花竹亦入妙品。著有《習苦齋集》并《畫絮》。

烏桕山莊圖為朱柳溪

買田十五頃，種桑八百株。平生事業可已矣，何苦局蹐爲人奴。先生有田早輸租，隙地戲栽鴉桕雛。千章坐擁落其實，等千户候殊非誣。他時秋風思蓴鱸，歸來鴉桕幸未枯。開門誤認楓葉赤，繞廬喜似梅花癯。青鞵烏帽拈髭鬚，臨風一笑呼提壺。曾孫研墨兒拂紙，憶人詩就題我山莊圖。

夏日為高伯蓀寫便面

炎蒸如雨汗翻漿，鋪簟攤書遺晝長。想著一天秋意思，起來自畫自乘涼。

梅花詩舍圖卷子為笙魚

竹籬茅舍四無鄰，領取空山盎盎春。想見夜深寒月上，萬梅花擁一詩人。

苐民索畫小卷翦燈戲寫

緑陰清晝石橋涼，流水潺潺引興長。聞説故人新種竹，扶藜閒訪讀書堂。

題小册

嫋嫋垂楊皴細雨，茸茸淺草蘸寒煙。不識是煙還是雨，耐人尋味是春山。

畫册為用伯

一片煙波白練光，晚風獵獵過陂塘。無人能領涼秋意，衹有鸕鶿看夕陽。

客有索作尋梅圖者意有未盡復作此幀并題

裹衾瑟縮度寒宵，忽聽飛霙撲綺寮。能否明朝梅萼破，安排蠟屐過溪橋。

余見南田草衣寒江獨釣有此意因師其大略為柳橋煙翠云

故國三千里，春風十二橋。泥人惟岸柳，不折也魂銷。小時過趙北口有此語。畫中意境，猶彷彿三十年前。風前悵望，時也不覺憮然久之。

大幅雙松為靄庭

似有松聲出畫屏，太陰雷雨墨滄溟。人間未洗箏笆耳，自作寒濤且自聽。

橫幅答謝潘星齋

落落長松瘦幹蟠，風欺雪壓半摧殘。而今蜷曲知無用，留與深山伴歲寒。

立軸為秦芷蘅

寒林尚未蘇，冬山已先笑。犯曉過溪來，獨往搜衆妙。何處早梅開，夜聞孤鶴叫。

為梅溪畫小立軸

樹罅山根一徑開，凍泉曲曲抱巖隈。梅花隖裏無人到，衹有春風特地來。

偶見石谷訪道圖深得巨師神味刻意擬之

山明谷晦路盤盤。下聞石齒號奔湍，上蔭虬柯五粒攢。藤蘿蕭蕭髯其端，迴風吹雨生暮煙。

小立幀為意樓無筆墨處無畫也有筆墨處亦非畫此可悟真妙之理

隔水遥山露半椒，沿溪細草長新苗。分明一帶尋幽路，定有詩人過石橋。

咸豐丁巳為玉裁大兄周甲之期作雙松奉介

滿院涼雲撥不開，蒼蒼古幹繡莓苔。晚風忽送琴中語，知有高人策杖來。近聞得杖甚夥。

癸巳嘉平載梅過吴門

吴山迢遞濕雲斜，獨棹扁舟出水涯。今夜湖塘風雪裏，寒鐙清夢伴梅花。

奚囊傾盡不知貧，且買羅浮一片春。移向閒庭和月種，夜窗瘦影好依人。

為劉藻垣寫竹

煙月迷漫夜，秋鐙閃爍時。幽人讀書處，疏影見枝枝。

題畫

種樹種松柏，結交須君子。松柏耐歲寒，君子有終始。

題奚鐵生遺照之一

貌出西湖一散仙，撚髭趺坐聳雙肩。阿誰能喚吟魂下，我願來參畫裏禪。

為潘星齋作飛雲攬勝圖并題

飛雲何在在黔州，君攬其勝我未游。元珠却令罔象求，鍊筆爲鍔翔遐陬。以心相聽神與謀，得魚忘筌亦何羞，伯樂之馬庖丁牛。

温肇江，字導甫，號翰初，江寧人。道光壬辰進士，官户部主事。山水師石田，得蒼古之致。兼善隸書。有《鍾山草堂集》。

瓜步山寺探梅次壁間韻

花落一庭雪，山深人不知。我來初識路，僧去尚留詩。暝色起空外，古香生靜時。徘徊未忍別，歸步即塵羈。

寄子瀾揚州

水行舟楫山行橋，寒雨徹曉風連宵。詩人落拓廣陵去，豪氣鬱勃霾雲消。十年兩度印鴻雪，萬事一例迷鹿蕉。何不作書付六鯉，秦淮猶有空江潮。

雨窗雜感疊前韻

冬來水落秦淮橋，凍雨集雪連四宵。於人縱不商旅便，入地亦使蝗蝻消。有愁消遣向麴蘖，何暇彈劾畊竹蕉。似聞河淮議轉漕，又蓄幾尺春來潮。

蔡錦泉，字文淵，號春帆，廣東順德人。道光壬辰進士，官編修，督學湖南。

能山水。有《春帆詩鈔》。

秃筆行

秃筆置案頭，有若人已老。漫嘲老去不中書，别有煙雲在懷抱。平生以畫娱性情，繪事半以秃筆成。新毫嫩弱落紙怯，如遣孺子充强兵。秃筆即以秃見巧，挺身入池飲墨飽。縱横揮霍開鴻濛，點綴濃淡參化工。輕鈎重勒石骨露，斜皴直抹煙痕鬆。全從筋節顯能事，新穎纖纖嗤幼稚。將軍負氣偏倔强，宰相批鱗尤嫵媚。世家空仰中山毛，脱簪解組春秋高。簿書鞅掌心血竭，林泉寫意光芒韜。吁嗟乎，人生遇合各種種，多少殘毫瘞荒冢。主人若不解丹青，豈知爾老還宜用。

湯貽汾，字若儀，號雨生，晚號粥翁，武進人，寓江寧。以先世難廕襲雲騎尉，官總兵。粤難發，金陵城陷，闔門殉節，謚貞愍。山水疏秀雅逸，兼工墨梅、花果，俱有神韻。宦蹟所至，尤喜提倡風雅，延致書畫才藝之士。一門夫婦子女，俱工揮灑。有《畫梅樓》、《琴隱園》諸集。

琴隱園作

青山一桁向蓬廬，且喜官閒似隱居。聽婢頻歌新製曲，與兒分録借看書。清泉曉沃霜前菊，白飯秋供雨後蔬。自是無閒常運甓，近來身健學攜鋤。

道光癸卯祀竈日自題田舍圖

倉盈屋補息勞筋，婦子熙熙一室春。一樣光陰田舍好，不知世有别離人。
瓦盆翻倒會新春，短褐長裾共率真。一樣光陰田舍好，不知世有折腰人。

自題琴隱圖

身外餘長劍，劍邊惟古琴。琴留且賣劍，一笑入山深。繞屋碧流水，滿庭松樹陰。妻孥休苦寂，猿鶴亦知音。

侯青甫雲松作小疏募同人為合作香圃圖戲題

一疏新傳募畫奇，募成將畫募新詩。畫禪參透是檀越，墨汁居然大布施。
翰墨緣都募得來，粥翁先把此緣開。華嚴樓閣成容易，只要黄虀换緑醅。

題畫贈人

侵晨剥啄誰來也，歲儉粥稀避寒且。故人裘馬麗以都，自有綈袍贈君者。十指薑芽出袖遲，高堂忽見雙松奇。我畫贈君君贈友，誰能月致酒三斗。東坡題畫贈賈耘老曰：「有好事者，能爲月致米三石、酒三斗，終君之世者，便以贈之。」

送綬兒任鹽城即督兵防海

戮却鯨鯢再釣鰲，茫茫大海慎風濤。一經以外無貽汝，賸有團花舊戰袍。
君恩不薄羽林兒，劍淅矛炊勉自支。努力休爲甘旨計，三軍減竈已多時。

李上賢，字希亭，號子癡，別號癡道人，山東利津人。布衣。能詩善書，工山水、花鳥、人物。家貧，以鬻畫自給。

題雲山萬變圖

亂雲欲埋山，山山露頂瓴。昂首呼天風，一一吹出岫。雲怒轉迴遮，恃强如争鬥。膚寸幾何時，混茫溢宇宙。萬態逞離奇，徒爾顔增厚。有時伎倆窮，消藏如恐後。一笑天爲開，還我青山舊。

游螺峰

山險疑無路，雲開別有天。奇峰吞落日，怒石咽飛泉。鴉噪千林雨，僧歸兩袖煙。梵宮何處是，清磬一聲圓。

冬日閒居

梅花香裏掩柴荆，借病辭賓省送迎。酒是風前聞處美，裘因雪後著來輕。夜爐撥火煙成篆，晨瓮敲冰脆有聲。吏不追呼雞犬静，合家團坐飽藜羹。

自遣

抛盡閒愁賸有癡，雪華偷染鬢絲絲。十年紫塞重歸後，半枕黄粱未醒時。問字人疏門閉早，司花婢懶菊開遲。連朝檢點青山賣，忙煞營邱筆一枝。

題畫

東風漠漠柳毿毿，幾處嬌鶯語正酣。人似飛花無管束，也隨春水過江南。

丙子重游江南看山作

一角煙螺天外孤，新詩欲賦客腸枯。渾如好友經年别，盼到相逢話轉無。

北窗

北窗吹送好風多，槐影沈沈釀睡魔。自料心清無熱念，夢魂應不傍南柯。

與竹朋弟話舊

北馬南帆閱歷頻，湖山佳處却抽身。嵇康性懶難爲客，阮籍囊空不救貧。説劍幾曾逢俠士，聯吟何必定詩人。一枝柔櫓歸來好，風月無邊是舊鄰。

為孟雨山翰博畫貓蝶并題

卓午名花倚檻開，春駒得意任徘徊。貍奴漫作猙獰勢，他是莊生夢裏來。

李恩慶，字季雲，一作寄雲，直隸遵化人，隸漢軍。道光癸巳進士，由御史官兩淮鹽運使。精鑒別，富收藏，興到偶作山水，嘗摹黄鶴山樵《聽雨樓圖》，同時名流多為題詠。擬歸隱田盤，戴鹿牀為畫《平谷山莊圖卷》。輯有《愛吾廬書畫記》。

和太保潘芝軒師春闈即事元韻

宮墻依植世承三，慶及兄恩綏、恩繹，姪祝齡、希彬，姪孫祜并列門墻。久誦燕公鉅製酣。入手千尋珊在網，虛懷百頃月臨潭。濟時共仰絲綸美，澤物真如沆瀣甘。大廈儲材須異日，峥嶸重樹十圍楠。

葉覲儀，字棣如，江蘇六合人。道光癸巳進士，授編修，官内閣學士，入直上書房。花卉學南田，與江都李梅生相友善。

壬辰冬日金臺客次題宣城李文瀚雲生醉馨圖

明月爲誰照，孤篷事遠征。西風惆悵意，流水别離情。莫道夜無色，那堪秋有聲。帛書裁尺許，勞爾寄江城。

所思隔天末，我已悵離群。一雁下殘月，扁舟裝白雲。飄蓬仍作客，圖畫忽逢君。共有江南思，愁多酒易醺。

畢簡，字仲白，陽湖人。焦麓山人涵子。與兄用霖俱工山水，筆墨疏簡，兼善花卉。咸豐庚申年八十卒，殉粤難。

題湯貞愍公懷忠録敬和將軍絶命詞原韻

庸豎求全日，先生報國秋。懸車仍矢節，借箸有奇謀。祇愧身多負，奚愁骨不收。從兹事業了，泉壤又誰尤。

江開，字龍門，安徽廬江人。道光乙未舉人，官陝西紫陽知縣。性卓犖，善技擊，詩文書畫靡弗精絶。有《浩然堂集》。

經函谷故關訪項羽阬秦師處

奇冤報復信有神，白起阬趙羽阬秦。陳師鉅鹿二十萬，也抵長平卒一半。當時百勝養全威，壁上諸侯誰敢戰。江東子弟猛如虎，况沈而舟破而釜。朝不滅秦秦滅楚，重瞳叱咤王離虜。棄灰偶語獲更生，此際重瞳亦湯武。强弓力盡寶刀缺，衹恨秦軍殺不絕。亡魂失魄驅深阬，骨肉泥沙拌金鐵。慣寡人妻孤人子，昔何勇鋭今何劣。千秋峭壁土花斑，疑是當年戰士血。吁嗟乎，秦據天險虎視眈，因利乘便吞東南。扶蘇不死仁足守，九州玉帛通崤函。祖龍之暴天厭久，雄關百二摧枯朽。項王衣錦不還鄉，以暴易暴天何取。畢竟秦亡楚亦亡，爲漢驅除作功狗。策馬當年古戰場，蛇盤蟻赴争羊腸。輪蹄鐵破腰斷折，鏗訇鏜鞳車低昂。函幽孕明奧天府，建瓴勢重真扼吭。從來在德不在險，聖人御宇敦平康。關門令尹廢棄久，不待雞聲人啓行。秦干天怒乃恃此，二十萬人同日死。豈徒趙卒冤氣伸，地下諸儒大歡喜。

招銘山，字子庸，南海人。以孝廉官濰縣知縣。工墨竹，每藉判牘餘紙恣意揮灑。又嘗於扃門試士時，購扇畫竹，分贈學童，有前令尹板橋風趣。

因公至蓬邑信宿蓬萊閣下得觀海市酒後興酣拂壁作墨竹綴以奇石并次坡公醉畫竹石壁上詩韻

奇觀得酒奇氣出，奇氣縱横生竹石。濡染十指何淋漓，灑向蓬萊雪色壁。生平游興寄詩畫，坡老文章皆笑罵。寫竹何須問主人，此壁不揮誰揮者。欲界仙都劉松齋題「欲界仙都」額於閣下竹有光，隨風葉葉生劍鋩。大風披拂龍蛇走，入海定作老蛟吼。

姚燮，字梅伯，一字復莊，號野橋，一號大梅山民，浙江鎮海人。道光甲午舉人。工墨梅，兼善白描人物、寫意花卉。有《大梅山館集》。

江上柬劉朝元索畫

雲凝柳不動，水動似流雲。柳軟燕難坐，水香鷗與薰。短竿漁曬笠，横鬢女湔裙。劉子畫春好，當能畫夕曛。

索厲山人寫還海圖

以我心中憤，憑君腕底豪。棲之一椽屋，釣也六山鼇。霜雁磧沙遠，河雲天界高。未能隨影滅，聊復作形逃。

王玉璋，字鶴舟，别號松巢外史，晚號广隱山人，天津人。雨亭觀察子，由秋曹官雷州知府。山水渾厚古樸，雅近麓臺，鄭雲麓觀察嘗贈詩有「王廉州後復雷州」句，人遂以「王雷州」稱之。後僑寓吴門，每與湯貞愍詩酒倡酬。嫻騎射，解音律，尤喜藏硯，因名所居曰凍雲館。有《凍雲館詩集》。

輓湯雨生將軍

咸豐癸丑春，二月十二日。闔門同殉難，赴水志不屈。唯公我姻婭，毗陵忠孝裔。早歲握兵符，宦游歷望秩。意趣偶然背，挂冠不待劾。歸隱白門山，結宇棲家室。地無八百桑，樹有千頭橘。琴隱師窟間，樂志正無極。三絶比鄭虔，海內尠其匹。坐卧百城環，圖書萬林立。客皆詩酒豪，巷無車馬集。前年我渡江，訪君鍾山北。相見俱白頭，握手情愈密。流連一月久，我歸君太息。所嗟老且病，再見恐難必。溯自粤匪亂，猖獗意叵測。故人戎行間，幾輩死鋒鏑。謂全州刺史曹燮培、武昌廉訪瑞元、江寧太守魏亨逵。親交日以少，感歎恒涕泣。去年得君書，賊氛時已熾。竊謂天塹險，無慮其或偪。今春甫一月，風鶴傳聞急。妖氛下石頭，城破君未出。紅顏與白髮，就死無吝色。峥嶸全大節，貞烈及弱息。君女爲余第三子婦，時歸寧未返，同赴水死。從容赴清流，遺句悲絶筆。西望小倉山，感慟泪如溢。

徐榮，字鐵孫，漢軍籍。道光舉人，官道員。善畫梅。性癖嗜石，足迹所至，選拾奇異，各繫以詩，并顏其齋曰石嬋娟室。

温州舟次出舊藏石子摩挲洗玩因賦一律

慘緑嬌黄盡可憐，赤如初日翠朝煙。囊開白舫青簾裏，心到蒼山碧海前。蜀道無如此間樂，外人從笑老夫顛。南來置得傳家物，陽羨無須更買田。

温文禾，字允嘉，號稼生，歸安人。道光丙申進士，官工部主事。山水宗大癡，著墨淹潤，神韻天然。有《辛夷花館詩稿》。

自題畫扇贈桐鄉陸敬安同年以活

春明聯袂已經年，鄉樹蒼茫隔遠天。記取他時歸隱地，白雲青嶂霅溪邊。

題五湖漁莊圖

此身端不負鷗盟，湖上茅檐結數楹。楊柳千株波萬頃，漁歌遥和讀書聲。

張籛，字述之，一字彭齡，號雨香，又號商老，直隸磁州人。道光乙未進士，官陝西澄城知縣。工繪事。有《緑筠書屋詩稿》。

于役白水贈馬桂山明府 曉林

杜老經行處，從公得往還。荒城臨白水，野麥繡青山。縣古民多樸，年豐官自閒。羨君棠舍好，把酒對煙鬟。

伊念曾，字少沂，汀州人。墨卿太守秉綬子，官浙江鹽倅。善山水、梅花，兼工隸法、篆刻。

輓湯雨生將軍

名園培養樹陰新，慟絶將軍竟捨身。卅載貧交空酹酒，十年再見惜勞薪。道光壬寅秋晤於白下。潢池鯨浪消烽火，桂海狼煙息瘴塵。今日天涯揮涕泪，獅窩宿草合沾巾。

彭藴章，字琮達，號詠莪，長洲人。啓豐曾孫。道光乙未進士，官大學士，謚文敬。山水小品清微冲淡，極似雲林。有《松風閣詩鈔》。

題畫

踏破芒鞵尋遠山，歸來放筆學荆關。杈枒古木無人徑，只有仙禽自往還。

風煙滿目使人愁，飄泊渾如不繫舟。安得置身圖畫裏，王官亭子號休休。

觀畫

人物繪維肖，愚夫見共知。山水無定形，竟堪智者欺。我愚喜真山，觀畫心不怡。謂不如人物，刻畫致出奇。英姿狀褒鄂，媚骨摹嬙施。蒼鷹怒將攫，玉驄驕欲嘶。當其下筆時，心與造物諮。毫釐一失次，神理乃盡乖。觀彼畫山水，邱壑從心爲。沄沄與蒼蒼，非彼潁與箕。因此判難易，軒輊定不疑。况稽作會始，匪曰供娛嬉。華蟲及藻火，炳焕十二衣。神奸鑄禹鼎，怪物鏤山魑。下迄炎漢代，五瑞勒黽池。或圖聖賢像，甃壁武梁祠。皇初創制遠，近古儀型垂。沿流及後世，游戲等小兒。壯哉崑崙圖，十日費構思。八駿不重駕，悠悠當問誰。

翁雒，字穆仲，號小海，吴江人。海琛徵君廣平子。畫有夙慧，初寫人物，中年後專攻花鳥、草蟲、水族，尤善畫龜，筆精墨妙，生動盡致。嘗作論畫絶句，多附佚事。有《小蓬海遺詩》。

海昌查青華明府人渼得勝國名臣淮陽太守許公令典龍靈石一笏高一丈有奇嵌空玲瓏無美不具屬余繪圖并系以詩時明府將官中州即以贈行

神龍飛來不肯去，瞥向黄山山下住。化爲靈石一丈高，鱗甲斑斑五色具。矯然獨立深山深，風吹萬竅皆龍吟。殊形怪狀詫奇絶，米顛不作誰賞音。淮揚太守人中傑，身無媚骨有高節。「身無媚骨，道有主盟。」神宗敕許太守語。懶向權奸璫下趨，歸來抱石守吾拙。草堂笑闢黄山煙，太守於萬曆時不附中璫，退居海鹽之黄山。終歲閉門耕石田。自從主人捨石去，蒼龍一卧三百年。青華明府好古士，再拜荒煙喚龍起。昆明劫火不敢燒，滄海雲根忽移此。此身將爲蒼生出，一片堅貞抛不得。安得扁舟載石行，引手摩挲三歎息。寓書促我圖石丈，墨汁淋漓筆蒼莽。願爲霖雨遍中州，莫向延津輒騰上。

石谷同族有王犖者善贋石谷山水石谷深恨之余里程某數十年來託名拙筆畫花草充塞四方所潤特微其餘利半入他人囊橐而程貧如故余頗傷之戲書三絶鈔一

侏儒不飽况東方，程某短小。依樣胡盧自在忙。可惜蓬門勞十指，爲他人作嫁衣裳。

蔣生沐夢中得山寺雨深秋氣早江樓鐘動暮潮還句乞費曉樓畫圖索題

曹騰忽到神來句，中有詩仙自來去。好詩如畫畫通禪，長房妙手開壺天。壺天即是詩境界，讀詩讀畫兩心快。捲簾山失佛頭青，山寺欲雨秋冥冥。詩耶畫耶煙雲吐，畫所不到詩能補。鐘聲一杵暮潮響，夢裏題詩我未能。幾時夜雨連牀共，安穩隨君作詩夢。

郡城移寓作

身似殘僧慣打包，白頭猶未世緣抛。磨驢步步皆陳迹，張船山太守句。梁燕喃喃又换巢。八口飢寒艱槖筆，半生羈旅負誅茅。歲闌風雪蕭蕭裏，能得安閒幾故交。

陳鑅，字桂舫，一字谷孫，桂林人。道光丁酉舉人，官山西朔州知州。山水蒼厚，卓然成家。同治壬申年七十，摹石濤長幅，猶筆健氣足。

次張南山先生湖西莊雅集詩韻

風雨來知己，携尊問水鄉。湖光涵小閣，緑意滿虚堂。嘉會追前度，話雲泉舊游。深談共此觴。煙波留畫本，鴻爪定難忘。是日合作畫册。

何紹基，字子貞，别號東洲居士，晚年執筆懸腕，取猿臂彎弓之義，又號蝯叟，湖南道州人。文安公凌漢長子。道光丙申翰林，官洗馬。書法平原，兼工篆隸。寫蘭竹天趣横溢，似板橋道人。與弟紹業、紹祺、紹京時稱「何氏四傑」。有《東洲草堂詩鈔》。

題潘星齋丈飛雲攬勝圖

萬里歸來雪後天，江山回首但風煙。淋漓染墨纔逾尺，夭矯飛雲滿大千。勢訝潛虬噓洞口，夢隨棲鶴上松巔。屐痕記我曾游處，奇境翩然落眼前。

題拐李圖

誰識華陽訪道年，昂然孤枕且高眠。神仙有藥難醫足，世路多艱合上天。一脚蹋殘桑海月，半生結得竹君緣。此身原是骷髏子，肯把真形向汝傳。

再題六舟剔鐙圖自六舟將此卷寄京存余篋者將二年今年使閩攜以行至江南未遇六舟遂攜至閩中復有題者今還至姑蘇不能再留鐙下重展若有不能釋者率題一律時己亥十月三十日吴江夜泊

畫本相隨歲月遷，此身如到竟寧年。朅來一萬三千里，照遍齊閩吴越天。今古蒼茫鐙外影，江山現滅指頭禪。匆匆别汝重題記，永證金光不了緣。

偶學畫蘭人多匿笑詩舲先生獨誇之一日醉後忽若有悟并題絶句

學畫蘭花不到家，無端字裏盡蘭花。今宵走虺奔蛇筆，竄入香叢亂發芽。

過陸次山談畫次消寒小集韻

評帖看畫幾真賞，有如聚訟人人殊。古墨在紙不能語，枉以拙目徇陋夫。文人相輕况已久，大家睡夢誰能呼。我獨高睨覬天奥，謂有活相非墟拘。有才有力有根氏，無神無韻皆枯株。猥持此見四十載，萬品到眼金入爐。乃逢陸子相視笑，微尚近似真吾徒。却嗤覃溪蘀樓輩，南北嗜好分燕吳。從來論學有坦路，何苦分轡尋崎嶇。錦官城裏快諏古，道旁觀聽皆揶揄。作詩記事好藏秘，聊與消寒尋酒壺。

忠州道上閱石濤畫次韻題册後之一

老夫昨日偶穿山，險被雲封不得還。扶杖歸來尋水墨，筆鋒點破萬峰顔。

醉後寫蘭門人朱眉君見而愛之為題四句

醉後狂將水墨塗，醒來花葉兩模糊。仙根尚在雲深處，未肯隨風入畫圖。

達理上人屬題蔣濂畫乳虎

乳子嬉游荒谷中，雖然不嘯也生風。山君自有慈悲性，慎重將軍飲羽弓。

焦山題月輝上人閒雲護鼎圖

一鼎一仙銘，山因金石靈。不隨烽火去，雲護海門青。

王子梅生日令愛貞年畫梅為壽

阿翁本以梅爲字，嬌女能將壽意申。從此一年一回畫，裝成百幅作家珍。

何紹業，字子毅，道州人。文安公淩漢次子，以廕生官兵部員外郎。工書善畫，尤精篆刻。

題畫

楓葉夾青松，明霞掩映中。湖山秋後色，從此不雷同。

遠煙澄翠欲生波，天意矜秋盡洗磨。紅葉青松都看遍，讓他竹澗白雲多。

徐良瑛，字小陵，號石洲，南海人。幼負才名，閒畫梅蝡，惜早世。

題邯鄲夢傳奇

水遠山長事遠征，車輪馬足苦飄零。行人百萬邯鄲道，不是盧生未易醒。

孔憲彝，字敘仲，號繡山，一號秀珊，山東曲阜人。道光丁酉舉人，官内閣中書。工詩畫篆刻。有《對嶽樓詩録》。

急雪

急雪飄殘夜，雲深獨閉關。客中殘臘盡，江上幾人還。孤鶴一聲冷，梅花香滿山。明朝有清興，更上翠微間。

夜過丹陽

湖心亭子草痕香，水暖橫橋柳綫長。十萬櫓聲摇夜月，已隨殘夢過丹陽。

湯綬名，字壽民，武進人，居金陵。雨生都督長子，承襲官鹽城守備。工花卉，善彈琴。

侍家君游龍山撫琴巖半有石平廣名曰琴臺刻石誌之有寄

古雪同僧掃，梅花爲客開。琴泉相斷續，雲鳥自衹徊。一别憐陳迹，千秋愧此臺。多君懷舊雨，披拂獨吟來。

司馬鍾，字子英，號秀谷，一號繡谷，又號繡鵠，别號紫金山樵，上元人。官直隸河工州判。工山水，尤長花鳥，筆意豪放，生動蒼勁。酒酣興發，一夕可了數幀。尋丈巨幅，頃刻而就。中年之筆，與雪鴻、桂巖在伯仲之間。

甲午夏仲為馥齋畫扇并題

萬壑千巖曉露滋，喬松争捧太陽枝。讀過天保如升句，康樂芙蓉是小詩。作松巒疊嶂旭日初昇之景。

為春泉弟畫册鈔二

封侯馬上本尋常，世路經多不敢狂。共策疲驢休見避，山深林密盡康莊。畫林下三人，一騎驢者。

柳陰人過抵籠紗，曳杖尋春路正賒。一片落紅浮澗水，前頭知道有桃花。

李育，號梅生，甘泉人。嘗師事朱素人，工人物、花鳥，兼善山水。其寫意花卉，脱略高渾，下筆甚捷，有心手相和、色墨并施之妙。

客皖城僧舍

雲影高梧外，荒寮坐晚風。虚堂山月白，初地佛燈紅。秋水澹中味，山花色是空。天涯羈旅客，今夜夢江東。

題畫

篷窗細雨暮秋天，黄葉蕭疏古渡邊。晴後夕陽山影澹，亂鴉飛破一溪煙。

癸巳新秋為季如畫扇即景題句

數行高柳日西斜，晚霽風過點點鴉。春雨已舒階下土，石欄閒處補蘭花。

徐渭仁，字文臺，號紫珊，上海人。嘗得《董美人墓志》。晚號隨軒。與陳曼生、張叔未為金石交。精鑒定，富收藏。工篆隸，年三十八始學寫蘭竹，繼畫山水，久之乃窺宋元各家堂奥。輯有《隨軒金石》。

道光己酉題董北苑夏山圖

四面湖山開寶繪，婺源齊梅麓太守得此卷，築湖山書畫樓於陽羨新居。十年魂夢識前緣。戊戌九月，觀於梅麓講院。從今一櫂鴟夷子，要傲滄江虹月船。

朱英，初名灤，號宣初，自號韻華館道士，大興人。文正公珪姪孫，以户部郎中改官山東知府。花卉果品活色生香；兼善人物，雅近新羅。工篆隸書。

道光丙戌清和月朔訪鍾圃兄適主人家有白海棠屬為寫照

欲爲名友留香色，賢主殷殷屬畫家。海内怪談今日事，資郎筆下亦生花。

陳漁，字偶漁，德清人，僑寓歸安。善丹青。

題程五經司訓悔不讀書圖

小道何足觀，讀書是真福。我少質顓蒙，往往逃家塾。蹉跎逾弱冠，依然枵其腹。困極始知學，吚唔坐茅屋。外物累素心，簡編溫難熟。於今兩鬢華，此悔終莫贖。君悔與我殊，萬卷破猶讀。家學溯二川，愈學愈不足。此意那得知，深懷不同俗。披圖見鬚眉，倚石温如玉。立雪恨已晚，徒以挹清馥。

袁桐，字琴甫，號琴圃，一號琴南，錢塘人，居吴閶。簡齋太史從姪，官直隸河工通判。喜摹鐘鼎文字，善花卉，工金碧山水。

道光乙未擬不寐道人畫梅録舊作梅花帳子歌

玉壺擊碎悄無語，細翦鮫絲籠素女。疏香拂枕酒半酣，翠鳥啁啾隔煙語。明珠四角流蘇長，陰雲亂鋪珊瑚牀。高齋無人擁琴坐，舉眼但覺春茫茫。請君身入香海住，夜闌夢見羅浮樹。丹砂井上春已酣，蝴蝶一雙迎客去。

計光炘，字曦伯，自號二田，秀水人。壽喬學博楠從子。善山水、花卉，精鑒藏，於沈石田、惲南田兩家尤所傾慕，因以「二田」名其齋，翁海村為記，蔣霞竹補圖，題者甚衆。有《守甓齋集》。

為奚榆樓題湯雨生所畫夾山雨泛圖

極冥濛處一船移，冒雨衝寒興絶奇。歲晚肯教觴詠歇，官閒能與鷺鷗期。虛涼水氣侵吟袖，冷碧山光照酒卮。如此清游端不負，將軍畫本廣文詩。圖中有端木鶴田詩，極佳。

蘇秦嫂詠史樂府之一

昔日季子歸，金盡身亦困。今日季子歸，肘後六國印。郊迎張樂人争趨，嫂亦欲進還趑趄。蛇行匍伏尚恐不得當，較量恭倨真區區。吁嗟乎，淮陰漂母古來少，世上炎涼非獨嫂。

黄鞠，字秋士，號菊癡，松江人，僑寓吴門。山水、花卉摹石谷、南田兩家，兼善士女，尤精製圖，寓整秀於荒逸中，所作《滄浪亭圖》知名於時。有《湘華館集》。

京江口占

霜葉初紅菊正芳，雙螯未老我先狂。生憎丁卯橋邊過，一陣寒鴉送夕陽。

金震，字東生，一字篋伯，安徽英山人。監生。善繪事。有《畫名山館集》。

古北口

絶塞驅車尚北游，關門古刹再淹留。山圍孤壘兼天迴，河帶邊聲入夜流。三弄悲笳驚客夢，半輪明月起鄉愁。朝來又逐征塵去，怕聽譙樓報曉籌。

齊學裘，字子冶，號玉溪，晚號老顛，安徽婺源人。工書畫。有《蕉窗詩鈔》。

伯宏過訪吴門作詩贈别

握手休言别，論心趁此辰。江湖悲白髮，風雨送青春。才大難爲用，情高易致貧。相看轉相笑，竟作兩閒人。

孟毓森，初名金輝，字玉生，又號玉簫生，甘泉縣布衣。善山水，工篆刻。有《二十四橋草堂集》。

夜宿焦山

海氣當門夜未扃，隔江漁火尚星星。月流空宇天無滓，霜落寒潭水不腥。萬竹共分山面碧，一燈昏見佛頭青。蓮花漏盡仍無寐，猶事摩挲瘞鶴銘。

馬治準，字勷平，號西園，浙江建德人。諸生。工書畫。

課耕

今年農事艱，農器一無有。聲聲布穀啼，惆悵此南畝。草屋五六間，毀敗已八九。憶昔播種時，夫耕婦隨後。親戚有情話，留飯翦春韭。何堪亂離餘，春暮一回首。

袁先忠，號蘭生，江蘇東臺人。善寫蘭，用筆超拔。

慈湖曉發

漏聲初歇市聲囂，斜月人家入望遥。雞趁曉光啼野店，馬馱殘夢過山橋。涼生短堠秋先至，風掠平林葉漸彫。時聽桔槔晴不雨，潤田賴有大江潮。

汪鑀，字柏年，錢塘人。官福建清流知縣。嘗集古硯百端，因自號百研。詩畫兼工，善刻印，精鑒賞，與何子貞、張叔未爲金石契。有《水莊花館集》。

長江舟中

歲暮孤征興未闌，江城浩浩復漫漫。浪因風激十分怒，天爲雪加一倍寒。有酒儘教篷底醉，無山轉覺眼前寬。頽唐衹合江湖老，懶聽人歌行路難。

山東道上

夾道棗花香不斷，輕騎四月出京師。酒帘紅颭斜陽影，茆店緑遮楊柳枝。行李無多琴劍研，奚囊廣貯畫書詩。蹇驢惱客忒無賴，鞭擊鞍橋得句時。

絶句

年來日月病消磨，畢竟前生病債多。遣病試將詩當藥，詩成試問病如何。

自寫主鷗亭子圖

主鷗亭子水當中，四面荷花四面風。白鳥一群飛忽住，翻然雪片下晴空。

李脩易，字乾齋，號子健，海鹽諸生。工山水，兼善花卉。室徐氏名寶篆，號湘雯，亦工畫。夫婦合作，人尤珍之。

道光己酉八月題戴醇士學士秋山煙靄圖用坡仙煙江疊嶂圖韻

非雨非霧非虛嵐，冥冥但見秋空煙。平蕪蒼茫出樹杪，江風吹斷峰腰泉。數椽茆屋隔幽谷，漁莊蟹舍開斜川。溪流隱隱林麓杳，山窮水斷疑無前。奇思陡然落天外，青冥一界高摩天。紫薇學士擅筆妙，肯爲王惲分媸妍。學士自跋云：「西廬、南田各有千古。」掃除蹊徑闢生面，要使不變如滄田。畫禪一縷僅如髮，廣陵遺散幾百年。西廬不死南田在，餘子落落争嬋娟。伊余弱歲事柔翰，卧游每學宗生眠。西泠老鐵不可作，謂鐵生奚丈。能事近屬瀛洲仙。論畫擬放雪溪棹，往來燕雁憎無緣。它日煙波結漁隱，儻肯和我秋水篇。

周棠，字召伯，一字少白，號蘭西，山陰人。官光禄寺署正。山水、花木學白陽、青藤，晚年畫石，信腕揮灑，隨筆題句，日得數幅。

自題畫石

閉門積雨徑封苔，山影浮螺入座來。欲借匡廬新卜築，畫屏遥對主人開。
掃地焚香坐畫禪，箇中邱壑問青天。兩餐虀飯耽清福，不怕人間旱石田。
花落空庭蜨翅閒，碧闌干外夕陽殷。道人醉卧不支枕，時有清風掃竹關。
小雪紅爐煖曲房，冰融焦硯墨痕香。窗前不著梅花影，閒却玲瓏石半牀。

蔣寶齡，字子延，一字有筠，號霞竹，又號琴東逸史，昭文布衣。山水秀韻閒雅，初師文氏，繼摹董、巨，尤喜延譽才藝之士，一時名流多與訂交。著有

《墨林今話》，繼張瓜田《畫徵録》，搜採頗富。

秋日寄懷倪硯農

蕭蕭一雨暑全收，花落涼煙滿地流。却憶倪迂澹無事，水窗浣筆畫新秋。

題衛叔瑜摹花之寺僧畫梅

兩峰胸有千萬梅，飽嚥冰雪成花胎。横斜落紙瘦於鐵，不是衛郎摹不來。

題松壺畫贅

清陰罨虚檐，高挺鴨脚樹。疏花散空香，濕衣似涼霧。開編坐其下，細嚼冰雪句。溪月尤有情，隔葉半丸吐。

周壽昌，字介福，號味三，烏程人。工山水，兼善梅竹。性嗜飲。

題梅花帳眉

水邊籬落見横斜，雅稱孤山處士家。紙帳若教春夢足，不辭燒燭寫梅花。

許光治，字龍華，號羹梅，一號穗嫣，海寧諸生。書工隸古，善寫生，能篆刻。著有《江山風月譜》、《聲畫詩》、《紅蟫香館集》。

寒甚不得事筆墨疊韻排悶并懷費曉樓

窮年急景短晷促，春意將回尚潛伏。北風一夜天上來，觱栗籬頭吹斷續。煨薪暖不到爐耳，插花凍已堅瓶腹。消寒圖已數四九，故諺有徵徵俚俗。舊家豪侈試椒酒，學士清寒劃齏粥。冬心落落抱水仙，秋實離離綻天燭。芸齋聊與共岑寂，筆墨冰膠稱休沐。兩山殘雪已消盡，何處風光可留矚。此時却憶費山人，未必調鉛寫青緑。祇應名士共清談，忍學枯禪長閉目。

題畫

籬豆花開時，絡緯涼自語。昨夜秋聲多，籬邊有微雨。籬豆絡緯

野葡萄已離離紫，木堇花初艷艷紅。絶妙田家煙景别，畫圖猶是古豳風。木堇

荇葉菘芽没釣磯，緑波春水白魚肥。柳絲無力東風軟，時有碧桃零亂飛。落花游魚

莊曰璜，字渭川，號磻溪，又號謝城，震澤人。少工畫蝶，後專事山水，蕭疏澹遠，師法倪、黄，兼善蘭竹小品。

自題疏林遠岫

一帶疏林露氣清，蕭蕭黄葉落無聲。亭荒逕僻無人到，惟有秋風不世情。

張鈞，字石甫，號季韶，吴江人。改七薌弟子。花卉宗惲草衣，人物士女摹松

壺、玉壺兩家法。詩極幽雋。

秋日登虎阜

碎鈴無語塔頹唐，石卵勻圓枳徑長。只有此間秋色好，四圍野菊半山黄。

鄭心水，號石頑，嵊縣諸生。嗜古成癖，工書畫。有《蓼中吟》。

齋中偶作

蟋蟀壁間鳴，如與幽人語。庭樹漸蕭疏，涼風吹何許。相彼芙蓉花，清香凝淺渚。蘿徑闃無人，抱琴獨延佇。

邵綸，字子香，錢塘諸生。精繪事，嘗為張蘭渚倉場畫《陰騭文全圖》，尤工菊蟹。

白秋海棠

盈盈墻角露幽芳，弱質真宜縞素妝。澹極轉疑冰作骨，清來恰似玉生香。渺無塵涴臨風灑，若有嬌聲泣夜涼。金谷紅樓都不稱，生成合住水雲鄉。

孫超曾，字傑園，號石溪，直隸玉田人。諸生。書工篆隸章草，秀勁可觀。畫宗雲林。有《海岑集》。

題畫

萬山環四面，杳靄見孤村。松影碧連屋，泉聲清到門。短籬餘竹色，深徑護苔痕。誰解卧游樂，牀頭酒一尊。

泊柳沽

渺渺孤村月欲斜，荻蘆風起客愁加。船迴驚破野鷗夢，飛過一灘紅蓼花。

董燿，字繼華，一字小農，號枯匏，秀水人。樂閒翁棨子，諸生。畫傳家學，平遠山水枯淡有神。光緒庚寅重游泮水，年八十四。有《養素居詩稿》。

戲詠閨蘭未著花

孤芳不媚世，空谷甘寂寞。移種庭階前，幽懷欣有託。真意不在花，勿厭得氣薄。不見木槿花，朝開暮還落。浮榮亦何爲，吾將藏吾樸。

許汝敬，字迪安，乳源人。花卉在白陽、包山間，嗜蒔菊，每對花寫照，神韻天然，人以「許菊」稱之。有《菊洞天詩詞草》。

丙午冬日自題畫册

曾將丹骨換冰霜，花萼翻新品樣芳。却被捲簾人一笑，癯仙今日也紅妝。紅梅

葉碎疑風翦，花嬌帶露涼。芳心終向日，不礙道有裝。秋葵

鍾蘭，字紉香，號息巢，會稽人。家世業釀，有名都下，因歲一至京，盡交海內名士。妙解琴理，山水、花竹皆有天趣。

作竹裏館圖贈女夫孫寄龕時辛酉九月方偕長女奉母避寇居余家中

心遠由來地自偏，館甥新闢屋三椽。爲君閒展王維集，笑染濃青畫輞川。萬个蕭森暗緑陰，宵深應有老龍吟。憑君試作公和歗，靈鵲無聲月滿琴。余手撫古琴，爲趙王孫故物。「鳳池」、「靈鵲」二篆，松雪翁自署也。

奚疑，字子復，號虛白，又號樂夫，别號榆樓，歸安人。與王二樵稱城南兩布衣。晚年墨戲畫風竹、葡萄，俱無俗韻。有《榆樓詩稿》。

題湯雨生畫梅樓合筆册子

官閣拈毫發興新，墨花香作一家春。册係官大同時夫婦子媳七人合作。鷗波亭子停雲館，尚少銘椒詠絮人。時女公子八齡，尚未工畫。

題河東君妝鏡

髣髴簪花入畫圖，開奩圓月照蘼蕪。不知高髻妝成後，整得尚書巾帽無。

戈載，字順卿，吴縣人。諸生。工花卉，設色冶逸。善填詞。有《瀟碧軒詩》、《翠薇花館詞》。

歲暮懷人詩之一 蔣霞竹寶齡

吾鄉俗畫工，往往居奇貨。如君士氣勝，曲高反寡和。頻年事浪游，筆耕免窮餓。傳家有鳳毛，令名已遠播。喆嗣莖生亦善畫。

李丙，字小牧，仁和人。棨子。畫傳家學，一時名流争相延譽。

陳小山次女早逝屬同人挽之

灑盡靈椿泪，頻年憶淑姿。凄涼傳舊事，感慨發哀詞。爲溯温柔質，難忘笑語時。壯游從遠道，歸葬啓親思。鍼黹因心得，詩書寓目知。待人無喜愠，馭下有仁慈。如此存寬惠，應宜厚報施。何期遭疾豎，遽爾返瑶池。寶鏡塵封匣，曇花蕊謝枝。夜光嗟久闇，合浦痛長辭。欲表名媛德，同吟少女詩。愧無燕許筆，揚推待經師。

李寅，字聽松，仁和人。諸生，丙弟。善花卉草蟲，詩才清麗，工書。

客中秋感次王香雪杏紅樓見懷韻

殘燈挑盡可憐宵，獨卧江城客夢遥。感遇文章難下筆，惱人風雨苦連朝。窮途有泪思緘恨，歸信無期羨弄潮。孤負揚州二分月，秋來怕聽玉人簫。

徐鴻謨，字若洲，號楷存，一號醒齋，仁和人。貢生，官揚州同知。咸豐戊午城陷力戰死，入祀忠義祠。工書畫篆隸，兼善鐵筆。有《薝蔔花館集》。

游理安寺

萬樹蒼茫裏，群峰起暮煙。泉聲瀉谷口，雲影上松巔。殘墨成雙絶，壁有許玉峰畫松，朱達夫寫竹石。重游紀十年。甲午春偕同人游此。巖棲如有約，整頓買山錢。

田祥，字吉生，號吉蓀，又號鵝鼻山樵，山陰人。道光甲午舉人，官江西德化知縣。工花鳥竹蘭。

癸丑春日題自畫牡丹寄慨

老去渾忘鬢有華，鼠姑風裏帽檐斜。洛陽舊種今休問，試展生綃半面花。

伍元華，字良儀，號春嵐，南海人。候選道員。家有聽濤樓，儲藏書畫金石，為倡詠地。善繪事。有《延暉樓吟稿》。

秋日聽濤樓口占

日落江天闊，秋深人倚樓。炊煙何處起，隔浦有漁舟。

題友人默安齋畫卷

桐葉蕭疏秋意深，茅檐修竹自成陰。停琴佇月焚香坐，誰識幽人静契心。

黄燮清，榜名憲清，字韻甫，一字韻珊，海鹽人。道光乙未舉人，官湖北松滋知縣。山水超秀，尤工詞曲。著有《桃谿雪傳奇》、《倚晴軒詩集》。

吴鐵琴以所藏晋孫登鐵琴見示予為上絃并誌以詩

躍出蕤賓鐵，曾經劫火來。千年鬼神護，萬壑雨風哀。天籟沈高閣，琴爲天籟閣所藏，閣燬於火而琴獨存。秋聲落嘯臺。廣陵今絶響，孤負此良材。

家鶴樓明經金臺**過倚晴樓索繪扁舟訪友圖附題句**

瀲湖紅葉照斜曛，暇日來尋鷗鷺群。别後相思何處著，卧游九十九峰雲。時泛瀲湖看紅葉，圖中即寫其意。

甲寅二月二十四日彦宣招集詩境出所繪楚山清曉圖索題

摩空黄鶴懶登樓，咫尺清湘且卧游。一枕朝雲巫峽夢，半奩殘月洞庭秋。頗聞蘭澤多哀雁，可有桃源住野鷗。如此江山行不得，畫圖蕭瑟使人愁。

題畫

雲氣迷茫雨乍過，飛泉噴薄瀉銀河。偶然流出青山去，只潤良苗莫起波。

廷玉，字澐巖，號蘊之，滿洲人，杭州駐防。嗜書好古，兼工繢事。有《蒼雪齋稿》。

鏡花吟

蒙古陳氏家蓄古鏡，規半尺許，背有銘字，已不能辨。嘉慶丙子季春，左邊忽生暈如花斑，類棋子，拂拭不滅。明日纍纍生如貫珠。又越日，挺鬚二十餘莖，其珠環綴於梢，臨風自動，隱隱有聲，數日而没。或謂凡物於庚申日霑漬人血，久之遂有是異，不足究詰也。

塊然一物何弄奇，考諸梟氏今古疑。寶質凝金象太極，騰光團圞欺瑠璃。陳家藏鏡點深翠，土痕暈斑花一枝。小鈕波文出秦漢，長宜子孫款滅漫。狻猊葡萄那足珍，海馬雲燕錯縱半。摩挲古澤重徘徊，花鬚花蒂如冰梅。鶯聲不囀青留恨，半捲湘簾似月來。流傳好事誇奇絶，纖莖珠顆臨風結。吉兆先幾未可知，浪傳曾漬庚申血。

李鼎銘，字耔香，仁和人。道光乙未舉人。善山水，出入米氏父子。

題程杏樓龍光**湖山策馬圖**

侵尋往事到眉頭，浪迹天涯閲卅秋。細字如蠅鑽故紙，長安策騎負前游。故鄉自是常抛慣，滅刺於今莫謾投。海上憶曾三至此，笑他世境蜃嘘樓。

伍肇基，字簣山，南海人。工山水。有《紅棉山館吟草》。

題畫

沙上潮回鷗亂飛，蒼蒼蘆葦水波微。漁翁醉著不曾醒，明月滿船猶未歸。

如山，字冠九，滿洲人。道光戊戌進士，官直隸按察使。畫筆蒼厚，指墨追蹤且園。工書。有《寫秋軒詩存》。

自題墨梅

肯入離騷侶茝蘭，暗香濃處不嫌酸。天留經術調商鼎，莫誤尋常綠萼看。

瞿應紹，字子冶，號月壺，上海人。官浙江玉環同知。書畫俱師惲草衣，尤精篆刻。嘗倩鄧符生至陽羨監製茗壺，手鐫銘贊，為曼生壺之亞。工詩。有《月壺草》。

題畫蘭

春寒惻惻礴羅屏，小有風來夢未醒。喚起湘人看湘月，一聲流水隔琴聽。

程祖慶，字忻有，號穉蘅，嘉定人。庭鷺子。監生，議敘鹽場大使。畫承家學，筆姿幽秀，宗法停雲館。有《小松圓閣集》。

題畫江南春障子

二月燕南雪未消，故園如夢路迢迢。劇憐烽火連江渚，賸水殘山畫六朝。

朱鈞，字衡可，號筱漚，又號歗鷗，海寗廩貢。官蘇州糧道，庚申城陷殉難，贈太常寺卿。初其父宦游廣西，歿後徒步萬里奉母扶櫬以歸，錢松壺為寫《桂海夢游圖》以紀其孝。家富收藏，精鑒賞。工書，喜畫蘭。

壬寅四月重赴都門謁選述事感懷鈔一

欲去踟躕感百端，一身多難泪常彈。科名久負先人望，門户深愁此日寒。未必出山真得計，若論行路早知難。傳家治譜分明在，午夜燈前忍再看。

李述來，字紹伃，一作紹耔，武進人。諸生。工書，善畫梅。有《陳渡草堂集》。

丁未秋日寄懷幼依

憶別洪厓久，書來倍愴神。百年多病客，廿載未歸人。塵鎖卷葹閣，樽空陳渡村。天涯雙鬢白，無補一身貧。

趙奎昌，號曼華，常熟人。山水師法文、沈，兼工寫生。所作《慈烏孝羊圖》，人尤重之。有《澄懷堂集》。

自題畫扇

平橋樹影緑毿毿，一角晴煙露遠嵐。悵望柳花如夢裏，東風吹雪滿江南。

早春游維摩寺

人聲寥闃禪堂静，竹影參差石逕斜。山日半階僧睡起，寺門縛帚掃梅花。

楊澂，字渚白，仁和人。繪畫、題款均仿南田。嘗為馮文介繪《消寒圖》，寫歲朝節物凡九幀，計八十一種，文介按物賦詩。晚年作《行乞圖》，藉以諷世。戴文節稱其人品超富貴利達之外。

題鄭小樵後梅花喜神譜

平生潑墨慕元章，私淑空燃一瓣香。不遇江南鄭谷口，水邊林下孰評量。

吴存義，字和甫，江蘇泰興人。道光戊戌進士，官吏部侍郎。能花卉。有《榴實山莊集》。

題秋蘆泛月圖卷

水月澹可掬，秋痕涼上衣。荻花滿煙艇，不見一鷗飛。詩夢入清曠，琴心無是非。此中有名士，何處訪漁磯。

華清池題壁同吕曼叔觀察倪豹岑比部作

迤邐城陰驛路斜，離宮餘址駐鋒車。勞人灞岸重攀柳，野老驪山尚種瓜。爲慨黄圖吹篳栗，難尋紫邏訴琵琶。我從劍閣穿雲棧，不聽淋鈴聽暮笳。

秦炳文，原名焯，字硯雲，號誼亭，無錫人。道光庚子舉人，司鐸吴江。山水用筆峭秀，補圖小品尤擅勝場。

自題畫册

曾記潯陽客夢殘，空亭如在畫中看。琵琶撥盡江州泪，剩有蘆花颭月寒。寫秋江夜泊風景。

孫植方，字菊臣，號石史，會稽諸生。工畫蜨，每有所作輒媵以詩。

用摩詰雪裏芭蕉畫意戲作緑梅雙蜨

年年鳳子成仙蜕，生世難逢緑蕚開。我替翠襟邀艷侣，羅浮寒月拍歌來。

管庭芬，字培蘭，號芷湘，晚號芷翁，海寧諸生。工六法，尤善畫蘭。光緒庚辰重游泮宫，年已八十有四。有《渟溪老屋自娱集》。

深廬學師招看牡丹賦呈

廣文官舍如山家，晝静但聞蜂喧衙。海棠開過鹿韭花，香凝宿露光朝霞。護風不用蘇幕遮，支以荻簾竹丫叉。我來花正一叢坼，深紅色映絳帳紗。看花授與種花訣，栽培謂必先根芽。醞釀當令氣深厚，扶持莫任枝欹斜。開雖遲暮後衆卉，品自穩重殊凡葩，還須得意無矜誇。我聞師言爲咨嗟，君不見名園别墅春繁華，往來游賞皆高車。幾家富貴得長守，易衰往往由豪奢。争如此地塵無譁，來看只許譚與芭。清談久坐有餘味，一杯共啜穀雨茶。

花溪夜泊

花落一溪煙，停橈古岸邊。柝聲驚短夢，山影壓輕船。竹亂風疑雨，窗明水拍天。明朝理游楫，先抱冷雲眠。

東阿道中

地接梁山寨，峰巒鬱不平。斷崖穿鹿迹，碎石礙車聲。葉落驚秋雨，禽鬨報晚晴。勞歌時一唱，馬足白雲生。

江山船詞

月輪山下水連天，六柱篷船繞塔前。夜静無人江氣碧，琵琶聲冷四條絃。

吴熙載，原名廷颺，號讓之，儀徵諸生。書精篆隸，兼工鐵筆，寫意花卉饒有士氣。

題楊石卿秋林詩思圖

烏桕丹楓葉漸凋，杜陵蓬鬢感蕭蕭。奚囊貯得秋光滿，聊與西風破寂寥。

孫悦祖，號笑庵，會稽人。九齡能詩，有聖童之目。工書畫。有《味莊室詩稿》。

自題梅花畫帳

窮冬冰雪凋千林，蒼松翠竹空蕭森。造化不肯竟枯寂，著花老樹勞天心。可笑世人工側媚，此花亦復遭欺侵。謂花占魁實調鼎，狀元宰相梅豈任。我欲入山深復深，羅浮道遠不可尋。不如潑墨落紙帳，因之飛夢孤山岑。起來參横月未沈，更燒柏子調青琴。寒香一縷醒詩魂，躚躚舞我來胎禽。

俞鳳翰，原名承德，字珊慶，號少軒，又號石年，海寧人。道光庚子解元，官湖南平江知縣。工山水。有《高辛研齋詩稿》。

題周縵雲同年學濬**蘋洲漁篴圖**

兩三間屋枕寒流，凭眺軒窗事事幽。何處滄浪吟短調，蘋花宜晚篴宜秋。
晴雪霏霏一葉船，參差吹徹已忘筌。憑誰共聽煙波曲，一隻鷺鷥寒聳肩。

思舊四首之一汪醇卿太史同年廷儒

醇卿質樸是吾師，宿學中年始鳳池。漫向畫圖尋九友，松筠回首儘堪悲。庚戌臘八日，醇卿招集馮小亭、汪叔明、秦宜亭、葉香士、張菊如、華篴秋、袁宗山及余於松筠庵消寒，合作長卷，爲《畫中九友圖》，存庵中。

戴煦，字鄂士，一字諤士，錢塘人。文節公熙弟。諸生，授職訓導。咸豐庚申與兄同時殉難，附祀祠内。工山水，神似雲林。

峽山寺淙碧亭觀瀑次醇士兄過廬山韻

平泉橫駛飛泉縱，千泉壁立狂波衝。迂流穴出鳴丁冬，旁亘大石屯豕封。緣坡左轉迎面逢，滿皺紺碧霞綺縫。菰蒲下覆上樟松，蓊鬱差勝桃李穠，清奇一洗埃壒胸。危梁促步勉力從，驟觀神懾容爲恭。疾如鏃矢紛兹彤，燦若明珠散疊重。猱升不上鳥絶蹤，誰支竹筧僧厨供。平生偃蹇感秋蓉，自傷瓠落難爲容。世情轉淡游興濃，安得終守枯茅龍，湖山南北曾策筇。冷泉亦繞飛來峰，知非瓦釜方黄鐘。

錢松，字叔蓋，號耐青，錢塘人。善山水，淵源家學。畫筆近江貫道。尤精篆刻，嘗手摹汪氏《漢銅印叢》。晚與楊見山、僧六舟等結社南屏，因號西郊外史。

題畫

漫天黑霧綣螺鬟，風勢迴狂樹半彎。忽報僧厨傳午膳，鐘聲帶濕過前山。

深深巖穴澹煙籠，款款幽泉曲徑通。採藥歸來天未晚，杖頭挂得夕陽紅。

李錫光，字越山，直隸人，僑寓金陵。與蔣霞竹同師湯雨生，臨麓臺、廉州幾可逼真。

蔣霞竹歸袁浦以畫箑送行

秦淮新漲碧如油，三月春殘送客舟。記取江南有同調，相逢他日便重游。

王蔭昌，字子言，號五橋，直隸正定人。道光庚子舉人，官山東武定同知。工山水。有《廄齋詩》、《尺壺詞》。子官澄，字鷺田，畫益精進，為朝邑相國寫《晴巒飛瀑》，摹麓臺，可稱能品。

同治丁卯題閻丹初中丞慕槐仰梧書屋圖

老槐青鬱蟠，高梧萋以繁。擢幹密午陰，挹潤縈朝暄。緜邈繫永思，欻忽落楹軒。軒楹自疇昔，几研閒琴尊。交柯亞虛牖，萬卷凝古芬。必恭桑梓懷，寓情竹素園。苕苕緬先德，儼兹心目存。太華雄崔嵬，西來走河源。河華毓喬幹，蔭垂瀛岱間。葰楙蔭東方，暍睟息以安。育材植菁良，别慝除莽榛。豈不睠松菊，爲康東國屯。今兹盛明代，聿隆開濟勛。一朝嶄晚沐，幡然命西轅。緑埜枌社中，優游足槃桓。本支紹堂構，安樂遺後昆。散髮憩槐夏，循砌拭桐孫。惟兹齊魯民，蔽芾胥懷恩。屬吏久服義，根柢矢弗諼。知公痌瘝抱，念念儲深仁。重與發華滋，日望東山雲。

匡源，字鶴泉，膠州人。道光庚子翰林，官編修。罷官後主講濼源書院，課士之暇以山水寫意。

賦得雷雨作

震坎交相作，乾坤鬱乍開。解爲天下雨，豫奮地中雷。兑澤三農望，需雲百里催。光飛離電疾，勢挾巽風回。有響騰升去，無私散涣來。陰陽咸激薄，草木益滋培。行壯初占象，盈屯待展才。豐功兼鼓潤，泰治普埏垓。

李元度，字次青，號笏庭，别號天岳山樵、超園老人，湖南平江人。道光癸卯舉人，官貴州布政使。初與曾侯從事戎行，患難相依。有兼人之才，下筆千言。間作山水，墨氣淊鬱；畫竹蒼健脱俗。尤長史才，習於掌故。著有《先正事略》、《平江志》、《天岳山館集》。

哭曾文正傅相師鈔二

血戰規江左，功成背水餘。出師諸葛表，奏捷令公書。將相盈門下，羌夷問起居。弟昆同錫土，褒鄂比何如。

記入元戎幕，吴西又皖東。追隨憂患日，生死笑談中。末路時多故，前期我負公。雷霆與雨露，一例是春風。

焦光俊，字章民，一字稚泉，江寧諸生。工詩畫。咸豐癸丑全家殉難，一身得脱。有《鶗啼集》。

感時三首 鈔一

日日飛芻復輓粟，搜括民財填賊窟。民財有盡賊無盡，醫創剜却心頭肉。君不見汾陽躬耕百畝田，軍儲豐足民安恬。

補匡源

同治癸酉録游山舊作寄嶗山太清宫一了子

泰山雖云高，不及東海嶗。我疑斯言久未決，每期兩兩較分毫。辛亥之春游即墨，芒鞋踏遍雲松巢。煙霞窟中住匝月，出没蒼翠凌波濤。秋來省伯泰安郡，衙齋正對峰岧嶤。天門真上數千尺，俯視九點煙痕消。軒彼輊此兩不可，有若嵩華與金焦。請試爲君言其概，卧游且當圖嶕嶢。泰山以陸勝，千峰萬壑兒孫朝。嶗山以水勝，蓬萊方丈隨靈潮。泰山大且峻，呼吸帝座通絳霄。嶗山奇復詭，神斤鬼斧窮鏤雕。泰山巖巖如宰輔，垂紳正笏冠百僚。嶗山落落如高士，亂頭粗服游逍遥。一如大將建旗鼓，壁壘森立擁旌旄。一如散仙棲洞壑，羽衣鶴氅飛翔翱。於文則韓蘇，或正或肆雄且豪。於詩則李杜，或極沈厚或蕭騷。於字顔柳與顛素，整齊變化隨所遭。於畫摩詰與思訓，南宗北派神同超。兩山卓立并千古，東西一氣聯泬漻。儻思舍魚取熊掌，隨我海上策神鰲。此詩辛未春游嶗録得。時耐冬花猶盛開，歷五日，步行百里，風濤之險，山海奇觀，斯游爲最。讀此，得名山要領，因亟刊入。

補李元度

過南皮懷張振之先生鏻

路入南皮感不禁，乘槎博望舊知音。西州謝傅生前屋，東海成連夢裏琴。垂老纔游通德里，愛才猶佩古人心。祈連高冢從誰問，欲薦甘瓜泪滿襟。

王功後，字弗矜，高密人。善山水，工詩。

冬日琅邪道上作

寒雲滿天地，北風砭我肌。出門欲有往，悵悵將焉之。少年尚奇偉，讀書期有爲。京國羈三載，所學非世宜。狼狽復歸來，田園躬鉏犂。上有白髮親，下有黄口兒。飢寒經已屢，素志焉肯移。一從失怙恃，兄弟成分離。南北東西道，頻年苦奔馳。凍雲歸大壑，好鳥棲高枝。物生皆有託，我行獨悲淒。遥望西南山，巖岫多幽奇。飄然歸去來，聊與塵世辭。